Robert Jordan

Der Wiedergeborene Drache

Zu diesem Buch

Überall im Land herrscht Krieg. Graue Männer, die ihre Seele dem Schatten geopfert haben und ihm nun als Attentäter dienen, sind hinter dem Wiedergeboren Drachen her. Dieser hat sich mit seinem Gefolge in die Berge zurückgezogen. Aber das Versteck wird entdeckt – blutrünstige Trollocs überfallen das Lager und vernichten jeden, der sich ihnen entgegenstellt. Nur im letzten Moment kann der Angriff mit Hilfe der Wölfe abgewehrt werden. Rand, der seine Freunde nicht weiter gefährden will, flieht nach Tear. Endlich scheint er sich seinem Schicksal fügen und Ba'alzamon entgegentreten zu wollen. Ist er tatsächlich der Anführer, auf den alle gewartet haben?

Robert Jordan, geboren 1948 in South Carolina, begeisterte sich schon in seiner Jugend für phantastische Literatur von Jules Verne und H. G. Wells. Als ihm der Lesestoff ausging, begann er selbst zu schreiben. 1990 erschien der Auftakt zu seinem Zyklus »Das Rad der Zeit«, einem einzigartigen epischen Werk, das Millionen Fans in der ganzen Welt gefunden hat. Bei Piper liegen inzwischen 31 Bände der Saga vor. Robert Jordan starb im September 2007 an einer seltenen Blutkrankheit.
Weiteres zum Autor: www.tor.com/jordan und www.radderzeit.de

Robert Jordan

Der Wiedergeborene Drache

DAS RAD DER ZEIT 5

Aus dem Amerikanischen von
Uwe Luserke

Piper München Zürich

Mehr über unsere Autoren und Bücher:
www.piper.de

Zu den lieferbaren Büchern von Robert Jordan bei Piper
siehe Seite 542.

Mix
Produktgruppe aus vorbildlich bewirtschafteten
Wäldern und anderen kontrollierten Herkünften
www.fsc.org Zert.-Nr. GFA-COC-001223
© 1996 Forest Stewardship Council
FSC

Deutsche Erstausgabe
1. Auflage Januar 2006
2. Auflage Februar 2009
Erstmals erschienen:
Wilhelm Heyne Verlag GmbH & Co. KG, München 1994

Titel der amerikanischen Originalausgabe:
»The Dragon Reborn 1«, Tom Doherty Associates, Inc., New York
1977

Umschlagkonzept: Büro Hamburg
Umschlaggestaltung: Nele Schütz Design, München
Umschlagabbildung: Attila Boros via Agentur Schlück GmbH
Innenillustrationen: Johann Peterka
Karten: Erhard Ringer
Autorenfoto: Jack Alterman
Satz: C. Schaber Datentechnik, Wels
Papier: Munken Print von Arctic Paper Munkedals AB, Schweden
Druck und Bindung: CPI – Clausen & Bosse, Leck
Printed in Germany ISBN 978-3-492-28555-1

INHALT

Gewidmet
JAMES OLIVER RIGNEY, SR.
(1920–1988)

Er lehrte mich, stets dem Traum zu folgen
und ihn, einmal ergriffen, zu leben.

Und es werden seiner Wege viele sein,
und wer wird seinen Namen kennen,
denn er wird viele Male unter uns geboren werden
und in vielen Gestalten,
so, wie es war und in aller Zukunft sein wird.
Sein Kommen wird sein wie die Schneide eines Pflugs.
Er wird die Scholle unseres Lebens wenden
und uns aus dem Schatten ins Licht führen.
Er wird Bindungen zerreißen
und neue Ketten schmieden.
Er wird Schicksale verändern
und neue Zukunft schaffen.

– aus: *Kommentare zu den*
Prophezeiungen des Drachen,
von JURITH DORINE,
Rechte Hand der Königin von Almoren,
742 NZ, im Dritten Zeitalter

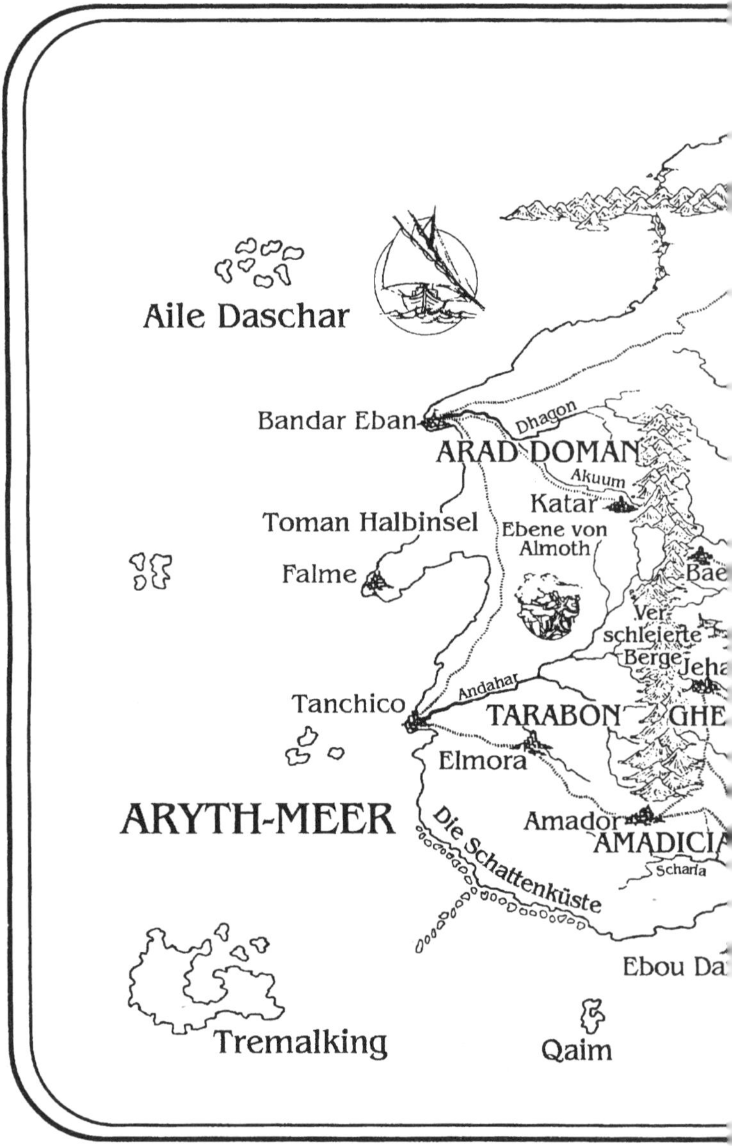

Aile Daschar
Bandar Eban
Dhagon
ARAD DOMAN
Akuum
Katar
Toman Halbinsel
Ebene von
Almoth
Falme
Bae
Ver
schleierte
Berge
Jeha
Andahar
Tanchico
TARABON
GHE
Elmora
ARYTH-MEER
Die Schattenküste
Amador
AMADICIA
Scharla
Ebou Da
Tremalking
Qaim

Die Große Fäule
Schayol Ghul
Das Verdorbene Land
3erge des Verderbens
Tarwin Paß
Fal Dara
Chachin
Schol Arbela
on
Niamh Paß
Fal Moran
KANDOR
ARAFEL
ALDAEA
SCHIENAR
Aiel Wüste
Ivo
Luan
Schwarze Hügel
Tar Valon
Drachenberg
Brudermörders Dolch
Haevin
Jangai Paß
Gaelin
Caralain Steppe
Cairhien
CAIRHIEN
Alguenya
Rückgrat der Welt
ANDOR
Caemlyn
Veißbrücke
Vier Könige
Aringill
Manetherendrelle
Storn
N
Hügel von Kintara
Lugard
Erinin
Iralell
MURANDY
Far Madding
Haddon-Sümpfe
Cary
Stedding Schangtai
LTARA
Ebenen von Maredo
TEAR
ILLIAN
Tear
Godan
Illian
Mayene
MEER DER STÜRME
Cindaking
Inseln der Meerleute

PROLOG

Die Festung des Lichts

Pedron Nialls Blick schweifte über sein privates Audienzgemach, doch seine alten, dunklen, nachdenklichen Augen nahmen nichts wahr. Zerschlissene Wandbehänge, einst die Banner der Feinde aus seiner Jugendzeit; dunkle Holztäfelung über dicken Steinmauern … Selbst hier im Herzen der Festung des Lichts waren die Mauern dick. Ein einziger Stuhl stand im Gemach, schwer, mit hoher Lehne, beinahe wie ein Thron wirkend, und dazu ein paar über den Raum verteilte Tische – das war bereits die gesamte Einrichtung. Er sah nichts davon. Er nahm im Augenblick nicht einmal den in einen weißen Umhang gehüllten Mann wahr, der sichtlich angespannt auf dem im Boden eingelassenen Sonnenbanner kniete, obwohl nur wenige sonst diesen Mann zu mißachten wagten.

Man hatte Jaret Byar wenigstens Zeit gelassen, sich zu waschen, bevor man ihn zu Niall brachte, aber Helm und Brustpanzer waren stumpf und zerbeult von den Reisen und dem vielen Gebrauch. Dunkle, tiefliegende Augen leuchteten mit fieberhafter Intensität aus einem Gesicht, dem jedes bißchen überflüssiges Fleisch zu fehlen schien. Er trug kein Schwert – in Nialls Gegenwart war das verboten –, aber er schien voll unterdrückter Leidenschaft, wie ein Jagdhund, der nur darauf wartet, daß man ihn von der Leine läßt.

Die prasselnden Feuer in den langen Öfen an beiden Enden des Raums hielten die Winterkälte ab. Es war ein einfacher Raum, das Zimmer eines Soldaten, alles solide gefertigt, aber ohne jeden Luxus, bis auf das im

Boden eingelassene Sonnenbanner. Die Möbel wählte der kommandierende Lordhauptmann der Kinder des Lichts bei seinem Amtsantritt aus, aber diese flammende Sonnenscheibe aus Münzgold war von Generationen von Menschen, die ihre Petitionen einreichten, abgenützt worden, erneuert und wieder abgenützt. Das Gold hätte gereicht, um damit jedes Gut in Amadicia zu kaufen – und den dazugehörigen Adelstitel. Zehn Jahre lang war Niall über dieses Gold gelaufen, ohne es weiter wahrzunehmen. Es war so selbstverständlich wie die gleiche strahlende Sonnenscheibe auf der Brust seines weißen Gewandes. Pedron Niall interessierte sich nicht sehr für Gold.

Schließlich ging sein Blick zurück zu dem Tisch neben ihm, der mit Landkarten und verstreuten Briefen und Berichten bedeckt war. In dem Durcheinander lagen auch drei zusammengerollte Zeichnungen. Er nahm eine davon zögernd in die Hand. Es spielte keine Rolle, welche der drei er nahm, denn alle zeigten die gleiche Szene, wenn auch von verschiedener Hand dargestellt.

Nialls Haut war dünn wie Pergament und spannte sich über einen gealterten Körper, der nur noch aus Knochen und Sehnen zu bestehen schien. Trotzdem wirkte er alles andere als gebrechlich. Sein Amt wurde keinem verliehen, dessen Haar nicht weiß war, und der Mann, der es übernahm, mußte ebenso hart sein wie die Steine der Kuppel der Wahrheit. Nun aber wurde ihm bewußt, wie mager und sehnig seine Hand aussah, die eine der Zeichnungen hielt, und er war sich darüber klar, daß die Zeit ablief. *Seine* Zeit lief langsam ab. Sie mußte reichen. Er mußte dafür sorgen, daß die Zeit reichte.

Er zwang sich, eine der Zeichnungen zur Hälfte aufzurollen, so daß er gerade das Gesicht erkennen konnte, das ihn interessierte. Die Kreide war vom Transport in der Satteltasche etwas verwischt, aber das

Gesicht kam trotzdem klar heraus. Ein Jüngling mit grauen Augen und rötlichem Haar. Er wirkte hochgewachsen, doch das war nicht deutlich auszumachen. Von den Augen und Haaren abgesehen, hätte er, ohne weiter aufzufallen, aus jeder beliebigen Stadt stammen können.

»Dieser … dieser *Junge* hat sich zum Wiedergeborenen Drachen erklärt?« knurrte Niall.

Der Drache. Bei dem Namen überkam ihn die Kälte des Winters und des Alters. Der Name, den Lews Therin Telamon angenommen hatte, als er jeden Mann, damals und für alle Zukunft, zu Wahnsinn und Tod verdammte, der sich der Einen Macht bedienen konnte. Auch er selbst war unter den Opfern. Es war mehr als dreitausend Jahre her, daß der Stolz der Aes Sedai und der Schattenkrieg das Zeitalter der Legenden beendet hatten. Dreitausend Jahre, doch Prophezeiung und Legende halfen den Menschen dabei, sich daran zu erinnern, oder wenigstens an die wesentlichen Dinge, auch wenn die Einzelheiten vergessen waren. Lews Therin Brudermörder. Der Mann, der die Zerstörung der Welt eingeleitet hatte, als Wahnsinnige mit Hilfe der Macht, die das Universum erhielt, Berge einebneten und uralte Länder ins Meer versinken ließen, als das gesamte Antlitz der Erde verändert wurde und alle Überlebenden wie die Tiere vor dem Buschfeuer flohen. Es war erst vorbei gewesen, als der letzte männliche Aes Sedai gestorben war. Eine verstreute und verängstigte menschliche Rasse konnte dann beginnen, aus dem Schutt eine neue Welt zu bauen, sofern überhaupt Schutt übriggeblieben war. Die Ereignisse brannten sich ins Gedächtnis der Menschen ein, und die Mütter gaben es an die Kinder weiter. Und die Prophezeiung sagte, daß der Drache wiedergeboren werde.

Niall hatte es nur als rhetorische Frage ausgesprochen, doch Byar nahm sie ernst. »Ja, kommandierender Lordhauptmann, das hat er. Dieser Wahnsinn ist schlimmer als der irgendeines falschen Drachen, von dem ich jemals gehört hätte. Tausende haben sich ihm bereits angeschlossen. In Tarabon und Arad Doman herrscht Bürgerkrieg, und sie kämpfen dazu auch noch gegeneinander. Überall auf der Ebene von Almoth und der Toman-Halbinsel wird gekämpft: Taraboner gegen Domani und die gegen Schattenfreunde, die nach dem Drachen rufen – oder jedenfalls wurde gekämpft, bis die Winterkälte einbrach und die Kämpfe erstickte. Ich habe noch nie erlebt, daß sich ein Konflikt so schnell ausbreitete, kommandierender Lordhauptmann. Es war, als werfe man eine brennende Fackel in einen Heuschober. Der Schnee hat vielleicht etwas Ruhe gebracht, aber im Frühjahr wird er heißer aufflammen als zuvor.«

Niall unterbrach ihn mit erhobenem Zeigefinger. Schon zweimal hatte er ihm seine Geschichte entlockt. Seine Stimme zitterte vor Zorn und Haß. Teile kannte Niall auch aus anderen Quellen, und er wußte in mancher Hinsicht mehr als Byar, aber jedesmal, wenn er es hörte, erzürnte es ihn wieder. »Geofram Bornhald und tausend der Kinder sind tot. Und das haben Aes Sedai getan. Daran hegt Ihr keinen Zweifel, Kind Byar?«

»Keinen, kommandierender Lordhauptmann! Nach einem Scharmützel auf dem Weg nach Falme beobachtete ich zwei der Hexen aus Tar Valon. Sie haben uns mehr als fünfzig Leben gekostet, bis wir sie mit Pfeilen gespickt hatten.«

»Seid Ihr sicher – waren es wirklich Aes Sedai?«

»Der Boden ist uns unter den Füßen explodiert.« Byars Stimme klang fest und voller Überzeugung. Er hatte allerdings nicht viel Phantasie, dieser Jaret Byar. Der Tod war ein Teil des Soldatenlebens, in welcher Form er auch kommen mochte. »Unsere Reihen wurden von Blitzen aus heiterem Himmel getroffen. Lordhauptmann, wer sonst könnte das getan haben?«

Niall nickte ernst. Es hatte seit der Zerstörung der

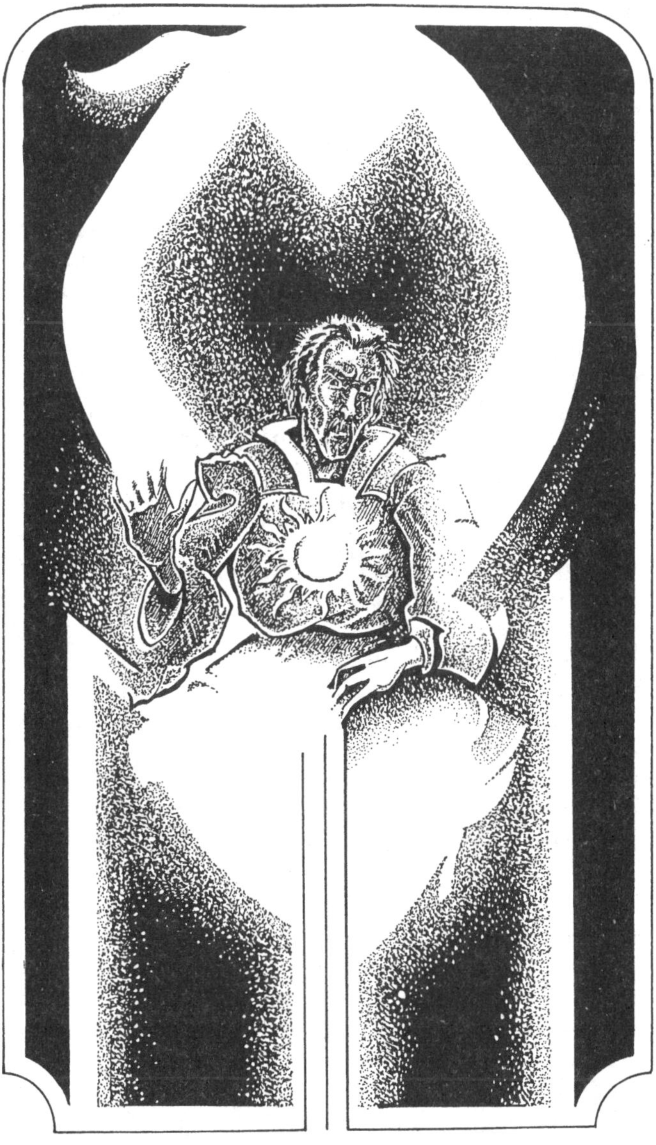

Welt keine männlichen Aes Sedai mehr gegeben, aber die Frauen, die diese Bezeichnung für sich in Anspruch nahmen, waren schlimm genug. Sie predigten etwas von ihren drei Eiden: kein unwahres Wort auszusprechen, keine Waffe herzustellen, mit der Menschen einander töten können, und die Eine Macht nur dann als Waffe einzusetzen, wenn sie Schattenfreunde oder Wesen des Schattens bekämpften. Doch nun hatten sich diese Eide ja wohl als Lügen erwiesen. Ihm war immer schon klar gewesen, daß niemand eine solch gewaltige Macht zu einem anderen Zweck beherrschen konnte, als dem, den Schöpfer damit herauszufordern. Und das bedeutete, daß sie dem Dunklen König dienten.

»Und Ihr wißt nichts über diejenigen, die Falme eroberten und die Hälfte einer meiner Legionen töteten?«

»Lordhauptmann Bornhald sagte, sie nannten sich Seanchan, kommandierender Lordhauptmann«, sagte Byar gleichgültig. »Er meinte, sie seien Schattenfreunde. Und sein Angriff zwang sie zum Rückzug, obwohl sie ihn selbst dabei töteten.« Seine Stimme wurde eindringlicher. »Es gab viele Flüchtlinge, die aus der Stadt kamen. Alle, mit denen ich sprechen konnte, waren sich darüber einig, daß die Eindringlinge zurückgewichen und geflohen waren. Das hat Lordhauptmann Bornhald erreicht.«

Niall seufzte leise. Byar hatte die ersten beiden Male beinahe genau die gleichen Worte benutzt, um von dem Heer zu berichten, das scheinbar aus dem Nichts erschienen war und Falme einnahm. *Ein guter Soldat*, dachte Niall, *das sagte auch Geofram Bornhald immer, aber eben kein Mann, der selbständig denken kann.*

»Lordhauptmann«, sagte Byar plötzlich, »Lordhauptmann Bornhald befahl mir, mich aus der Schlacht herauszuhalten. Ich sollte beobachten und Euch berichten. Und seinem Sohn, Lord Dain, von seinem Tod berichten.«

»Ja, ja«, sagte Niall ungeduldig. Einen Augenblick

lang betrachtete er Byars hohlwangiges Gesicht, und dann fügte er hinzu: »Niemand bezweifelt Eure Ehrlichkeit und Euren Mut. Das ist genau, was man von Geofram Bornhald erwarten konnte – sich in eine Schlacht zu stürzen, obwohl er fürchtete, zusammen mit all seinen Leuten darin ums Leben zu kommen.« *Und keine Sache, die Ihr euch ausgedacht habt, weil Euch dazu die Phantasie fehlt.* Er konnte von dem Mann nichts weiter mehr erfahren. »Ihr habt Eure Aufgabe gut erfüllt, Kind Byar. Ihr habt meine Erlaubnis, nun zu gehen und Geofram Bornhalds Sohn die Nachricht vom Tod seines Vaters zu überbringen. Dain Bornhald ist bei Eamon Valda. Nach den letzten Berichten befinden sie sich vor Tar Valon. Ihr könnt Euch ihnen anschließen.«

»Ich danke Euch, kommandierender Lordhauptmann. Danke.« Byar erhob sich und verbeugte sich tief. Doch beim Aufrichten zögerte er plötzlich. »Lordhauptmann, wir wurden tatsächlich verraten.« Haß triefte aus seiner Stimme.

»Von diesem einen Schattenfreund, von dem Ihr erzähltet, Kind Byar?« Er konnte nicht ganz vermeiden, daß seine Stimme ebenfalls an Schärfe gewann. Die Planung eines ganzen Jahres lag zerstört zwischen den Leichen von eintausend der Kinder, und dieser Byar wollte nur über einen Mann sprechen. »Dieser junge Schmied, den Ihr nur zweimal gesehen habt, dieser... Perrin von den Zwei Flüssen?«

»Ja, Lordhauptmann. Ich weiß nicht, wie, aber ich weiß, daß er schuld ist. Ich weiß es ganz gewiß.«

»Ich werde sehen, was man diesbezüglich machen kann, Kind Byar.« Byar öffnete den Mund erneut, aber Niall hob eine dünne Hand, um ihm zuvorzukommen. »Ihr dürft mich nun verlassen.« Der Mann mit dem hageren Gesicht hatte keine andere Wahl, als sich noch einmal zu verbeugen und zu gehen.

Als sich die Tür hinter ihm schloß, ließ sich Niall auf

seinem Stuhl nieder und lehnte sich zurück. Was hatte Byars Haß auf diesen Perrin verursacht? Es gab viel zu viele Schattenfreunde, um einen bestimmten davon mit solcher Leidenschaft zu hassen. Zu viele Schattenfreunde, hochgestellt oder von niederem Rang, die sich hinter wendigen Zungen und offenem Lächeln verbargen und dem Dunklen König dienten. Nun ja, ein weiterer Name auf der Liste würde nicht schaden.

Er rutschte auf dem harten Stuhl hin und her, um eine bequemere Haltung für seine alten Knochen zu finden. Nicht zum erstenmal kam ihm der Gedanke, daß ein Kissen vielleicht doch kein zu großer Luxus sei. Und nicht zum erstenmal verdrängte er den Gedanken wieder. Die Welt taumelte dem Chaos entgegen, und er hatte keine Zeit, dem Alter Tribut zu zollen.

Er ließ alle Anzeichen, die auf eine bevorstehende Katastrophe hindeuteten, noch einmal durch den Kopf gehen. Tarabon und Arad Doman befanden sich im Krieg. Cairhien wurde vom Bürgerkrieg zerrissen. Zwischen Tear und Illian, den alten Feinden, entflammte der Konflikt erneut. Vielleicht hatten diese Kriege an sich nichts zu bedeuten – die Menschen führten immerzu Kriege –, aber normalerweise kamen sie nicht in solcher Häufung vor. Und abgesehen von dem falschen Drachen irgendwo auf der Ebene von Almoth wütete ein weiterer in Saldaea und ein dritter in Tear! Drei auf einmal. *Das alles müssen falsche Drachen sein. Es* mußte *so sein!*

Ein Dutzend anderer kleiner Vorkommnisse, einige davon möglicherweise nur haltlose Gerüchte, aber alles zusammengenommen ... Man hatte Aiel noch nie so weit im Westen gesichtet, aber nun waren welche in Murandy und Kandor aufgetaucht. Nur zwei oder drei am selben Ort, aber einerlei, ob einer oder tausend: die Aiel waren nur einmal seit der Zerstörung der Welt aus ihrer Wüste herausgekommen. Nur während des Aielkriegs hatten sie diese Einöde verlassen. Man erzählte sich von den Atha'an Miere, dem Meervolk, daß sie den Handel vernachlässigten und statt dessen nach Vorzeichen und Omen suchten – sie sagten nicht, worum es dabei genau ging – und mit halbvollen oder gar leeren Schiffen auf Fahrt gingen. Illian hatte zum erstenmal in vierhundert Jahren zur Großen Jagd nach dem Horn aufgerufen und die Jäger ausgesandt, das legendäre Horn von Valere zu suchen, von dem die Prophezeiung behauptete, man könne damit tote Helden aus den Gräbern herbeirufen, um in Tarmon Gai'don, der Letzten Schlacht, gegen den Schatten zu kämpfen. Gerüchten zufolge hatten die Ogier, die so zurückgezogen lebten, daß die meisten Menschen sie für eine Legende hielten, Treffen zwischen den Ältesten ihrer ausgedehnten *Stedding* abgehalten.

Für Niall am wichtigsten aber war die Tatsache, daß offensichtlich die Aes Sedai zum offenen Angriff übergegangen waren. Man behauptete, sie hätten einige Schwestern nach Saldaea geschickt, um den falschen Drachen Mazrim Taim zu bekämpfen. So selten das bei Männern war: Taim konnte die Eine Macht lenken. Das war an sich schon angsteinflößend und verachtenswürdig, und deshalb glaubte die Mehrheit auch nicht, daß man einen solchen Mann ohne die Hilfe der Aes Sedai besiegen könne. Besser den Aes Sedai gestatten, zu Hilfe zu eilen, als den Wahnsinn zu erleben, wenn er ihm verfiel, und das war bei solchen Männern unvermeidlich. Doch Tar Valon hatte anscheinend weitere Aes Sedai ausgesandt, um den anderen falschen Drachen in Falme zu unterstützen. Nur so ließ sich das alles erklären.

Dieses Muster ließ ihm das Mark in den Knochen erstarren. Das Chaos vervielfältigte sich. Was noch nie geschehen war, wiederholte sich nun ein ums andere Mal. Die ganze Welt schien sich in Aufruhr zu befinden und kurz vor dem Siedepunkt zu stehen. Es war ihm klar: Die Letzte Schlacht war nahe.

Alle seine Pläne waren zunichte gemacht, die Pläne, die seinen Namen unter den Kindern des Lichts hundert Generationen lang berühmt gemacht hätten. Aber im Aufruhr lagen auch immer gewisse Möglichkeiten, und so hatte er nun neue Pläne und neue Ziele. Falls er sich die Kraft und den Willen erhalten konnte, um sie durchzuführen. *Licht, laß mich lange genug leben!* Ein schüchternes Klopfen an die Tür riß ihn aus seinen düsteren Grübeleien. »Herein!« rief er barsch.

Ein Diener im weiß-goldenen Mantel und einer Hose in den gleichen Farben verbeugte sich beim Eintreten. Mit zu Boden gesenktem Blick kündigte er das Kommen von Jaichim Carridin, dem Gesalbten des Lichts, Inquisitor der Hand des Lichts, an, der auf Geheiß des kommandierenden Lordhauptmanns zugegen sei. Carridin erschien gleich hinter dem Mann und wartete nicht darauf, daß Niall ihn hereinbat. Niall bedeutete dem Diener, zu gehen.

Bevor sich die Tür geschlossen hatte, fiel Carridin mit einem Ausschwingen seines schneeweißen Umhangs auf ein Knie nieder. Hinter der strahlenden Sonnenscheibe auf dem Umhang wurde nun auf seiner Brust der blutrote Hirtenstab der Hand des Lichts sichtbar. Viele nannten die Angehörigen der Hand des Lichts Zweifler, aber selten nur sagten sie ihnen das ins Gesicht. »Wie Ihr mir befahlt, mich in Eure Gegenwart zu begeben, Kommandant aller Lordhauptmänner«, sagte er mit einer volltönenden Stimme, »so bin ich aus Tarabon zurückgekehrt.«

Niall musterte ihn einen Moment lang. Carridin war groß, ein Mann in mittleren Jahren mit einem Schimmer von Grau über dem Haar, wirkte gesund und kraftvoll. In seinen dunklen, tiefliegenden Augen lag wie immer ein wissender Ausdruck. Er schlug unter dem Blick seines kommandierenden Lordhauptmannes die Augen nicht nieder, und das gelang nur wenigen Männern, deren Nerven stark genug oder deren Gewissen rein genug waren. Carridin kniete da und wartete so gelassen, als sei es nichts Ungewöhnliches, kurzfristig den Befehl zu erhalten, sein Kommando zu verlassen und unverzüglich nach Amador zurückzukehren, und das ohne Angabe von Gründen. Aber man behauptete ja, Jaichim Carridin sei unerschütterlicher als ein Stein.

»Erhebt Euch, Kind Carridin.« Während der andere Mann aufstand, fügte Niall hinzu: »Ich habe beunruhigende Kunde aus Falme erhalten.«

Carridin strich die Falten seines Umhangs glatt, und dann antwortete er. Seine Stimme klang gerade noch respektvoll genug, eher als spreche er mit einem Gleichgestellten und nicht mit dem Mann, dem er Treue bis in den Tod geschworen hatte. »Der Lordhauptmann bezieht sich damit wohl auf die Nachrichten, die ihm von Kind Byar überbracht wurden, dem ehemaligen Stellvertreter des Lordhauptmanns Bornhald.

Nialls linkes Augenlid zitterte, und das war schon immer ein Zeichen aufsteigenden Zorns bei ihm gewesen. Angeblich wußten nur drei Männer, daß Byar sich in Amador befand, und außer Niall sollte niemand wissen, woher er gekommen war. »Stellt Euch nicht zu schlau an, Carridin. Euer Wunsch, immer alles zu wissen, könnte Euch eines Tages in die Hände Eurer eigenen Folterknechte führen.«

Carridin zeigte keine Reaktion – höchstens verzog sich sein Mund bei der Erwähnung etwas. »Mein Kommandant, die Hand sucht überall nach der Wahrheit, um dem Licht zu dienen.«

Um dem Licht zu dienen. Nicht, um den Kindern des Lichts zu dienen. Alle Kinder dienten dem Licht, aber Pedron Niall hatte sich schon oft gefragt, ob sich die Zweifler wirklich als Teil der Kinder des Lichts fühlten. »Und welche Wahrheit könnt Ihr mir über die Ereignisse in Falme berichten?«

»Schattenfreunde, mein Kommandant.«

»Schattenfreunde?« Nialls Lächeln wirkte nicht amüsiert. »Vor ein paar Wochen noch erhielt ich von Euch Berichte, daß Geofram Bornhald dem Dunklen König diene, weil er gegen Euren Befehl Soldaten auf die Toman-Halbinsel brachte.« Seine Stimme klang nun gefährlich sanft. »Wollt Ihr mich nun glauben machen, daß Bornhald als Schattenfreund tausend der Kinder in den Tod führte, um gegen andere Schattenfreunde zu kämpfen?«

»Ob er nun ein Schattenfreund war oder nicht, wird man niemals erfahren«, sagte Carridin gleichgültig, »da er starb, bevor er dazu befragt werden konnte. Die Pläne des Schattens sind verschwommen und erscheinen denen, die im Licht wandeln, oftmals verrückt. Aber ich habe keinen Zweifel daran, daß die Eroberer Falmes Schattenfreunde waren. Schattenfreunde und Aes Sedai, die einen falschen Drachen unterstützten. Ich bin auch sicher, daß Bornhald und seine Männer mit Hilfe der Einen Macht vernichtet wurden, mein Kommandant, genauso wie mit ihrer Hilfe die Heere vernichtet wurden, die Tarabon und Arad Doman gegen die Schattenfreunde in Falme ausgesandt hatten.«

»Und wie steht es mit den Berichten, daß die Eroberer Falmes von jenseits des Aryth-Meeres stammen?«

Carridin schüttelte den Kopf. »Mein Kommandant, die Menschen stecken voll von Gerüchten. Einige behaupten, es sei das Heer gewesen, das Artur Falkenflügel vor tausend Jahren über das Meer schickte. Ihre Nachkommen wollten angeblich nun das alte Land wieder in Besitz nehmen. Ha! Es gibt sogar Leute, die behaupten, Falkenflügel selbst in Falme gesehen zu haben! Und die Hälfte aller legendären Helden außerdem! Der Westen kocht, von Tarabon bis Saldaea, und jeden Tag brodeln hundert neue Gerüchte an die Oberfläche, eines irrsinniger als das andere. Diese sogenannten Seanchan waren nichts anderes als ein weiteres Pack von Schattenfreunden, das sich versammelt hatte, um einem falschen Drachen zum Erfolg zu verhelfen, nur diesmal eben mit offener Unterstützung der Aes Sedai.«

»Welche Beweise habt Ihr dafür?« Niall ließ seine Stimme so wirken, als zweifle er an dem Gesagten. »Habt Ihr Gefangene?«

»Nein, mein Kommandant. Wie Euch Kind Byar zweifellos berichtete, schaffte es Bornhald, sie so in die Flucht zu schlagen, daß sie sich überall hin zerstreuten. Und ganz sicher würde niemand, den wir befragten, zugeben, daß er einen falschen Drachen unterstützt habe. Was Beweise anbetrifft... da gibt es zweierlei. Habe ich Eure Erlaubnis, mein Kommandant?«

Niall machte eine ungeduldige Geste.

»Der erste Teil führt uns nicht weiter. Nur wenige Schiffe haben versucht, das Aryth-Meer zu überqueren, und die meisten davon sind nie zurückgekehrt. Diejenigen, die zurückkamen, kehrten um, bevor ihre Lebensmittel- und Wasservorräte aufgebraucht waren. Selbst das Meervolk überquert das Aryth-Meer nicht, und die segeln eigentlich, wo immer sich die Möglichkeit zum Handel ergibt, selbst zu den Ländern jenseits der Aiel-Wüste. Mein Kommandant, wenn es wirklich Länder jenseits des Ozeans gibt, dann sind sie zu weit weg. Das Meer ist einfach zu groß. Ein ganzes Heer von dort herüberzubringen wäre genauso unmöglich wie das Fliegen.«

»Vielleicht«, sagte Niall bedächtig. »Es ist zumindest aufschlußreich. Und was ist der zweite Teil?«

»Mein Kommandant, viele von denen, die wir befragten, sprachen davon, daß für die Schattenfreunde auch Ungeheuer kämpften, und sie blieben selbst bei schärfster Befragung dabei. Was könnte das sein als eben Trollocs und andere Abkömmlinge des Schattens, die auf irgendeine Weise von der Fäule dorthin gebracht wurden?« Carridin spreizte die Hände, als sei das der endgültige Beweis. »Die meisten Menschen halten Trollocs für Seemannsgarn und Lügen, und die meisten der übrigen glauben, sie seien während der Trolloc-Kriege alle getötet worden. Wie könnten sie sonst einen Trolloc nennen, als eben ›Ungeheuer‹?«

»Ja. Ja, Ihr könntet recht haben, Kind Carridin. Vielleicht.« Er gönnte Carridin die Befriedigung nicht, zu wissen, daß er ihm glaubte. *Laß ihn noch ein bißchen daran arbeiten.* »Aber wie steht es mit ihm?« Er deutete auf die zusammengerollten Zeichnungen. Wie er Carridin kannte, hatte der Inquisitor Kopien davon in seinen eigenen Gemächern. »Wie gefährlich ist er? Kann er die Eine Macht lenken und beherrschen?«

Der Inquisitor zuckte lediglich die Achseln. »Vielleicht kann er, vielleicht auch nicht. Die Aes Sedai könnten zweifellos den Leuten auch einreden, eine Katze könne die Macht lenken, falls sie das wollten. Was die Frage betrifft, wie gefährlich er ist... Jeder falsche Drache ist gefährlich, bis man ihn niederzwingt, und einer, hinter dem Tar Valon ganz offen steht, ist zehnmal so gefährlich. Aber jetzt ist er weniger gefährlich als in einem halben Jahr, wenn man nichts gegen ihn unternimmt. Die Gefangenen, die ich befragt habe, haben ihn überhaupt nicht gesehen und hatten keine Ahnung, wo er sich jetzt befindet. Seine Streitkräfte sind zersplittert. Ich bezweifle, daß er mehr als zweihundert zusammen an irgendeinem Ort hat. Sowohl die Taraboner wie auch die Domani könnten ihn wegfegen, wenn sie nicht so mit ihrem eigenen Streit beschäftigt wären.«

»Selbst ein falscher Drache«, sagte Niall trocken, »reicht nicht, um sie ihren vierhundert Jahre alten Streit um die Ebene von Almoth vergessen zu machen. Als ob einer von ihnen überhaupt stark genug wäre, sie dann auch zu halten.« Carridins Gesichtsausdruck veränderte sich nicht, und Niall fragte sich, wie er so ruhig bleiben konnte. *Ihr werdet nicht mehr lange so ruhig bleiben, Zweifler.*

»Es ist nicht so wichtig, mein Kommandant. Der Winter zwingt sie alle, in ihren Lagern zu verbleiben, und es gibt nur verstreute Scharmützel oder Überfälle. Wenn das Wetter warm genug ist, um Truppenbewegungen zuzulassen ... Bornhald hat nur die halbe Legion auf der Toman-Halbinsel in den Tod geführt. Mit der anderen Hälfte werde ich diesen falschen Drachen zu Tode hetzen. Eine Leiche ist nicht mehr so gefährlich.«

»Und wenn Euch droht, was anscheinend Bornhald zum Verhängnis wurde: Aes Sedai, die die Macht zum Töten benützen?«

»Ihre Hexerei schützt sie nicht vor Pfeilen oder einem Messer in der Dunkelheit. Sie sterben so schnell wie jeder andere.« Carridin lächelte. »Ich verspreche Euch, bis zum Sommer habe ich den Fall gelöst.«

Niall nickte. Der Mann hatte Selbstvertrauen. Sicher wären die gefährlichen Fragen längst gekommen, wenn überhaupt. *Ihr hättet daran denken sollen, Carridin, daß ich immer als gerissener Taktiker galt.* »Warum«, fragte er ruhig, »habt Ihr eigentlich Eure Streitkräfte nicht nach Falme geführt? Auf der Toman-Halbinsel wimmelte es von Schattenfreunden, und ein ganzes Heer von ihnen hatte Falme besetzt. Warum habt Ihr statt dessen versucht, Bornhald daran zu hindern?«

Carridin blinzelte nervös, seine Stimme jedoch blieb fest. »Zuerst waren es doch nur Gerüchte, mein Kommandant. So wilde Gerüchte, daß keiner sie glauben konnte. Zu der Zeit, als ich die Wahrheit erfuhr, ritt Bornhald bereits in die Schlacht. Dann war er tot, und die Schattenfreunde waren in alle Winde zerstreut. Außerdem war es meine Aufgabe, das Licht auf der Ebene von Almoth zu verbreiten. Ich konnte nicht einfach meine Befehle mißachten und Gerüchten folgen.«

»Eure Befehle?« fragte Niall. Seine Stimme wurde

lauter, und er erhob sich. Carridin war einen Kopf größer als er, aber der Inquisitor trat unwillkürlich einen Schritt zurück. »Eure Befehle? Eure Befehle lauteten, die Ebene von Almoth zu besetzen! Ein leerer Eimer, den keiner besitzt außer durch Sprüche und angebliche Ansprüche, und den mußtet Ihr lediglich füllen. Der Staat Almoth wäre wieder ins Leben gerufen worden und von den Kindern des Lichts regiert! Kein Zwang mehr, einem närrischen König Ergebenheit zu heucheln. Amadicia und Almoth als Zange, die Tarabon einquetscht. In fünf Jahren hätten wir dort genauso die Macht an uns gerissen wie hier in Amadicia. Und Ihr habt die Gelegenheit dahingehen lassen!«

Jetzt verging dem anderen das Lachen. »Mein Lordhauptmann und Kommandant«, protestierte Carridin. »Wie konnte ich die Ereignisse voraussehen? Noch ein falscher Drache, und zwischen Tarabon und Arad Doman bricht auch noch offener Krieg aus, nachdem sie sich jahrelang nur wie die Köter angeknurrt haben! Und Aes Sedai, die nach dreitausend Jahren endlich ihre wahre Natur zeigen? Trotzdem ist noch nicht alles verloren. Ich kann diesen falschen Drachen aufstöbern und vernichten, bevor sich seine Anhänger vereinigen. Und sobald sich Tarabon und Arad Doman gegenseitig geschwächt haben, kann man sie ohne weiteres von der Ebene fegen ...«

»Nein!« fauchte Niall. »Eure Pläne sind beendet, Carridin. Vielleicht sollte ich Euch jetzt Euren eigenen Folterknechten überstellen. Der Hochinquisitor hätte sicher nichts dagegen. Er sucht zähneknirschend nach jemandem, dem er die Schuld für das geben kann, was geschehen ist. Er würde sonst niemand aus den eigenen Reihen opfern, aber wenn ich Euch nenne, hätte er vermutlich nichts einzuwenden. Ein paar Tage strenger Befragung, und Ihr würdet alles gestehen. Selbst, daß Ihr ein Schattenfreund seid. Innerhalb einer Woche würde Euer Kopf unter der Axt des Henkers rollen!«

Auf Carridins Stirn bildeten sich Schweißtropfen. »Mein Kommandant...« Er schluckte erst einmal. »Aus den Worten meines Kommandanten entnehme ich, daß es einen anderen Weg gibt. Wenn er ihn nur ausspricht, schwöre ich, unverzüglich zu gehorchen.«

Jetzt, dachte Niall. *Jetzt fallen die Würfel.* Er hatte eine Gänsehaut, als befinde er sich in einer Schlacht und erkenne gerade in diesem Moment, daß jeder Mann auf hundert Schritt Umgebung ein Feind war. Kommandierende Lordhauptmänner wurden nicht vom Henker enthauptet, aber mehr als einer war plötzlich und unerwartet verstorben, wurde kurz betrauert und dann ebenso schnell durch einen Mann mit weniger gefährlichen Einfällen ersetzt.

»Kind Carridin«, sagte er mit fester Stimme, »Ihr werdet sicherstellen, daß dieser falsche Drache nicht stirbt. Und falls irgendwelche Aes Sedai kommen und sich gegen ihn stellen, anstatt ihn zu unterstützen, werdet Ihr Eure ›Messer im Dunklen‹-Taktik anwenden.«

Die Kinnlade des Inquisitors klappte herunter. Doch er erholte sich schnell und sah Niall berechnend an. »Aes Sedai zu töten, ist meine Pflicht sowieso, aber... einem falschen Drachen zu gestatten, sich frei zu bewegen? Das... das wäre... Verrat. Und Blasphemie.«

Niall holte tief Luft. Er spürte, wie ihn im Schatten unsichtbare Messer bedrohten. Aber nun gab es kein Zurück mehr. »Es ist kein Verrat, wenn man tut, was notwendig ist. Und man kann selbst Blasphemie tolerieren, wenn sie einem guten Zweck dient.« Allein diese beiden Sätze könnten reichen, um ihn zu töten. »Wißt Ihr, wie man am besten die Menschen unter sich vereint, Kind Carridin? Den schnellsten Weg? Nein? Laßt einen Löwen – einen tollwütigen Löwen – auf der Straße los. Und wenn die Menschen in Panik sind, wenn ihre Knie weich vor Angst sind, sagt ihnen ganz gelassen, daß Ihr euch darum kümmern werdet. Dann tötet Ihr ihn und befehlt ihnen, den Kadaver dort aufzuhängen, wo ihn jeder sehen kann. Bevor sie Zeit zum Nachdenken haben, gebt ihnen einen weiteren Befehl, und sie werden wieder gehorchen. Und wenn Ihr weiterhin Befehle gebt, werden sie ihnen weiterhin gehorchen, denn Ihr seid derjenige, der sie gerettet hat, und wer wäre besser geeignet, sie zu führen?«

Carridin bewegte unruhig den Kopf. »Wollt Ihr ... wollt Ihr alles einnehmen, mein Kommandant? Nicht nur die Ebene von Almoth, sondern auch noch Tarabon und Arad Doman?«

»Was ich will, ist meine Sache. Euch ist es lediglich gegeben, mir zu gehorchen, wie Ihr es geschworen habt. Ich erwarte, noch heute abend zu hören, daß Boten auf schnellen Pferden zur Ebene unterwegs sind. Ich bin sicher, Ihr wißt, wie Ihr die Befehle formulieren müßt, damit niemand ahnt, was er nicht wissen soll. Wenn Ihr jemanden mit Euren Truppen hindern müßt, dann die Taraboner und die Domani. Es wäre nicht gut, wenn sie meinen Löwen töteten. Nein, beim Licht, wir werden sie zum Frieden zwingen.«

»Wie mein Kommandant befiehlt«, sagte Carridin verbindlich. »Ich höre und gehorche.« Zu glatt.

Niall lächelte kalt. »Falls Euer Eid nicht ausreichen sollte, wißt dies: Falls dieser falsche Drache stirbt, bevor ich es anordne, oder falls er von den Hexen aus Tar Valon gefangen wird, wird man Euch eines Morgens mit einem Dolch im Herzen auffinden. Und sollte ich Opfer eines ... Unfalles ... werden oder auch nur an Altersschwäche sterben, werdet Ihr diesen Monat auch nicht überleben.«

»Mein Kommandant, ich habe geschworen, zu gehorchen ...«

»Das habt Ihr«, unterbrach ihn Niall. »Seht zu, daß Ihr euch immer darauf besinnt. Geht jetzt.«

»Wie mein Kommandant befiehlt.« Diesmal klang Carridins Stimme nicht mehr so fest.

Die Tür schloß sich hinter dem Inquisitor. Niall rieb

sich die Hände. Ihm war kalt. Die Würfel rollten, und man konnte noch nicht sagen, welche Augen oben liegen würden, wenn sie liegenblieben. Die Letzte Schlacht nahte wirklich. Nicht Tarmon Gai'don aus der Legende, wo der Dunkle König aus seinem Gefängnis freikam und sich ihm der Wiedergeborene Drache gegenüberstellte. Das ganz bestimmt nicht. Die Aes Sedai im Zeitalter der Legenden hatten vielleicht ein Loch in das Gefängnis des Dunklen Königs im Shayol Ghul gebrochen, aber Lews Therin Brudermörder und seine Hundert Gefährten hatten es wieder verschlossen und versiegelt. Der Gegenschlag hatte die männliche Hälfte der Wahren Quelle auf ewig befleckt und sie in den Wahnsinn getrieben. So hatte die Zerstörung ihren Lauf genommen. Doch einer dieser damaligen Aes Sedai war stärker als zehn der Hexen aus Tar Valon von heute. Die Siegel, die sie angefertigt hatten, würden halten.

Pedron Niall war ein Verfechter kalter Logik und er hatte sich ausgedacht, wie Tarmon Gai'don wirklich verlaufen würde. Bestialische Trolloc-Horden würden sich aus der Großen Fäule nach Süden ergießen wie in den Trolloc-Kriegen vor zweitausend Jahren. Angeführt würden sie von den Myrddraal, den Halbmenschen, und vielleicht sogar von ein paar neuen menschlichen Schattenlords aus den Reihen der Schattenfreunde. Die Menschheit, aufgesplittert in sich ewig streitende Staaten, konnte dem nicht widerstehen. Aber er, Pedron Niall, würde die Menschheit unter dem Banner der Kinder des Lichts einen. Es würde neue Legenden geben, die berichteten, wie Pedron Niall Tarmon Gai'don geführt und gewonnen hatte.

»Zuerst«, murmelte er, »lasse ich den tollwütigen Löwen los.«

»Einen tollwütigen Löwen?«

Niall fuhr auf dem Absatz herum, als ein knochiger, kleiner Mann mit einer riesigen Hakennase hinter einem der aufgehängten Banner hervorschlüpfte. Er sah nur einen Augenblick lang den Teil der Täfelung, der sich wieder schloß. Das Banner hing wieder schlaff an der Wand.

»Ich habe dir diesen Geheimgang gezeigt, Ordeith«, fauchte Niall, »damit du zu mir kommen kannst, wenn ich dich rufe, ohne daß die halbe Festung Bescheid weiß, und nicht, damit du meine privaten Gespräche belauschst!«

Ordeith verbeugte sich verbindlich und kam durch den Raum zu ihm herüber. »Lauschen, Großer Lord? Das würde ich niemals tun. Ich bin nur gerade angekommen und konnte nicht verhindern, Eure letzten Worte zu hören. Es war nicht mehr als das.« Sein Lächeln erschien leicht spöttisch, aber dieses Lächeln lag immer auf seinem Gesicht. Niall hatte es nie anders gesehen, selbst wenn der Bursche überhaupt keinen Grund hatte, anzunehmen, daß ihn jemand beobachtete.

Einen Monat zuvor, mitten im Winter, war der schlaksige kleine Bursche in Amadicia aufgetaucht, zerlumpt und halb erfroren, und irgendwie brachte er es fertig, sich den Weg bis zu Pedron Niall selbst an sämtlichen Wachen und Sekretären vorbeizureden. Er schien über die Ereignisse auf der Toman-Halbinsel besser Bescheid zu wissen als Carridin in seinen umfangreichen, wenn auch unklaren Berichten, besser auch als Byar und mehr als in irgendeinem Bericht stand oder einem Gerücht zu hören war, das Niall zu Ohren gekommen war. Sein Name war natürlich falsch. In der Alten Sprache hieß Ordeith ›wurmstichiges Holz‹. Als Niall ihn daraufhin ansprach, sagte er nur: »Wer wir waren, das weiß kein Mensch mehr, und das Leben ist bitter.« Aber schlau war er. Er war es gewesen, der Niall darauf brachte, wie die kommenden Ereignisse vermutlich verlaufen würden.

Ordeith ging zum Tisch und nahm eine der Zeichnungen in die Hand. Als er sie genügend weit aufrollte, um das Gesicht des jungen Mannes sehen zu können, verstärkte sich sein Lächeln zu einer Grimasse.

Niall ärgerte sich darüber, daß der Mann ungebeten gekommen war. »Du findest wohl einen falschen Drachen lustig, Ordeith? Oder ängstigt es dich?«

»Ein falscher Drache?« fragte Ordeith leise. »Ja. Ja, das muß er natürlich sein. Was sonst könnte er sein?« Er lachte schrill auf. Niall ging das Lachen auf die Nerven. Manchmal glaubte Niall, daß Ordeith zumindest halb verrückt sein mußte.

Aber er ist schlau, verrückt oder nicht. »Was meinst du, Ordeith? Du scheinst ihn zu kennen.«

Ordeith fuhr zusammen, als habe er die Anwesenheit des kommandierenden Lordhauptmannes vergessen. »Ihn kennen? O ja, ich kenne ihn. Er heißt Rand al'Thor. Er kommt von den Zwei Flüssen im Hinterland von Andor, und er ist ein so schlimmer Schattenfreund, daß Eure Seele sich krümmte, wüßte sie nur die Hälfte seiner Schandtaten.«

»Die Zwei Flüsse«, sagte Niall nachdenklich. »Jemand hat erst einen anderen Schattenfreund von dort erwähnt, auch einen Jüngling. Seltsam, wenn man bedenkt, daß Schattenfreunde aus einer solchen Gegend kommen sollen. Aber es gibt natürlich überall welche.«

»Einen anderen, Großer Lord?« fragte Ordeith. »Von den Zwei Flüssen? Ist es Matrim Cauthon oder Perrin Aybara? Sie sind genauso alt wie er und stehen ihm an Bösartigkeit nur wenig nach.«

»Mir wurde der Name Perrin genannt«, sagte Niall mit gerunzelter Stirn. »Drei davon, sagst du? Von den Zwei Flüssen kommt doch sonst nur Wolle und Tabak. Ich bezweifle, daß es noch einen anderen Ort gibt, der stärker vom Rest der Welt isoliert ist.«

»In einer Stadt müssen sich Schattenfreunde verbergen und können ihre wahre Natur nicht offen zeigen. Sie müssen mit anderen Umgang pflegen, mit Fremden, die von anderswo kommen und wieder weiterreisen und dabei erzählen, was sie gesehen und erlebt haben. Aber in ruhigen, von der Welt abgeschnittenen Dörfern, wo man kaum jemals einen Fremden sieht... Welcher Ort könnte für eine ganze Gemeinde von Schattenfreunden besser geeignet sein?«

»Wie kommt es, daß du die Namen von drei Schattenfreunden kennst, Ordeith? Drei Schattenfreunden vom Ende der Welt. Du hast viele Geheimnisse, Wurmholz, und du ziehst mehr Überraschungen aus dem Ärmel als ein Gaukler.«

»Wie kann jemand *alles* erzählen, was er weiß, Großer Lord?« sagte der kleine Mann verbindlich. »Es wäre doch nur Geschwätz, bis einmal etwas Nützliches dabei ist. Ich werde Euch folgendes sagen, Großer Lord: Dieser Rand al'Thor, dieser Drache, ist tief mit den Zwei Flüssen verwurzelt.«

»Falscher Drache!« sagte Niall scharf, und der andere Mann verbeugte sich.

»Natürlich, Großer Lord. Ich habe mich versprochen.«

Plötzlich bemerkte Niall, daß Ordeith die Zeichnung in seinen Händen zerknüllt und zerrissen hatte. Auch wenn das Gesicht des Mannes, abgesehen von dem sardonischen Lächeln, ruhig blieb, zuckten doch seine Hände und verkrampften sich um das Pergament.

»Hör auf damit!« befahl Niall. Er schnappte sich die Rolle aus Ordeiths Händen und glättete sie, so gut es ging. »Ich habe nicht so viele Bilder von diesem Mann, daß ich es mir leisten kann, eines davon zerstören zu lassen.« Ein großer Teil des Bildes war verschmiert, und durch die Brust des jungen Mannes lief ein Riß, aber wie durch ein Wunder war das Gesicht völlig unbeschädigt geblieben.

»Vergebt mir, Großer Lord.« Ordeith verbeugte sich tief. Sein Lächeln blieb unverändert. »Ich hasse Schattenfreunde.«

Niall betrachtete das Gesicht auf der Zeichnung. *Rand al'Thor von den Zwei Flüssen.* »Vielleicht muß ich die Zwei Flüsse in meine Pläne einbeziehen. Wenn der Schnee schmilzt. Vielleicht.«

»Wie der Große Lord wünschen«, sagte Ordeith ausdruckslos.

Die Grimasse auf Carridins Gesicht ließ alle zurückschrecken, als er durch die Säle der Festung schritt. Allerdings suchten sowieso kaum Menschen die Nähe von Zweiflern. Diener, die geschäftig umhereilten, drückten sich an die Steinwände, und selbst Männer mit Goldknoten als Rangabzeichen auf den weißen Umhängen benützten plötzlich Seitengänge, wenn sie sein Gesicht sahen. Er öffnete die Tür zu seinen Räumen und warf sie hinter sich zu. Er fühlte nicht wie sonst die Befriedigung darüber, die schönen Teppiche aus Tarabon und Tear zu sehen, mit ihren reichen Gold- und Blautönen, die versilberten Spiegel aus Illian, die Goldblätter, die den langen, wunderbar durch Schnitzereien verzierten Tisch in der Mitte des Raums umsäumten. Ein Meister aus Lugard hatte daran fast ein Jahr lang gearbeitet. Diesmal bemerkte er das alles kaum.

»Scharbon!« Ausnahmsweise einmal erschien sein Leibdiener nicht. Der Mann sollte an sich die Zimmer in Ordnung bringen. »Das Licht versenge dich, Scharbon! Wo bist du?«

Aus dem Augenwinkel nahm er eine Bewegung wahr, und er wandte sich dorthin, um Scharbon fluchend zur Schnecke zu machen. Doch die Flüche erstarben ihm auf den Lippen, als ein Myrddraal mit der Geschmeidigkeit einer Schlange einen Schritt auf ihn zu tat. Die Gestalt ähnelte der eines Menschen, und er war auch etwa durchschnittlich groß, doch damit endete alle Ähnlichkeit. Stumpfschwarze Kleider und ein Umhang, der sich kaum mitbewegte, ließen seine larvenbleiche Haut noch blasser erscheinen. Und er hatte keine Augen. Dieser augenlose Blick erfüllte Carridin mit Angst, so wie es Tausenden anderer schon ergangen war.

»Wa ...« Carridin hielt inne, um Speichel zu sammeln und sich zu bemühen, seine Stimme wieder normal klingen zu lassen. »Was machst du hier?« Seine Stimme klang immer noch schrill.

Die blutleeren Lippen des Halbmenschen verzogen sich zu einem Lächeln. »Wo es Schatten gibt, darf ich hingehen.« Seine Stimme klang, als raschle eine Schlange durch abgestorbene Blätter. »Ich überwache alle, die mir dienen.«

»Ich die ...«

Es hatte keinen Zweck. Mit Mühe riß Carridin den Blick von dieser glatten Fläche blasser, mehliger Gesichtshaut und wandte ihm den Rücken zu. Ein Schauder lief seinen Rücken hinunter. Ein Myrddraal hinter ihm ... Alles sah in dem Spiegel an der Wand vor ihm klar und deutlich aus. Alles, bis auf den Halbmenschen. Der Myrddraal war nur ein verwaschener Fleck. Auch nicht gerade ein beruhigender Anblick, aber immer noch besser, als diesem Blick gegenüberzustehen. Ein wenig Kraft kehrte in Carridins Stimme zurück.

»Ich diene dem ...« Er schwieg, als ihm mit einem Mal klar wurde, wo er sich befand: im Herzen der Festung des Lichts. Nur ein Gerücht dessen, was er auszusprechen im Begriff war, hätte genügt, um ihn der Hand des Lichts zu überantworten. Der niedrigste aller Kinder des Lichts würde ihn auf der Stelle niederstrecken, hörte er diese Worte. Er war allein bis auf den Myrddraal und vielleicht Scharbon ... *Wo ist dieser verfluchte Kerl?* Es wäre gut, noch einen Menschen bei sich zu haben, um mit ihm diesen Blick des Halbmenschen zu teilen, auch wenn er den anderen hinterher beseitigen mußte. Trotzdem senkte er seine Stimme. »Ich diene dem Großen Herrn der Dunkelheit, genau wie du. Wir dienen beide.«

»Wenn Ihr es so sehen wollt?« Der Myrddraal lachte, und der Ton ließ Carridin bis aufs Mark erschauern. »Wie auch immer, ich will wissen, wieso Ihr euch hier befindet und nicht auf der Ebene von Almoth.«

»Ich … auf Befehl des kommandierenden Lordhauptmannes.«

Der Myrddraal schnarrte: »Die Worte Eures kommandierenden Lordhauptmannes sind Dung! Euer Befehl lautete, den Menschen namens Rand al'Thor zu finden und zu töten. Das ist wichtiger als alles andere. Alles andere! Warum gehorcht Ihr nicht?«

Carridin holte tief Luft. Der Blick in seinem Rücken traf ihn wie ein Messer, das an seinem Rückgrat entlangschnitt. »Die Lage … hat sich geändert. Es gibt Dinge, die ich nicht mehr so gut wie zuvor in der Hand habe.« Ein hartes Kratzen ließ ihn abrupt herumfahren.

Der Myrddraal fuhr mit einer Hand über die Tischfläche, und von seinen Fingernägeln stiegen dünne Rauchwölkchen auf. »Nichts hat sich geändert, Mensch. Ihr habt Eure Eide dem Licht gegenüber gebrochen und neue Eide geschworen, und *denen* werdet Ihr Folge leisten!«

Carridin starrte die Furchen an, die sich durch das glänzende Holz der Tischfläche zogen, und er schluckte krampfhaft. »Ich verstehe nicht. Warum ist es plötzlich so wichtig, ihn zu töten? Ich glaubte, der Große Herr der Dunkelheit wolle ihn benützen?«

»Ihr stellt meine Worte in Frage? Ich sollte Euch die Zunge herausreißen. Es ist nicht an Euch, etwas in Frage zu stellen! Oder etwas zu verstehen. Es ist an Euch, zu gehorchen! Ihr werdet Hunde Gehorsam lehren. Versteht Ihr das? Bei Fuß, Hund, und gehorche deinem Herrn!«

Zorn drang durch seine Angst hindurch, und Carridins Hand schlüpfte an seine Hüfte, doch das Schwert hing nicht dort. Es lag im Nebenzimmer, wo er es gelassen hatte, als er zu Pedron Niall gerufen worden war.

Der Myrddraal bewegte sich schneller als eine angreifende Viper. Carridin öffnete den Mund, um zu schreien, als die vorschnellende Hand sich mit einem eisernen Griff um sein Handgelenk schloß. Seine Knochen wurden zerdrückt, und rasender Schmerz durchfuhr seinen Arm. Doch der Schrei verließ seinen Mund nicht, denn die andere Hand des Halbmenschen ergriff sein Kinn und zwang seine Kiefer, sich zu schließen. Seine Fersen hoben sich, und dann verloren seine Zehen den Kontakt mit dem Boden. Grunzend und gurgelnd hing er im Griff des Myrddraals.

»Hör mich an, Mensch. Du wirst diesen Jüngling finden und so schnell wie möglich töten. Glaube nicht, daß du mich ablenken kannst. Es gibt andere deiner *Kinder,* die mir sagen werden, wenn du dich von deiner Aufgabe abwendest. Aber ich werde dich anspornen. Falls dieser Rand al'Thor nicht in einem Monat tot ist, töte ich einen von deinem Blut: einen Sohn, eine Tochter, eine Schwester, einen Onkel. Du wirst nicht wissen, wen, bis der Erwählte schreiend gestorben ist. Wenn er noch einen Monat am Leben bleibt, töte ich wieder einen. Und dann wieder und wieder. Und wenn keiner von deinem Blut mehr lebt außer dir und er ist immer noch am Leben, dann bringe ich dich zum Shayol Ghul.« Er lächelte. »Es wird Jahre dauern, bis du gestorben bist, Mensch. Verstehen wir uns jetzt?«

Carridin gab einen erstickten Laut von sich – teils Stöhnen, teils Wimmern. Er glaubte, sein Hals müsse gleich brechen.

Mit einem Knurren schleuderte der Myrddraal ihn quer durch den Raum. Carridin krachte gegen die gegenüberliegende Wand und glitt betäubt auf den Läufer davor. Mit dem Gesicht nach unten versuchte er, Luft zu holen.

»Verstehen wir uns, Mensch?«

»Ich ... ich höre und gehorche«, brachte Carridin mit zum Teppich gewandtem Gesicht heraus. Er hörte keine Antwort.

Er drehte sich um und stöhnte auf, weil sein Hals so schmerzte. Außer ihm selbst befand sich niemand im Zimmer. Die Legenden berichteten, daß die Halbmenschen auf Schatten wie andere auf Pferden ritten, und wenn sie sich zur Seite wandten, dann verschwanden sie. Keine Wand konnte sie zurückhalten. Carridin hätte am liebsten geweint. Er schob sich mühsam hoch und fluchte über den stechenden Schmerz in seinem Handgelenk.

Die Tür öffnete sich, und Scharbon eilte herein. Er war ein molliger Mann und trug einen Korb auf den Armen. Er blieb stehen und sah Carridin überrascht an. »Herr, geht es Euch gut? Vergebt mir, daß ich nicht eher gekommen bin, aber ich ging aus, um Obst zu kaufen ...«

Mit seiner unverletzten Hand schlug Carridin Scharbon den Korb aus den Händen. Verschrumpelte Äpfel rollten über den Teppich. Dann schlug er dem Mann obendrein noch mit dem Handrücken ins Gesicht.

»Vergebt mir, Herr«, flüsterte Scharbon.

»Bring mir Papier und Tinte«, knurrte Carridin. »Beeil dich, du Narr! Ich muß Befehle verschicken.« *Aber welche? Wessen Befehle?* Während Scharbon hastig dem Befehl nachkam, starrte Carridin die Furchen auf der Tischplatte an und zitterte.

KAPITEL 1

Warten

Das Rad der Zeit dreht sich, und die Zeitalter kommen und gehen, hinterlassen Erinnerungen, die zu Legenden werden, diese wieder verblassen zu bloßen Mythen und sind längst vergessen, wenn das Zeitalter, das sie hervorbrachte, wiederkehrt. In einem Zeitalter, von einigen das Dritte genannt, einem Zeitalter, das noch kommen wird und das schon lange vergangen ist, erhob sich ein Wind in den Bergen des Verderbens. Der Wind stand nicht am Anfang. Es gibt weder Anfang noch Ende, wenn sich das Rad der Zeit dreht. Aber es war ein Beginn.

Der Wind fegte durch lange Täler, Täler, in denen der Morgendunst blau und feucht hing, einige mit Nadelbäumen bewaldet, andere noch kahl, doch bald würden Gras und erste Bergblumen sprießen. Er heulte über halb im Boden versunkene Ruinen und verwitterte Denkmäler, genauso von der Welt vergessen wie diejenigen, die sie einst erbauten. Er seufzte durch Pässe, verwitterte Einschnitte zwischen ewig mit Schnee bedeckten Gipfeln. Dichte Wolken hingen an den Gipfeln, so daß es schien, als seien Schnee und Wolken eins.

Im Tiefland war der Winter schon vorbei, aber hier auf den Höhen hielt er sich noch und sprenkelte große, weiße Flecken über die Abhänge. Nur die Nadelbäume oder die Lederblätter waren grün; die anderen alle zeigten kahle, braune oder graue Äste und hoben sich kaum von den Felsen oder den noch wintergelben Wiesen ab. Man hörte keinen Laut außer dem Rauschen des Windes über Schnee und Fels. Das Land schien zu warten. Es wartete darauf, daß irgend etwas ausbrach.

Perrin Aybara saß auf seinem Pferd am inneren Rand eines Dickichts aus Lederblattbäumen und Kiefern und zog, vor Kälte zitternd, seinen pelzbesetzten Umhang enger um sich zusammen. Das war schwierig, denn er hielt den Langbogen in einer Hand, und an seinem Gürtel hing seine große Axt mit ihrer halbmondförmigen Schneide. Es war eine gute Axt – aus kaltem Stahl gefertigt. Perrin hatte den Blasebalg bedient, als Meister Luhhan sie schmiedete. Der Wind zupfte an seinem Umhang und zerrte die Kapuze von den lockigen, zerzausten Haaren. Er drang sogar noch durch den Stoff seines Mantels. Er bewegte die Zehen in den Stiefeln, um sie etwas aufzuwärmen, und rutschte auf dem an beiden Seiten hochgezogenen Kampfsattel umher. Aber es war nicht die Kälte, an die er gerade dachte. Er musterte seine fünf Begleiter und fragte sich, ob auch sie es spürten. Es war nicht das Warten, nein, irgend etwas anderes lag in der Luft.

Traber, sein Pferd, bewegte sich unruhig und warf den Kopf hoch. Er hatte den braunen Hengst seiner Lieblingsgangart wegen so genannt. Nun schien Traber die Unruhe und Ungeduld seines Reiters zu spüren. *Ich habe genug von dem ewigen Warten. Immer dasitzen, und Moiraine hält uns so kurz, wie es nur geht. Verseng die Aes Sedai! Wann ist endlich Schluß mit der Warterei?*

Er sog den Wind ein. Der Geruch nach Pferden herrschte vor, und nach Männern und deren Schweiß. Vor nicht allzu langer Zeit war ein Kaninchen zwischen diesen Bäumen durchgehoppelt. Es mußte offensichtlich Angst gehabt haben, doch der Fuchs auf seiner Spur hatte es hier jedenfalls noch nicht getötet. Ihm wurde klar, was er da tat, und er hielt inne. *Man sollte denken, bei diesem Wind müßte meine Nase verstopft sein.* Er wünschte es sich beinahe. *Und ich würde sie ganz gewiß nicht von Moiraine behandeln lassen.* Irgend etwas kitzelte seinen Geist. Er weigerte sich, das Gefühl zu akzeptieren. Er erwähnte es seinen Gefährten gegenüber nicht.

Auch die fünf anderen Männer saßen aufbruchbereit auf ihren Pferden, hatten den kurzen Reiterbogen in der Hand und beobachteten sowohl die dünn bewaldeten Abhänge unter ihnen wie auch den Himmel über ihnen. Der Wind, der ihre Umhänge wie Fahnen flattern ließ, schien sie nicht zu stören. Durch einen Schlitz im Umhang ragte über die Schultern jedes Mannes der Griff eines Zweihandschwertes auf. Beim Anblick ihrer bis auf den Haarknoten in der Mitte kahlgeschorenen Köpfe wurde Perrin die Kälte noch mehr bewußt. Für sie war das bereits ein echtes Vorfrühlingswetter. Alles Weiche war von einem härteren Schmied, als er je einen kennengelernt hatte, aus ihnen herausgehämmert worden. Sie waren Schienarer aus den Grenzlanden oben am Rand der Großen Fäule, wo jede Nacht Trolloc-Überfälle drohten und selbst ein Bauer oder Händler gezwungen sein konnte, zum Schwert oder zum Bogen zu greifen. Und diese Männer waren gewiß keine Bauern, sondern von klein auf zu Soldaten erzogen worden.

Er fragte sich manchmal, wieso sie ihn eigentlich in diesem Maße anerkannten und seine Führung hinnahmen. Es war, als hielten sie es für sein ganz besonderes Recht, als wisse er einiges, was ihnen selbst verborgen blieb. *Oder es sind einfach meine Freunde,* dachte er bescheiden. Sie waren nicht so groß und kräftig gebaut wie er – die Jahre als Lehrling in einer Schmiede hatten ihm Schultern und Arme verliehen, die sonst für zwei Männer gereicht hätten –, aber mittlerweile hatte er angefangen, sich jeden Tag zu rasieren, damit sie ihn nicht immer wegen seiner Jugend verspotteten. Es waren wohl freundliche Scherze, aber sie trafen ihn dennoch. Nein, er ließ das am besten gar nicht mehr aufkommen, indem er ihnen jetzt von seinem unbestimmten Gefühl erzählte.

Aufschreckend wurde Perrin klar, daß er ja auch Wache halten mußte. Er überprüfte kurz den Pfeil, den er schußbereit aufgelegt hatte, und spähte das nach Westen verlaufende Tal hinunter. Es wurde weiter unten breiter. Breite Schneebänder zogen sich im Hangprofil gekrümmt an der nördlichen Seite entlang. Der Winter war noch nicht vergessen. Die meisten der verstreuten Bäume dort unten reckten noch immer kahle Äste dem Himmel entgegen, aber an den Hängen und auch auf der Talsohle standen genug immergrüne Bäume – Kiefer und Lederblatt, Tanne und Bergholunder und sogar ein paar hochaufragende Grünholzbäume –, um demjenigen Deckung zu geben, der es auszunützen wußte. Aber hierher kam man auch nur, wenn man einen besonderen Grund hatte. Die Bergwerke befanden sich weit im Süden oder eben noch weiter nördlich. Die meisten Menschen glaubten, es brächte Unglück, die Verschleierten Berge zu betreten, und wer es vermeiden konnte, kam nicht hierher. Perrins Augen glitzerten in mattem Gold.

Aus dem Kitzeln wurde ein starkes Jucken. *Nein!*

Er konnte das Gefühl verdrängen, aber die gespannte Erwartung blieb. Als wandle er dicht an einem Abgrund. Als schwanke alles um ihn herum. Er fragte sich, ob in den Bergen etwas Unangenehmes auf sie warte. Vielleicht gab es einen Weg, das festzustellen. An Orten wie diesen, wo nur selten Menschen zu sehen waren, lebten zumeist Wölfe. Er unterdrückte den Gedanken, bevor er übermächtig wurde. *Besser, nichts Genaues zu wissen. Immer noch besser als das.* Es waren sicher nicht viele, aber sie hatten ihre Kundschafter. Falls sich da draußen irgend etwas tat, würden die es herausfinden. *Das ist meine Schmiede. Hier schüre ich das Feuer. Laß sie sich um ihr eigenes Feuer kümmern.* Er sah besser als die anderen, und so war er der erste, der den Reiter entdeckte. Er kam aus der Richtung von Tarabon. Selbst für ihn war der Reiter nur ein bunter Farbklecks auf einem Pferd, der sich in großer Entfernung zwischen den Bäumen durchwand, einmal sichtbar und dann wieder nicht. Ein gescheckte Pferd, dachte er. *Und nicht zu früh!* Er öffnete den Mund, um es den anderen mitzuteilen – natürlich würde es wie jeder Reiter zuvor eine Frau sein –, als Masema plötzlich wie einen Fluch das Wort »Rabe!« knurrte.

Perrin riß es den Kopf hoch. Ein großer schwarzer Vogel schwebte keine hundert Schritt entfernt über den Baumwipfeln. Er spähte vielleicht nach irgendeinem kleinen Tier oder einem Stück Aas im Schnee, doch Perrin konnte kein Risiko eingehen. Er schien sie nicht entdeckt zu haben, aber der sich nähernde Reiter würde bald in seinem Sichtbereich auftauchen. So hob er noch beinahe im gleichen Augenblick den Bogen, zog den Pfeil mit seinen Federn bis an seine Wange, sein Ohr, und schoß ihn mit einer fließenden Bewegung ab. Er war sich undeutlich den Summens weiterer Bogensehnen bewußt, doch seine Aufmerksamkeit galt ganz dem Vogel.

Plötzlich überschlug sich der in einem Regen mitternachtsfarbener Federn, als sein Pfeil ihn traf. Er taumelte vom Himmel herab, und gleichzeitig zischten zwei weitere Pfeile dort vorbei, wo er sich gerade noch befunden hatte. Mit leicht gesenkten Bögen suchten die anderen Schienarer den Himmel ab, ob sich noch weitere Raben zeigten.

»Muß er ihm berichten«, fragte Perrin leise, »oder sieht ... *er* ... durch seine Augen?« Die Frage war nicht für die Ohren der anderen bestimmt gewesen, aber Ragan, der jüngste der Schienarer, nur etwa zehn Jahre älter als er, antwortete, während er einen neuen Pfeil bei seinem kurzen Bogen auflegte.

»Er muß berichten. Gewöhnlich einem Halbmenschen.« In den Grenzlanden wurde für das Erlegen von Raben eine Prämie bezahlt. Keiner dort wagte es, anzunehmen, daß ein Rabe einfach nur ein Vogel sei. »Licht, wenn Herzbann auch noch sehen könnte, was immer die Raben sehen, dann wären wir schon tot gewesen, bevor wir die Berge erreichten.« Ragan sagte das so leichthin; für einen schienarischen Soldaten war das alltäglich.

Perrin schauderte, und das kam nicht von der Kälte. In seinem Hinterkopf knurrte irgend jemand eine Herausforderung auf Leben und Tod. Herzbann. Verschiedene Namen in verschiedenen Ländern – Seelenbann und Herzfang, Herr der Gräber und Herr des Zwielichts – und überall die Namen ›Vater der Lügen‹ und der ›Dunkle König‹. Alles, um zu vermeiden, ihn beim richtigen Namen zu nennen und seine Aufmerksamkeit auf sich zu lenken. Der Dunkle König sandte oft Raben und Krähen und in den Städten Ratten aus. Perrin zog einen weiteren Pfeil mit breiter Spitze aus dem Köcher an der Hüfte gegenüber seiner Axt.

»Der ist zwar so groß wie ein Knüppel«, meinte Ragan mit einem bewundernden Blick auf Perrins Bogen, »aber er kann vielleicht schießen! Ich möchte nicht sehen, was er einem Mann in voller Rüstung antun kann.« Die Schienarer trugen zur Zeit nur leichte Kettenhemden unter den Mänteln, aber normalerweise kämpften sie in Rüstungen und ihre Pferde trugen metallbeschlagene Decken.

»Zu lang für einen Reiter«, spottete Masema. Die dreieckige Narbe auf seiner dunklen Wange ließ sein Grinsen noch verächtlicher wirken. »Ein guter Brustpanzer hält jeden Pfeil ab, außer bei ganz kurzer Entfernung, und wenn dein erster Schuß danebengeht, wird der Mann, auf den du geschossen hast, dir den Bauch aufschlitzen.«

»Das ist es ja gerade, Masema.« Ragan entspannte sich ein wenig, da der Himmel leer geblieben war. Der Rabe mußte ein Einzelgänger gewesen sein. »Mit diesem Zwei-Flüsse-Bogen muß man halt nicht so nahe dran sein, wetten?« Masema öffnete den Mund.

»Ihr beiden, hört auf, eure blutigen Zungen zu wetzen!« fauchte Uno. Seine Gesichtszüge wirkten selbst für einen Schienarer hart – mit der langen Narbe über der linken Gesichtshälfte und dem fehlenden Auge. Auf ihrem Weg in die Berge hatte er sich im Herbst eine bunte Augenklappe zugelegt, doch das immer finster dreinblickende, aufgemalte feuerrote Auge half nicht, daß man seinen Blick leichter ertragen konnte. »Wenn ihr euren blutigen Verstand nicht bei eurer blutigen Aufgabe haltet, dann sorge ich dafür, daß ihr durch sengende Extrawachen heute nacht blutig beruhigt werdet.« Ragan und Masema gaben unter seinem Blick Ruhe. Er sah sie noch einmal finster an und wandte sich dann wieder etwas freundlicher Perrin zu. »Siehst du schon irgend etwas?« Sein Tonfall war vielleicht ein wenig rauher als einem Kommandanten gegenüber, dem ihn der König von Schienar oder der Herr von Fal Dara unterstellt hätte, aber es lag doch eine gewisse Bereitschaft darin, zu tun, was immer Perrin vorschlug.

Die Schienarer wußten, wie weit er sehen konnte, aber sie nahmen es ganz selbstverständlich hin, genauso wie seine Augenfarbe. Natürlich kannten sie noch nicht einmal die halbe Wahrheit, aber sie nahmen ihn so, wie er war. Wie sie dachten, daß er sei. Sie schienen überhaupt alles hinzunehmen. Die Welt verändert sich, sagten sie. Alles drehte sich mit den Rädern des Zufalls und der Veränderung. Wenn ein Mann Augen hatte, deren Farbe noch nie zuvor bei einem Menschen aufgetaucht war, nun ja, was hatte das schon zu bedeuten?

»Sie kommt«, sagte Perrin. »Ihr solltet sie jetzt auch sehen können. Dort!« Er deutete hinüber. Uno beugte sich vor, und sein Auge zog sich angestrengt zusammen. Dann nickte er zweifelnd.

»Da bewegt sich verflucht noch mal etwas.« Einige der anderen nickten und murmelten zustimmend. Uno funkelte sie an, und sie kehrten zu ihrer eigentlichen Beschäftigung zurück, Himmel und Berge zu beobachten. Plötzlich wurde Perrin klar, was die lebhaften Farben an der entfernten Reiterin zu bedeuten hatten. Ein leuchtend grüner Rock lugte unter einem hellroten Umhang hervor. »Sie gehört zum Fahrenden Volk«, sagte er überrascht. Niemand sonst kleidete sich in solch leuchtende Farben und eigenartige Zusammenstellungen, jedenfalls nicht freiwillig.

Unter den Frauen, die sie manchmal getroffen und tiefer in die Berge geleitet hatten, war so ziemlich jede Sorte gewesen: eine Bettlerin in Lumpen, die sich zu Fuß durch den Schneesturm kämpfte, eine Händlerin, die ganz allein eine Schar von beladenen Packpferden führte, eine Lady in Seide und Pelzen, die auf einem goldverzierten Damensattel saß und ihr Pferd mit rotbefransten Zügeln leitete ... Die Bettlerin zog mit einem Beutel Silber weiter – mehr als sie sich nach Perrins Meinung zu geben leisten konnten –, bis die Lady mit einem noch fetteren Beutel Gold abreiste. Frauen in jeder Lebenslage, aus Tarabon und Ghealdan und sogar aus Amadicia. Doch er hatte nicht erwartet, eine der Tuatha'an hier zu treffen.

»Eine verdammte Kesselflickerin?« rief Uno. Die anderen teilten seine Überraschung.

Ragans Haarknoten wackelte, als er den Kopf schüttelte. »Ein Kesselflicker läßt sich doch nicht in so was verwickeln! Entweder sie gehört nicht zu ihnen, oder es ist nicht diejenige, die wir erwarten.«

»Kesselflicker«, grollte Masema. »Nutzlose Feiglinge.«

Unos Auge zog sich zusammen, bis es wie das Schaftloch eines Ambosses wirkte. Zusammen mit dem roten aufgemalten Auge auf seiner Augenklappe verlieh ihm das das Aussehen eines rechten Schurken. »Feiglinge, Masema?« fragte er leise. »Wenn du eine Frau wärst, hättest du den verfluchten Mut, allein und verdammt noch mal unbewaffnet hier heraufzureiten?«

Es gab keinen Zweifel daran, daß sie unbewaffnet war, wenn sie zu den Tuatha'an gehörte. Masema hielt den Mund, doch die Narbe auf seiner Wange trat straff und blaß hervor.

»Seng mich, wenn ich das wagte«, sagte Ragan. »Und seng mich, wenn du den Mut hättest, Masema.« Masema zupfte an seinem Umhang und suchte auffällig konzentriert den Himmel ab.

Uno schnaubte. »Das Licht gebe, daß der verdammte Aasfresser verflucht noch mal allein war«, murmelte er.

Langsam wand sich die zerzauste, braun-weiße Stute zwischen den Bäumen hindurch näher heran. Sie suchte sich ihren Weg dort, wo der Boden zwischen breiten Schneewehen bereits schneefrei war. Einmal ließ die buntgekleidete Frau ihr Pferd anhalten und betrachtete etwas auf dem Boden. Dann zog sie die Kapuze ihres Umhangs ein Stückchen weiter nach vorn und brachte ihr Pferd mit Fersendruck zum langsamen Weitergehen. *Der Rabe,* dachte Perrin. *Sieh diesen Vogel nicht an, Frau, sondern reite lieber weiter. Vielleicht hast du eine Nachricht für uns, die uns endlich hier herausbringt. Falls uns Moiraine hier wegläßt, bevor es wirklich Frühling ist. Seng sie!* Einen Augenblick lang war er selbst nicht sicher, ob er damit die Aes Sedai meinte oder die Kesselflickerfrau, die sich viel Zeit zu nehmen schien.

Wenn sie so weitermachte, würde die Frau gute dreißig Schritt entfernt von ihnen auf der anderen Seite des Dickichts vorbeikommen. Sie sah unverwandt dorthin, wo ihre scheckige Stute ausschritt, und ließ sich nicht anmerken, ob sie sie zwischen den Bäumen erspäht hatte.

Perrin stupste die Flanken des Hengstes sanft mit den Fersen und der Braune sprang vorwärts. Unter seinen Hufen stob der Schnee auf. Hinter ihm befahl Uno leise: »Vorwärts!«

Traber war auf dem halben Weg zu ihr, als sie ihrer schließlich gewahr wurde. Sie riß am Zügel ihrer Stute, so daß sie abrupt stehenblieb. Sie beobachtete sie, als die Schienarer einen Kreis um sie bildeten. Ihr roter Umhang wirkte noch greller durch die leuchtend-blauen Stickereien nach einem Muster, das sich Tairen-Labyrinth nannte. Sie war nicht mehr jung. Wo ihr Haar nicht von der Kapuze verborgen wurde, war es fast ganz grau. Ihr Gesicht aber wies kaum Falten auf, außer den kritischen Runzeln auf der Stirn beim Anblick ihrer Waffen. Falls sie erschrocken darüber war, hier im Herz der Bergwildnis bewaffnete Männer anzutreffen, ließ sie es sich jedenfalls nicht anmerken. Ihre Hände ruhten entspannt auf dem Horn ihres alten, aber gepflegten Sattels. Und sie roch auch nicht nach Angst.

Hör auf damit! sagte sich Perrin. Er sprach mit sanfter Stimme, um sie nicht zu erschrecken: »Ich heiße Perrin, gute Frau. Wenn Ihr Hilfe benötigt, werde ich tun, was ich kann. Falls nicht, dann geht im Licht. Doch wenn die Tuatha'an ihre Sitten nicht plötzlich geändert haben, seid Ihr weit von Euren Wagen entfernt!«

Sie musterte sie einen Augenblick lang, bevor sie antwortete. In ihren dunklen Augen lag eine Sanftheit, die bei einer vom Fahrenden Volk nicht überraschte. »Ich suche eine … eine Frau.«

Das Zögern war nur kurz, aber unüberhörbar. Sie suchte nicht nach irgendeiner Frau, sondern nach einer Aes Sedai. »Wie heißt sie denn, gute Frau?« fragte Perrin. Er hatte das in den letzten Monaten zu oft fragen müssen, um die Antwort nicht schon im voraus zu kennen, aber er mußte sich eben alle Mühe geben.

»Sie heißt … Manchmal nennt sie sich Moiraine. Ich heiße Leya.«

Perrin nickte. »Wir werden Euch zu ihr bringen, Frau Leya. Wir haben warme Feuer, und mit etwas Glück gibt es ein heißes Mahl.« Doch er hob die Zügel noch nicht gleich. »Wie habt Ihr uns gefunden?« Er hatte das auch früher schon gefragt – jedesmal, wenn Moiraine ihn zu einem bestimmten Punkt aussandte, um auf eine Frau zu warten, von der sie wußte, daß sie kommen würde. Die Antwort würde die gleiche sein wie immer, aber er mußte die Frage stellen.

Leya zuckte die Achseln und antwortete zögernd: »Ich ... wußte, wenn ich hier weiterreite, dann findet mich irgend jemand und bringt mich zu ihr. Ich ... wußte es einfach. Ich habe Nachrichten für sie.«

Perrin fragte nicht weiter danach. Die Frauen gaben ihre Informationen ausschließlich an Moiraine weiter. *Und die Aes Sedai teilt uns ihre Wünsche mit.* Er dachte darüber nach. Die Aes Sedai logen niemals, aber man sagte, die Wahrheit einer Aes Sedai sei nicht immer die gleiche Wahrheit, die man selbst sah. *Zu spät, jetzt noch einen Rückzieher machen zu wollen, oder?*

»Hier entlang, Frau Leya«, sagte er und deutete den Hang hinauf. Die Schienarer mit Uno an der Spitze reihten sich hinter Perrin und Leya ein, als sie hinaufritten. Die Soldaten aus den Grenzlanden beobachteten noch immer den Himmel genauso wie das Land, und die beiden am Ende beobachteten den Weg, den sie gekommen waren, mit besonderer Sorgfalt.

Eine Weile lang ritten sie schweigend dahin. Nur die Pferdehufe knirschten manchmal auf dem alten Schneebelag, und manchmal rissen sie Steinbrocken los, die an kahlen Stellen hinunterpolterten. Von Zeit zu Zeit musterte Leya Perrin, seinen Bogen, seine Axt und sein Gesicht, doch sie sagte nichts. Er rutschte unsicher unter ihrer Musterung im Sattel umher und vermied es, sie anzusehen. Er gab Fremden nie gern Gelegenheit, seine Augenfarbe zu entdecken.

Schließlich sagte er: »Ich war überrascht, eine vom Fahrenden Volk hier zu sehen. Es kann doch eigentlich Eurem Glauben nicht entsprechen, oder?«

»Es ist durchaus möglich, das Böse zu bekämpfen, ohne dabei Gewalt anzuwenden.« Ihre Stimme klang, als spräche sie lediglich eine offensichtliche Wahrheit aus.

Perrin grunzte säuerlich und murmelte dann sogleich eine Entschuldigung. »Wäre es nur wirklich so, wie Ihr sagt, Frau Leya.«

»Gewalt schadet dem Anwender genauso wie dem Opfer«, sagte Leya gelassen. »Deshalb fliehen wir vor denen, die uns schaden wollen – sowohl, um sie davor zu bewahren, sich selbst zu schaden, wie auch, um uns vor dem Schaden zu bewahren. Wenn wir Gewalt anwenden, um uns vor dem Bösen zu schützen, unterscheiden wir uns bald nicht mehr von denen, die wir bekämpfen. Wir bekämpfen den Schatten mit der Kraft unseres Glaubens.«

Perrin konnte nicht anders, er mußte schnauben. »Frau Leya, ich hoffe, Ihr werdet niemals Trollocs nur mit der Kraft Eures Glaubens bewaffnet gegenüberstehen. Die Kraft ihrer Schwerter wird Euch auf dem Fleck niedermetzeln.«

»Es ist besser, zu sterben, als …«, begann sie, doch der Zorn ließ ihn ihre Worte unterbrechen. Zorn, weil sie es einfach nicht einsehen wollte. Zorn, weil sie lieber sterben würde, als jemanden zu verletzen, gleich, wie böse er auch sei.

»Wenn Ihr weglauft, dann jagen und töten sie Euch und essen Eure Leiche auf. Oder sie warten erst gar nicht, bis Ihr eine Leiche seid. In jedem Fall seid Ihr tot, und das Böse hat gesiegt. Und es gibt Menschen, die genauso grausam sind. Schattenfreunde und andere. Mehr, als ich noch vor einem Jahr geglaubt hätte. Laßt die Weißmäntel zu der Entscheidung kommen, daß Ihr Kesselflicker nicht im Licht wandelt, und dann seht, wie viele von Euch die Kraft Eures Glaubens am Leben halten kann.«

Sie warf ihm einen durchdringenden Blick zu. »Und doch werdet auch Ihr eurer Waffen nicht froh.«

Woher wußte sie das? Er schüttelte ungeduldig den

Kopf, daß sein zerzaustes Haar flog. »Der Schöpfer hat die Welt geschaffen und nicht ich«, murmelte er. »Ich muß eben auf dieser Welt so leben, wie ich kann.«

»So traurig in diesem jungen Alter«, sagte sie leise. »Warum so traurig?«

»Ich sollte aufpassen und nicht quatschen«, sagte er kurz angebunden. »Ihr werdet es mir nicht danken, wenn wir uns verirren.« Er ließ Traber die Fersen spüren, um eine weitere Unterhaltung abzublocken, doch er fühlte ihren Blick auf sich ruhen. *Traurig? Ich bin nicht traurig, nur ... Licht, ich weiß selbst nicht. Sie sollten halt einen besseren Weg finden, das ist alles.* Wieder juckte es in seinem Hinterkopf, aber da er bereits damit beschäftigt war, Leyas Blick zu ignorieren, ignorierte er auch das. Sie ritten über den Bergkamm und wieder hinunter durch ein bewaldetes Tal mit einem breiten, kalten Bach auf der Sohle. Das Wasser reichte den Pferden bis an die Knie. In der Ferne konnten sie einen Felsabhang sehen, den man in der Form von zwei hoch aufragenden Gestalten behauen hatte. Perrin meinte, es könne sich um einen Mann und eine Frau handeln, obwohl Wind und Regen längst die Unterschiede ausgeglichen hatten. Selbst Moiraine behauptete, sie wisse nicht, wer sie gewesen sein mochten oder wann man sie in den Granit gehauen hatte.

Schleien und kleine Forellen flüchteten vor den Hufen der Pferde – silberne Blitze im klaren Wasser. Ein Hirsch blickte vom Trinken auf, zögerte, als die Gesellschaft aus dem Bach herausritt, und setzte dann mit langen Sprüngen fort ins Dickicht. Eine große, graugestreifte Bergkatze mit schwarzen Flecken schien sich dahinter aus dem Boden zu schieben. Sie war offensichtlich im Anschleichen gestört worden. Sie beäugte einen Moment lang die Pferde, schlug kurz mit dem Schwanz und jagte dann hinter dem

Hirsch her. Andererseits sah man hier in den Bergen noch nicht viel Leben. Nur eine Handvoll Vögel saßen auf Zweigen oder pickten am Boden, dort, wo der Schnee geschmolzen war. Weitere würden in ein paar Wochen auf die Höhen zurückkehren, aber eben jetzt noch nicht. Sie sahen keine weiteren Raben.

Es war schon später Nachmittag, als Perrin sie zwischen zwei steilen Berghängen hindurchführte. Die verschneiten Gipfel lagen wie immer in Wolken gehüllt. Ein kleiner Bach plätscherte in mehreren Stufen über graue Felsen herunter. In den Bäumen sang ein Vogel, und von weiter vorn her antwortete ihm ein anderer.

Perrin lächelte. Das Signal eines Blaufinken. Das war ein typischer Vogel aus den Grenzlanden. Keiner ritt hier entlang, ohne entdeckt zu werden. Er rieb sich die Nase und sah den Baum nicht an, von dem der erste ›Vogel‹ gesungen hatte.

Der Pfad wurde schmaler. Sie ritten an gekrümmten Lederblattbäumen und ein paar geduckten Bergeichen vorbei. Der einigermaßen ebene Boden neben dem Bach war ein nur etwa pferdebreiter Streifen, und der Bach selbst war auch nicht breiter als ein großer Schritt. Perrin hörte, wie Leya hinter ihm etwas in sich hineinmurmelte. Als er sich nach ihr umsah, warf sie besorgte Blicke auf die steilen Abhänge zu beiden Seiten. Vereinzelte Bäume klebten über ihnen am Steilhang. Es schien unmöglich, daß sie nicht abstürzen würden. Die Schienarer ritten endlich wieder entspannt dahin.

Mit einem Mal öffnete sich eine tiefe, ovale Mulde zwischen den Abhängen vor ihnen. Ihre Seiten waren steil, doch lange nicht so gefährlich, wie die des engen Weges, auf dem sie sich befunden hatten. Am hinteren Ende der Mulde lag die Quelle des Baches. Perrins scharfe Augen machten einen Mann mit dem Haarknoten eines Schienarers aus, der zu ihrer Linken oben im Geäst einer Eiche saß. Wäre der Ruf eines roten Hähers erklungen statt eines Blaufinken, dann wäre er dort oben nicht allein und der Weg in die Mulde blockiert gewesen. Eine Handvoll Männer konnte diesen Eingang gegen eine ganze Armee verteidigen. Falls eine Armee kam, würde tatsächlich eine Handvoll Männer so etwas vollbringen müssen.

Unter den Bäumen am Rand der Mulde standen Blockhütten so gut verborgen, daß die um die Lagerfeuer versammelten Männer zunächst schutzlos am Boden zu sitzen schienen. Weniger als ein Dutzend waren zu sehen. Und außerhalb ihres Gesichtsfeldes befanden sich auch nicht viel mehr; das wußte Perrin. Die meisten blickten sich um, und einige winkten, als sie den Hufschlag hörten. Die Mulde war voll vom Geruch der Pferde und Männer, des in den Kesseln brutzelnden Essens und des lodernden Holzes. Eine lange, weiße Flagge hing schlaff von einem hohen Mast in der Nähe. Eine Gestalt, die mindestens noch einmal alle anderen um die Hälfte überragte, saß auf einem Baumstamm und war ganz in ein Buch vertieft, das klein in zwei riesigen Händen lag. Die Aufmerksamkeit dieser Gestalt konnte offensichtlich nichts ablenken, nicht einmal der Ruf der einzigen anderen Person ohne einen Haarknoten: »Also habt Ihr sie gefunden, ja? Ich dachte, diesmal braucht Ihr noch die Nacht über.« Es war die Stimme einer jungen Frau, doch sie trug den Mantel und die Hosen eines Mannes und hatte die Haare kurz geschnitten.

Ein Windstoß fuhr in die Mulde, ließ die Umhänge flattern, und die Flagge blähte sich zur vollen Länge. Einen Augenblick lang schien es, als ritte das Wesen darauf auf dem Wind mit: eine vierbeinige Schlange mit goldenen und blauen Schuppen, einer goldenen Löwenmähne und fünf goldenen Klauen an jedem Fuß. Eine legendäre Flagge. Die meisten Männer würden sie gar nicht erkennen, aber wenn sie ihren Namen hörten, würden sie ihn fürchten.

Perrin umfaßte das alles mit einer ausschweifenden Handbewegung, während er sie hinunterführte. »Willkommen im Lager des Wiedergeborenen Drachen, Leya.«

KAPITEL 2

Saidin

Mit ausdruckslosem Gesicht sah die Tuatha'an-Frau die Flagge an, die bald wieder schlaff am Mast hing, und dann wandte sie ihre Aufmerksamkeit denen zu, die um die Feuer herum saßen. Besonders derjenige erregte ihre Aufmerksamkeit, der las und noch einmal um die Hälfte größer und mächtiger war als Perrin. »Ihr habt einen Ogier dabei. Das hätte ich nicht gedacht…« Sie schüttelte den Kopf. »Wo ist Moiraine Sedai?« Das Drachenbanner schien für sie gar nicht zu existieren.

Perrin deutete auf die am weitesten oben stehende Blockhütte am anderen Ende der Mulde. Die Wände und das Satteldach waren aus unbeschälten Baumstämmen roh zusammengezimmert, und es war die größte Hütte, wenn auch immer noch nicht sehr groß. »Das ist ihre. Für sie und Lan. Er ist ihr Behüter. Wenn Ihr etwas Heißes zu trinken bekommen habt…«

»Nein. Ich muß Moiraine sprechen.«

Es überraschte ihn nicht. Alle Frauen, die sich hierher verirrten, wollten sofort und unter vier Augen mit Moiraine sprechen. Die Neuigkeiten, die Moiraine ihnen dann später mitteilte, klangen nicht immer besonders wichtig, aber die Frauen wirkten eben immer wie ein Jäger, der dem letzten Kaninchen auf der Welt auflauert, damit seine verhungernde Familie etwas zu essen hat. Die halberfrorene Bettlerin hatte Decken und einen Teller heißen Eintopf abgelehnt und war statt dessen barfuß durch den immer noch fallenden Schnee zu Moiraines Hütte gestapft.

Leya glitt aus dem Sattel und übergab Perrin die Zügel. »Sorgt Ihr dafür, daß sie gefüttert wird?« Sie tätschelte die Nase ihrer scheckigen Stute. »Piesa ist es nicht gewohnt, mich durch so rauhes Gelände zu tragen.«

»Viel Futter haben wir nicht«, antwortete Perrin, »aber sie bekommt, soviel wir ihr geben können.«

Leya nickte und eilte wortlos den Hang hinauf. Sie raffte ihren leuchtend grünen Rock, und hinter ihr wehte der blaubestickte, rote Umhang her.

Perrin schwang sich aus dem Sattel und unterhielt sich kurz mit den Männern, die vom Feuer aufstanden, um sich um die Pferde zu kümmern. Er gab seinen Bogen dem, der Traber mitnahm. Nein, außer dem einen Raben hatten sie nichts Auffälliges bemerkt – nur die Berge und die Tuatha'an-Frau. Ja, der Rabe war tot. Nein, sie hatte ihnen nichts über die Ereignisse außerhalb der Bergländer erzählt. Nein, er hatte keine Ahnung, ob sie bald abreisen könnten.

Oder überhaupt jemals, fügte er für sich selbst hinzu. Moiraine hatte sie den ganzen Winter hier verbringen lassen. Die Schienarer glaubten wohl nicht, daß sie hier die Befehle gab, aber Perrin wußte, daß die Aes Sedai irgendwie immer ihren Willen durchsetzten. Und ganz besonders Moiraine.

Sobald die Pferde in die Stallhütte weggeführt worden waren, gingen die Reiter zum Feuer und wärmten sich auf. Perrin warf den Umhang dankbar zurück und streckte seine Hände über die Flammen. Aus dem großen Kessel, der dem Aussehen nach in Baerlon angefertigt worden war, drangen Düfte, die ihm schon ein paar Minuten lang das Wasser im Mund zusammenlaufen ließen. Irgend jemand hatte heute bei der Jagd Glück gehabt, wie es schien, und an einem der anderen Feuer lagen klumpige Wurzeln, die in etwa nach Zwiebeln rochen, wenn man sie röstete. Er witterte kurz und konzentrierte sich dann auf den Eintopf. Vor allem wollte er Fleisch zwischen die Zähne bekommen.

Die Frau in Männerkleidung sah Leya hinterher, die gerade in Moiraines Hütte verschwand.

»Was siehst du, Min?« fragte er.

Sie stellte sich neben ihn, und ihre dunklen Augen blickten besorgt drein. Er verstand nicht, warum sie unbedingt Hosen tragen wollte und keine Röcke. Na ja, vielleicht kannte er sie eben nur zu gut, aber er verstand nicht, wie jemand sie ansehen und lediglich einen zu gut aussehenden Jüngling erkennen konnte, und nicht die hübsche junge Frau, die sie war.

»Die Kesselflickerfrau wird sterben«, sagte sie leise. Sie sah sich nach den anderen um. Keiner war nahe genug, um zu lauschen.

Er war ruhig und dachte an Leyas weiches Gesicht. *Ach. Licht! Die Kesselflicker tun niemandem etwas zuleide!* Ihm war kalt, trotz der Wärme der Feuer. *Seng mich, ich hätte sie nicht fragen sollen.* Selbst den Aes Sedai, die davon wußten, war nicht klar, was Min wirklich tat. Manchmal sah sie Bilder und Auren, die Menschen umgaben, und manchmal verstand sie sogar, was sie bedeuteten.

Masuto kam und rührte den Eintopf mit einem langen Holzlöffel um. Der Schienarer schaute sie an, legte dann einen Finger neben seine lange Nase und ging grinsend wieder weg.

»Blut und Asche«, knurrte Min. »Er hat vermutlich geglaubt, wir seien ein Liebespärchen, das am Feuer Süßholz raspelt.«

»Bist du sicher?« fragte Perrin. Sie zog die Augenbrauen hoch, und er fügte schnell hinzu: »Wegen Leya.«

»Heißt sie so? Mir wäre lieber, ich wüßte nicht Bescheid. Das macht es immer viel schlimmer, etwas zu wissen und nichts dagegen… Perrin, ich sah ihr Gesicht, wie es über ihrer Schulter schwebte, blutverschmiert und mit Glotzaugen. Noch klarer kann es nicht sein.« Sie schauderte und rieb ihre Hände fest aneinander. »Licht, könnte ich nur schönere Dinge sehen. Alles Schöne scheint verschwunden zu sein.«

Er öffnete den Mund und wollte vorschlagen, Leya zu warnen, doch dann schloß er ihn wieder. Es gab niemals einen Zweifel an dem, was Min sah und wußte, ob im Guten oder im Schlechten. Wenn sie sicher war, dann geschah es auch.

»Ein blutverschmiertes Gesicht«, murmelte er. »Heißt das, sie wird eines gewaltsamen Todes sterben?« Er zuckte zusammen, als ihm die eigenen so leicht über die Lippen gekommenen Worte zu Bewußtsein kamen. *Aber was kann ich machen? Wenn ich es Leya sage und sie mir auch noch glaubt, dann verbringt sie ihre letzten Tage in Angst und es ändert doch nichts.*

Min nickte kurz.

Wenn sie eines gewaltsamen Todes stirbt, dann könnte das einen Überfall auf das Lager bedeuten. Doch jeden Tag befanden sich Kundschafter draußen, und Tag und Nacht wurden Wachen aufgestellt. Und Moiraine hatte das Lager mit einem magischen Ring umgeben, sagte sie, damit es kein Geschöpf des Dunklen Königs sehen konnte, außer es stolperte direkt darüber. Er dachte an die Wölfe. *Nein!* Die Kundschafter würden alles und jedermann aufspüren, was sich dem Lager näherte. »Es ist ein weiter Weg zurück zu ihrem Volk«, sagte er mehr zu sich selbst. »Die Kesselflicker bringen ihre Wagen höchstens bis in die Vorberge. Von hier bis dorthin kann alles passieren.«

Min nickte traurig. »Und wir haben nicht genug Leute, um auch nur einen zu ihrer Bewachung abzustellen. Selbst wenn das etwas nützen würde.«

Sie hatte ihm davon erzählt. Als sie sechs oder sieben war und ihr zum erstenmal klar geworden war, daß nicht jedermann das sehen konnte, was sie sah, hatte sie versucht, Menschen vor dem Schlimmsten zu warnen. Sie sagte nicht mehr dazu, aber er hatte den Eindruck, daß ihre Warnungen die Dinge nur noch verschlimmert hatten, soweit man ihr überhaupt Glauben schenkte. Es kostete Überwindung, Mins Voraussagen hinzunehmen, jedenfalls so lange, bis man die Beweise hatte.

»Wann?« fragte er. Das Wort klang ihm eiskalt und so hart wie Stahl in den Ohren. *Für Leya kann ich nichts tun, aber vielleicht finde ich heraus, wann wir angegriffen werden.*

Kaum hatte er das Wort ausgesprochen, nahm sie die Hände abwehrend hoch. Allerdings sprach sie trotzdem leise weiter: »So geht das nicht. Ich kann nie voraussagen, wann etwas passieren wird. Ich weiß nur, *daß* es geschehen wird, falls ich überhaupt weiß, was das Gesehene bedeutet. Das verstehst du nicht. Die Bilder kommen nicht, wenn ich das will, und das Verständnis genausowenig. Es geschieht einfach, und manchmal verstehe ich es. Etwas davon. Ein bißchen. Es ist dann einfach da.« Er bemühte sich, ein beruhigendes Wort einzuwerfen, aber er konnte ihre Wortflut nicht aufhalten. »Ich sehe an einem Tag etwas aus der Zukunft eines Menschen und am nächsten Tag nichts, oder eben andersherum. Die meiste Zeit über sehe ich überhaupt nichts. Die Aes Sedai natürlich sind immer von Bildern umgeben, genau wie ihre Behüter, aber da ist es noch schwerer, eine Bedeutung herauszulesen, als bei anderen Menschen.« Sie sah Perrin aus zusammengekniffenen Augen forschend an. »Bei ein paar anderen ist es allerdings auch so.«

»Sag mir ja nicht, was du siehst, wenn du mich anschaust«, fuhr er sie heftig an, und dann zuckte er die Achseln. Schon als Kind war er größer gewesen als die meisten anderen, und er hatte schnell begriffen, wie leicht man Menschen ohne böse Absicht verletzen konnte, wenn man größer war als sie. Das hatte ihn vorsichtig und rücksichtsvoll gemacht. Außerdem bedauerte er es jedesmal, wenn er seinem Ärger freien

Lauf gelassen hatte. »Tut mir leid, Min. Ich hätte dich nicht so anfahren sollen. Ich wollte dir nicht weh tun.«

Sie sah ihn überrascht an. »Du hast mir nicht weh getan. Zum Glück wollen nur wenige Menschen wissen, was ich gesehen habe. Das Licht weiß: Ich wollte es auch nicht wissen, wenn jemand anders meine Zukunft sähe.« Selbst die Aes Sedai hatten noch nie von jemand anderem gehört, der ihre Gabe besaß. Für sie war es eine ›Gabe‹, für Min allerdings nicht.

»Es ist halt nur so, daß ich etwas für Leya tun möchte! Ich könnte es nicht wie du ertragen, zu wissen und nichts dagegen unternehmen zu können.«

»Seltsam«, sagte sie leise, »wie dich die Tuatha'an bewegen. Sie sind vollkommen friedfertig, und um dich herum sehe ich immer …«

Er wandte den Kopf ab, und sie schwieg sofort.

»Tuatha'an?« erklang eine grollende Stimme wie die einer riesigen Hummel. »Was ist mit den Tuatha'an?« Der Ogier kam zu ihnen ans Feuer herüber. Er hielt einen wurstdicken Finger in seinem Buch, um die Seite nicht zu verlieren, auf der er gerade gelesen hatte. Ein dünner Faden Tabaksqualm erhob sich von der Pfeife in seiner anderen Hand. Sein dunkelbrauner Wollmantel mit hohem Kragen war bis oben hin zugeknöpft. An den Knien war er ausgestellt und ließ seine heruntergeschlagenen Stiefelschäfte sehen. Perrin reichte ihm kaum bis an die Brust.

Loials Gesicht hatte schon mehr als einen erschrocken zusammenfahren lassen. Seine Nase war so breit, daß man sie schon einen Rüssel nennen konnte, und der Mund war ebenfalls von enormer Breite. Die Augen hatten die Größe von Untertassen, und die Enden seiner dichten Augenbrauen hingen ihm wie Schnurrbärte fast bis auf die Wangen hinunter. Seine Ohren ragten mit ihren behaarten Spitzen aus dem langen Haar. Einige Leute, die noch nie einen Ogier gesehen hatten, hielten ihn für einen Trolloc, obwohl auch

Trollocs für die meisten Menschen wie die Ogier eine Legende darstellten.

Loials breites Lächeln wich Unsicherheit, und er blinzelte nervös, als ihm klar wurde, daß er sie unterbrochen hatte. Perrin fragte sich, ob irgend jemand sich wirklich längere Zeit vor dem Ogier fürchten konnte. *Und doch werden sie in einigen Legenden als wild und als unerbittliche Feinde bezeichnet.* Das wollte er nicht glauben. Ogier waren niemandes Feinde.

Min erzählte Loial von der Ankunft Leyas, aber nicht von dem, was sie gesehen hatte. Sie war immer ausgesprochen einsilbig, was ihre Visionen betraf, besonders, wenn es schlimme waren. Statt dessen fügte sie hinzu: »Du solltest ja wissen, wie ich mich fühle, Loial, so plötzlich eingefangen von den Aes Sedai und auch noch von diesen Leutchen von den Zwei Flüssen.«

Loial gab einen nichtssagenden Laut von sich, doch Min faßte es wohl als Zustimmung auf.

»Ja«, unterstrich sie ihre Worte mit Nachdruck. »Da war ich und lebte ein friedliches Leben in Baerlon. Plötzlich packt man mich am Kragen und schleift mich Licht weiß wohin. Na ja, geschieht mir wohl recht. Ich habe keine Kontrolle mehr über mein eigenes Leben, seit ich Moiraine traf. Und natürlich diese Bauernlümmel von den Zwei Flüssen.« Sie rollte ihre Augen in Richtung Perrin und zeigte dabei ein spitzbübisches Lächeln. »Ich wollte nur so leben, wie es mir gefiel, und mich in einen Mann verlieben, der mir gefiel …« Ihre Wangen liefen plötzlich rot an, und sie räusperte sich. »Was ich sagen wollte: Was ist eigentlich schlimm daran, sein eigenes Leben ohne all diesen Aufruhr leben zu wollen?«

»*Ta'veren*«, fing Loial an. Perrin bedeutete ihm, damit aufzuhören, aber man konnte den Ogier nur selten bremsen oder gar von etwas abbringen, wenn er sich dafür begeisterte. Unter den Ogiern galt er als äußerst ungestüm. Loial schob sein Buch in eine Manteltasche und fuhr fort, wobei er mit seiner Pfeife gestikulierte. »Alle von uns, all unsere Leben, beeinflussen die Leben anderer, Min. So, wie das Rad der Zeit uns in das Muster verwebt, so zieht der Lebensfaden eines jeden von uns an den Lebensfäden der Menschen um uns. Bei *Ta'veren* ist es dasselbe, nur eben viel, viel stärker. Sie beeinflussen das ganze Muster, zumindest zeitweilig, und zwingen es, sich ihnen anzupassen. Je näher du ihnen stehst, desto stärker wirst du persönlich davon erfaßt. Man sagt, wenn du dich im gleichen Raum befändest wie Artur Falkenflügel, dann könntest du richtig fühlen, wie sich das Muster um euch neu formiert. Ich weiß nicht, inwieweit das der Wahrheit entspricht, aber ich habe es gelesen. Doch auch das ist noch nicht alles. Die *Ta'veren* selbst hängen an einem viel stärkeren Faden als wir und haben viel weniger Bewegungsfreiheit.«

Perrin verzog das Gesicht. *Verdammt wenig, vor allem in wichtigen Fragen.* Min schüttelte trotzig den Kopf. »Ich wünschte nur, sie wären nicht die ganze Zeit über so... so verdammt *ta'veren!* Auf der einen Seite ziehen die *Ta'veren* an einem, und auf der anderen Seite mischen sich die Aes Sedai ständig ein. Was bleibt da noch für eine Frau übrig?«

Loial zuckte die Achseln. »Sehr wenig, schätze ich, solange sie sich bei einem *Ta'veren* aufhält.«

»Als hätte ich eine andere Wahl«, grollte Min.

»Es war dein Glück, oder dein Unglück, falls du es so sehen willst, dich nicht nur einem, sondern gleich drei *Ta'veren* anzuschließen: Rand, Mat und Perrin. Ich selbst betrachte es als mein Glück und würde das sogar genauso sehen, wenn sie nicht meine Freunde wären. Ich glaube, ich würde sogar...« Der Ogier sah sie mit einem Mal schüchtern an. Sein Ohren zuckten. »Versprecht ihr mir, daß ihr mich nicht auslacht? Ich glaube, ich könnte sogar ein Buch darüber schreiben. Ich habe mir jedenfalls Notizen gemacht.«

Min lächelte. Es war ein freundliches Lächeln, und Loials Ohren richteten sich wieder auf. »Das ist doch wunderbar«, sagte sie zu ihm. »Aber einige von uns fühlen sich wie die Marionetten an den Fäden der *Ta'veren.*«

»Ich habe mich nicht aufgedrängt«, platzte Perrin heraus. »Ich habe wirklich nicht darum gebeten, so etwas sein zu wollen.«

Sie beachtete ihn nicht. »Ist es dir so ergangen, Loial? Begleitest du deshalb Moiraine? Ich weiß, daß ihr Ogier fast nie eure *Stedding* verlaßt. Hat einer dieser *Ta'veren* dich mitgerissen?«

Loial widmete sich konzentriert dem Studium seiner Pfeife. »Ich wollte nur die Haine sehen, die einst von Ogiern angelegt worden sind«, murmelte er. »Nur die Haine wollte ich sehen.« Er sah Perrin hilfesuchend an, doch der grinste nur.

Mal sehen, wie dir dieser Schuh paßt. Er wußte nicht genau Bescheid, war aber sicher, daß Loial von zu Hause weggelaufen war. Er war neunzig Jahre alt, aber das war bei den Ogiern noch zu jung, um das *Stedding* ohne Erlaubnis der Ältesten zu verlassen – nach Draußen zu gehen, wie sie es nannten. Ogier lebten nach menschlichem Ermessen sehr lang. Loial meinte, die Ältesten wären nicht gerade erfreut, wenn sie ihn wieder in die Finger bekämen. Er schien diesen Augenblick so lange wie möglich hinausschieben zu wollen.

Die Schienarer rührten sich und standen auf. Rand kam aus Moiraines Hütte.

Selbst auf die Entfernung konnte Perrin ihn genau sehen: einen jungen Mann mit rötlichem Haar und grauen Augen. Er war gleich alt wie Perrin und etwa einen halben Kopf größer, wenn sie Seite an Seite standen. Aber Rand war schlanker und trotzdem auch noch breitschultrig. Aufgestickte goldene Dornen bedeckten den Ärmel seines roten Mantels, und auf der Brust seines dunklen Umhangs sah man das gleiche

Wesen wie auf der Flagge: die vierbeinige Schlange mit der goldenen Mähne. Rand und er waren als Freunde miteinander aufgewachsen. *Sind wir immer noch Freunde? Können wir das überhaupt sein? Jetzt noch?*

Die Schienarer verbeugten sich gemeinsam. Sie hielten die Köpfe hoch, doch die Hände lagen auf den Knien. »Lord Drache«, rief Uno, »wir sind bereit. Es ist uns eine Ehre, Euch zu dienen.«

Uno, der sonst kaum einen Satz sprechen konnte, ohne dabei zu fluchen, sprach jetzt mit einem Ausdruck tiefsten Respekts. Die anderen taten es ihm gleich. »Es ist uns eine Ehre, Euch zu dienen.« Masema, der alte Schwarzseher, in dessen Augen niemals wirkliche Hingabe zu erkennen war; Ragan; alle standen sie da und erwarteten Befehle, als habe Rand nichts anderes im Sinn.

Von oben blickte Rand einen Augenblick lang auf sie herab, drehte sich dann um und verschwand im Wald. »Er hat sich wieder mit Moiraine gestritten«, sagte Min ruhig. »Den ganzen Tag schon.«

Perrin überraschte das nicht, aber trotzdem überlief ihn immer noch ein leichtes Erschrecken. Sich mit einer Aes Sedai zu streiten! Er erinnerte sich an all die Geschichten aus seiner Kindheit. Aes Sedai, die Throne und Länder an ihren verborgenen Fäden tanzen ließen. Aes Sedai, deren Geschenke immer einen Haken hatten, deren Preis immer geringer war, als man glauben konnte, aber letztlich viel höher, als man sich vorgestellt hatte. Aes Sedai, deren Zorn die Erde aufreißen und Blitze herabzucken lassen konnte. Er wußte inzwischen, daß einige dieser Geschichten erlogen waren. Und doch enthielten sie noch nicht einmal die halbe Wahrheit.

»Ich sollte besser zu ihm gehen«, sagte er. »Nach solchen Streitigkeiten braucht er immer jemanden, mit dem er sprechen kann.« Und von Moiraine und Lan abgesehen waren es eben nur sie drei – Min, Loial und er –, die Rand nicht so ansahen, als stünde er über allen Königen der Welt. Und von ihnen wiederum war Perrin der einzige, der ihn schon von Kindheit an kannte.

Er ging nach oben und blieb nur einen Moment stehen, um die geschlossene Tür von Moiraines Hütte versonnen anzublicken. Leya war jetzt dort drinnen, und natürlich auch Lan. Der Behüter war nur selten anderswo anzutreffen als an der Seite der Aes Sedai.

Rands viel kleinere Hütte befand sich ein Stück unterhalb davon, gut zwischen den Bäumen versteckt und von den anderen abgesetzt. Er hatte zuerst versucht, bei den anderen Männern zu wohnen, aber ihre ständigen Ehrfurchtsbezeugungen trieben ihn davon. Mittlerweile blieb er meist für sich. Er zog sich für Perrins Geschmack zu sehr zurück. Aber er wußte, daß Rand im Augenblick bestimmt nicht zu seiner Hütte ging.

Perrin eilte weiter zu der Seite der schüsselförmigen Mulde, an der sie durch eine fast senkrechte Felswand abgeschlossen wurde. Fünfzig Schritt hoch war sie und ganz glatt, bis auf ein paar Büsche, die sich hier und da an sie klammerten. Er wußte genau, wo sich in der grauen Felswand ein Riß befand, eine Öffnung, die kaum breiter war als seine Schultern. Von dort aus konnte er nur einen schmalen Streifen Spätnachmittagshimmel sehen. Es war, als betrete er einen Tunnel.

Der Riß war eine halbe Meile lang und öffnete sich dann plötzlich zu einem kleinen Tal, weniger als eine Meile lang, die Talsohle mit Steinen und Felsblöcken bedeckt. Selbst die steilen Seitenhänge waren noch dicht bewaldet. Hohe Lederblattbäume, Kiefern und Tannen wuchsen dort. Die Sonne hinter den Bergspitzen warf lange Schatten. Die Wände dieses Tals zeigten keine Lücke bis auf diesen Spalt, und der Einschnitt wirkte, als sei er von der Axt eines Riesen ins Gebirge gehauen worden. Man konnte sich hier mit nur wenigen Männern noch leichter verteidigen als in der Mulde, aber es gab keine Quelle, keinen Bach. Niemand ging sonst hierher. Außer eben Rand, wenn er sich mit Moiraine gestritten hatte.

Rand stand unweit des Eingangs an den rauhen Stamm eines Lederblatts gelehnt und starrte seine Handflächen an. Perrin wußte, daß sich auf jeder ein ins Fleisch eingebrannter Reiher befand. Rand rührte sich nicht, als Perrins Stiefel über den steinigen Boden scharrten.

Plötzlich begann Rand, leise etwas zu zitieren, ohne dabei von seinen Händen aufzublicken.

»Zwei und zweimal wird er gezeichnet,
zweimal zum Leben und zweimal zum Tod.
Einmal der Reiher, seinen Weg zu bestimmen,
wieder der Reiher, ihn beim wahren Namen zu nennen.
Einmal der Drache, der verlorenen Erinnerung wegen.
Zum zweiten der Drache für den Preis, den er zahlen muß.«

Mit einem Schaudern steckte er die Hände unter die Arme. »Aber noch keine Drachen.« Er lachte rauh. »Noch nicht.«

Einen Augenblick lang sah ihn Perrin nur einfach an. Ein Mann, der die Eine Macht lenken konnte. Ein Mann, der dazu verdammt war, durch das befleckte *Saidin* zum Wahnsinn getrieben zu werden. *Saidin* – die männliche Hälfte der Wahren Quelle. Und in seinem Wahn würde er alles um sich herum zerstören. Ein Mann – ein Ding! –, von dem jedes Kind lernte, daß man ihn verachten und fürchten müsse. Nur … es war schwer, in ihm nicht mehr den Jungen zu sehen, mit dem er aufgewachsen war. *Kann man mit einem Mal aufhören, Freunde zu sein?* Perrin wählte einen kleinen Felsbrocken mit flacher Oberfläche aus und setzte sich wartend darauf.

Nach einer Weile drehte sich Rand zu ihm um und

sah ihn an. »Glaubst du, daß es Mat gutgeht? Er wirkte so todkrank, als ich ihn das letzte Mal sah.«

»Es dürfte ihm jetzt gutgehen.« *Mittlerweile sollte er in Tur Vulon sein. Dort werden sie ihn heilen. Und Nynaeve und Egwene werden dafür sorgen, daß er sich nicht wieder in Schwierigkeiten bringt.* Egwene und Nynaeve, Rand und Mat und Perrin – alle fünf aus Emondsfeld im Gebiet der Zwei Flüsse. Nur wenige Menschen von außerhalb waren je zu den Zwei Flüssen gereist, nur gelegentlich Händler und einmal im Jahr die reichen Kaufleute, die Wolle und Tabak einkauften. Fast nie hatte jemand die Zwei Flüsse verlassen und war in die Welt hinausgezogen. Bis das Rad seine *Ta'veren* erwählt hatte. Dann konnten fünf junge Leute vom Land nicht mehr dort bleiben, wo sie hingehörten, und nicht mehr sein, was sie eigentlich waren.

Rand nickte und schwieg.

»In letzter Zeit«, stellte Perrin fest, »wünsche ich mir immer mehr, einfach wieder ein Schmied sein zu dürfen. Wie ist es bei dir … Würdest du gern wieder Schafe hüten?«

»Pflichten«, murmelte Rand. »Der Tod ist leichter als eine Feder, die Pflicht schwerer als ein Berg. Das sagen sie in Schienar. Der Dunkle König rührt sich. Die Letzte Schlacht kommt bald. Und der Wiedergeborene Drache muß in der Letzten Schlacht dem Dunklen König gegenübertreten, sonst wird der Schatten alles bedecken. Das Rad der Zeit würde sonst zerbrochen. Jedes Zeitalter würde der Dunkle König nach seinem Bilde neu erschaffen. Und ich bin allein.« Er lachte freudlos. Seine Schultern bebten dabei. »Auf mir ruht die Pflicht, denn es gibt sonst keinen, der das alles vollbringen kann, oder?«

Perrin bewegte sich unruhig. Dieses Lachen verursachte bei ihm eine Gänsehaut. »Ich hörte, daß du dich wieder mit Moiraine gestritten hast. Das gleiche Thema?«

Rand atmete tief und rauh ein. »Streiten wir uns nicht immer über das gleiche? Sie sind drunten auf der Ebene von Almoth, und das Licht allein weiß, wo noch. Hunderte. Tausende. Sie haben sich für den Wiedergeborenen Drachen entschieden, weil ich diese Flagge hißte. Weil ich es zuließ, daß man mich Drache nannte. Weil ich keine andere Wahl habe. Und sie sterben. Kämpfen, suchen und beten für den Mann, der sie eigentlich anführen sollte. Und ich sitze den ganzen Winter über in Sicherheit hier oben in den Bergen. Ich... ich schulde ihnen... etwas.«

»Glaubst du, mir paßt das?« Perrin schüttelte verärgert den Kopf.

»Du schluckst, was sie dir auch sagt«, schimpfte Rand. »Du stellst dich bei ihr nie auf die Hinterbeine.«

»Und dir hat die Streiterei ja auch so viel eingebracht. Du hast dich den ganzen Winter mit ihr herumgeärgert und doch bloß hier herumgehockt.«

»Weil sie recht hat.« Rand lachte wieder so eigenartig humorlos. »Licht, seng mich, aber sie hat ja recht. Sie sind alle in kleine Gruppen aufgesplittert und über die ganze Ebene verteilt, von Tarabon bis Arad Doman. Wenn ich zu einer dieser Gruppen stoße, dann hat sie im Nu die Weißmäntel und das Heer der Domani und die Taraboner auf dem Hals wie ein Hund die Flöhe.«

Perrin hätte vor Verwirrung beinahe selbst losgelacht. »Wenn du ihr zustimmst, warum zum Licht noch mal streitest du dich dann ständig mit ihr?«

»Weil ich irgend etwas tun muß. Oder ich... ich... zerplatze wie eine überreife Melone!«

»Was denn tun? Wenn du auf sie hörst...«

Rand gab ihm nicht die Möglichkeit, zu sagen, dann würden sie für immer hier Wurzeln schlagen. »Moiraine sagt dies, Moiraine sagt das!« Er richtete sich ruckartig auf und barg den Kopf in seinen Händen. »Moiraine hat zu allem etwas zu sagen. Moiraine sagt, ich dürfe nicht zu den Männern gehen, die in meinem

Namen sterben. Moiraine sagt, ich würde schon wissen, was als nächstes zu tun ist, weil mich das Muster entsprechend beeinflussen werde. Moiraine sagt... Aber sie sagt mir nicht, wie ich es wissen kann! O nein! Das weiß sie nicht.« Er ließ die Hände wieder fallen und wandte sich mit geneigtem Kopf und zusammengekniffenen Augen Perrin zu. »Manchmal fühle ich mich, als ob Moiraine mich drillt wie einen Hengst aus Tear, der seine Lektionen übt. Hast du auch dieses Gefühl?«

Perrin schob die Finger durch sein zerzaustes Haar. »Ich... was immer auch uns hin- und herschiebt, ich weiß, wer der Feind ist, Rand.«

»Ba'alzamon«, sagte Rand leise. Ein uralter Name für den Dunklen König. In der Trolloc-Sprache hieß das: Herz der Dunkelheit. »Und ich muß mich ihm entgegenstellen, Perrin.« Er schloß die Augen und verzog das Gesicht zu einem schmerzerfüllten Lächeln. »Licht, hilf mir! Die halbe Zeit über wünsche ich mir, daß es jetzt geschieht und ich es hinter mich bringen kann, und dann wieder... Wie oft kann ich noch... Licht, es zerreißt mich. Was ist, wenn ich es nicht schaffe... wenn ich...« Der Boden bebte.

»Rand?« sagte Perrin besorgt.

Rand schauderte. Trotz der Kühle stand Schweiß auf seinem Gesicht. Seine Augen waren noch dicht geschlossen. »O Licht, es zieht mich mit solcher Macht an.«

Plötzlich bäumte sich der Boden unter Perrin auf, und durch das Tal erklang das Echo eines erdrückenden Grollens. Es war, als würde ihm der Boden unter den Füßen weggezogen. Er stürzte – oder war es die Erde, die ihm entgegenkam? Das Tal bebte, als hätte sich aus dem Himmel eine riesige Hand nach unten gestreckt, um es aus dem Land zu reißen. Er klammerte sich am Boden fest, während der wiederum versuchte, ihn wie einen Ball tanzen zu lassen. Vor seinen Augen hüpften Kiesel auf und ab, und Wellen von Staub erhoben sich.

»Rand!« Sein Aufschrei verlor sich in dem Grollen.

Rand stand mit zurückgelegtem Kopf und immer noch geschlossenen Augen da. Er schien das wilde Aufbäumen des Bodens gar nicht zu spüren. Er stand nach einer Richtung geneigt da, dann nach der anderen, hielt aber immer sein Gleichgewicht, auch wenn er noch so hin- und hergeschleudert wurde. Perrin war sich nicht ganz sicher, da er selbst heftig durchgeschüttelt wurde, aber er glaubte, auf Rands Gesicht ein trauriges Lächeln zu entdecken. Die Bäume schwankten herum, der Lederblattbaum zerbrach plötzlich in zwei Teile, und der größere davon krachte keine drei Schritt von Rand entfernt zu Boden. Er bemerkte es genauso wenig wie alles andere.

Perrin rang nach Luft. »Rand! Um der Liebe des Lichts willen, Rand! Hör auf!«

So plötzlich, wie es begonnen hatte, war es zu Ende. Mit einem lauten Krachen brach ein angebrochener Ast von einer verkrüppelten Eiche ab. Perrin stand langsam und hustend auf. Staub hing in der Luft. In den Strahlen der untergehenden Sonne tanzten glitzernde Staubkörner.

Rand blickte nun ins Nichts, doch sein Brustkorb hob und senkte sich, als sei er zehn Meilen weit gerannt. Das war ihm noch nie passiert – noch nicht einmal etwas entfernt Ähnliches.

»Rand«, sagte Perrin vorsichtig, »was …?«

Rand schien immer noch in eine unbestimmte Ferne zu blicken. »Es ist immer da. Ruft mich. Zieht mich. *Saidin.* Die männliche Hälfte der Wahren Quelle. Manchmal kann ich mich nicht zurückhalten und muß danach greifen.« Er machte eine Bewegung, als pflücke er etwas aus der Luft, und dann betrachtete er seine geballte Faust. »Ich kann das Verderben fühlen, bevor ich es noch berühre. Das Verderben des Dunklen Königs. Es ist wie eine dünne Schicht von Bösartigkeit, die versucht, das Licht darunter zu verbergen. Es dreht mir den Magen um, aber ich habe kein Mittel dagegen. Es gibt keinen Widerstand. Doch manchmal fühle ich danach und greife nur Luft.« Er öffnete seine leere Hand und lachte bitter auf. »Was geschieht, wenn das gerade während der Letzten Schlacht passiert? Wenn ich danach greife und nichts finde?«

»Na ja, diesmal jedenfalls hast du etwas eingefangen«, sagte Perrin heiser. »Was hast du denn gemacht?«

Rand blickte auf, als sehe er alles zum erstenmal: das umgestürzte Lederblatt und die abgebrochenen Äste. Es hatte, wie Perrin überrascht feststellte, wenig Schaden gegeben. Er hatte klaffende Risse in der Erde erwartet. Die Wand der Bäume wirkte beinahe unberührt.

»Ich wollte das nicht tun. Es war, als wolle ich einen Wasserhahn öffnen, und statt dessen zog ich den ganzen Hahn aus dem Faß. Es ... erfüllte mich. Ich mußte es irgendwohin ableiten, um nicht zu verbrennen, aber ich ... wollte das nicht tun.«

Perrin schüttelte den Kopf. *Was nützt es, wenn ich ihm sage, er solle so was nicht wieder tun? Er weiß ja kaum mehr über all das als ich.* Er beließ es dabei, zu sagen: »Es gibt schon genug, die dir und uns allen den Tod an den Hals wünschen – denen mußt du die Arbeit nicht noch abnehmen!« Rand schien ihm gar nicht zuzuhören. »Wir sollten besser zum Lager zurückkehren. Es wird bald dunkel, und ich weiß wohl nicht, wie es mit dir steht, aber ich habe Hunger.«

»Was? Ach, geh nur schon vor, Perrin. Ich komme nach. Ich möchte noch ein wenig allein sein.«

Perrin zögerte und wandte sich dann unwillig dem Riß in der Felswand zu. Er blieb stehen, als Rand wieder etwas sagte: »Hast du auch Träume, wenn du schläfst? Gute Träume?«

»Manchmal«, meinte Perrin mißtrauisch. »Ich erinnere mich selten an meine Träume.« Er hatte gelernt, den Inhalt seiner Träume zu hüten.

»Sie sind immer da, diese Träume«, sagte Rand so leise, daß ihn Perrin kaum hörte. »Vielleicht sagen sie uns etwas? Wahrheiten.« Er schwieg wieder und grübelte.

»Das Abendessen wartet«, sagte Perrin, aber Rand war ganz in Gedanken versunken. Schließlich wandte sich Perrin ab und ließ ihn dort allein.

KAPITEL 3

Neues von der Ebene

Ein Teil des Risses war in Dunkelheit gehüllt, denn an einer Stelle hatten die Erschütterungen hoch oben einen Teil der Felswand gelöst, und er hatte sich zwischen den beiden Steilwänden verklemmt. Er blickte mißtrauisch nach oben in die Schwärze hinein, doch die Steinplatte schien ganz festgeklemmt zu sein. Das Jucken in seinem Hinterkopf war wieder da, aber stärker als zuvor. *Nein, seng mich! Nein!* Es verging wieder.

Als er über dem Lager heraustrat, war die Mulde von eigenartigen Schattengebilden bedeckt, die von der untergehenden Sonne geworfen wurden. Moiraine stand vor ihrer Hütte und blickte zu dem Riß hinauf. Er blieb abrupt stehen. Sie war eine schlanke, dunkelhaarige Frau, die ihm kaum bis zur Schulter reichte, und sie war hübsch auf diese alterslose Weise aller Aes Sedai, die lange Zeit über mit der Macht gearbeitet hatten. Er hätte nicht sagen können, wie alt sie sei, denn ihre Gesichtshaut war zu straff, um sehr alt zu sein, und ihre dunklen Augen blickten zu weise drein für eine junge Frau. Ihr tief dunkelblaues Seidenkleid war verrutscht und staubbedeckt, und aus ihrem normalerweise wohlgeordneten Haar standen einzelne Strähnen hervor. Auf ihrem Gesicht bemerkte er einen Hauch von Staub.

Er senkte den Blick. Sie wußte alles über ihn – von allen im Lager wußten nur sie und Lan Bescheid –, und ihm gefiel das Wissen in ihrem Blick nicht, wenn sie ihm in die Augen sah. In seine gelben Augen. Eines

Tages würde er es vielleicht fertigbringen, sie zu fragen, was sie alles wußte. Die Aes Sedai wußte sicher einiges mehr als er selbst. Aber dies war nicht der richtige Zeitpunkt. Irgendwie schien nie Zeit dafür zu sein. »Er ... er wollte es nicht. Es war ein ... Unfall.«

»Ein Unfall, so«, sagte sie mit ausdrucksloser Stimme. Dann schüttelte sie den Kopf und verschwand wieder in der Hütte. Die Tür schlug ein wenig lauter als üblich zu.

Perrin atmete tief durch und ging weiter hinunter zu den Lagerfeuern. Am Morgen, wenn nicht schon während der Nacht, würde es wieder Krach zwischen Rand und der Aes Sedai geben. An den Hängen der Mulde lagen ein halbes Dutzend umgestürzte Bäume, deren Wurzeln mitsamt der an ihnen festhängenden Erde aus dem Boden gerissen worden waren. Eine Schleifspur führte hinunter zum Bach und einem Felsblock, der sich vorher nicht dort befunden hatte. Eine der Hütten am gegenüberliegenden Hang war im Beben eingestürzt, und dort befanden sich die meisten der Schienarer. Sie bauten sie wieder auf. Der Ogier war in der Lage, einen Baumstamm aufzuheben, den vier Männer kaum tragen konnten. Gelegentlich hörte man von oben einen Fluch Unos.

Min stand an einem der Feuer und rührte mit aufgebrachter Miene in einem Topf herum. Auf ihrer Wange war ein kleiner Kratzer zu sehen, und in der Luft hing der schwache Geruch nach angebranntem Eintopf. »Ich hasse Kochen«, verkündete sie und spähte mit zweifelndem Blick in den Topf. »Wenn etwas damit nicht stimmt, dann ist es nicht meine Schuld. Rand hat die Hälfte davon über das Feuer gekippt mit seinem ... Mit welchem Recht wirft er uns wie die Getreidesäcke durch die Gegend?« Sie rieb sich über die Sitzfläche und verzog das Gesicht vor Schmerz. »Wenn ich ihn in die Finger kriege, dann brate ich ihm eins über, daß ihm Hören und Sehen vergeht.« Sie schwenkte den

Holzlöffel in Richtung Perrins, als wolle sie gleich mit ihm beginnen.

»Wurde jemand verletzt?«

»Nur, wenn du Schrammen als Verletzungen betrachtest«, sagte Min zornig. »Natürlich waren alle zuerst ganz schön aufgeregt. Dann sahen sie, wie Moiraine hoch zu Rands Unterschlupf ging, und da waren sie sicher, daß er es angerichtet hatte. Wenn der *Drache* den Berg über unseren Köpfen zusammenbrechen lassen will, dann muß der *Drache* einen guten Grund dafür haben. Falls er sich entschließt, ihnen die Haut abzuziehen, und sie dann tanzen läßt, würden sie es auch in Ordnung finden.« Sie schnaubte und klopfte mit dem Löffel an die Kante des Topfes.

Er sah hoch zu Moiraines Hütte. Falls Leya verletzt oder gar getötet worden wäre, wäre die Aes Sedai nicht einfach wieder hineingegangen. Das Gefühl, abwarten zu müssen, war immer noch da. *Was es auch sei, es ist jedenfalls noch nicht geschehen.* »Min, vielleicht solltest du weggehen. Als erstes gleich am Morgen. Ich habe ein wenig Silber, das ich dir geben kann, und ich bin sicher, Moiraine würde dir genug geben, daß du die Fahrt auf einem Händlerwagen aus Ghealdan heraus bezahlen kannst. Du könntest im Nu wieder in Baerlon sein.«

Sie sah ihn so lange an, bis er sich schon fragte, ob er etwas Falsches gesagt habe. Schließlich antwortete sie: »Das ist sehr nett von dir, Perrin. Aber – nein, danke.«

»Ich dachte, du wolltest weg. Du beklagst dich doch immer so darüber, daß wir hier herumhocken.«

»Ich kannte einst eine alte Frau aus Illian«, sagte sie bedächtig. »Als sie jung war, arrangierte ihre Mutter für sie eine Heirat mit einem Mann, den sie noch nie gesehen hatte. Das machen sie unten in Illian manchmal. Sie sagte, sie habe die ersten fünf Jahre damit verbracht, sich gegen ihn aufzulehnen, und die nächsten fünf damit, zu planen, wie sie ihm das Leben schwer machen könne. Erst Jahre später, als er starb, wurde ihr klar, daß er in Wirklichkeit die große Liebe ihres Lebens gewesen war.«

»Ich weiß nicht, was das mit dem allen hier zu tun haben soll.«

Ihr Blick sagte aus, daß er sie offensichtlich nicht verstehen wolle, und ihre Stimme klang nun aufreizend geduldig. »Nur, weil das Schicksal etwas für dich bestimmt hat und nicht du selbst, muß es nicht schlecht sein. Auch wenn es etwas ist, von dem du weißt, daß du es niemals von selbst angestrebt hättest. ›Besser zehn Tage Liebe als Jahre voller Reue‹«, zitierte sie.

»Das verstehe ich noch weniger«, sagte er. »Du mußt doch nicht bleiben, wenn du nicht willst.«

Sie hängte den Löffel an eine Astgabel, die in den Boden gesteckt worden war, und überraschte ihn damit, daß sie sich neben ihm auf die Zehenspitzen stellte und ihm einen Kuß auf die Wange gab. »Du bist ein sehr netter Mann, Perrin Aybara. Auch wenn du überhaupt nichts verstehst.«

Perrin blinzelte sie unsicher an. Er wünschte sich einen Rand bei vollem Verstand oder wenigstens Mat herbei. Er kannte sich bei Mädchen einfach nicht aus, aber Rand schien sich da sehr sicher zu sein. Genau wie Mat. Die meisten Mädchen zu Hause in Emondsfeld hatten gejammert, Mat werde nie erwachsen, aber er schien ganz gut mit ihnen klarzukommen.

»Wie steht es mit dir, Perrin? Möchtest du nicht nach Hause kommen?«

»Die ganze Zeit über will ich das«, sagte er leidenschaftlich. »Aber ... ich glaube nicht, daß ich kann. Noch nicht.« Er blickte hinauf zu Rands Tal. *Es scheint, wir sind aneinander gebunden, nicht wahr, Rand?* »Vielleicht nie.« Er glaubte, das zu leise für ihre Ohren gesagt zu haben, aber ihr Blick war voller Sympathie. Und Zustimmung.

Er hörte hinter sich leise Schritte und blickte noch einmal hoch zu Moiraines Hütte. Zwei Gestalten schritten durch die sich vertiefende Dämmerung. Eine war eine schlanke Frau, die selbst beim Marsch über diesen geneigten, unebenen Boden noch graziös wirkte. Der Mann, der seine Begleiterin an Größe weit überragte, bog ab und ging hinüber zu den arbeitenden Schienarern. Selbst für Perrins scharfe Augen war er nur undeutlich zu sehen. Manchmal schien er ganz zu verschwinden und dann mit einem Mal wieder aufzutauchen, dann verschwammen Teile seiner Gestalt mit der Nacht dahinter und traten wiederum klarer hervor, wenn der Wind auffrischte. Das konnte nur der Umhang eines Behüters fertigbringen. Also mußte die größere Gestalt die Lans sein, und die kleinere war ganz sicher die Moiraines.

Ein ganzes Stück hinter ihnen schlüpfte eine noch verschwommenere Gestalt zwischen die Bäume. *Rand,* dachte Perrin. *Er geht zu seiner Hütte zurück. Wieder ein Abend, an dem er nichts ißt, weil er es nicht ertragen kann, wie ihn alle ansehen.* »Du mußt hinten auch Augen haben«, sagte Min und runzelte die Stirn mit einer Kopfbewegung in Richtung der sich nähernden Frau. »Oder das beste Gehör, das ich jemals erlebt habe. Ist das Moiraine?«

Unvorsichtig. Er hatte sich so daran gewöhnt, daß die Schienarer wußten, wie gut er zumindest bei Tageslicht sehen konnte – sie wußten nicht, daß er auch bei Nacht gut sah –, daß er in bezug auf andere Dinge unvorsichtig geworden war. *Diese Unvorsichtigkeit kann mich noch ins Grab bringen.*

»Geht es der Tuatha'an-Frau gut?« fragte Min, als Moiraine zum Feuer kam.

»Sie ruht sich aus.« Die leise Stimme der Aes Sedai klang melodiös wie immer, als sei das Sprechen eine Vorstufe des Singens, und ihr Haar und die Kleider hatte sie wieder in Ordnung gebracht. Sie rieb sich die Hände über dem Feuer. An ihrer linken Hand glänzte ein goldener Ring in Form einer Schlange, die sich in den eigenen Schwanz biß. Die Große Schlange, ein noch älteres Symbol der Ewigkeit als selbst das Rad der Zeit. Jede in Tar Valon ausgebildete Frau trug einen solchen Ring.

Einen Augenblick lang ruhte Moiraines Blick auf Perrin und schien ihm etwas zu durchdringend. »Sie stürzte und hat sich die Kopfhaut aufgerissen, als Rand …« Ihre Mundpartie straffte sich, doch im nächsten Moment waren ihre Züge wieder ganz ruhig. »Ich habe sie geheilt, und nun schläft sie. Bei einer Kopfwunde gibt es immer eine Menge Blut, aber es war nichts Ernstes. Hast du bei ihr irgend etwas gesehen, Min?«

Min blickte unsicher drein. »Ich sah … ich sah etwas, das ich für ihren Tod hielt. Ihr Gesicht, und total blutüberströmt. Ich war sicher, was es bedeuten mußte, aber wenn sie sich die Kopfhaut aufgerissen hat … Seid Ihr wirklich sicher, daß es ihr gutgeht?« Es war ein Zeichen für ihre Unsicherheit, daß sie nachfragte. Eine Aes Sedai heilte nicht jemand und ließ dann etwas ungeheilt zurück, was sie mit ihren Kräften behandeln konnte. Und auf diesem Gebiet besaß Moiraine besonders großes Talent.

Min klang so besorgt, daß Perrin einen Augenblick lang wirklich überrascht war. Dann nickte er in sich hinein. Es gefiel ihr selbst nicht, was sie tat, doch es war ein Teil von ihr, und sie glaubte zu wissen, wie es funktionierte, zumindest teilweise. Wenn sie sich irrte, war das beinahe so, als fände sie heraus, daß sie ihre eigenen Hände nicht mehr benutzen konnte.

Moiraine überlegte kurz. Sie wirkte dabei würdevoll und leidenschaftslos. »Du hast dich noch niemals geirrt, wenn du mir etwas voraussagtest, jedenfalls nach meinem besten Wissen. Vielleicht ist dies das erste Mal.«

»Wenn ich etwas weiß, weiß ich es«, flüsterte Min starrköpfig. »Licht, hilf mir, aber es ist wirklich so.«

»Oder vielleicht kommt es noch? Sie hat noch eine lange Reise vor sich, bis sie zu ihren Wagen zurückkehrt, und sie muß durch unbesiedeltes Land reiten.«

Die Stimme der Aes Sedai klang unbeteiligt, wie ein kühles Lied. Perrin gab unfreiwillig einen undefinierbaren Ton von sich. *Licht, hat es bei mir auch so geklungen? Ich will nicht, daß ein Tod für mich eine solch geringe Rolle spielt.* Als habe er das laut ausgesprochen, sah ihn Moiraine prompt an. »Das Rad webt, wie es will, Perrin. Ich habe dir vor langer Zeit gesagt, daß wir uns in einem Krieg befinden. Wir können nicht aufgeben, nur weil einige von uns möglicherweise sterben werden. Jeden von uns könnte der Tod ereilen, bevor es vollbracht ist. Leyas Waffen sind vielleicht nicht deine, aber das war ihr klar, als sie den Kampf aufnahm.«

Perrin senkte den Blick. *Das ist alles schön und gut, Aes Sedai, aber ich werde es niemals so ruhig hinnehmen wie du.* Lan kam mit Uno und Loial herüber und setzte sich ihnen gegenüber ans Feuer. Die Flammen warfen flackernde Schatten auf das Gesicht des Behüters. So schien es noch mehr als sonst aus Stein gehauen, kantig und eckig. Auch im Feuerschein fiel es nicht leicht, seinen Umhang anzusehen. Manchmal schien es einfach ein dunkelgrauer oder schwarzer und ganz normaler Umhang zu sein, sah man aber genauer hin, dann begann das Grau und Schwarz zu verschwimmen und sich zu verändern. Schatten glitten darüber und drangen hinein. Und dann manchmal wieder wirkte es, als sei Lan ein Loch in der Nacht und ziehe die Dunkelheit um seine Schultern zusammen. Also wirklich nicht leicht, das zu beobachten, und der Mann, der den Umhang trug, machte es niemandem leichter.

Lan war hochgewachsen, breitschultrig und wirkte hart. Er hatte Augen, so blau wie ein zugefrorener Bergsee. Er bewegte sich mit einer tödlichen Eleganz, die das Schwert an seiner Seite wie einen Teil seines Körpers wirken ließ. Nicht nur, daß er fähig schien, Gewalt und Tod zu verursachen: dieser Mann hatte Tod und Gewalt gezähmt und in seine Tasche gesteckt, bereit, jeden Moment losgelassen zu werden, wenn Moiraine dies wünschte. Neben Lan wirkte sogar Uno weniger gefährlich. Im langen Haar des Behüters war etwas Grau zu sehen. Das Haar wurde von einer Lederkordel aus der Stirn gehalten. Jüngere Männer mieden jeden Streit mit Lan – wenn sie klug waren.

»Frau Leya brachte die üblichen Neuigkeiten von der Ebene von Almoth«, sagte Moiraine. »Jeder kämpft gegen jeden. Dörfer werden niedergebrannt. Menschen fliehen in alle Richtungen. Und Jäger sind auf der Ebene erschienen. Sie suchen das Horn von Valere.« Perrin bewegte sich unruhig. Das Horn befand sich dort, wo kein Jäger auf der Ebene von Almoth es finden konnte. Er hoffte, daß überhaupt kein Jäger es je finden würde. Sie warf ihm einen kühlen Blick zu, bevor sie fortfuhr. Sie wollte nicht, daß einer von ihnen das Horn erwähnte. Außer natürlich, sie hielt es gerade für richtig.

»Sie hat auch noch andere Neuigkeiten gebracht. Die Weißmäntel haben nun mindestens fünftausend Mann auf der Ebene von Almoth.«

Uno grunzte. »Das ist verdammt… oh, Entschuldigung, Aes Sedai. Das muß fast die Hälfte ihrer Streitmacht sein. Sie haben noch nie so viele an einen einzigen Ort geschickt.«

»Dann schätze ich, daß all jene, die sich für Rand erklärt haben, entweder tot oder überallhin versprengt sind«, murmelte Perrin. »Oder es bald sein werden. Ihr hattet recht, Moiraine.« Ihm gefiel der Gedanke an Weißmäntel überhaupt nicht. Er mochte aus gutem Grund die Kinder des Lichts nicht.

»Das ist auch eigenartig«, sagte Moiraine. »Oder zumindest der zweite Teil der Geschichte. Die Kinder haben verkündet, sie befänden sich dort, um den Frieden zu bringen, und das ist bei ihnen nichts Ungewöhnliches. Was aber ungewöhnlich *ist,* das ist die Tatsache, daß sie wohl die Taraboner und die Domani über ihre jeweiligen Grenzen zurückzudrängen versuchen, aber gleichzeitig nicht mit Gewalt gegen die Anhänger des Drachens vorgehen.«

Min gab einen Laut der Überraschung von sich. »Ist sie da sicher? Das klingt nicht nach dem, was ich bisher von den Weißmänteln gehört habe.«

»Es können sich nicht mehr viele verd… oh… viele Kesselflicker auf der Ebene befinden«, sagte Uno. Seine Stimme krächzte ein wenig, da er sich so vor der Aes Sedai zusammennehmen mußte, um nicht ständig zu fluchen. Sein echtes Auge blickte genauso finster drein wie das aufgemalte auf der anderen Seite. »Sie halten sich nicht gern auf, wo es irgendwelche Auseinandersetzungen gibt, besonders gewaltsame. Es können nicht genug sein, um alles herauszufinden.«

»Für meine Zwecke sind es genug«, sagte Moiraine bestimmt. »Die meisten sind fort, aber einige blieben, weil ich sie darum bat. Und Leya ist sich ganz sicher. O ja, die Kinder haben einige der Drachenanhänger geschnappt, wo es eben nur eine Handvoll davon gab. Aber obwohl sie erklären, daß sie diesen *falschen* Drachen stürzen werden, obwohl sie angeblich tausend Mann auf ihn angesetzt haben, vermeiden sie jeden Kontakt mit seinen Anhängern, sobald mehr als fünfzig davon auf einem Haufen zu finden sind. Nicht offen, versteht sich, aber es gibt immer irgendeine Verzögerung, die den Gejagten die Flucht gestattet.«

»Dann kann sich Rand doch zu ihnen hinunter begeben, wie er das möchte.« Loial blinzelte die Aes Sedai unsicher an. Das ganze Lager wußte von ihren Auseinandersetzungen mit Rand. »Das Rad webt einen Weg für ihn.«

Uno und Lan öffneten gleichzeitig den Mund, doch der Schienarer gab Lan durch eine leichte Verbeugung das Zeichen, das Wort zu ergreifen. »Wahrscheinlicher«, sagte der Behüter, »ist eine List der Weißmäntel, obwohl ich mir, Licht noch mal, nicht vorstellen kann, um was es geht. Aber wenn mir die Weißmäntel ein Geschenk geben, suche ich zuerst nach einer darin verborgenen Giftnadel.« Uno nickte grimmig. »Außerdem«, fügte Lan hinzu, »geben die Domani und die Taraboner immer noch ihr Bestes, die Anhänger des Drachens genauso umzubringen wie sich gegenseitig.«

»Und da ist noch etwas«, sagte Moiraine. »Drei junge Männer sind in Dörfern gestorben, als Frau Leyas Wagen dort vorbeikam.« Perrin bemerkte, daß Lans Augenlid zuckte. Bei dem Behüter war dies ein ebenso großes Zeichen der Überraschung wie ein Aufschrei bei einem anderen Mann. Lan hatte nicht erwartet, daß sie das erzählen würde. Moiraine fuhr fort: »Der eine starb durch Gift, die beiden anderen durch das Messer. Jeder starb unter Umständen, als sich niemand in der Nähe zu befinden schien. So war es tatsächlich.« Sie blickte in die Flammen. »Alle drei jungen Männer waren größer als üblich und hatten helle Augen. Helle Augenfarben sind auf der Ebene von Almoth etwas Ungewöhnliches. Ich glaube, es bringt im Moment Unglück, als junger Mann mit heller Augenfarbe dort zu leben.«

»Wie?« fragte Perrin. »Wie konnte man sie töten, wenn niemand in der Nähe war?«

»Der Dunkle König hat Attentäter, die du nicht bemerkst, bis es zu spät ist«, sagte Lan ruhig.

Uno schauderte. »Die Seelenlosen. Ich habe aber noch nie davon gehört, daß einer südlich der Grenzlande auftauchte.«

»Genug solcher Reden«, sagte Moiraine streng.

Perrin hatte Fragen auf der Zunge – *Was zum Licht sind die Seelenlosen? Sind sie etwas wie ein Trolloc oder ein Blasser? Was?* –, aber er schluckte sie herunter. Wenn Moiraine entschied, daß man genug über ein Thema geredet hatte, dann sprach sie auch nicht mehr davon.

Und wenn sie den Mund hielt, konnte man auch Lans Mund nicht mit der Brechstange öffnen. Auch die Schienarer folgten ihrem Beispiel. Keiner wollte sich mit einer Aes Sedai anlegen.

»Licht!« knurrte Min. Sie spähte unruhig in die sie umgebende Dunkelheit. »Man *bemerkt* sie nicht? Licht!«

»Also hat sich nichts geändert«, sagte Perrin trübsinnig. »Nichts Wesentliches. Wir können nicht hinunter auf die Ebene, und der Dunkle König will uns töten.«

»Alles verändert sich«, sagte Moiraine gelassen, »und wird in das Muster eingewebt. Wir müssen auf dem Muster reiten und nicht auf den Veränderungen des Augenblicks.« Sie sah einen nach dem anderen an und sagte dann: »Uno, seid Ihr sicher, daß Eure Kundschafter nichts Verdächtiges übersehen haben? Nicht einmal etwas sehr Kleines?«

»Die Wiedergeburt des Drachenlords hat die Bande der Sicherheit gelöst, Moiraine Sedai, und es gibt nirgends Sicherheit, wenn Ihr gegen Myrddraal kämpft. Aber ich gebe Euch mein Ehrenwort, daß die Kundschafter genauso gute Arbeit leisten wie ein Behüter.« Das war eine der längsten Reden Unos gewesen, in denen Perrin keinen Fluch gehört hatte. Auf der Stirn des Mannes stand denn auch Schweiß von dieser Anstrengung.

»Das müssen wir alle«, sagte Moiraine. »Was Rand angerichtet hat, könnte für jeden Myrddraal auf zehn Meilen Entfernung wie ein Leuchtfeuer auf dem Berggipfel gewirkt haben.«

»Vielleicht ...«, begann Min zögernd. »Vielleicht solltet Ihr Talismane aussetzen, die sie von uns abhalten.« Lan sah sie abweisend an. Er stellte gelegentlich Moiraines Entscheidungen in Frage, wenn auch selten in Hörweite Dritter, doch es paßte ihm nicht, wenn andere dasselbe taten. Min erwiderte seinen finsteren Blick. »Also, Myrddraal und Trollocs sind schlimm genug, aber wenigstens kann ich sie sehen. Ich hasse den Gedanken daran, daß einer dieser … dieser Seelenlosen sich hier einschleichen und mir die Kehle durchschneiden könnte, bevor ich ihn überhaupt bemerke.«

»Die Wächter, die ich draußen aufgestellt habe, schützen uns vor den Seelenlosen genau wie vor anderen Wesen des Schattens«, sagte Moiraine. »Wenn man – so wie wir – schwach ist, dann ist es oftmals am besten, sich zu verstecken. Wenn einer der Halbmenschen nahe genug ist, um … Also, Talismane anzubringen, die sie töten, wenn sie ins Lager eindringen wollen, ist jenseits meiner Fähigkeiten, und selbst wenn ich das könnte, würde uns das lediglich hier wie in einen Pferch einsperren. Da es unmöglich ist, zwei verschiedene Arten von Wächtern gleichzeitig aufzustellen, überlasse ich es den Kundschaftern und den Wachen und natürlich Lan, uns zu verteidigen, und benütze die eine Art von Abschirmung, die uns ein wenig helfen kann.«

»Ich könnte eine Runde um das Lager drehen«, meinte Lan. »Falls da draußen etwas ist, was die Kundschafter übersehen haben, werde ich es finden.« Das war keine Drohung, sondern einfach eine Tatsache. Selbst Uno nickte zustimmend.

Moiraine schüttelte den Kopf. »Wenn Ihr heute abend gebraucht werdet, mein Gaidin, dann hier.« Ihr Blick wanderte hoch zu den düsteren Bergen, die sie umgaben. »Es liegt so etwas in der Luft.«

»Warten.« Perrin rutschte das Wort heraus, bevor er sich zurückhalten konnte. Als Moiraine ihn daraufhin ansah – in ihn hineinsah –, wünschte er, sich beherrscht zu haben.

»Ja«, sagte sie. »Warten. Überzeugt Euch davon, daß Eure Wachen heute nacht besonders aufmerksam sind, Uno.« Es war nicht nötig, vorzuschlagen, daß die Männer ihre Waffen auch im Schlaf zur Hand behalten sollten, denn die Schienarer taten das sowieso immer. »Schlaft gut«, fügte sie zu allen gewandt hinzu, als sei das noch möglich, und dann ging sie zurück zu ihrer Hütte. Lan blieb noch lang genug, um drei Löffel Eintopf zu schlürfen, und dann eilte er ihr hinterher. Die Nacht verschluckte ihn schnell.

Perrins Augen leuchteten golden, als sie dem Behüter auf seinem Weg durch die Dunkelheit folgten. »Schlaft gut«, murmelte er. Der Geruch gekochten Fleisches machte ihn plötzlich nervös. »Ich habe doch die dritte Wache, Uno?« Der Schienarer nickte. »Dann will ich versuchen, ihrem Ratschlag zu folgen.« Andere kamen an die Feuer, und Fetzen ihrer Unterhaltung folgten ihm den Hang hinauf.

Er hatte eine Hütte für sich, ein kleines Blockhaus, das kaum groß genug war, um aufrecht drin zu stehen. Die Ritzen waren mit getrocknetem Lehm verschmiert. Ein roh gezimmertes Bett mit Kiefernnadeln als Polster unter einer Decke nahm mehr als die Hälfte des Raumes ein. Wer immer sein Pferd abgesattelt hatte, hatte auch seinen Bogen gleich innen neben die Tür gestellt. Er hängte seinen Gürtel mit Axt und Köcher an einen Haken und zog sich vor Kälte zitternd bis auf die Unterwäsche aus. Die Nächte waren noch kalt, doch die Kälte hielt ihn davon ab, zu tief zu schlafen. Im Tiefschlaf träumte er Dinge, die er dann nicht mehr einfach abschütteln konnte.

Eine Weile lang lag er zitternd und nur von einer dünnen Decke bedeckt da und starrte die Deckenbalken an. Dann kam der Schlaf, und mit ihm kamen Träume.

KAPITEL 4

Schlafende Schatten

Der Schankraum des Wirtshauses war kalt, obwohl in dem langen gemauerten Kamin ein Feuer prasselte. Perrin rieb sich die Hände vor den Flammen, aber davon wurden sie auch nicht wärmer. Trotzdem wirkte die Kälte auf ihn eigenartigerweise beruhigend, als sei sie ein Schutzschild. Er wußte allerdings nicht, wogegen sie ihn schützen solle. Etwas murmelte leise in seinem Hinterkopf. Es war nur ein ganz verschwommener Laut, als kratze einer an der Tür, weil er hereinkommen wollte.

»Also gebt Ihr auf. Das ist auch das beste für Euch. Kommt. Setzt Euch, und wir reden miteinander.«

Perrin drehte sich um und musterte den Sprecher. Die im Raum verteilten runden Tische waren leer bis auf einen in einer Ecke, an dem der Mann in Schatten gehüllt saß. Der übrige Raum lag wie in feinem Dunst, wirkte mehr wie eine Ahnung denn ein wirklicher Ort. Alles, was er nicht direkt ansah, verschwamm ins Unwirkliche. Er blickte zurück zum Feuer. Jetzt brannte es auf einem Unterbau aus Backstein. Aber irgendwie störte ihn das alles nicht. *Es sollte eigentlich.* Aber er wußte nicht, warum.

Der Mann winkte ihn heran, und Perrin ging hinüber zu ihm. Er saß an einem viereckigen Tisch. Alle Tische waren viereckig. Mit gerunzelter Stirn streckte er einen Finger aus, um die Tischplatte zu berühren, zog aber dann doch die Hand zurück. In dieser Ecke des Raums gab es keine Lampen, und trotz der übrigen Beleuchtung waren der Mann und sein Tisch beinahe völlig verborgen, verschwammen mit der Dämmerung.

Perrin hatte das Gefühl, er kenne den Mann, aber das war genauso vage wie alles, was er aus den Augenwinkeln sah. Der Bursche war von mittleren Jahren, sah gut aus und war für eine Landschenke zu gut gekleidet. Er trug dunkle, beinahe schwarze Samtkleidung und am Kragen sowie an den Manschetten weiße Spitzen. Er saß steif da und preßte manchmal die Hand auf seine Brust, als schmerze ihn jede Bewegung. Seine dunklen Augen waren starr auf Perrin gerichtet. Sie erschienen ihm wie glitzernde Punkte im Schatten.

»Was aufgeben?« fragte Perrin.

»Das natürlich.« Der Mann nickte in Richtung von Perrins Hüfte. Er hörte sich überrascht an, als hätten sie schon vorher über dieses Thema diskutiert, als sei das ein alter Streitpunkt zwischen ihnen.

Perrin war gar nicht bewußt gewesen, daß seine Axt am Gürtel hing. Er hatte ihr Gewicht nicht gespürt. Er fuhr mit der Hand über die halbmondförmige Schneide und den dicken Schaft. Der Stahl fühlte sich… real an. Realer als alles um ihn herum. Vielleicht sogar realer als er selbst. Er behielt die Hand dort, um sich daran zu klammern.

»Ich habe daran gedacht«, sagte er, »aber ich glaube nicht, daß ich kann. Noch nicht.« *Noch nicht?* Die Schenke schien zu flimmern, und wieder war da dieses Rumoren in seinem Kopf. *Nein!* Es verschwand wieder.

»Nein?« Der Mann lächelte. Es war ein kaltes Lächeln. »Ihr seid doch Schmied, Junge. Und danach zu schließen, was ich hörte, seid Ihr ein guter Schmied. Eure Hände wurden für den Hammer geschaffen und nicht für die Axt. Geschaffen, Dinge herzustellen, und nicht, um damit zu töten. Kehrt um, bevor es zu spät ist.«

Perrin wurde bewußt, daß er nickte. »Ja. Aber ich bin *ta'veren*.« Er hatte das noch nie laut ausgesprochen.

Aber er weiß es doch schon. Da war er sicher, auch wenn er nicht sagen konnte, warum.

Einen Moment lang verzog sich das Lächeln des Mannes zur Grimasse, doch dann war es wieder da und noch breiter als vorher. Eine kalte Kraft schien von ihm auszugehen. »Es gibt Möglichkeiten, so etwas zu ändern, Junge. Wege, um sogar das Schicksal zu überlisten. Setzt Euch und wir reden darüber.« Die Schatten schienen sich zu verschieben und zu verdichten. Sie griffen nach ihm.

Perrin trat einen Schritt zurück ins hellere Licht hinein. »Lieber nicht.«

»Dann trinkt wenigstens mit mir. Auf die vergangenen Jahre und auf die kommenden. Hier, danach werdet Ihr die Dinge klarer sehen.« Der Becher, den der Mann über den Tisch schob, war einen Moment vorher noch nicht dagewesen. Er glänzte hellsilbern und war bis zum Rand mit dunklem, blutrotem Wein gefüllt.

Perrin musterte das Gesicht des Mannes. Selbst seinen scharfen Augen fiel das schwer, denn die Schatten verbargen das Gesicht des Mannes ähnlich wie der Umhang eines Behüters. Die Dunkelheit umspielte den Mann zärtlich. Da war etwas in den Augen des Mannes… Wenn er sich nur bemühte, würde er sich bestimmt daran erinnern. Das Rumoren kehrte wieder.

»Nein«, sagte er. Er sprach das leise Rumoren in seinem Kopf an, doch als sich der Mund des Mannes zornig verzog, da er sich angesprochen fühlte – wobei er diesen kurzen Wutausbruch sofort wieder unterdrückte –, entschied Perrin, daß seine Ablehnung auch dem Wein gelten werde. »Ich habe keinen Durst.«

Er drehte sich um und ging Richtung Tür. Der Kamin bestand aus abgerundeten Flußsteinen. Im Raum standen ein paar lange Tische mit Bänken daran. Plötzlich wollte er nur nach draußen und weg von diesem Mann.

»Ihr werdet nicht viele Chancen bekommen«, sagte

der Mann hinter ihm mit harter Stimme. »Drei miteinander verwobene Fäden teilen sich das gleiche Verhängnis. Wenn einer durchschnitten wird, dann zerreißen alle. Das Schicksal kann Euch töten oder noch Schlimmeres mit Euch machen.«

Perrin fühlte plötzlich Hitze in seinem Rücken. Sie wurde intensiver und verklang dann aber auch schnell, als hätten sich die Türen eines riesigen Schmelzofens geöffnet und wieder geschlossen. Überrascht wandte er sich um. Der Raum war leer.

Nur ein Traum, sagte er sich vor Kälte zitternd, und damit verschob sich alles.

Er blickte in den Spiegel. Ein Teil seiner selbst verstand nicht, was er da sah, während ein anderer Teil es hinnahm. Er trug wie selbstverständlich einen vergoldeten Helm in Form eines Löwenkopfes. Auf seinem gehämmerten Brustpanzer waren goldene Blätter zu sehen, und auch die Kettenärmel und Beinschützer waren mit Gold verziert. Nur die Axt an seiner Seite war die gleiche. Eine Stimme – seine eigene – flüsterte ihm im Geist zu, daß er diese Waffe lieber als jede andere trüge, daß er sie tausendmal getragen hatte in hundert Schlachten. *Nein!* Er wollte sie aus der Schlaufe ziehen und wegwerfen. *Ich kann nicht!* In seinem Kopf erklang eine Stimme, lauter als das übliche Gemurmel, beinahe so, daß er sie verstehen konnte.

»Ein Mann, der zum Ruhm geboren wurde.«

Er wirbelte herum und sah sich der schönsten Frau gegenüber, die er je gesehen hatte. Er sah überhaupt nichts, was den Raum betraf, in dem er sich befand. Er hatte nur Augen für sie. Ihre Augen waren Mitternachtsseen, ihre Haut blaß und sicherlich zarter noch als ihr Kleid aus weißer Seide. Als sie auf ihn zukam, trocknete sein Mund aus. Ihm wurde klar, daß jede andere Frau, die er jemals gesehen hatte, dagegen plump und formlos wirken mußte. Er schauderte und fragte sich, woher die Kälte kam.

»Ein Mann sollte sein Schicksal in beide Hände nehmen«, sagte sie lächelnd. Dieses Lächeln reichte beinahe aus, um ihm warm werden zu lassen. Sie war hochgewachsen, und nur eine Handbreit fehlte, um ihm direkt in die Augen blicken zu können. Silberne Kämme steckten in rabenschwarzem Haar. Ein breiter Gürtel aus silbernen Einzelgliedern umspannte eine Taille, die er mit seinen Händen hätte umfassen können.

»Ja«, flüsterte er. In seinem Innern stritt Überraschung gegen Zustimmung. Er brauchte keinen Ruhm. Aber wenn sie es sagte, gab es nichts Erstrebenswerteres. »Ich meine ...« Das Gemurmel bohrte in seinem Kopf. »Nein!« Es war weg, und genauso war für den Moment jedenfalls alle Zustimmung verflogen. Beinahe. Er hob eine Hand zum Kopf und berührte den Helm. Er nahm ihn ab. »Ich ... glaube nicht, daß ich das brauche. Es gehört mir nicht.«

»Ihr wollt es nicht?« Sie lachte. »Welcher Mann, in dessen Adern Blut strömt, wollte keinen Ruhm? Genausoviel Ruhm, als hättet Ihr das Horn von Valere geblasen.«

»Ich nicht«, sagte er, und ein Teil von ihm schrie auf und bezichtigte ihn der Lüge. Das Horn von Valere. *Das Horn erklang, und der wilde Angriff begann. Der Tod ritt neben ihm, und trotzdem wartete auch sie dort auf ihn. Seine Geliebte. Sein Verhängnis.* »Nein! Ich bin ein Schmied.«

Ihr Lächeln war mitleidig. »Was für ein bescheidener Wunsch. Ihr müßt denen nicht gehorchen, die Euch von Eurem Schicksal abbringen wollen. Sie würden Euch erniedrigen, demütigen, Euch zerstören. Sich dem Schicksal entgegenzustemmen bringt nur Schmerz. Warum den Schmerz suchen, wenn Ihr den Ruhm haben könnt? Wenn Euer Name neben denen aller Helden der Legende erklingen kann?«

»Ich bin kein Held.«

»Ihr wißt nicht einmal die Hälfte darüber, was Ihr seid. Oder was Ihr sein könntet. Kommt, trinkt einen Becher mit mir auf das Schicksal und den Ruhm.« In der Hand hielt sie einen glänzenden Silberbecher, der mit blutrotem Wein gefüllt war. »Trinkt!«

Er sah den Becher mit gerunzelter Stirn an. Es war etwas … Vertrautes daran. Ein Knurren nagte an seinem Gehirn. »Nein!« Er kämpfte sich davon frei, wollte nicht hinhören. »Nein!«

Sie hielt ihm den goldenen Becher hin. »Trinkt!«

Golden? Ich dachte, der Becher sei … Er war … Der Rest des Gedankens entglitt ihm. Doch in seine Verwirrung hinein erklang der Laut in seinem Kopf erneut, nagend, auffordernd. »Nein«, sagte er. »Nein!« Er sah den goldenen Helm in seinen Händen an und warf ihn weg. »Ich bin Schmied. Ich bin …« Der Laut in seinem Kopf kämpfte gegen ihn an, näherte sich der Stärke, mit der er hörbar wurde. Er wickelte die Arme um den Kopf, um ihn auszusperren, und sperrte ihn damit nur ein. »Ich-bin-ein-Mensch!« schrie er.

Dunkelheit umgab ihn, doch ihre Stimme folgte ihm und flüsterte: »Die Nacht ist immer da, und alle Menschen träumen. Besonders Ihr, mein Wilder. Und ich werde immer in Euren Träumen sein.«

Stille.

Er senkte die Arme. Er war wieder in seinen eigenen Mantel und seine Hosen gekleidet, fest und von gutem Stoff, wenn auch einfach. Passende Kleidung für einen Schmied oder jeden Landmann. Doch er bemerkte sie kaum.

Er stand auf einer Steinbrücke mit niedrigem Geländer, die sich von einer oben abgeflachten Säule zu einer anderen schwang. Die Säulen erhoben sich aus einem Abgrund, dessen Boden er nicht erkennen konnte. Der Lichtschein wäre für andere Augen sowieso schon zu trüb gewesen, und selbst er konnte nicht erkennen, woher er kam. Er war einfach da. Wohin er auch blickte, nach links oder rechts, nach oben oder unten, überall sah er weitere Brücken, weitere Säulen und Rampen ganz ohne Geländer. Es schien kein Ende zu geben und kein feststellbares Muster. Noch schlimmer: Einige der Rampen schwangen sich hoch zu den Spitzen von Säulen, die sich genau über denen befinden mußten, von denen die Rampen ausgingen. Tropfendes Wasser warf Echos in diesen riesigen Raum. Der Laut schien von überall her gleichzeitig zu kommen. Er zitterte vor Kälte.

Plötzlich nahm er aus dem Augenwinkel eine Bewegung wahr, und automatisch duckte er sich hinter das Steingeländer. Es lag eine Gefahr darin, gesehen zu werden. Er wußte nicht, warum, nur, daß es stimmte. Er wußte es eben.

Vorsichtig spähte er über das Geländer und suchte nach dem Ursprung der Bewegung. Auf einer fernen Rampe blitzte es weiß auf. Eine Frau, da war er sicher, aber er konnte sie nicht recht erkennen. Eine Frau in einem weißen Kleid, die irgendwohin eilte.

Plötzlich erschien auf einer Brücke gleich unter ihm und damit viel näher, als sich die Frau befunden hatte, ein Mann, groß und dunkel und schlank. Das Silber in seinem schwarzen Haar ließ ihn würdevoll wirken. Sein dunkelgrüner Mantel war überall mit goldenen Blättern bestickt. Goldzierat bedeckte seinen Gürtel und die Börse, und auf der Scheide seines Dolches schimmerten Edelsteine. Seine Stiefelschäfte hatten oben einen goldenen Rand. Wo war er hergekommen?

Ein weiterer Mann betrat von der anderen Seite her die Brücke, genauso überraschend wie der erste. Schwarze Streifen zogen sich durch die bauschigen Ärmel seines roten Mantels, und an Kragen und Manschetten hingen dichte, blasse Spitzen herunter. Seine Stiefel waren so mit Silber verziert, daß man kaum noch Leder sah. Er war kleiner als der Mann, dem er entgegenging, breitschultriger, und sein kurzgeschnittenes Haar war so weiß wie die Spitzen, die er trug. Das Alter machte ihn aber keineswegs gebrechlich. Er schritt mit dem gleichen Ausdruck arroganter Kraft dahin wie der andere Mann. Die beiden naherten sich einander sehr vorsichtig. *Wie zwei Pferdehändler, die wissen, daß einer dem anderen eine lahme Stute andrehen will,* dachte Perrin.

Die Männer begannen, miteinander zu sprechen. Perrin spitzte die Ohren, aber über all das Klatschen der Wassertropfen hinweg konnte er nur ein Gemurmel hören. Düstere und gar zornige Blicke und abrupte Bewegungen, als wollten sie zuschlagen. Sie trauten einander nicht. Er glaubte sogar, daß sie einander haßten.

Er blickte hoch und suchte nach der Frau, doch sie war verschwunden. Als er wieder hinuntersah, hatte sich ein weiterer Mann zu den beiden anderen gesellt. Und irgendwie, irgendwoher, kannte ihn Perrin. Es war wie eine Erinnerung an etwas lange Vergangenes. Ein gutaussehender Mann von mittleren Jahren, in beinahe schwarzen Samt mit weißen Spitzen gekleidet. *Eine Schenke,* dachte Perrin. *Und noch etwas davor. Etwas …* Vor langer, langer Zeit schien das alles gewesen zu sein. Aber die Erinnerung stellte sich nicht ein.

Die beiden ersten Männer standen nun Seite an Seite, als habe die Gegenwart des Neuankömmlings sie zu unfreiwillig Verbündeten gemacht. Er schrie sie an und drohte mit der Faust, während sie nervös von einem Fuß auf den anderen traten und seinen Blick mieden. Wenn die beiden sich auch haßten, so fürchteten sie ihn noch mehr.

Seine Augen, dachte Perrin. *Was ist so seltsam an seinen Augen?*

Der große, dunkelhaarige Mann begann zu widersprechen; zuerst zögernd und dann immer heftiger. Der Weißhaarige schloß sich ihm an, und plötzlich zerbrach ihr zeitweiliges Bündnis. Alle drei schrien sich gleichzeitig an – jeder die beiden anderen. Mit einem Mal breitete der Mann in dunklem Samt die Arme aus, als wolle er den Streit abbrechen. Und ein sich ausdehnender Feuerball hüllte sie ein, verbarg sie, wuchs und wuchs.

Perrin wickelte die Arme schützend um seinen Kopf und ließ sich hinter das Steingeländer fallen. Dort kauerte er, während der Wind ihn zauste und an seiner Kleidung riß. Der Wind war heiß wie Feuer. Der Wind war Feuer. Selbst mit geschlossenen Augen konnte er es sehen. Flammen umschlossen alles, drangen durch alles hindurch. Der Feuersturm durchraste auch ihn. Er konnte ihn fühlen, wie er brannte und zog und versuchte, ihn zu verschlingen und die Asche zu verstreuen. Er schrie, klammerte sich an sein Leben und wußte doch, daß es nicht reichte.

Und von einem Herzschlag zum nächsten war der Sturm vorbei. Er verging nicht langsam, nein, im einen Moment noch peitschte ihn der Sturm und im nächsten herrschte absolute Stille. Der einzige Laut war das Echo klatschender Wassertropfen.

Langsam setzte sich Perrin auf und untersuchte sich. Seine Kleidung war nicht einmal versengt, und seine freiliegende Haut wies keine Brandwunde auf. Nur die Erinnerung an die Hitze ließ ihn glauben, daß es wirklich geschehen war. Die Erinnerung lag nur in seinem Geist allein; der Körper erinnerte sich an nichts.

Vorsichtig blickte er über das Geländer. Von der Brücke, auf der die Männer gestanden hatten, war auf jeder Seite nur ein kurzes Stück abgeschmolzenen Steins zu sehen. Die Männer waren verschwunden.

Seine Nackenhaare prickelten und richteten sich auf. Er blickte hoch. Auf einer Rampe über ihm und etwas rechts abgesetzt stand ein zerzauster grauer Wolf und sah ihn an.

»Nein!« Er sprang auf und rannte los. »Das ist ein Traum! Ein Alptraum! Ich will aufwachen!« Er rannte,

und alles in seiner Sicht verschwamm. Die verschwommenen Schlieren verschoben sich. Ein Summen erfüllte sein Gehör und verklang wieder. Dann verfestigte sich das Bild vor seinen Augen.

Er zitterte vor Kälte und wußte vom ersten Augenblick an ganz sicher, daß dies ein Traum war. Er war sich verschwommen schattenhafter früherer Träume bewußt, aber diesen nun kannte er. Er hatte sich in anderen Nächten bereits an diesem Ort befunden, und auch wenn er ihn nicht begriff, wußte er sich doch in einem Traum. Aber das Wissen änderte diesmal nichts.

Riesige rote Sandsteinsäulen umgaben die offene Fläche, auf der er stand. Fünfzig Schritt oder höher über seinem Kopf befand sich eine Kuppeldecke. Er und ein weiterer genauso großer Mann hätten eine dieser Säulen nicht mit ihren Armen umschließen können. Der Boden war mit großen, grauen Steinplatten ausgelegt, hart, und doch von unzähligen Generationen von Füßen ausgetreten.

Und in der Mitte unter der Kuppel befand sich der Grund dafür, daß all diese Füße hierhergekommen waren: ein Schwert, das mit dem Griff nach unten in der Luft hing, offensichtlich durch nichts gehalten, wo anscheinend jedermann danach greifen und es nehmen konnte. Es drehte sich langsam, wie durch einen schwachen Lufthauch bewegt. Und doch war es eigentlich gar kein Schwert. Es schien aus Glas zu bestehen, oder vielleicht aus Kristall, sowohl die Klinge wie auch der Griff und der Querbügel. Es fing das wenige Licht auf und zersplitterte es in tausend Blitze.

Er ging darauf zu und streckte die Hand aus, so wie jedesmal zuvor. Er erinnerte sich deutlich daran, daß er das getan hatte. Der Griff hing vor seinem Gesicht, leicht zu erreichen. Doch einen Fuß vor dem glitzernden Schwert traf seine Hand in der leeren Luft auf einen Widerstand. Als habe er Stein berührt. Wie er es ja auch gewußt hatte. Er drückte stärker dagegen, aber er hätte genauso gegen eine Wand drücken können. Das Schwert drehte sich und glitzerte, einen Fuß entfernt und doch so weit außerhalb seiner Reichweite, als befände es sich auf der anderen Seite des Meeres.

Callandor. Er war nicht sicher, ob die flüsternde Stimme sich in seinem Kopf befand oder außerhalb; sie schien um die Säulen herumzuklingen, überall gleichzeitig, eindringlich und doch sanft wie eine Frühlingsbrise. *Callandor. Wer mich führt, der hält das Schicksal in Händen. Nimm mich und trete die letzte Reise an.* Er trat in plötzlich aufkeimender Angst einen Schritt zurück. Dieses Flüstern war noch nie zuvor erklungen. Viermal schon hatte er diesen Traum geträumt. Daran erinnerte er sich genau: vier Nächte lang, eine nach der anderen. Und dies nun war das erste Mal, daß sich etwas verändert hatte. *Die Entstellten kommen.* Das war ein anderes Flüstern aus einer Quelle, die ihm bekannt war, und er fuhr zusammen, als hätte ihn ein Myrddraal berührt. Ein Wolf stand dort zwischen den Säulen, ein Bergwolf, beinahe hüfthoch, zerzaust, weiß und grau. Er blickte ihn eindringlich mit Augen an, die so gelb waren wie seine.

Die Entstellten kommen. »Nein!« keuchte Perrin. »Nein! Ich lasse dich nicht ein! Ich-will-nicht!«

Er schlug um sich und erwachte, setzte sich in der engen Hütte auf und zitterte vor Kälte und Wut. »Das lasse ich nicht zu«, flüsterte er heiser.

Die Entstellten kommen. Der Gedanke war klar und deutlich, doch es war nicht sein eigener.

Die Entstellten kommen, Bruder.

KAPITEL 5

Wandelnde Alpträume

Perrin sprang aus seinem Bett, schnappte sich die Axt und rannte barfuß und in Unterwäsche hinaus. Die Kälte ignorierte er. Der Mond tauchte die Wolken in geisterhaftes Weiß. Mehr als genug Licht für seine Augen, mehr als genug auch, um von allen Seiten her dunkle Gestalten zwischen den Bäumen hindurchschlüpfen zu sehen, Gestalten, die fast genauso groß waren wie Loial, deren Gesichter aber durch Schnauzen und Schnäbel entstellt waren – halbmenschliche Köpfe mit Hörnern und gefiederten Kämmen; kräftige Figuren, die sowohl auf menschlichen Füßen wie auch auf Hufen oder Tatzen einherliefen.

Er öffnete den Mund, um eine Warnung in die Nacht hinauszuschreien, da schlug auch schon die Tür zu Moiraines Hütte auf, und Lan rannte mit dem Schwert in der Hand heraus. Er rief: »Trollocs! Erwacht, um eures Lebens willen! Trollocs!« Schreie antworteten ihm, als die Männer aus ihren Hütten taumelten, meist nur in Unterwäsche gekleidet, aber mit den Schwertern in der Hand. Mit tierischem Gebrüll sprangen die Trollocs vor und wurden mit Stahl und Schreien wie »Schienar!« und »Der Wiedergeborene Drache!« empfangen.

Lan war vollständig angekleidet. Perrin hätte wetten können, daß der Behüter nicht geschlafen hatte. Er warf sich zwischen die Trollocs, als sei seine Wollkleidung eine Rüstung. Er schien von einem zum anderen zu tanzen. Mann und Schwert flossen einher wie Wasser oder Wind, und wo der Behüter tanzte, da schrien und starben die Trollocs.

Auch Moiraine befand sich draußen in der Nacht und tanzte ihren eigenen Tanz zwischen den Trollocs. Ihre einzige Waffe schien eine Rute zu sein, aber wo sie damit einen Trolloc traf, wuchs aus seinem Fleisch eine Flammenspur empor. Mit ihrer freien Hand pflückte sie Feuerkugeln aus der Luft und warf sie. Die Trollocs heulten auf, während sie von den Flammen verschlungen wurden, und wälzten sich auf dem Boden.

Ein ganzer Baum flammte plötzlich von den Wurzeln bis zur Krone auf und dann ein zweiter und noch weitere. Die Trollocs kreischten ob des brennend hellen Lichtscheins, doch sie hörten nicht auf, ihre Dornenäxte und Sichelschwerter zu schwingen.

Mit einem Mal sah Perrin, wie Leya zögernd aus Moiraines Hütte trat. Sie befand sich auf der anderen Seite der Mulde von ihm, aber er konnte an nichts anderes mehr denken. Die Tuatha'an-Frau drückte sich an die Holzwand und hielt sich mit einer Hand die Kehle. Das Licht der brennenden Bäume zeigte ihm all den Schmerz und das Entsetzen und die Abscheu auf ihrem Gesicht, während sie dem Gemetzel zusah.

»Versteckt Euch!« schrie Perrin ihr zu. »Geht hinein und verbergt Euch!« Das Toben des Kampfes, die Schmerzens- und Todesschreie verschluckten seine Worte. Er rannte in ihre Richtung. »Versteckt Euch, Leya! Um des Lichts willen, versteckt Euch!«

Ein Trolloc ragte über ihm auf. Wo sich Mund und Nase befinden sollten, trug er einen grausam gekrümmten Schnabel. Schwarze Metallschuppen und Dornen schützten seinen Körper von den Schultern bis an die Knie. Er bewegte sich auf Adlerkrallen und schwang eines dieser eigenartig gekrümmten Schwerter. Er roch nach Schweiß und Schmutz und Blut.

Perrin duckte sich unter dem Schlag weg und schrie, als er seinerseits mit der Axt zuschlug. Er wußte, eigentlich sollte er Angst empfinden, doch die Bedrängnis unterdrückte alle Furcht. Nur eines spielte noch eine Rolle: Er mußte Leya erreichen und in Sicherheit bringen, und der Trolloc war ihm im Weg.

Der Trolloc fiel brüllend und zuckend zu Boden. Perrin wußte nicht einmal, wo er ihn getroffen hatte und ob er starb oder lediglich verletzt war. Er sprang über ihn hinweg und rannte gebückt den Hang hinauf.

Brennende Bäume warfen fahle Schatten auf die kleine Talmulde. Ein flackernder Schatten neben Moiraines Hütte entpuppte sich plötzlich als Trolloc. Er war gehörnt und hatte die Schnauze eines Ziegenbocks. Mit beiden Händen hielt er eine mit Dornen zusätzlich bewehrte Axt. Er schien sich zuerst in das Getümmel unten stürzen zu wollen, doch dann fiel sein Blick auf Leya.

»Nein!« schrie Perrin. »Licht, nein!« Steine spritzten unter seinen bloßen Füßen weg. Er fühlte die Schrammen nicht einmal. Die Axt des Trollocs hob sich. »Leyaaaaaa!«

Im letzten Moment wirbelte der Trolloc herum, und seine Axt blitzte auf Perrin zu. Er warf sich zu Boden und schrie auf, als Stahl über seinen Rücken schrammte. Verzweifelt streckte er eine Hand aus, packte einen Bocksfuß und zog mit aller Kraft daran. Er schaffte es, dem Trolloc das Bein wegzuziehen, und er stürzte und krachte schwer auf den Boden. Doch als er weiter hangabwärts rutschte, packte er Perrin mit Händen, die doppelt so groß waren wie die des Schmieds. Er zog ihn mit, und sie überschlugen sich im Hinunterrollen. Der Gestank des Trollocs erstickte ihn fast: eine Mischung von Ziegenbock und saurem menschlichen Schweiß. Mächtige Arme umfaßten seinen Brustkorb und drückten ihm die Luft aus der Lunge. Seine Rippen waren nahe daran, zu brechen. Die Axt war dem Trolloc entfallen, aber stumpfe Bockszähne bohrten sich in Perrins Schulter. Mächtige Kiefer drückten zu. Er stöhnte, als der Schmerz seinen linken Arm durchraste. Er rang nach Luft, und seine Augen begannen zu versagen. Aber dann wurde er sich verschwommen bewußt, daß sein anderer Arm frei war und immer noch irgendwie den Schaft der Axt umklammerte. Er umfaßte ihn ganz kurz über der Schneide wie einen Hammer, und der Dorn stand gerade nach vorn ab. Mit einem Aufbrüllen, das ihm die letzte Luft raubte, rammte er dem Trolloc den Dorn in die Schläfe. Lautlos verkrampfte sich dieser, sein Griff löste sich, und er schleuderte Perrin zur Seite. Instinktiv packte er die Axt fester und riß sie heraus, als der Trolloc zuckend weiter hangabwärts rutschte.

Einen Augenblick lang lag Perrin nur da und rang nach Luft. Der Schnitt auf seinem Rücken brannte, und er fühlte die Nässe von Blut. Ein stechender Schmerz durchfuhr seine Schulter, als er sich aufrichtete. »Leya?«

Sie war immer noch da, kauerte vor der Hütte, nicht mehr als zehn Schritt weiter oben. Und sie betrachtete ihn mit einem solchen Gesichtsausdruck, daß er ihr kaum in die Augen sehen konnte. »Bemitleidet mich nicht!« grollte er. »Habt Ihr ...!«

Der Sprung des Myrddraals vom Dach der Hütte herunter schien viel zu lang zu dauern, und sein stumpfschwarzer Umhang hing während des Falls um ihn, als stünde der Halbmensch bereits auf dem Boden. Sein augenloser Blick war auf Perrin gerichtet. Er roch nach Tod.

Kälte sickerte in Perrins Arme und Beine, als ihn der Myrddraal ansah. Sein Brustkorb war wie ein Eisklumpen. »Leya«, flüsterte er. Er konnte sich nur mit Mühe beherrschen, nicht davonzurennen. »Leya, versteckt Euch bitte. Bitte.«

Der Halbmensch ging langsam und selbstbewußt auf ihn zu, sicher, daß er vor Furcht gelähmt sei. Er bewegte sich schlangengleich und zog dabei ein Schwert, so schwarz, daß es nur durch die brennenden Bäume sichtbar gemacht wurde. »Trennt ein Bein eines dreibeinigen Hockers ab«, sagte er leise, »und alle fallen herunter.« Die Stimme klang wie zerfallendes, verrottetes Leder.

Plötzlich bewegte sich Leya. Sie warf sich nach vorn und versuchte, die Beine des Myrddraals mit ihren Armen zu umschlingen. Er schwang beinahe gleichgültig das dunkle Schwert rückwärts, ohne sich dabei auch nur umzublicken, und sie brach zusammen.

Tränen traten Perrin in die Augen. *Ich hätte ihr helfen müssen ... sie retten. Ich hätte ... etwas ... tun müssen!* Aber solange ihn der Myrddraal mit seinem augenlosen Blick fixierte, war es schwer, auch nur zu denken.

Wir kommen, Bruder. Wir kommen, Junger Bulle.

Die Worte in seinem Kopf ließen diesen wie eine Glocke klingen. Die Schwingungen durchzitterten ihn. Mit den Worten kamen die Wölfe, ganze Rudel, und sie überfluteten seinen Geist, wie sie in die Talmulde fluteten. Bergwölfe, so groß, daß sie einem Mann bis an die Hüfte reichten, alle weiß und grau, so hetzten sie aus der Nacht heraus, um die Überraschung der Zweibeiner wohl wissend, als sie sich auf die Entstellten stürzten. Die Wölfe erfüllten ihn, bis er sich kaum noch daran erinnern konnte, ein Mensch zu sein. In seinen Augen sammelte sich das Licht, und sie leuchteten golden. Und der Halbmensch blieb mit einem Mal unsicher stehen.

»Blasser«, sagte Perrin grob, aber dann kam ihm ein anderer Name in den Sinn, der von den Wölfen stammte. Trollocs, die Entstellten, die während des Schattenkriegs aus einer Kreuzung von Mensch und Tier erschaffen worden waren, waren schlimm genug, doch die Myrddraal ... »Ungeborener!« Der Junge Bulle spuckte aus. Mit gefletschten Zähnen stürzte er sich knurrend auf den Myrddraal.

Der bewegte sich elegant und tödlich wie eine Viper. Das schwarze Schwert war schnell wie der Blitz. Aber er war der Junge Bulle. So nannten ihn die Wölfe. Der Junge Bulle mit Hörnern aus Stahl, die er mit seinen

Händen führte. Er war eins mit den Wölfen. Er war ein Wolf, und jeder Wolf würde mit Freude sterben, wenn er einen der Ungeborenen dadurch zu Fall bringen konnte. Der Blasse wich vor ihm zurück. Seine pfeilschnellen Schläge wurden nun zur Abwehr vor Perrins Axthieben.

Kniesehne und Kehle, das waren die Angriffsziele der Wölfe. Der Junge Bulle warf sich plötzlich zur Seite und fiel auf ein Knie nieder. Seine Axt schnitt quer über die Kniekehle des Halbmenschen. Der schrie – ein bis ins Mark durchdringender Schrei, der ihm zu jeder anderen Zeit die Haare zu Berge stehen lassen hätte –, stürzte und fing sich mit einer Hand ab. Der Halbmensch – der Ungeborene – hielt sein Schwert noch fest in der Hand, aber bevor er sich aufrappeln konnte, schlug die Axt des Jungen Bullen erneut zu. Halb abgehackt fiel der Kopf des Myrddraal nach hinten und hing ihm den Rücken hinab. Doch immer noch stützte sich der Ungeborene auf eine Hand, und sein Schwert durchschnitt wild die Luft. Die Ungeborenen brauchten lange, um zu sterben.

Durch die Augen der Wölfe und zugleich durch seine eigenen sah der Junge Bulle Bilder von Trollocs, die sich kreischend auf dem Boden wälzten, ohne von Mensch oder Wolf berührt worden zu sein. Die waren offensichtlich mit diesem Myrddraal verbunden und würden sterben, wenn er starb, falls niemand anders sie vorher tötete. Der Drang, den Hang hinunterzurennen und sich seinen Brüdern anzuschließen, mit ihnen zusammen die Entstellten und die verbliebenen Ungeborenen zu töten, war stark, aber das tief vergrabene Stück Mensch in seinem Innern erinnerte sich. *Leya.*

Er ließ seine Axt fallen und drehte sie sanft herum. Blut strömte über ihr Gesicht, und ihre Augen starrten ihn glasig und tot an. Es schien ihm ein anklagender Blick. »Ich habe es versucht«, sagte er ihr. »Ich habe versucht, Euch zu retten.« Ihr Blick veränderte sich nicht. »Was hätte ich sonst tun können? Er hätte Euch getötet, hätte ich ihn nicht vorher umgebracht!«

Komm, Junger Bulle. Komm, töten wir die Entstellten!

Der Wolf überrollte ihn, hüllte ihn vollständig ein. Perrin ließ Leya zu Boden sinken und nahm seine Axt. Die Schneide glänzte feucht. Seine Augen leuchteten, als er den steinigen Abhang hinunterstürmte. Er war der Junge Bulle.

Die um die Talmulde herum verstreuten Bäume brannten wie Fackeln. Gerade, als der Junge Bulle ins Getümmel eintauchte, brach eine hohe Kiefer in Flammen aus. Die Nachtluft flimmerte in fahlem Blau wie unter Nordlichtern, als Lan auf einen weiteren Myrddraal traf. Die uralte, von Aes Sedai hergestellte Klinge prallte auf den schwarzen Stahl, der in Thakan'dar, im Schatten des Schayol Ghul, hergestellt wird. Loial benützte einen Kampfstock von der Größe eines Zaunpfahls. Der herumwirbelnde Balken schuf einen Freiraum um ihn, den kein Trolloc betreten konnte, ohne getroffen niederzustürzen. In den tanzenden Schatten fochten Männer einen verzweifelten Kampf, aber der Junge Bulle – Perrin – nahm verschwommen wahr, daß bereits zu viele der schienarischen Zweibeiner auf dem Boden lagen.

Die Brüder und Schwestern kämpften in kleinen Rudeln zu dritt oder zu viert, duckten sich unter Sichelschwertern und Dornenäxten hinweg, zerfetzten mit ihren mächtigen Kiefern Kniekehlen und sprangen hoch, wenn ihre Beute stürzte, um ihnen die Kehlen durchzubeißen. Es lag keine Ehre in dieser Art zu kämpfen, kein Ruhm, keine Gnade. Sie waren nicht zum Kämpfen gekommen, sondern um zu töten. Der Junge Bulle schloß sich einem der kleineren Rudel an, und die Schneide seiner Axt ersetzte ihm die Zähne.

Er hatte nicht mehr den gesamten Kampf im Auge. Es gab nur den Trolloc, ihn und die Wölfe – die Brüder –, und der Trolloc wurde von seinen Genossen abgeschnitten und zur Strecke gebracht. Dann gab es einen neuen und wieder einen und noch einen, bis keine mehr übrig waren. Keiner in ihrer Nähe; überhaupt keiner mehr zu sehen. Er fühlte in sich den Drang, seine Axt wegzuschleudern, die Zähne zu benützen und auf allen vieren zu rennen wie seine Brüder. Über die hohen Pässe in den verschneiten Bergen rennen. Bis zum Bauch im pulvrigen Schnee rennen und einen Hirsch verfolgen. Mit dem kalten Wind rennen, der einem das Fell zerzauste. Er knurrte wie seine Brüder, und die Trollocs heulten vor Furcht, wenn der Blick aus seinen gelben Augen sie traf. Sie fürchteten ihn mehr als die anderen Wölfe.

Mit einem Mal wurde ihm bewußt, daß sich in der gesamten Mulde keine Trollocs mehr befanden, obwohl er fühlen konnte, daß seine Brüder noch einige auf der Flucht verfolgten. Ein Rudel von sieben hatte eine andere Beute im Auge, irgendwo dort draußen in der Dunkelheit. Einer der Ungeborenen rannte zu seinem hartfüßigen Vierbein – etwas in seinem Innern gab ihm den Namen Pferd –, und seine Brüder folgten ihm, seine Witterung in der Nase: den Geruch des Todes. Im Geist war er bei ihnen und sah durch ihre Augen. Als sie ihn einkreisten, wandte sich der Ungeborene ihnen fluchend zu. Die schwarze Klinge und der schwarzgekleidete Ungeborene waren wie ein Teil der Nacht. Aber seine Brüder und Schwestern waren die Jäger der Nacht.

Der Junge Bulle knurrte, als der erste Bruder starb. Sein Todesschmerz durchfuhr auch ihn. Aber die anderen zogen den Kreis enger. Mehr und mehr Brüder und Schwestern starben, doch ihre zuschnappenden Gebisse zerrten den Ungeborenen zu Boden. Er biß jetzt selbst zurück, zerriß Wolfskehlen, kratzte mit Fingernägeln, die durch Haut und Fleisch fetzten wie die harten Klauen, die die Zweibeiner trugen, doch die Brüder zerrissen ihn selbst im Todeskampf. Schließlich erhob sich eine einsame Schwester aus dem zuckenden Haufen und taumelte zur Seite. Morgennebel nannte man sie, doch wie bei all ihren Namen schloß das noch weitere Bedeutungen mit ein: ein eisiger Morgen, der den kommenden Schnee bereits fühlen ließ, Nebel, der das Tal in dichten Schwaden verhüllte, und eine scharfe Brise, die gute Jagd versprach. Morgennebel hob den Kopf und heulte den von Wolken verdeckten Mond an, heulte ihm ihre Totenklage entgegen.

Der Junge Bulle legte den Kopf in den Nacken und heulte mit ihr, trauerte mit ihr.

Als er den Kopf wieder senkte, starrte ihn Min mit großen Augen an. »Geht es dir gut, Perrin?« fragte sie zögernd. Sie hatte eine Schramme auf der Wange, und ein Ärmel ihres Mantels hing halb ausgerissen herunter. In einer Hand trug sie einen Knüppel und in der anderen einen Dolch. Auf beiden bemerkte er Blut und Haare.

Er sah, daß sie ihn alle anblickten, jedenfalls alle, die noch auf den Beinen waren. Loial stützte sich erschöpft auf seinen langen Stock. Schienarer hatten kurz ihre Arbeit unterbrochen, die Gefallenen hinunter zu Moiraine zu tragen, die mit Lan zur Seite über einen von ihnen gebeugt dastand. Selbst die Aes Sedai blickte zu ihm herüber. Die brennenden Bäume warfen wie riesige Fackeln ein unruhig flackerndes Licht über die Szenerie. Überall lagen tote Trollocs. Mehr Schienarer lagen auf dem Boden als noch auf den Beinen waren, und zwischen ihnen verstreut lagen die Körper seiner Brüder. So viele …

Perrin fühlte erneut den Drang zu heulen. Verzweifelt schottete er sich von den Wölfen ab. Bilder sickerten trotzdem noch durch, Gefühle, die er von sich abzuhalten versuchte. Schließlich aber konnte er sie nicht mehr spüren, keinen Schmerz mehr, keinen Zorn, keinen Drang, die Entstellten weiter zu jagen oder einfach zu rennen … Er schüttelte sich. Die Wunde an seinem

Rücken brannte wie Feuer, und seine verletzte Schulter fühlte sich an, als sei sie mit einem Hammer auf dem Amboß weichgeklopft worden. Seine bloßen Füße, verkratzt und verschrammt, pulsierten vor Schmerz. Überall lag der Geruch nach Blut in der Luft, nach Trollocs und Tod.

»Mir ... mir geht's schon wieder gut, Min.«

»Du hast gut gekämpft, Schmied«, sagte Lan. Der Behüter erhob sein bluttriefendes Schwert und rief: *»Tai'shar Manetheren! Tai'shar Andor!«* Das wahre Blut von Manetheren. Das wahre Blut von Andor.

Die Schienarer, die noch auf den Beinen waren – so wenige –, hoben ihre Schwerter und schlossen sich ihm an: *»Tai'shar Manetheren! Tai'shar Andor!«* Loial nickte. *»Ta'veren«*, fügte er hinzu.

Perrin schlug verlegen die Augen nieder. Lan hatte ihn vor den Fragen bewahrt, die er nicht beantworten wollte, aber dafür hatte er ihm eine unverdiente Ehre zuteil werden lassen. Die anderen verstanden das nicht. Er fragte sich, was sie wohl sagen würden, wenn sie die Wahrheit wüßten. Min schob sich näher heran, und er murmelte: »Leya ist tot. Ich konnte nicht ... ich hätte sie beinahe noch rechtzeitig erreicht.«

»Es hätte keinen Unterschied gemacht«, sagte sie leise. »Das weißt du doch.« Sie beugte sich vor und betrachtete seinen Rücken. Selbst sie zuckte dabei zusammen. »Moiraine wird sich darum kümmern. Sie heilt alle, denen sie noch helfen kann.«

Perrin nickte. Sein Rücken starrte bis zur Taille hinunter vor angetrocknetem Blut, doch trotz der Schmerzen bemerkte er das alles kaum. *Licht, diesmal wäre ich beinahe nicht mehr zurückgekommen. Das darf nicht mehr passieren. Nie mehr!* Aber wenn er im Geist bei den Wölfen war, war alles so anders. Er mußte sich keine Gedanken mehr über Fremde machen, die vor ihm Angst hatten, weil er so groß und kräftig war. Man glaubte nicht, er sei dumm, weil er sich Zeit zum Überlegen nahm. Die Wölfe kannten einander, auch wenn sie sich noch nie zuvor gesehen hatten, und für sie war er lediglich ein anderer Wolf.

Nein! Seine Hände verkrampften sich um den Schaft der Axt. *Nein!* Er fuhr zusammen, als Masema plötzlich etwas sagte: »Es war ein Zeichen«, stellte der Schienaarer fest. Er drehte sich im Kreis herum, weil er alle ansprechen wollte. Auf seinen Armen und seiner Brust klebte ebenfalls Blut – er hatte nur Hosen angehabt –, und er hinkte, doch seine Augen leuchteten so leidenschaftlich wie immer. Noch leidenschaftlicher. »Ein Zeichen, um unseren Glauben zu bestätigen. Selbst die Wölfe kamen, um für den Wiedergeborenen Drachen zu kämpfen. In der Letzten Schlacht wird der Drache sogar die Tiere des Waldes herbeirufen, um an unserer Seite zu streiten. Es ist ein Zeichen für uns, auszureiten. Nur Schattenfreunde werden sich uns nicht anschließen.« Zwei der Schienarer nickten.

»Halt dein blutiges Maul, Masema!« schimpfte Uno. Er schien völlig unverletzt, aber Uno hatte schließlich auch schon gegen Trollocs gekämpft, bevor Perrin geboren wurde. Doch man sah, daß er vor Erschöpfung wankte. Nur das aufgemalte Auge auf seiner Augenklappe schien frisch. »Wir werden verdammt noch mal ausreiten, wenn der Drache uns das verflucht noch mal sagt, und nicht eher! Ihr schafsköpfigen Bauern werdet euch, Licht noch mal, daran erinnern!« Der Einäugige blickte die wachsende Reihe von Männern an, die sich von Moiraine behandeln lassen wollten. Nur wenige konnten sich überhaupt aufsetzen, selbst nach ihrer Behandlung. Er schüttelte den Kopf. »Wenigstens haben wir verdammt genug Wolfspelze, um die Verwundeten warmzuhalten.«

»*Nein!*« Die Schienarer schienen überrascht, mit welcher Vehemenz Perrin das herausschrie. »Sie haben für uns gekämpft, und wir begraben sie zusammen mit unseren Toten.«

Uno runzelte die Stirn und öffnete den Mund, als wolle er etwas entgegnen, aber Perrin sah ihn durchdringend mit seinen gelben Augen an. Der Schienarer senkte den Blick zuerst und nickte.

Perrin räusperte sich verlegen, als Uno den Schienarern, die noch gut genug auf den Beinen waren, die Anweisung gab, die toten Wölfe zusammenzutragen. Min kniff die Augen zusammen und sah ihn an, als sehe sie Dinge um ihn herum, die er nicht wahrnehmen konnte. »Wo ist Rand?« fragte er sie.

»Draußen im Dunklen«, sagte sie und nickte in Richtung nach oben, ohne von ihm wegzublicken. »Er will mit niemandem sprechen. Er sitzt nur herum und faucht jeden an, der sich ihm nähert.«

»Mit mir wird er sprechen«, sagte Perrin. Sie folgte ihm und drang auf ihn ein, er müsse erst seine Verwundungen von Moiraine behandeln lassen. *Licht, was sieht sie, wenn sie mich so anblickt? Ich will es lieber nicht wissen.*

Rand saß auf dem Boden gerade außerhalb des Lichtscheins der brennenden Bäume und lehnte sich mit dem Rücken an den Stamm einer abgebrochenen Eiche. Er blickte ins Leere und hatte die Arme um seinen Oberkörper geschlungen und die Hände unter den roten Mantel gesteckt, als fühle er den Biß der Kälte. Er schien ihr Näherkommen nicht zu bemerken. Min setzte sich neben ihn, aber er rührte sich nicht, selbst als sie ihm eine Hand auf den Arm legte. Selbst hier roch Perrin Blut und nicht nur sein eigenes.

»Rand«, fing Perrin an, aber Rand ließ ihn nicht zu Wort kommen.

»Weißt du, was ich während des Kampfes gemacht habe?« Rand blickte immer noch ins Leere und richtete seine Worte an die Nacht. »Nichts! Nichts Nützliches! Zuerst habe ich die Wahre Quelle zu berühren versucht und konnte nicht, konnte sie nicht fassen. Sie ist mir immer wieder entglitten. Dann, als ich sie schließlich im Griff hatte, wollte ich sie alle verbrennen, die Trollocs und die Blassen. Aber alles, was ich fertigbrachte, war, ein paar Bäume in Brand zu setzen.« Er schüttelte sich in lautlosem Lachen und beruhigte sich dann wieder mit schmerzvoll verzogenem Gesicht. »*Saidin* erfüllte mich, bis ich glaubte, wie ein Feuerwerkskörper explodieren zu müssen. Ich mußte es irgendwohin ableiten, es loswerden, bevor es mich verbrannte, und ich ertappte mich dabei, daß ich überlegte, den Berg herabstürzen zu lassen, um die Trollocs darunter zu begraben. Beinahe hätte ich es versucht. Das war mein ganzer Kampf. Nicht gegen die Trollocs. Gegen mich selbst. Um mich davon abzuhalten, uns alle unter einem Berg zu begraben.«

Min warf Perrin einen verzweifelten und hilfesuchenden Blick zu.

»Wir ... sind mit ihnen fertiggeworden, Rand«, sagte Perrin. Er schauderte, als er an all die Verwundeten unten dachte. Und die Toten. *Besser das, als den ganzen Berg über uns einstürzen zu lassen.* »Wir haben dich nicht dazu gebraucht.«

Rand ließ den Kopf gegen den Baumstamm fallen und schloß die Augen. »Ich habe sie kommen gefühlt«, sagte er, und er flüsterte die Worte beinahe. »Aber ich wußte nicht, was es war. Sie fühlten sich an wie das Verderben auf *Saidin.* Und *Saidin* ist immerzu da, ruft mich, singt zu mir. Als mir schließlich der Unterschied klar wurde, hat Lan bereits Alarm gegeben. Wenn ich es nur kontrollieren könnte! Ich hätte das Lager warnen können, bevor sie auch nur in der Nähe waren. Aber einen großen Teil der Zeit über, wenn ich *Saidin* berühre, weiß ich überhaupt nicht, was ich tue. Der Strom schwemmt mich einfach mit fort. Aber ich hätte euch warnen können.«

Perrin bewegte nervös seine geschundenen Füße. »Wir sind zur Genüge gewarnt worden.« Er wußte, es klang, als wolle er sich das einreden. *Ich hätte sie auch warnen können, wenn ich mit den Wölfen gesprochen hätte. Sie wußten, daß sich Trollocs und Blasse in den Bergen befanden. Sie versuchten, es mir mitzuteilen.* Aber er fragte sich auch: Wenn er die Wölfe nicht aus seinem Geist ferngehalten hätte, würde er dann nicht jetzt bereits mit dem Rudel rennen? Da war ein Mann gewesen, Elyas Machera, der ebenfalls mit den Wölfen sprechen konnte. Elyas hielt sich die ganze Zeit bei ihnen auf, schien sich aber gut daran zu erinnern, daß er ein Mensch war. Er hatte Perrin nie gesagt, wie er das machte, und Perrin hatte ihn schon lange nicht mehr getroffen.

Das Knirschen von Stiefeln auf dem steinigen Boden verriet die Ankunft zweier weiterer Leute. Ein Luftzug brachte ihre Witterung bis zu Perrin. Er hütete sich jedoch, ihre Namen auszusprechen, bis Moiraine und Lan nahe genug waren, um auch von einem gewöhnlichen Auge ausgemacht zu werden.

Der Behüter hatte eine Hand unter Moiraines Arm, als bemühe er sich, sie zu stützen, ohne es sie wissen zu lassen. Moiraines Augen wirkten vollkommen erschöpft, und in der Hand trug sie eine kleine, uralte Elfenbeinfigur, die eine Frau darstellte. Perrin wußte, daß es ein *Angreal* war, ein Überbleibsel aus dem Zeitalter der Legenden, das einer Aes Sedai half, ohne Risiko mehr Macht, als es ihr allein möglich gewesen wäre, zu lenken. Es war ein deutliches Zeichen ihrer Erschöpfung, daß sie ihn zum Heilen benützte.

Min stand auf, um Moiraine zu helfen, doch die Aes Sedai winkte ab. »Ich habe mich um alle anderen gekümmert«, sagte sie zu Min. »Wenn ich hier fertig bin, kann ich mich ausruhen.« Sie schüttelte auch Lans Hand ab, und auf ihrem Gesicht lag wieder höchste Konzentration, als sie mit einer kühlen Hand über Perrins blutende Schulter und die Wunde auf dem Rücken strich. Bei ihrer Berührung bekam er eine Gänsehaut. »Das ist nicht zu schlimm«, meinte sie. »Die Quetschung an Eurer Schulter ist tief, doch die

Schnitte sind nur oberflächlich. Beißt die Zähne zusammen. Es wird nicht weh tun, aber …«

Ihm war es immer schon unangenehm gewesen, jemandem nahe zu sein, die die Eine Macht lenkte, und noch mehr, wenn es ihn selbst direkt betraf. Es war aber ein- oder zweimal notwendig gewesen, und so glaubte er zu wissen, was das bedeutete. Allerdings waren das ganz geringe Verwundungen gewesen, und Moiraine hatte ihm mehr oder weniger nur die Erschöpfung nehmen wollen, wenn er unbedingt ausgeruht sein mußte. Es war ganz anders gewesen als jetzt.

Plötzlich schienen die Augen der Aes Sedai in sein Inneres und durch ihn hindurch blicken zu können. Er keuchte und ließ beinahe die Axt fallen. Die Haut an seinem Rücken kribbelte, und seine Muskulatur verhärtete und entspannte sich dann endlich. Seine Schulter bebte unkontrollierbar, und alles verschwamm ihm vor den Augen. Kälte schnitt bis auf die Knochen und noch tiefer. Er hatte den Eindruck von Bewegung, Fallen, Fliegen; er wußte nicht, was, doch es war ein Gefühl, als rase er irgendwie irgendwohin, und zwar mit wahnwitziger Geschwindigkeit und endlos lange. Nach einer Ewigkeit klärte sich die Welt um ihn herum wieder auf. Moiraine trat zurück. Sie taumelte, bis Lan sie am Arm nahm.

Staunend betrachtete Perrin seine Schulter. Die Risse und Quetschungen waren verschwunden, und nicht einmal ein leichtes Zwicken war mehr zu spüren. Er drehte seinen Oberkörper vorsichtig, aber der Schmerz in seinem Rücken war auch verschwunden. Und seine Füße taten nicht mehr weh. Er mußte nicht erst hinuntersehen, um zu wissen, daß die Kratzer und Abschürfungen ebenfalls weg waren. Sein Magen knurrte laut.

»Ihr solltet so bald wie möglich etwas essen«, sagte Moiraine zu ihm. »Ein großer Teil der Kraft, die zur Heilung benötigt wurde, kam aus Euch selbst. Ihr müßt sie ersetzen.«

Hunger und die verlockenden Bilder von Speisen gingen Perrin im Kopf herum. Blutiges, halbgares Rindfleisch, Hirschkeule und Lamm und … Mit Mühe brachte er sich dazu, nicht mehr an Fleisch zu denken. Er würde sich ein paar dieser Wurzeln suchen, die nach Zwiebeln rochen, wenn man sie röstete. Sein Magen knurrte protestierend.

»Es ist kaum eine Narbe zurückgeblieben, Schmied«, sagte Lan hinter ihm.

»Die meisten der verwundeten Wölfe sind von selbst zum Wald zurückgekehrt«, sagte Moiraine. Sie massierte sich den Rücken ein wenig und reckte sich. »Aber ich habe die geheilt, die ich finden konnte.« Perrin sah sie scharf an, doch sie schien sich einfach nur unterhalten zu wollen. »Vielleicht hatten sie ihre eigenen Gründe zu kommen, aber ohne sie wären wir wahrscheinlich alle tot.« Perrin bewegte sich nervös und schlug die Augen nieder.

Die Aes Sedai faßte nach der Schramme auf Mins Wange, aber Min trat zurück und sagte: »Ich bin nicht wirklich verwundet, und Ihr seid müde. Ich bin schon schlimmer gefallen, wenn ich über die eigenen Füße stolperte.«

Moiraine lächelte und ließ die Hand fallen. Lan nahm sie am Arm. Sie wankte in seinem Griff. »Also gut. Und wie steht es mit Euch, Rand? Seid Ihr verletzt? Selbst ein Kratzer von der Klinge eines Myrddraal kann tödlich sein, und die Schwerter einiger Trollocs sind fast genauso schlimm.«

In diesem Augenblick bemerkte Perrin etwas: »Rand, dein Mantel ist naß.«

Rand zog die rechte Hand aus dem Mantel heraus, und die Hand war mit Blut bedeckt. »Nicht von einem Myrddraal«, sagte er abwesend und sah seine Hand an. »Nicht mal von einem Trolloc. Die Wunde, die ich in Falme erhielt, ist wieder aufgebrochen.«

Moiraine zischte und riß sich von Lan los. Sie fiel

beinahe neben Rand auf die Knie. Dann zog sie den Mantel ein Stück beiseite und betrachtete seine Wunde. Perrin konnte sie nicht sehen, da ihr Kopf dazwischen war, aber der Blutgeruch war nun stärker geworden. Moiraines Hände bewegten sich, und Rand verzog das Gesicht vor Schmerzen. »›Das Blut des Wiedergeborenen Drachen auf den Felsen des Schayol Ghul wird die Menschheit vom Schatten befreien.‹ Steht das nicht in den Prophezeiungen des Drachen?«

»Wer hat Euch das gesagt?« fragte Moiraine scharf.

»Wenn Ihr mich jetzt zum Schayol Ghul bringt«, sagte Rand schläfrig, »durch ein Wegetor oder einen Portalstein, dann könnte alles damit zu Ende sein. Kein Sterben mehr. Keine Träume mehr. Nichts mehr.«

»Wenn das so einfach wäre«, sagte Moiraine ernst, »würde ich das auf die eine oder andere Art bestimmt tun. Aber man kann nicht alles wörtlich nehmen, was im *Karaethon-Zyklus* steht. Für jede einfache Aussage gibt es dort zehn, die hundert verschiedene Bedeutungen haben können. Glaubt nicht, daß Ihr etwas von dem wißt, was unbedingt geschehen *muß*, auch wenn Euch jemand die ganzen Prophezeiungen berichtet hat.« Sie schwieg einen Moment, als wolle sie Kraft schöpfen. Dann griff sie den *Angreal* fester, und ihre freie Hand glitt an Rands Seite entlang, als sei sie nicht mit Blut bedeckt. »Seht Euch vor.«

Plötzlich riß Rand die Augen auf, und er richtete sich kerzengerade auf, keuchte, stierte vor sich hin und zitterte. Perrin war es, als sie ihn heilte, wie eine Ewigkeit vorgekommen, aber nach nur wenigen Augenblicken half sie Rand dabei, sich wieder entspannt an die Eiche zu lehnen.

»Ich habe ... getan ... was ich konnte«, sagte sie mit schwacher Stimme. »Soviel ich kann. Ihr müßt vorsichtig sein. Sie könnte wieder aufbrechen, wenn ...« Ihre Stimme wurde immer leiser, und dann fiel sie.

Rand fing sie auf, und einen Augenblick später

nahm Lan sie auf die Arme. Als der Behüter sie hochhob, war auf seinem Gesicht für Momente ein Ausdruck zu sehen, der dem von Zärtlichkeit näher kam, als Perrin das von Lan jemals erwartet hatte. »Ausgepumpt«, sagte der Behüter. »Sie hat sich um jeden anderen gekümmert, aber keiner kann ihr die Erschöpfung abnehmen. Ich bringe sie zu Bett.«

»Rand könnte doch ...«, meinte Min bedächtig, aber der Behüter schüttelte den Kopf.

»Es ist ja nicht so, daß ich nicht glaubte, du würdest dir alle Mühe geben, Schafhirte«, sagte er, »aber du weißt so wenig darüber, daß du sie genausogut töten könntest, anstatt ihr zu helfen.«

»Das stimmt«, sagte Rand bitter. »Man kann mir nicht trauen. Lews Therin Brudermörder hat alle getötet, die ihm nahestanden. Vielleicht mache ich das auch, bevor ich ende.«

»Reiß dich zusammen, Schafhirte«, sagte Lan grob. »Die ganze Welt ruht auf deinen Schultern. Denk daran, daß du ein Mann bist, und dann tue, was getan werden muß.«

Rand blickte zu dem Behüter hoch, und überraschenderweise schien all seine Bitterkeit verflogen. »Ich werde mein Bestes geben«, sagte er. »Weil niemand anders da ist und es getan werden muß und weil ich in der Pflicht stehe. Ich werde kämpfen, aber deshalb muß mir noch lange nicht gefallen, was aus mir geworden ist.« Er schloß die Augen, als wolle er einschlafen. »Ich werde kämpfen. Träume ...«

Lan sah einen Augenblick lang auf ihn hinunter und nickte dann. Er hob den Kopf und blickte über Moiraine hinweg Perrin und Min an. »Bringt ihn ins Bett und schlaft dann selbst. Wir müssen Pläne schmieden, und das Licht allein weiß, was als nächstes geschehen wird.«

KAPITEL 6

Die Jagd beginnt

Perrin erwartete nicht, schlafen zu können, aber ein Magen voll mit kaltem Eintopf – sein Entschluß bezüglich der Wurzeln hatte nur vorgehalten, bis ihm der Duft des übriggebliebenen Essens in die Nase gestiegen war – und seine völlige Erschöpfung ließen ihn dann doch ins Bett fallen. Falls er träumte, erinnerte er sich später nicht daran. Er wachte auf, als Lan ihn an der Schulter rüttelte. Die Morgendämmerung, die durch die offene Tür zu sehen war, verwandelte den Behüter in einen lichtumkränzten Schatten.

»Rand ist weg«, war alles, was Lan sagte, bevor er wegrannte, aber das war mehr als genug.

Perrin rappelte sich gähnend hoch und zog sich in der morgendlichen Kälte schnell an. Draußen sah er nur eine Handvoll Schienarer, die mit ihren Pferden die Leichen von Trollocs in den Wald schleiften. Die meisten von ihnen bewegten sich, als gehörten sie ins Krankenbett. Ein Körper brauchte Zeit, bis er die Kräfte wieder aufgebaut hatte, die Moiraines Heilung ihm abverlangt hatte.

Perrins Magen brummelte, und er streckte die Nase in den Wind, in der Hoffnung, daß jemand begonnen hatte, das Frühstück zu bereiten. Er würde auch diese zwiebelähnlichen Wurzeln essen und sogar roh, wenn nötig, solchen Hunger hatte er. Doch er roch nur den Gestank der toten Myrddraal und Trollocs, dazu Menschen – lebendige und tote, Pferde und Bäume. Und tote Wölfe.

Moiraines Hütte hoch droben auf der anderen Seite

der Mulde schien im Mittelpunkt aller Aktivitäten zu stehen. Min eilte hinein und Augenblicke später kam Masema heraus und nach ihm Uno. Der Einäugige verschwand im Laufschritt zwischen den Bäumen in Richtung der Felswand hinter der Hütte, während der andere Schienarer den Hang abwärts humpelte.

Perrin ging auch hinüber. Als er durch den seichten Bach platschte, traf er Masema. Das Gesicht des Schienarers war ausgezehrt, die Narbe auf seiner Wange stand hervor, und seine Augen lagen noch tiefer als sonst. Mitten im Bach hob er plötzlich den Kopf und packte Perrin am Ärmel seines Mantels.

»Ihr seid doch aus seinem Dorf«, sagte Masema heiser. »Ihr müßt es wissen. Warum hat uns der Wiedergeborene Drache verlassen? Welche Sünde haben wir begangen?«

»Sünde? Wovon sprecht Ihr? Warum Rand auch gegangen sein mag, es hat jedenfalls nichts damit zu tun, was Ihr getan oder nicht getan habt.« Masema schien mit der Antwort nicht zufrieden. Er ließ Perrins Ärmel nicht los und betrachtete statt dessen sein Gesicht, als fände er dort eine Antwort. Eiskaltes Wasser begann in Perrins linken Stiefel zu sickern. »Masema«, sagte er geduldig, »was der Drache auch tat, es gehörte zu seinem Plan. Der Drache würde uns nie im Stich lassen.« *Oder doch? Wenn ich an seiner Stelle wäre, was würde ich tun?*

Masema nickte bedächtig. »Ja. Ja, das sehe ich ein. Er ist allein fortgegangen, um die Kunde von seiner Ankunft zu verbreiten. Auch wir müssen diese Kunde verbreiten. Ja.« Er humpelte, vor sich hin murmelnd, weiter durch den Bach.

Perrins Stiefel gab bei jedem Schritt ein deutliches Quatschen von sich, als er zu Moiraines Hütte hochschritt und anklopfte. Er erhielt keine Antwort. So zögerte er einen Moment und trat dann ein.

Der äußere Raum, in dem Lan schlief, war ebenso

kahl und einfach wie Perrins Hütte. An eine Wand war ein rohes Bett angebaut, dazu gab es einige Haken, um Habseligkeiten aufzuhängen, und ein einziges Regalbrett. Durch die offene Tür drang wenig Licht. Die einzige Beleuchtung kam von plumpen Lampen auf dem Brett her. Lan hatte ölige Fettholzstückchen in die Risse einiger Steinbrocken gesteckt. Dünne Rauchfäden stiegen von ihnen auf, so daß unter dem Dach eine Qualmschicht schwebte. Perrin zog ob dieses Geruchs die Nase kraus.

Das niedrige Dach befand sich nur ein kleines Stück über seinem Kopf. Loials Kopf stieß natürlich daran, obwohl er an einem Ende von Lans Bett saß und die Knie hochgezogen hatte, um sich klein zu machen. Die behaarten Ohren des Ogiers zuckten unruhig. Min saß im Schneidersitz auf dem Fußboden neben der Tür zu Moiraines Zimmer, während die Aes Sedai gedankenverloren hin und her marschierte. Es mußten düstere Gedanken sein, die sie bewegten. Drei Schritte nach jeder Richtung hatte sie, aber sie nützte diesen Freiraum weidlich aus. Ihre schnellen Schritte straften den ruhigen Ausdruck ihres Gesichts Lügen.

»Ich glaube, Masema schnappt allmählich über«, sagte Perrin.

Min schniefte. »Wie kann man das bei ihm unterscheiden?«

Moiraine baute sich vor ihm auf. Härte lag um ihren Mund, aber ihre Stimme klang sanft. Verdächtig sanft. »Ist Masema heute morgen für Euch das Wichtigste auf der Welt, Perrin Aybara?«

»Nein. Ich möchte gern wissen, wann Rand wegging und warum. Hat ihn jemand gehen sehen? Weiß jemand, wohin er ging?« Er brachte es fertig, ihr fest und sicher in die Augen zu sehen. Das war nicht leicht. Er überragte sie wohl, aber sie war eine Aes Sedai. »Ist das Euretwegen geschehen, Moiraine? Habt Ihr ihm solch enge Fesseln angelegt, daß er schließlich aus Ungeduld irgendwohin gehen wollte, gleich wohin, und alles tun, nur um nicht mehr stillsitzen zu müssen?« Loials Ohren wurden steif, und er streckte Perrin beruhigend eine Hand mit seinen wurstdicken Fingern entgegen.

Moiraine musterte Perrin mit geneigtem Kopf, und er mußte sich gewaltig anstrengen, den Blick nicht zu senken. »Es hat nichts mit mir zu tun«, sagte sie. »Er ist irgendwann in der Nacht verschwunden. Wann und wie und warum – das hoffe ich auch noch herauszufinden.«

Loials Schultern hoben sich, als er vor Erleichterung leise seufzte. Leise für einen Ogier, doch es hörte sich an wie ein Dampfstrahl aus einem heißen Eisenrohr. »Ärgere nie eine Aes Sedai«, flüsterte er, und es war offensichtlich nur für die eigenen Ohren bestimmt, doch jeder konnte es hören. »Besser die Sonne umarmen, als eine Aes Sedai ärgern.«

Min streckte die Hand hoch und gab Perrin ein zusammengefaltetes Stück Papier. »Loial ging ihn besuchen, nachdem wir ihn gestern abend zu Bett brachten, und Rand bat ihn um Papier, eine Feder und Tinte.«

Die Ohren des Ogiers zuckten, und er verzog besorgt das Gesicht, bis ihm die Augenbrauen auf die Wangen hinunterhingen. »Ich wußte nicht, was er vorhatte. Wirklich nicht.«

»Das wissen wir«, sagte Min. »Keiner beschuldigt dich, Loial.«

Moiraine zog die Augenbrauen hoch, aber sie versuchte nicht, Perrin vom Lesen abzuhalten. Es war Rands Handschrift.

Was ich tue, geschieht, weil es keine andere Möglichkeit gibt. Er jagt mich wieder, und ich glaube, diesmal muß einer von uns sterben. Es ist aber nicht nötig, daß noch andere aus meiner Umgebung sterben. Zu viele sind be-

reits für mich gestorben. Ich will nicht auch sterben, und ich werde auch nicht, falls ich es schaffen kann. In Träumen und im Tod findet man Lügen, aber auch Wahrheiten.

Das war alles. Keine Unterschrift. Perrin mußte sich nicht erst fragen, wen Rand mit ›er‹ meinte. Das konnte bei Rand und ihnen allen nur einer sein: Ba'alzamon.

»Er hat das unter die Tür gesteckt«, sagte Min mit harter Stimme. »Er nahm ein paar alte Kleidungsstücke, die von den Schienarern zum Trocknen aufgehängt worden waren, und seine Flöte und sein Pferd. Sonst nichts, bis auf ein wenig Proviant, soweit wir das feststellen konnten. Keine der Wachen hat ihn gehen sehen, und letzte Nacht hätten sie selbst eine Maus bemerkt.«

»Und hätte es etwas gebracht, wenn sie ihn bemerkt hätten?« fragte Moiraine ruhig. »Hätte einer von ihnen ihren *Lord Drachen* aufgehalten oder überhaupt angesprochen? Einige von ihnen, wie zum Beispiel Masema, würden sich die Kehle durchschneiden, wenn der *Lord Drache* es wünscht.«

Nun war es an Perrin, sie zu mustern. »Habt Ihr etwas anderes erwartet? Sie schworen, ihm zu folgen. Licht, Moiraine, er hätte sich niemals zum Wiedergeborenen Drachen erklärt, wenn Ihr nicht gewesen wärt. Was erwartet Ihr dann von ihnen?« Sie sagte nichts und er fuhr etwas ruhiger fort: »Glaubt Ihr es, Moiraine? Daß er wirklich der Wiedergeborene Drache ist? Oder wollt Ihr ihn nur benützen, bis die Eine Macht ihn umbringt oder zum Wahnsinn treibt?«

»Ruhig, Perrin«, sagte Loial. »Nicht so heftig.«

»Ich beruhige mich, wenn sie meine Frage beantwortet. Also, Moiraine?«

»Er ist, was er ist«, antwortete sie in scharfem Tonfall.

»Ihr sagtet, das Muster werde ihn schließlich auf den

rechten Weg führen. Geht es darum, oder versucht er lediglich, vor Euch zu fliehen?« Einen Augenblick lang glaubte er, zu weit gegangen zu sein, denn ihre dunklen Augen funkelten vor Wut, doch er dachte nicht daran, einen Rückzieher zu machen. »Also?«

Moiraine holte tief Luft. »Das könnte sehr gut der Weg sein, den das Muster für ihn erwählt hat, aber ich wollte nicht, daß er allein geht. Trotz all seiner Macht ist er in mancher Hinsicht hilflos wie ein Kind und kennt die Welt nicht. Er lenkt die Macht, hat aber keine Kontrolle darüber, ob die Eine Macht tatsächlich kommt, wenn er nach ihr greift, und wenn sie da ist, hat er genauso wenig Kontrolle darüber, was er mit ihr tut. Die Macht selbst wird ihn umbringen, bevor er überhaupt eine Möglichkeit hat, verrückt zu werden, wenn er sie nicht unter Kontrolle bringt. Er muß noch so viel lernen. Er will rennen, bevor er überhaupt das Laufen gelernt hat.«

»Ihr betreibt Haarspaltereien und lenkt vom Wesentlichen ab, Moiraine«, schnaubte Perrin. »Wenn er das ist, was Ihr behauptet, ist Euch da nicht auch schon der Gedanke gekommen, daß er vielleicht besser als Ihr weiß, was er zu tun hat?«

»Er ist, was er ist«, entgegnete sie mit fester Stimme, »aber ich muß ihn am Leben halten, wenn er überhaupt etwas erreichen soll. Tot kann er keine Prophezeiungen erfüllen, und selbst wenn er den Schattenfreunden und den Schattenwesen entkommt, gibt es tausend andere Hände, die bereit sind, ihn zu töten. Alles, was dazu nötig ist, wäre ein Hinweis auf nur ein Hundertstel dessen, was er ist. Und doch – wäre das alles, was ihn bedroht, hätte ich nur halb soviel Angst um ihn wie Ihr. Man muß auch die Verlorenen in die Rechnung einbeziehen.«

Perrin fuhr hoch, und Loial stöhnte in seiner Ecke: »Der Dunkle König und alle Verlorenen sind im Schayol Ghul gefangen.« Perrin wollte ganz mechanisch antworten, doch sie ließ ihm gar keine Zeit dazu.

»Die Siegel werden brüchig, Perrin. Einige sind bereits zerbrochen, auch wenn die Welt nichts davon ahnt. Auch nichts davon ahnen darf. Der Vater der Lügen ist deshalb nicht frei. Noch nicht. Aber wenn die Siegel immer brüchiger werden, wer weiß dann, welche der Verlorenen bereits in Freiheit sind? Lanfear? Sammael? Asmodean oder Be'lal oder Ravhin? Ishamael selbst, der Verräter aller Hoffnung? Sie waren insgesamt dreizehn, Perrin, und durch die Siegel gebunden, aber nicht im gleichen Gefängnis mit dem Dunklen König. Dreizehn der mächtigsten Aes Sedai aus dem Zeitalter der Legenden. Der Schwächste von ihnen ist noch stärker als die zehn stärksten Aes Sedai von heute zusammengenommen. Selbst der Dümmste von ihnen besitzt all das Wissen des Zeitalters der Legenden. Und jeder Mann, jede Frau unter ihnen gab das Licht auf und verschrieb seine Seele dem Schatten. Was, wenn sie frei sind und draußen auf ihn warten? Denen werde ich ihn gewiß nicht überlassen!«

Perrin schauderte, teils wegen der Eiseskälte in ihren letzten Worten, teils bei dem Gedanken an die Verlorenen. Er wollte sich nicht vorstellen, was geschähe, wenn auch nur einer davon wieder in Freiheit wäre. Seine Mutter hatte ihm mit ihren Namen Angst eingejagt, als er klein war. *Ishamael holt sich die Jungen, die ihrer Mutter nicht die Wahrheit sagen. Lanfear wartet nachts auf Jungen, die nicht zur rechten Zeit ins Bett gehen.* Daß er jetzt älter war, half nicht viel, besonders weil er nun wußte, daß sie Wirklichkeit waren. Und es half auch nicht, daß Moiraine behauptete, sie könnten bereits frei sein.

»Im Schayol Ghul gefangen«, flüsterte er und wünschte sich, immer noch daran glauben zu können. Besorgt las er Rands Brief noch einmal. »Träume. Gestern hat er auch von Träumen gesprochen.«

Moiraine trat näher an ihn heran und sah ihm in die Augen. »Träume?« Lan und Uno kamen herein, doch sie bedeutete ihnen zu schweigen. Der kleine Raum war jetzt total überfüllt. Neben dem Ogier befanden sich fünf Menschen darin. »Welche Träume habt *Ihr* in den letzten Nächten gehabt, Perrin?« Sie überhörte seinen Einwand, es sei nichts Außergewöhnliches daran gewesen. »Sagt es mir«, bohrte sie. »Welcher von Euren Träumen war außergewöhnlich? Berichtet!« Ihr Blick hielt ihn fest wie die Feuerzange eines Schmieds und zwang ihn zum Sprechen.

Er sah sich zu den anderen um. Sie starrten ihn alle unverwandt an – sogar Min. Dann erzählte er zögernd von dem Traum, der ihm ungewöhnlich vorkam und der jede Nacht wiederkehrte. Der Traum von dem Schwert, das er nicht berühren konnte. Er erwähnte den Wolf nicht, der letztes Mal auch darin erschienen war.

»*Callandor*«, hauchte Lan, als er fertig war. Steinernes Gesicht hin oder her – er wirkte erschlagen.

»Ja«, sagte Moiraine, »aber wir müssen ganz sichergehen. Sprich mit den anderen.« Als Lan hinauseilte, wandte sie sich Uno zu: »Und wie steht es mit Euren Träumen? Habt Ihr auch von einem Schwert geträumt?«

Der Schienarer blickte unruhig auf seine Füße. Dann schließlich sah das aufgemalte Auge auf seiner Augenklappe Moiraine in die Augen, doch sein echtes Auge blinzelte und sein Blick war unstet. »Ich träume die ganze Zeit von flam… oh, von Schwertern, Moiraine Sedai«, sagte er steif. »Ich schätze, ich habe auch in den letzten Nächten von einem Schwert geträumt. Ich erinnere mich nicht so an meine Träume wie Lord Perrin hier.«

Moiraine sagte: »Loial?«

»Ich träume immer das gleiche, Moiraine Sedai. Die Haine und die Großen Bäume und das *Stedding*. Wir

Ogier träumen immer von unserem *Stedding,* wenn wir weg sind.«

Die Aes Sedai wandte sich wieder Perrin zu.

»Es war nur ein Traum«, sagte er. »Nichts als ein Traum.«

»Das bezweifle ich«, sagte sie. »Ihr beschreibt den Saal, den man das Herz des Steins nennt in der Festung ›Stein von Tear‹, als hättet Ihr darin gestanden. Und das leuchtende Schwert ist *Callandor,* das ›Schwert, das kein Schwert ist‹, das ›Schwert, das nicht berührt werden kann‹.«

Loial fuhr hoch, und prompt stieß er mit dem Kopf gegen das Dach. Er schien es gar nicht zu bemerken. »In den Prophezeiungen des Drachen steht, daß der Stein von Tear niemals fallen wird, bis der Drache *Callandor* in der Hand hält. Der Fall des Steins von Tear wird eines der bedeutendsten Anzeichen für die Wiedergeburt des Drachen sein. Wenn Rand *Callandor* hält, muß ihn die ganze Welt als den Drachen anerkennen.«

»Vielleicht.« Das Wort trieb aus dem Mund der Aes Sedai wie eine Eisscholle auf ruhigem Wasser.

»Vielleicht?« fragte Perrin. »Vielleicht? Ich glaubte, dies sei das endgültige Zeichen, was die Prophezeiungen als erfüllt erkennen läßt?«

»Es ist weder das erste, noch das letzte«, sagte Moiraine. »*Callandor* ist nur ein Teil der Vorzeichen, von denen im *Karaethon-Zyklus* die Rede ist. Die Geburt am Hang des Drachenbergs war die erste. Er hat aber noch nicht den Widerstand der Staaten gebrochen oder die Welt zerstört. Selbst Gelehrte, die ihr ganzes Leben damit verbrachten, die Prophezeiungen zu studieren, wissen keineswegs alle Einzelheiten zu interpretieren. Was bedeutet zum Beispiel: Er wird sein Volk mit dem Schwert des Friedens töten und sie mit dem Blatt vernichten? Was bedeutet: Er wird die Neun Monde fesseln, so daß sie ihm dienen? Und doch haben diese Prophezeiungen im *Zyklus* das gleiche Gewicht wie *Callan-*

dor. Es gibt noch mehr. Welche ›Wunden des Wahnsinns und Enttäuschungen aller Hoffnung‹ hat er geheilt? Welche Ketten hat er zerbrochen, und wen hat er in Ketten gelegt? Und manches ist so verworren, daß er es durchaus bereits erfüllt haben kann, auch wenn ich das nicht weiß. Aber, nein. *Callandor* ist ganz und gar nicht das Ende.«

Perrin zuckte nervös die Achseln. Er kannte nur kleinere Bruchstücke der Prophezeiungen. Er hatte sie noch weniger hören wollen, nachdem Moiraine Rand dieses Banner in die Hand gedrückt hatte. Nein, sogar schon zuvor. Seit eine Reise mit Hilfe des Portalsteins ihn davon überzeugt hatte, daß sein Leben an das Rands gebunden sei.

Moiraine fuhr fort: »Wenn Ihr glaubt, Loial, Sohn des Arent, Sohn des Halan, daß er nur einfach die Hand danach ausstrecken muß, dann seid Ihr ein ebenso großer Narr wie er, falls er das glaubt. Auch wenn er die Reise nach Tear überlebt, kann es sein, daß er den Stein niemals gewinnt.

Die Tairen lieben die Eine Macht nicht gerade und noch weniger jeden Mann, der behauptet, der Drache zu sein. Das Benützen der Macht ist bei Strafe verboten, und Aes Sedai werden allerhöchstens geduldet, solange sie die Macht nicht gebrauchen. Die Prophezeiungen des Drachen nachzuerzählen oder sogar ein Exemplar davon zu besitzen genügt in Tear, um ins Gefängnis zu kommen. Und niemand betritt den Stein von Tear ohne Erlaubnis der Hochlords. Keiner außer den Hochlords wiederum betritt das Herz des Steins. Darauf ist er noch nicht vorbereitet. Noch nicht.«

Perrin knurrte leise. Der Stein würde nicht fallen, bis der Wiedergeborene Drache *Callandor* in Händen hielt. *Wie beim Licht kann er es erreichen – mitten in einer blutigen Festung? Und bevor die Festung gefallen ist? Das ist doch verrückt!*

»Warum sitzen wir hier nur herum?« platzte Min

heraus. »Wenn Rand nach Tear geht, warum folgen wir ihm dann nicht? Er könnte getötet werden, oder ... oder ... Warum sitzen wir hier herum?«

Moiraine legte eine Hand auf Mins Kopf. »Weil ich sichergehen muß«, sagte sie sanft. »Es ist nichts Einfaches, vom Rad dazu ausgewählt zu werden, ein großer oder nahezu großer Mensch zu sein. Die Auserwählten des Rads können nur auf sich nehmen, was auf sie zukommt.«

»Ich habe es satt, auf mich zu nehmen, was auf mich zukommt.« Min rieb sich die Augen. Perrin glaubte, darin Tränen zu erkennen. »Rand könnte sterben, während wir warten.« Moiraine streichelte Min über das Haar. Auf dem Gesicht der Aes Sedai war beinahe so etwas wie Mitgefühl zu erkennen.

Perrin setzte sich ans Ende von Lans Bett Loial gegenüber. Im Raum lag ein starker Geruch nach Menschen – Menschen und Sorgen und Angst. Loial roch nach Büchern und Bäumen und Kummer. Es war wie eine Falle: Wände um sie herum und alle so nahe. Die brennenden Holzspäne stanken. »Wie kann mein Traum uns sagen, wohin Rand geht?« fragte er. »Es war doch mein Traum.«

»Diejenigen, die mit der Einen Macht umgehen«, sagte Moiraine leise, »und die besonders stark sind, können manchmal ihre Träume anderen aufzwingen.« Sie hörte nicht auf, Min zu streicheln. »Besonders denjenigen, die ... empfänglich dafür sind. Ich glaube nicht, daß Rand dies mit Absicht getan hat, aber die Träume der Menschen, die die Wahre Quelle berühren, können mächtig sein. Einer von seiner Stärke könnte möglicherweise ein ganzes Dorf beeinflussen oder sogar eine Stadt. Er weiß wenig von dem, was er tut, und noch weniger darüber, wie er es kontrollieren kann.«

»Warum habt Ihr den Traum dann nicht auch gehabt?« fragte er. »Oder Lan?« Uno blickte stur geradeaus, als wolle er lieber woanders sein, und Loials Ohren welkten. Perrin war zu müde und zu hungrig, um darauf zu achten, ob er einer Aes Sedai den nötigen Respekt entgegenbrachte. Und auch zu zornig; das wurde ihm klar. »Warum?«

Moiraine antwortete gelassen: »Aes Sedai lernen, ihre Träume abzuschirmen. Ich mache das längst unbewußt, wenn ich schlafe. Den Behütern gibt man etwas ganz Ähnliches mit, wenn sie ihren Eid leisten. Die Gaidin könnten nicht tun, was sie müssen, wenn sich der Schatten in ihre Träume einschleichen würde. Wir sind alle verwundbar im Schlaf, und der Schatten ist in der Nacht besonders stark.«

»Von Euch erfahren wir immer etwas Neues«, grollte Perrin. »Könnt Ihr uns nicht gelegentlich einmal sagen, was uns erwartet, statt es erst hinterher zu erklären?« Uno wirkte, als suche er nach einer Ausrede, um gehen zu können.

Moiraine warf Perrin einen ausdruckslosen Blick zu. »Wollt Ihr, daß ich Euch das Wissen eines ganzen Lebens an einem einzigen Nachmittag weitergebe? Oder auch nur in einem einzigen Jahr? Ich sage Euch soviel: Nehmt Euch vor Euren Träumen in acht, Perrin Aybara. Nehmt Euch sehr in acht vor ihnen.«

Er riß seinen Blick von ihr los. »Mache ich«, murmelte er. »Mache ich.«

Danach herrschte Schweigen, und keiner schien es brechen zu wollen. Min saß da und blickte ihre übergeschlagenen Beine an, hatte sich aber durch Moiraine offensichtlich beruhigen lassen. Uno stand an der Wand und sah niemanden direkt an. Loial brachte es fertig, ein Buch aus der Tasche zu ziehen und zu versuchen, in diesem dürftigen Licht zu lesen. Es war ein langes Warten, und das fiel Perrin äußerst schwer. *Ich habe keine Angst vor dem Schatten in meinen Träumen. Es sind die Wölfe. Ich lasse sie nicht ein. Ich will nicht!*

Lan kam zurück und Moiraine richtete sich gespannt

auf. Der Behüter beantwortete die stumme Frage ihrer Augen: »Die Hälfte von ihnen erinnert sich daran, die letzten vier Nächte in Folge von Schwertern geträumt zu haben. Ein paar erinnern sich auch noch an einen Ort mit großen Säulen, und fünf behaupten, das Schwert sei aus Kristall gewesen oder aus Glas. Masema sagt, letzte Nacht habe er gesehen, wie Rand es in der Hand hielt.«

»Der würde alles sagen«, meinte Moiraine. Sie rieb sich lebhaft die Hände und schien mit einem Mal energiegeladen. »Jetzt *bin* ich sicher. Obwohl ich immer noch wissen möchte, warum er uns heimlich verließ. Falls er irgendein Talent aus dem Zeitalter der Legenden wiederentdeckt hat …«

Lan sah Uno an, und der Einäugige zuckte zerknirscht die Achseln. »Ich habe das zum Teufel vergessen über all diesem lichtverdammten Geschwätz …« Er räusperte sich nach einem hastigen Blick zu Moiraine hinüber. Sie sah ihn erwartungsvoll an und er fuhr fort: »Ich meine … äh … also, ich bin den Spuren des Lord Drachen gefolgt. Es gibt jetzt einen anderen, neuen Weg in diese kleine Schlucht. In dem … dem Beben stürzte die hintere Felswand ein. Es ist ver … ziemlich steil, aber man kommt mit dem Pferd hinauf. Oben habe ich ver … äh … weitere Spuren gefunden, und von dort führt ein bequemer Weg um den Berg herum.« Er atmete erleichtert auf, als er fertig war.

»Gut«, sagte Moiraine. »Wenigstens hat er nicht wiederentdeckt, wie man fliegt oder sich unsichtbar macht oder irgendeine andere der legendären Fähigkeiten. Wir müssen ihm nun ohne weiteres Zögern folgen. Uno, ich werde Euch genug Gold mitgeben, damit Ihr bis Jehanna kommt, und einen Namen dort. Der wird dafür sorgen, daß Ihr noch mehr bekommt. Die Leute aus Ghealdan mißtrauen Fremden, aber wenn Ihr für Euch bleibt, werden sie Euch nicht behelligen. Wartet dort, bis ich Euch eine Nachricht zukommen lasse.«

»Aber wir kommen doch mit Euch«, protestierte er. »Wir haben geschworen, dem Wiedergeborenen Drachen zu folgen. Ich weiß wohl nicht, wie wir paar Leute eine Festung einnehmen sollen, die noch nie erobert wurde, aber mit Hilfe des Lord Drachen werden wir tun, was getan werden muß.«

»Also sind wir jetzt das ›Volk des Drachen‹.« Perrin lachte, doch es klang nicht belustigt. »Der Stein von Tear wird nicht fallen, bis das Volk des Drachen kommt. Habt Ihr uns einen neuen Namen verliehen, Moiraine?«

»Hüte deine Zunge, Schmied«, grollte Lan, der nun ganz aus Eis und Stein zu bestehen schien.

Moiraine sah beide scharf an, und sie gaben Ruhe. »Vergebt mir, Uno«, sagte sie, »aber wir müssen schnell vorwärtskommen, wenn wir es schaffen wollen, ihn einzuholen. Ihr seid der einzige Schienarer, der noch gesund und kräftig genug ist für einen wirklich harten Ritt, und wir können uns keinen Aufschub leisten, bis die anderen wieder kräftig genug sind. Ich schicke nach Euch, sobald es mir möglich ist.«

Uno verzog das Gesicht, verbeugte sich aber dann. Sie entließ ihn mit einer Geste, und er atmete tief durch und ging, um es den anderen mitzuteilen.

»Also, ich komme mit, was Ihr auch sagen mögt«, stellte Min entschlossen fest.

»Ihr geht nach Tar Valon«, sagte Moiraine.

»Ich denke nicht daran!«

Die Aes Sedai fuhr fort, als habe die andere Frau überhaupt nichts gesagt. »Die Amyrlin muß erfahren, was geschehen ist, und ich kann mich nicht darauf verlassen, jemanden zu finden, der Brieftauben aus Tar Valon hat. Und auch nicht darauf, daß die Amyrlin eine Botschaft per Taube überhaupt in die Finger bekommt. Es ist eine lange und schwere Reise. Ich würde Euch nicht allein losschicken, wenn ich jemanden hätte, den ich Euch mitgeben könnte, aber ich sorge dafür, daß Ihr Geld bekommt und Briefe an solche, die Euch weiterhelfen können. Ihr müßt aber schnell losreiten. Wenn Euer Pferd müde ist, kauft Euch ein anderes oder stehlt es, wenn es sein muß, nur reitet schnell!«

»Laßt doch Eure Botschaft von Uno überbringen. Er ist gesund und kräftig genug, das habt Ihr selbst gesagt. Ich reite Rand hinterher.«

»Uno hat seine Pflichten, Min. Und glaubt Ihr, ein Mann könnte so einfach zum Tor der Weißen Burg hinaufgehen und eine Audienz beim Amyrlin-Sitz verlangen? Selbst ein König müßte tagelang warten, wenn er unangemeldet käme, und ich fürchte, jeder der Schienarer müßte wochenlang Däumchen drehen, wenn er denn überhaupt vorgelassen würde. Ganz abgesehen davon, daß etwas so Ungewöhnliches noch vor dem ersten Sonnenuntergang in ganz Tar Valon herum wäre. Nur wenige Frauen bemühen sich um eine Audienz mit der Amyrlin selbst, aber es kommt gelegentlich vor und ist nicht unbedingt außergewöhnlich. Niemand darf auch nur soviel erfahren, daß die Amyrlin eine Botschaft von mir erhalten hat. Ihr Leben – und unsere – könnte davon abhängen. Ihr seid diejenige, die gehen muß.«

Min saß da, öffnete und schloß ihren Mund wieder und suchte offenbar nach Einwänden, doch Moiraine ging bereits darüber hinweg, als sei alles erledigt. »Lan, ich fürchte, wir werden mehr Spuren von ihm finden, als mir lieb ist, aber ich verlasse mich auf deinen Instinkt.« Der Behüter nickte. »Perrin? Loial? Kommt Ihr mit mir, Rand zu suchen?« Von ihrem Platz an der Wand her quiekte Min trotzig auf, aber die Aes Sedai ignorierte sie.

»Ich komme mit«, sagte Loial schnell. »Rand ist mein Freund. Und ich gebe zu: Ich will nichts verpassen. Wegen meines Buchs natürlich.«

Perrin überdachte sich seine Antwort erst einmal. Rand war sein Freund, was auch immer mit ihm bisher geschehen sein mochte. Und es war beinahe sicher, daß ihre Schicksale miteinander verknüpft waren, obwohl er das am liebsten vermieden hätte. »Es muß unternommen werden, nicht wahr?« fragte er schließlich. »Also komme ich mit.«

»Gut.« Moiraine rieb sich wieder die Hände. Sie wirkte wie ein Handwerker, der seine Arbeit beginnen wollte. »Ihr müßt Euch alle sofort vorbereiten. Rand hat Stunden Vorsprung auf uns. Ich will bis zum Mittag noch ein ganzes Stück vorwärtskommen.«

So zierlich sie auch war: ihre energische Persönlichkeit trieb sie an, und alle außer Lan gingen zur Tür. Loial mußte gebückt laufen, bis er aus der Tür war. Perrin mußte bei Moiraine unwillkürlich an eine Frau denken, die Gänse hütet und vor sich her treibt.

Als die anderen draußen waren, zögerte Min noch ein wenig und sprach Lan mit etwas zu süßem Lächeln an: »Wollt Ihr auch noch eine Botschaft überbringen lassen? Vielleicht an Nynaeve?«

Der Behüter wirkte so überrascht wie ein Pferd, das auf drei Beinen stehenbleibt. »Weiß denn etwa jeder …?« Dann hatte er sein Gleichgewicht wiedergefunden. »Wenn es etwas gibt, was sie von mir erfahren muß, werde ich es ihr selbst sagen.« Er schloß die Tür vor ihrer Nase.

»Männer!« knurrte Min in Richtung Tür. »Zu blind, um zu sehen, was selbst einem Stein klar ist, und zu stur, als daß man ihnen erlauben könnte, selbst zu denken.«

Perrin atmete tief ein. In der Luft der Talmulde hing immer noch ein schwacher Geruch nach Tod, aber es war besser, als drinnen eingesperrt zu sein. Um vieles besser.

»Saubere Luft«, seufzte Loial. »Der Rauch hat mich allmählich ein wenig gestört.«

Sie gingen nebeneinander den Hang hinunter. Unten am Bach standen alle Schienarer, die im Moment überhaupt stehen konnten, und lauschten Uno. Seinen ausladenden Gesten nach zu schließen, holte der Einäugige bestimmt in bezug auf seine vorher unterdrückten Flüche wieder auf. »Wie kommt es, daß ihr zwei so vorgezogen werdet?« fragte Min plötzlich. »Sie *bat* euch darum. Mir hat sie diese Höflichkeit nicht erwiesen.«

Loial schüttelte den Kopf. »Ich glaube, sie hat nur gefragt, weil sie sowieso wußte, was wir antworten würden, Min. Moiraine scheint Perrin und mich völlig zu durchschauen; sie weiß, was wir vorhaben. Aber du bist für sie ein Buch mit sieben Siegeln.«

Min schien nur wenig versöhnt. Sie blickte zu ihnen auf. Perrin auf der einen Seite war mehr als einen Kopf größer als sie, und Loial überragte Perrin um noch vieles mehr. »Das bringt mir auch nicht viel ein. Ich gehe trotzdem, wie ein Lamm zur Schlachtbank, hin, wo sie mich hinhaben will. Du hast dich eine Weile lang gut gehalten, Perrin. Du hast dich behauptet, als habe sie dir einen Mantel verkauft, der schon aus allen Nähten platzt.«

»Ich habe mich nicht unterkriegen lassen, wie?« sagte Perrin erstaunt. Es war ihm eigentlich erst jetzt klar geworden. »Es war nicht so schlimm, wie ich befürchtet hatte.«

»Du hast Glück gehabt«, brummelte Loial. »Eine Aes Sedai zu ärgern ist genauso, als stecke man seinen Kopf in ein Hornissennest.«

»Loial«, sagte Min, »ich möchte mit Perrin sprechen. Allein. Hättest du etwas dagegen?«

»Oh, natürlich nicht.« Er schritt schneller voran, so, wie er als Ogier normalerweise lief, und ließ sie schnell hinter sich. Dann zog er Pfeife und Tabaksbeutel aus einer Manteltasche.

Perrin sah sie mißtrauisch an. Sie biß sich auf die Unterlippe, als überlege sie, wie sie ihm etwas beibringen könne. »Siehst du jemals bei ihm etwas voraus?« fragte er und nickte in Richtung des Ogiers.

Sie schüttelte den Kopf. »Ich glaube, das geht nur bei Menschen. Aber ich habe bei dir Dinge gesehen, die du wissen solltest.«

»Ich habe dir gesagt ...«

»Sei kein größerer Dickschädel als notwendig, Perrin. Dort drinnen, gleich nachdem du gesagt hattest, daß du mitkommst. Die Bilder waren vorher nicht da. Sie müssen etwas mit dieser Reise zu tun haben. Oder zumindest mit deiner Entscheidung, mitzukommen.«

Nach einem Augenblick sagte er zögernd: »Was hast du gesehen?«

»Einen Aiel in einem Käfig«, sagte sie prompt. »Einen Tuatha'an mit einem Schwert. Einen Falken und einen Habicht, die auf deinen Schultern saßen. Beides Weibchen, glaube ich. Und den ganzen Rest natürlich. Was immer zu sehen ist. Dunkelheit um dich herum und ...«

»Nichts mehr!« sagte er schnell. Als er sicher war, daß sie aufgehört hatte, kratzte er sich nachdenklich am Kopf. Nichts von alledem ergab einen Sinn. »Hast du eine Ahnung, was das bedeuten soll? Diese neuen Sachen, meine ich?«

»Nein, aber sie sind wichtig. Die Sachen, die ich sehe, sind immer wichtig. Wendepunkte im Leben eines Menschen. Ihr Schicksal. Es ist immer wichtig.« Sie zögerte einen Moment und sah ihn an. »Noch etwas«, sagte sie bedächtig. »Wenn du eine Frau triffst – die schönste Frau, die du jemals gesehen hast –, dann renn weg!«

Perrin riß die Augen auf. »Du hast eine schöne Frau gesehen? Warum sollte ich vor einer schönen Frau weglaufen?«

»Kannst du nicht einfach mal einen Ratschlag annehmen?« fragte sie gereizt. Sie trat gegen einen Stein und beobachtete, wie er den Hang hinunterrollte.

Perrin urteilte niemals vorschnell. Deshalb hielten ihn manche Leute auch für dumm. Aber er zählte nun einige Dinge zusammen, die Min in den letzten Tagen gesagt hatte, und kam zu einer überraschenden Schlußfolgerung. Er blieb plötzlich stehen und suchte nach Worten. »Äh … Min, du weißt, daß ich dich mag. Ich mag dich, aber … äh … ich hatte nie eine Schwester, aber wenn ich eine hätte, dann … Ich meine, du …« Sein Redefluß wurde abrupt unterbrochen, als sie den Kopf hob und ihn mit hochgezogenen Augenbrauen anblickte. Sie lächelte ein wenig dabei.

»Aber Perrin, du mußt doch wissen, daß ich dich liebhabe.« Sie stand da, sah, wie seine Kinnpartie heruntersackte, und dann sagte sie langsam und rücksichtsvoll: »Wie einen Bruder, du großer, holzköpfiger Trottel! Die Arroganz der Männer erstaunt mich immer wieder. Jeder glaubt, daß sich alles auf ihn bezieht, und jede Frau muß ihn natürlich begehren.«

Perrin fühlte, wie sein Gesicht vor Verlegenheit brannte. »Ich habe nicht ge … ich …« Er räusperte sich. »Was hast du da mit einer Frau gesehen?«

»Beherzige nur meinen Rat«, sagte sie und ging wieder, diesmal schneller, in Richtung des Baches weiter. »Und wenn du alles andere vergißt«, rief sie ihm zurückgewandt zu, »beachte wenigstens das!«

Er runzelte die Stirn, diesmal aber schaltete er schneller. Mit zwei langen Schritten hatte er sie eingeholt. »Es ist Rand, nicht wahr?«

Sie brachte einen undefinierbaren Laut hervor und sah ihn von der Seite her an. Allerdings verlangsamte sie ihren Schritt nicht. »Manchmal bist du gar nicht so schwer von Begriff«, murmelte sie. Einen Moment später fügte sie – mehr zu sich selbst gewandt – hinzu: »Ich bin an ihn gebunden wie eine Daube ans Faß. Aber ich kann nicht vorhersehen, ob er jemals meine Liebe erwidern wird. Und ich bin auch nicht einmal die einzige.«

»Weiß Egwene davon?« fragte er. Rand und Egwene waren seit ihrer Kindheit praktisch miteinander verlobt gewesen. Es hatte eigentlich nur der förmliche Eid vor dem Frauenzirkel des Dorfs gefehlt. Er war nicht sicher, wie weit sie sich inzwischen voneinander entfernt hatten, falls überhaupt.

»Sie weiß Bescheid«, sagte Min knapp. »Und beide haben wir nichts davon.«

»Wie steht es mit Rand? Weiß er es?«

»Oh, natürlich«, sagte sie bitter. »Ich habe es ihm doch bestimmt gesagt, oder? ›Rand, ich habe deine Aura gelesen, und es scheint, ich werde mich in dich verlieben. Ich muß dich außerdem teilen, und das gefällt mir wohl nicht, aber es ist halt so.‹ Du bist wirklich ein Holzkopf, Perrin Aybara.« Sie wischte sich ärgerlich mit einer Hand über die Augen. »Wenn ich bei ihm sein könnte, dann könnte ich ihm auch helfen. Irgendwie. Licht, ich weiß nicht, ob ich es überstehe, wenn er stirbt.«

Perrin zuckte nervös die Achseln. »Hör mal, Min. Ich tue, was ich kann, um ihm zu helfen.« *Wieviel das auch sein mochte.* »Das verspreche ich. Es ist wirklich das beste für dich, wenn du nach Tar Valon gehst. Dort bist du in Sicherheit.«

»Sicherheit?« Sie prüfte das Wort mit der Zunge auf seinen Geschmack hin. »Glaubst du, in Tar Valon sei man sicher?«

»Wenn man in Tar Valon keine Sicherheit findet, dann nirgends.«

Sie schniefte vernehmlich, und dann machten sie sich schweigend zu denen auf, die ihren Aufbruch vorbereiteten.

KAPITEL 7

Der Weg aus den Bergen

Es war ein schwieriger Weg aus den Bergen hinunter, doch je tiefer sie kamen, desto weniger brauchte Perrin seinen pelzbesetzten Umhang. Stunde um Stunde entfernten sie sich von den letzten Ausläufern des Winters und ritten in den Frühling hinein. Die letzten Schneereste verschwanden. Gras und Blumen – weiße Jungfernhoffnung und rosa Springblumen – begannen die Bergwiesen zu überziehen, die sie überquerten. Bäume wurden häufiger, wie auch deren Blätter, und in den Ästen sangen Lerchen und Rotkehlchen. Und es gab Wölfe. Sie hielten sich nie in ihrer Sichtweite auf. Nicht einmal Lan erwähnte, einen gesehen zu haben. Aber Perrin wußte Bescheid. Er schloß seinen Verstand fest gegen sie ab, doch hier und da erinnerte ein federleichtes Kitzeln in seinem Kopf ihn an ihre Anwesenheit.

Lan verbrachte die meiste Zeit damit, auf seinem schwarzen Streitroß Mandarb ihren Pfad zu erkunden. Er folgte Rands Spuren, und die anderen folgten den Zeichen, die der Behüter wiederum ihnen zurückließ – einen aus Steinchen zusammengesetzten Pfeil am Boden oder einen ganz leicht eingeritzten Pfeil in einer Felswand, wo sich der Weg gabelte. Biegt hier ab. Überquert diese Paßhöhe. Nehmt diesen Hirschpfad, reitet ein Stück zurück, hier durch die Bäume und dann den kleinen Bach entlang, auch wenn es keine Anzeichen dafür gibt, daß jemals ein anderer Mensch diesen Weg genommen hat. Nichts als die von Lan hinterlassenen Zeichen. Ein Gras- oder Kräuterbüschel, zusammengebunden und an eine Seite gelegt, um zu sagen: Haltet euch links. Ein weiteres, damit sie sich rechts hielten. Ein abgeknickter Ast. Ein Häufchen Kieselsteine, das auf einen schweren Anstieg hindeutete, und zwei Blätter, die er auf einen Dorn gesteckt hatte, um sie auf einen steilen Abstieg vorzubereiten. Der Behüter hatte hundert verschiedene Zeichen, so schien es Perrin, und Moiraine kannte alle. Lan gesellte sich nur selten zu ihnen, außer, wenn sie ihr Lager aufschlugen. Dann beriet er sich leise und ein Stück vom Feuer entfernt mit Moiraine. Wenn die Sonne aufging, war er meist schon ein paar Stunden unterwegs.

Moiraine war immer die erste nach ihm, die sich in den Sattel schwang, wenn sich der Himmel im Osten gerade rosa färbte. Die Aes Sedai wäre auch nicht bei Anbruch der Dunkelheit von ihrer weißen Stute Aldieb gestiegen, wenn Lan sich nicht geweigert hätte, in der Dämmerung noch weiter nach Spuren zu suchen.

»Wir müssen noch viel langsamer reiten, falls eins unserer Pferde sich ein Bein bricht«, sagte der Behüter zu Moiraine, als sie sich darüber beschwerte.

Ihre Antwort fiel immer mehr oder weniger gleich aus: »Wenn du nicht schneller vorwärtskommst als in diesem Schneckentempo, sollte ich dich besser Myrelle abtreten, bevor du zu alt bist. Nun ja, vielleicht kann das noch warten, aber du mußt uns schneller vorwärtsbringen.«

Es klang, als sei ihre Drohung halb Scherz und halb ernsthaft. Es lag jedenfalls etwas wie eine Drohung darin oder vielleicht auch eine Warnung, da war Perrin sicher, denn Lans Mund verzog sich ärgerlich. Allerdings lächelte sie danach und klopfte ihm beruhigend auf die Schulter.

»Wer ist Myrelle?« fragte Perrin beim erstenmal mißtrauisch. Loial schüttelte den Kopf und murmelte etwas von unangenehmen Dingen, die Leuten zustießen, wenn sie ihre Nase in die Angelegenheiten von

Aes Sedai steckten. Das zottige Pferd des Ogiers war so grobknochig und schwer wie ein Dhurran-Hengst, aber wenn Loials lange Beine auf beiden Seiten fast bis auf den Boden herunterhingen, wirkte es wie ein Pony.

Moiraine lächelte amüsiert und geheimnisvoll. »Nur eine Grüne Schwester. Jemand, der Lan vielleicht eines Tages ein Päckchen überbringen muß, damit sie es sicher aufbewahrt.«

»Keines nahen Tages«, sagte Lan, und überraschenderweise lag ganz offener Zorn in seiner Stimme. »Niemals, wenn es nach mir geht. Ihr werdet mich lange überleben, Moiraine Aes Sedai!«

Sie hat zu viele Geheimnisse, dachte Perrin, aber er berührte dieses Thema nicht mehr. Es war zu heiß, wenn die eiserne Beherrschung des Behüters damit zu durchbrechen war.

Die Aes Sedai hatte hinter ihren Sattel ein in Decken gewickeltes Bündel geschnallt: das Drachenbanner. Perrin fühlte sich nicht wohl bei dem Gedanken, es dabei zu haben, aber Moiraine hatte ihn nicht nach seiner Meinung gefragt und hörte auch nicht hin, als er sie trotzdem sagte. Nicht, daß irgend jemand die Flagge erkennen könnte, so wie sie eingewickelt dort lag. Er hoffte aber, daß sie Geheimnisse vor anderen Leuten genauso gut hüten könne wie vor ihm.

Zu Anfang war es ein langweiliger Ritt. Ein wolkengekrönter Berg sah aus wie der andere, und ein Paß unterschied sich kaum vom nächsten. Zum Abendessen gab es gewöhnlich Kaninchen. Perrin jagte sie mit seiner Steinschleuder. Er hatte nicht genug Pfeile, um zu riskieren, in diesem steinigen Gebiet damit auf die Kaninchen zu schießen. Zum Frühstück gab es dann, jedenfalls meistens, kaltes Kaninchenfleisch, und das Mittagessen, das sie im Sattel verzehrten, war das gleiche.

Manchmal, wenn sie in der Nähe eines Bachs lagerten und es noch hell genug war, fingen Loial und er

Bergforellen. Sie legten sich auf den Bauch, streckten die Arme bis zu den Ellbogen ins kalte Wasser und kitzelten die grün-getarnten Fische aus ihren Verstecken unter Steinen heraus. Loials Finger waren wohl dick, konnten aber auch noch schneller zupacken als Perrins Hände.

Einmal, als sie drei Tage lang unterwegs gewesen waren, schloß sich Moiraine ihnen an. Sie streckte sich am Ufer aus und öffnete erst einmal die Verschlüsse von ein paar Perlenketten, damit sie anschließend die Ärmel hochkrempeln konnte. Sie fragte, wie die beiden das machten. Perrin und Loial sahen sich überrascht an. Der Ogier zuckte die Achseln.

»Es ist wirklich nicht schwer«, sagte Perrin zu ihr. »Ihr müßt die Hand von hinten und unter ihrem Bauch hochziehen, als wolltet Ihr sie daran kitzeln. Dann zieht Ihr sie heraus. Man braucht aber schon Übung dazu. Die ersten paarmal fangt Ihr sie vielleicht noch nicht.«

»Ich habe es tagelang versucht, bevor ich endlich eine fing«, fügte Loial hinzu. Er senkte bereits wieder seine riesigen Hände ins Wasser und achtete sorgfältig darauf, daß sein Schatten die Fische nicht vertrieb.

»Tatsächlich so schwierig?« murmelte Moiraine. Ihre Hände glitten ins Wasser, und einen Augenblick später zog sie sie wieder heraus. Es klatschte und spritzte, denn sie hielt eine fette Forelle darin. Sie lachte erfreut, als sie den Fisch ans Ufer warf.

Perrin blickte verdattert drein, als der große Fisch im Schein der untergehenden Sonne zappelte. Er mußte wenigstens fünf Pfund wiegen. »Da habt Ihr aber Glück gehabt«, sagte er. »Forellen von solcher Größe verstecken sich selten unter so kleinen Steinvorsprüngen. Wir müssen ein bißchen weiter hoch gehen, gegen die Strömung, denn es wird dunkel sein, bevor sich an diesem Fleck wieder ein Fisch verbirgt.«

»Tatsächlich?« fragte Moiraine. »Dann geht ihr zwei schon mal los. Ich probiere es doch noch mal hier.«

Perrin zögerte einen Moment und ging dann ein Stück am Ufer entlang bachaufwärts zu einem anderen Überhang. Sie hatte etwas vor, aber er konnte sich nicht vorstellen, was es war. Das beunruhigte ihn. Er legte sich auf den Bauch, achtete sorgfältig darauf, daß sein Schatten nicht auf das Wasser fiel, und spähte über den Uferrand hinunter. Ein halbes Dutzend eleganter Fischkörper schwebte im Wasser, und sie bewegten kaum eine Flosse, um an ihrem Platz zu bleiben. Alle zusammen wogen bestimmt nicht soviel wie Moiraines Fisch, stellte er seufzend fest. Falls sie Glück hatten, konnten Loial und er vielleicht jeder zwei davon fangen, aber der Schatten der Bäume am gegenüberliegenden Ufer erstreckte sich bereits über das Wasser. Was sie jetzt auch fingen, würde für heute ihr letzter Fang sein, und Loials Appetit reichte schon aus, diese vier allein aufzuessen und noch einen Teil des größeren Fisches dazu. Loials Hände bewegten sich schon langsam von hinten auf eine der größeren Forellen zu.

Bevor Perrin auch nur die Hand ins Wasser stecken konnte, rief Moiraine ihnen zu: »Drei sollten reichen, glaube ich. Die letzten beiden sind größer als der erste.«

Perrin sah Loial überrascht an. »Das kann doch nicht wahr sein!«

Der Ogier richtete sich auf. Die kleinen Forellen schossen davon. »Sie ist eben eine Aes Sedai«, sagte er einfach.

Und tatsächlich lagen, als sie zu Moiraine zurückkehrten, drei große Forellen am Ufer. Sie knöpfte sich bereits die Ärmel wieder zu.

Perrin hätte sie am liebsten an die alte Regel erinnert, daß derjenige, der einen Fisch fing, ihn auch putzen und ausnehmen mußte, aber gerade in diesem Moment sah sie ihm direkt in die Augen. Ihr ebenmäßiges Gesicht zeigte keinen besonderen Ausdruck. Der Blick aus ihren dunklen Augen war fest und schien ihm zu sagen, sie wisse, was er vorhabe, und sie lehne das ab. Als sie sich dann abwandte, schien es irgendwie zu spät, um noch etwas zu sagen.

Knurrend zog Perrin sein Messer und machte sich daran, die Fische zu putzen und auszunehmen. »Plötzlich denkt sie nicht mehr daran, ihren Teil der Arbeit zu tun, wie es scheint. Ich schätze, sie läßt uns auch noch kochen und hinterher spülen.«

»Zweifellos«, sagte Loial, ohne seine Arbeit zu unterbrechen. »Sie ist eben eine Aes Sedai.«

»Das habe ich doch irgendwann schon mal gehört.« Die Schuppen spritzten von Perrins Messer. »Den Schienarern hat es vielleicht nichts ausgemacht, für sie die Laufburschen zu spielen, aber jetzt sind wir nur noch zu viert. Wir sollten alle an die Reihe kommen. Das wäre nur fair.«

Loial schnaubte und lachte in einem. »Ich bezweifle, daß sie gleicher Meinung ist. Zuerst streitet sich Rand die ganze Zeit mit ihr, und nun bist anscheinend du dabei, seinen Platz einzunehmen. In der Regel läßt keine Aes Sedai überhaupt mit sich streiten. Ich schätze, sie will uns wieder brav in der Reihe haben, wenn wir mal das erste Dorf erreichen.«

»Eine gute Angewohnheit«, sagte Lan und öffnete seinen Umhang. Im Dämmerlicht war er wie aus dem Nichts aufgetaucht.

Perrin wäre vor Überraschung beinahe umgekippt, und Loials Ohren wurden vor Schreck steif. Keiner von beiden hatte den Schritt des Behüters gehört.

»Ihr hättet diese Angewohnheit gar nicht erst aufgeben sollen«, fügte Lan hinzu. Dann schritt er in Richtung auf Moiraine und die Pferde weiter. Man hörte selbst auf diesem steinigen Boden kaum etwas von seinen Stiefeln, und sobald er ein paar Schritt entfernt war, verlieh ihm der über seinen Rücken gehängte Umhang das Aussehen eines vom Bach heraufschwebenden Gespensts, von dem man nur Kopf und Arme sehen konnte.

»Wir brauchen sie, um Rand zu finden«, sagte Perrin leise, »aber ich lasse mir von ihr nicht mehr vorschreiben, wie mein Leben auszusehen hat.« Er schabte noch wilder an dem Fisch herum.

Dieses Versprechen gedachte er einzuhalten – wirklich und wahrhaftig –, doch während der nächsten Tage geschah es irgendwie, ohne daß er sagen konnte, warum, daß Loial und er kochten, spülten und alle anderen Arbeiten verrichteten, die Moiraine einfielen. Er bemerkte sogar zu seiner eigenen Überraschung, daß er, ohne weiter nachzudenken, die Aufgabe übernommen hatte, Aldieb jeden Abend zu versorgen, die Stute abzusatteln und abzureiben, während Moiraine sich – offensichtlich gedankenverloren – hinsetzte.

Loial sah es als unvermeidlich an und fügte sich in die Situation. Perrin nicht. Er bemühte sich, zu widerstehen, zu verweigern, aber es war so schwer, einen vernünftigen Vorschlag von ihr abzulehnen, und noch dazu so etwas Geringfügiges. Ihre beherrschende Persönlichkeit, ihr strenger Blick machten es schwer, zu protestieren. Der Blick aus ihren dunklen Augen traf ihn, sobald er nur den Mund aufmachte. Eine leicht angehobene Augenbraue deutete ihm an, er sei unhöflich. Wenn sie die Augen aufriß, zeigte sie ihm, wie überrascht sie sei, daß er eine so geringfügige Bitte abschlug. Ansonsten enthielt ihr fester Blick alles, was eine Aes Sedai ausmachte, und so zögerte er immer wieder. Sobald er aber zögerte, konnte er nicht mehr zurück. Er beschuldigte sie, sie gebrauche die Macht gegen ihn, obwohl er das selbst nicht glaubte, und sie sagte ihm, er solle sich nicht lächerlich machen. Er fühlte sich so langsam wie ein Stück Eisen, das versucht, den Schmied davon abzuhalten, es zu einer Sichel zu hämmern.

Die Verschleierten Berge machten schlagartig den Hügeln von Ghealdan Platz. Es ging ständig auf und ab, doch niemals sehr hoch. Hirsche, die sie in den Bergen oftmals mißtrauisch beobachtet hatten, als seien sie nicht sicher, was ein Mensch war, rannten hier vor ihnen mit weiß auf und nieder hüpfender Blume davon, sobald sie nur der Pferde gewahr wurden. Selbst Perrin konnte hier nur manchmal einen Blick auf eine der grau gestreiften Bergkatzen erhaschen, die sich wie Rauch vor den Felsen aufzulösen schienen. Sie betraten die Welt der Menschen.

Lan trug seinen farbverändernden Umhang nicht mehr und ritt öfter zu den anderen zurück als zuvor, um ihnen zu berichten, was vor ihnen lag. An vielen Stellen hatte man die Bäume gefällt. Bald gewöhnten sie sich wieder an den Anblick der von grob aufgeschichteten Steinwällen umrahmten Felder und der an den sanfteren Hügelabhängen pflügenden Bauern. Sie sahen nun auch gelegentlich Leute, die sich in einer Reihe über die Felder bewegten und die Saat aus umgehängten Säcken verstreuten. Auf den Hügelspitzen und -kämmen wurden vereinzelt Bauernhäuser und aus grauem Stein erbaute Scheunen sichtbar.

An sich sollte es hier keine Wölfe geben. Wölfe mieden gewöhnlich die Umgebung des Menschen, doch Perrin fühlte sie immer noch in der Nähe. Sie schirmten ungesehen die kleine, berittene Gruppe ab und begleiteten sie. Ihn erfüllte deshalb Ungeduld; er wollte endlich ein Dorf oder eine Stadt erreichen, wo es genug Menschen gab, so daß die Wölfe sie verlassen würden.

Einen Tag nachdem sie das erste Feld gesehen hatten, gerade als die Sonne den Horizont hinter ihnen küßte, erreichten sie das Dorf Jarra, das ein wenig nördlich von der Grenze nach Amadicia lag.

KAPITEL 8

Jarra

Graue Steingebäude mit Schieferdächern umgaben die wenigen, engen Straßen von Jarra, das an den Abhang eines Hügels geklebt schien. Unterhalb floß ein kleines Flüßchen, über das sich eine niedrige Holzbrücke schwang. Die schlammigen Straßen waren leer, genau wie der am Abhang gelegene Dorfanger. Nur ein Mann war zu sehen, der die Treppe vor der einzigen Schenke des Dorfs fegte. Daneben stand das aus Stein gemauerte Stallgebäude. Es sah aber so aus, als hätten sich noch kurz zuvor viele Menschen auf dem Anger getummelt. Ein halbes Dutzend aus grünen Zweigen zusammengebundener und mit Frühlingsblumen bekränzter Torbögen stand im Kreis in der Mitte. Das Gras sah niedergetrampelt aus, und es gab noch weitere Anzeichen für ein Fest: einen roten Frauenschal, der an einem der Bögen unten hängengeblieben war, die Wollmütze eines Kindes, einen umgekippten Krug und ein paar Speisereste.

Über dem Anger lag noch der Duft nach neuem Wein und Gewürzkuchen, der sich mit dem Rauch aus Dutzenden von Schornsteinen und dem Geruch nach Abendessen vermischt hatte. Einen Moment lang witterte Perrin einen anderen Geruch, den er nicht identifizieren konnte – eine schwache Witterung nur, die so ekelhaft war, daß ihm die Haare zu Berge standen. Dann war sie weg. Doch er war sicher, daß hier etwas durchgekommen war, etwas – Gemeines. Er rieb sich die Nase, als wolle er die Erinnerung daran wegreiben. *Das kann nicht Rand sein. Licht, selbst wenn er wahnsinnig geworden ist, kann er das nicht gewesen sein, oder?*

Über dem Eingang der Schenke hing ein gemaltes Schild, auf dem ein Mann zu sehen war, der auf einem Bein stand und die Arme nach vorn geworfen hatte: ›Harilins Sprung‹ nannte sich das Ganze. Als sie ihre Pferde vor dem quadratischen Steingebäude anhielten, richtete sich der kehrende Mann gähnend auf. Er zuckte beim Anblick von Perrins Augen zusammen, aber als er dann noch Loial erblickte, fielen ihm die Augen fast aus dem Kopf. Bei seinem breiten Mund und fliehenden Kinn wirkte er ein wenig wie ein Frosch. Er roch nach saurem Wein, den er vor einiger Zeit getrunken haben mußte, fand jedenfalls Perrin. Der Bursche hatte garantiert kräftig mitgefeiert.

Der Mann riß sich zusammen und verbeugte sich. Dabei hielt er eine Hand auf der Doppelreihe von Knöpfen an der Vorderseite seines Mantels. Sein Blick wanderte von einem zum anderen, und jedesmal, wenn er auf Loial traf, wurden die Augen noch größer. »Willkommen, gute Frau, und das Licht leuchte Euch auf allen Wegen. Willkommen, gute Herren. Ihr braucht vielleicht etwas zu essen, Zimmer, ein Bad? Hier im ›Sprung‹ könnt ihr alles haben. Meister Harod, der Wirt, führt ein gutes Haus. Ich heiße Simion. Wenn ihr etwas braucht, dann fragt nur Simion, und er besorgt es für euch.« Er gähnte wieder, hielt sich die Hand vor den Mund und verbeugte sich verlegen. »Entschuldigung, gute Frau. Ihr seid von weit her? Habt Ihr Neuigkeiten von der Großen Jagd? Der Jagd nach dem Horn von Valere? Oder von dem falschen Drachen? Man sagt, in Tarabon sei ein falscher Drache. Oder vielleicht in Arad Doman.«

»Von so weit her kommen wir nicht«, sagte Lan, und er schwang sich aus dem Sattel. »Zweifellos wißt Ihr mehr als ich.« Alle stiegen nun ab.

»Habt ihr hier eine Hochzeit gefeiert?« fragte Moiraine.

»*Eine* Hochzeit, gute Frau? Wir hatten eine wahre

Hochzeitenschwemme! Alles in den letzten zwei Tagen. Es gibt keine Frau, die alt genug ist, um den Eheschwur abzulegen, im ganzen Dorf und auf eine Meile Umkreis, die nicht verheiratet wäre! Also, sogar die Wittfrau Jorath hat den alten Banas durch die Bögen gezerrt, und dabei hatten beide geschworen, nie wieder zu heiraten. Es war wie ein Wirbelsturm, der alle mitriß. Rilith, die Tochter des Webers, begann damit, als sie den Schmied Jon fragte, ob er sie heiraten wolle, obwohl er alt genug ist, um ihr Vater zu sein. Der alte Narr nahm einfach die Schürze ab und sagte ja, und sie verlangte, daß man die Bögen sofort aufstellt! Wollte nichts von der üblichen Wartezeit hören, und die anderen Frauen gaben ihr alle auch noch recht. Seitdem hatten wir Tag und Nacht Hochzeiten. Hier hat wohl kaum einer Zeit zum Schlafen gehabt.«

»Das ist ja sehr interessant«, sagte Perrin, als Simion einen Moment lang schwieg und wieder gähnte, »aber habt Ihr auch einen jungen …«

»Es ist wirklich sehr interessant«, sagte Moiraine und schnitt ihm rechtzeitig das Wort ab, »und ich würde gern später mehr davon hören. Aber jetzt brauchen wir Zimmer und eine Mahlzeit.« Lan bewegte die Hand nach unten und gab damit Perrin ein Zeichen, als wolle er ihm sagen, er solle den Mund halten.

»Selbstverständlich, gute Frau. Eine Mahlzeit. Zimmer.« Simion zögerte und beäugte Loial. »Wir werden zwei Betten zusammenrücken müssen für …« Er beugte sich zu Moiraine vor und senkte die Stimme. »Verzeiht, gute Frau, aber … äh … was genau … ist er eigentlich? Bei allem Respekt«, fügte er hastig hinzu.

Er hatte nicht leise genug gesprochen, denn Loials Ohren zuckten verärgert. »Ich bin ein Ogier! Was dachtet Ihr denn? Ein Trolloc?«

Simion trat einen Schritt zurück, als die dröhnende Stimme erklang. »Trolloc, guter … äh … Herr? Ich bin doch ein erwachsener Mann. Ich glaube nicht an Kindergeschichten. Äh, habt Ihr Ogier gesagt? Aber Ogier sind doch auch Kind ... ich meine ... das heißt ...« Verzweifelt wandte er sich um und brüllte in Richtung des Stalles, der neben der Schenke stand: »Nico! Patrim! Gäste! Kommt her und kümmert Euch um ihre Pferde!« Einen Augenblick später torkelten zwei Jungen mit Heu im Haar aus dem Stall, gähnten und rieben sich die Augen. Simion deutete auf die Treppe und verbeugte sich, als die Jungen die Zügel ergriffen.

Perrin hängte sich die Satteltaschen und die Deckenrolle über die Schulter und trug seinen Bogen in der Hand. So folgte er Moiraine und Lan hinein. Simion verbeugte sich immer wieder und hüpfte ihnen voraus. Loial mußte sich tief ducken, und die Decke innen befand sich auch nur einen Fuß hoch über seinem Kopf. Er grollte in sich hinein, daß er nicht verstehen könne, warum sich so wenige Menschen an die Ogier erinnerten. Seine Stimme klang wie ferner Donner. Selbst Perrin, der direkt vor ihm hineingegangen war, konnte nicht die Hälfte davon verstehen.

In der Schenke roch es nach Bier und Wein, Käse und Erschöpfung. Der Duft von brutzelndem Lammbraten drang von irgendwoher weiter hinten herein. Die wenigen Männer im Schankraum hingen über ihren Krügen, als würden sie sich am liebsten auf die Bänke legen und schlafen. Eine mollige Dienerin schenkte gerade einen Krug Bier an einem der Fässer ganz hinten im Raum ein. Der Wirt selbst, in einer langen, weißen Schürze, saß auf einem hohen Hocker in einer Ecke und lehnte sich an die Wand. Als die Neuankömmlinge eintraten, hob er den Kopf. Seine Augen waren verschwollen. Beim Anblick von Loial fiel ihm die Kinnlade herunter.

»Gäste, Meister Harod«, verkündete Simion. »Sie möchten Zimmer. Meister Harod? Er ist ein Ogier, Meister Harod.« Die Dienerin drehte sich um und sah Loial. Sie ließ den Krug zu Boden fallen, wo er klirrend zerbrach. Keiner der trägen Männer an den Tischen blickte auf. Einer hatte mittlerweile den Kopf auf den Tisch gelegt und schnarchte.

Loials Ohren zuckten gewaltig.

Meister Harod stand langsam auf, den Blick auf Loial gerichtet, und glättete seine Schürze. »Wenigstens ist er kein Weißmantel«, sagte er schließlich, und dann fuhr er zusammen, als habe er sich gerade dabei ertappt, seine Gedanken laut ausgesprochen zu haben. »Also dann, willkommen, gute Frau, gute Herren. Vergebt mir meine schlechten Manieren. Ich kann mich nur auf meine Müdigkeit berufen, gute Frau.« Er warf Loial einen weiteren kurzen Blick zu und formte mit den Lippen das Wort ›Ogier‹. Er wirkte ungläubig.

Loial öffnete den Mund, doch Moiraine kam ihm zuvor: »Wie Euer Mann schon sagte, guter Wirt, brauche ich Zimmer für meine Gesellschaft diese Nacht und eine Mahlzeit.«

»Oh! Natürlich, gute Frau. Natürlich. Simion, bringe diese guten Leute auf meine besten Zimmer, damit sie ihr Gepäck abstellen können. Ich werde ein gutes Mahl für Euch richten, bis Ihr zurückkehrt, gute Frau. Ein feines Mahl.«

»Wenn Ihr mir bitte folgen würdet, gute Frau«, sagte Simion. »Gute Herren.« Er verbeugte sich in Richtung der Treppe auf einer Seite des Schankraums. Hinter ihnen rief einer der Männer an den Tischen plötzlich: »Was im Namen des Lichts ist das?« Meister Harod begann, die Anwesenheit des Ogiers zu erklären. Es klang, als ob das für ihn völlig selbstverständlich sei. Das meiste von dem, was Perrin noch verstand, bis sie draußen waren, war unrichtig. Loials Ohren zuckten ohne Unterlaß.

Im zweiten Stock streifte der Kopf des Ogiers wirklich fast die Decke. In dem engen Flur war es dunkel. Die einzige Beleuchtung kam vom letzten Abendsonnenschein durch ein Fenster neben der Tür am Ende des Ganges. »In den Zimmern haben wir Kerzen, gute Frau«, sagte Simion. »Ich hätte eine Lampe mitnehmen sollen, aber mir dreht sich immer noch alles im Kopf von den vielen Hochzeiten. Ich schicke jemanden herauf zum Feuermachen, wenn Ihr wünscht. Und dann braucht Ihr natürlich Waschwasser.« Er öffnete eine Tür. »Unser bestes Zimmer, gute Frau. Wir haben nicht viele – es kommen ja nur selten Fremde her –, aber dies ist das beste.«

»Ich nehme das daneben«, sagte Lan. Er trug Moiraines Satteltaschen und Deckenrolle neben den eigenen auf der Schulter, und dazu noch das Bündel mit dem Drachenbanner.

»Oh, guter Herr, das ist aber kein schönes Zimmer. Ein enges Bett. Eng. Für einen Diener gedacht, schätze ich, als ob wir irgendwann jemanden mit Diener hier hätten! Entschuldigung, gute Frau.«

»Ich nehme es trotzdem«, sagte Lan energisch.

»Simion«, sagte Moiraine, »kann Meister Harod die Kinder des Lichts nicht leiden?«

»Allerdings, gute Frau. Früher war das nicht so, aber jetzt schon. Es ist nicht vorteilhaft, wenn man die Kinder des Lichts haßt, besonders so nahe an der Grenze, wie wir uns hier befinden. Sie kommen die ganze Zeit über durch Jarra, als gäbe es überhaupt keine Grenze. Aber gestern gab es Probleme. Eine ganze Menge Probleme. Und das, obwohl die Hochzeiten stattfanden und so.«

»Was ist geschehen, Simion?«

Der Mann blickte sie forschend an, bevor er antwortete. Perrin glaubte nicht, daß die anderen diesen Blick bemerkt hatten, weil es im Flur zu düster war. »Es waren so ungefähr zwanzig von ihnen. Sie waren vorgestern angekommen. Da war alles in Ordnung. Aber gestern … Also, drei von ihnen kamen und sagten, sie seien keine Kinder des Lichts mehr. Sie warfen ihre Umhänge fort und ritten weg.«

Lan knurrte: »Weißmäntel legen einen Eid fürs ganze Leben ab. Was hat ihr Kommandant getan?«

»Also, er hätte bestimmt etwas unternommen, da könnt Ihr sicher sein, guter Herr, aber dann kam ein anderer von ihnen und sagte, er werde jetzt wegreiten und das Horn von Valere suchen. Noch ein anderer meinte, sie sollten den Drachen jagen. Derjenige sagte auch, er werde zur Ebene von Almoth reiten. Dann haben ein paar von ihnen angefangen, Frauen auf der Straße zu belästigen. Die Frauen kreischten, und die Kinder schrien die an, die ihre Mütter belästigten. Ich habe noch nie solch ein Durcheinander erlebt.«

»Hat keiner von euch versucht, sie zurückzuhalten?« fragte Perrin.

»Guter Herr, Ihr tragt diese Axt, als könntet Ihr damit umgehen, aber es ist nicht so leicht, sich Männern mit Schwertern und Rüstungen entgegenzustellen, wenn alles, womit man selbst umgehen kann, der Besen oder die Harke sind. Der Rest der Weißmäntel, die nicht weggeritten waren, hat dem Ganzen ein Ende bereitet. Beinahe hätten sie die Schwerter gezogen. Und das war nicht das Schlimmste. Zwei weitere haben einfach durchgedreht, als wären die anderen nicht schon verrückt genug gewesen. Die zwei haben angefangen, über Jarra herzuziehen, daß es hier vor Schattenfreunden wimmle. Sie versuchten, das Dorf niederzubrennen – sie haben gesagt, daß sie das wollten – und mit dem ›Sprung‹ anzufangen. Ihr könnt die Brandspuren an der Rückseite sehen, wo sie angefangen haben. Haben sich gegen die anderen Weißmäntel gewehrt, die sie aufhalten wollten. Die übrigen Weißmäntel haben uns beim Löschen geholfen, die zwei gefesselt und sind dann weggeritten, zurück nach Amadicia. Ein Glück, würde ich sagen, und wenn sie niemals zurückkommen, ist das immer noch zu früh!«

»Schlimmes Benehmen«, sagte Lan, »selbst für Weißmäntel.«

Simion nickte heftig. »Wie Ihr sagt, guter Herr. Sie haben sich noch nie so benommen. Angeben, ja, schon. Einen anschauen, als ob man ein Stück Dreck sei, und ihre Nasen in alles hineinstecken, was sie nichts angeht. Aber sie haben noch nie zuvor solche Unannehmlichkeiten verursacht. Jedenfalls nicht auf diese Art.«

»Jetzt sind sie aber weg«, meinte Moiraine, »und damit auch die Probleme. Ich bin sicher, wir werden eine ruhige Nacht haben.«

Perrin hielt den Mund, aber innerlich war er alles andere als ruhig. *All diese Hochzeiten und die Weißmäntel sind ja schön und gut, aber ich will lieber wissen, ob Rand hier haltmachte und in welcher Richtung er weiterritt. Dieser Geruch kann nicht von ihm stammen.* Er ließ sich von Simion den Flur hinunter zu einem anderen Zimmer führen, das zwei Betten und einen Waschtisch, ein paar Hocker und sonst praktisch nichts enthielt. Loial bückte sich und steckte den Kopf durch die Tür. Durch die engen Fenster drang nur wenig Licht. Die Betten waren groß genug, aber die Matratzen sahen klumpig aus. Decken und Überbett lagen zusammengefaltet am Fuß. Simion fummelte auf dem Sims über dem Kamin herum, bis er eine Kerze fand und die Zunderbüchse, um sie zu entzünden.

»Ich werde dafür sorgen, daß man für Euch ein paar Betten zusammenrückt, guter… äh… Ogier. Ja, nur einen Moment noch.« Er schien sich aber nicht weiter zu beeilen und rückte die Kerze hin und her, als wolle er genau den perfekten Standort dafür finden. Perrin hielt ihn für äußerst nervös.

Na ja, ich wäre auch verdammt nervös, wenn sich in Emondsfeld Weißmäntel so benommen hätten. »Simion, ist hier in den letzten ein oder zwei Tagen ein anderer Fremder durchgekommen? Ein junger Mann, groß, mit grauen Augen und rötlichem Haar? Er hat vielleicht Flöte gespielt, um sich ein Nachtlager und ein Essen zu verdienen.«

»Ich erinnere mich an ihn, guter Herr«, sagte Simion. Er rückte immer noch an der Kerze herum. »Kam früh am gestrigen Morgen an. Sah hungrig aus, ziemlich sogar. Er hat gestern bei den Hochzeiten Flöte gespielt. Gut aussehender junger Bursche. Zuerst haben ein paar der Frauen ein Auge auf ihn geworfen, aber ...« Er schwieg und sah Perrin von der Seite her an. »Ist er ein Freund von Euch, guter Herr?«

»Ich kenne ihn«, antwortete Perrin. »Warum?«

Simion zögerte. »Kein besonderer Grund, guter Herr. Er war ein eigenartiger Bursche, das ist alles. Manchmal führte er Selbstgespräche, und manchmal lachte er sogar, obwohl überhaupt niemand etwas gesagt hatte. Hat letzte Nacht in diesem Zimmer geschlafen – oder jedenfalls einen Teil der Nacht über. Hat uns mitten in der Nacht mit seinem Schreien aufgeweckt. Es war nur ein Alptraum, aber er wollte nicht länger dableiben. Meister Harod hat nach all dieser Aufregung auch nicht weiter versucht, ihn zum Bleiben zu überreden.« Simion unterbrach sich wieder. »Er sagte etwas Seltsames, als er fortritt.«

»Was denn?« wollte Perrin wissen.

»Er sagte, es sei jemand hinter ihm her. Er sagte ...« Der fast kinnlose Mann schluckte und fuhr dann bedächtiger fort: »Sagte, sie würden ihn töten, wenn er nicht weiterritte. ›Einer von uns muß sterben, und ich will, daß er es ist.‹ Das waren seine Worte.«

»Uns hat er nicht gemeint«, grollte Loial. »Wir sind seine Freunde.«

»Natürlich, guter ... äh ... Ogier. Natürlich, er hat Euch nicht gemeint. Ich ... äh ... ich will ja nichts von einem Eurer Freunde behaupten, aber ich ... äh ... ich glaube, es stimmt bei ihm nicht – er ist krank – im Kopf, meine ich.«

»Wir werden uns um ihn kümmern«, sagte Perrin. »Deswegen folgen wir ihm ja. Wohin ist er geritten?«

»Ich habe es geahnt«, sagte Simion. Er hüpfte fast auf

den Zehenspitzen dabei. »Ich wußte, daß sie helfen kann, sobald ich Euch gesehen hatte. Wohin? Nach Osten, guter Herr. Nach Osten, als sei der Dunkle König selbst ihm auf den Fersen. Glaubt Ihr, sie hilft mir? Vielmehr meinem Bruder? Noam ist schwer krank, und Mutter Roon sagt, sie könne nichts tun.«

Perrin machte ein ausdrucksloses Gesicht und versuchte, Zeit zu gewinnen, indem er erst einmal seinen Bogen in eine Ecke stellte und seine Deckenrolle und die Satteltaschen auf ein Bett legte. Das Problem war nur: Zeit gewinnen und Nachdenken halfen nichts. Er sah Loial an und fand auch bei ihm keine Hilfe. Die Ohren des Ogiers hingen konsterniert herunter, und die langen Augenbrauen lagen auf seinen Wangen. »Warum glaubt Ihr, sie könne Eurem Bruder helfen?« *Dumme Frage. Die richtige Frage wäre: Was wird er deswegen unternehmen?*

»Aber, ich bin einmal nach Jehannah gereist, guter Herr. Dort sah ich zwei ... zwei Frauen wie sie. Deshalb konnte ich mich in ihr nicht täuschen.« Er senkte seine Stimme, bis er nur noch flüsterte. »Man sagt, *sie* könnten Tote zum Leben erwecken, guter Herr.«

»Wer weiß noch davon?« fragte Perrin in scharfem Ton, und beinahe gleichzeitig sagte Loial: »Wenn Euer Bruder tot ist, kann niemand mehr etwas für ihn tun.«

Der Mann mit dem Froschgesicht blickte ängstlich von einem zum anderen, und seine Worte überstürzten sich: »Keiner außer mir, guter Herr. Noam ist nicht tot, guter Ogier, nur krank. Ich schwöre, daß sonst niemand sie erkennen würde. Selbst Meister Harod ist in seinem ganzen Leben niemals weiter als zwanzig Meilen von hier fortgewesen. Er ist so krank. Ich würde sie selbst fragen, nur daß dann meine Knie so zittern und ich nicht richtig sprechen könnte. Was ist, wenn sie sich ärgert und einen Blitz auf mich schleudert? Und was, wenn ich mich irre? Es ist nicht gerade etwas, dessen man eine Frau beschuldigt, ohne … ich meine … äh …« Er hob bittend und abwehrend zugleich die Hände.

»Ich will nichts versprechen«, sagte Perrin, »aber ich rede mit ihr. Loial, warum bleibst du nicht bei Simion, bis ich mit Moiraine gesprochen habe?«

»Natürlich«, dröhnte die Stimme des Ogiers. Simion fuhr zusammen, als Loials riesige Hand seine Schulter verschlang. »Er zeigt mir mein Zimmer und wir unterhalten uns. Simion, was wißt Ihr über Bäume?«

»B-b-bäume, g-g-guter Ogier?«

Perrin wartete nicht mehr. Er eilte durch den dunklen Flur zurück und klopfte an Moiraines Tür. Er wartete kaum auf ihr »Herein«, da war er auch schon drin.

Ein halbes Dutzend Kerzen zeigte ihm, daß auch das beste Zimmer im ›Sprung‹ nicht gerade vornehm war, auch wenn das einzige Bett einen auf vier Pfosten befestigten Himmel aufwies und die Matratze nicht so schlecht aussah wie die in seinem Zimmer. Auf dem Boden lag ein Fetzen, der nach Teppich aussah, und statt der Hocker standen hier zwei Polsterstühle. Abgesehen davon sah es nicht anders aus als sein Zimmer. Moiraine und Lan standen vor dem kalten Kamin, als hätten sie ein Gespräch geführt, und die Aes Sedai wirkte nicht sehr glücklich über die Unterbrechung. Das Gesicht des Behüters war so unbeweglich wie ein Holzschnitt.

»Rand war tatsächlich hier«, begann Perrin. »Dieser Bursche Simion erinnert sich an ihn.« Moiraine zischte durch die Zähne.

»Man hat dir doch gesagt, du solltest den Mund halten«, grollte Lan.

Perrin versteifte sich und sah den Behüter an. Das war einfacher, als Moiraines wütenden Blick zu ertragen. »Wie konnten wir herausfinden, ob er hier war, ohne Fragen zu stellen? Vielleicht verratet Ihr mir das einmal. Falls es Euch interessiert: Er ritt letzte Nacht hier los und zwar nach Osten. Und er quatschte etwas von jemandem, der ihn verfolgt und versucht, ihn umzubringen.«

»Nach Osten.« Moiraine nickte. Die vollkommene Ruhe in ihrer Stimme widersprach dem Tadel in ihrem Blick. »Es ist gut, das zu wissen, obwohl es ja eigentlich klar ist, wenn er nach Tear will. Aber ich war ziemlich sicher, daß er hier war, bevor ich noch von den Weißmänteln hörte. Danach war es sowieso klar. Rand hat auf jeden Fall recht im Hinblick auf eine Sache, Perrin. Ich kann nicht glauben, daß wir die einzigen sind, die ihn verfolgen. Und falls sie etwas von uns ahnen sollten, werden sie vielleicht versuchen, uns aufzuhalten. Wir haben schon genug damit zu tun, Rand aufzuspüren. Ihr müßt lernen, Eure Zunge zu hüten, bis ich Euch sage, daß Ihr sprechen dürft.«

»Die Weißmäntel?« fragte Perrin ungläubig. *Meine Zunge hüten? Seng mich, wenn ich das tue!* »Wie konnten sie Euch das …? Rands Wahnsinn. Ist das ansteckend?«

»Nicht sein Wahnsinn«, sagte Moiraine, »falls er schon so weit ist, daß man ihn überhaupt verrückt nennen kann. Perrin, er ist ein stärkerer *Ta'veren* als jeder seit dem Zeitalter der Legenden! Gestern hat sich in diesem Dorf das Muster … bewegt, sich ihm angepaßt wie Ton, den man auf eine Form preßt. Die Hochzeiten, die Weißmäntel, das war genug, um mir zu sagen: Rand war hier. Jeder hätte das gewußt, der zuhören kann.«

Perrin atmete tief ein. »Und so etwas werden wir überall vorfinden, wo er sich aufgehalten hat? Licht, wenn er Geschöpfe des Schattens auf den Fersen hat, können sie ihn dadurch genauso leicht aufspüren wie wir.«

»Vielleicht«, sagte Moiraine. »Vielleicht aber auch nicht. Niemand weiß etwas über *Ta'veren* von Rands Ausmaßen.« Einen kurzen Moment lang schien sie sich darüber zu ärgern, daß sie etwas nicht einschätzen konnte. »Artur Falkenflügel war der stärkste *Ta'veren*, über den es Aufzeichnungen gibt. Und Falkenflügel war keineswegs so stark wie Rand.«

»Man sagt«, warf Lan ein, »daß es Zeiten gab, wenn Menschen, die sich im gleichen Raum wie Falkenflügel befanden, die Wahrheit sagten, obwohl sie lügen wollten, und daß sie Entschlüsse faßten, von denen sie noch nicht einmal selbst wußten, daß sie so etwas vorhatten. Zeiten, wenn jeder Würfel, jede Spielkarte zu seinen Gunsten entschied. Aber nur manchmal natürlich.«

»Das heißt, Ihr wißt es nicht«, sagte Perrin. »Er könnte eine ganze Spur von Hochzeiten und verrückt gewordenen Weißmänteln von hier bis Tear hinterlassen.«

»Ich meine, ich weiß soviel, wie man überhaupt wissen kann«, sagte Moiraine in scharfem Ton. Der Blick aus ihren dunklen Augen traf Perrin wie eine Peitsche. »Das Muster formt sich um einen *Ta'veren*, und andere können der Gestalt dieser Fäden folgen, wenn sie wissen, wonach sie suchen müssen. Nehmt Euch in acht, daß Eure Zunge nicht mehr zerstört, als Ihr wissen könnt.«

Unwillkürlich zog Perrin den Kopf ein, als beziehe er von ihr wirkliche Prügel. »Na ja, diesmal solltet Ihr froh sein, daß ich den Mund rechtzeitig aufgemacht habe. Simion weiß, daß Ihr eine Aes Sedai seid. Er möchte, daß Ihr seinen Bruder Noam von irgendeiner Krankheit heilt. Wenn ich nicht mit ihm gesprochen hätte, hätte er nie den Mut aufgebracht, mich darum zu bitten, sondern hätte vielleicht statt dessen herumgeklatscht.«

Lan lenkte Moiraines Aufmerksamkeit auf sich, und sie sahen sich einen Moment lang in die Augen. Der Behüter hatte etwas an sich, wie ein Wolf vor dem Sprung. Schließlich schüttelte Moiraine den Kopf. »Nein«, sagte sie.

»Wie Ihr wünscht. Es ist Eure Entscheidung.« Lans Stimme klang, als habe sie eine falsche Entscheidung getroffen, aber die Anspannung verschwand aus seiner Gestalt.

Perrin sah beide mit großen Augen an. »Ihr wolltet doch nicht etwa... Simion könnte niemandem etwas sagen, wenn er tot wäre, nicht wahr?«

»Er wird nicht durch mich sterben«, sagte Moiraine. »Aber ich kann und will nicht versprechen, daß es immer so ausgeht. Wir müssen Rand finden, und ich werde dabei nicht versagen. Ist Euch das klar genug?« In ihrem Blick gefangen, konnte Perrin nicht antworten. Sie nickte, als sei sein Schweigen Antwort genug. »Bringt mich jetzt zu Simion.«

Die Tür zu Loials Zimmer stand offen, und Kerzenschein fiel in den Flur. Man hatte die beiden Betten drin zusammengeschoben, und Loial und Simion saßen auf der Kante des einen. Der kinnlose Mann sah mit offenem Mund und erstauntem Gesicht zu Loial auf.

»O ja, die *Stedding* sind wunderbar«, sagte Loial gerade. »Es herrscht dort ein solcher Friede, unter den Großen Bäumen. Ihr Menschen habt Eure Kriege und Eure Rivalität, aber in einem *Stedding* herrscht immer Friede. Wir pflegen die Bäume und leben in Harmonie...« Er brach ab, als er Moiraine mit Lan und Perrin im Schlepptau sah.

Simion stand schnell auf, verbeugte sich und zog sich dabei zurück, bis er an die Wand stieß. »Äh... gute Frau... Äh... äh...« Selbst dabei hüpfte er noch auf und ab wie eine Marionette.

»Führt mich zu Eurem Bruder«, befahl Moiraine, »und ich werde tun, was in meiner Macht steht. Perrin, Ihr kommt auch mit, da dieser Mann zuerst mit Euch gesprochen hat.« Lan hob eine Augenbraue, und sie schüttelte den Kopf. »Wenn wir alle hingehen, erregen wir Aufmerksamkeit. Perrin kann mich beschützen, soweit das notwendig ist.«

Lan nickte zögernd und warf Perrin einen harten Blick zu. »Sieh zu, daß du sie beschützt, Schmied.

Wenn ihr irgend etwas zustößt ...« Seine kalten blauen Augen vollendeten die Drohung.

Simion nahm eine der Kerzen und huschte in den Flur hinaus. Dabei verbeugte er sich immer noch, so daß der Kerzenschein die Schatten an den Wänden tanzen ließ. »Hier entlang ... äh ... gute Frau. Hier entlang.«

Hinter der Tür am Ende des Flurs führte eine Außentreppe hinunter in eine enge Gasse zwischen Schenke und Stall. Die Nacht ließ die Kerze zu einem flackernden Lichtpunkt schrumpfen. Der Halbmond stand am sternübersäten Himmel und gab für Perrins Augen mehr als genug Licht. Er fragte sich, wann Moiraine Simion endlich sagen werde, er könne mit dem Verbeugen aufhören, doch sie sagte nichts. Die Aes Sedai glitt hinter Simion entlang, hob dabei den Rock an, damit er nicht im Schlamm schleifte, und sie wirkte, als sei sie eine Königin und schreite statt durch die Gasse durch einen Palast. Die Nachtluft kühlte sich bereits ab. In den Nächten schwang immer noch ein wenig Winter nach.

»Hier herüber.« Simion führte sie nach hinten zu einem kleinen Schuppen hinter dem Stall und schob hastig den Riegel weg. »Hier herein.« Simion deutete in den Schuppen. »Hier, gute Frau. Hier. Mein Bruder. Noam.«

Der hintere Teil des Schuppens war – offensichtlich überstürzt – mit Brettern abgeteilt worden. Es wirkte roh und improvisiert. Ein festes Eisenschloß hing von einem Riegel an der Brettertür. Durch die Spalten sah man einen Mann, der auf dem Bauch auf dem strohbedeckten Boden lag. Er war barfuß. Hemd und Hose waren zerfetzt, als habe er daran gerissen, weil er nicht wußte, wie man sie auszieht. Es roch nach ungewaschenem Fleisch, so daß Perrin glaubte, selbst Simion und Moiraine müßten den Geruch wahrnehmen.

Noam hob den Kopf und sah sie schweigend und

ausdruckslos an. Es war nichts an ihm, was auf die Verwandtschaft mit Simion schließen ließ – er hatte zum einen ein richtiges Kinn und er war ein großer Mann mit breiten Schultern –, aber etwas anderes warf Perrin fast um: Noam blickte sie mit glänzend-goldenen Augen an.

»Er hat schon fast ein Jahr lang so verrückte Sachen gequatscht, gute Frau, und gesagt, daß er … mit Wölfen sprechen kann. Und seine Augen …« Simion warf Perrin einen schnellen Blick zu. »Also, er hat gequatscht, wenn er zuviel getrunken hatte. Jeder hat ihn ausgelacht. Dann, vielleicht vor einem Monat etwa, kam er nicht ins Dorf zurück. Ich bin hinausgegangen, um zu sehen, was mit ihm los war, und habe ihn so vorgefunden.«

Vorsichtig und unwillig sandte Perrin seine Gedanken zu Noam aus, wie er es bei einem Wolf gemacht hätte. *Durch den Wald rennen, den kalten Wind in der Nase … Schnell aus der Deckung heraus … Die Kiefer schnappen nach den Kniesehnen. Den Geschmack von Blut auf der Zunge. Töten.* Perrin zuckte wie vor einem Feuer zurück und schloß seinen Geist ab. Das waren überhaupt keine richtigen Gedanken gewesen, nur ein chaotisches Durcheinander von Wünschen und Bildern, zum Teil aus der Erinnerung, zum Teil reine Sehnsucht. Aber es war mehr Wolf als Mensch an diesem Mann. Er stützte sich mit der Hand an der Wand ab; seine Knie gaben beinahe nach. *Licht, hilf mir!*

Moiraine streckte ihre Hand nach dem Schloß aus.

»Meister Harod hat den Schlüssel, gute Frau. Ich weiß nicht, ob er …«

Sie zog daran und das Schloß sprang auf. Simion starrte sie mit offenem Mund an. Sie hob das Schloß aus der Haspe, und der kinnlose Mann wandte sich an Perrin.

»Ist das sicher, guter Herr? Er ist mein Bruder, aber er hat Mutter Roon gebissen, als sie zu helfen versuchte, und er ... er hat eine Kuh getötet. Mit den Zähnen«, fügte er verlegen hinzu.

»Moiraine«, sagte Perrin, »der Mann ist gefährlich.«

»Alle Männer sind gefährlich«, antwortete sie mit kühler Stimme. »Jetzt seid ruhig.« Sie öffnete die Tür und ging hinein. Perrin hielt die Luft an.

Bei ihrem ersten Schritt zog Noam die Lippen hoch und begann zu knurren. Es vertiefte sich zu einem Grollen, bis sein ganzer Körper bebte. Moiraine ignorierte es. Immer noch knurrend, wand sich Noam auf dem Stroh nach hinten, als sie sich ihm näherte. Schließlich lag er in einer Ecke und konnte nicht weiter. Vielleicht hatte sie es auch gerade darauf angelegt.

Langsam und gelassen kniete sich die Aes Sedai nieder und nahm seinen Kopf in die Hände. Noams Grollen wurde zu einem wütenden Fauchen und verflog dann zu einem Winseln, bevor Perrin ihr zur Hilfe kommen konnte. Moiraine hielt seinen Kopf eine Weile lang und legte ihn dann ebenso gelassen wieder auf das Stroh zurück. Sie erhob sich. Perrins Kehle zog sich zusammen, als sie Noam den Rücken zuwandte und aus dem Käfig schritt, doch der Mann sah ihr nur einfach nach. Sie schob die Brettertür zu, hängte das Schloß wieder ein, ohne es einschnappen zu lassen – und Noam warf sich knurrend gegen die Holzbretter. Er biß hinein und drückte mit seinen Schultern dagegen, versuchte, seinen Kopf dazwischen durchzustecken, und die ganze Zeit über knurrte und schnappte er.

Moiraine wischte sich mit ruhiger Hand und vollkommen ausdruckslosem Gesicht Stroh vom Rock.

»Ihr geht schöne Risiken ein«, hauchte Perrin. Sie sah ihn mit klarem, wissendem Blick an, und er senkte die Augen. Seine gelben Augen.

Simion blickte seinen Bruder an. »Könnt Ihr ihm helfen, gute Frau?« fragte er heiser.

»Es tut mir leid, Simion«, antwortete sie.

»Könnt Ihr denn gar nichts tun, gute Frau? Irgend etwas? Eines von diesen« – seine Stimme senkte sich zu einem Flüstern – »Aes-Sedai-Dingen?«

»Heilen ist keine einfache Sache, Simion, und es kommt genauso aus dem Innern des Kranken wie aus dem Heilenden. Es gibt hier nichts, was sich daran erinnert, Noam zu sein, nichts, was sich noch an eine menschliche Existenz erinnern kann. Es gibt keine Landkarten, die ihm den Weg zurück zeigen können, und es ist nichts übrig, was diesen Weg antreten könnte. Noam ist nicht mehr, Simion.«

»Er … er hat immer so komische Sachen gesagt, gute Frau, wenn er zuviel getrunken hatte. Er war nur …« Simion wischte mit der Hand über seine Augen und blinzelte Tränen weg. »Ich danke Euch, gute Frau. Ich weiß, Ihr hättet etwas getan, wenn es Euch möglich gewesen wäre.« Sie legte ihm eine Hand auf die Schulter, murmelte ein paar beruhigende Worte, und dann war sie auch schon aus dem Schuppen verschwunden.

Perrin wußte, daß er ihr folgen sollte, aber der Mann – was von einem Mann übriggeblieben war –, der nach den Brettern schnappte, ließ ihn verweilen. Er trat schnell vor und überraschte sich selbst damit, daß er das herunterhängende Schloß aus der Haspe zog. Es war ein gutes Schloß; das Werk eines echten Meisterschmieds.

»Guter Herr?«

Perrin sah das Schloß in seiner Hand an und dann den Mann im Käfig. Noam hatte aufgehört, in die Bretter beißen zu wollen. Er sah Perrin mißtrauisch und schwer atmend an. Ein paar seiner Zähne waren abgebrochen.

»Ihr könnt ihn ewig hier drinnen halten«, sagte Perrin, »aber ich … ich glaube nicht, daß damit etwas besser wird.«

»Wenn er herauskommt, guter Herr, dann wird er sterben!«

»Er wird hier drinnen genauso sterben wie draußen, Simion. Draußen ist er wenigstens frei und so glücklich, wie es eben geht. Er ist nicht mehr Euer Bruder, aber es ist an Euch, zu entscheiden. Ihr könnt ihn hier drinnen halten, damit ihn die Leute anstarren und er die Bretter seines Käfigs anstarrt, bis er dahinsiecht. Ihr könnt einen Wolf nicht einsperren, Simion, und erwarten, daß er dabei glücklich ist. Oder lange lebt.«

»Ja«, sagte Simion. »Ja, das sehe ich ein.« Er zögerte und nickte in Richtung der Tür.

Das war die Antwort, auf die Perrin gewartet hatte. Er öffnete die Brettertür und trat zur Seite.

Einen Augenblick lang starrte Noam die Öffnung an. Dann schoß er mit einem Mal heraus, auf allen vieren rennend, aber überraschend beweglich dabei. Aus dem Käfig, aus dem Schuppen und in die Nacht hinein. *Licht, hilf uns beiden,* dachte Perrin.

»Ich denke, es ist besser für ihn, wenn er frei ist.« Simion schüttelte sich. »Aber ich weiß nicht, was Meister Harod sagen wird, wenn er die Tür offen vorfindet und Noam verschwunden ist.«

Perrin schloß die Tür zum Käfig. Das große Schloß klickte scharf, als er es wieder befestigte. »Laßt ihn daran herumrätseln.«

Simion lachte kurz auf und brach aber sofort wieder ab. »Er wird irgend etwas daraus machen. Das werden sie alle. Einige behaupten ja schon, Noam hätte sich in einen Wolf verwandelt – komplett mit Fell! –, als er Mutter Roon biß. Es stimmt zwar nicht, aber sie behaupten es.«

Schaudernd lehnte sich Perrin an die Käfigtür. *Er hat vielleicht kein Fell, aber er ist ein Wolf. Er ist ein Wolf und kein Mensch. Licht, hilf mir.*

»Wir haben ihn nicht die ganze Zeit über hier gehalten«, sagte Simion plötzlich. »Er war in Mutter Roons Haus, aber sie und ich brachten Meister Harod dazu, ihn hierher zu bringen, nachdem die Weißmäntel kamen. Sie haben immer eine Liste von Namen dabei, Schattenfreunde, die sie suchen. Es waren Noams Augen, wißt Ihr. Einer der Namen, den die Weißmäntel nannten, war der eines Burschen namens Perrin Aybara, eines Schmieds. Sie sagten, er habe gelbe Augen und renne mit den Wölfen herum. Dann wißt Ihr, warum ich nicht wollte, daß sie etwas von Noam erfahren.«

Perrin drehte den Kopf weit genug herum, daß er über die Schulter hinweg Simion ansehen konnte. »Glaubt Ihr, dieser Perrin Aybara ist ein Schattenfreund?«

»Einem Schattenfreund wäre es gleich, ob mein Bruder in einem Käfig stirbt. Ich schätze, sie fand Euch bald, nachdem es passiert war. Rechtzeitig genug, um zu helfen. Ich wünschte, sie wäre vor ein paar Monaten nach Jarra gekommen.«

Perrin schämte sich, daß er je diesen Mann mit einem Frosch verglichen hatte. »Und ich wünschte, sie hätte etwas für ihn tun können.« *Seng mich, ich wünschte das wirklich.* Plötzlich wurde ihm bewußt, daß das ganze Dorf über Noam Bescheid wissen mußte. Über seine Augen. »Simion, würdet Ihr mir etwas zu essen aufs Zimmer bringen?« Meister Harod und die anderen waren bisher vielleicht zu sehr mit ihrer Überraschung über die Anwesenheit Loials beschäftigt gewesen, um seine Augen zu bemerken, doch das würden sie bestimmt, wenn er im Schankraum aß.

»Natürlich. Und auch morgen früh. Ihr müßt nicht herunterkommen, bis Ihr bereit seid, auf Euer Pferd zu steigen.«

»Ihr seid ein guter Mann, Simion. Ein guter Mann.« Simion blickte so glücklich drein, daß sich Perrin schon wieder schämte.

KAPITEL 9

Wolfsträume

Perrin ging durch den Hintereingang zu seinem Zimmer zurück, und eine Weile später kam Simion mit einem zugedeckten Tablett. Das Tuch hielt allerdings die Düfte von Lammbraten, süßen Bohnen, Zwiebeln und frisch gebackenem Brot nicht zurück. Doch Perrin lag auf seinem Bett und starrte an die weiß getünchte Decke, bis alles kalt war. Immer wieder ging ihm das Bild Noams im Kopf herum. Noam, wie er an den Brettern kaute. Noam, wie er in die Dunkelheit hineinrannte. Er bemühte sich, statt dessen an das Schmieden von Schlössern zu denken und wie sorgfältig der Stahl bearbeitet werden mußte, aber es half nicht.

So ignorierte er das Tablett und ging durch den Flur hinüber zu Moiraines Zimmer. Sie beantwortete sein Anklopfen mit einem: »Kommt herein, Perrin.«

Einen Augenblick lang mußte er wieder an all die alten Geschichten über Aes Sedai denken, aber er schob diese Gedanken entschlossen zur Seite und öffnete die Tür.

Moiraine war allein. Dafür war er dankbar. Sie saß mit einer Tintenflasche auf dem Knie da und schrieb etwas in ein kleines, ledergebundenes Buch. Nun steckte sie den Korken in die Flasche und wischte die Stahlfeder an einem kleinen Fetzen Papier ab, ohne Perrin anzusehen. Im Kamin brannte das Feuer.

»Ich habe Euch schon vor einer Weile erwartet«, sagte sie. »Ich habe zuvor nicht mit Euch über dieses Thema gesprochen, weil es klar war, daß Ihr das nicht wolltet. Nach dem heutigen Abend jedoch … Was wollt Ihr wissen?«

»Ist es das, was auch mich erwartet?« fragte er. »So zu enden wie er?«

»Vielleicht.«

Er wartete darauf, daß sie mehr sagte, doch sie legte lediglich Feder und Tinte zurück in den kleinen, glänzenden Rosenholzkasten und pustete auf das Geschriebene, damit es trocknete. »Ist das alles? Moiraine, gebt mir keine aalglatten Aes-Sedai-Antworten. Wenn Ihr etwas wißt, dann sagt es mir. Bitte.«

»Ich weiß sehr wenig, Perrin. Als ich unter den Büchern und Manuskripten zweier Freundinnen nach etwas anderem forschte, stieß ich auf ein abgeschriebenes Bruchstück aus einem Buch, das aus dem Zeitalter der Legenden stammte. Es handelte von … Situationen wie der Euren. Das war vielleicht das einzige Exemplar auf der Welt, aber es sagte mir auch nicht sehr viel.«

»Was *stand* denn dadrin? Selbst wenig ist noch mehr, als ich jetzt weiß. Seng mich, ich habe mir Sorgen gemacht, ob Rand langsam dem Wahnsinn verfällt, aber ich hätte nie gedacht, daß ich selbst in dieser Lage sein könnte!«

»Perrin, selbst im Zeitalter der Legenden war über solche Sachen nicht viel bekannt. Wer auch immer das Buch geschrieben hatte, war sich nicht sicher, ob es um Wirklichkeit oder Legende ging. Und denkt daran: Ich habe nur ein Bruchstück gefunden. Sie behauptete, einige, die mit den Wölfen sprechen, verlören sich, gäben ihre Menschlichkeit auf, denn alles Menschliche in dieser Person würde von dem Wolf verschlungen. Einige. Ob sie nun meinte, es sei einer von zehn, oder fünf, oder neun, das weiß ich nicht.«

»Ich kann sie aussperren. Ich weiß nicht, wie, aber ich kann mich weigern, mit ihnen zu sprechen. Ich kann mich auch weigern, ihnen zuzuhören. Hilft das?«

»Das könnte sein.« Sie sah ihn an und schien ihre Worte sorgfältig abzuwägen. »Vor allem schrieb sie etwas über Träume. Träume können Euch gefährlich werden, Perrin.«

»Das habt Ihr schon einmal gesagt. Was meint Ihr damit?«

»Nach dem zu schließen, was sie schrieb, leben Wölfe teils in dieser Welt und teils in einer Welt der Träume.«

»Eine Welt der Träume?« fragte er ungläubig.

Moiraine sah ihn scharf an. »Wie ich gesagt habe, und so hat sie es aufgeschrieben. Die Art, wie sich die Wölfe untereinander und auch mit Euch verständigen, hat irgendwie mit dieser Welt der Träume zu tun. Ich gebe nicht vor, zu verstehen, wie das angehen kann.« Sie schwieg einen Moment lang und runzelte die Stirn. »Ich habe einiges über Aes Sedai gelesen, die das Talent hatten, auf besondere Art zu träumen. Die Träumer berichteten, daß sie gelegentlich im Traum Wölfen begegneten, sogar solchen, die ihnen dort als Führer dienten. Ich fürchte, Ihr müßt Euch angewöhnen, im Schlaf genauso vorsichtig zu sein wie im Wachen, wenn Ihr die Wölfe meiden wollt. Falls Eure Entscheidung so ausfällt.«

»Falls meine Entscheidung so ausfällt? Moiraine, ich will nicht wie Noam enden! Bestimmt nicht!«

Sie musterte ihn fragend und schüttelte dann bedächtig den Kopf. »Ihr sprecht, als ob Ihr in allem selbst die Wahl hättet, Perrin. Denkt daran, Ihr seid *ta'veren*.«

Er wandte ihr den Rücken zu und starrte das nachtdunkle Fenster an, doch sie fuhr fort: »Vielleicht habe ich in dem Bewußtsein, was Rand ist, in welchem Maße er *ta'veren* ist, den Fehler begangen, den anderen beiden *Ta'veren* nicht genug Aufmerksamkeit zu widmen, die ich bei ihm vorgefunden habe. Drei *Ta'veren* im gleichen Dorf, alle innerhalb nur weniger Wochen geboren? So etwas hat man noch nie gehört. Vielleicht werdet Ihr und Mat eine größere Rolle im Muster spielen, als Ihr und ich glaubten.«

»Ich will überhaupt keine Rolle im Muster spielen«, murmelte Perrin. »Und sicher werde ich keine spielen, wenn ich vergesse, daß ich ein Mensch bin. Helft Ihr mir, Moiraine?« Es fiel ihm schwer, das auszusprechen. *Was, wenn sie dazu die Macht benutzen muß? Würde ich lieber vergessen, daß ich ein Mensch bin?* »Helft Ihr mir, mich nicht darin zu verlieren?«

»Wenn ich Euch dabei helfen kann, werde ich auch. Das verspreche ich Euch, Perrin. Aber ich werde deswegen nicht den Kampf gegen den Schatten in Frage stellen. Auch das müßt Ihr wissen.«

Als er sich ihr wieder zuwandte, musterte sie ihn, ohne mit der Wimper zu zucken. *Und wenn Euer Kampf verlangt, daß Ihr mich morgen ins Grab bringt, macht Ihr das dann auch?* Er hatte das eisige Gefühl, sie werde durchaus folgerichtig handeln. »Und was habt Ihr mir nicht gesagt?«

»Geht nicht zu weit, Perrin«, sagte sie kalt. »Überschreitet die Grenzen des Anstands nicht.«

Er zögerte, bevor er ihr die nächste Frage stellte: »Könnt Ihr für mich dasselbe tun wie für Lan? Könnt Ihr meine Träume abschirmen?«

»Ich habe schon einen Behüter, Perrin.« Ihre Lippen verzogen sich beinahe zu einem Lächeln. »Und ich will auch nur einen haben. Ich bin eine Blaue Ajah und keine Grüne.«

»Ihr wißt, was ich meine. Ich will deswegen kein Behüter werden.« *Licht, für den Rest meines Lebens an eine Aes Sedai gebunden sein? Das ist genauso schlimm wie die Wölfe.*

»Das würde Euch nicht helfen, Perrin. Die Abschirmung gilt Träumen, die von außen her kommen. Die Gefahr für Euch liegt aber in Euch selbst.« Sie öffnete ihr kleines Buch wieder. »Ihr solltet jetzt schlafen«, sagte sie abschließend. »Hütet Euch vor Euren Träumen, aber schlafen müßt Ihr irgendwann schon.« Sie blätterte um, und er ging.

Im eigenen Zimmer angelangt, ließ er in seiner eisernen Beherrschung ein wenig nach. Ein ganz klein wenig ließ er seine Sinne ausschweifen. Die Wölfe befanden sich immer noch dort draußen, jenseits des Ortsrandes von Jarra, und bildeten einen Ring um das Dorf. Beinahe im gleichen Moment, als er das gespürt hatte, schloß er sich wieder völlig ab. »Ich brauche eben eine Stadt um mich herum«, knurrte er. Das würde sie auf Abstand halten. *Wenn ich Rand gefunden habe. Wenn ich das beende, was mit ihm gemeinsam zu tun ist.* Er war sich seiner eigenen Gefühle nicht sicher, wenn es darum ging, daß Moiraine ihn nicht abschirmen konnte oder wollte. Die Eine Macht oder die Wölfe: das war eine unmenschliche Wahl.

Er entzündete kein Feuer in dem vorbereiteten Kamin und öffnete sogar noch beide Fensterflügel. Kalte Nachtluft strömte herein. Dann warf er die Decken und das Oberbett auf den Boden und legte sich angezogen auf das unbequeme Bett. Er versuchte noch nicht einmal, eine bequemere Lage zu finden. Sein letzter Gedanke vor dem Einschlafen galt der Matratze, die ihn vielleicht vom tiefen Schlaf und von gefährlichen Träumen abhalten würde.

Er befand sich in einem langen Korridor. Die hohe Steindecke und die Wände glänzten feucht, und eigenartige Schatten verdeckten einen Teil. Diese Schatten bildeten verzerrte Streifen und endeten so abrupt, wie sie auf der anderen Seite begonnen hatten. Dahinter war es zu dunkel, als daß das Licht noch zum Tragen gekommen wäre. Er hatte keine Ahnung, woher das Licht kam.

»Nein«, sagte er, und dann lauter: »Nein! Das ist ein Traum. Ich muß aufwachen. Aufwachen!«

Der Korridor veränderte sich nicht. *Gefahr.* Das war der Gedanke eines Wolfs, schwach und fern.

»Ich werde aufwachen. Ganz schnell!« Er schlug mit der Faust gegen eine Wand. Es schmerzte, aber er wachte nicht auf. Er glaubte, bemerkt zu haben, wie einer der schlangenartigen Schatten vor seinem Schlag ausgewichen war.

Renn, Bruder. Renn!

»Springer?« fragte er erstaunt. Er war sicher, den Wolf zu kennen, dessen Gedanken er vernommen hatte. Springer, der die Adler beneidet hatte. »Springer ist tot!«

Renn! Perrin rannte schwerfällig los. Mit einer Hand hielt er seine Axt fest, damit ihm der Schaft nicht gegen die Beine schlug. Er wußte nicht, wohin er rannte oder warum, doch er konnte die Dringlichkeit in Springers Gedanken nicht verleugnen. *Springer ist tot,* dachte er. *Er ist tot!* Aber Perrin rannte.

Er kam an Kreuzungen mit anderen Korridoren vorbei. Sie kamen aus den eigenartigsten Richtungen und führten manchmal hinunter und manchmal hinauf. Aber keiner wirkte anders als derjenige, in dem er sich befand. Feuchte Steinwände, keine Türen und Streifen von Dunkelheit dazwischen.

Als er eine dieser Kreuzungen erreichte, kam er schliddernd zum Stehen. Ein Mann stand dort und blinzelte ihn unsicher an. Er trug einen eigenartig geschnittenen Mantel über den Hosen. Der Mantel war an den Hüften ausgestellt und stand so über die Hosen hinaus wie diese wiederum über die Stiefel. Beides war leuchtend gelb und die Stiefel nur ein wenig blasser.

»Das ist mehr, als ich ertragen kann«, sagte der Mann zu sich selbst und nicht zu Perrin. Er sprach mit seltsamem Akzent, schnell und abgehackt. »Nicht nur, daß ich von Bauern träume, nein, es sind den Kleidern nach zu schließen auch noch ausländische Bauern. Verzieht Euch aus meinen Träumen, Bursche!«

»Wer seid Ihr?« fragte Perrin. Die Augenbrauen des Mannes hoben sich, als sei er beleidigt.

Die Schattenstreifen in ihrer Nähe wanden sich. Einer löste sich mit einem Ende von der Decke und schwebte herunter, wo er den Kopf des Mannes berührte. Er verwickelte sich in seinem Haar. Der Mann riß die Augen auf, und dann schien alles gleichzeitig zu geschehen. Der Schatten zuckte an die Decke zurück, zehn Fuß hoch droben, und riß etwas Blasses mit. Tropfen klatschten auf Perrins Gesicht. Ein markerschütternder Schrei zerriß die Luft.

Erstarrt blickte Perrin auf die blutige Gestalt hinunter, die die Kleider des Mannes trug und sich schreiend und um sich schlagend auf dem Boden wand. Unwillkürlich hob er den Blick und sah zu dem blassen Ding auf, das wie ein leerer Sack von der Decke baumelte. Ein Teil davon war bereits von dem schwarzen Streifen aufgesogen worden, aber er konnte dennoch unschwer darin eine menschliche Haut erkennen, die offensichtlich in einem Stück unbeschädigt dort hing. Die Schatten in seiner Nähe tanzten erregt, und Perrin rannte weiter, von den Todesschreien des Mannes gehetzt. Wellen durchliefen die Schattenstreifen und hielten Schritt mit ihm.

»Vergeh, seng dich!« schrie er. »Ich weiß, daß du ein Traum bist. Licht, seng dich, vergeh!«

Farbige Wandbehänge hingen zwischen hohen, goldenen Leuchtersäulen, auf denen Dutzende von Kerzen standen und die weißen Fußbodenkacheln sowie eine mit flauschigen Wolken und bunten Vögeln bemalte Decke beleuchteten. Nur die flackernden Kerzenflammen bewegten sich in dem ganzen Saal, der sich so weit erstreckte, wie er sehen konnte. Die Wände wurden gelegentlich von spitzen Steinbögen unterbrochen.

Gefahr. Der Gedanke kam noch schwächer als zuvor. Und noch dringender, falls das überhaupt möglich war.

Mit der Axt in der Hand schritt Perrin vorsichtig weiter durch den Saal und murmelte in sich hinein: »Wach auf. Aufwachen, Perrin. Wenn du schon weißt, daß es ein Traum ist, dann verändert er sich entweder gleich oder du wachst auf. Wach auf, seng dich!« Der Saal blieb so real wie jeder, den er jemals durchwandert hatte.

Er erreichte den ersten weißen Spitzbogen. Er führte in ein riesiges Zimmer, offensichtlich ganz ohne Fenster, das so prachtvoll wie ein Palast eingerichtet war. Die Möbel waren alle kunstvoll geschnitzt und vergoldet und mit Elfenbein eingelegt. Eine Frau stand in der Mitte des Zimmers und betrachtete mit ernster Miene ein zerfleddertes Manuskript, das auf einem Tisch lag. Eine schwarzhaarige, dunkeläugige, wunderschöne Frau, die in Weiß und Silber gekleidet war.

In dem Moment, als er sie erkannte, hob sie den Kopf und sah ihn an. Ihre Augen weiteten sich erschreckt und zornig. »Ihr! Was tut Ihr hier? Wie konntet Ihr …? Ihr werdet alles verderben – Dinge, die Ihr euch noch nicht einmal vorstellen könnt!«

Plötzlich erschien ihm der Raum flach, als betrachte er nur noch das Abbild eines Raums. Das flache Abbild drehte sich seitwärts und wurde zu einer hellen, senkrechten Kante in der Mitte der Dunkelheit. Die Kante blitzte weiß auf und war verschwunden. Zurück blieb nur die Dunkelheit, schwärzer als schwarz.

Direkt vor Perrins Stiefeln endeten die Fußbodenkacheln. Beim Zusehen noch löste sich die weiße Kante im Schwarz auf wie Sand, der vom Wasser weggewaschen wird. Er trat erschrocken zurück.

Renn!

Perrin wandte sich um, und da stand Springer, ein großer, grauer Wolf, an der Schnauze weiß vom Alter und von Narben übersät. »Du bist tot. Ich habe dich sterben sehen. Ich habe gefühlt, wie du starbst!« Wolfsgedanken fluteten durch Perrins Verstand.

Renn jetzt! Du darfst nicht mehr hier bleiben. Gefahr. Große Gefahr. Schlimmer als alle Ungeborenen. Du mußt weg! Geh jetzt! Jetzt!

»Wie denn?« schrie Perrin. »Ich will ja weg, aber wie?«

Geh! Mit gefletschten Zähnen sprang Springer Perrin an die Kehle.

Mit einem unterdrückten Schrei fuhr Perrin von seinem Bett hoch. Seine Hände umklammerten den Hals, um das Blut am Herausquellen zu hindern. Sie trafen auf unverletzte Haut. Er schluckte schwer vor Erleichterung, doch im nächsten Augenblick berührten seine Finger eine feuchte Stelle.

Er krabbelte aus dem Bett, stürzte noch beinahe vor Eile, stolperte hinüber zum Waschtisch und griff nach der Kanne. Als er die Schüssel füllte, verspritzte er eine Menge Wasser. Das Wasser, mit dem er sein Gesicht abwusch, färbte sich rosa. Rosa vom Blut des seltsam gekleideten Mannes.

Auf seinem Mantel und den Hosen waren weitere dunkle Flecke zu sehen. Er riß sich beides herunter und warf sie in die hinterste Ecke. Dort wollte er sie liegenlassen. Simion konnte sie verbrennen.

Ein Windstoß drang durch das offene Fenster. Er zitterte in seiner Unterwäsche vor Kälte, setzte sich auf den Fußboden und lehnte sich an das Bett. *Das sollte unbequem genug sein.* Seine Gedanken waren ätzend, voll Sorge und Angst. Und Entschlossenheit. *Ich werde nicht nachgeben. Auf keinen Fall!*

Er zitterte immer noch, als ihn endlich der Schlaf übermannte. Es war aber nur eine Art von Halbschlaf, in dem er sich noch irgendwie des Zimmers, in dem er lag, und der ihn umgebenden Kälte bewußt war. Aber die Alpträume, die er nun erlebte, waren besser als gewisse andere Träume.

Rand saß in dieser Nacht zusammengekauert unter den Bäumen und beobachtete den großen, breitschultrigen schwarzen Hund, der sich seinem Versteck näherte. Seine Seite schmerzte. Die Wunde, die auch Moiraine nicht heilen konnte… Er ignorierte den Schmerz. Der Mond warf gerade genug Licht über das Land, um den Hund zu erkennen. Er mußte ihm mit seinem massiven Schädel bis an die Hüfte reichen, und seine Zähne schimmerten wie feuchtes Silber in der Dunkelheit. Er witterte und kam langsam auf ihn zu.

Näher, dachte er. *Komm näher. Diesmal wird dein Herr nicht vorgewarnt. Näher. Gut so.* Der Hund war nun nur noch zehn Schritt entfernt. Ein tiefes Grollen drang aus seiner Kehle, als er plötzlich vorwärtssprang. Genau auf Rand zu.

Die Macht erfüllte ihn. Etwas entrang sich seinen ausgestreckten Händen. Er wußte nicht genau, was es war. Ein weißer Lichtbalken, so fest wie Stahl. Flüssiges Feuer. Einen Augenblick lang hing der Hund in der Mitte dieses Etwas, wurde durchsichtig und war verschwunden. Das weiße Licht verlosch, abgesehen von den tanzenden Lichtflecken vor Rands gequälten Augen. Er sackte gegen den nächsten Baumstamm. Die Rinde kratzte rauh über sein Gesicht. Erleichterung und lautloses Lachen erschütterten ihn. *Es hat funktioniert. Licht, rette mich, aber diesmal hat es geklappt.* Das war nicht immer so gewesen. Da waren diese Nacht bereits andere Hunde gewesen…

Die Eine Macht pulsierte in ihm, und ihm war schlecht vom Verderben des Dunklen Königs, das sich um *Saidin* geschlungen hatte. Er wollte sich entleeren, sich übergeben. Schweißtropfen rannen ihm trotz des kalten Nachtwinds über das Gesicht. Säure brannte scharf in seinem Mund. Er hätte sich am liebsten hingelegt und wäre gestorben. Er wünschte sich, Nynaeve würde ihm eines ihrer Medikamente geben oder Moiraine würde ihn heilen oder… Etwas, irgend etwas, um diese Übelkeit zu besiegen, die ihn erstickte.

Aber *Saidin* überschwemmte ihn auch mit Leben, Leben und Energie und Bewußtsein, die durch die

Übelkeit hindurchdrangen. Leben ohne Saidin war nur ein schwacher Abklatsch des wirklichen Lebens. *Aber sie können mich finden, wenn ich so weitermache. Meine Spuren suchen und mich finden. Ich muß Teur erreichen. Dort werde ich es herausfinden. Wenn ich der Drache bin, werde ich dem ein Ende machen. Und wenn nicht ... Wenn alles nur eine Lüge ist, dann wird es ebenfalls ein Ende finden. Ein Ende.*

Zögernd und unendlich langsam brach er den Kontakt zu *Saidin* ab, gab diese sanfte Umarmung auf, als höre er mit Atmen auf. Die Nacht erschien ihm armselig. Die Schatten verloren ihre scharf umrissenen Abstufungen und verschwammen ineinander.

In der Ferne, im Westen, heulte ein Hund. Das schaurige Heulen zerriß die Nacht.

Rands Kopf fuhr hoch. Er spähte in diese Richtung, als könne er den Hund sehen, wenn er sich nur anstrengte.

Ein zweiter Hund antwortete dem ersten, dann noch einer, zwei weitere zusammen, und alles dort draußen irgendwo westlich von ihm.

»Jagt mich«, fauchte Rand. »Jagt mich, wenn ihr wollt. Ich bin keine leichte Beute. Nicht mehr!«

Er stieß sich von dem Baum ab, watete durch einen seichten, eiskalten Bach und schritt dann gleichmäßig aus, nach Osten zu. Kaltes Wasser füllte seine Stiefel und seine Seite schmerzte, doch er ignorierte beides. Die Nacht hinter ihm war wieder ruhig, aber auch das ignorierte er. *Jagt mich doch. Ich kann auch jagen. Ich bin keine leichte Beute.*

KAPITEL 10

Geheimnisse

Einen Augenblick lang vergaß Egwene al'Vere ihre Begleitung und stellte sich in den Steigbügeln auf, um einen Blick auf das ferne Tar Valon zu erhaschen. Doch alles, was sie sehen konnte, war ein verschwommener Fleck, der weiß im Sonnenschein schimmerte. Es mußte aber schon die Stadt auf der Insel sein. Der einsame Berg mit dem zerrissenen Gipfel, den man den Drachenberg nannte, war am Spätnachmittag des Vortags zuerst sichtbar geworden. Da hatten sie sich bereits auf dieser Seite des Erinin befunden. Dieser Berg, der sich wie ein abgebrochener Zahn aus der hügeligen Ebene erhob, war völlig unverkennbar. Man sah ihn auf viele Meilen im Umkreis und die Menschen mieden ihn; selbst diejenigen, die nach Tar Valon unterwegs waren.

Am Drachenberg war Lews Therin Telamon gestorben, sagte man. Noch weiteres war über diesen Berg geweissagt worden: Prophezeiung und Warnung zugleich. Genug Gründe, um sich von seinen schwarzen Abhängen fernzuhalten.

Sie allerdings hatte Gründe, ihm nicht fernzubleiben; und mehr als nur einen. Nur in Tar Valon konnte sie die Ausbildung erhalten, die sie benötigte, die sie erhalten mußte. *Ich lasse mir nie wieder ein Halsband anlegen!* Sie verdrängte den Gedanken, aber er kehrte in genau umgekehrter Bedeutung zurück. *Ich werde nie wieder meine Freiheit aufs Spiel setzen!* In Tar Valon würde Anaiya wieder damit beginnen, ihre Träume zu erforschen. Das mußte die Aes Sedai tun, obwohl sich bisher kein Beweis dafür gefunden hatte, daß Egwene zu den seltenen Träumern gehörte, wie Anaiya vermutete. Egwenes Träume waren beunruhigend gewesen, seit sie die Ebene von Almoth verlassen hatte. Ganz davon abgesehen, daß sie immer noch von den Seanchan träumte und dann schweißgebadet aufwachte, träumte sie nun mehr und mehr von Rand. Rand, der weglief. Der auf irgend etwas zurannte und gleichzeitig auch vor irgend jemandem wegrannte.

Sie spähte angestrengt hinüber nach Tar Valon. Dort war Anaiya. *Und vielleicht auch Galad.* Unwillkürlich errötete sie und verdrängte ihn dann ganz und gar aus ihren Gedanken. *Denk an das Wetter. Denk an irgend etwas. Licht, aber das ist ein warmes Gefühl.* Zu dieser frühen Jahreszeit, wo der Winter noch gestern geherrscht hatte, war der Drachenberg mit einer weißen Kappe überzogen, doch hier unten war aller Schnee längst geschmolzen. Die ersten grünen Sprossen schoben sich durch das Braun des verfilzten Grases aus dem letzten Jahr, und wo hier und da ein Hügel von einem Baum gekrönt wurde, sah man auch bereits das Rot neuer Schößlinge. Es tat gut, diese Anzeichen des Vorfrühlings zu sehen. Den Winter hatten sie mehr oder weniger auf den Pferden verbracht, waren manchmal im Lager oder in einem Dorf durch Schneestürme tagelang eingeschlossen gewesen. Dann wieder waren sie kaum vorwärtsgekommen, weil die Pferde sich bis zum Bauch durch Schneewehen kämpfen mußten. Bei gutem Wetter wären sie zu Fuß an einem halben Tag weiter gekommen als unter diesen Umständen an einem ganzen.

Egwene schob ihren dicken Wollumhang beiseite und ließ sich wieder in den hochgezogenen Sattel zurückfallen. Ungeduldig strich sie ihren Rock glatt. Ihre dunklen Augen blickten angeekelt drein. Sie hatte dieses Kleid schon viel zu lange getragen. Es war geschlitzt – sie hatte es selbst abgenäht –, damit sie besser reiten konnte. Das einzige andere Kleid in ihrem Besitz war allerdings noch abgetragener. Und dann auch noch die gleiche Farbe, das gleiche Dunkelgrau, wie die Gefesselten es trugen. Doch sie hatte vor Wochen, bei ihrem Aufbruch nach Tar Valon, keine andere Wahl gehabt als eben dieses Dunkelgrau.

»Ich schwöre, ich werde niemals mehr Grau tragen, Bela«, erklärte sie ihrer zerzausten Stute, wobei sie deren Hals tätschelte. *Nicht, daß ich eine Wahl hätte, sobald ich einmal in der Weißen Burg bin,* dachte sie. In der Burg trugen alle Novizinnen Weiß.

»Führst du wieder Selbstgespräche?« fragte Nynaeve. Ihr brauner Wallach schob sich näher heran. Die beiden Frauen waren gleich groß und gleich angezogen, doch die unterschiedlichen Pferde ließen die frühere Seherin von Emondsfeld einen Kopf größer erscheinen. Nynaeve zog nun die Augenbrauen hoch und zupfte an dem dicken Zopf dunklen Haares, der ihr über die Schulter hing. So blickte sie immer drein, wenn sie besorgt war oder manchmal, wenn sie selbst für ihre Verhältnisse besonders stur sein wollte. Ein Schlangenring am Finger zeigte, daß sie zu den Auserwählten zählte. Sie war Egwene einen langen Schritt voraus, aber trotzdem noch keine volle Aes Sedai. »Du solltest besser aufpassen.«

Egwene hielt den Mund, obwohl sie eigentlich erwidern wollte, daß sie nach Tar Valon Ausschau gehalten habe. *Hat sie geglaubt, ich stehe in den Steigbügeln, weil mir mein Sattel nicht gefällt?* Nynaeve schien viel zu oft zu vergessen, daß sie nicht mehr die Seherin von Emondsfeld war und Egwene kein Kind mehr. *Aber sie trägt den Ring und ich – noch! – keinen. Für sie bedeutet das: Es hat sich gar nichts geändert!*

»Fragst du dich auch, wie Moiraine wohl Lan behandeln mag?« fragte sie in süßem Tonfall und erlebte einen vergnüglichen Moment, als Nynaeve hart an ihrem Zopf riß. Das Vergnügen verflog ihr aber schnell.

Solche Spitzen lagen ihr nicht, und sie wußte, daß Nynaeves Gefühle dem Behüter gegenüber so wirr waren wie ein Wollknäuel, nachdem ein Kätzchen in den Wollkorb gefallen war. Doch Lan war kein Kätzchen, und Nynaeve würde sich etwas einfallen lassen müssen, bevor seine Sturheit und unerschütterliche Würde sie einmal so wild machten, daß sie ihn umbrachte.

Sie waren zu sechst, alle einfach angezogen, so daß sie in den Dörfern und kleinen Städten an ihrem Weg nicht auffielen. Und doch stellten sie vielleicht die eigenartigste Gesellschaft dar, die in jüngerer Zeit die Caralain-Steppe überquert haben mochte. Vier von ihnen waren Frauen, und einer der Männer lag auf einer zwischen zwei Pferden aufgehängten Trage. Die Packpferde trugen außerdem noch leichte Lasten mit Vorräten für die langen Strecken zwischen den Dörfern, die sie zurücklegen mußten. *Sechs Menschen,* dachte Egwene, *und wie viele Geheimnisse?* Sie alle hatten einige davon, die sie wohl auch im Weißen Turm würden wahren müssen. *Das Leben zu Hause war einfacher.*

»Nynaeve, glaubst du, daß es Rand gut geht? Und Perrin?« fügte sie hastig hinzu. Sie konnte es sich nicht mehr leisten, immer noch vorzugeben, daß sie eines Tages Rand heiraten würde; es wäre nur noch eine Selbsttäuschung. Es gefiel ihr nicht – sie hatte sich noch nicht damit abgefunden –, aber es war ihr klar.

»Deine Träume? Haben sie dich wieder geplagt?« Nynaeves Stimme klang besorgt, aber Egwene war nicht in der Stimmung, um Sympathiebekundungen entgegenzunehmen.

Sie bemühte sich, ihre Stimme so normal wie möglich klingen zu lassen: »Den Gerüchten nach, die wir gehört haben, kann ich nicht sagen, was wirklich vorgeht. Alles, was ich weiß, ist so verdreht, so falsch.«

»Alles ist schiefgegangen, seit Moiraine in unsere Leben kam«, sagte Nynaeve grob. »Perrin und Rand...« Sie zögerte und verzog das Gesicht. Egwene dachte sich, daß Nynaeve bestimmt glaube, alles, was aus Rand geworden war, sei Moiraines Werk. »Sie müssen eben jetzt auf sich selbst aufpassen. Ich fürchte, wir haben unsere eigenen Sorgen. Irgend etwas stimmt nicht. Ich kann es ... fühlen.«

»Weißt du, was?« fragte Egwene.

»Es ist beinahe wie ein Sturm.« Nynaeves dunkle Augen betrachteten den Morgenhimmel, der sich klar und blau über ihnen spannte. Nur ein paar vereinzelte Wolken waren zu sehen. Sie schüttelte den Kopf wieder. »Als ob sich ein Sturm nähert.« Nynaeve hatte schon immer das Wetter vorhersagen können. ›Dem Wind lauschen‹ nannte man das, und man erwartete von der Seherin eines Dorfes, daß sie diese Fähigkeit besaß, obwohl viele das nicht konnten. Doch seit sie Emondsfeld verließen, waren Nynaeves Fähigkeiten gewachsen oder hatten sich geändert. Die Stürme, die sie nun manchmal kommen fühlte, hatten eher mit Menschen zu tun als mit dem Wetter.

Egwene biß sich nachdenklich auf die Unterlippe. Sie konnten es sich nicht leisten, sich nun, so kurz vor Tar Valon, aufhalten zu lassen. Um Mats willen und aus Gründen, von denen sie wußte, daß sie wichtiger waren als das Leben eines Dorflümmels, eines Jugendfreundes. Doch diese Gründe zählten nicht für ihr Herz. Sie sah die anderen an und fragte sich, ob sie etwas bemerkt hatten.

Verin Sedai, klein und mollig und ganz in Brauntöne gekleidet, ritt offensichtlich gedankenverloren voran. Sie hatte die Kapuze ihres Umhanges nach vorn gezogen, so daß sie ihr Gesicht fast ganz verdeckte. Ihr Pferd bestimmte das Tempo, nicht sie. Sie gehörte zu den Braunen Ajah, und den Braunen Schwestern lag gewöhnlich mehr an der Suche nach Wissen als an den Dingen der Welt um sie herum. Egwene war sich allerdings bei Verin nicht so sicher. Verin hatte sich als ihre Begleiterin engagiert in die Angelegenheiten der Welt eingemischt.

Elayne war gleich alt wie Egwene und auch Novizin, doch sie hatte goldenes Haar und, im Gegensatz zu Egwenes dunklen, blaue Augen. Sie ritt hinten neben der Trage, auf der Mat bewußtlos lag. Sie war in das gleiche Grau gekleidet wie Egwene und Nynaeve und betrachtete Mat mit der gleichen besorgten Miene wie sie alle. Mat war nun schon drei Tage lang nicht aufgewacht. Der hagere, langhaarige Mann, der an der anderen Seite der Trage ritt, schien überallhin gleichzeitig blicken zu wollen, aber ohne daß es jemand bemerkte. Die Falten in seinem Gesicht traten stärker hervor, wenn er sich konzentrierte.

»Hurin«, sagte Egwene, und Nynaeve nickte. Sie ließen ihre Pferde langsamer voranschreiten und die Trage holte auf. Verin zockelte vornweg.

»Fühlst du etwas, Hurin?« fragte Nynaeve. Elayne hob den mit einem Mal eindringlichen Blick von Mats Bahre.

Als alle drei ihn anblickten, rutschte der hagere Mann im Sattel hin und her und rieb sich einen Flügel seiner langen Nase. »Schwierigkeiten«, sagte er lakonisch und gleichzeitig zögernd. »Ich glaube, wir … bekommen Schwierigkeiten.«

Er hatte für den König von Schienar Diebe aufspüren müssen und trug nicht den üblichen Haarknoten der schienarischen Krieger, doch das kurze Schwert und der Schwertbrecher an seinem Gürtel waren alt und abgenützt. Jahre der Erfahrung schienen ihm das Talent verliehen zu haben, Übeltäter aufzuspüren, besonders solche, die Gewalt angewandt hatten.

Zweimal hatte er sie auf ihrer Reise angewiesen, ein Dorf wieder zu verlassen, obwohl sie sich erst weniger als eine Stunde lang dort aufhielten. Beim erstenmal hatten sich alle geweigert, weil sie zu müde waren, doch bevor die Nacht vorüber war, hatten der Wirt und zwei andere Männer aus dem Dorf versucht, sie in ihren Betten zu ermorden. Das waren nur einfache Diebe und keine Schattenfreunde gewesen. Sie wollten lediglich ihre Pferde und alles das stehlen, was sie in den Satteltaschen und Bündeln hatten. Aber der Rest des Dorfes wußte Bescheid und betrachtete offensichtlich Fremde als legitime Beute. Sie waren gezwungen gewesen, vor einem mit Axtstielen und Mistgabeln bewaffneten Mob zu fliehen. Beim zweitenmal gab Verin sofort den Befehl weiterzureiten, als Hurin seinen Rat ausgesprochen hatte.

Doch der Spürhund des schienarischen Königs war immer vorsichtig in seinen Äußerungen seinen Begleiterinnen gegenüber. Nur bei Mat nicht, damals, als Mat noch sprechen konnte. Da hatten die beiden miteinander gescherzt und Würfel gespielt, wenn die Frauen nicht gerade in der Nähe waren. Egwene glaubte, er fühle sich so allein einfach nicht wohl bei einer Aes Sedai und drei Frauen, die sich auf diese Rolle vorbereiteten. Manchen Männern fiel es leichter, in einen Kampf zu gehen, als einer Aes Sedai gegenüberzustehen.

»Welche Art von Schwierigkeiten?« fragte Elayne.

Sie sprach leichthin, doch ihre Stimme klang so zwingend, verlangte so eindeutig nach einer schnellen und klaren Antwort, daß Hurin den Mund öffnete: »Ich rieche ...« Er brach ab und blinzelte überrascht. Sein Blick wanderte unstet von einer Frau zur anderen. »Nur ein Gefühl«, sagte er schließlich. »Eine ... Vorahnung. Ich habe gestern und heute Spuren gesehen. Eine Menge Pferde. Zwanzig oder dreißig in der einen Richtung und zwanzig oder dreißig, die in die entgegengesetzte Richtung ritten. Das macht mich stutzig. Das ist alles. Nur ein Gefühl. Aber ich sehe Schwierigkeiten kommen.«

Spuren? Egwene hatte sie nicht bemerkt. Nynaeve

sagte in scharfem Ton: »Ich habe daran nichts Beunruhigendes entdecken können.« Nynaeve war stolz darauf, eine ebenso gute Kundschafterin zu sein wie die besten unter den Männern. »Sie waren bereits mehrere Tage alt. Wieso glaubt Ihr, daß es von daher Schwierigkeiten geben könnte?«

»Ich glaube es einfach«, sagte Hurin bedächtig, als wolle er eigentlich mehr sagen. Er senkte den Blick, rieb sich die Nase und atmete tief ein. »Es ist lange her, daß wir durch ein Dorf kamen«, brummte er. »Wer weiß, welche Nachrichten aus Falme uns bereits voraneilen? Wir erhalten vielleicht kein so herzliches Willkommen, wie wir es erwarten. Ich glaube, diese Männer könnten Räuber und Mörder sein. Wir müssen aufpassen, denke ich. Wenn Mat auf den Beinen wäre, würde ich den Weg voraus erkunden, aber vielleicht ist es das beste, wenn ich Euch nicht allein lasse.«

Nynaeve zog die Augenbrauen hoch. »Glaubt Ihr, wir können nicht auf uns selbst aufpassen?«

»Die Eine Macht bringt Euch nichts, wenn jemand Euch tötet, bevor Ihr sie anwenden könnt«, sagte Hurin in Richtung seines hochgezogenen Sattelhorns. »Verzeiht mir, aber ich glaube, ich ... werde eine Weile bei Verin Sedai vorn mitreiten.« Er ließ sein Pferd die Fersen spüren und galoppierte nach vorn, bevor eine von ihnen etwas sagen konnte.

»Das ist ja eine Überraschung«, sagte Elayne, als Hurin sein Pferd dicht bei der Braunen Schwester verhielt. Verin schien ihn genausowenig zu bemerken wie alles um sie herum, und er schien es zufrieden. »Er hat sich immer so weit wie möglich von Verin ferngehalten, seit wir die Toman-Halbinsel verließen. Er sieht sie immer an, als fürchte er, was sie sagen könnte.«

»Die Aes Sedai zu respektieren heißt noch lange nicht, daß er keine Angst vor ihnen hat«, sagte Nynaeve und fügte dann zögernd hinzu: »Vor uns.«

»Wenn er glaubt, daß es Schwierigkeiten geben

könnte, sollten wir ihn als Kundschafter losschicken.« Egwene atmete tief durch und sah die beiden anderen Frauen so ruhig wie möglich an. »Wenn es zu einer Auseinandersetzung kommt, können wir uns selbst besser verteidigen als er, und wenn er hundert Soldaten dabei hätte.«

»Das weiß er aber nicht«, sagte Nynaeve unnachgiebig, »und ich werde es ihm auch nicht auf die Nase binden. Auch sonst niemandem.«

»Ich kann mir vorstellen, was Verin davon hielte.« Elayne hörte sich ängstlich an. »Ich wünschte, ich hätte eine Ahnung, wieviel sie tatsächlich weiß. Egwene, ich weiß nicht, ob meine Mutter mir helfen könnte, wenn die Amyrlin alles herausfände, und euch beiden noch weniger. Oder ob sie es überhaupt versuchen würde.« Elaynes Mutter war die Königin von Andor. »Sie selbst konnte nur ein klein wenig von der Anwendung der Macht lernen, bevor sie die Weiße Burg verließ, auch wenn sie danach so lebte, als sei sie eine der Schwestern.«

»Wir können nicht auf Morgase hoffen«, sagte Nynaeve. »Sie ist in Caemlyn, und wir werden bald in Tar Valon sein. Nein, wir dürften schon genug Schwierigkeiten bekommen, weil wir uns unerlaubt davonschlichen, gleich, was wir mit zurückbringen. Es ist das beste, wenn wir uns unauffällig verhalten und demütig tun. Wir dürfen nicht mehr Aufmerksamkeit erregen, als wir schon haben.«

Ein andermal hätte Egwene über die Vorstellung gelacht, Nynaeve könne Demut vorgeben. Selbst Elayne brachte das noch besser fertig. Doch zur Zeit war ihr nicht nach Lachen zumute. »Und wenn Hurin recht hat? Wenn wir angegriffen werden? Er kann uns nicht gegen zwanzig oder dreißig Mann beschützen, und wenn wir darauf warten, daß Verin etwas unternimmt, sind wir wohl tot. Du hast gesagt, du fühltest einen Sturm kommen, Nynaeve.«

»Tatsächlich?« sagte Elayne. Rotgoldene Locken flogen, als sie den Kopf schüttelte. »Es wird Verin nicht gefallen, wenn wir…« Sie ließ die Worte verklingen. »Ob es Verin gefällt oder nicht – wir müssen es vielleicht tun.«

»Ich werde alles Notwendige tun«, sagte Nynaeve in scharfem Tonfall, »falls etwas zu tun ist. Und ihr beiden werdet wegrennen, wenn es notwendig wird. Die Weiße Burg mag ja von euren Fähigkeiten begeistert sein, aber glaubt ja nicht, daß sie euch keiner Dämpfung unterziehen werden, wenn die Amyrlin oder der Rat es für notwendig halten.«

Elayne hatte daran schwer zu schlucken. »Wenn sie uns deswegen einer Dämpfung unterziehen«, sagte sie mit schwacher Stimme, »dann bist du auch dran. Wir sollten gemeinsam wegrennen oder gemeinsam handeln. Hurin hat auch zuvor schon recht behalten. Wenn wir überleben wollen, damit wir in der Burg in Schwierigkeiten kommen können, müssen wir wohl… das Notwendige tun.«

Egwene schauderte. Von *Saidar* abgeschnitten zu werden, der weiblichen Hälfte der Wahren Quelle. Wenigen Aes Sedai nur war diese Strafe zuteil geworden, und doch gab es Handlungen, die in der Burg durch die Dämpfung bestraft wurden. Von den Novizinnen verlangte man, daß sie die Namen aller Aes Sedai auswendig lernten und auch ihre Verbrechen natürlich, die so bestraft worden waren.

Sie spürte ständig die Quelle, gerade jenseits ihrer bewußten Wahrnehmungen, so wie sie die Sonne fühlte, die zu Mittag von hinten auf ihre Schultern brannte. Obwohl sie oftmals ins Leere griff, wenn sie *Saidar* berühren wollte, hatte sie immer den Wunsch, die Quelle zu erreichen. Je mehr sie *Saidar* berührte, desto stärker wurde auch der Wunsch danach, die ganze Zeit über, ganz gleich, was Sheriam Sedai, die Aufseherin über die Novizinnen, von den Gefahren erzählte, wenn man sich zu sehr nach dem Gefühl der Einen Macht sehnte. Davon abgeschnitten zu werden, immer noch fähig, *Saidar* zu spüren, es aber nie mehr berühren zu können…

Die anderen schienen bei dem Gedanken auch nicht gesprächiger zu werden.

Um ihr Zittern zu verbergen, beugte sie sich hinunter zu der sanft schaukelnden Trage. Mats Decken waren verrutscht und hatten den Blick auf einen gekrümmten Dolch in einer goldenen Scheide freigegeben, den er in einer Hand hielt. Der Griff war mit einem Rubin von der Größe eines Taubeneis verziert. Sie hütete sich, den Dolch zu berühren, und zog die Decken wieder zurück über seine Hand. Er war nur wenige Jahre älter als sie, aber seine eingefallenen Wangen und die fahle Haut ließen ihn viel älter erscheinen. Seine Brust hob sich kaum bei seinen rauhen Atemzügen. Zu seinen Füßen lag ein voller Ledersack. Sie zog auch über den die Decke. *Wir müssen Mat in die Burg bringen,* dachte sie. *Und den Sack.* Auch Nynaeve beugte sich hinunter und fühlte nach Mats Stirn. »Sein Fieber wird schlimmer.« Sie klang besorgt. »Wenn ich nur ein wenig Sorgenfreiwurzel dabei hätte oder Fieberbann.«

»Und wenn Verin wieder versuchte, ihn mit Hilfe der Macht zu heilen?« warf Elayne ein.

Nynaeve schüttelte den Kopf. Sie strich über Mats Haar und seufzte. Dann richtete sie sich wieder auf. »Sie sagt, sie könne nicht mehr tun, als ihn gerade noch am Leben halten, und das glaube ich ihr. Ich … ich habe gestern abend auch versucht, ihn mit Hilfe der Macht zu heilen, aber es ist nichts dabei herausgekommen.«

Elayne schnappte nach Luft. »Sheriam Sedai sagt, wir dürfen keine Heilung versuchen, bis wir jeden einzelnen Schritt hundertmal geübt haben!«

»Du hättest ihn umbringen können!« sagte Egwene scharf.

Nynaeve schniefte laut. »Ich habe schon Heilungen

fertiggebracht, bevor ich je daran dachte, nach Tar Valon zu gehen. Ich wußte nicht einmal, was ich tat. Aber es scheint, daß ich meine Medikamente dazu brauche, wenn es wirken soll. Wenn ich nur etwas Fieberbann hätte. Ich glaube nicht, daß noch viel Zeit übrig bleibt. Vielleicht nur noch Stunden.«

Egwene glaubte herauszuhören, daß sie wohl genauso unglücklich darüber sei, woher sie das wußte und auf welche Art sie es festgestellt hatte, wie über Mats Zustand selbst. Sie fragte sich erneut, warum Nynaeve eigentlich beschlossen hatte, zur Ausbildung nach Tar Valon zu gehen. Sie hatte ganz unbewußt gelernt, die Macht zu lenken, auch wenn sie nicht immer alles unter Kontrolle halten konnte, und sie hatte die Krise überstanden, die drei von vier Frauen umbrachte, wenn sie ohne die Anleitung der Aes Sedai sich der Macht zu bedienen lernten. Nynaeve behauptete, sie wolle eben mehr lernen, aber sie zögerte oftmals derart und wirkte dann eher wie betäubt …

»Wir haben ihn bald in der Weißen Burg«, sagte Egwene. »Dort können sie ihn heilen. Die Amyrlin wird sich um ihn kümmern. Sie wird sich überhaupt um alles kümmern.« Sie blickte nicht zu dem Fleck hinüber, wo Mats Decken den Sack bedeckten. Die beiden anderen Frauen mieden ebenfalls bewußt jeden Blick in diese Richtung. Es gab Geheimnisse, die sie alle nur zu gern loswerden wollten.

»Reiter«, sagte Nynaeve plötzlich, aber Egwene hatte sie auch bereits gesehen. Zwei Dutzend Männer erschienen auf einer kleinen Erhebung vor ihnen. Weiße Umhänge flatterten, als sie in einem Bogen auf sie zu galoppierten.

»Kinder des Lichts«, sagte Elayne, und sie sprach es wie einen Fluch aus. »Ich denke, hier haben wir deinen Sturm und Hurins Schwierigkeiten.«

Verin hatte ihr Pferd angehalten und eine Hand auf Hurins Arm gelegt, damit er sein Schwert nicht ziehen konnte. Egwene berührte das vordere der beiden Pferde, zwischen denen die Trage hing, damit es gleich hinter der rundlichen Aes Sedai stehenblieb.

»Laßt nur mich sprechen, Kinder«, sagte die Aes Sedai gelassen. Sie schob ihre Kapuze zurück und enthüllte das Grau ihrer Haare. Egwene war nicht sicher, wie alt Verin wirklich war. Alt genug auf jeden Fall für eine Großmutter, doch die grauen Strähnen waren das einzige Anzeichen von Alter, das die Aes Sedai zeigte. »Und was ihr auch tut, gestattet es ihnen nicht, euch zu provozieren.«

Verins Gesicht blieb genauso ruhig wie ihre Stimme, aber Egwene glaubte gesehen zu haben, wie sie nach Tar Valon hinüberblickte, um die Entfernung abzuschätzen. Die Turmspitzen waren jetzt sichtbar und eine hohe Brücke, die sich über den Fluß zur Insel spannte, hoch genug, damit die Handelsschiffe unter vollen Segeln darunter hindurchfahren konnten.

Nahe genug, um es sehen zu können, dachte Egwene, *doch zu fern, um uns zu helfen.*

Einen Augenblick lang wußte sie nicht, ob die herankommenden Weißmäntel nicht wirklich angreifen wollten, doch dann hob ihr Anführer eine Hand, und sie hielten alle auf einmal kaum vierzig Schritt entfernt von ihnen an. Staub und Schmutz spritzte beim Anhalten vor den Hufen ihrer Pferde auf.

Nynaeve knurrte wütend etwas und Elayne setzte sich stolz kerzengerade im Sattel auf. Sie schien im nächsten Augenblick die Weißmäntel ihrer schlechten Manieren wegen beschimpfen zu wollen. Hurin hielt noch immer seinen Schwertgriff gepackt. Er schien bereit, sich zwischen die Frauen und die Weißmäntel zu werfen, gleich, was Verin gesagt hatte. Verin fächelte sich derweil milde lächelnd den Staub vor dem Gesicht weg. Die Reiter in den weißen Umhängen bildeten einen Bogen um sie und versperrten ihnen den Weg vollständig.

Ihre Brustpanzer und die kegelförmigen Helme schimmerten, so gut waren sie geputzt, und selbst die Metallschuppen an ihren Armen glänzten noch. Jeder Mann hatte auf der Brust eine strahlende goldene Sonnenscheibe. Einige legten Pfeile auf. Sie hoben wohl die Bögen nicht, hielten sie aber kampfbereit. Ihr Anführer war ein junger Mann, und doch trug er schon die beiden goldenen Knoten, die seinen hohen Rang auswiesen, unter der Sonne auf seinem Umhang.

»Zwei Hexen aus Tar Valon, wenn mich meine Augen nicht täuschen, oder?« sagte er mit einem angespannten Lächeln, das sein schmales Gesicht kaum berührte. Sein Blick war von Arroganz überschattet, als wisse er etwas, was die anderen zu sehen zu dumm waren. »Und zwei Hühnchen und ein Paar Wachhunde, einer krank und der andere alt.« Hurin schäumte, doch Verins Hand hielt ihn zurück. »Wo kommt ihr her?« wollte der Weißmantel wissen.

»Wir kommen aus dem Westen«, sagte Verin gelassen. »Geht uns aus dem Weg und laßt uns weiterreiten. Die Kinder des Lichts haben hier keine Befehlsgewalt.«

»Die Kinder haben überall Befehlsgewalt, wo das Licht ist, und wo kein Licht ist, bringen wir es hin. Beantwortet meine Fragen! Oder muß ich Euch in mein Lager und zu den Zweiflern bringen lassen, damit die Euch befragen?«

Sie konnten sich Mats wegen keine weitere Verzögerung leisten. Ihm mußte in der Weißen Burg geholfen werden. Und was noch wichtiger war, obwohl Egwene bei dem Gedanken innerlich zusammenzuckte, daß es wichtiger sei als Mat: Sie konnten den Inhalt des Sacks nicht in die Hände der Weißmäntel fallen lassen.

»Ich habe Euch geantwortet«, sagte Verin immer noch in ruhigem Tonfall, »und höflicher, als Ihr verdient. Glaubt Ihr wirklich, Ihr könntet uns aufhalten?« Einige der Weißmäntel hoben erzürnt ihre Bögen, als habe sie eine Drohung geäußert, doch sie fuhr mit gleichmäßiger Stimme fort: »In einigen Ländern gibt man vielleicht Eurer Drohungen wegen nach, aber nicht hier in Sichtweite von Tar Valon. Glaubt Ihr im Ernst, daß man Euch an diesem Ort gestatten wird, Aes Sedai zu entführen?«

Der Offizier rutschte unsicher im Sattel umher, als hege er plötzlich Zweifel daran, seine eigenen Forderungen durchsetzen zu können. Dann blickte er zu seinen Männern zurück – entweder um bei ihnen Rückhalt zu gewinnen, oder weil er sich daran erinnerte, daß sie ihn beobachteten – und brachte sich wieder unter Kontrolle. »Ich fürchte Eure Schattenfreund-Methoden nicht, Hexe. Antwortet mir, oder Ihr antwortet den Zweiflern.« Es klang aber nicht so entschlossen wie vorher.

Verin öffnete den Mund, als wolle sie ein wenig Konversation machen, doch bevor sie etwas sagen konnte, warf Elayne mit einer wahren Kommandostimme ein: »Ich bin Elayne, die Tochter-Erbin von Andor. Wenn Ihr nicht sofort Platz macht, werdet Ihr es mit Königin Morgase zu tun bekommen, Weißmantel!« Verin zischte frustriert durch die Zähne.

Der Weißmantel blickte einen Moment lang verblüfft drein, aber dann lachte er. »Das glaubt Ihr vielleicht, ja? Möglicherweise werdet Ihr feststellen, daß Morgase die Hexen gar nicht mehr so sehr liebt, Mädchen. Wenn ich Euch denen wegnehme und zu ihr zurückbringe, wird sie mir dafür dankbar sein. Der Lordhauptmann Eamon Valda würde gern mit Euch sprechen, Tochter-Erbin von Andor.« Er hob eine Hand. Egwene wußte nicht, ob er es nur als Geste verstanden haben wollte oder seinen Männern ein Zeichen gab. Einige der Weißmäntel strafften ihre Zügel.

Wir können nicht mehr warten, dachte Egwene. *Ich lasse mich nicht noch einmal in Ketten legen!* Sie öffnete sich dem Fluß der Einen Macht. Es war einfach für sie, und nachdem sie ja nun einige Übung hatte, ging es auch viel schneller als beim erstenmal. Ein Herzschlag, und ihr Geist war von allem geleert außer einer einzelnen Rosenknospe, die in der Leere schwebte. Sie war die Rosenknospe und öffnete sich dem Licht, öffnete sich *Saidar,* der weiblichen Hälfte der Wahren Quelle. Die Macht durchströmte sie und drohte, sie wegzuschwemmen. Es war, als sei sie mit Licht gefüllt, eins mit dem Licht in strahlender, überwältigender Ekstase. Sie kämpfte dagegen an, überwältigt zu werden, und konzentrierte sich auf den Boden vor dem Pferd des Weißmantel-Offiziers. Ein kleiner Fleck Bodens nur, denn sie wollte niemanden töten. *Mich bekommt Ihr nicht!* Die Hand des Mannes bewegte sich noch immer aufwärts. Aufbrüllend explodierte der Boden vor ihm, und eine Fontäne von Erdbrocken und Steinen erhob sich bis über seinen Kopf. Wiehernd bäumte sich sein Pferd auf, und er fiel wie ein Sack aus dem Sattel.

Bevor er noch am Boden lag, lenkte Egwene ihre Aufmerksamkeit auf die anderen Weißmäntel, und eine weitere kleine Explosion zerfetzte den Boden vor ihnen. Bela tänzelte zur Seite, aber sie kontrollierte die Stute völlig unbewußt durch Zügel und Schenkeldruck. Obwohl sie in die Leere gehüllt war, war sie überrascht über eine dritte Explosion, die nicht ihr Werk war, und eine vierte. Ganz entfernt war sie sich Nynaeves und Elaynes bewußt, die beide in das Glühen gehüllt waren, das ihr sagte, auch sie hatten *Saidar* erfaßt, seien von *Saidar* erfaßt worden. Diese Aura konnte nur eine Frau bemerken, die selbst die Macht lenken konnte, aber die Auswirkungen waren für jeden sichtbar. Explosionen scheuchten die Weißmäntel nach allen Seiten weg und überschütteten sie mit Erdbrocken. Der Lärm schüttelte sie durch und ließ ihre Pferde durchgehen.

Hurin sah sich mit offenem Mund um. Er war offensichtlich nicht weniger verängstigt als die Weißmäntel. Doch er hielt die Packpferde und sein eigenes Reittier davon ab, ebenfalls durchzugehen. Verin riß die Augen auf vor Erstaunen und Zorn. Ihr Mund bewegte sich lebhaft, doch ihre Worte gingen in dem Aufdonnern unter.

Und dann rannten die Weißmäntel davon. Einige ließen in panischer Angst die Bögen fallen und galoppierten los, als sei ihnen der Dunkle König selbst auf den Fersen. Alle, bis auf den jungen Offizier, der sich mühsam vom Boden erhob. Mit gesenkten Schultern starrte er Verin an. Das Weiße seiner Augen zeigte sich deutlich. Sein weißer Umhang und das Gesicht waren verdreckt, doch das schien er nicht zu bemerken. »Dann tötet mich doch, Hexe!« sagte er mit zitternder Stimme. »Los doch. Tötet mich, so wie Ihr meinen Vater umgebracht habt!«

Die Aes Sedai ignorierte ihn. Ihre Aufmerksamkeit galt allein ihrer Begleitung. Als hätten auch sie ihren Offizier vergessen, verschwanden die fliehenden Weißmäntel über die gleiche Anhöhe, auf der sie zuerst erschienen waren – alle zugleich, und sie blickten nicht zurück. Das Pferd des Offiziers galoppierte mit ihnen mit.

Unter Verins wütendem Blick ließ Egwene *Saidar* fahren, wenn auch nur langsam und unwillig. Das war immer sehr schwierig. Das Glühen um Nynaeve löste sich noch langsamer. Nynaeve blickte den Weißmantel vor ihnen finster an, als sei er noch zu irgendeinem hinterhältigen Manöver fähig. Elayne dagegen wirkte erschrocken über das, was sie getan hatte.

»Was ihr getan habt«, begann Verin, und dann unterbrach sie sich und holte erst mal tief Luft. Ihr Blick erfaßte alle drei jungen Frauen. »Was ihr getan habt, ist eine Freveltat! Ein Frevel! Eine Aes Sedai benützt die Macht nicht als Waffe, außer gegen Abkömmlinge des Schattens und in der letzten Not, um nicht getötet zu werden. Die Drei Eide ...«

»Sie waren dabei, uns umzubringen«, fiel ihr Nynaeve hitzig ins Wort. »Uns umzubringen oder zu verschleppen und zu foltern. Er gab das Signal dazu!«

»Wir … wir haben die Macht nicht direkt als Waffe verwandt, Verin Sedai.« Elayne hielt den Kopf hoch erhoben, aber ihre Stimme zitterte. »Wir haben niemanden verletzt und es auch gar nicht versucht. Sicher …«

»Versucht keine Haarspaltereien mit mir!« fauchte Verin. »Wenn ihr volle Aes Sedai werdet – falls das jemals geschehen sollte –, werdet ihr die Drei Eide befolgen müssen, aber man erwartet auch von Novizinnen, daß sie sich bemühen, sich so zu verhalten, als hätten sie bereits die Eide abgelegt!«

»Was wird mit ihm?« Nynaeve deutete auf den Weißmantel-Offizier, der immer noch wie betäubt auf dem gleichen Fleck stand. Ihre Gesichtshaut war wie ein Trommelfell gespannt. Sie schien beinahe genauso zornig zu sein wie die Aes Sedai. »Er wollte uns gerade gefangennehmen. Mat wird sterben, wenn er nicht bald in die Burg kommt, und … und …«

Egwene wußte, was Nynaeve nicht sagen wollte. *Und wir können diesen Sack nicht in andere Hände fallen lassen als die der Amyrlin.* Verin musterte den Weißmantel mißtrauisch. »Er wollte uns nur Angst einjagen, Kind. Er wußte ganz genau, daß er uns nicht zwingen konnte, irgendwohin zu gehen, wo wir nicht hin wollten. Das hätte ihm mehr Schwierigkeiten bereitet, als er in Kauf nehmen wollte. Nicht hier, in Sichtweite von Tar Valon. Ich hätte uns allein mit Worten an ihm vorbeigebracht. Es hätte nur ein bißchen Zeit und Geduld gekostet. O ja, er hätte vielleicht versucht, uns zu töten, wenn er das aus einem Versteck heraus anstellen könnte, aber kein Weißmantel mit dem Gehirn eines Ziegenbocks wird riskieren, einer Aes Sedai etwas anzutun, die weiß, daß er da ist. Seht nur, was ihr da angestellt habt! Was werden diese Männer weitererzählen? Welchen Schaden wird das wiederum anrichten?«

Das Gesicht des Offiziers lief rot an, als sie das Versteck erwähnte. »Es ist keine Feigheit, wenn man die Macht nicht angreift, die die Welt zerstört hat«, brach es aus ihm heraus. »Ihr Hexen wollt die Welt noch einmal zerstören – im Dienst des Dunklen Königs!« Verin schüttelte ungläubig den Kopf.

Egwene wünschte sich, sie könne etwas von dem Schaden wiedergutmachen, den sie angerichtet hatte. »Es tut mir leid, was ich getan habe«, sagte sie zu dem Offizier. Sie war froh, daß sie noch nicht durch Eid daran gebunden war, kein unwahres Wort zu sagen, so wie die Aes Sedai, denn was sie sagte, war höchstens eine Halbwahrheit. »Ich hätte es nicht tun sollen und entschuldige mich deshalb. Ich bin sicher, daß Verin Sedai Eure Schrammen heilen wird.« Er trat zurück, als habe sie ihm angeboten, sich die Haut bei lebendigem Leib abziehen zu lassen, und Verin schniefte vernehmlich. »Wir haben eine lange Reise hinter uns«, fuhr Egwene fort, »den ganzen Weg von der Toman-Halbinsel her, und wenn ich nicht so übermüdet wäre, hätte ich nie …«

»Seid ruhig, Mädchen!« rief Verin zur gleichen Zeit, als der Weißmantel knurrte: »Die Toman-Halbinsel? Falme! Ihr wart in Falme!« Er stolperte noch einen Schritt rückwärts und zog sein Schwert halb aus der Scheide. Seinem Blick nach konnte Egwene nicht entscheiden, ob der Mann angreifen oder sich verteidigen wollte. Hurin trieb sein Pferd näher an den Weißmantel heran und hatte eine Hand an seinem Schwertbrecher. Doch der schmalgesichtige Mann fuhr in ohnmächtigem Zorn fort, wobei ihm Speichel aus dem Mund spritzte: »Mein Vater ist bei Falme gestorben! Byar hat es mir erzählt! Ihr Hexen habt ihn für euren falschen Drachen getötet! Ich werde dafür sorgen, daß ihr sterbt! Ich werde euch verbrennen lassen!«

»Unfolgsame Kinder«, seufzte Verin. »Fast genauso schlimm wie Jungens – könnt eure Zungen nicht im

Zaum halten. Wandle im Licht, mein Sohn«, sagte sie zu dem Weißmantel.

Ohne ein weiteres Wort führte sie die anderen um den Mann herum, doch seine Schreie folgten ihnen: »Ich heiße Dain Bornhald! Vergeßt den Namen nicht, Schattenfreunde! Ich werde Euch diesen Namen fürchten lehren! Vergeßt meinen Namen nicht!«

Als Bornhalds Schreie hinter ihnen verklangen, ritten sie eine Weile lang schweigend weiter. Schließlich sagte Egwene in das Schweigen hinein: »Ich habe es nur gut gemeint.«

»Gut!« murmelte Verin. »Ihr müßt lernen, daß es eine Zeit gibt, die volle Wahrheit zu sagen, und eine, wo man seine Zunge hüten sollte. Das ist die geringste aller Lehren, die Ihr beherzigen müßt, wenn Ihr lang genug leben wollt, um die Stola einer vollwertigen Schwester zu tragen. Habt Ihr jemals daran gedacht, daß uns die Nachrichten aus Falme vorangeeilt sein könnten?«

»Warum hätte sie daran denken sollen?« fragte Nynaeve. »Keiner von denen, die wir getroffen haben, hatte mehr als bloße Gerüchte gehört, und im letzten Monat haben wir auch die Gerüchte hinter uns gelassen.«

»Und alle Nachrichten kommen auf dem Weg, den wir gewählt haben?« antwortete Verin. »Wir sind langsam vorangekommen. Gerüchte fliegen über hundert verschiedene Pfade. Plant immer für den schlimmsten Fall, Kind, dann werdet Ihr nur angenehm überrascht.«

»Was hat er gemeint in bezug auf meine Mutter?« sagte Elayne plötzlich. »Er muß gelogen haben. Sie würde sich nie gegen Tar Valon stellen.«

»Die Königinnen von Andor waren schon immer mit Tar Valon befreundet, aber alle Dinge können sich ändern.« Verins Gesicht wirkte wieder ruhig, aber in ihrer Stimme lag eine gewisse Anspannung. Sie drehte sich im Sattel um, damit sie alle überblicken konnte: die drei jungen Frauen, Hurin und Mat auf der Trage. »Die Welt ist seltsam und alles ändert sich.« Sie überquerten einen Hügelkamm. Vor ihnen war nun ein Dorf in Sicht gekommen. Gelbe Ziegeldächer drängten sich um das Ende der großen Brücke, die nach Tar Valon führte. »Jetzt müßt ihr euch wirklich hüten«, sagte Verin. »Jetzt beginnt die eigentliche Gefahr.«

KAPITEL 11

Tar Valon

Das kleine Dorf Darein hatte sich beinahe genauso lang am Ufer des Erinin befunden wie Tar Valon auf seiner Insel. Dareins kleine, rote und braune Backsteinhäuser und Geschäfte, die gepflasterten Straßen: alles vermittelte ein Gefühl von Beständigkeit. Doch während der Trolloc-Kriege war das Dorf niedergebrannt worden; man hatte es geschleift, als das Heer Artur Falkenflügels Tar Valon belagerte; mehr als einmal während des Hundertjährigen Kriegs war es geplündert worden, und vor nicht einmal zwanzig Jahren hatte man es im Aiel-Krieg erneut niedergebrannt. Eine unruhige Geschichte für ein kleines Dorf, aber da Darein günstig am Fuß einer der großen Brücken nach Tar Valon lag, wurde es immer wieder aufgebaut, gleich, wie oft man es zerstörte. Jedenfalls, solange Tar Valon stand.

Zuerst schien es Egwene, als erwarte man in Darein wieder einen Krieg. Eine Einheit Pikeure marschierte durch die Straßen. Ihre Reihen wirkten wie eine Drahthaarbürste, so gespickt mit ihren langen Piken … Ihnen folgten Bogenschützen mit flachen, breitrandigen Helmen, an den Hüften prall gefüllte Köcher und die Bögen vor der Brust. Eine Schwadron gerüsteter Reiter mit geschlossenen Visieren machte Verin und ihrer Begleitung Platz, als ein Offizier sie mit einer im schweren Kampfhandschuh steckenden Hand beiseite winkte. Alle trugen die Weiße Flamme von Tar Valon wie eine Schneeträne auf der Brust.

Doch die Einwohner des Dorfs gingen offensichtlich unbeeindruckt ihren Geschäften nach. Die Menge auf dem Markt teilte sich so selbstverständlich vor den Soldaten, als seien die Marschierenden längst gewohnte Hindernisse. Ein paar Männer und Frauen mit obstbeladenen Verkaufsbrettern hielten mit den Soldaten Schritt und versuchten, deren Interesse an verschrumpelten Äpfeln und Pflaumen zu wecken, die den Winter durch eingekellert gewesen waren, doch von ihnen abgesehen beachteten die Hausierer und Ladenbesitzer die Soldaten gar nicht. Auch Verin schien sie zu ignorieren, während sie Egwene und die anderen durch das Dorf zu der großen Brücke hin führte, die sich wie eine aus Stein geklöppelte Spitzenborte über eine halbe Meile Wasser spannte.

Am Fuß der Brücke standen weitere Soldaten Wache: ein Dutzend Pikeure und halb so viele Bogenschützen, die jeden überprüften, der die Brücke überqueren wollte. Der Offizier, ein Mann mit lichtem Haar, der den Helm über den Griff seines Schwerts gehängt hatte, schien verärgert angesichts der langen Schlange wartender Fußgänger und Reiter, Pferdewagen, Ochsengespanne und Karren, die von ihren Eigentümern selbst gezogen wurden. Die Schlange war nur etwa hundert Schritt lang, doch jedesmal, wenn jemand auf die Brücke gelassen wurde, kam hinten jemand Neues dazu. Trotzdem nahm sich der alternde Offizier jedesmal Zeit, um sicherzugehen, daß jeder auch das Recht hatte, Tar Valon zu betreten. Erst dann ließ er den Wartenden gehen.

Er öffnete den Mund und wollte schon wütend werden, als Verin ihre Begleiter gleich ganz nach vorn führte, doch dann sah er ihr Gesicht und setzte sich eilig den Helm wieder auf. Keiner, der sie wirklich kannte, mußte erst den Schlangenring sehen, um eine Aes Sedai zu erkennen. »Guten Morgen, Aes Sedai«, sagte er mit einer Verbeugung, wobei er eine Hand auf sein Herz legte. »Guten Morgen. Reitet nur hinüber, wie es Euch gefällt.«

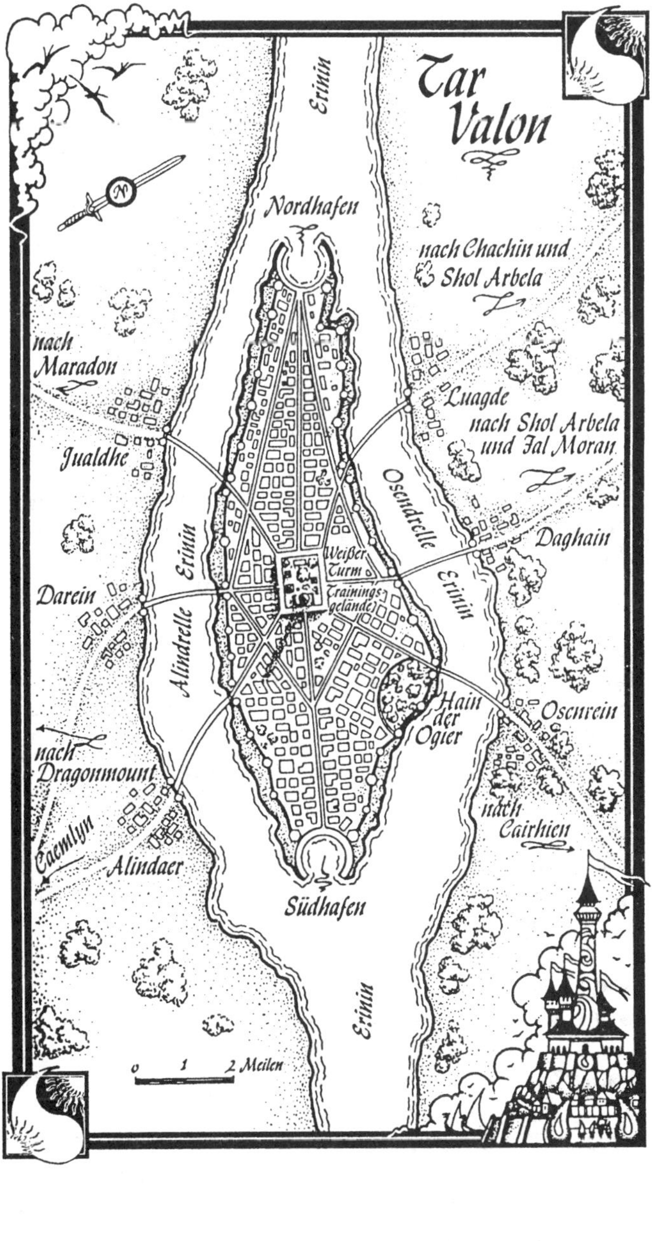
Tar Valon
Erinin
Nordhafen
nach Chachin und Shol Arbela
nach Maradon
Luagde
nach Shol Arbela und Jal Moran
Jualdhe
Oscndrelle
Daghain
Erinin
Weißer Turm
Darein
Trainingsgelände
Erinin
Alindrelle
Hain der Ogier
Oscnrein
nach Dragonmount
nach Cairhien
Caemlyn
Alindaer
Südhafen
Erinin
0 1 2 Meilen

Verin hielt ihr Pferd neben ihm an. In der wartenden Schlange wurde Murren laut, doch keiner wagte, sich zu beschweren. »Probleme mit den Weißmänteln, Wächter?«

Warum halten wir an? fragte sich Egwene voller Unruhe. *Hat sie Mat vergessen?*

»Eigentlich nicht, Aes Sedai«, sagte der Offizier. »Keine Kampfhandlungen. Sie versuchten, nach Markt Eldone vorzudringen, auf der anderen Seite des Flusses, aber wir haben es ihnen verdorben. Die Amyrlin will jedoch sichergehen, daß sie es nicht noch einmal versuchen.«

»Verin Sedai«, begann Egwene vorsichtig. »Mat …«

»Nur einen Moment noch, Kind«, sagte die Aes Sedai und klang nur halb geistesabwesend dabei. »Ich habe ihn nicht vergessen.« Dann wandte sie sofort ihre Aufmerksamkeit wieder dem Offizier zu. »Und die Dörfer im weiteren Umkreis?«

Der Mann zuckte unangenehm berührt die Achseln. »Wir können die Weißmäntel nicht ganz davon abhalten, Aes Sedai. Sie ziehen sich zurück, wenn unsere Patrouillen kommen. Sie scheinen uns in die Irre führen zu wollen.« Verin nickte und wäre losgeritten, wenn der Offizier sie nicht noch einmal angesprochen hätte: »Verzeiht mir, Aes Sedai, aber Ihr kommt offensichtlich von weit her. Habt Ihr irgendwelche Neuigkeiten? Mit jedem Handelsschiff kommen neue Gerüchte den Fluß herauf. Sie sagen, irgendwo im Westen gebe es einen neuen falschen Drachen. Also, sie behaupten sogar, daß Artur Falkenflügels Heer, das aus den Gräbern zurückgekehrt ist, ihm folgt und daß er eine Menge Weißmäntel getötet hat. Er soll auch eine Stadt zerstört haben – Falme wird sie wohl genannt –, behaupten manche. Das ist drunten in Tarabon.«

»Sie haben auch behauptet, daß Aes Sedai ihm halfen!« rief eine Männerstimme aus der wartenden Schlange. Hurin atmete tief durch und setzte sich zurecht, als erwarte er einen Gewaltausbruch. Egwene sah sich um, konnte aber nicht entdecken, wer das gerufen hatte. Alle schienen nur auf Warten eingestellt, geduldig oder ungeduldig, und wollten möglichst bald an der Reihe sein. Die Lage hatte sich geändert, und nicht zum Besten. Bevor sie Tar Valon verlassen hatten, hätte sich jeder glücklich geschätzt, der die Aes Sedai kritisierte, wenn er lediglich mit einer blutigen Nase davongekommen wäre. Mit hochrotem Gesicht blickte der Offizier die Wartenden an.

»Gerüchte entsprechen nur selten der Wahrheit«, sagte Verin zu ihm. »Ich kann Euch mitteilen, daß Falme immer noch steht. Und es liegt noch nicht einmal in Tarabon, Wächter. Hört weniger auf Gerüchte, sondern mehr auf den Amyrlin-Sitz. Das Licht leuchte Euch.« Sie hob die Zügel und er verbeugte sich, als sie die anderen an ihm vorbeiführte.

Die Brücke versetzte Egwene in Erstaunen, wie das die Brücken von Tar Valon immer taten. Die durchbrochenen Seitenwände waren so kunstvoll gearbeitet, daß sie auch die beste Handarbeiterin an ihrem Stickrahmen beschämten. Es schien kaum möglich zu sein, Stein so fein zu bearbeiten. Und dann war es unwahrscheinlich, daß die Brücke ihrem eigenen Gewicht standhalten konnte. Der Fluß strömte kräftig und gleichmäßig fünfzig Schritt oder mehr unter ihr dahin. Es gab keinen einzigen Pfeiler auf der halben Meile zwischen Ufer und Insel.

Auf gewisse Weise noch erstaunlicher war die Tatsache, daß sie das Gefühl hatte, die Brücke führe nach Hause. Erstaunlicher und erschreckender. *Emondsfeld ist mein Zuhause.* Aber in Tar Valon würde sie alles lernen, was sie zum Überleben können mußte, und um ihre Freiheit zu behalten. In Tar Valon würde sie erfahren – mußte sie erfahren –, warum ihre Träume so beunruhigend waren und warum sie gelegentlich Bedeutungen enthielten, die sie nicht enträtseln konnte. Ihr

Leben war nun mit Tar Valon verknüpft. Falls sie je nach Emondsfeld zurückkehrte – das ›falls‹ tat weh, doch sie war ehrlich genug sich selbst gegenüber –, würde es ein Besuch sein, um ihre Eltern wiederzusehen. Sie hatte sich bereits weit von der Tochter eines Wirts wegentwickelt. Dieses Band würde sie nicht mehr fesseln, nicht, weil sie es haßte, sondern weil sie dem Dorf entwachsen war.

Die Brücke war nur der Anfang. Sie erstreckte sich bis an die Mauer, die die Insel umspannte: eine hohe, weiß schimmernde Mauer aus silbrig geädertem Stein, deren Krone auf die Höhe der Brücke hinabblickte. In Abständen wurde die Mauer von Wachttürmen unterbrochen, die aus dem gleichen weißen Stein bestanden und an deren Fuß der Fluß schäumte. Doch die Mauer wurde noch überragt von den echten Türmen von Tar Valon, den Türmen der Legende, spitzen Säulen und Flöten und Spiralen. Einige davon waren durch luftige Brücken miteinander verbunden, gute hundert Schritt oder mehr über dem Boden. Und trotzdem war auch das nur der Anfang.

An dem bronzebeschlagenen Tor standen keine Wächter, und die Flügel standen weit offen, so daß zwanzig Mann nebeneinander hätten hindurchreiten können. Dahinter erstreckte sich eine der breiten Alleen, die sich kreuz und quer über die Insel zogen. Der Frühling war wohl noch kaum voll ausgebrochen, doch in der Luft lag bereits ein Duft nach Blumen und Parfums und Gewürzen.

Die Stadt raubte Egwene den Atem, als habe sie sie noch nie zuvor gesehen. Jeder Platz und jede Straßenkreuzung wies einen Brunnen auf oder ein Denkmal oder ein Standbild. Einige davon standen auf turmhohen Sockeln. Doch es war die Stadt selbst, die aller Augen blendete. Was ganz einfach wirkte, konnte so viele Ornamente und Friese aufweisen, daß es selbst schon wie Zierat aussah, und was keine Verzierungen

zeigte, wirkte durch seine Form grandios. Große und kleine Gebäude, aus Stein in allen überhaupt möglichen Farben erbaut… Manche sahen wie Muscheln aus oder wie Meereswogen, andere wieder wie vom Wind abgeschliffene Klippen, fließend und phantasievoll, aus der Natur entnommen oder aus dem Geist von Menschen entsprungen. Die Wohnhäuser, die Schenken, ja, sogar die Ställe – selbst das unbedeutendste Gebäude in Tar Valon war für das Auge erschaffen worden. Steinwerker der Ogier hatten den größten Teil der Stadt in den langen Jahren nach der Zerstörung der Welt erschaffen, und noch heute behaupteten sie, es sei ihre beste Arbeit überhaupt gewesen.

Männer und Frauen aus aller Herren Länder bevölkerten die Straßen. Man sah dunkelhäutige und blasse und alle Schattierungen dazwischen; leuchtend bunte Kleidung und Muster ebenso wie unauffällige; Kleidung mit Fransen und Troddeln und glänzenden Knöpfen, oder auch strenge und schmucklose; solche, die mehr Haut sehen ließ, als Egwene für schicklich hielt, und andere, aus der nicht mehr als die Augen und die Fingerspitzen hervorlugten. Geschlossene Sänften und offene Tragesitze suchten sich den Weg durch die Menge. Ihre Träger riefen: »Macht Platz!« Kutschen schoben sich langsam die Straßen entlang. Livrierte Kutscher schrien »Hüa!« und »Ho!«, als glaubten sie, dann ginge es schneller. Straßenmusikanten spielten Flöte oder Harfe oder Dudelsack. Manchmal begleiteten sie einen Jongleur oder einen Akrobaten, aber immer lag eine Mütze für die Münzen vor ihnen. Straßenhändler priesen ihre Waren, und Ladenbesitzer, die vor ihren Geschäften standen, boten schreiend ihre Ware feil. Die ganze Stadt war von einem Summen erfüllt, als sei sie ein lebender Organismus.

Verin hatte wieder ihre Kapuze hochgezogen, um ihr Gesicht zu verbergen. Doch in dieser Menge schien niemand ihnen Aufmerksamkeit zu schenken, wie Egwene glaubte. Nicht einmal Mat auf seiner Trage an der Seite des Packpferdes zog mehr als flüchtige Blicke an, obwohl einige Leute sich vor ihnen zurückzogen, als sie an ihnen vorbeiritten. Manchmal brachten die Menschen ihre Kranken zur Weißen Burg, um dort Heilung zu finden, und was es in seinem Fall auch sein mochte – es konnte ja ansteckend sein.

Egwene ritt zu Verin vor und beugte sich hinüber. »Habt Ihr wirklich gerade jetzt mit Schwierigkeiten gerechnet? Wir sind doch in der Stadt und schon beinahe angekommen.« Die Weiße Burg war jetzt bereits nahe vor ihnen. Das große Gebäude ragte breit und hoch über die Dächer hinweg.

»Ich rechne immer mit Schwierigkeiten«, antwortete Verin gelassen. »Das solltet Ihr auch. Vor allem in der Burg. Dort müßt ihr alle mehr denn je achtgeben. Eure … Tricks« – ihr Mund verzog sich bei der Erwähnung einen Moment lang, bis die übliche Ruhe wieder zurückkehrte – »haben die Weißmäntel verscheucht, aber innerhalb der Burg könnten sie Euch sehr wohl den Tod oder die Dämpfung einbringen.«

»Das würde ich in der Burg niemals tun!« protestierte Egwene. »Keine von uns täte das.« Nynaeve und Elayne hatten zu ihnen aufgeschlossen und Hurin bei den Pferden zurückgelassen. Sie nickten – Elayne eifrig und Nynaeve, wie es Egwene schien, etwas reservierter.

»Ihr solltet das überhaupt nicht mehr tun, Kind. Ihr dürft nicht! Nie mehr!« Verin sah sie unter ihrer Kapuze hervor von der Seite her an und schüttelte den Kopf. »Und ich hoffe wirklich, ihr habt gelernt, euren Mund zu halten, wenn es besser ist.« Elaynes Gesicht lief puterrot an, und Egwenes Wangen brannten. »Sobald wir den Bereich der Burg betreten, hütet eure Zungen und akzeptiert alles, was geschieht. Was es auch sein mag! Ihr wißt nicht, was uns in der Burg erwartet, und wenn doch, würdet ihr auch nicht wissen, wie ihr darauf reagieren sollt. Also seid still.«

»Ich werde tun, was Ihr sagt, Verin Sedai«, beteuerte Egwene, und Elayne sprach ihre Worte nach. Nynaeve schniefte. Die Aes Sedai starrte sie an, und so nickte sie schließlich zögernd.

Die Straße weitete sich zu einem riesigen Platz in der Stadtmitte, und mitten auf diesem Platz stand die Weiße Burg und strahlte in der Sonne. Sie war so hoch, daß sie den Himmel zu berühren schien. Kuppeln und zierliche Türmchen und wieder andere Bauformen waren da im Zentrum der riesenhaften Fläche zu sehen. Es befanden sich überraschend wenig Menschen auf dem Vorplatz. Keiner ging zur Burg, wenn er nicht dort zu tun hatte, dachte Egwene mit einem unangenehmen Gefühl im Magen.

Hurin führte das Pferd mit der Trage vorwärts, als sie den Vorplatz betraten. »Verin Sedai, ich muß Euch nun verlassen.« Er beäugte die Burg kurz und brachte es dann fertig, nicht mehr dorthin zu blicken, obwohl es schwerfiel, überhaupt woandershin zu schauen. Hurin kam aus einem Land, wo man die Aes Sedai respektierte, aber es war eine Sache, sie zu respektieren, und eine ganz andere, sich plötzlich von ihnen umgeben zu finden.

»Ihr wart uns auf dieser Reise eine große Hilfe, Hurin«, sagte Verin zu ihm, »und es war eine lange Reise. Ihr werdet in der Burg einen Schlafplatz bekommen, bis Ihr weiterreist.«

Hurin schüttelte energisch den Kopf. »Ich werde keinen Tag verschwenden, Verin Sedai. Nicht einmal eine Stunde. Ich muß nach Schienar zurück und König Easar und Lord Agelmar berichten, was in Wirklichkeit in Falme geschah. Ich muß ihnen sagen, was ...« Er brach plötzlich ab und sah sich um. Es war niemand nahe genug, um lauschen zu können, doch er senkte die Stimme noch mehr und sagte nur: »Über Rand. Daß der Drache wiedergeboren wurde. Es muß doch Handelsschiffe geben, die flußaufwärts fahren, und ich will mit dem Nächstmöglichen fahren.«

»Dann wandelt im Licht, Hurin aus Schienar«, sagte Verin.

»Das Licht leuchte euch allen«, antwortete er und raffte seine Zügel. Doch dann zögerte er noch einen Augenblick und fügte hinzu: »Falls Ihr mich jemals braucht, schickt eine Botschaft nach Fal Dara, und ich werde eine Möglichkeit finden, zu kommen.« Dann räusperte er sich verlegen, ließ sein Pferd wenden und trabte davon. Viel zu bald war er nicht mehr zu sehen.

Nynaeve schüttelte den Kopf resignierend. »Männer! Sie sagen immer, man solle nach ihnen schicken, wenn man sie braucht, aber wenn man wirklich einen braucht, dann doch gerade zu dem Zeitpunkt.«

»Wo wir jetzt hingehen, kann uns kein Mann helfen«, sagte Verin trocken. »Denkt daran. Schweigt still.«

Egwene empfand schon etwas wie Einsamkeit, als Hurin wegritt. Er sprach wohl kaum mit ihnen, außer mit Mat, und Verin hatte durchaus recht. Er war eben nur ein Mann und so hilflos wie ein Kind, wenn er das erlebte, was sie in der Burg erwartete. Doch sein Verlust bedeutete, daß sie einer weniger waren, und sie konnte sich nicht helfen: Sie hielt einen Mann mit einem Schwert in ihrer Nähe für nützlich. Und er hatte ein Bindeglied zu Rand und Perrin dargestellt. *Ich habe meine eigenen Sorgen.* Rand und Perrin würden sich wohl damit abfinden müssen, daß sich Moiraine um sie kümmerte. *Und Min wird sich ganz sicher um Rand kümmern,* dachte sie und sie bemühte sich dabei, ihre Eifersucht zu unterdrücken. Beinahe wäre ihr das auch gelungen.

Seufzend nahm sie die Zügel des Pferdes, das die Bahre trug. Mat lag bis zum Kinn eingehüllt da. Er atmete trocken und rauh. *Bald,* dachte sie. *Bald wirst du geheilt sein. Und wir werden herausfinden, was uns erwar-*

tet. Sie wünschte, Verin würde ihnen keine Angst mehr einjagen. Sie wünschte sich auch, es gäbe keinen Grund dafür, daß Verin ihnen Angst einjagte.

Verin führte sie um den Vorplatz herum zu einem kleinen Seiteneingang mit zwei Wächtern, der offen stand. Die Aes Sedai hielt an und schob die Kapuze zurück. Sie beugte sich herunter und sprach leise mit einem der Männer. Er fuhr zusammen und warf Egwene und den anderen einen überraschten Blick zu. Mit einem schnellen »Wie Ihr wünscht, Aes Sedai« rannte er weg. Verin ritt in dem Moment bereits durch das Tor. Sie tat, als gebe es keinen Grund zur Eile.

Egwene folgte mit der Trage. Sie, Nynaeve und Elayne blickten sich erstaunt an. Sie fragten sich, was Verin dem Mann wohl gesagt habe.

Gleich innerhalb des Tores stand ein graues, aus Stein gemauertes Wachhaus in der Form eines auf der Seite liegenden sechsstrahligen Sterns. Eine kleine Gruppe von Wachsoldaten stand an dessen Tür herum, aber als Verin vorbeiritt, hielten sie in ihrer Unterhaltung inne und verbeugten sich.

Dieser Teil des Burggeländes hätte gut der Park irgendeines Lords sein können. Da wuchsen beschnittene Hecken und Bäume, und die Wege waren mit Kieseln bestreut. Zwischen den Bäumen waren andere Gebäude zu sehen. Die Burg selbst überragte alles.

Der Weg führte sie zu einem von Bäumen eingerahmten Stallhof, wo Burschen in Lederwesten zu ihnen herrannten, um ihre Pferde zu versorgen. Auf Befehl der Aes Sedai nahmen ein paar der Stallburschen die Trage herunter und stellten sie vorsichtig ab. Während die Pferde zum Stall geführt wurden, nahm Verin den Ledersack von Mats Füßen und klemmte ihn sich achtlos unter den Arm.

Nynaeve blieb stehen, rieb sich den Rücken und sah die Aes Sedai mit gerunzelter Stirn an. »Ihr habt gesagt, er habe vielleicht nur noch Stunden zu leben. Wollt Ihr jetzt bloß …«

Verin hob eine Hand, aber Egwene wußte nicht, ob sie damit Nynaeve am Sprechen hindern oder sie auf das Knirschen von Schritten auf dem Kiesweg aufmerksam machen wollte.

Einen Augenblick später erschien Sheriam Sedai, gefolgt von drei Aufgenommenen, die am Saum ihrer weißen Kleider die Farben aller Ajahs trugen – von Blau bis Rot –, und zwei kräftigen Männern in grober Arbeitskleidung. Die Herrin über alle Novizinnen war eine etwas rundliche Frau mit den für Saldaea typischen hohen Backenknochen. Flammend rotes Haar und klare, grüne Mandelaugen strichen ihre glatten Aes-Sedai-Gesichtszüge heraus. Sie musterte Egwene und die anderen gelassen, aber ihre Mundpartie war angespannt.

»Also habt Ihr unsere drei Ausreißerinnen zurückgebracht, Verin. Im Licht all der Geschehnisse wünschte ich beinahe, Ihr hättet sie nicht hergebracht.«

»Wir haben nicht …«, begann Egwene, doch Verin unterbrach sie mit einem scharfen: »SCHWEIG STILL!« Verin sah sie an – alle drei –, als könne die Intensität ihres Blicks ihre Münder verschließen.

Auf Egwene verfehlte dieser Blick seine Wirkung nicht. Sie hatte Verin noch niemals wütend erlebt. Nynaeve verschränkte die Arme auf der Brust und knurrte etwas in sich hinein, sagte dann aber doch nichts. Natürlich schwiegen auch die drei Aufgenommenen hinter Sheriam, aber Egwene konnte beinahe ihre Ohren wachsen sehen, so angestrengt lauschten sie.

Als sie sicher war, daß Egwene und die anderen begriffen hatten, wandte sich Verin wieder Sheriam zu. »Der Junge muß irgendwohin gebracht und isoliert werden. Er ist krank, und die Krankheit ist äußerst gefährlich. Gefährlich für andere, genau wie für ihn selbst.«

»Man sagte mir, daß eine Trage fortgebracht werden müsse.« Sheriam winkte die beiden Männer heran, sagte leise etwas zu dem einen, und im Handumdrehen war Mat weggebracht.

Egwene öffnete den Mund, um zu sagen, daß er jetzt sofort Hilfe benötige, aber als Verin sie blitzschnell zornig anfunkelte, schloß sie ihn wieder. Nynaeve zog so an ihrem Zopf, als wolle sie ihn ausreißen.

»Ich schätze«, sagte Verin, »die ganze Burg weiß mittlerweile, daß wir zurückgekehrt sind?«

»Die es noch nicht wissen«, erwiderte Sheriam, »erfahren es in Kürze. Das Kommen und Gehen einiger ist zum Gesprächsthema Nummer eins geworden. Sogar schon vor Falme und lange vor dem Krieg in Cairhien. Wolltet Ihr es geheimhalten?«

Verin packte den Ledersack mit beiden Händen. »Ich muß die Amyrlin sehen. Sofort.«

»Und was ist mit diesen dreien?«

Verin betrachtete Egwene und deren Freundinnen mit gerunzelter Stirn. »Sie müssen streng abgeschirmt werden, bis die Amyrlin sie zu sehen wünscht. Falls sie es wünscht. Strengstens abgeschirmt, versteht Ihr? In ihren eigenen Zimmern meinetwegen. Zellen sind überflüssig. Kein Wort darüber zu irgend jemand.«

Verin sprach wohl immer noch Sheriam an, doch Egwene wußte, das letzte hatte auch ihr und den anderen gegolten. Nynaeves Augenbrauen hingen nach unten, und sie riß nun an ihrem Zopf, als müsse sie ihn für etwas bestrafen. Elaynes blaue Augen waren weit aufgerissen, und ihr Gesicht wirkte noch blasser als sonst. Egwene war sich ihrer eigenen Gefühle nicht ganz sicher: Zorn oder Angst oder Sorge… Es war wohl ein Gemisch von allen dreien.

Nach einem letzten forschenden Blick auf ihre drei Begleiterinnen eilte Verin fort. Sie preßte den Sack an ihre Brust. Ihr Umhang flatterte hinter ihr her. Sheriam stützte die Fäuste in die Hüften und musterte Egwene und die anderen beiden. Einen Augenblick lang empfand Egwene so etwas wie ein Nachlassen der Anspannung. Die Oberin der Novizinnen hielt ihr Temperament stets im Zaum und bewahrte sich einen Sinn für Humor, selbst wenn sie jemandem Extraarbeiten aufbrummte, weil sie irgendwelche Regeln übertreten hatte.

Aber Sheriams Stimme klang todernst, als sie die drei ansprach: »Kein Wort, hat Verin Sedai gesagt, und dabei wird es bleiben. Falls eine von euch spricht – außer natürlich, um einer Aes Sedai zu antworten –, werde ich dafür sorgen, daß ihr euch wünscht, ihr hättet nur die Rute und ein paar Stunden Fußbodenschrubben vor euch. Versteht ihr mich?«

»Ja, Aes Sedai«, sagte Egwene, und sie hörte, wie die anderen es ihr nachsagten. Bei Nynaeve allerdings klang es wie eine Herausforderung.

Sheriam gab einen angewiderten Laut von sich. »Heute kommen weniger Mädchen als früher zur Ausbildung in die Burg, aber es kommen immer noch welche. Die meisten gehen wieder, ohne gelernt zu haben, wie man die Wahre Quelle wahrnimmt, und schon gar nicht, wie man sie berührt. Ein paar davon lernen wenigstens genug, um sich nicht selbst in Gefahr zu bringen, bevor sie wieder gehen. Nur eine Handvoll kann es anstreben, zu Aufgenommenen erhoben zu werden, und noch weniger, die Stola zu tragen. Es ist ein schweres Leben, das viel Disziplin erfordert, und doch bemüht sich jede Novizin, daran festzuhalten, um Ring und Stola zu erreichen. Und wenn sie auch so verängstigt sind, daß sie sich jeden Abend in den Schlaf weinen, klammern sie sich daran. Und ihr drei, die ihr größere Fähigkeiten besitzt, als ich je in meinem Leben zu finden hoffte, verlaßt die Burg ohne Erlaubnis, rennt noch nicht einmal halb ausgebildet weg, wie verantwortungslose Kinder, und bleibt monatelang fort. Und nun reitet ihr zurück, als ob nichts geschehen sei, als könntet ihr morgen mit eurer Ausbildung weitermachen wie zuvor.« Sie atmete so langgezogen aus, als müsse sie eine Explosion verhindern. »Faolain!«

Die drei Aufgenommenen zuckten zusammen, als habe man sie beim Lauschen ertappt, und eine von ihnen, mit einem dunklen Lockenkopf, trat vor. Sie waren alle noch junge Frauen, doch immerhin älter als Nynaeve. Daß Nynaeve so schnell zu den Aufgenommenen erhoben wurde, war schon erstaunlich gewesen. Normalerweise dauerte es Jahre, bis eine Novizin den Ring der großen Schlange bekam, den die Aufgenommenen trugen, und dann dauerte es wiederum Jahre, bis sie überhaupt hoffen konnten, zur Aes Sedai gemacht zu werden.

»Bringt sie in ihre Zimmer«, befahl Sheriam, »und sorgt dafür, daß sie dort bleiben. Sie können Brot bekommen und kalte Suppe und Wasser, bis die Amyrlin anderes anordnet. Und wenn eine von ihnen auch nur ein Wort sagt, bringt ihr sie in die Küche und laßt sie Töpfe auskratzen.« Sie wirbelte herum und stolzierte weg. Selbst ihr steifer Rücken drückte noch Zorn aus.

Faolain betrachtete Egwene und die anderen beinahe hoffnungsvoll, besonders Nynaeve, der die Wut auf das Gesicht geschrieben stand. Faolains rundes Gesicht zeigte, daß sie keine Sympathie für diejenigen empfand, die alle Vorschriften mißachteten, und am allerwenigsten für eine wie Nynaeve, eine Wilde, die ihren Ring erhalten hatte, ohne jemals Novizin gewesen zu sein, und die die Macht gebraucht hatte, bevor sie Tar Valon betrat. Als es schließlich offensichtlich war, daß Nynaeve nicht daran dachte, ihrer Wut freien Lauf zu lassen, zuckte Faolain die Achseln. »Wenn die Amyrlin nach Euch schickt, werdet Ihr wahrscheinlich einer Dämpfung unterzogen.«

»Überlaßt sie mir, Faolain«, sagte eine andere der Aufgenommenen. Es war die älteste der drei. Sie hatte einen langen Hals und kupferfarbene Haut und bewegte sich auffallend graziös. »Ich bringe Euch hin«, sagte sie zu Nynaeve. »Ich heiße Theodrin und war auch eine Wilde. Ich werde mich an Sheriam Sedais Befehl halten, aber Euch nicht provozieren. Kommt.«

Nynaeve warf Egwene und Elayne einen besorgten Blick zu, seufzte dann und ließ sich von Theodrin wegführen.

»Wilde«, knurrte Faolain. Bei ihr klang das wie ein Fluch. Sie drehte sich um und starrte Egwene an.

Die dritte Aufgenommene, eine hübsche junge Frau mit roten Wangen, stellte sich neben Elayne. Ihre Mundwinkel waren leicht hochgezogen, als lächle sie gern, doch der strenge Blick, den sie Elayne zuwarf, sagte klar aus, daß sie keinen Unsinn zulassen werde.

Egwene erwiderte Faolains Blick so ruhig wie möglich und mit der gleichen überlegenen Verachtung, so hoffte sie jedenfalls, wie Elayne das so gut konnte. *Rote Ajah,* dachte sie. *Die wird sich garantiert den Roten anschließen.* Aber es gelang ihr nicht, sich lange von den eigenen Sorgen abzulenken. *Licht, was werden sie mit uns machen?* Sie meinte damit die Aes Sedai, die Burg, und nicht diese drei Frauen.

»Also dann kommt mit«, fauchte Faolain. »Es ist schon schlimm genug, daß ich an Eurer Tür Wache halten soll. Dann müssen wir nicht auch noch den ganzen Tag hier herumstehen. Los schon!«

Egwene atmete tief durch, ergriff Elaynes Hand und folgte. *Licht, laß sie nur Mat heilen!*

KAPITEL 12

Beim Amyrlin-Sitz

Siuan Sanche ging in ihrem Arbeitszimmer auf und ab. Von Zeit zu Zeit blieb sie stehen und sah den geschnitzten Ebenholzkasten an, der auf einem langen Tisch in der Mitte des Zimmers stand. Dieser Blick hatte bereits Herrscher zum hilflosen Stammeln gebracht. Sie hoffte, sie werde keines der sorgfältig ausgearbeiteten Dokumente in diesem Kasten jemals benützen müssen. Sie hatte alles im Geheimen vorbereitet und versiegelt, um einem Dutzend verschiedener Möglichkeiten vorzubeugen. Dann hatte sie den Kasten noch einmal mit Hilfe der Macht versiegelt, so daß der Inhalt, sollte jemand anders als sie ihn öffnen, augenblicklich verbrennen würde. Wahrscheinlich würde der ganze Kasten in Flammen aufgehen.

»Und die diebische Elster versengen, wer sie auch sein mag, damit sie es niemals vergißt, hoffe ich«, knurrte sie. Zum hundertstenmal, seit man ihr mitgeteilt hatte, Verin sei zurückgekehrt, rückte sie die Stola auf ihren Schultern zurecht, ohne es überhaupt bewußt zu bemerken. Sie hing ihr bis unter die Hüften herunter, breit und in den Farben aller sieben Ajahs gestreift. Die Amyrlin gehörte allen Ajahs an und doch keiner, ganz gleich, aus welcher sie ursprünglich hervorgegangen war.

Das Zimmer war reich ausgeschmückt, denn Generationen von Frauen, die diese Stola getragen hatten, hatten es benützt. Der große Kamin und der breite, im Moment kalte Herd bestanden aus Goldmarmor, der aus Kandor gekommen war. Die Fußbodenplatten in

Form eines Diamanten waren aus glänzendem Rotstein gefertigt, wie er nur in den Verschleierten Bergen gewonnen wurde. Die Wände waren mit einem blassen, gemaserten Holz getäfelt. Es war eisenhart, und man hatte daraus fantastische Tiere und Vögel mit einem unglaublichen Federkleid geschnitzt. Diese Täfelung kam aus Ländern jenseits der Aiel-Wüste und war von den Meerleuten als Geschenk gebracht worden, bevor noch Artur Falkenflügel geboren wurde. Hohe Bogenfenster, die nun offenstanden, um die frischen, grünen Düfte hereinzulassen, führten auf einen Balkon, von dem aus sie ihren kleinen Privatgarten überblicken konnte. Sie hatte selten nur Zeit, um darin zu wandeln.

All diese Pracht stand in hartem Kontrast zu den Möbeln, die Siuan Sanche in den Raum eingebracht hatte. Der eine Tisch und der massive Stuhl dahinter waren schmucklos, wenn auch glänzend vom Alter und vom Bienenwachs, genau wie der einzige weitere Stuhl im Raum. Der stand an einer Seite, gerade nahe genug, daß sie ihn heranziehen konnte, falls sie ihn einem Besucher anbieten wollte. Vor dem Tisch lag ein kleiner Läufer aus Tear, der in einfachen Mustern blau, braun und goldfarben gewebt war. Eine einzelne Originalzeichnung, die winzige Fischerboote im Schilf zeigte, hing über dem Kamin. Ein halbes Dutzend Regalbretter voller Bücher waren an den Wänden verteilt. Das war alles. Selbst die Lampen hätten auch in einem Bauernhaus stehen können.

Siuan Sanche stammte aus armen Verhältnissen. Sie war in Tear aufgewachsen und hatte auf dem Fischerboot ihres Vaters gearbeitet. Es hatte ausgesehen, wie eines der Boote auf der Zeichnung. Das war in dem Flußdelta gewesen, das man ›Finger des Drachen‹ nannte, und damals hatte sie nicht davon geträumt, einmal nach Tar Valon zu kommen. Selbst in den fast zehn Jahren, die sie nun schon im Rang des Amyrlin-Sitzes sahen, hatte sie sich nicht an Luxus gewöhnen können. Ihr Schlafzimmer war noch einfacher eingerichtet.

Zehn Jahre lang die Stola getragen, dachte sie. *Beinahe zwanzig Jahre, seit ich mich entschloß, in diesen gefährlichen Wassern zu fischen. Und wenn ich jetzt das Falsche tue, werde ich mir wünschen, wieder die Netze auswerfen zu können.*

Sie fuhr herum, als ein Geräusch ertönte. Eine andere Aes Sedai war leise eingetreten, eine Frau mit kupferfarbenem Teint und kurzgeschnittenem, dunklem Haar. Sie fing sich gerade noch rechtzeitig, um mit fester Stimme zu sprechen und zu sagen, was man von ihr erwartete. »Ja, Leane?«

Die Behüterin der Chronik verbeugte sich genauso tief, wie sie es in Gegenwart anderer getan hätte. Die hochgewachsene Aes Sedai, die genauso groß war wie die meisten Männer, stand im Rang gleich hinter der Amyrlin, hier in der Weißen Burg, und Siuan hatte sie gekannt, seit sie zusammen als Novizinnen studierten. Manchmal brachte allerdings Leanes Hang zu Förmlichkeiten Siuan beinahe zum Schreien.

»Verin ist hier, Mutter, und bittet um ein Gespräch. Ich sagte ihr, daß Ihr beschäftigt seid, aber sie will ...«

»Nicht zu beschäftigt für sie«, sagte Siuan. Sie wußte, daß sie das zu eifrig gesagt hatte, aber es war ihr gleich. »Schickt sie herein. Es ist nicht nötig, daß Ihr anwesend seid, Leane. Ich werde allein mit ihr sprechen.«

Die Behüterin zeigte ihre Überraschung nur durch ein leichtes Zucken ihrer Augenbrauen. Die Amyrlin sah selten irgend jemanden allein, ohne daß die Behüterin gegenwärtig war. Das galt sogar für Königinnen. Aber die Amyrlin war eben die Amyrlin. Leane verbeugte sich beim Hinausgehen, und Augenblicke später nahm Verin ihren Platz ein. Sie kniete nieder, um den Ring der Großen Schlange an Siuans Finger zu küssen. Die Braune Schwester trug einen recht großen Ledersack unter dem Arm.

»Ich danke Euch, daß Ihr mich empfangen habt, Mutter«, sagte Verin beim Aufrichten. »Ich habe dringende Neuigkeiten aus Falme. Und noch mehr. Ich weiß kaum, wo ich beginnen soll.«

»Beginnt, wo Ihr wollt«, sagte Siuan. »Diese Räume sind abgeschirmt, falls jemand Kindereien probiert, um zu lauschen.« Verin hob überrascht die Augenbrauen, und die Amyrlin fügte hinzu: »Es hat sich eine Menge geändert, seit Ihr abgereist seid. Sprecht nur.«

»Was am wichtigsten ist: Rand al'Thor hat sich zum Wiedergeborenen Drachen ausrufen lassen.«

Siuan spürte, wie sich die Verkrampfung in ihrer Brust löste. »Ich habe so darauf gehofft, daß er es war«, sagte sie leise. »Ich habe Berichte von Frauen empfangen, die nur sagen konnten, was sie selbst von anderen gehört hatten, und mit jedem Handelsschiff und jedem Wagenzug eines Händlers kommen haufenweise Gerüchte, aber ich konnte eben nicht sicher sein.« Sie atmete tief ein. »Und doch glaube ich, ich weiß, an welchem Tag es geschah. Wußtet Ihr, daß die beiden falschen Drachen die Welt nicht mehr unsicher machen?«

»Das hatte ich nicht gehört, Mutter. Das sind gute Nachrichten.«

»Ja. Mazrim Taim ist in den Händen unserer Schwestern in Saldaea, und der arme Bursche in den Haddon-Sümpfen, Licht sei seiner Seele gnädig, wurde von den Tairen gefaßt und auf der Stelle hingerichtet. Keiner scheint auch nur seinen Namen zu kennen. Beide wurden am gleichen Tag gefaßt und, soweit man den Gerüchten Glauben schenken kann, unter den gleichen Umständen. Sie befanden sich mitten im Kampf und waren am Gewinnen, als plötzlich am Himmel ein helles Licht erschien und dann Augenblicke lang eine Vision auftauchte. Es gibt ein Dutzend Versionen, was da zu sehen war, aber in beiden Fällen war das Ergebnis das gleiche. Das Pferd des falschen Drachen bäumte sich auf und warf ihn ab. Er war bewußtlos, und seine Anhänger schrien, er sei tot. Dann flohen sie, und er wurde gefangen. Einige meiner Berichte sprechen von Visionen am Himmel über Falme. Ich wette eine Goldmark gegen einen eine Woche alten Flußbarsch aus dem Delta, daß sich in dem gleichen Moment Rand al'Thor zum Drachen proklamierte.«

»Der wahre Drache wurde wiedergeboren«, sagte Verin gedankenverloren, »und deshalb gibt es im Muster keinen Raum mehr für falsche Drachen. Wir haben den Wiedergeborenen Drachen auf die Welt losgelassen. Das Licht sei uns gnädig.«

Die Amyrlin schüttelte nervös den Kopf. »Wir haben getan, was sein mußte.« *Und falls auch nur die letzte Novizin davon erfährt, werde ich vor dem nächsten Sonnenaufgang noch einer Dämpfung unterzogen, wenn man mich nicht vorher in Stücke reißt. Mich und Moiraine und Verin und wahrscheinlich jede, die man für unsere Vertraute hält.* Es war nicht leicht, eine Verschwörung von solch weitreichender Bedeutung aufrechtzuhalten, wenn nur drei Frauen davon wußten, wenn sogar eine Freundin sie verraten würde im Glauben, damit eine Pflicht zu erfüllen. *Licht, ich wünschte, ich könnte sicher sein, daß sie nicht vielleicht sogar recht haben.* »Wenigstens ist er in Moiraines Händen in Sicherheit. Sie wird ihn führen und alles tun, was getan werden muß. Was könnt Ihr mir sonst noch berichten, Tochter?«

Zur Antwort legte Verin den Ledersack auf den Tisch und entnahm daraus ein gekrümmtes, goldenes Horn mit silbern eingelegter Schrift um die Öffnung herum. Sie legte das Horn auf die Tischfläche und sah dann die Amyrlin ruhig und erwartungsvoll an.

Siuan mußte nicht näher herantreten, um die Schriftzeichen lesen zu können. *Tia mi aven Moridin isainde vadin.* ›Das Grab ist keine Grenze für meinen Ruf.‹ »Das Horn von Valere?« keuchte sie. »Ihr habt das den ganzen Weg nach hier gebracht, Hunderte von Meilen weit, obwohl die Jäger überall danach suchen? Licht, Frau, es hätte bei Rand al'Thor verbleiben sollen.«

»Ich weiß, Mutter«, sagte Verin ruhig, »aber die Jäger erwarten alle, daß sie das Horn nach irgendeinem grandiosen Abenteuer finden und nicht in einem Sack bei vier Frauen, die einen kranken Jungen begleiten. Und es würde Rand auch nicht helfen.«

»Was meint Ihr damit? Er muß doch bei Tarmon Gai'don kämpfen. Das Horn soll tote Helden aus dem Grab herbeirufen, um in der Letzten Schlacht zu kämpfen. Hat Moiraine wieder einmal neue Pläne geschmiedet, ohne mich zu fragen?«

»Das hat nichts mit Moiraine zu tun, Mutter. Wir planen, doch das Muster handelt, wie es will. Rand war nicht der erste, der das Horn erklingen ließ. Matrim Cauthon hat das getan. Und nun liegt Mat unten und stirbt, weil er an diesen Dolch aus Shadar Logoth gebunden ist. Außer, er kann hier geheilt werden.«

Siuan schauderte. Shadar Logoth, diese tote Stadt, die so verderbt war, daß selbst die Trollocs sie kaum zu betreten wagten, und das aus gutem Grund. Durch einen Zufall war ein Dolch von diesem Ort dem jungen Mat in die Hände gefallen, und nun verdarb er ihn durch das Böse, das vor langer Zeit die Stadt getötet hatte. Tötete ihn. *Zufall? Oder war das Muster am Werk? Er ist schließlich auch* Ta'veren. *Aber …* Mat *hat das Horn erklingen lassen?* Dann …

»Solange Mat lebt«, fuhr Verin fort, »ist für alle anderen das Horn eben nur ein Horn und nicht mehr. Wenn er stirbt, kann natürlich ein anderer in das Horn stoßen und ein neues Band zwischen Mensch und Horn knüpfen.« Ihr Blick war fest und zeigte keine Unruhe über das, was sie da angedeutet hatte.

»Viele werden sterben, bevor wir unser Ziel erreicht haben, Tochter.« *Und wen könnte ich sonst noch gebrauchen, um das Horn erneut zu betätigen? Ich werde doch jetzt nicht das Risiko eingehen, es wieder zu Moiraine zurück-*

bringen zu lassen? Einer der Gaidin könnte es vielleicht schaffen. Vielleicht. »Das Muster muß sein Schicksal erst noch deutlich machen.«

»Ja, Mutter. Und das Horn?«

»Für den Augenblick«, sagte die Amyrlin entschlossen, »werden wir ein Versteck dafür suchen, von dem nur wir zwei wissen. Danach überlege ich mir, was zu geschehen hat.«

Verin nickte. »Wir Ihr wollt, Mutter. Natürlich wird Euch in wenigen Stunden zumindest eine Entscheidung abgenommen werden.«

»Ist das alles gewesen, was Ihr für mich habt?« fauchte Siuan. »Falls ja, muß ich mich noch mit diesen drei Ausreißerinnen befassen.«

»Da ist auch noch die Sache mit diesen Seanchan, Mutter.«

»Was ist damit? All meine Berichte sagen, daß sie übers Meer zurück geflohen sind oder zumindest dorthin, von woher sie kamen.«

»Es scheint so, Mutter. Doch ich fürchte, wir werden es wieder mit ihnen zu tun bekommen.« Verin zog ein kleines, ledernes Notizbuch hinter ihrem Gürtel hervor und begann, darin zu blättern. »Sie haben sich als Vorläufer bezeichnet, oder Die Zuvor Kamen, und von der Rückkehr gesprochen und davon, dieses Land wieder in Besitz zu nehmen. Ich habe mir über alles Notizen gemacht, was ich von ihnen erfahren konnte. Nur von jenen natürlich, die ihnen auch wirklich begegnet waren oder sonst mit ihnen zu tun hatten.«

»Verin, Ihr sorgt Euch wegen eines Hais im Meer der Stürme, während uns hier die Hechte das Netz in Stücke reißen.«

Die Braune Schwester blätterte weiter. »Ein guter Vergleich, Mutter. So ein Hai ist mehr als nur gefährlich.« Sie tippte mit einem Finger auf eine Seite. »Ja. Das ist das Schlimmste daran. Mutter, die Seanchan benutzen die Eine Macht im Kampf. Sie gebrauchen sie als Waffe.«

Siuan faltete krampfhaft die Hände. Die von den Tauben überbrachten Berichte hatten auch davon erzählt. Meist stammten die Berichte nur aus zweiter Hand, doch ein paar Frauen schrieben, sie hätten es selbst erlebt. Die Macht als Waffe mißbraucht. Selbst die getrocknete Tinte auf dem Papier schien Hysterie zu verbreiten. »Das macht uns bereits Kopfzerbrechen, Verin, und es wird noch schlimmer, wenn sich die Geschichte weiter herumspricht und dabei immer mehr aufgebauscht wird. Aber ich kann da nichts machen. Man sagte mir, daß diese Leute weg seien, Tochter. Habt Ihr irgendwelche Anzeichen dafür gesehen, daß dies nicht stimmt?«

»Also, nein, Mutter, aber ...«

»Bis dahin laßt uns lieber die Hechte aus den Netzen holen, bevor sie noch Löcher in unser Boot nagen.«

Zögernd schloß Verin das Notizbuch und steckte es hinter ihren Gürtel zurück. »Wie Ihr wünscht, Mutter. Falls ich fragen darf: Was wollt Ihr mit Nynaeve und den anderen beiden Mädchen anfangen?«

Die Amyrlin zögerte nun und überlegte. »Bevor ich mit ihnen fertig bin, werden sie sich wünschen, sie könnten hinunter zum Fluß gehen und sich als Köder für Fische verkaufen.« Das war die einfache Wahrheit, aber man konnte sie auf mehr als eine Art auslegen. »Jetzt setzt Euch und erzählt mir alles, was die drei in der Zeit bei Euch gesagt und getan haben. Alles!«

KAPITEL 13

Bestrafung

Egwene lag auf dem Bett und starrte die flackernden Schatten an, die ihre einzige Lampe an der Decke tanzen ließ. Sie wünschte sich, irgendwie planen zu können oder wenigstens zu erraten, was weiter zu erwarten sei. Nichts ergab sich. Die Schatten zeigten noch ein vernünftigeres Muster als ihre Gedanken. Sie brachte sich kaum dazu, an Mat zu denken. Ihr Schamgefühl deswegen hielt sich aber in Grenzen. Die Wände erdrückten sie.

Es war ein kahles, fensterloses Zimmer wie alle Quartiere von Novizinnen, klein, quadratisch und weiß getüncht. An einer Wand waren Haken angebracht, um ihre Besitztümer aufzuhängen. An einer zweiten Wand stand das Bett und an der dritten befand sich ein winziges Regal, wo sie früher ein paar Bücher abgestellt hatte, die aus der Burgbibliothek ausgeliehen waren. Ein Waschtisch und ein dreibeiniger Hocker vervollständigten das Mobiliar. Die Fußbodenbretter waren fast weiß vom vielen Schrubben. Das hatte sie jeden Tag im Knien erledigt, zusätzlich zu ihren anderen Aufgaben und Unterrichtsstunden. Novizinnen führten ein einfaches Leben, ob sie nun Tochter eines Wirts waren oder die Tochter-Erbin von Andor.

Sie trug auch wieder das weiße Kleid einer Novizin – selbst Gürtel und Gürteltasche waren weiß –, doch sie konnte sich kaum darüber freuen, das verhaßte Grau endlich los zu sein. Ihr Zimmer war zu sehr zu einer Gefängniszelle geworden. *Was, wenn sie mich hier wei-*

terhin einsperren? In diesem Zimmer? Wie eine Zelle. Wie ein Halsband und …

Sie sah die Tür an. Die dunkelhaarige Aufgenommene stand auf der anderen Seite nach wie vor Wache, das wußte sie. Dann rollte sie sich gegen die weißgetünchte Wand. Genau über der Matratze befand sich ein kleines Loch, fast unsichtbar, wenn man nicht wußte, wo man suchen mußte, das von irgendeiner Novizin vor langer Zeit zum nächsten Zimmer durchgebohrt worden war. Egwene zwang sich zum Flüstern.

»Elayne?« Keine Antwort. »Elayne? Schläfst du?«

»Wie könnte ich denn schlafen?« kam Elaynes Antwort als schwaches Flüstern durch das Loch. »Ich hatte mir gedacht, daß wir Schwierigkeiten bekommen, aber das habe ich denn doch nicht erwartet. Egwene, was werden sie mit uns machen?«

Egwene wußte darauf keine Antwort, und ihre Vermutungen wollte sie lieber nicht laut aussprechen. Sie wollte noch nicht einmal daran denken. »Ich hatte wirklich geglaubt, wir seien Heldinnen, Elayne. Wir brachten das Horn von Valere sicher zurück. Wir haben herausbekommen, daß Liandrin eine Schwarze Ajah ist.« Ihre Stimme versagte bei dem Gedanken daran. Die Aes Sedai hatten immer die Existenz der Schwarzen Ajah geleugnet, der Ajah, die dem Dunklen König diente, und man wußte, daß sie bei jeder Erwähnung einer solchen Existenz hochgingen. *Aber wir wissen, daß es stimmt.* »Wir sollten wirklich Heldinnen sein, Elayne.«

»Mit ›sollte‹ und ›würde‹ baut man keine Brücke«, sagte Elayne. »Licht, wie habe ich es gehaßt, wenn Mutter das sagte, aber es stimmt. Verin sagte, daß wir nichts von dem Horn oder Liandrin sagen dürfen, jedenfalls niemandem außer ihr selbst und der Amyrlin. Ich glaube nicht, daß sich irgend etwas so entwickeln wird, wie wir dachten. Das ist nicht fair. Wir haben soviel durchgemacht – du hast soviel durchgemacht. Es ist einfach nicht fair.«

»Verin sagt. Moiraine sagt. Ich weiß, warum die Leute meinen, daß die Aes Sedai alle Marionettenspieler seien. Ich kann schon die Fäden an meinen Armen und Beinen fühlen. Was immer sie entscheiden, wird das Beste für die Weiße Burg sein und nicht das Beste für uns.«

»Aber du willst doch immer noch Aes Sedai werden, oder?«

Egwene zögerte, aber ihre Antwort war an sich von vornherein klar: »Ja«, sagte sie. »Das will ich immer noch. Nur so werden wir schließlich in Sicherheit sein. Aber eines sage ich dir: Ich werde nicht zulassen, daß man mich einer Dämpfung unterzieht.« Das war eine neue Idee, die ihr beim Sprechen erst gekommen war, doch es war ihr klar, daß sie nicht gewillt war, das zurückzunehmen. *Aufgeben, die Wahre Quelle zu berühren?* Sie konnte sie fühlen, auch jetzt. Sie glühte dicht über ihrer Schulter. Ihr Glanz befand sich gerade außerhalb ihrer Sicht. Sie widerstand dem Begehren, danach zu greifen. *Aufgeben, mich von der Einen Macht erfüllen zu lassen, mich lebendiger zu fühlen als je zuvor? Niemals!* »Nicht, ohne zu kämpfen.«

Auf der anderen Seite der Wand schwieg Elayne lange. »Wie kannst du das verhindern? Du bist nun vielleicht ebenso stark wie jede von ihnen, aber keine von uns weiß bisher genug darüber, wie man auch nur eine Aes Sedai daran hindert, uns von der Wahren Quelle abzuschirmen. Und hier sind ja nun Dutzende davon.«

Egwene überlegte. Schließlich sagte sie: »Ich könnte wegrennen. Diesmal wirklich wegrennen.«

»Sie würden uns verfolgen, Egwene. Ganz sicher. Wenn du einmal etwas Talent gezeigt hast, lassen sie dich nicht mehr gehen, bis du genug gelernt hast, daß du dich nicht selber umbringst oder einfach daran stirbst.«

»Ich bin keine einfache Dorfpomeranze mehr. Ich habe etwas von der Welt gesehen. Ich kann mich von den Aes Sedai fernhalten, wenn ich will.« Sie bemühte sich, nicht nur Elayne, sondern auch sich selbst zu überzeugen. *Und was ist, wenn ich doch noch nicht genug weiß? Über die Welt und über die Macht? Was ist, wenn mich der Gebrauch der Macht trotzdem noch umbringen kann?* Sie weigerte sich, überhaupt daran zu denken. *Ich muß noch soviel lernen. Ich lasse mich nicht von ihnen aufhalten.*

»Vielleicht würde meine Mutter uns beschützen«, meinte Elayne, »falls es stimmt, was die Weißmäntel gesagt haben. Ich hätte nie gedacht, daß ich einmal hoffte, so etwas würde sich als die Wahrheit herausstellen. Aber falls es nicht stimmt, wird Mutter uns vielleicht in Ketten zurückschicken. Bringst du mir bei, wie man in einem Dorf lebt?«

Egwene blinzelte überrascht die Wand an. »Kommst du mit mir? Falls es dazu kommt, meine ich?«

Längeres Schweigen folgte und dann ein schwaches Flüstern: »Ich will nicht einer Dämpfung unterzogen werden, Egwene. Ich will nicht. Ich werde nicht!«

Die Tür öffnete sich und schlug mit einem Krachen gegen die Wand. Egwene fuhr vom Bett hoch. Sie hörte von der anderen Seite der Wand her ebenfalls die Tür aufschlagen. Faolain trat in Egwenes Zimmer und lächelte, als ihr Blick das kleine Loch fand. Ähnliche Löcher verbanden die meisten Zimmer der Novizinnen. Jede Frau, die selbst einmal Novizin gewesen war, wußte davon.

»Hast mit deiner Freundin geflüstert, was?« sagte die lockenköpfige Aufgenommene in überraschend warmem Tonfall. »Es wird halt schon einsam, wenn man allein warten muß. Habt ihr euch nett unterhalten?«

Egwene öffnete den Mund und schloß ihn dann wieder hastig. Sie konnte einer Aes Sedai antworten, hatte Sheriam gesagt. Niemandem sonst. Sie sah die Aufgenommene gelassen an und wartete.

Die falsche Zuneigung rann vom Gesicht Faolains wie Wasser von einem Dach. »Auf die Beine. Die Amyrlin darf nicht auf eine wie dich warten. Du hattest Glück, daß ich nicht rechtzeitig kam, um dich zu erwischen. Beweg dich!«

Von Novizinnen erwartete man, daß sie den Aufgenommenen beinahe genauso prompt gehorchten wie einer Aes Sedai, aber Egwene stand aufreizend langsam auf und nahm sich Zeit, ihr Kleid glattzustreichen. Sie machte einen leichten Knicks vor Faolain und lächelte ein wenig. Als die Aufgenommene ein finsteres Gesicht machte, lächelte Egwene noch mehr, bevor sie sich zusammennahm. Es wäre nicht gut, Faolain zu sehr zu reizen. So stolzierte sie vor der Aufgenommenen aus dem Zimmer und verbarg, daß ihre Knie zitterten.

Elayne wartete bereits draußen neben der Aufgenommenen mit den Apfelbäckchen. Sie wirkte wild entschlossen. Irgendwie erweckte sie den Eindruck, die Aufgenommene sei ihre Zofe und habe ihre Handschuhe zu tragen. Egwene hoffte, daß sie wenigstens halb so souverän wirkte wie Elayne.

Über ihnen erhoben sich die Galerien der Novizinnen-Quartiere Stockwerk über Stockwerk. Unter ihnen dasselbe. Das Gebäude war wie eine hohle Säule, die über dem Hof der Novizinnen aufragte. Es waren keine anderen Frauen in Sicht. Aber selbst wenn jede Novizin in der Burg dagewesen wäre, hätten sie kaum ein Viertel aller Zimmer benötigt. Die vier gingen auf dem leeren Balkon ein Stück um den Bau herum und stiegen dann schweigend die Wendeltreppe hinunter. Keine von ihnen hätte es ertragen, wenn der Klang von Stimmen die Leere auch noch unterstrichen hätte.

Egwene war noch nie in dem Teil der Burg gewesen, in dem die Amyrlin ihre Gemächer hatte. Die Korridore waren so breit, daß ein ganzer Wagen hindurchgepaßt hätte, und sogar noch höher. Farbige Gobelins hingen an den Wänden, Gobelins in einem Dutzend Stilrichtungen, mit Blumenmustern, Waldszenen, zeigten Heldentaten oder verschlungene Ornamente, und manche von ihnen waren so alt, daß man glauben mußte, sie würden zerbröckeln, falls man sie berührte. Ihre Schuhe klapperten laut auf den diamantförmigen Fußbodenplatten, die in den Farben der sieben Ajahs gehalten waren.

Nur wenige andere Frauen waren zu sehen. Hier und da schritt majestätisch eine Aes Sedai durch die Gänge und hatte keine Zeit, Aufgenommene oder Novizinnen überhaupt zu bemerken. Fünf oder sechs Aufgenommene gingen wichtigtuerisch ihren Beschäftigungen oder Studien nach. Eine kleine Anzahl von Dienerinnen huschte mit Tabletts oder Besen oder mit ganzen Armladungen von Papieren oder Handtüchern vorbei. Ein paar Novizinnen eilten noch schneller als die Dienerinnen einher, um ihre Aufgaben zu erledigen.

Nynaeve und ihre Begleiterin mit dem schlanken, langen Hals – Theodrin – schlossen sich ihnen an. Keine sprach ein Wort. Nynaeve trug wieder das Kleid einer Aufgenommenen mit den sieben farbigen Bändern am Saum, aber Gürtel und Gürteltasche waren ihre eigenen. Sie lächelte Egwene und Elayne beruhigend zu und umarmte sie kurz. Egwene war so froh, ein anderes freundliches Gesicht zu sehen, daß sie die Umarmung erwiderte, ohne auf die Idee zu kommen, daß Nynaeve sich verhielt, als müsse sie Kinder beruhigen. Doch beim Weitergehen zupfte Nynaeve von Zeit zu Zeit hart an ihrem dicken Zopf.

In diesen Teil der Burg verirrten sich nur wenige Männer. Egwene sah lediglich zwei: Behüter, die ins Gespräch vertieft Seite an Seite den Gang hinunterschritten. Der eine trug sein Schwert an der Hüfte, der andere auf dem Rücken. Einer war klein und schlank, sogar beinahe zierlich, während der andere fast so breit wie groß war. Doch beide bewegten sich mit einer tödlichen Eleganz. Durch ihre farbverändernden Umhänge war es schwer, sie längere Zeit über zu beobachten. Teile ihrer Gestalten verschwammen gelegentlich mit den Wänden, vor denen sie entlangkamen. Sie sah, wie Nynaeve ihnen nachblickte, und schüttelte den Kopf. *Sie muß etwas in bezug auf Lan unternehmen. Falls eine von uns nach dem heutigen Tag in der Lage ist, irgend etwas in bezug auf irgend jemanden zu unternehmen.*

Das Foyer, durch das man zum Arbeitszimmer der Amyrlin gehen mußte, war prächtig genug für einen Palast, obwohl die im Raum verteilten Stühle für die Wartenden ganz einfach waren. Doch Egwene hatte nur Augen für Leane Sedai. Die Behüterin trug die schmale Stola, die ihrem Amt zustand – blau, weil sie der Blauen Ajah entstammte –, und ihr Gesicht schien wie aus glattem, braunem Stein gemeißelt. Sonst befand sich niemand im Foyer.

»Haben sie irgendwelche Schwierigkeiten gemacht?« Aus dem abgehackten Tonfall der Behüterin konnte man weder Zorn noch Anteilnahme entnehmen.

»Nein, Aes Sedai«, sagten Theodrin und die Aufgenommene mit den Apfelbäckchen wie aus einem Munde.

»Die hier mußte ich beinahe an den Haaren herbeizerren, Aes Sedai«, sagte Faolain und deutete auf Egwene. Die Aufgenommene klang erzürnt. »Sie ziert sich, als habe sie alle Disziplin vergessen, die in der Weißen Burg gelehrt wird.«

»Menschen zu führen«, sagte Leane, »bedeutet, sie weder zu schubsen noch zu zerren. Geht zu Marris Sedai, Faolain, und bittet sie um Erlaubnis, darüber nachzudenken, während Ihr die Wege im Frühlingsgarten mit dem Rechen glättet.« Damit entließ sie Faolain und die beiden anderen Aufgenommenen, die vor ihr tief knicksten. Von unten her warf Faolain Egwene einen haßerfüllten Blick zu.

Die Behüterin der Chronik achtete nicht mehr auf die drei Aufgenommenen. Statt dessen musterte sie die drei Frauen, die vor ihr standen, tippte sich mit dem Zeigefinger nachdenklich auf die Lippen, bis Egwene das Gefühl hatte, sie habe sie von innen nach außen gekehrt und auf Herz und Nieren überprüft. Nynaeves Augen glitzerten gefährlich, und sie hielt ihren Zopf mit einer Hand fest gepackt.

Schließlich deutete Leane mit einer Hand auf die Tür zum Arbeitszimmer der Amyrlin. Auf jedem Türflügel biß sich die Große Schlange, in dunkles Holz geschnitzt, in den eigenen Schwanz. Die Schnitzereien maßen fast einen Schritt im Durchmesser. »Tretet ein«, sagte sie.

Nynaeve trat sofort vor und öffnete die Tür. Das reichte, damit sich auch Egwene in Bewegung setzte. Elayne hielt Egwenes Hand ängstlich fest, und Egwene drückte genauso fest zurück. Leane ging hinter ihnen mit hinein und stellte sich so hin, daß sie an der Seite, halbwegs zwischen den dreien und dem Tisch in der Mitte des Zimmers stand.

Die Amyrlin saß hinter dem Tisch und las in irgendwelchen Papieren. Sie blickte nicht auf. Einmal öffnete Nynaeve den Mund, schloß ihn aber auf einen scharfen Blick der Behüterin hin wieder. Die drei standen nebeneinander vor dem Schreibtisch der Amyrlin und warteten. Egwene bemühte sich, ruhig dazustehen. Minuten vergingen, die ihnen wie Stunden vorkamen, bevor die Amyrlin den Kopf hob, aber als diese blauen Augen eine nach der anderen musterten, hätte Egwene am liebsten noch länger gewartet. Die Augen der Amyrlin schienen sich wie zwei Eiszapfen in ihr Herz zu bohren. Im Zimmer war es kühl, doch ihr lief der Schweiß den Rücken hinunter.

»Aha!« sagte die Amyrlin schließlich. »Unsere Ausreißerinnen sind wieder da.«

»Wir sind nicht weggerannt, Mutter.« Nynaeve

bemühte sich ganz offensichtlich, Ruhe zu bewahren, aber ihre Stimme war emotionsgeladen. Zorn, das wußte Egwene. Dieser ausgeprägte Wille machte sich nur zu oft Luft. »Liandrin sagte uns, wir sollten mitkommen, und ...« Das laute Klatschen, als die Amyrlin mit der Hand auf den Tisch schlug, ließ sie abbrechen.

»Nenne hier nicht Liandrins Namen, Kind!« fauchte die Amyrlin. Leane beobachtete alles ernst und würdevoll.

»Mutter, Liandrin gehört zur Schwarzen Ajah!« brach es aus Elayne heraus.

»Das ist bekannt, Kind. Zumindest haben wir es vermutet und waren so gut wie sicher. Liandrin hat schon vor Monaten die Burg verlassen, und mit ihr gingen zwölf andere ... *Frauen.* Keine ist seither nochmals gesehen worden. Bevor sie gingen, versuchten sie, in den Lagerraum einzubrechen, in dem wir die *Angreal* und *Sa'Angreal* aufbewahren, und sie schafften es auch tatsächlich, den Vorraum zu betreten, wo einige kleinere *Ter'Angreal* gelagert waren. Sie haben eine Anzahl davon gestohlen, darunter einige, deren Verwendungszweck wir nicht kannten.«

Nynaeve sah die Amyrlin entsetzt an, und Elayne rieb sich die Arme, als fröre sie. Egwene schauderte ebenfalls. Sie hatte sich oft vorgestellt, wie sie zurückkehrten und Liandrin anklagten, wie sie dafür sorgten, daß die Schwarze Ajah bestraft würde, obwohl sie sich keine Strafe vorstellen konnte, die diesen Verbrechen angemessen schien. Sie hatte sich sogar vorgestellt, daß Liandrin bei ihrer Rückkehr bereits geflohen sei, natürlich aus Angst vor ihnen. Aber die Wirklichkeit war nun doch ganz anders als ihre Tagträume. Wenn Liandrin und die anderen – sie hatte bisher nicht glauben wollen, daß es noch andere gab – diese Überreste aus dem Zeitalter der Legenden gestohlen hatten, konnte man überhaupt nicht vorhersehen, was sie damit anfangen würden. *Dem Licht sei Dank, daß sie kei-*

nen Sa'Angreal in die Hände bekommen haben, dachte sie. Es war so schon schlimm genug.

Die *Sa'Angreal* waren so wie die *Angreal.* Sie gestatteten einer Aes Sedai, mehr Macht zu benützen, als sie ohne Hilfe bewältigen konnte. Aber sie waren eben viel mächtiger als die *Angreal* und äußerst selten obendrein. *Ter'Angreal* waren etwas anderes. Es gab mehr davon als von den beiden anderen Arten, wenn auch immer noch nicht sehr viele, und sie benützten die Eine Macht, anstatt bei deren Verwendung zu helfen. Keiner verstand sie wirklich. Viele funktionierten nur bei jemandem, die mit der Macht sowieso umgehen konnte, denn sie brauchten diese Anwendung der Macht, um überhaupt zu funktionieren. Andere wieder waren für jedermann zu gebrauchen. Während alle *Angreal* und *Sa'Angreal,* von denen Egwene je gehört hatte, klein waren, fand man die *Ter'Angreal* in jeder Größenordnung. Jeder war offensichtlich von diesen Aes Sedai vor dreitausend Jahren für einen ganz bestimmten Zweck geschaffen worden, und seither waren Aes Sedai dafür gestorben, diesen Zweck herauszufinden – gestorben, oder ihre Fähigkeit zum Gebrauch der Macht war ausgebrannt. Es gab unter den Braunen Ajah Schwestern, die ihr ganzes Leben der Studie von *Ter'Angreal* widmeten.

Einige davon wurden benützt, wenn auch vielleicht nicht zu dem Zweck, für den sie geschaffen worden waren. Die dicke, weiße Rute, die jede Aufgenommene bei ihrem Eid halten mußte, bevor sie zur Aes Sedai erhoben wurde, war ein *Ter'Angreal,* der sie so sicher an ihren Eid band, als sei er ihr schon bei der Geburt mit in die Wiege gelegt worden. Ein anderer *Ter'Angreal* war es, durch den eine Novizin bei ihrer Prüfung schreiten mußte, damit sie hinterher zur Aufgenommenen gemacht werden konnte. Es gab noch andere, darunter viele, die überhaupt nicht funktionierten, und ebenso viele, die nichts Brauchbares zustande brachten.

Warum haben sie Sachen gestohlen, von denen niemand weiß, wie man sie benützt? fragte sich Egwene. *Oder vielleicht wissen es die Schwarzen Ajah?* Beim Gedanken an diese Möglichkeit drehte sich ihr der Magen um. Das wäre genauso schlimm wie ein *Sa'Angreal* in der Hand von Schattenfreunden.

»Diebstahl«, fuhr die Amyrlin in einem Tonfall fort, der genauso kalt war wie ihre Augen, »war noch das Geringste von dem, was sie angerichtet haben. In jener Nacht sind drei Schwestern gestorben, dazu zwei Behüter, sieben Wachsoldaten und neun Dienerinnen. Mord, um damit den Diebstahl und ihre Flucht zu verschleiern. Das mag immer noch kein Beweis dafür sein, daß sie wirklich… *Schwarze Ajah* sind« – ihre Stimme brach fast bei der Erwähnung dieses Namens –, »aber nur wenige sind davon noch nicht überzeugt. Auch ich bin mir sicher, um die Wahrheit zu sagen. Wenn im Wasser Fischköpfe und Blut schwimmen, braucht man nicht erst den Hecht sehen, um zu wissen, daß er da ist.«

»Warum behandelt man uns dann wie Verbrecher?« wollte Nynaeve wissen. »Wir wurden von einem Mitglied der… der Schwarzen Ajah hintergangen. Das sollte doch wohl genügen, um uns freizusprechen von allem, was man uns vorwirft.«

Die Amyrlin lachte freudlos auf. »Glaubt Ihr das, Kind? Es ist möglicherweise Eure Rettung, daß außer Verin, Leane und mir niemand in der Burg vermutet, Ihr könntet etwas mit Liandrin zu tun gehabt haben. Falls das bekannt würde, genau wie die kleine Demonstration Eurer Fähigkeiten vor den Weißmänteln – schaut nicht so überrascht drein; Verin hat mir alles erzählt –, falls man wüßte, daß ihr mit Liandrin weggegangen seid, würde die Versammlung vermutlich dafür stimmen, euch drei einer Dämpfung zu unterziehen, bevor ihr auch nur einmal durchatmen könnt.«

»Das ist nicht fair!« sagte Nynaeve. Leane rührte sich, doch Nynaeve fuhr fort: »Es ist nicht richtig! Es…«

Die Amyrlin stand auf. Das war alles, doch es genügte, um Nynaeve zum Schweigen zu bringen.

Egwene dachte bei sich, es sei besser, jetzt nichts zu sagen. Sie hatte schon immer Nynaeve für eine ausgesprochen willensstarke Frau gehalten. Bis sie nun auf die Frau mit der gestreiften Stola getroffen war. *Halt dich bitte zurück, Nynaeve. Wir sind hier fast so etwas wie Kinder, die vor ihrer Mutter stehen, und diese Mutter kann uns viel Schlimmeres antun, als uns nur den Hintern versohlen.* Es schien ihr, als habe ihnen die Amyrlin mit ihren Worten einen Ausweg angeboten, doch es war ihr nicht ganz klar, wie das angehen sollte. »Mutter, vergebt mir, wenn ich ungefragt spreche. Aber was habt Ihr mit uns vor?«

»Was ich mit Euch vorhabe, Kind? Ich muß Euch und Elayne dafür bestrafen, daß Ihr die Burg ohne Erlaubnis verlassen habt, und Nynaeve dafür, daß sie sich ohne Genehmigung aus der Stadt entfernte. Zuerst wird jede von euch in Sheriam Sedais Arbeitszimmer bestellt. Ich habe ihr gesagt, sie solle euch mit der Rute bearbeiten, bis ihr euch wünscht, eine ganze Woche lang nur noch auf einem Kissen sitzen zu können. Ich habe das bereits den anderen Novizinnen und Aufgenommenen mitteilen lassen.«

Egwene riß überrascht die Augen auf. Elayne stöhnte hörbar, machte ein steifes Kreuz und knurrte etwas in sich hinein. Nynaeve war die einzige, die es scheinbar gelassen hinnahm. Eine Strafe, ob es sich nun um Sonderarbeiten oder etwas anderes handelte, war immer zu erwarten, wenn man zur Oberin der Novizinnen gerufen wurde. Manchmal allerdings waren es auch Aufgenommene, die irgendwelche Regeln übertreten hatten. *Sheriam behält das aber immer für sich,* dachte Egwene betrübt. *Sie kann es doch nicht allen erzählt haben. Aber es ist immer noch besser, als eingesperrt oder gar einer Dämpfung unterzogen zu werden.*

»Die Verkündigung ist natürlich auch ein Teil der

Strafe«, fuhr die Amyrlin fort, als habe sie Egwenes Gedanken gelesen. »Ich habe auch verkünden lassen, daß ihr drei zum Küchendienst eingeteilt seid, um bis auf weiteres mit den Mägden zusammen zu arbeiten. Und ich habe auch durchklingen lassen, ›bis auf weiteres‹ könne den Rest eures Lebens bedeuten. Höre ich irgendwelche Einwände?«

»Nein, Mutter«, sagte Egwene schnell. Nynaeve würde die Topfschrubberei noch mehr hassen als die anderen. *Es hätte schlimmer kommen können, Nynaeve. Licht, es hätte viel schlimmer kommen können.* Nynaeves Nasenflügel blähten sich, doch sie schüttelte verkrampft den Kopf.

»Und Ihr, Elayne?« fragte die Amyrlin. »Die Tochter-Erbin von Andor ist an eine bessere Behandlung gewöhnt.«

»Ich will Aes Sedai werden, Mutter«, sagte Elayne mit fester Stimme.

Die Amyrlin nahm ein Blatt Papier vom Schreibtisch und schien es einen Augenblick lang zu betrachten. Als sie den Kopf wieder hob, wirkte ihr Lächeln nicht gerade angenehm. »Wäre eine von euch dumm genug gewesen, etwas anderes zu antworten, hätte ich zu dieser Strafe noch etwas hinzugefügt, was euch dazu gebracht hätte, den Moment zu verfluchen, in dem euer Vater eurer Mutter den ersten Kuß stahl. Ihr wärt wie gedankenlose Kinder aus der Burg geworfen worden. Doch selbst ein Kind wäre nicht in diese Falle getappt. Ich werde euch jedenfalls beibringen, zu denken, bevor ihr handelt, sonst benütze ich euch, um unter Wasser Risse in den Flußtoren zu stopfen!«

Egwene ertappte sich dabei, wie sie ihr insgeheim dankte. Sie bekam eine Gänsehaut, als die Amyrlin fortfuhr.

»Jetzt zu dem, was ich noch mit euch vorhabe. Es scheint, ihr alle habt eure Fähigkeiten, mit der Macht umzugehen, während eurer Abwesenheit ganz erstaunlich ausgebaut. Ihr habt viel gelernt. Darunter sind einige Dinge«, fügte sie in scharfem Ton hinzu, »die ich euch wieder abgewöhnen werde!«

Nynaeve überraschte Egwene damit, daß sie sagte: »Ich weiß, daß wir … Dinge … getan haben, die wir nicht tun sollten, Mutter. Ich versichere euch, wir werden unser Bestes geben, um so zu leben, als hätten wir bereits die Drei Eide abgelegt.«

Die Amyrlin knurrte. »Schaut zu, daß ihr euch daran haltet«, sagte sie dann trocken. »Wenn ich könnte, würde ich euch heute abend noch die Eidesrute in die Hand drücken, aber das muß ich mir für diejenigen aufsparen, die zu Aes Sedai erhoben werden. So muß ich mich auf eure Vernunft verlassen – falls ihr genug besitzt –, die euch bei der Stange halten sollte. Auf jeden Fall werdet Ihr, Egwene, und Ihr, Elayne, zu Aufgenommenen ernannt.«

Elayne schnappte nach Luft und Egwene stammelte: »Danke, Mutter.« Leane verlagerte im Stehen ihr Gewicht. Egwene glaubte, die Behüterin der Chronik wirke nicht sehr glücklich. Nicht überrascht – sie hatte offensichtlich gewußt, was kommen würde –, aber doch nicht gerade erfreut.

»Dankt mir lieber nicht. Eure Fähigkeiten sind zu schnell gewachsen, als daß ihr Novizinnen bleiben könntet. Einige werden denken, daß ihr die Ringe nicht bekommen solltet, nicht nach dem, was ihr getan habt, aber der Anblick, wie ihr die Arme bis zur Schulter in schmierigen Töpfen stecken habt, sollte die Kritiker beruhigen. Und damit ihr nicht glaubt, es sei eine Art von Belohnung, denkt daran, daß die ersten paar Wochen als Aufgenommene dazu benützt werden, um die verdorbenen Fische aus einem Korb mit frischem Fang herauszupicken. Eure schlimmsten Tage als Novizinnen werden euch wie ein schöner Traum vorkommen, wenn ihr ihn auch nur mit den geringsten Aufgaben vergleicht, die ihr während der nächsten Wochen zu erledigen habt. Ich schätze, einige der Schwestern, die euch unterrichten, werden euch ein wenig härter behandeln, als es eigentlich sein müßte, aber ich glaube nicht, daß ihr euch beklagen werdet. Oder?«

Ich kann lernen, dachte Egwene. *Meine eigenen Studiengebiete wählen. Ich kann etwas über die Träume in Erfahrung bringen, und …*

Das Lächeln der Amyrlin unterbrach ihren Gedankengang. Dieses Lächeln sagte ihnen, daß nichts von all dem schlimmer als unbedingt notwendig sein würde, falls sie das überlebten. Nynaeves Gesicht zeigte eine Mischung von tiefer Anteilnahme und der erschreckenden Erinnerung an ihre eigenen ersten Wochen als Aufgenommene. Diese Mischung ließ Egwene dann doch schwer schlucken. »Nein, Mutter«, sagte sie mit versagender Stimme. Elaynes Antwort kam als heiseres Flüstern.

»Dann wäre das also erledigt. Eure Mutter war nicht gerade über Euer Verschwinden erfreut, Elayne.«

»Weiß sie davon?« quiekte Elayne.

Leane schniefte, und die Amyrlin zog eine Augenbraue hoch. Dann sagte sie: »Ich konnte es wohl kaum vor ihr verbergen. Ihr habt sie um weniger als einen Monat verfehlt, was vielleicht auch besser für Euch war. Dieses Zusammentreffen hättet Ihr möglicherweise nicht überlebt. Sie war wütend genug auf mich, auf Euch, auf die Weiße Burg, um ein Ruder durchzubeißen.«

»Ich kann es mir vorstellen, Mutter«, sagte Elayne mit schwacher Stimme.

»Das glaube ich nicht, Kind. Ihr habt vielleicht eine Tradition beendet, die schon da war, *bevor* es Andor überhaupt gab. Eine Sitte, die stärker als jedes Gesetz war. Morgase weigerte sich, Elaida mit zurückzunehmen. Zum erstenmal überhaupt hat die Königin von Andor keine Ratgeberin aus den Reihen der Aes Sedai. Sie verlangte, daß man Euch bei Eurem Auftauchen umgehend nach Caemlyn zurückbringt. Ich überzeugte sie, daß es ein wenig sicherer sei, Euch hier noch ein bißchen länger auszubilden. Sie war auch bereit, Eure beiden Brüder aus ihrer Ausbildung bei den Behütern abzuziehen. Sie haben sie aber selbst von deren Notwendigkeit überzeugt. Ich weiß noch immer nicht, wie sie das angestellt haben.«

Elayne schien in sich hineinzulauschen. Sie stellte sich vielleicht Morgase in all ihrer Wut vor. Sie schauderte. »Gawyn ist mein Bruder«, sagte sie abwesend. »Galad nicht.«

»Seid nicht so kindisch«, sagte die Amyrlin zu ihr. »Wenn Ihr denselben Vater habt, seid Ihr auch Geschwister, ob Ihr ihn leiden könnt oder nicht. Ich werde solche kindischen Anwandlungen bei Euch nicht zulassen, Mädchen. Ein gewisses Maß an Dummheit kann ja von einer Novizin erwartet werden, aber bei einer Aufgenommenen nicht mehr.«

»Ja, Mutter«, antwortete Elayne niedergeschlagen.

»Die Königin hat bei Sheriam einen Brief für Euch hinterlassen. Davon abgesehen, daß sie Euch die Meinung sagen wird, dürfte sie wohl auch ihre Absicht kundtun, Euch so schnell wie möglich nach Hause zu bringen, jedenfalls, sobald es sicher genug ist. Sie glaubt, daß Ihr in längstens ein paar Monaten in der Lage seid, die Macht zu lenken, ohne Euch dabei umzubringen.«

»Aber ich will weiter lernen, Mutter.« In Elaynes Stimme war die eiserne Entschlossenheit zurückgekehrt. »Ich will Aes Sedai werden.«

Das Lächeln der Amyrlin wirkte noch grimmiger als zuvor. »Das solltet Ihr auch besser, Kind, denn ich habe nicht die Absicht, Euch Morgase zu überlassen. Ihr habt das Potential, stärker zu werden als jede andere Aes Sedai in den letzten tausend Jahren, und ich lasse Euch nicht eher gehen, bis Ihr zu dem Ring auch die Stola tragt. Und wenn ich Euch dabei zu Wurst verarbeiten muß. *Ich lasse Euch nicht gehen!* Ist das klar?«

»Ja, Mutter.« Elayne klang unsicher, und Egwene konnte ihr das nicht verdenken. Zwischen Morgase und der Weißen Burg zu stehen war so, als würde man zwischen zwei Mühlsteinen zerrieben. Die Königin von Andor und der Amyrlin-Sitz als Gegner! Falls Egwene Elayne jemals um ihren Reichtum und den Thron beneidet hatte, den sie einmal erben würde, dann tat sie es jetzt ganz gewiß nicht.

Die Amyrlin sagte knapp: »Leane, bringt Elayne hinunter zu Sheriams Arbeitszimmer. Ich muß mit den anderen beiden hier noch ein Wörtchen reden. Sie werden aber bestimmt wenig Freude daran haben.«

Egwene und Nynaeve sahen sich erstaunt an. Einen Augenblick lang ließ die Sorge die Anspannung zwischen ihnen verschwinden. *Was will sie uns sagen, aber Elayne nicht?* fragte sich Egwene. *Aber es ist gleich, solange sie mich nicht vom Lernen abhält. Doch warum kann sie es Elayne nicht auch sagen?*

Elayne schnitt eine Grimasse, als das Arbeitszimmer der Rektorin erwähnt wurde, aber sie richtete sich stolz auf. Leane trat an ihre Seite. »Wie Ihr befehlt, Mutter«, sagte Elayne höflich, knickste tief, so daß ihr Rock den Boden fegte, und fuhr fort: »So werde ich also gehorchen.« Sie folgte Leane mit hoch erhobenem Kopf hinaus.

KAPITEL 14

Dornenstiche

Die Amyrlin sagte zunächst nichts. Sie ging zu den hohen Bogenfenstern hinüber und blickte über den Balkon hinweg in den darunterliegenden Garten. Die Hände hatte sie auf dem Rücken gefaltet. Minuten vergingen, bevor sie wieder etwas sagte, wobei sie den beiden immer noch den Rücken zuwandte.

»Ich habe dafür gesorgt, daß die schlimmsten Dinge nicht bekannt wurden, doch wie lange kann man das geheimhalten? Die Dienerinnen wissen nichts von den gestohlenen *Ter'Angreal,* und sie bringen auch die Toten nicht mit der Abreise oder Flucht Liandrins und der anderen in Verbindung. Das war nicht leicht zu erreichen bei dem Klatsch unter der Dienerschaft. Sie glauben, Schattenfreunde hätten die Morde begangen. Und das stimmt ja sogar. Aber die Gerüchte erreichen auch die Stadt. Daß Schattenfreunde in die Burg eindringen und Morde begehen konnten. Das war nicht zu verhindern. Es verbessert unseren Ruf nicht gerade, ist aber immer noch besser als die Wahrheit. Wenigstens weiß niemand außerhalb der Burg, und auch nur wenige innerhalb, daß Aes Sedai getötet wurden. Schattenfreunde in der Weißen Burg. Pah! Ich habe mein ganzes bisheriges Leben damit verbracht, das abzuleugnen. Ich lasse das nicht zu. Ich werde sie ködern und ausnehmen und zum Trocknen an die Sonne hängen!«

Nynaeve sah Egwene unsicher an. Die fühlte sich aber noch viel weniger wohl in ihrer Haut. Dann holte Nynaeve tief Luft. »Mutter, sollen wir noch weiter bestraft werden, außer dem, was Ihr uns bereits gesagt habt?«

Die Amyrlin blickte sie über die Schulter hinweg an. Ihre Augen lagen im Schatten verborgen. »Euch noch weiter bestrafen? Das könnte man beinahe sagen. Einige werden meinen, ich hätte euch etwas geschenkt, euch erhoben. Jetzt werdet ihr bei dieser Rose den Stich der Dornen erst wirklich zu spüren bekommen.«

Sie ging mit schnellen Schritten zu ihrem Stuhl hinüber und setzte sich. Dann schien ihre Eile wieder verflogen zu sein. Und ihre Unsicherheit hatte wohl zugenommen.

Die Amyrlin unsicher dreinblicken zu sehen ließ Egwenes Magen brennen. Die Amyrlin war immer ruhig und ging voller Sicherheit ihren Weg. Die Amyrlin war die menschgewordene Stärke. Gegenüber all ihrer noch ungeschulten Macht besaß die Frau auf der anderen Seite des Tisches ein Wissen und eine Erfahrung, die ihr erlaubt hätten, sie um eine Spindel zu wickeln. Sie so plötzlich schwankend zu erleben – wie ein Mädchen, das wußte, sie mußte mit einem Kopfsprung in einen Teich eintauchen, von dem sie aber nicht wissen konnte, wie tief er war und ob auf seinem Grund Steine lagen – sie so zu erleben trieb Egwene einen eisigen Schreck bis ins Herz. *Was meint sie mit dem Stich der Dornen? Licht, was will sie mit uns machen?*

Die Amyrlin befühlte ein geschnitztes, schwarzes Holzkästchen, das vor ihr auf dem Tisch stand, und blickte darauf, als sehe sie durch es hindurch etwas ganz anderes. »Es fragt sich, wem ich vertrauen kann«, sagte sie leise. »Ich sollte eigentlich wenigstens Leane und Sheriam vertrauen können. Aber kann ich mich darauf verlassen? Verin?« Ihre Schultern bebten in einem kurzen, lautlosen Lachen. »Ich vertraue Verin bereits mehr als mein Leben an, aber wie weit kann ich das noch treiben? Moiraine?« Sie schwieg einen Moment lang. »Ich habe immer geglaubt, daß ich Moiraine vertrauen kann.«

Egwene war es unbehaglich. Wieviel wußte die Amyrlin? Sie konnte sie schlecht fragen – nicht den Amyrlin-Sitz. *Wißt Ihr, daß ein junger Mann aus meinem Dorf, ein Mann, von dem ich annahm, daß ich ihn eines Tages heiraten würde, der Wiedergeborene Drache ist? Wißt Ihr, daß zwei Eurer Aes Sedai ihm helfen?* Wenigstens war sie sicher, daß die Amyrlin nichts von ihrem Traum letzte Nacht wußte, als sie von ihm geträumt hatte, wie er vor Moiraine weglief. Sie glaubte jedenfalls darin sicher zu sein. Sie hielt weiter den Mund.

»Wovon sprecht Ihr?« wollte Nynaeve wissen. Die Amyrlin blickte zu ihr auf, und sie mäßigte ihren Ton und fügte hinzu: »Verzeiht mir, Mutter, aber sollen wir noch mehr bestraft werden? Ich verstehe nicht, was Ihr da über Vertrauen sagt. Falls Ihr auf meine Meinung Wert legt, dann kann man Moiraine nicht vertrauen.«

»So, das glaubt Ihr also?« sagte die Amyrlin. »Ein Jahr aus Eurem Dorf draußen, und Ihr glaubt schon, Ihr wüßtet genug, um zu entscheiden, welche Aes Sedai vertrauenswürdig ist und welche nicht? Ein Kapitän, der kaum gelernt hat, ein Segel zu reffen?«

»Sie hat es nicht so gemeint, Mutter«, sagte Egwene, wohl wissend, daß Nynaeve genau das gemeint hatte, was sie sagte. Sie warf Nynaeve einen warnenden Blick zu. Nynaeve riß hart an ihrem Zopf, hielt aber doch den Mund.

»Tja, wer kann so was schon mit letzter Genauigkeit sagen«, dachte die Amyrlin laut nach. »Vertrauen ist manchmal schlüpfrig wie ein Korb Aale. Wichtig ist, daß ich mit euch beiden arbeiten muß, auch wenn ihr nur dünne Halme im Schilf seid.«

Nynaeves Mund verzog sich, aber ihre Stimme klang ruhig. »Dünne Halme, Mutter?«

Die Amyrlin fuhr fort, als habe Nynaeve nichts gesagt. »Liandrin hat versucht, euch mit dem Kopf voraus in ein Wehr zu stecken, und es kann gut sein, daß sie floh, weil sie hörte, daß ihr zurückkommt und sie demaskieren würdet. Also muß ich glauben, daß ihr keine … Schwarzen Ajah seid. Ich würde eher Schuppen und Innereien essen«, murmelte sie noch, »aber ich schätze, ich muß mich daran gewöhnen, diese Bezeichnung in den Mund zu nehmen.«

Egwene schnappte vor Schreck nach Luft. *Wir? Schwarze Ajah? Licht!* Doch Nynaeve fauchte: »Das sind wir allerdings nicht! Wie könnt Ihr so etwas sagen? Wie könnt Ihr auch nur daran denken?«

»Wenn Ihr an mir zweifelt, Kind, dann sprecht es aus!« sagte die Amyrlin mit harter Stimme. »Ihr habt vielleicht manchmal die Kräfte einer Aes Sedai, aber Ihr seid es noch nicht, noch lange nicht. Also? Sprecht, wenn Ihr mehr zu sagen habt. Ich verspreche Euch, daß Ihr um Vergebung betteln werdet. ›Dünne Halme‹? Ich werde Euch wie einen Schilfhalm zerbrechen! Ich habe keine Geduld mehr.«

Nynaeves Lippen zitterten. Schließlich aber schüttelte sie sich leicht und atmete tief ein. Als sie weitersprach, klang ihre Stimme immer noch ein wenig herausfordernd, aber eben nur noch ein wenig. »Vergebt mir, Mutter. Aber Ihr solltet nicht … wir sind keine … wir würden so etwas nie tun.«

Mit unterdrücktem Lächeln lehnte sich die Aes Sedai auf ihrem Stuhl zurück. »Also könnt Ihr euer Temperament zügeln, wenn es sein muß. Das wollte ich wissen.« Egwene fragte sich, wieviel von alledem nur eine Prüfung gewesen war. Die Augenpartie der Amyrlin war so angespannt, daß sie wohl wirklich keine Geduld mehr hatte. »Ich wünschte, ich hätte eine Möglichkeit gefunden, Euch die Stola zu verschaffen, Tochter. Verin sagt, daß Ihr bereits ebenso stark seid wie die stärksten Frauen in der Burg.«

»Die Stola!« Nun schnappte Nynaeve nach Luft. »Aes Sedai? Ich?«

Die Amyrlin tat so, als werfe sie etwas weg, und gleichzeitig wirkte sie, als bedaure sie es. »Es hat keinen Zweck, sich etwas zu wünschen, was nicht sein kann. Ich könnte Euch wohl kaum zur Aes Sedai erheben und gleichzeitig losschicken, Töpfe zu schrubben. Und Verin sagt, daß Ihr außerdem noch nicht bewußt die Macht lenken könnt, außer Ihr seid wütend. Ich war bereit, Euch von der Wahren Quelle abzuschirmen, wenn Ihr auch nur versucht hättet, nach *Saidar* zu greifen. Die letzten Prüfungen für die Stola werden Euch abverlangen, die Macht zu lenken, während Ihr unter größtem Druck absolute Ruhe bewahren müßt. Unter extremem Druck. Selbst ich könnte und würde diese Anforderung nicht weglassen.«

Nynaeve schien wie betäubt. Sie starrte die Amyrlin mit offenem Mund an.

»Ich verstehe nicht, Mutter«, sagte Egwene nach einem Augenblick.

»Ja, das glaube ich. Ihr beiden seid die einzigen Frauen in der Burg, von denen ich absolut sicher bin, daß sie keine Schwarzen Ajah sind.« Der Mund der Amyrlin verzog sich bei dieser Bezeichnung immer noch. »Liandrin und ihre Zwölf flohen, doch waren das alle? Haben sie vielleicht welche zurückgelassen, wie einen Stumpf in seichtem Wasser, den man erst sieht, wenn er ein Leck ins Boot stößt? Möglicherweise finde ich das erst heraus, wenn es zu spät ist, aber ich lasse nicht zu, daß Liandrin und die anderen mit dem davonkommen, was sie taten. Nicht mit dem Diebstahl und schon gar nicht mit den Morden. Keiner tötet meine Leute und kommt ungeschoren davon. Und ich werde keine dreizehn ausgebildeten Aes Sedai dem Schatten dienen lassen. Ich werde sie finden und einer Dämpfung unterziehen!«

»Ich weiß nicht, was das mit uns zu tun hat«, sagte Nynaeve bedächtig. Sie wirkte nicht, als gefielen ihr die eigenen Gedankengänge.

»Nur soviel, Kind: Ihr beide werdet meine Jagdhunde sein und die Schwarzen Ajah zur Strecke bringen. Keiner wird das von euch vermuten – nicht von einem Paar halb ausgebildeter Aufgenommener, die ich öffentlich gedemütigt habe.«

»Das ist verrückt!« Nynaeve hatte die Augen weit aufgerissen, als die Amyrlin die Schwarzen Ajah erwähnt hatte, und ihre Knöchel waren weiß vor Anstrengung, so verkrampfte sie ihre Hände in den Zopf. Sie sagte verbissen: »Das sind alles volle Aes Sedai. Egwene wurde noch nicht einmal zur Aufgenommenen erhoben, und Ihr wißt, daß ich nicht einmal eine Kerze anzünden kann, wenn ich nicht zornig bin – jedenfalls nicht freiwillig. Welche Chance hätten wir da?«

Egwene nickte zustimmend. Ihre Zunge klebte am Gaumen. *Die Schwarzen Ajah jagen? Da würde ich lieber einen Bären mit der Rute jagen. Sie will uns doch nur Angst einjagen und uns noch weiter bestrafen. Das muß es sein!* Wenn es das war, was die Amyrlin versuchte, dann hatte sie nur zuviel Erfolg damit.

Die Amyrlin nickte ebenfalls. »Alles, was Ihr sagt, stimmt. Aber jede von euch ist Liandrin mehr als nur gewachsen, was die reine Geisteskraft anbelangt, und sie ist die stärkste von ihnen. Natürlich sind sie ausgebildet und Ihr nicht, und Ihr, Nynaeve, leidet im Moment noch unter weiteren Einschränkungen. Aber wenn man kein Ruder hat, Kind, dann muß eben eine Planke genügen, um das Boot ans Ufer zu paddeln.«

»Aber ich wäre doch nutzlos!« platzte Egwene heraus. Ihre Stimme überschlug sich beim Sprechen, doch sie hatte zuviel Angst, um sich zu schämen. *Sie meint das wirklich so! O Licht, das war ernst gemeint! Liandrin hat mich den Seanchan übergeben, und nun will sie, daß wir dreizehn von der Sorte jagen!* »Meine Studien, die Unterrichtsstunden, die Arbeit in der Küche! Anaiya Sedai wird sicher noch weiter mit mir arbeiten wollen, um herauszubekommen, ob ich zu den Träumern gehöre.

Ich werde kaum Zeit zum Schlafen und Essen übrig haben. Wie kann ich da noch irgendwen jagen?«

»Ihr werdet die Zeit dazu finden müssen«, sagte die Amyrlin, die nun wieder kühl und ernst wirkte, als wäre die Jagd nach Schwarzen Ajah nicht schlimmer, als den Fußboden zu fegen. »Als Aufgenommene wählt Ihr Eure eigenen Studiengebiete aus, innerhalb gewisser Grenzen natürlich, und auch die Unterrichtszeiten. Und die Regeln sind bei den Aufgenommenen ein wenig lockerer. Ein wenig. Sie müssen aufgespürt werden, Kind.«

Egwene sah Nynaeve an, doch alles, was die sagte, war: »Warum schließt Ihr Elayne nicht hierbei mit ein? Es kann ja wohl nicht sein, daß Ihr glaubt, sie sei eine Schwarze Ajah! Hat es damit zu tun, daß sie die Tochter-Erbin von Andor ist?«

»Schon beim ersten Wurf ein volles Netz, Kind. Wenn ich könnte, würde ich sie bei euch lassen, aber im Moment macht mir Morgase schon genug Ärger. Wenn ich sie bearbeitet und auf den rechten Pfad zurückgeführt habe, wird Elayne sich euch möglicherweise anschließen. Vielleicht.«

»Dann haltet doch auch Egwene heraus«, sagte Nynaeve. »Sie ist ja kaum alt genug, um eine Frau genannt zu werden. Ich werde schon für euch jagen.« Egwene gab einen protestierenden Laut von sich – *Ich bin eine Frau!* –, doch die Amyrlin kam ihr zuvor.

»Ich will euch nicht als Köder benützen, Kind. Wenn ich hundert von euch hätte, wäre ich immer noch nicht glücklich, aber da ihr nur zu zweit seid, muß es eben so gehen.«

»Nynaeve«, sagte Egwene, »ich verstehe dich nicht. Meinst du damit, daß du das wirklich tun willst?«

»Es ist nicht gerade das, was ich tun möchte«, sagte Nynaeve müde, »aber ich mache mich lieber auf die Jagd nach ihnen, als hier herumzusitzen und mich zu fragen, ob die Aes Sedai, die mich gerade unterrichtet, vielleicht ein Schattenfreund ist. Und was immer sie vorhaben: Ich werde nicht darauf warten, bis sie soweit sind.«

Egwene verursachte ihre eigene Entscheidung Magenschmerzen, aber sie sagte tapfer: »Dann mache ich mit. Ich will genausowenig wie du herumsitzen und warten.« Nynaeve öffnete den Mund und Egwene fühlte einen Moment lang Zorn in sich aufsteigen. Das war aber nach all der Angst wie eine Erleichterung. »Und wage ja nicht wieder, zu sagen, ich sei zu jung. Wenigstens kann ich die Macht benützen, wann immer ich will. Die meiste Zeit über. Ich bin kein kleines Kind mehr, Nynaeve.«

Nynaeve stand da, zog an ihrem Zopf und sagte kein Wort. Schließlich jedoch lockerte sich ihre Haltung. »Du bist keines mehr, ja? Ich habe mir eingeredet, daß du eine Frau seist, aber ich glaube, ich habe es innerlich einfach nicht begreifen wollen. Mädchen, ich … Nein. Frau. Frau, ich hoffe, dir ist klar, daß du mit mir zusammen in einen Kochtopf gehüpft bist, unter dem das Feuer vielleicht schon brennt.«

»Das weiß ich.« Egwene war stolz darauf, daß ihre Stimme bei diesen Worten kaum noch bebte.

Die Amyrlin lächelte erfreut, doch in dem Blick aus ihren blauen Augen lag etwas, das Egwene vermuten ließ, sie habe die ganze Zeit über mit dieser Entscheidung gerechnet. In diesem Moment spürte sie die Fäden des Puppenspielers wieder an Händen und Füßen.

»Verin …« Die Amyrlin zögerte und murmelte dann mehr in sich hinein: »Wenn ich schon jemandem trauen muß, warum dann nicht ihr? Sie weiß bereits genauso viel wie ich und vielleicht sogar mehr.« Ihre Stimme wurde wieder lauter. »Verin wird euch alles berichten, was über Liandrin und die anderen bekannt ist. Sie wird euch auch eine Liste der gestohlenen *Ter'Angreal* geben und was man mit ihrer Hilfe tun kann. Soweit wir das eben wissen. Was mögliche in der Burg verbliebene Schwarze Ajah betrifft... Haltet die Augen und Ohren auf und seid vorsichtig mit euren Fragen. Verhaltet euch wie die Mäuse. Wenn ihr auch nur einen Verdacht habt, dann berichtet mir davon. Ich werde mich selbst ein wenig um euch kümmern. Keiner wird das für eigenartig halten, da ich euch ja derart bestraft habe. Ihr könnt mir berichten, wenn ich euch besuche. Denkt aber daran: Sie haben bereits Menschen getötet. Sie werden das vielleicht auch wieder tun!«

»Das ist ja schön und gut«, sagte Nynaeve, »aber wir sind immer noch nur Aufgenommene, sollen jedoch Aes Sedai jagen. Jede Schwester kann uns befehlen, uns um unsere eigenen Aufgaben zu kümmern, oder uns wegschicken, ihre Wäsche zu waschen. Wir haben dann keine andere Wahl, als zu gehorchen. Es gibt Orte, an die eine Aufgenommene nicht gehen darf, und Dinge, die sie nicht tun darf. Licht, wenn wir sicher wären, daß eine Schwester zu den Schwarzen Ajah gehört, könnte sie den Wachen ohne weiteres befehlen, uns in unseren Zimmern einzusperren und dort gefangenzuhalten. Sie würden gehorchen. Sie würden doch das Wort einer Aufgenommenen nicht über das einer Aes Sedai stellen.«

»Im allgemeinen«, erwiderte die Amyrlin, »müßt ihr euch an die Regeln für die Aufgenommenen halten. Es soll ja schließlich niemand Verdacht schöpfen. Aber ...« Sie öffnete den schwarzen Kasten auf ihrem Schreibtisch, zögerte dann aber und sah die beiden Frauen an, als sei sie immer noch nicht sicher, ob sie es wirklich tun solle. Dann nahm sie einige feste, gefaltete Blätter heraus. Sie sah sie kurz durch, zögerte nochmals und wählte schließlich zwei davon aus. Die anderen legte sie in den Kasten zurück. Die beiden Dokumente übergab sie Egwene und Nynaeve. »Versteckt sie gut. Sie sind nur für den Notfall bestimmt.«

Egwene entfaltete den starken Papierbogen. Die

Schrift darauf war gestochen sauber und abgerundet, und unten befand sich das Siegel mit der Weißen Flamme von Tar Valon.

Was die Trägerin tut, geschieht auf meinen Befehl hin, und ich trage dafür die Verantwortung.
Gehorcht und schweigt gemäß meinem Befehl.

Siuan Sanche
Wächterin über die Siegel
Flamme von Tar Valon
Der Amyrlin-Sitz

»Damit könnte ich ja so ziemlich alles tun«, sagte Nynaeve staunend. »Den Wachen den Marschbefehl erteilen. Die Behüter kommandieren.« Sie lachte ein wenig dabei. »Damit könnte ich einen Behüter tanzen lassen.«

»Bis ich es herausfände«, stimmte die Amyrlin trokken zu. »Wenn Ihr keinen äußerst überzeugenden Grund dafür nachweisen könntet, würde ich dafür sorgen, daß Ihr euch wünscht, Liandrin hätte Euch gefangen.«

»Ich habe nicht gesagt, daß ich so etwas tun werde«, sagte Nynaeve schnell. »Ich meine damit, es verleiht mir mehr Autorität, als ich mir vorgestellt hatte.«

»Ihr werdet sie möglicherweise brauchen. Aber denkt daran, Kind: Ein Schattenfreund gibt genausowenig auf dieses Papier wie irgendein Weißmantel. Beide würden Euch vermutlich schon deshalb töten, weil Ihr dieses Papier besitzt. Wenn dieses Dokument ein Schild wäre … Doch Papierschilde sind dünn, und auf diesem ist vielleicht eine Zielscheibe aufgemalt.«

»Ja, Mutter«, sagten Egwene und Nynaeve wie aus einem Munde. Egwene faltete ihr Dokument wieder und steckte es in ihre Gürteltasche. Sie beschloß, es nur dann wieder herauszunehmen, wenn es absolut notwendig war. *Und woher weiß ich, wann das der Fall ist?*

»Was ist mit Mat?« fragte Nynaeve. »Er ist sehr krank, Mutter, und es bleibt ihm nicht mehr viel Zeit.«

»Ich werde euch benachrichtigen«, antwortete die Amyrlin knapp.

»Aber, Mutter ...«

»Ich werde euch schon benachrichtigen! Jetzt aber weg mit euch, Kinder. Die Hoffnung der Burg ruht auf euren Schultern. Geht jetzt in eure Zimmer und ruht euch ein wenig aus. Denkt daran: Ihr habt beide eine Verabredung mit Sheriam und den Kochtöpfen.«

KAPITEL 15

Der Graue Mann

Außerhalb des Arbeitszimmers der Amyrlin waren die Gänge leer bis auf ein paar Dienerinnen, die auf weichen Hausschuhen flink und leise ihren Geschäften nachgingen. Egwene war dankbar für ihre Gegenwart. Die Säle erschienen ihr mit einem Mal wie Höhlen, trotz all der Wandbehänge und Steinfriese. Gefährliche Höhlen.

Nynaeve schritt zielbewußt voran. Sie zupfte immer wieder an ihrem Zopf. Egwene mußte sich beeilen, um Schritt zu halten. Sie wollte nicht allein zurückbleiben.

»Falls immer noch Schwarze Ajah hier sind, Nynaeve, und sie auch nur ahnen, was wir tun … Ich hoffe, du hast es nicht ernst gemeint, als du sagtest, wir sollten uns verhalten, als hätten wir schon die Drei Eide abgelegt. Ich habe nicht die Absicht, mich von ihnen umbringen zu lassen, wenn ich das mit Hilfe der Macht verhindern kann.«

»Falls noch welche von ihnen hier sind, Egwene, werden sie wissen, was wir vorhaben, sobald sie uns sehen.« Trotz ihrer Worte schien Nynaeve nicht ganz bei der Sache zu sein. »Oder sie werden uns zumindest als Bedrohung ansehen, und das bedeutet für uns die gleiche Gefahr.«

»Wieso werden sie uns als Bedrohung ansehen? Niemand bedroht jemanden, der ihn letzten Endes herumkommandieren kann. Niemand fühlt sich von Frauen bedroht, die Töpfe schrubben und dreimal am Tag die Spucknäpfe ausleeren müssen. Deshalb schickt uns die

Amyrlin in die Küche zum Arbeiten. Zumindest ist das ein Teil ihrer Gründe.«

»Vielleicht hat die Amyrlin das nicht gründlich genug durchdacht«, sagte Nynaeve abwesend. »Oder sie plant etwas anderes, als sie uns wissen läßt! Denk nach, Egwene. Liandrin hätte gar nicht versucht, uns aus dem Weg zu schaffen, wenn wir nicht eine Bedrohung für sie dargestellt hätten. Ich weiß wohl nicht, wie und warum, aber das ändert sowieso nichts. Falls noch eine Schwarze Ajah hier ist, wird sie uns auf die gleiche Weise sehen, ob sie uns nun im Verdacht hat oder nicht.«

Egwene schluckte. »Daran hatte ich nicht gedacht. Licht, ich wünschte, ich wäre unsichtbar. Nynaeve, wenn sie immer noch hinter uns her sind, riskiere ich lieber eine Dämpfung, als daß ich mich von Schattenfreunden umbringen lasse oder noch Schlimmeres! Und ich kann nicht glauben, daß du dich von ihnen erwischen läßt, gleich, was du der Amyrlin gesagt hast.«

»Ich habe es ernst gemeint.« Einen Augenblick lang schien Nynaeve aus ihrer Nachdenklichkeit zu erwachen. Ihre Schritte wurden langsamer. Eine weißblonde Novizin huschte mit einem Tablett an ihnen vorbei. »Ich habe wirklich jedes Wort ernst gemeint, Egwene.« Nynaeve fuhr fort, als die Novizin außer Hörweite war: »Es gibt andere Möglichkeiten, uns zu verteidigen. Wenn nicht, würden jedesmal Aes Sedai getötet, kaum daß sie die Burg verlassen. Wir müssen nur herausfinden, wie das geht, und es genauso machen.«

»Ich kenne bereits mehrere Möglichkeiten, genau wie du.«

»Sie sind zu gefährlich.« Egwene öffnete den Mund, um zu erwidern, sie seien nur für den gefährlich, der sie angreife, doch Nynaeve ließ sie nicht zu Wort kommen. »Es kann sein, daß es dir zu gut gefällt. Als ich heute morgen meine Wut an den Weißmänteln ausließ ... habe ich mich verlockend gut gefühlt. Es ist zu gefährlich!« Sie schauderte und beschleunigte ihre Schritte wieder, worauf auch Egwene schneller gehen mußte, um nicht zurückzubleiben.

»Du hörst dich an wie Sheriam. Das war früher nicht so. Da hast du den Bogen fast immer überspannt. Warum akzeptierst du jetzt solche Einschränkungen, wenn wir sie vielleicht doch ignorieren müssen, um zu überleben?«

»Was hilft es uns, wenn wir am Ende vielleicht aus der Burg gewiesen werden? Vor oder nach einer Dämpfung ist dann schon einerlei.« Nynaeves Stimme wurde leiser, als führe sie ein Selbstgespräch. »Ich kann es schaffen. Ich muß, wenn ich lange genug hierbleiben will, um alles zu lernen, und ich muß es lernen, wenn ich ...« Mit einem Mal schien ihr klarzuwerden, daß sie laut gesprochen hatte. Sie warf Egwene einen scharfen Blick zu und ihre Stimme wurde wieder fester. »Laß mich darüber nachdenken. Bitte sei ruhig und laß mich denken.«

Egwene blieb still, doch in ihrem Innern brodelten unausgesprochene Fragen. Welchen besonderen Grund hatte Nynaeve dafür, mehr von dem zu erlernen, was ihr die Weiße Burg in der Hinsicht bieten konnte? Was wollte sie damit anfangen? Warum machte Nynaeve ihr gegenüber ein Geheimnis daraus? *Geheimnisse. Wir haben viel zu sehr gelernt, Dinge geheimzuhalten, seit wir zur Burg kamen. Auch die Amyrlin hat ihre Geheimnisse vor uns. Licht, was wird sie in bezug auf Mat unternehmen?*

Nynaeve begleitete sie zurück zu den Quartieren der Novizinnen. Sie bog nicht zu den Zimmern der Aufgenommenen hin ab. Die Balkone waren noch immer menschenleer, und auch auf der langen Wendeltreppe trafen sie niemanden.

Als sie an Elaynes Tür vorbeikamen, blieb Nynaeve stehen, klopfte kurz an und steckte dann sofort den Kopf hinein, ohne auf eine Antwort zu warten. Dann ließ sie die weiße Tür wieder zufallen und ging weiter zur nächsten, die in Egwenes Zimmer führte. »Sie ist noch nicht da«, sagte sie. »Ich muß mit euch beiden sprechen.«

Egwene packte sie an den Schultern und hielt sie abrupt an. »Was ...?« Etwas zupfte an ihrem Haar und stach ihr Ohrläppchen. Ein schwarzer Schemen huschte an ihrem Gesicht vorbei und knallte gegen die Wand. Im nächsten Augenblick warf sich Nynaeve auf sie und drückte sie hinter dem Geländer zu Boden.

Mit weit aufgerissenen Augen lag Egwene platt auf dem Bauch und starrte das an, was nun auf dem Boden des Balkons vor ihrer Nase lag: ein Bolzen von einer Armbrust. In den vier schweren Widerhaken hingen noch einige dunkle Haarsträhnen. Solch ein Bolzen konnte eine Rüstung durchschlagen. Sie hob eine zitternde Hand an ihr Ohr und berührte eine winzige Wunde, an der noch ein Blutstropfen hing. *Wenn ich nicht in dem Moment gerade stehengeblieben wäre ... Wenn ich nicht ...* Der Bolzen hätte ihren Kopf glatt durchbohrt und vielleicht auch noch Nynaeve getötet. »Blut und Asche«, keuchte sie. »Blut und blutige Asche!«

»Drücke dich bitte nicht so ordinär aus«, mahnte Nynaeve, aber es klang nicht sehr ernst. Sie lag da und blickte zwischen den weißen Steinpfeilern des Geländers hindurch zur anderen Seite hinüber. In Egwenes Augen wurde sie von einem Glühen umgeben. Sie hatte *Saidar* berührt.

Schnell versuchte auch Egwene, die Eine Macht zu berühren, aber zuerst gelang es ihr nicht. Die Eile, und dann glitten immer wieder Bilder durch ihr Bewußtsein, so daß sie sich die Leere, das Nichts, nicht vorstellen konnte. Sie sah ständig ihren Kopf vor sich, der von dem schweren Bolzen zerfetzt wurde. Anschließend erwischte es auch Nynaeve. Sie atmete tief durch und versuchte es wieder. Endlich schwebte die

Rose in der Leere, öffnete sich der Wahren Quelle und die Macht erfüllte sie.

Sie rollte sich herum und folgte Nynaeves Blick. »Siehst du irgend etwas? Siehst du ihn? Ich werde ihn mit einem Blitz erwischen!« Sie fühlte, wie sich in ihr der Blitz aufbaute. Der Druck wuchs. »Es ist doch ein Mann, oder?« Sie konnte sich nicht vorstellen, daß ein Mann in die Quartiere der Novizinnen eindrang, aber es war noch weniger vorstellbar, daß eine Frau eine Armbrust durch die Burg trug.

»Ich weiß es nicht.« Unterdrückter Zorn erfüllte Nynaeves Stimme. Ihr Zorn war immer dann am schlimmsten, wenn sie ganz ruhig wurde. »Ich glaubte, zu sehen … Ja! Dort!« Egwene fühlte, wie die Macht die andere Frau durchströmte, und dann stand Nynaeve plötzlich gelassen auf und strich ihr Kleid glatt, als hätte sie sonst keine Sorgen.

Egwene sah sie verblüfft an. »Was? Was hast du getan? Nynaeve?«

»Von den Fünf Mächten«, sagte Nynaeve in schulmeisterlichem Ton mit leicht spöttischen Untertönen, »wird die Luft, manchmal auch Wind genannt, von vielen für die nutzloseste gehalten. Das ist jedoch absolut nicht wahr.« Sie lachte ein wenig unsicher. »Ich habe dir doch gesagt, daß es noch andere Möglichkeiten gibt, uns zu verteidigen. Ich benützte die Luft, um ihn festzuhalten. Falls es ein ›er‹ ist; ich konnte ihn nicht klar erkennen. Den Trick hat mir die Amyrlin einmal gezeigt, obwohl ich nicht glaube, daß sie von mir erwartete, ihn zu durchschauen. Also, willst du den ganzen Tag hier liegenbleiben?«

Egwene raffte sich auf und eilte hinter ihr her um die Galerie herum. Nach kurzer Zeit kam ein Mann in Sicht. Er war in einfache braune Hosen und einen braunen Mantel gekleidet. Er blickte von ihnen weg und stand auf den Zehenspitzen eines Fußes, während der andere Fuß in der Luft hing, als renne er gerade in dem

Moment. Der Mann fühlte sich vermutlich, als stecke er in einer zähen Flüssigkeit, obwohl ihn nur die verfestigte Luft so hielt. Egwene erinnerte sich auch an den Trick der Amyrlin, aber sie glaubte nicht, daß sie ihn hätte nachvollziehen können. Nynaeve aber mußte etwas nur ein einziges Mal sehen, dann wußte sie, wie man das machte. Falls sie es gerade fertigbrachte, die Macht zu benützen.

Sie kamen näher, und der Schock ließ Egwenes Bindung an die Macht dahinschwinden. Aus der Brust des Mannes ragte der Griff eines Dolches. Sein Gesicht war erschlafft, und der Tod überzog seine halbgeschlossenen Augen mit einem dünnen Schleier. Als Nynaeve die Falle auflöste, die ihn festhielt, sackte er auf den Fußboden.

Der Mann sah ganz gewöhnlich aus, war von durchschnittlicher Größe und Gestalt, und seine Gesichtszüge wirkten so unauffällig, daß Egwene glaubte, sie hätte ihn überhaupt nicht bemerkt, wenn er nur mit zwei anderen Leuten zusammengestanden hätte. Sie betrachtete ihn nur ganz kurz, und dann bemerkte sie, daß etwas fehlte: eine Armbrust.

Sie zuckte zusammen und blickte sich nervös um. »Da muß noch jemand anders gewesen sein, Nynaeve. Jemand hat die Armbrust mitgenommen. Und ihn erstochen. Vielleicht ist er irgendwo dort draußen und schießt gleich wieder auf uns.«

»Beruhige dich«, sagte Nynaeve, spähte aber ebenfalls unruhig erst nach der einen und dann nach der anderen Richtung und zupfte dabei an ihrem Zopf. »Sei nur ganz ruhig, und wir überlegen, was zu tun …« Als sie auf der Wendeltreppe Schritte hörte, brach sie schnell ab.

Egwenes Herz klopfte ihr bis hoch zum Hals. Ihren Blick fest auf die oberste Stufe der Treppe gerichtet, versuchte sie verzweifelt, *Saidar* wieder zu berühren, doch das erforderte Ruhe, und die wiederum wurde durch ihr Herzklopfen vertrieben.

Sheriam Sedai blieb auf der obersten Stufe stehen und runzelte die Stirn bei dem Anblick, der sich ihr bot. »Was im Namen des Lichts ist hier passiert?« Sie eilte vorwarts, und zum erstenmal war von ihrer Würde nichts mehr zu sehen.

»Wir haben ihn gefunden«, sagte Nynaeve, als die Oberin der Novizinnen neben der Leiche niederkniete.

Sheriam legte eine Hand auf die Brust des Mannes und riß sie noch schneller wieder zurück. Sie gab dabei ein Zischen von sich. Dann nahm sie sich sichtlich zusammen und berührte ihn noch einmal. Diesmal benützte sie offensichtlich die Macht dazu. »Tot«, murmelte sie. »So tot wie überhaupt nur möglich und vielleicht noch mehr.« Als sie sich wieder aufrichtete, zog sie ein Taschentuch aus dem Ärmel und wischte sich die Finger ab. »Ihr habt ihn gefunden? Hier? So, wie er daliegt?«

Egwene nickte. Sie wollte nichts sagen, denn sie war sicher, daß Sheriam ihre Lüge herausgehört hätte.

»Haben wir«, sagte Nynaeve mit fester Stimme. Sheriam schüttelte den Kopf. »Ein Mann – und auch noch ein toter Mann dazu – in den Quartieren der Novizinnen wäre an sich schon ein Skandal, aber dieser hier…!«

»Was ist an ihm anders?« fragte Nynaeve. »Und wie kann er *mehr* als tot sein?«

Sheriam atmete tief durch und betrachtete beide Frauen forschend. »Es ist einer der Seelenlosen. Ein Grauer Mann.« Geistesabwesend wischte sie sich noch mal die Finger ab und sah wieder zu der Leiche hinüber. Ihr Blick war besorgt.

»Die Seelenlosen?« fragte Egwene mit leicht zitternder Stimme, und beinahe im gleichen Moment fragte Nynaeve: »Ein Grauer Mann?«

Sheriam warf ihnen einen kurzen, aber um so durchdringenderen Blick zu. »Das ist noch nicht Teil eures Lehrstoffes, aber ihr scheint auf viele verschiedene

Arten sämtliche Regeln zu durchbrechen. Und da ihr diesen... gefunden habt...« Sie deutete auf den Leichnam. »Die Seelenlosen, die Grauen Männer, geben ihre Seele auf, um dem Dunklen König als Attentäter zu dienen. Danach leben sie nicht mehr richtig. Sie sind nicht ganz tot, leben aber auch nicht. Und trotz der Bezeichnung sind einige der ›Grauen Männer‹ auch Frauen. Einige wenige. Selbst unter den Schattenfreunden sind nur wenige Frauen dumm genug, dieses Opfer zu bringen. Ihr könnt sie genau ansehen, und trotzdem bemerkt ihr sie nicht, bis es zu spät ist. Er war schon genauso tot, als er noch unter den Lebenden wandelte. Nun sagen mir lediglich meine Augen, daß das, was hier liegt, überhaupt einmal gelebt hat.« Sie sah sie noch einmal lange an. »Kein Grauer Mann hat mehr gewagt, Tar Valon zu betreten, seit die Trolloc-Kriege vorüber sind.«

»Was werdet Ihr nun tun?« fragte Egwene. Sheriam zog die Augenbrauen hoch, und sie fügte schnell hinzu: »Falls ich das fragen darf, Sheriam Sedai.«

Die Aes Sedai zögerte. »Ich denke schon, daß Ihr fragen dürft, denn Ihr hattet ja auch das Pech, ihn zu finden. Die Amyrlin wird das entscheiden, aber ich glaube, nach all dem, was zuletzt geschehen ist, wird sie das soweit wie möglich geheimhalten wollen. Wir brauchen nicht noch mehr Gerüchte. Ihr werdet mit niemandem außer mir darüber sprechen, und natürlich mit der Amyrlin, falls sie es zuerst erwähnt.«

»Ja, Aes Sedai«, sagte Egwene inbrünstig. Nynaeves Stimme klang kühler.

Sheriam nahm ihren Gehorsam als etwas ganz Selbstverständliches hin. Sie ließ nicht erkennen, daß sie sie überhaupt gehört hatte. Ihre Aufmerksamkeit galt ganz dem toten Mann. Dem Grauen Mann. Dem Seelenlosen. »Die Tatsache, daß hier ein Mann getötet wurde, wird sich nicht verbergen lassen.« Plötzlich umgab sie das Glühen der Einen Macht, und genauso unvermittelt lag der Körper auf dem Boden unter einer niedrigen Glocke. Sie war durchscheinend grau, und darunter konnte man den Körper nur noch schwer erkennen. »Aber das wird jede, die seine Art erkennen könnte, davon abhalten, ihn zu berühren. Ich muß das entfernen lassen, bevor die Novizinnen zurückkommen.«

Ihre schrägstehenden, grünen Augen betrachteten sie, als habe sie sich gerade erst an ihre Gegenwart erinnert. »Ihr beiden geht jetzt weg. Am besten in euer Zimmer, Nynaeve. Wenn man bedenkt, was ihr schon alles zu bewältigen habt … Man darf nicht erfahren, daß ihr in diese Sache hier verwickelt seid, selbst wenn es nur am Rande ist. Geht!«

Egwene knickste und zupfte an Nynaeves Ärmel, aber Nynaeve sagte: »Warum seid Ihr hier heraufgekommen, Sheriam Sedai?«

Einen Augenblick lang blickte Sheriam überrascht drein, doch dann runzelte sie sogleich kritisch die Stirn. »Muß die Oberin der Novizinnen plötzlich eine Entschuldigung haben, wenn sie die Quartiere der Novizinnen besucht, Aufgenommene?« fragte sie leise. »Stellen Aufgenommene nun plötzlich die Aes Sedai in Frage? Die Amyrlin hat vor, aus euch beiden etwas zu machen, aber ob sie das nun schafft oder nicht, ich werde euch wenigstens Manieren beibringen. Nun geht aber, ihr beiden, bevor ich euch in mein Arbeitszimmer schleife, und das keineswegs bereits für den Termin dort, den die Amyrlin für euch vorgesehen hat.«

Mit einem Mal kam Egwene ein Gedanke. »Verzeiht mir, Sheriam Sedai«, sagte sie schnell, »aber ich muß meinen Umhang noch holen. Mich friert.« Sie eilte weg um die Galerie herum, bevor die Aes Sedai etwas erwidern konnte. Falls Sheriam den Armbrustbolzen vor ihrer Tür fand, würde sie zu viele Fragen stellen. Dann könnten sie nicht mehr behaupten, sie hätten lediglich den Mann gefunden und sonst nichts mit ihm zu tun.

Doch als sie die Tür zu ihrem Zimmer erreichte, war der schwere Bolzen weg. Nur die Scharte im Stein neben der Tür zeigte, daß er dort eingeschlagen war.

Egwene bekam eine Gänsehaut. *Wie konnte jemand den entfernen, ohne daß wir es bemerkten? Ein weiterer Grauer Mann!* Sie berührte ganz unbewußt *Saidar*. Nur der süße Strom der Macht in ihr sagte ihr, was sie getan hatte. Trotzdem tat sie etwas, was zum Schwersten gehörte, das sie jemals unternommen hatte: Sie öffnete die Tür und trat in ihr Zimmer. Es war niemand da. Sie schnappte sich den weißen Umhang vom Haken und rannte hinaus, und sie ließ *Saidar* nicht fahren, bis sie fast wieder bei den anderen angelangt war.

Zwischen den Frauen mußte während ihrer Abwesenheit noch etwas vorgegangen sein. Nynaeve bemühte sich, demütig zu wirken, brachte es aber nur fertig, dreinzuschauen, als habe sie Sodbrennen. Sheriam hatte die Fäuste in die Hüften gestützt und klopfte irritiert mit der Fußspitze auf den Boden. Der Blick, den sie Nynaeve zuwarf, wirkte, als wollten grüne Mahlsteine sie im nächsten Moment wie Hafer mahlen. Egwene wurde sofort darin mit einbezogen.

»Verzeiht, Sheriam Sedai«, sagte sie schnell, knickste vor ihr und warf sich gleichzeitig den Umhang über. »Das alles... einen toten Mann zu entdecken... einen... einen Grauen Mann! – das hat mich frieren lassen. Können wir jetzt gehen?«

Sheriam nickte kurz und Nynaeve machte ihren üblichen sehr kurz angebundenen Knicks. Egwene packte sie am Arm und zog sie weg.

»Willst du uns noch mehr Schwierigkeiten einhandeln?« fragte sie zwei Ebenen weiter unten. Sie befanden sich außer Hörweite von Sheriam, hoffte sie jedenfalls. »Was hast du noch zu ihr gesagt, daß sie so böse dreinschaute? Noch mehr Fragen, schätze ich! Ich hoffe, du hast etwas erfahren, was ihren Zorn auf uns wert war!«

»Sie hat gar nichts gesagt«, knurrte Nynaeve. »Wir müssen Fragen stellen, wenn wir etwas ausrichten wollen, Egwene. Es ist ein wenig Risiko wert, denn sonst erfahren wir überhaupt nichts.«

Egwene seufzte. »Na ja, aber sei ein bißchen verbindlicher dabei!« Nach Nynaeves Gesichtsausdruck zu schließen, hatte sie nicht die Absicht, verbindlicher zu werden oder Risiken aus dem Weg zu gehen. Egwene seufzte noch einmal. »Der Armbrustbolzen war weg, Nynaeve. Er muß von einem anderen Grauen Mann entfernt worden sein.«

»Deshalb bist du also… Licht!« Nynaeve runzelte die Stirn und riß wieder an ihrem Zopf.

Nach einer Weile sagte Egwene: »Was war denn das, womit sie die… den Körper verdeckt hat?« Sie vermied es, noch einmal an die Bezeichnung Grauer Mann zu denken. Das erinnerte sie zu sehr daran, daß draußen noch einer von der Sorte lauerte. Eigentlich wollte sie am liebsten an gar nichts denken.

»Luft«, erwiderte Nynaeve. »Sie benützte ganz einfach Luft dazu. Eine saubere Sache. Ich glaube, ich weiß, wie man sich das zunutze machen kann.«

Der Gebrauch der Einen Macht unterlag den fünf Elementen: Erde, Luft, Feuer, Wasser und Geist. Verschiedenartige Talente erforderten auch unterschiedliche Kombinationen dieser Elemente. »Ich verstehe einiges daran nicht, wie man die Fünf Elemente kombiniert. Nimm zum Beispiel die Heilung von Krankheiten oder Verletzungen. Klar, daß man dazu den Geist benötigt und vielleicht auch die Luft, aber warum das Wasser?«

Nynaeve fuhr sie an: »Was quatschst du denn da laut aus? Hast du vergessen, was wir tun müssen?« Sie sah sich um. Sie hatten die Quartiere der Aufgenommenen erreicht, die einige Galerien tiefer lagen als die der Novizinnen. Sie waren von einem Garten umgeben. Es war nur eine andere Aufgenommene zu sehen, die auf einer anderen Ebene weitereilte, doch sie senkte die Stimme: »Hast du die Schwarzen Ajah vergessen?«

»Ich versuche jedenfalls, sie zu vergessen«, sagte Egwene erhitzt. »Eine Weile lang wenigstens. Ich versuche auch, zu vergessen, daß wir gerade einen toten Mann zurückgelassen haben. Ich versuche, zu vergessen, daß er mich beinahe getötet hätte und daß er einen Gefährten hat, der das vielleicht noch einmal versuchen wird.« Sie berührte ihr Ohr. Der Blutstropfen war getrocknet, aber die Schramme schmerzte noch. »Wir hatten Glück, daß wir nicht beide jetzt tot sind.«

Nynaeves Gesichtsausdruck besänftigte sich, und als sie weitersprach, klang es ein wenig wie bei der Seherin von Emondsfeld, wenn sie jemanden beruhigen mußte. »Behalte diese Leiche gut in Erinnerung, Egwene. Denke daran, daß er dich töten wollte. Uns töten wollte. Denke auch immer an die Schwarzen Ajah. Die ganze Zeit über mußt du das im Hinterkopf behalten. Denn wenn du nur einmal nicht daran denkst, kann es bereits im nächsten Moment zu spät sein, und du bist tot.«

»Ich weiß«, seufzte Egwene. »Aber es muß mir ja nicht auch noch gefallen.«

»Hast du bemerkt, was Sheriam nicht erwähnt hat?«

»Nein. Was?«

»Sie hat überhaupt nicht danach gefragt, wer ihn wohl erdolcht hat. Also, komm jetzt. Mein Zimmer ist gleich dort drüben, und wenn wir uns drinnen weiter unterhalten, kannst du wenigstens die Füße hochlegen.«

KAPITEL 16

Drei Jägerinnen

Nynaeves Zimmer war um einiges größer als die Zimmer der Novizinnen. Sie hatte ein richtiges Bett darin und nicht eine in die Wand eingebaute Koje, zwei Lehnstühle statt eines Hockers und einen Kleiderschrank. Die Möbel waren schlicht wie in einem besseren Bauernhaus, aber verglichen mit der Einrichtung bei den Novizinnen waren die Aufgenommenen von Luxus umgeben. Es gab sogar einen kleinen Teppich, der auf blauem Untergrund gelbe und rote Runenmuster aufwies. Das Zimmer war aber nicht leer, als Egwene und Nynaeve eintraten.

Elayne stand vor dem Kamin und hatte die Arme vor der Brust verschränkt. Ihre Augen waren gerötet, und das offensichtlich zumindest teilweise vor Zorn. Zwei hochgewachsene junge Männer saßen auf den Lehnstühlen. Einer hatte seinen dunkelgrünen Mantel geöffnet, so daß sein schneeweißes Hemd sichtbar war. Seine Augen waren genauso blau wie die Elaynes und sein Haar genauso rotblond. Auch sein grinsendes Gesicht wies ihn ganz klar als Elaynes Bruder aus. Der andere, etwa gleich alt wie Nynaeve und mit einem grauen, ordentlich zugeknöpften Mantel angetan, war gertenschlank und hatte dunkles Haar und ebenso dunkle Augen. Er erhob sich mit einer fließend eleganten Bewegung und offensichtlich großem Selbstvertrauen, als Egwene und Nynaeve eintraten. Egwene konnte sich nicht helfen, aber sie hielt ihn für den bestaussehenden Mann, den sie jemals kennengelernt hatte. Er hieß Galad.

»Es ist schön, Euch wiederzusehen«, sagte er und nahm ihre Hand in die seine. »Ich habe mir Euretwegen Sorgen gemacht. Wir waren sehr besorgt.«

Ihr Pulsschlag beschleunigte sich, und sie zog schnell ihre Hand zurück, bevor er es bemerkte. »Danke, Galad«, murmelte sie. *Licht, sieht der gut aus!* Sie sagte sich, daß sie aufhören müsse, an ihn zu denken. Das war nicht leicht. Statt dessen ertappte sie sich dabei, wie sie ihr Kleid glattstrich und sich wünschte, es wäre aus Seide anstelle dieser einfachen Wolle – vielleicht eines dieser Domani-Kleider, von denen Min ihr erzählt hatte, die so dünn und anschmiegsam waren, daß man glaubte, sie seien durchsichtig, auch wenn das gar nicht der Fall war. Sie errötete heftig und verbannte die Vorstellung aus ihrem Geist. Sie hoffte, er werde ihr Erröten nicht bemerken. Es half nichts, daß die Hälfte aller Frauen in der Burg – von den Küchenmädchen bis hin zu den Aes Sedai selbst – ihn auf genau die gleiche Weise angafften. Es half auch nichts, daß sein Lächeln wirkte, als sei es nur für sie allein bestimmt. Das machte die Dinge nur noch schlimmer. *Licht, wenn er auch nur ahnt, was ich denke, sterbe ich auf der Stelle!*

Der goldhaarige junge Mann beugte sich auf seinem Stuhl vor. »Die Frage ist nur, wo habt ihr gesteckt? Elayne weicht meinen Fragen aus, als habe sie die Taschen voller Feigen und wolle mir keine abgeben.«

»Ich habe es dir doch gesagt, Gawyn«, sagte Elayne genervt. »Es geht dich nichts an. Ich bin hierhergekommen«, fuhr sie zu Nynaeve gewandt fort, »weil ich nicht allein sein wollte. Sie sahen mich und folgten mir einfach. Sie akzeptieren einfach kein Nein.«

»Anscheinend nicht«, bemerkte Nynaeve trocken.

»Aber es geht uns etwas an, Schwester«, sagte Galad. »Deine Sicherheit geht uns sogar sehr viel an.« Er sah Egwene dabei an, und sie fühlte, wie ihr Herz höher schlug. »Eure Sicherheit ist für mich sehr wichtig. Für uns.«

»Ich bin nicht deine Schwester«, fauchte ihn Elayne an.

»Wenn ihr Gesellschaft braucht«, sagte Gawyn lächelnd zu Elayne, »sind wir ja wohl gut genug. Und nach allem, was wir durchgemacht haben, um überhaupt hier sein zu können, verdienen wir auch eine Erklärung, wo ihr gewesen seid. Ich lasse mich lieber den ganzen Tag lang von Galad über das Übungsgelände scheuchen, als Mutter eine einzige Sekunde lang gegenüberzustehen. Mir ist noch lieber, wenn Coulin wütend auf mich ist.« Coulin war der Waffenmeister und brachte den jungen Männern, die in die Burg kamen, um sich von ihm ausbilden zu lassen, strengste Disziplin bei, gleich, ob sie nun Behüter werden wollten oder nur von ihnen lernen.

»Du kannst unsere Familienbande verleugnen, soviel du willst«, sagte Galad ernst zu Elayne, »aber sie existieren deshalb immer noch. Und Mutter hat uns für deine Sicherheit verantwortlich gemacht.«

Gawyn schnitt eine Grimasse. »Sie zieht uns das Fell über die Ohren, Elayne, wenn dir irgend etwas zustößt. Wir mußten uns den Mund fußlig reden, sonst hätte sie uns gleich mit nach Hause geschleppt. Ich habe noch nie davon gehört, daß eine Königin ihre eigenen Söhne zum Henker geschickt hat, aber bei Mutter klang es danach, als werde sie die erste sein, die das tut, wenn wir dich nicht sicher nach Hause bringen.«

»Ich bin sicher«, meinte Elayne, »daß ihr euch ganz gewiß nur meinetwegen den Mund fußlig geredet habt, und überhaupt nicht, weil ihr hierbleiben wolltet, um von den Behütern zu lernen.« Gawyn war nun mit dem Erröten an der Reihe.

»Deine Sicherheit war unser Hauptanliegen.« Es klang durchaus ernst gemeint bei Galad, und Egwene war auch davon überzeugt. »Wir brachten es fertig, Mutter davon zu überzeugen, daß ihr bei eurer Rückkehr jemanden braucht, der auf euch aufpaßt.«

»Auf mich aufpassen!« rief Elayne, doch Galad sprach einfach weiter.

»Die Weiße Burg ist zu einem gefährlichen Ort geworden. Es hat Todesfälle gegeben – Morde –, die nicht richtig geklärt worden sind. Sogar ein paar Aes Sedai sind getötet worden, obwohl man versucht hat, das zu vertuschen. Und ich habe gerüchteweise von Schwarzen Ajah gehört, und das sogar in der Burg selbst. Mutter hat befohlen, dich nach Caemlyn zurückzubringen, sobald deine Ausbildung so weit fortgeschritten ist, daß du in Sicherheit zurückkehren kannst.«

Anstatt einer Antwort hob Elayne nur die Nase noch ein wenig höher und wandte sich von ihm ab.

Gawyn fuhr sich entmutigt mit der Hand durch das Haar. »Licht, Nynaeve, Galad und ich sind doch keine Verbrecher. Alles, was wir wollen, ist doch zu helfen! Wir würden das sowieso tun, aber Mutter hat es befohlen, also könnt ihr uns das auch nicht ausreden.«

»Morgases Befehle haben in Tar Valon keine Gültigkeit«, sagte Nynaeve gelassen. »Was euer Angebot betrifft, uns zu helfen, so werde ich mich daran erinnern. Sollten wir Hilfe benötigen, werdet ihr unter den ersten sein, die davon erfahren. Aber jetzt wünsche ich, daß ihr geht.« Sie deutete entschlossen auf die Tür, doch er ignorierte sie.

»Das ist alles schön und gut, aber Mutter wird wissen wollen, ob Elayne zurückgekommen ist. Und warum sie, ohne ein Wort zu sagen, fortgelaufen ist und was sie all diese Monate über getan hat. Licht, Elayne! Die ganze Burg war in Aufruhr. Mutter war halb verrückt vor Angst. Ich glaubte schon, sie wolle die ganze Burg mit den Händen niederreißen.« Elaynes Gesicht nahm einen leicht schuldbewußten Ausdruck an und Gawyn nützte das aus. »Das bist du ihr schuldig, Elayne. Und das bist du auch mir schuldig. Seng mich, aber du bist so stur wie ein Maulesel. Du warst monatelang weg, und alles, was ich vor dir weiß, ist, daß du dich mit Sheriam angelegt hast. Und das weiß ich auch nur, weil du geheult hast und dich nicht hinsetzen willst.« Elaynes beleidigter Blick zeigte, daß er den errungenen Vorteil wieder verspielt hatte.

»Genug«, sagte Nynaeve. Galad und Gawyn öffneten gleichzeitig den Mund, doch sie erhob ihre Stimme: »Ich sagte: Genug!« Sie funkelte die beiden derart an, daß sie verstummten, und fuhr dann fort: »Elayne ist euch beiden *nichts* schuldig. Wenn sie es vorzieht, euch nichts zu sagen, dann ist das ihre Sache. Das hier ist mein Zimmer und kein öffentlicher Schankraum. Also raus mit euch!«

»Aber, Elayne ...«, begann Gawyn in der gleichen Sekunde, in der Galad sagte: »Wir wollen doch nur ...«

Nynaeve sagte so laut, daß sie die beiden übertönte: »Ich bezweifle, daß ihr um Erlaubnis gebeten habt, die Quartiere der Aufgenommenen betreten zu dürfen.« Sie sahen sie überrascht an. »Das dachte ich mir. Ihr werdet aus meinem Zimmer und aus meinen Augen sein, bevor ich bis drei gezählt habe, sonst schicke ich dem Waffenmeister eine Beschwerde über euch. Coulin Gaidin ist viel kräftiger als Sheriam Sedai, und ihr könnt sicher sein, daß ich dabeisein werde, um zu sehen, ob er euch auch richtig versohlt.«

»Nynaeve, das würdest du doch ...«, fing Gawyn besorgt an, doch Galad bedeutete ihm, zu schweigen, und er trat auf Nynaeve zu.

Ihre Miene blieb streng, doch unbewußt strich sie ihr Kleid glatt, als er auf sie herablächelte. Egwene war nicht überrascht. Sie hatte wohl außer den Roten Ajah noch keine Frau erlebt, die von Galads Lächeln unbeeindruckt geblieben war.

»Ich entschuldige mich dafür, Nynaeve, daß wir uns unerwünscht aufgedrängt haben«, sagte er verbindlich. »Wir werden natürlich gehen. Aber denkt daran, daß wir hier sind, falls ihr uns braucht. Und was immer euch dazu brachte, von hier fortzulaufen: Wir können euch auch dabei helfen.«

Nynaeve erwiderte sein Lächeln. »Eins«, sagte sie.

Galad blinzelte, und sein Lächeln erstarb. Ruhig wandte er sich Egwene zu. Gawyn stand auf und ging zur Tür. »Egwene«, sagte Galad, »du weißt, daß gerade du immer darauf zählen kannst, daß ich dir zu jeder Zeit und bei allem helfe. Ich hoffe, das vergißt du nicht.«

»Zwei«, sagte Nynaeve.

Galad sah sie irritiert an. »Wir sprechen noch miteinander«, sagte er zu Egwene und beugte sich über ihre Hand. Mit einem Abschiedslächeln trat er ohne jede Eile auf die Tür zu.

»Drrrrrr ...« – Gawyn schoß durch die Tür, und selbst Galads Schritt verlor durch eine plötzliche Beschleunigung viel von seiner üblichen Grazie – »ei«, vollendete Nynaeve, als die Tür auch schon zuknallte.

Elayne klatschte begeistert in die Hände. »Gut gemacht«, sagte sie. »Sehr gut gemacht. Ich wußte noch nicht einmal, daß es Männern verboten ist, die Quartiere der Aufgenommenen zu betreten.«

»Ist es nicht«, sagte Nynaeve trocken, »aber das haben diese Halunken eben auch nicht gewußt.« Elayne klatschte noch einmal lachend Beifall. »Ich hätte sie ja einfach auf gewöhnliche Art gehen lassen«, fügte Nynaeve hinzu, »wenn Galad nicht so ein Theater gemacht hätte. Dieser junge Mann sieht einfach zu gut aus für sein eigenes Wohlergehen.« Egwene hätte beinahe aufgelacht. Galad war kaum ein Jahr jünger als Nynaeve, wenn überhaupt, und Nynaeve strich sich schon wieder über das Kleid.

»Galad!« fauchte Elayne. »Er wird uns wieder belästigen, und ich weiß nicht, ob dein Trick ein zweitesmal klappen wird. Er tut, was er für richtig hält, gleich, wem er damit weh tut, und wenn er selbst der Leidtragende ist.«

»Dann lasse ich mir etwas anderes einfallen«, sagte Nynaeve. »Wir können es uns nicht leisten, wenn sie uns ständig hinterherlaufen. Elayne, wenn du möchtest, bereite ich dir eine Salbe, die deine Schmerzen lindert.«

Elayne schüttelte den Kopf und legte sich dann der Länge nach auf dem Bauch aufs Bett. »Wenn Sheriam das merkt, haben wir zweifellos beide einen weiteren Besuch bei ihr vor uns. Du hast nicht viel gesagt, Egwene. Hat es dir die Sprache verschlagen?« Ihr Gesichtsausdruck wurde grimmig. »Oder ist Galad daran schuld?«

Egwene errötete unwillkürlich. »Ich wollte mich einfach nicht mit ihnen herumärgern«, sagte sie so würdevoll wie möglich.

»Selbstverständlich«, meinte Elayne knurrig. »Ich gebe ja zu, daß Galad gut aussieht. Aber er ist auch schrecklich. Er tut *immer* das Richtige, so wie er es sieht. Er hat niemals Mutters Befehlen zuwidergehandelt – nicht mal in der kleinsten Sache. Er bringt keine Lüge über die Lippen, nicht mal eine Notlüge, und er übertritt keine Vorschrift. Falls er dich verpetzt, weil du etwas Verbotenes gemacht hast, empfindet er keinerlei Schadenfreude. Er ist höchstens traurig darüber, daß du seinem Maßstab nicht gerecht wurdest. Aber das ändert nichts daran, daß er dich verpetzen wird.«

»Das klingt… unangenehm«, sagte Egwene zurückhaltend, »aber nicht schrecklich. Ich kann mir nicht vorstellen, daß Galad etwas Schreckliches tut.«

Elayne schüttelte den Kopf, als könne sie nicht glauben, daß Egwene so blind sei. »Wenn du dich irgend jemandem widmen willst, dann versuch's mal mit Gawyn. Der ist wirklich nett – jedenfalls meistens –, und er ist in dich verknallt.«

»Gawyn? Er hat mir noch nie einen zweiten Blick zugeworfen.«

»Natürlich nicht, du Närrin! So, wie du Galad anhimmelst, daß man glauben könnte, dir fallen gleich die Augen aus dem Kopf.« Egwenes Wangen brannten, doch sie befürchtete, es könne etwas Wahres daran sein. »Galad hat ihm das Leben gerettet, als Gawyn noch ein Kind war«, fuhr Elayne fort. »Gawyn wird niemals zugeben, daß er sich für eine Frau interessiert, falls Galad auf sie wild ist, aber ich habe gehört, wie er über dich spricht und ich weiß Bescheid. Vor mir konnte er noch nie etwas verbergen.«

»Schön, das zu wissen«, sagte Egwene, und dann lachte sie über Elaynes Grinsen. »Vielleicht kann ich ihn dazu bringen, daß er mir ein paar dieser Sachen erzählt und nicht bloß dir.«

»Du könntest die Grünen Ajah wählen, ja? Die Grünen Schwestern heiraten manchmal. Gawyn ist wirklich in dich verknallt, und du wärst gut für ihn. Außerdem hätte ich dich schon gern zur Schwägerin.«

»Wenn ihr zwei mit eurem Geschnatter fertig seid«, unterbrach Nynaeve sie, »dann können wir vielleicht zur Abwechslung mal über etwas Wichtiges sprechen.«

»Ja«, sagte Elayne, »wie zum Beispiel darüber, was die Amyrlin euch gesagt hat, nachdem ich gehen mußte.«

»Ich möchte darüber lieber nicht sprechen«, sagte Egwene verlegen. Sie wollte Elayne nicht gern anlügen. »Sie hat jedenfalls nichts Angenehmes gesagt.«

Elayne schnaubte ungläubig. »Die meisten Leute glauben, daß ich bei allem besser wegkomme, weil ich Tochter-Erbin von Andor bin. In Wirklichkeit aber ist es umgekehrt, und mich trifft alles um so härter, gerade weil ich Tochter-Erbin bin. Keine von euch hat etwas anderes getan als ich, und wenn die Amyrlin mit euch hart ins Gericht gegangen wäre, hätte ich das Doppelte abbekommen. Also, was hat sie gesagt?«

»Du mußt das aber vertraulich behandeln«, sagte Nynaeve. »Die Schwarzen Ajah …«

»Nynaeve!« rief Egwene. »Die Amyrlin sagte, daß Elayne aus dem Spiel bleiben solle!«

»Die Schwarzen Ajah!« Elayne schrie das beinahe

heraus und rappelte sich auf dem Bett zu einer knienden Haltung hoch. »Ihr könnt mich nicht im Unklaren lassen, nachdem ihr schon soviel herausgelassen habt. Ich lasse mich nicht zur Seite schieben.«

»Das hatte ich auch niemals vor«, versicherte Nynaeve ihr. Egwene blickte sie mit großen Augen an. »Egwene, du und ich, uns betrachtete Liandrin als Bedrohung. Wir beide wurden eben erst beinahe getötet…«

»Beinahe getötet?« flüsterte Elayne.

»… vielleicht, weil wir immer noch eine Bedrohung darstellen, oder vielleicht auch, weil sie bereits wissen, daß wir allein mit der Amyrlin gesprochen haben und was sie uns berichtete. Wir brauchen jemanden auf unserer Seite, die sie nicht kennen, und wenn auch die Amyrlin keine Ahnung davon hat, um so besser. Ich bin nicht sicher, ob wir der Amyrlin viel mehr trauen können als den Schwarzen Ajah. Sie will uns benützen, wozu auch immer. Ich werde dafür sorgen, daß wir dabei nicht verlieren. Verstehst du das?«

Egwene nickte zögernd. Trotzdem sagte sie: »Es wird gefährlich, Elayne, genauso gefährlich wie alles, was wir in Falme erlebten. Vielleicht noch mehr. Du mußt dich diesmal nicht darin verwickeln lassen.«

»Das weiß ich«, sagte Elayne leise. Sie schwieg einen Moment und fuhr dann fort: »Wenn Andor in den Krieg zieht, dann befehligt der Erste Prinz des Schwertes das Heer, aber die Königin reitet auch mit. Vor siebenhundert Jahren wurden die Mannen aus Andor in der Schlacht bei Cuallin Dhen bereits zurückgeschlagen, als Königin Modrellein allein und unbewaffnet losritt und das Löwenbanner mitten unter die Soldaten aus Tear brachte. Die Mannen von Andor fingen sich noch einmal und griffen wieder an, retteten sie und gewannen die Schlacht. Diese Art von Mut erwartet man von der Königin von Andor. Wenn ich jetzt noch nicht gelernt habe, meine eigene Angst unter Kontrolle zu bringen, dann muß ich das spätestens, bevor ich den Platz meiner Mutter auf dem Löwenthron einnehme.« Plötzlich löste sich ihre düstere Stimmung in einem Kichern auf. »Außerdem, glaubt ihr etwa, ich wolle ein Abenteuer verpassen, damit ich Töpfe auskratzen kann?«

»Das wirst du sowieso tun müssen«, erwiderte Nynaeve. »Und dazu hoffen, daß alle glauben, du tätest nichts anderes. Jetzt höre gut zu.«

Elayne lauschte, und ihre Kinnlade klappte immer mehr herunter, als ihr Nynaeve eröffnete, was die Amyrlin ihnen berichtet hatte, und die Aufgabe, die sie ihnen anvertraut hatte, und den Anschlag auf ihr Leben. Sie schauderte bei der Erwähnung des Grauen Mannes und las staunend das Dokument, das die Amyrlin Nynaeve gegeben hatte. Sie gab es zurück und knurrte: »Wenn ich das nur bei meiner nächsten Begegnung mit Mutter hätte.« Als Nynaeve schließlich fertig war, blickte Elayne ziemlich frustriert drein.

»Also, das ist ja so, als sage man euch, ihr sollt in die Hügel hinaufmarschieren und Löwen suchen, nur daß ihr gar nicht wißt, ob es dort Löwen gibt, und falls es sie gibt, kann es sein, daß sie euch jagen und daß sie sich hinter jedem Busch verborgen haben können. Oh, und falls ihr Löwen findet, schaut ja zu, daß sie euch nicht auffressen, bevor ihr weitermelden könnt, wo sie sind.«

»Wenn du Angst hast«, stellte Nynaeve fest, »kannst du dich immer noch heraushalten. Wenn du aber einmal damit begonnen hast, ist es zu spät.«

Elayne rümpfte die Nase. »Klar habe ich Angst. Ich bin keine Närrin. Aber ich habe nicht soviel Angst, daß ich einen Rückzieher mache, bevor ich überhaupt angefangen habe.«

»Da ist noch etwas«, sagte Nynaeve. »Ich fürchte, die Amyrlin plant, Mat sterben zu lassen.«

»Aber eine Aes Sedai muß doch jeden heilen, der sie

darum bittet!« Die Tochter-Erbin schien zwischen Zorn und Ungläubigkeit zu schwanken. »Warum sollte sie Mat sterben lassen? Das kann ich nicht glauben. Das will ich nicht glauben!«

»Ich auch nicht«, keuchte die völlig überraschte Egwene. *Das kann sie nicht gemeint haben! Sie kann ihn nicht einfach sterben lassen!* »Den ganzen Weg nach hier über hat Verin gesagt, die Amyrlin werde dafür sorgen, daß er geheilt wird.«

Nynaeve schüttelte den Kopf. »Verin sagte, die Amyrlin werde sich um ihn kümmern! Das ist nicht das gleiche. Und die Amyrlin vermied jedes klare Ja oder Nein, als ich sie danach fragte. Vielleicht hat sie sich noch nicht entschieden.«

»Aber warum?« fragte Elayne.

»Die Weiße Burg hat für alles, was sie tut, ihre eigenen Gründe.« Der Klang von Nynaeves Stimme ließ Egwene schaudern. »Ich weiß nicht, warum. Ob sie Mat wieder zum Leben erwecken oder ihn sterben lassen, hängt davon ab, was ihnen am besten dient. Keiner der Drei Eide besagt, daß sie ihn heilen müssen. Mat ist einfach ein Werkzeug in den Augen der Amyrlin. Sie benützt uns, um die Schwarzen Ajah zu suchen, aber wenn man ein Werkzeug kaputtmacht, so daß es nicht mehr repariert werden kann, weint man ihm deshalb noch lange keine Träne nach. Man holt sich einfach ein neues. Daran solltet ihr beiden auch immer denken.«

»Was sollen wir seinetwegen unternehmen?« fragte Egwene. »Was können wir tun?«

Nynaeve ging zu ihrem Kleiderschrank und kramte tief darin herum. Als sie wieder auftauchte, hielt sie einen gestreiften Stoffbeutel mit Kräutern in der Hand. »Mit meiner eigenen Medizin – und ein wenig Glück – kann ich ihn vielleicht selbst heilen.«

»Verin hat es nicht fertiggebracht«, sagte Elayne. »Moiraine und Verin gemeinsam konnten es nicht, und

Moiraine hatte einen *Angreal.* Nynaeve, wenn du zuviel von der Einen Macht auf einmal heranziehst, kannst du dich selbst zu Asche verbrennen. Oder dich selbst einer Dämpfung unterziehen, falls du Glück hast. Wenn man das Glück nennen kann.«

Nynaeve zuckte die Achseln. »Sie sagen mir immer wieder, daß ich das Potential habe, die stärkste Aes Sedai der letzten tausend Jahre zu werden. Vielleicht ist es jetzt an der Zeit, herauszufinden, ob sie recht haben.« Sie zupfte schon wieder an ihrem Zopf.

Es war klar: Wie tapfer ihre Worte auch klingen mochten – sie hatte trotzdem Angst. *Aber sie wird Mat nicht sterben lassen, auch wenn sie ihr eigenes Leben dabei riskiert.* »Sie sagen doch, wir drei seien alle derart mächtig – oder werden es eines Tages sein. Vielleicht können wir den Strom zwischen uns aufteilen, wenn wir zusammenarbeiten.«

»Wir haben noch nie versucht, zusammenzuarbeiten«, sagte Nynaeve bedächtig. »Ich bin nicht sicher, daß ich es fertigbringe, unsere Fähigkeiten irgendwie zusammenzuführen. Der Versuch allein könnte schon genauso gefährlich sein wie die Entnahme von zuviel Energie.«

»Ach, wenn wir es tun wollen«, sagte Elayne und kletterte vom Bett, »dann los. Je länger wir darüber reden, desto mehr Angst bekommen wir. Mat ist in einem der Gästezimmer. Ich weiß nicht, in welchem, aber soviel wenigstens hat mir Sheriam gesagt.«

Als wolle sie einen Schlußstrich unter ihre Worte ziehen, sprang die Tür auf, und eine Aes Sedai trat so selbstverständlich ein, als sei es ihr eigenes Zimmer und die anderen Eindringlinge.

Egwene knickste besonders tief, um ihr erschrockenes Gesicht zu verbergen.

KAPITEL 17

Die Rote Schwester

Elaida sah recht gut aus, war aber nicht schön zu nennen. Die Strenge in ihrem Gesicht verlieh ihren alterslosen Aes-Sedai-Zügen mehr Reife. Sie wirkte nicht alt, aber Egwene konnte sich bei Elaida nicht vorstellen, daß sie einmal jung gewesen war. Außer bei ganz offiziellen Anlässen trug kaum eine Aes Sedai die rankenbestickte Stola mit der großen, weißen Träne der Flamme von Tar Valon auf dem Rücken der Trägerin. Doch Elaida trug die ihre, und die roten Fransen zeigten, zu welcher Ajah sie gehörte. Auch ihr beiges Seidenkleid wies rote Schrägstreifen auf, und unter dem Saum ihres Rocks lugten rote Schuhe hervor. Ihre dunklen Augen beobachteten sie wie die eines Raubvogels ein paar Würmer.

»Also seid ihr alle zusammen. Das überrascht mich eigentlich überhaupt nicht.« In Kleidung wie Stimme lag nichts Überhebliches; sie war eine mächtige Frau, immer bereit, ihre Macht anzuwenden, wenn sie es für nötig hielt, eine Frau, die mehr wußte als die Personen, mit denen sie sprach. Das galt sowohl für eine Königin wie für eine Novizin.

»Vergebt mir, Elaida Sedai«, sagte Nynaeve mit einem weiteren Knicks, »aber ich war gerade im Gehen begriffen. Ich muß in bezug auf meine Studien viel aufholen. Verzeiht mir also ...«

»Eure Studien können warten«, sagte Elaida. »Sie mußten schließlich schon lange genug warten.« Sie nahm Nynaeve den Stoffbeutel aus der Hand und band ihn auf. Nach einem Blick ins Innere warf sie ihn zu

Boden. »Kräuter. Ihr seid keine Dorfseherin mehr, Kind. Wenn Ihr an der Vergangenheit festhaltet, haltet Ihr euch nur selbst auf.«

»Elaida Sedai«, sagte Elayne, »ich ...«

»Schweigt still, Novizin.« Elaidas Stimme klang kalt und sanft dabei, so sanft wie Seide, die um Stahl gewickelt wurde. »Ihr habt möglicherweise ein Band zwischen Tar Valon und Caemlyn zerrissen, das dreitausend Jahre lang gehalten hatte. Ihr werdet nur sprechen, wenn Ihr dazu aufgefordert werdet.« Elayne betrachtete intensiv den Boden vor ihren Füßen. Auf ihren Wangen brannten rote Flecke. Schuldbewußtsein oder Zorn? Egwene war sich da nicht sicher.

Elaida ignorierte sie alle und setzte sich auf einen der Stühle, wobei sie sorgfältig ihren Rock zurechtzupfte. Sie bedeutete den anderen nicht, sich ebenfalls zu setzen. Nynaeves Gesicht straffte sich, und sie begann wieder, kurz und hart an ihrem Zopf zu reißen. Egwene hoffte, sie werde sich gut genug beherrschen und sich nicht etwa ohne Erlaubnis auf den anderen Stuhl setzen.

Als Elaida sich offensichtlich endgültig zurechtgesetzt hatte, musterte sie die anderen Frauen eine Weile lang schweigend und mit ausdruckslosem Gesicht. Schließlich sagte sie: »Habt ihr gewußt, daß unter uns Schwarze Ajah sind?«

Egwene tauschte einen überraschten Blick mit Nynaeve und Elayne.

»Man hat es uns gesagt«, sagte Nynaeve vorsichtig. »Elaida Sedai«, fügte sie nach einer kurzen Pause hinzu.

Elaida hob eine Augenbraue. »Ja. Ich dachte mir, daß ihr es wißt.« Egwene fuhr bei ihrem Tonfall leicht zusammen, da er mehr Bedeutung zu enthalten schien, als ihre Worte sagten, und Nynaeve öffnete schon zornig den Mund, doch der harte Blick der Aes Sedai schloß ihnen den Mund. »Ihr beide«, fuhr Elaida ganz beiläufig fort, »verschwindet und nehmt die Tochter-Erbin von Andor mit – das Mädchen, das eines Tages Königin von Andor werden könnte, falls ich ihr nicht vorher das Fell über die Ohren ziehe und es an einen Handschuhmacher verkaufe – verschwindet ohne Erlaubnis, ohne ein Wort, ohne eine Spur.«

»Ich wurde nicht mitgeschleppt«, sagte Elayne zum Fußboden hin. »Ich bin freiwillig mitgegangen.«

»Wirst du mir endlich gehorchen, Kind?« Elaida war von einem Glühen umgeben. Der böse Blick der Aes Sedai war auf Elayne gerichtet. »Muß ich es dir erst beibringen – gleich hier und jetzt?«

Elayne hob den Kopf, und es gab keinen Zweifel mehr darüber, was in ihrem Gesicht geschrieben stand: Zorn. Sie sah Elaida lange in die Augen.

Egwene bohrte die Fingernägel in ihre Handflächen. Es war zum Verrücktwerden. Sie oder Elayne oder Nynaeve konnten Elaida vernichten, wo sie gerade saß. Zumindest, wenn sie Elaida überraschten – schließlich war sie voll ausgebildet und stark. *Und falls wir uns irgend etwas nehmen außer dem, was sie uns sagen will, dann werfen wir damit alles weg. Mach es bitte jetzt nicht kaputt, Elayne!* Elayne senkte den Kopf. »Vergebt mir, Elaida Sedai«, murmelte sie. »Ich … habe mich vergessen.«

Das Glühen verflog, und Elaida schniefte hörbar. »Ihr habt Euch schlechte Manieren angewöhnt, wo diese beiden Euch hinbrachten. Aber Ihr könnt Euch keine schlechten Manieren leisten, Kind. Ihr werdet die erste Königin von Andor sein, die auch Aes Sedai ist. Seit mehr als tausend Jahren überhaupt die erste Aes-Sedai-Königin irgendwo. Ihr werdet eine der stärksten von uns sein seit der Zerstörung der Welt, vielleicht sogar stark genug, um als erster Herrscher seit der Zerstörung den Menschen offen zu sagen, daß Ihr Aes Sedai seid. Riskiert das alles nicht, Kind, denn noch könnt Ihr alles verlieren. Ich habe zu viel Zeit in Euch investiert, um dabei zuschauen zu können. Versteht Ihr mich?«

»Ich glaube schon, Elaida Sedai«, sagte Elayne. Es klang aber so, als verstünde sich gar nichts. Egwene davon abgesehen auch nicht.

Elaida wechselte das Thema. »Ihr seid möglicherweise in ernster Gefahr. Ihr alle drei. Ihr verschwindet und kommt wieder, und in der Zwischenzeit ... verlassen uns Liandrin und ihre ... Gefährtinnen. Da sind gewisse Schlüsse unvermeidlich. Wir sind sicher, daß Liandrin und die anderen, die mit ihr gingen, Schattenfreunde sind. Schwarze Ajah. Ich werde nicht zulassen, daß Elayne des gleichen beschuldigt wird, und um sie zu schützen, muß ich wohl euch alle drei beschützen. Sagt mir, warum ihr weggelaufen seid und was ihr diese Monate über getan habt, und ich werde alles für euch tun, was in meiner Macht steht.« Ihr Blick saugte sich wie ein Tentakel an Egwene fest.

Egwene suchte nach einer Antwort, die die Aes Sedai zufriedenstellen würde. Man sagte, daß Elaida manchmal eine Lüge heraushören könne. »Es ... es hat mit Mat zu tun. Er ist sehr krank.« Sie bemühte sich, ihre Worte sorgfältig zu wählen, um keine Unwahrheit zu sagen und dabei doch einen Eindruck zu erwecken, der weit von der Wahrheit entfernt war. *Die Aes Sedai machen das schließlich immer so.* »Wir gingen nach ... Wir brachten ihn her, damit er hier geheilt wird. Sonst wäre er gestorben. Die Amyrlin wird ihn heilen.« *Hoffe ich wenigstens.* Sie zwang sich dazu, der Roten Aes Sedai weiterhin in die Augen zu sehen und nicht nervös von einem Fuß auf den anderen zu treten. Aus Elaidas Gesicht konnte man nicht ablesen, ob sie ihr auch nur ein Wort glaubte.

»Das genügt, Egwene«, sagte Nynaeve. Elaidas durchdringender Blick traf nun sie, doch sie zeigte sich davon offensichtlich unbeeindruckt. Sie sah die Aes Sedai an, ohne mit der Wimper zu zucken. »Vergebt mir die Unterbrechung, Elaida Sedai«, sagte sie verbindlich, »aber die Amyrlin sagte, daß unsere Übertretungen hinter uns lägen und vergessen würden. Damit wir noch einmal von vorn beginnen können, sollen wir nicht mehr darüber sprechen, was hinter uns liegt. Die Amyrlin meinte, es solle sein, als sei es niemals geschehen.«

»Tatsächlich – hat sie das gesagt?« Immer noch sagte nichts an Elaidas Stimme oder ihrem Gesichtsausdruck, ob sie ihnen glaubte oder nicht. »Interessant. Ihr könnt es wohl kaum ganz vergessen, wenn eure Bestrafung mittlerweile der ganzen Burg mitgeteilt wurde. So etwas ist ohne Beispiel. Noch nie wurde jemand so bestraft, wenn eigentlich eine Dämpfung fällig wäre. Mir ist klar, warum ihr das alles hinter euch bringen wollt. Ich höre, ihr sollt zu Aufgenommenen erhoben werden, Elayne und Egwene. Das kann man kaum Strafe nennen.«

Elayne sah die Aes Sedai an, als warte sie auf die Erlaubnis zu sprechen. »Die Mutter meinte, wir seien soweit«, sagte sie. In ihre Stimme schlich sich ein wenig Trotz ein. »Ich habe gelernt, Elaida Sedai, und bin gewachsen. Sie hätte mir das wohl kaum gesagt, wenn dem nicht so wäre.«

»Gelernt«, sagte Elaida nachdenklich. »Und gewachsen. Vielleicht habt Ihr recht.« Ihrer Stimme war nicht anzuhören, ob sie das für gut befand oder nicht. Ihr Blick wanderte zu Egwene und Nynaeve zurück. Sie musterte die beiden forschend. »Ihr seid mit Mat zurückgekommen, einem Jüngling aus eurem Dorf. Da war doch noch ein weiterer junger Mann aus eurem Dorf: Rand al'Thor.«

Egwene hatte das Gefühl, daß eine eiskalte Hand nach ihrem Herz griff.

»Ich hoffe, es geht ihm gut«, sagte Nynaeve gleichmütig, doch hatte sie ihre Hand zur Faust geballt, in der das Ende ihres Zopfes lag. »Wir haben ihn schon eine Weile lang nicht mehr gesehen.«

»Ein interessanter junger Mann.« Elaida sah sie beim

Sprechen unverwandt an. »Ich habe ihn nur einmal getroffen, aber ich fand ihn – äußerst interessant. Ich glaube, er muß *ta'veren* sein. Ja. Die Antworten auf viele Fragen liegen möglicherweise in seiner Person. Euer Emondsfeld muß ein ungewöhnlicher Ort sein, der zwei von euch hervorbringt und Rand al'Thor.«

»Es ist nur ein Dorf«, sagte Nynaeve. »Nur ein Dorf wie jedes andere.«

»Ja. Natürlich.« Elaida lächelte. Es war mehr ein kaltes Lippenzucken, das Egwene den Magen herumdrehte. »Erzählt mir von ihm. Die Amyrlin hat euch doch nicht befohlen, auch über ihn Schweigen zu bewahren, oder?«

Nynaeve zog an ihrem Zopf. Elayne betrachtete den Teppich, als liege in seinem Muster etwas Wichtiges verborgen, und Egwene zermarterte sich das Hirn, um eine geschickte Antwort zu finden. *Man sagt, sie könne Lügen heraushören. Licht, falls sie das wirklich kann ...* Der Augenblick zog sich in die Länge, bis Nynaeve endlich den Mund aufmachte.

In diesem Moment öffnete sich die Tür wieder. Sheriam sah sie überrascht an. »Es ist gut, daß ich Euch hier vorfinde, Elayne. Ich brauche euch alle drei. Ich hatte Euch hier nicht erwartet, Elaida.«

Elaida stand auf und rückte ihre Stola zurecht. »Wir sind alle neugierig dieser Mädchen wegen. Warum sie weggelaufen sind. Was sie erlebt haben während ihrer Abwesenheit. Sie sagen, die Mutter habe ihnen befohlen, darüber zu schweigen.«

»Das ist auch gut so«, sagte Sheriam. »Sie werden bestraft und damit Schluß. Ich war immer der Meinung, daß mit dem Abbüßen einer Strafe der Grund dafür vergessen werden sollte.«

Einen Augenblick lang sahen sich die beiden Aes Sedai an, und auf keinem der beiden Gesichter zeigte sich irgendein Ausdruck. Dann sagte Elaida: »Sicher. Vielleicht spreche ich ein andermal wieder mit ihnen.

Über andere Dinge.« In dem Blick, den sie den drei Frauen in Weiß zuwarf, schien Egwene eine Warnung zu liegen. Dann drückte sie sich an Sheriam vorbei.

Die Herrin der Novizinnen hielt die Tür auf und sah der anderen Aes Sedai nach, wie sie die Galerie entlangschritt. Ihr Gesicht war nach wie vor ausdruckslos.

Egwene atmete tief aus und nahm Gleiches von Nynaeve und Elayne wahr.

»Sie drohte mir«, sagte Elayne ungläubig und mehr in sich selbst hinein. »Sie drohte mir mit einer Dämpfung, wenn ich weiter so ... eigensinnig bin!«

»Ihr habt sie mißverstanden«, sagte Sheriam. »Wenn Eigensinn zu einer Dämpfung führen müßte, dann wäre die Liste der Betroffenen so lang, daß ihr sie nicht mehr auswendig lernen könntet. Nur wenige folgsame Frauen bekommen jemals den Ring und die Stola. Das heißt aber nicht, daß ihr nicht lernen müßt, folgsam und demütig zu sein, wenn die Situation es von euch verlangt.«

»Ja, Sheriam Sedai«, sagten die drei wie aus einem Munde, und Sheriam lächelte. »Seht ihr? Zumindest könnt ihr euch demütig und folgsam geben. Und ihr werdet genügend Gelegenheiten bekommen, euch darin zu üben, bis ihr bei der Amyrlin wieder in Gnade seid. Und in meiner. Bei mir wird das noch schwerer werden.«

»Ja, Sheriam Sedai«, sagte Egwene, doch diesmal schloß sich nur Elayne ihr an.

Nynaeve sagte: »Was ist mit ... dem Körper, Sheriam Sedai? Dieses ... des Seelenlosen? Habt Ihr herausbekommen, wer ihn tötete? Oder warum er die Burg betrat?«

Sheriam verzog den Mund. »Ihr tretet einen Schritt vor, Nynaeve, und dann wieder einen zurück. Aus der fehlenden Überraschung bei Elayne schließe ich, daß Ihr es ihr offensichtlich erzählt habt – *obwohl ich Euch verboten hatte, darüber zu sprechen!* –, und damit wissen nun genau sieben Personen in der Burg davon, daß heute ein Mann in den Quartieren der Novizinnen getötet wurde. Zwei davon sind Männer, die nicht mehr als eben das wissen. Und, daß sie den Mund zu halten haben. Wenn ein Befehl der Herrin aller Novizinnen bei euch nichts zählt – nun, ich werde dafür sorgen, daß sich das ändert –, gehorcht ihr vielleicht wenigstens der Amyrlin. Ihr dürft mit niemandem darüber sprechen außer der Amyrlin und mir. Die Amyrlin wünscht keine neuen Gerüchte neben denen, mit denen wir uns bereits abfinden müssen. Ist das klar?«

Die Härte in ihrer Stimme löste ein dreifaches »Ja, Sheriam Sedai« aus, doch Nynaeve ließ es damit nicht bewenden. »Sieben, sagtet Ihr, Sheriam Sedai. Plus den, der ihn tötete. Und vielleicht hatten sie noch Helfer, um in die Burg zu gelangen.«

»Das muß euch nicht interessieren.« Sheriams ruhiger Blick umfaßte alle drei. »Ich werde alle Fragen stellen, die dieses Mannes wegen gestellt werden müssen. Ihr werdet derweil vergessen, daß ihr von diesem toten Mann wißt. Falls ich bemerke, daß ihr meinem Befehl zuwiderhandelt… Also, es gibt noch Schlimmeres, als Töpfe auszukratzen, um eure Aufmerksamkeit zu binden. Und ich nehme keine Entschuldigungen an. Höre ich noch mehr Fragen?«

»Nein, Sheriam Sedai.« Diesmal schloß sich zu Egwenes Beruhigung auch Nynaeve an. Nicht, daß sie besonders erleichtert war. Sheriams Überwachung würde ihre Suche nach Schwarzen Ajah noch schwieriger gestalten. Einen Augenblick lang hatte sie das Bedürfnis, hysterisch zu lachen. *Wenn uns die Schwarzen Ajah nicht erwischen, dann erwischt uns Sheriam.* Der Wunsch, zu lachen, verflüchtigte sich. *Falls Sheriam nicht selbst eine Schwarze Ajah ist.* Sie hätte diesen Gedanken am liebsten gleich wieder verdrängt.

Sheriam nickte. »Also gut. Ihr kommt jetzt mit mir.«

»Wohin?« fragte Nynaeve und fügte schnell hinzu:

»Sheriam Sedai«, einen Augenblick, bevor sich die Augen der Aes Sedai drohend zusammenzogen.

»Habt Ihr vergessen«, fragte Sheriam mit gepreßter Stimme, »daß in der Burg eine Heilung immer in Gegenwart derer durchgeführt wird, die den Kranken zu uns gebracht haben?«

Egwene glaubte schon, die Geduld der Herrin über die Novizinnen sei nun endgültig aufgebraucht, und doch konnte sie sich nicht helfen und platzte heraus: »Dann wird sie ihn tatsächlich heilen!«

»Unter anderen wird die Amyrlin selbst sich um ihn bemühen.« Sheriams Gesicht war so nichtssagend, wie ihre Stimme klang. »Hattet Ihr einen Grund, daran zu zweifeln?« Egwene konnte nur den Kopf schütteln. »Dann verschwendet ihr die Lebenszeit eures Freundes, wenn ihr hier herumsteht. Man darf die Amyrlin nicht warten lassen.« Doch trotz dieser Worte hatte Egwene das vage Gefühl, die Aes Sedai habe es keineswegs eilig.

KAPITEL 18

Heilung

Öllampen, die auf eisernen Kerzenhaltern an den Wänden angebracht waren, beleuchteten die Gänge tief unter der Burg, in die Sheriam sie geführt hatte. Die wenigen Türen, an denen sie vorbeikamen, waren fest verriegelt, einige davon mit Hilfe von Hängeschlössern. Ein paar dieser Türen waren so geschickt in die Wand eingearbeitet, daß Egwene sie erst bemerkte, als sie schon davorstand. Die Öffnungen anderer Gänge waren meist dunkel; nur bei einigen davon konnte man das ferne Glühen von in großen Abständen verteilten Lampen erkennen. Sie sah keine anderen Menschen. An diese Orte kamen auch die Aes Sedai nur selten. Die Luft war weder kühl noch warm, aber trotzdem schauderte sie und fühlte gleichzeitig Schweiß ihren Rücken hinabrinnen.

Hier unten, in den Tiefen der Weißen Burg, legten die Novizinnen ihre letzte Prüfung ab, bevor sie zu Aufgenommenen erhoben wurden. Oder aus der Burg gewiesen, falls sie nicht bestanden hatten. Hier unten legten die Aufgenommenen die Drei Eide ab, nachdem sie ihrerseits die letzte Prüfung absolviert hatten. Ihr fiel auf, daß niemand ihr erzählt hatte, was mit Aufgenommenen geschah, die bei dieser Prüfung versagten. Irgendwo hier unten war auch der Raum, in dem die wenigen *Angreal* und *Sa'Angreal* aufbewahrt wurden, und wo man die *Ter'Angreal* lagerte. Die Schwarzen Ajah hatten ihren Schlag in diesen Lagerräumen ausgeführt. Und falls einige Schwarze Ajah in einem dieser dunklen Seitengänge lauerten und Sheriam sie nicht zu Mat führte, sondern...

Sie quiekte auf, als die Aes Sedai plötzlich stehenblieb. Dann lief sie rot an, denn alle blickten neugierig zu ihr herüber. »Ich... ich habe an die Schwarzen Ajah denken müssen«, gab sie kleinlaut zu.

»Denkt nicht daran«, empfahl Sheriam, und endlich wieder einmal klang sie wie die alte Sheriam, fest und freundlich dabei. »Die Schwarzen Ajah werden noch jahrelang für euch kein Problem darstellen. Ihr habt, was der Rest von uns nicht mehr hat: Zeit, bevor ihr euch damit auseinandersetzen müßt. Noch viel Zeit. Wenn wir eintreten, bleibt an der Wand stehen und schweigt. Ihr seid hier aus Wohlwollen, um teilzunehmen, aber nicht zu stören oder abzulenken.« Sie öffnete eine graue Metalltür, die so bearbeitet war, daß sie wie aus Stein wirkte.

Der quadratische Raum dahinter war groß, seine blassen Steinwände kahl. Der einzige Einrichtungsgegenstand war ein langer Steintisch in der Mitte des Raums, der mit einem weißen Tuch bedeckt war. Auf diesem Tisch lag Mat, ganz angezogen, bis auf Mantel und Stiefel, mit geschlossenen Augen und einem so eingefallenen Gesicht, daß Egwene die Tränen kamen. Seine schweren Atemzüge kamen pfeifend und röchelnd. Der Dolch aus Shadar Logoth hing in der Scheide an seinem Gürtel. Der Rubin am Ende seines Griffs schien das Licht aufzufangen, so daß er wie ein feuriges, rotes Auge leuchtete und die Beleuchtung aus einem Dutzend Lampen überstrahlte, obwohl sie durch die blassen Wände und die weißen Fußbodenkacheln noch verstärkt wurde.

Die Amyrlin stand bei Mats Kopf und Leane zu seinen Füßen. Vier Aes Sedai standen auf einer Seite des Tisches und drei auf der anderen. Sheriam schloß sich den dreien an. Eine davon war Verin. Egwene erkannte Serafelle, eine weitere Braune Schwester, und Alanna

Mosvani von den Grünen Ajah, und dann noch Anaiya von den Blauen, also Moiraines Ajah.

Alanna und Anaiya hatten zu ihren Lehrerinnen gehört, bei denen sie gelernt hatte, sich der Wahren Quelle zu öffnen, sich dem Strom von *Saidar* hinzugeben, um ihn lenken zu können. Und zwischen ihrer ersten Ankunft in der Weißen Burg und ihrer Abreise hatte Anaiya sie mindestens fünfzigmal überprüft, um festzustellen, ob sie zu den Träumern gehörte. Die Versuche hatten weder das eine noch das andere nachgewiesen, aber die freundliche Anaiya mit dem Durchschnittsgesicht, dem ihr warmes Lächeln den einzigen Anflug von Schönheit verlieh, hatte sie immer wieder aufs neue zu sich geholt. Sie war wie ein Felsblock, der einmal ins Rollen gekommen und nun nicht mehr aufzuhalten war.

Die anderen kannte sie nicht, außer einer Frau mit betont kühlem Blick, die sie für eine Weiße hielt. Die Amyrlin und die Behüterin der Chronik trugen natürlich ihre Stolen, aber die anderen hatten nichts an sich, wonach man sie einordnen konnte. Sie trugen lediglich die Ringe mit der großen Schlange und ihre eigentümlichen Aes-Sedai-Gesichter. Keine von ihnen gab auch nur durch einen Blick zu erkennen, daß sie die Anwesenheit Egwenes und der beiden anderen überhaupt bemerkt hatte.

Trotz der äußerlichen Ruhe der Frauen am Tisch glaubte Egwene, Anzeichen von Unsicherheit erkennen zu können. Anaiyas Mundpartie wirkte so angespannt. Alannas dunkles, schönes Gesicht trug einen finsteren Ausdruck. Die Frau mit dem kühlen Blick strich sich immer wieder anscheinend völlig unbewußt ihr Kleid an den Hüften glatt.

Eine Egwene unbekannte Aes Sedai stellte einen einfachen, matt schimmernden, langen und schmalen Holzkasten auf den Tisch und öffnete ihn. Von der rotseidenen Polsterung drinnen nahm die Amyrlin eine

Art weißes, schmales Zepter, das etwa so lang war wie ihr Unterarm. Es hätte gut aus Knochen oder Elfenbein bestehen können, war aber aus keinem von beiden gefertigt. Niemand auf dieser Welt wußte noch, woraus es bestand.

Egwene hatte dieses Zepter noch nie gesehen, erkannte es aber aus einer Beschreibung Anaiyas, die sie den Novizinnen in einer Unterrichtsstunde gegeben hatte. Es war einer der wenigen *Sa'Angreal*, noch dazu vielleicht der mächtigste davon, den die Burg besaß. Die *Sa'Angreal* hatten natürlich keine eigene Macht, da sie nur dazu dienten, die von der Aes Sedai gelenkte Macht zu konzentrieren und zu verstärken, aber mit diesem hätte eine wirklich starke Aes Sedai selbst die Mauern von Tar Valon zum Einsturz bringen können.

Egwene faßte Nynaeve und Elayne bei den Händen. *Licht! Sie sind nicht sicher, ob sie ihn heilen können – noch nicht einmal mit einem Sa'Angreal wie diesem! Was hätten wir da ausrichten können? Wir hätten ihn vielleicht nur umgebracht und uns selbst noch dazu! Licht!*

»Ich werde die Ströme verschmelzen«, sagte die Amyrlin. »Seid vorsichtig. Die Energie, die wir brauchen, um seine Verbindung mit dem Dolch zu brechen und den Schaden zu heilen, ist so groß, daß sie ihn töten könnte. Ich werde sie jetzt auf ihn konzentrieren. Paßt auf.« Sie hielt das Zepter in beiden ausgestreckten Händen direkt über Mats Gesicht. Er war wohl noch bewußtlos, schüttelte aber den Kopf, verkrampfte eine Faust um den Griff des Dolches und murmelte irgend etwas, das wie Widerspruch klang. Um jede Aes Sedai herum baute sich nun ein Glühen auf, dieser weiche, weiße Lichtschein, den nur eine Frau sehen konnte, die selbst die Macht lenkte. Langsam breitete sich dieser Lichtschein aus, bis sich die Aura der einen Frau und die der anderen berührten. So verschmolzen sie alle miteinander, und ein Lichtschein entstand, der in Egwenes Augen das Licht der Lampen bei weitem

überstrahlte. Und in dieser Helligkeit glühte ein noch stärkerer Schein auf: ein Stab aus kochendweißem Feuer. Der *Sa'Angreal.* Egwene kämpfte gegen den Impuls an, sich *Saidar* zu öffnen und ihren Strom dem allem hinzuzufügen. Es zog sie dermaßen an, daß sie Schwierigkeiten hatte, auf den Beinen zu bleiben. Elayne verstärkte den Druck auf ihre Hand. Nynaeve trat einen Schritt zum Tisch hin vor und blieb dann mit zornigem Kopfschütteln stehen. *Licht,* dachte Egwene. *Ich könnte es auch.* Aber sie wußte nicht einmal, was sie eigentlich tun könnte. *Licht, es ist so stark! Es ist so ... wundervoll!* Elaynes Hand zitterte.

Auf dem Tisch wand Mat sich inmitten des Glühens, zuckte hierhin und dorthin und murmelte Unverständliches. Doch er löste seine Hand nicht von dem Dolch, und seine Augen blieben geschlossen. Langsam, ganz langsam krümmte er seinen Rücken. Seine Muskeln spannten sich, bis er zitterte. Immer noch kämpfte er und bäumte sich auf. Schließlich berührten nur noch seine Fersen und Schultern den Tisch. Seine Hand am Dolchgriff öffnete sich und zog sich bebend davor zurück. Sie wurde sichtlich mit Gewalt von dem Griff weggedrückt. Seine Lippen verzogen sich. Er bleckte die Zähne und knurrte. Sein Gesicht verzerrte sich zu einer Grimasse des Schmerzes und sein Atem kam stoßartig keuchend.

»Sie bringen ihn um«, flüsterte Egwene. »Die Amyrlin bringt ihn um. Wir müssen etwas tun!«

Genauso leise antwortete Nynaeve: »Wenn wir sie aufhalten, falls wir dazu überhaupt in der Lage sind, wird er sterben. Ich glaube nicht, daß ich auch nur halb soviel Energie lenken könnte.« Sie schwieg, von ihren eigenen Worten überrascht, daß sie halb soviel Energie lenken könne wie zehn fertige Aes Sedai mit Hilfe eines *Sa'Angreal.* Ihre Stimme wurde noch leiser: »Licht, hilf mir, ich möchte so gern.«

Sie schwieg mit einem Mal wieder. Hatte sie damit

gemeint, sie wolle Mat helfen, oder wollte sie nur den Strom der Macht in sich fühlen? Egwene spürte diesen Drang ebenfalls. Es war wie ein Lied, das sie zum Tanzen verführte. »Wir müssen ihnen vertrauen«, flüsterte Nynaeve schließlich eindringlich. »Er hat sonst keine Chance.«

Plötzlich schrie Mat mit mächtiger Stimme: »*Muad'drin tia dar allende caba'drin rhadiem!*« Sich aufbäumend und gegen den Strom der Macht ankämpfend, schrie er mit geschlossenen Augen: »*Los Valdar Cuebiyari! Los! Carai an Caldazar! Al Caldazar!*«

Egwene runzelte die Stirn. Sie hatte genug gelernt, um darin die Alte Sprache zu erkennen, aber sie verstand nicht mehr als ein paar Worte. *Carai an Caldazar! Al Caldazar!* ›Zur Ehre des Roten Adlers! Für den Roten Adler!‹ Das waren alte Kampfgesänge aus Manetheren, einem Land, das während der Trolloc-Kriege untergegangen war. Ein Land, das sich dort befunden hatte, wo jetzt die Zwei Flüsse lagen. Soviel wußte sie. Doch einen Augenblick lang schien es ihr, als müsse sie auch den Rest verstehen, als liege die Bedeutung knapp außerhalb ihres Gesichtsfeldes, als müsse sie lediglich den Kopf wenden, um alles zu verstehen.

Mit einem lauten Knall barst das Leder, und der Dolch in seiner goldenen Scheide schwebte von Mats Gürtel hoch. Er hing einen Fuß über seinem verkrampften Körper in der Luft. Der Rubin strahlte und schien beinahe feuerrote Funken zu versprühen, als ob auch er gegen die Heilung ankämpfe.

Mat öffnete die Augen und er funkelte die Frauen an, die um ihn herum standen. »*Mia ayende, Aes Sedai! Caballein misain ye! Inde muagdhe Aes Sedai misain ye! Mia ayende!*« Und er begann zu schreien. Dieser Aufschrei der Wut wollte fast nicht mehr aufhören, bis Egwene sich fragte, woher er die Luft dazu nahm.

Hastig beugte sich Anaiya hinunter und zog einen Kasten aus dunklem Metall unter dem Tisch hervor.

Ihren Bewegungen nach zu schließen war er schwer. Als sie ihn neben Mat stellte und den Deckel öffnete, sah Egwene, daß innen nur sehr wenig Platz war, denn die Wände waren mehr als drei Finger dick. Wieder bückte sich Anaiya und hob eine Küchenzange auf. Damit packte sie den schwebenden Dolch so vorsichtig, als sei er eine Giftschlange.

Mats Schreie klangen nun immer verzweifelter. Der Rubin strahlte blutrot.

Die Aes Sedai drückte den Dolch in den Kasten hinein und klappte schnell den Deckel zu. Sie seufzte erleichtert, als das Schloß hörbar einschnappte. »Ein schmutziges Ding«, sagte sie.

Sobald der Dolch verschwunden war, brachen Mats Schreie ab, und er sackte auf dem Tisch zusammen, als seien seine Muskeln und Knochen mit einem Mal erschlafft. Einen Moment später verschwand auch das Glühen, das die Aes Sedai und den Tisch umgeben hatte.

»Geschafft«, sagte die Amyrlin heiser, als habe sie geschrien und nicht Mat. »Es ist vollbracht.«

Einige der Aes Sedai sackten erschöpft in sich zusammen, und Schweiß stand allen auf der Stirn. Anaiya zog ein schmuckloses Leinentaschentuch aus dem Ärmel und wischte sich das Gesicht ab. Die Weiße mit dem kühlen Blick tupfte sich mit einem Spitzentuch aus Lugard die Wangen ab.

»Faszinierend«, stellte Verin fest. »Daß heute noch das Alte Blut in einem Menschen so stark fließen kann!« Sie und Serafelle steckten die Köpfe zusammen und sprachen leise und gestenreich miteinander.

»Ist er geheilt?« fragte Nynaeve. »Wird er es … überleben?«

Mat lag wie schlafend da, doch sein Gesicht war immer noch hager und ausgezehrt. Egwene hatte noch nie von einer Heilung mit Hilfe der Macht gehört, die nicht *alles* heilte. *Vielleicht hat die Trennung von dem Dolch ihnen alle Energie abgefordert, die sie hatten? Licht!*

»Brendas«, sagte die Amyrlin, »würdest du dafür sorgen, daß er auf sein Zimmer zurückgebracht wird?«

»Wie Ihr wünscht, Mutter«, sagte die Frau mit dem kühlen Blick. Ihr Knicks wirkte genauso gefühllos wie sie selbst. Als sie ging, um Träger zu holen, gingen auch einige der anderen Aes Sedai, darunter Anaiya. Verin und Serafelle folgten ihnen. Sie unterhielten sich immer noch so leise, daß Egwene nichts von dem verstehen konnte, was sie sagten.

»Geht es Mat wieder gut?« wollte Nynaeve wissen. Sheriam zog die Augenbrauen hoch.

Die Amyrlin wandte sich ihnen zu. »Es geht ihm den Umständen entsprechend«, sagte sie kalt. »Alles andere wird sich mit der Zeit erweisen. Wenn man etwas so lange trägt, das aus Shadar Logoth stammt ... wer weiß dann, welche Auswirkung das auf die Dauer haben wird? Vielleicht keine, vielleicht aber ... Wir werden sehen. Aber die Verbindung zu dem Dolch ist abgerissen. Jetzt braucht er Ruhe und soviel zu essen, wie es nur geht. Er dürfte es überstehen.«

»Was hat er da geschrien, Mutter?« fragte Elayne. Schnell fügte sie hinzu: »Wenn ich fragen darf.«

»Er hat Soldaten befehligt.« Die Amyrlin blickte den jungen Mann auf dem Tisch fragend an. Er hatte sich seit dem Zusammenbruch nicht mehr bewegt, aber Egwene glaubte zu bemerken, daß sein Atmen jetzt leichter klinge und das Heben und Senken seines Brustkorbs gleichmäßiger käme. »In einer Schlacht, die, glaube ich, vor zweitausend Jahren stattgefunden hat. Das Alte Blut kehrt wieder.«

»Es ging nicht nur um die Schlacht«, sagte Nynaeve. »Ich hörte, wie er die Aes Sedai erwähnte. Das hatte nichts mit einer Schlacht zu tun. Mutter«, fügte sie dann etwas zu spät hinzu.

Einen Augenblick lang schien die Amyrlin zu überlegen, was sie sagen solle oder ob sie überhaupt antworten wolle. »Eine Zeitlang«, meinte sie schließlich, »waren für ihn wohl Vergangenheit und Gegenwart eins. Er war dort, und gleichzeitig war er hier, und er wußte, wer wir waren. Er befahl uns, ihn freizulassen.« Sie schwieg wieder kurze Zeit. »›Ich bin ein freier Mann, Aes Sedai. Ich gehöre den Aes Sedai nicht.‹ Das hat er gesagt.«

Leane schnaubte laut, und einige der anderen Aes Sedai grollten vernehmlich.

»Aber, Mutter«, sagte Egwene. »Er kann das nicht so gemeint haben, wie es herauskam. Manetheren war doch mit Tar Valon verbündet.«

»Manetheren war ein Verbündeter, das stimmt, Kind«, erwiderte die Amyrlin. »Aber wer kennt schon das Herz eines Mannes? Ich vermute, nicht einmal er selbst. Von allen Tieren ist der Mann am leichtesten an die Leine zu legen, doch am schwersten daran zu halten. Sogar, wenn er das selbst wünscht.«

»Mutter«, sagte Sheriam, »es ist schon spät. Die Köchinnen warten auf diese Helfer.«

»Mutter«, fragte Egwene ängstlich, »können wir nicht bei Mat bleiben? Wenn es immer noch sein kann, daß er stirbt …«

Der Blick der Amyrlin war ruhig und ihr Gesicht ausdruckslos. »Ihr habt Aufgaben zu erfüllen, Kind.«

Sie meinte sicherlich nicht nur das Schrubben von Böden und Auskratzen von Töpfen damit. Das war Egwene klar. »Ja, Mutter.« Sie knickste, und ihr Rock streifte die von Nynaeve und Elayne, als sie ebenfalls knicksten. Sie sah Mat ein letztes Mal an und folgte dann Sheriam hinaus. Mat hatte sich immer noch nicht bewegt.

KAPITEL 19

Erwachen

Mat öffnete langsam die Augen und blickte zu der weißgetünchten Decke hoch. Er fragte sich, wo er sei und wie er hierher gekommen war. Die Stuckdecke wies einen Rand aus fein gearbeiteten, vergoldeten Blättern auf, und die Matratze unter ihm fühlte sich an, als sei sie gut mit Federn ausgestopft. Also bei irgendwelchen reichen Leuten vermutlich. Aber in seinem Kopf fehlte alles Wissen über das Wo und Wie und über eine Menge mehr.

Er hatte geträumt, und in seinem Kopf herrschte noch ein Durcheinander von Träumen und Erinnerungen. Er konnte eins noch nicht vom anderen unterscheiden. Eine wilde Flucht und Kämpfe, seltsame Leute von jenseits des Ozeans, Kurze Wege und Portalsteine und Bruchstücke anderer Leben, Sachen wie aus den Erzählungen eines Gauklers: das alles mußten Träume gewesen sein. Zumindest war er dieser Überzeugung. Aber Loial war kein Traum, und er war ein Ogier. Fragmente von Unterhaltungen spukten in seinen Gedanken herum – mit seinem Vater, mit Freunden, mit Moiraine und einer wunderschönen Frau, mit dem Kapitän eines Schiffes und mit einem gut angezogenen Mann, der mit ihm sprach wie ein Vater und ihm weise Ratschläge erteilte. Das war möglicherweise alles die Wahrheit. Doch alles war eben nur bruchstückhaft und durcheinander. Auf seinem Verstand treibende Eisschollen.

»*Muad'drin tia dar allende caba'drin rhadiem*«, murmelte er. Die Worte waren für ihn unverständlich, und doch klang etwas Bekanntes darin an.

Die engen Reihen der Lanzenträger erstreckten sich eine Meile und weiter nach beiden Seiten unter ihm. Aus ihnen erhoben sich die Wimpel und Flaggen der Städte und der kleineren Adelsfamilien. Zu seiner Linken diente ihm der Fluß als Absicherung seiner Flanke, und zur Rechten des Heeres befanden sich Sumpflöcher und Moore. Vom Hügel aus beobachtete er, wie sich seine Lanzenträger gegen die Mengen von Trollocs zur Wehr setzten, die immer wieder versuchten, durchzubrechen. Es waren bestimmt zehnmal soviel wie Menschen. Lanzen durchbohrten schwarze Trolloc-Panzer, während deren Dornenäxte große Lücken in die Reihen der Menschen hieben. Die Luft war von Schreien erfüllt. Über allem brannte eine heiße Sonne aus einem wolkenlosen Himmel, und Hitzeflimmern erhob sich über dem Schlachtfeld. Immer noch regnete es vom Feind her Pfeile, die sowohl Menschen wie auch Trollocs töteten. Er hatte seine Bogenschützen zurückgerufen, aber den Schattenlords war alles gleich, wenn sie nur seine Kampflinie durchbrechen konnten. Auf dem Kamm hinter ihm wartete die Herzgarde auf seine Befehle. Ihre Pferde tänzelten nervös. Die Panzerschuppen auf Menschen und Pferden glänzten wie Silber im Sonnenschein. Weder Menschen noch Tiere würden die Hitze noch viel länger ertragen können.

Sie mußten die Schlacht gewinnen oder sterben. Er war als Spieler bekannt, und nun war es Zeit, die Würfel rollen zu lassen. Mit einer Stimme, die den Tumult unten noch übertönte, gab er den Befehl, während er sich in den Sattel schwang: »Fußsoldaten Gassen bilden, damit die Kavallerie an die Front kann!« Sein Bannerträger ritt gleich neben ihm. Das Banner des Roten Adlers flatterte über seinem Kopf und gleichzeitig wurde sein Befehl nach allen Seiten hin von einem zum anderen weitergegeben.

Unten kamen die Lanzenträger mit einem Mal in Bewegung, traten diszipliniert zur Seite, zogen ihre Formationen enger zusammen und machten Gassen frei. Gassen, in die sofort die Trollocs strömten. Mit tierischem Geschrei ergossen sie sich wie eine schwarze Todesflut hinein.

Er zog sein Schwert und erhob es. »Die Herzgarde vorrücken!« Er grub seine Fersen in die Flanken des Pferdes und galoppierte den Hang hinunter. Hinter ihm donnerten die Hufe ihr Angriffslied. »Vorwärts!« Er war der erste, der auf Trollocs traf. Sein Schwert blitzte auf und fuhr hernieder, immer wieder. Sein Bannerträger blieb gleich hinter ihm. »Zur Ehre des Roten Adlers!« Die Herzgarde stürzte sich in die Lücken zwischen den Lanzenträgern, zerschmetterte die Trolloc-Flut und trieb sie zurück. »Der Rote Adler!« Halbmenschliche Mäuler knurrten ihn an, gekrümmte Schwerter suchten ihn, aber er hieb sich immer tiefer in ihre Reihen hinein. Gewinnen oder sterben. »Manetheren!«

Mats Hand zitterte, als er sich an die Stirn faßte. »*Los Valdar Cuebiyari*«, murmelte er. Er war sich beinahe sicher, daß er wußte, was die Worte bedeuteten – ›Herzgarde vorrücken‹, oder vielleicht ›Die Herzgarde wird jetzt vorrücken‹ –, aber das konnte doch wohl nicht sein. Moiraine hatte ihn ein paar Worte der Alten Sprache gelehrt, und mehr kannte er nicht. Der Rest war für ihn nur unverständliches Geschwätz.

»Verrückt«, sagte er mit rauher Stimme. »Es ist vielleicht noch nicht einmal in der Alten Sprache. Nur Geschwätz. Diese Aes Sedai spinnt. Es war nur ein Traum.«

Aes Sedai. Moiraine. Ihm wurde plötzlich bewußt, daß sein Handgelenk viel zu dünn war und seine Hand knochig. Er blickte sie an. Er war krank gewesen. Es hatte etwas mit einem Dolch zu tun gehabt. Einem Dolch mit einem Rubin im Griff und mit einer schon lange toten und für immer verfluchten Stadt namens Shadar Logoth. Das war alles verschwommen und fern und ergab eigentlich keinen Sinn, doch er wußte, daß es kein Traum war. Egwene und Nynaeve hatten ihn nach Tar Valon gebracht, damit er dort geheilt wurde. Soviel wußte er noch.

Er versuchte, sich aufzusetzen, aber er war so schwach wie ein neugeborenes Lamm und fiel wieder in das Kissen zurück. Doch mit viel Mühe gelang es ihm dann, sich hochzurappeln und die Wolldecke beiseite zu schieben. Seine Kleider waren weg. Vielleicht steckten sie in dem rankenbeschnitzten Kleiderschrank an der Wand. Im Augenblick waren ihm Kleider gleichgültig. Er mühte sich auf die Beine, torkelte über den blumigen Teppich und hielt sich an der hohen Lehne eines Stuhls fest. Dann torkelte er weiter vom Stuhl zum Tisch, der an den Beinen und Ecken vergoldete Runen aufwies.

Das Zimmer war hell erleuchtet. Hinter den jeweils vier Bienenwachskerzen auf jedem Leuchter hing ein kleiner Spiegel, der den Kerzenschein reflektierte und vervielfachte. Aus einem großen Spiegel über dem glänzenden Waschtischchen blickte ihn sein hageres, hohlwangiges Spiegelbild an. Die Wangen waren eingefallen und die Augen tief eingesunken, das Haar mit Schweiß verklebt. Er stand krumm wie ein alter Mann da und wankte wie Gras im Wind. So zwang er sich, gerade dazustehen, aber viel besser war das auch nicht.

Auf dem Tisch vor seinen Händen stand ein großes, mit einem Tuch bedecktes Tablett, von dem es nach Essen roch. Er zog das Tuch beiseite. Zum Vorschein kamen zwei große Silberkrüge und Schüsseln und Platten aus dünnem, grünen Porzellan. Er hatte gehört, daß die Meerleute solches Porzellan in Silber aufwogen. Er hatte Tee erwartet und Zwieback – Dinge eben, die man einem Invaliden vorsetzte. Statt dessen lagen auf der einen Platte hoch aufgeschichtete Rindfleischscheiben mit braunem Senf und Rettichstücken. Dazu gab es Bratkartoffeln, Bohnen mit Zwiebeln, Grünkohl und Buttererbsen, Gurken und eine Ecke Käse. Dicke, knusprige Brotscheiben lagen daneben und ein Schüsselchen mit Butter. Ein Krug war mit Milch gefüllt, und außen rannen noch Tropfen von Kondenswasser herunter, während sich in dem anderen etwas befand, das nach Glühwein roch. Es war genug da für mindestens vier Männer. Ihm lief das Wasser im Mund zusammen, und sein Magen knurrte vernehmlich.

Zuerst finde ich heraus, wo ich bin. Doch er nahm sich schnell eine Scheibe Rindfleisch, rollte sie zusammen, stippte sie in den Senf, und dann erst stieß er sich vom Tisch ab und torkelte in Richtung der drei hohen, engen Fenster.

Hölzerne Fensterläden, in einem hübschen, durchbrochenen Spitzenmuster ausgeschnitzt, verdeckten die Sicht, aber durch die Öffnungen konnte er sehen, daß es draußen Nacht war. Lichter aus anderen Fenstern waren wie Lichtpunkte in der Dunkelheit zu sehen. Einen Augenblick lang ließ er sich entmutigt gegen das weiße, steinerne Fensterbrett sacken, doch dann begann er, nachzudenken.

Wenn du richtig darüber nachdenkst, kannst du auch noch das Schlimmste zu deinem Vorteil hindrehen, hatte sein Vater immer gesagt, und Abell Cauthon war der beste Pferdehändler der Zwei Flüsse. Wenn es schien, daß ihn jemand übers Ohr gehauen hatte, stellte sich später doch immer heraus, daß am Ende er der Gewinner war. Nicht, daß Abell Cauthon jemals etwas Unehrliches tat. Doch selbst die Leute aus Taren Fähre konnten ihn nicht hinters Licht führen, obwohl man ja weiß, wie gern die jedem das Fell über die Ohren ziehen. Alles nur, weil er alle Seiten der Dinge in Betracht zog.

Tar Valon. Das mußte Tar Valon sein. Dieses Zimmer paßte in einen Palast. Der blumige Teppich aus Arad Doman allein hatte möglicherweise soviel gekostet wie ein ganzer Bauernhof. Darüber hinaus fühlte er sich wohl schwach, aber nicht mehr krank. Und wie man ihm gesagt hatte, war Tar Valon der einzige Ort, an dem man ihn hätte heilen können. Er hatte sich wohl niemals wirklich in dem Sinne krank gefühlt, nicht einmal, als Verin – ein weiterer Name, der aus dem Nebel seiner Erinnerung auftauchte – jemandem erklärt hatte, daß er im Sterben liege. Jetzt war er so schwach wie ein Neugeborenes und hungrig wie ein Wolf, aber irgendwie war er sicher, daß die Heilung erfolgt war. *Ich fühle mich – einfach gesund, das ist alles. Ich bin geheilt.* Er schnitt den Fensterläden eine Grimasse.

Geheilt. Das bedeutete, sie hatten die Eine Macht bei ihm angewandt. Dieser Gedanke bereitete ihm eine Gänsehaut, aber was vorbei war, war vorbei. »Besser als Sterben«, sagte er sich. Nun fielen ihm ein paar der Geschichten über die Aes Sedai ein, die er einmal gehört hatte. »Es *muß* halt besser sein, als zu sterben. Selbst Nynaeve glaubte, ich würde es nicht überstehen. Auf jeden Fall ist es geschehen, und es lohnt sich nicht mehr, sich darüber viele Gedanken zu machen.« Ihm wurde klar, daß er mittlerweile die Scheibe Rindfleisch gegessen hatte und sich den Saft von den Fingern leckte.

Tapsig machte er sich auf den Weg zum Tisch zurück. Drunter stand ein Hocker. Den zog er hervor und setzte sich drauf. Er ließ Messer und Gabel liegen und rollte eine weitere Scheibe Rindfleisch zusammen. Wie konnte er die Tatsache, daß er sich in Tar Valon befand – *in der Weißen Burg, das ist wohl klar* – zu seinem Vorteil ausnützen?

Tar Valon bedeutete auch Aes Sedai. Das war sicherlich ein Grund, keine Stunde länger als notwendig zu bleiben. Im Gegenteil. Seine Erinnerungen an die Zeit mit Moiraine und später mit Verin gaben ihm allerdings kaum Anhaltspunkte. Er konnte sich jedenfalls nicht daran erinnern, daß eine von beiden jemals etwas wirklich Schreckliches getan hatte. Aber er konnte sich ja überhaupt an nicht viel erinnern. Und was die Aes Sedai taten, dafür hatten sie ihre eigenen Gründe.

»Und das sind nicht immer diejenigen, von denen man glaubt, es seien ihre Motive«, murmelte er mit Kartoffeln im Mund. Dann schluckte er erst mal. »Eine Aes Sedai lügt niemals, aber die Wahrheit, die sie dir sagt, ist nicht immer dasselbe, was du glaubst. Daran muß ich mich auf jeden Fall immer erinnern: Ich kann mir nicht sicher sein bei ihnen, selbst wenn ich es glaube.« Diese Schlußfolgerung stimmte ihn keineswegs heiter. Er nahm lieber einen Löffel voll mit Buttererbsen.

Bei dem Thema Aes Sedai fielen ihm einige weitere Dinge über sie ein. Es gab sieben Ajahs: Blau, Rot, Braun, Grün, Gelb, Weiß und Grau. Die Roten waren die schlimmsten. *Abgesehen von den Schwarzen Ajah, von denen sie behaupten, daß es sie nicht gibt.* Aber die Roten Ajah stellten für ihn keine Bedrohung dar. Sie interessierten sich nur für Männer, die mit der Macht umgehen konnten.

Rand. Seng mich, wie konnte ich das nur vergessen? Wo ist er? Geht es ihm gut? Er seufzte bedauernd und strich Butter auf eine noch immer warme Brotscheibe. *Ob er wohl mittlerweile dem Wahnsinn verfallen ist?* Aber selbst wenn er die Antworten wüßte, könnte er Rand doch nicht helfen. Er war sich auch nicht sicher, ob er ihm überhaupt helfen wollte. Rand konnte die Macht lenken, und Mat war mit Geschichten aufgewachsen, in denen Männer die Macht gebrauchten. Man hatte den Kindern diese Geschichten erzählt, um ihnen angst zu machen. Auch die Erwachsenen bekamen Angst, denn manche dieser Geschichten waren nur zu wahr. Zu entdecken, was Rand konnte, war ungefähr so, als habe er herausgefunden, daß sein bester Freund kleine Tiere quälte und Kinder ermordete. Wenn man es schließlich wirklich glaubte, konnte man ihn kaum noch länger Freund nennen.

»Ich muß erst mal für mich selbst sorgen«, sagte er zornig. Er kippte den Weinkrug über seinen silbernen Becher und merkte überrascht, daß er leer war. Also füllte er statt dessen den Becher mit Milch. »Egwene und Nynaeve wollen Aes Sedai werden.« Daran hatte er sich noch gar nicht erinnert – erst jetzt, als er es laut aussprach. »Rand rennt Moiraine hinterher und bezeichnet sich als Wiedergeborenen Drachen. Das Licht weiß, was Perrin will. Er hat verrückt gespielt, seit seine Augen so komisch wurden. Ich muß zuerst an mich denken.« *Seng mich, das muß einfach sein! Ich bin der letzte von uns, der noch normal ist. Nur ich allein.*

Tar Valon. Na ja, man sagte ja, es sei die reichste Stadt der Welt, und es war das Zentrum allen Handels zwischen den Grenzlanden und dem Süden, das Zentrum aller Macht der Aes Sedai. Er glaubte nicht, daß er eine Aes Sedai dazu überreden könne, mit ihm zu spielen – ob Würfel oder Karten. Er würde auch in diesem Fall weder Würfeln noch Karten trauen. Aber es mußte doch Kaufleute hier geben und andere, die Silber und Gold besaßen. Die Stadt selbst wäre wohl auch ein paar Tage Aufenthalt wert. Ihm war bewußt, daß er seit ihrer Abreise von den Zwei Flüssen weit gekommen war, aber außer ein paar vagen Erinnerungen an Caemlyn und Cairhien waren ihm im Grunde die großen Städte unbekannt. Er hatte schon immer eine wirklich große Stadt sehen wollen.

»Aber keine, die voll von Aes Sedai ist«, knurrte er mürrisch, wobei er die letzten Buttererbsen verputzte. Dann wandte er sich wieder dem Rindfleisch zu.

Nebenher fragte er sich, ob ihm die Aes Sedai wohl den Rubin aus dem Dolch von Shadar Logoth geben würden. Er erinnerte sich nur ganz verschwommen an den Dolch, aber selbst das war wie die Erinnerung an eine schreckliche Verwundung. In ihm verkrampfte sich alles, und in seinen Schläfen stach der Schmerz. Doch an den Rubin erinnerte er sich ganz deutlich: daumennagelgroß, dunkel wie ein Blutstropfen, glitzernd wie ein rotes Auge. Sicher hatte er einen größeren Anspruch darauf als sie, und zu Hause mußte der Stein soviel wert sein wie ein Dutzend Bauernhöfe.

Sie werden bestimmt sagen, auch darauf läge ein Fluch. Wahrscheinlich stimmte das sogar. Trotzdem stellte er sich vor, wie er den Rubin den Coplins verschacherte und dafür ihr bestes Land bekam. Die meisten Mitglieder dieser Familie – sie waren die geborenen Stänkerer, soweit sie nicht sogar Diebe und Lügner waren – verdienten gewiß, was ihnen dann zustoßen würde. Aber er glaubte nicht im Ernst daran, daß die Aes Sedai ihn an ihn zurückgeben würden, und selbst dann wäre es ihm mehr als unangenehm gewesen, den Rubin bis Emondsfeld bei sich zu tragen. Und auch der Gedanke daran, den reichsten Bauernhof der Zwei Flüsse zu besitzen, wirkte nicht mehr so erregend wie einst. Das war einmal sein größter Ehrgeiz gewesen – das, und als ein genauso guter Pferdehändler wie sein Vater anerkannt zu werden. Das alles erschien ihm nun kleinlich und unwichtig. Da draußen wartete statt dessen eine ganze Welt auf ihn.

Als allererstes, beschloß er, mußte er Egwene und Nynaeve suchen. *Vielleicht sind sie wieder zur Besinnung gekommen. Vielleicht haben sie den Wahnsinn aufgegeben, Aes Sedai werden zu wollen.* Er glaubte wohl nicht daran, aber er wollte nicht gehen, ohne sie gesehen zu haben. Daß er gehen würde, war sicher. Ein Besuch bei ihnen, ein Tag, um die Stadt zu besichtigen, vielleicht ein Spielchen, um seine finanzielle Situation aufzubessern, und dann weg, irgendwohin, wo es keine Aes Sedai gab. Bevor er nach Hause zurückkehrte – *ich werde eines Tages heimkommen, ganz bestimmt* –, wollte er etwas von der Welt sehen, ohne daß er am Gängelband einer Aes Sedai hing.

Er suchte auf dem Tablett nach mehr Eßbarem und war erschrocken, als ihm klar wurde, daß nur ein paar Krümel Brot und Käse von alledem übrig waren. Die Krüge waren auch beide leer. Er blickte staunend auf seinen Bauch hinunter. Mit all dem innendrin sollte ihm das Essen zu den Ohren herauskommen, aber er hatte das Gefühl, kaum etwas gegessen zu haben. So kratzte er die letzten Kästereste zusammen und nahm sie mit Daumen und Zeigefinger auf. Auf halbem Weg zu seinem Mund erstarrte sein Arm.

Ich habe das Horn von Valere geblasen. Leise pfiff er ein Stück einer Melodie und brach ab, als ihm der Text dazu einfiel:

Ich bin unten am Boden eines Schachts.
Der Regen prasselt und es ist schon nachts.
Der Schacht stürzt bald ein,
Kein Seil, keine Leiter sind mein.
Ich bin unten am Boden eines Schachts.

»Ich brauche aber ein verdammtes Seil, um hochzuklettern«, flüsterte er. Er ließ die Käsereste auf das Tablett zurückfallen. Im Augenblick war ihm wieder schlecht. Entschlossen bemühte er sich, klar zu denken, den Nebel zu durchbrechen, der alles in seinem Kopf verhüllte.

Verin hatte das Horn nach Tar Valon mitgenommen, aber er konnte sich nicht daran erinnern, ob ihr klar war, daß er es geblasen hatte. Sie hatte jedenfalls nie etwas darüber erwähnt. Da war er sicher. Glaubte er. *Und was ist, wenn sie es weiß? Wenn sie es alle wissen? Wenn Verin nicht irgend etwas damit angestellt hat, was ich nicht weiß, dann haben sie doch das Horn. Sie brauchen mich nicht.* Aber wer konnte schon sagen, was eine Aes Sedai brauchen würde?

»Wenn sie mich danach fragen«, sagte er sich grimmig, »dann habe ich es nie berührt. Falls sie es wissen… falls sie Bescheid wissen… dann entscheide ich von Fall zu Fall, was zu tun ist. Seng mich, sie können gar nichts von mir wollen! Auf keinen Fall!«

Ein leises Klopfen an die Tür ließ ihn schwankend aufstehen, bereit, wegzulaufen. Falls es irgendeine Zuflucht für ihn gegeben hätte und er mehr als drei Schritte bewältigen könnte. Weder das eine noch das andere war der Fall.

Die Tür öffnete sich.

KAPITEL 20

Besuche

Eine Frau trat ein, die ganz in weiße Seide mit Silber gekleidet war. Sie schloß die Tür und lehnte sich daran. Dann musterte sie ihn mit den dunkelsten Augen, die Mat je gesehen hatte. Sie war so schön, daß er beinahe zu atmen vergessen hätte. Ihr nachtschwarzes Haar wurde von einem fein gewebten Silberband zusammengehalten, und ihre Haltung war so elegant und graziös, als tanze sie, obwohl sie nur einfach dastand. Ihm war es, als kenne er sie, doch das war ja wohl unmöglich. Kein Mann würde eine Frau wie sie vergessen können.

»Ihr seht vielleicht ganz ordentlich aus, schätze ich, wenn Ihr wieder etwas zugelegt habt«, sagte sie, »aber im Augenblick könntet Ihr eventuell etwas anziehen.«

Mat starrte sie noch einen Moment lang verdutzt an, bevor ihm plötzlich klar wurde, daß er nackt vor ihr stand. Mit hochrotem Gesicht schlurfte er zum Bett, zog die Decke hoch und um sich herum, und dann fiel er mehr, als daß er sich gesetzt hätte, auf die Bettkante. »Es tut mir ... ich meine ... ich habe nicht erwartet ... ich ... ich ...« Er atmete tief durch. »Ich entschuldige mich für diese Ungebührlichkeit.«

Seine Wangen brannten immer noch. Beinahe wünschte er sich, Rand, was auch aus ihm geworden war, oder Perrin wären bei ihm und könnten ihm raten, wie er sich am besten verhielte. Sie schienen immer mit Frauen klarzukommen. Selbst Mädchen, die wußten, daß Rand so gut wie verlobt war, machten ihm schöne Augen, und sie hielten Perrins Langsamkeit für Sanftmut und fanden ihn attraktiv. Was er dagegen auch versucht hatte, war immer darauf hinausgelaufen, daß er sich vor den Mädchen zum Narren machte. Wie gerade eben wieder.

»Ich hätte Euch hier nicht so überraschend besucht, Mat, wenn ich nicht sowieso aus einem anderen Grund in der … in der Weißen Burg gewesen wäre« – sie lächelte, als amüsiere sie sich über diese Bezeichnung –, »und ich wollte euch alle sehen.« Mats Gesicht lief erneut rot an, und er zog die Decke noch fester um sich zusammen, doch offensichtlich hatte sie ihn nicht aufziehen wollen. Eleganter als ein Schwan glitt sie zum Tisch. »Ihr habt Hunger. Das ist zu erwarten, so, wie sie die Dinge in Angriff nehmen. Eßt auch wirklich alles auf, was sie Euch geben. Ihr werdet überrascht sein, wie schnell Ihr wieder Gewicht zulegt und zu Kräften kommt.«

»Verzeiht«, sagte Mat unsicher, »aber kennen wir uns? Ich will Euch nicht kränken, denn irgendwie wirkt Ihr … vertraut.« Sie sah ihn an, bis er unruhig hin- und herzurutschen begann. Eine Frau wie sie erwartete bestimmt, daß man sich an sie erinnerte.

»Ihr habt mich vielleicht schon einmal gesehen«, sagte sie schließlich. »Irgendwo. Nennt mich Selene.« Sie hielt den Kopf ein wenig schräg und schien darauf zu warten, daß er auf den Namen reagierte.

Es zupfte auch etwas am Rand seines Gedächtnisses. Er glaubte, ihn schon gehört zu haben, aber er wußte nicht mehr, wann oder wo. »Seid Ihr eine Aes Sedai, Selene?«

»Nein.« Das Wort wurde leise ausgesprochen, klang aber überraschend nachdrücklich.

Zum erstenmal musterte er sie nun genauer. Er sah jetzt mehr als nur ihre Schönheit. Sie war beinahe genauso groß wie er, schlank, und, wie er aus ihren Bewegungen schloß, kräftig. Bei ihrem Alter war er sich nicht sicher – vielleicht nur ein oder zwei Jahre älter als er, vielleicht aber auch zehn – doch ihre Wangen waren glatt. Ihre Halskette aus glatten, weißen Halbedelsteinen und gewirktem Silber paßte zu ihrem breiten Gürtel, aber sie trug keinen Ring mit der Großen Schlange. Das Fehlen des Rings hätte ihn nicht weiter überraschen müssen, denn keine Aes Sedai sagte geradeheraus, was sie war, aber in ihrem Fall überraschte es ihn doch. Da war etwas an ihr – eine Selbstsicherheit wie die einer Königin und noch etwas mehr –, das ihn an die Aes Sedai erinnerte.

»Ihr seid nicht zufällig Novizin, oder?« Er hatte gehört, daß die Novizinnen Weiß trugen, aber er konnte kaum glauben, sie sei eine davon. *Neben ihr wirkt Elayne wie ein kleines Mädchen.* Elayne. Ein weiterer Name, der ihm durch den Kopf ging.

»Wohl kaum«, sagte Selene trocken und verzog den Mund etwas dabei. »Sagen wir einfach, ich sei jemand, dessen Interessen zufällig die gleichen sind wie die Euren. Diese … Aes Sedai wollen Euch benützen, auch wenn Euch das im allgemeinen durchaus nicht unangenehm sein wird. Ihr werdet es hinnehmen. Es ist nicht nötig, Euch erst davon zu überzeugen, daß Ihr den Ruhm suchen müßt.«

»Mich benützen?« Er erinnerte sich daran, das geglaubt zu haben, aber im Hinblick auf Rand und nicht auf sich selbst. *Sie haben verdammt keine Verwendung für mich. Licht, bestimmt nicht!* »Was meint Ihr damit? Ich bin doch nicht wichtig. Ich nütze höchstens mir selbst. Toller Ruhm, den man dabei erwerben kann.«

»Ich wußte, das würde Euch anlocken. Vor allem gerade Euch.«

Ihr Lächeln machte ihn schwindlig. Er fuhr sich mit der Hand durchs Haar. Die Decke rutschte, und er fing sie schnell auf, bevor sie ganz herabfallen konnte. »Jetzt hört aber mal – sie interessieren sich überhaupt nicht für mich!« *Was ist damit, daß ich das Horn geblasen habe?* »Ich bin nur ein Bauer.« *Vielleicht glauben sie, daß ich irgendwie an Rand gebunden bin? Nein, Verin sagte …* Er war nicht mehr sicher, was Verin gesagt hatte oder auch Moiraine, aber er glaubte, daß die meisten Aes Sedai überhaupt nichts von Rand wußten. Das sollte auch so bleiben, zumindest, bis er weit weg war. »Nur ein einfacher Landmann. Ich will nur ein wenig von der Welt sehen und dann auf den Hof meines Vaters zurückkehren.« *Was meint sie mit Ruhm?*

Selene schüttelte den Kopf, als habe sie in seinen Gedanken gelesen. »Ihr seid wichtiger, als Ihr wißt. Und ganz bestimmt wichtiger, als diese sogenannten Aes Sedai wissen. Ihr könnt Euch wirklich Ruhm erwerben, wenn Ihr schlau genug seid, ihnen nicht zu trauen.«

»Ihr hört Euch aber ganz danach an, als traut Ihr ihnen nicht.« *Sogenannte?* Ein Gedanke kam ihm, doch er konnte ihn kaum aussprechen. »Seid Ihr ein …? Seid Ihr …?« Es war nicht gerade etwas, dessen man jemand leichthin beschuldigte.

»Ein Schattenfreund?« sagte Selene spottend. Es klang amüsiert und nicht verärgert, sogar verächtlich. »Einer dieser elenden Anhänger Ba'alzamons, der glaubt, er werde Unsterblichkeit und Macht erlangen? Ich folge niemandem. Es gibt einen Mann, neben dem ich stehen möchte, aber ich folge niemandem.«

Mat lachte nervös. »Natürlich nicht.« *Blut und Asche, ein Schattenfreund würde sich selbst nicht als solchen bezeichnen. Vielleicht hat sie auch noch ein vergiftetes Messer dabei.* Er erinnerte sich schwach an eine Frau, die wie eine Adlige gekleidet gewesen war und doch ein Schattenfreund mit einem tödlichen Dolch in der schmalen Hand. »Das habe ich nicht gemeint. Ihr seht aus … Ihr wirkt wie eine Königin. Das habe ich gemeint. Seid Ihr eine adlige Lady?«

»Mat, Mat, Ihr müßt lernen, mir zu vertrauen. O ja, ich werde Euch auch benützen – ihr seid von Natur aus zu mißtrauisch, besonders, seit Ihr den Dolch getragen habt, um es ableugnen zu können –, aber bei mir wird

Euch das Reichtum einbringen und Macht und Ruhm. Ich werde Euch nicht drängen. Ich war immer der Meinung, daß Männer mehr leisten, wenn man sie überzeugt und nicht zwingt. Diese Aes Sedai erkennen überhaupt nicht, wie wichtig Ihr seid, und er wird versuchen, Euch abzulenken oder zu töten, aber ich kann Euch geben, was Ihr euch wünscht.«

»Er?« fragte Mat scharf. *Mich töten? Licht, sie sind doch hinter Rand her und nicht hinter mir. Woher weiß sie das mit dem Dolch? Ich glaube fast, die ganze Burg weiß Bescheid.* »Wer will mich töten?«

Selene verzog den Mund, als habe sie schon zuviel gesagt. »Ihr wißt, was Ihr wollt, Mat, und ich weiß das genausogut wie Ihr. Ihr müßt wählen, wem Ihr zutraut, alles für Euch zu tun. Ich gebe zu, daß ich Euch benützen werde. Diese Aes Sedai werden das nicht zugeben. Ich werde Euch zu Ruhm und Reichtum führen. Sie werden Euch an die Leine legen, bis Ihr sterbt.«

»Ihr sagt viel«, stellte Mat fest, »aber woher weiß ich, daß es stimmt? Wie kann ich Euch mehr trauen als ihnen?«

»Indem Ihr darauf hört, was sie Euch sagen und was sie Euch verschweigen. Werden sie Euch sagen, daß Euer Vater nach Tar Valon kam?«

»Mein Pa war hier?«

»Ein Mann namens Abell Cauthon und ein anderer namens Tam al'Thor. Sie machten soviel Ärger, sagt man, daß man ihnen schließlich eine Audienz gewährte. Sie wollten wissen, wo Ihr und Eure Freunde seid. Und Siuan Sanche schickte sie mit leeren Händen zu den Zwei Flüssen zurück und ließ sie noch nicht einmal wissen, daß Ihr am Leben seid. Werden sie Euch das erzählen, falls Ihr nicht direkt danach fragt? Vielleicht noch nicht einmal dann, denn es könnte sein, daß Ihr nach Hause zurücklauft.«

»Mein Pa glaubt, daß ich tot bin?« fragte Mat bedächtig.

»Man kann ihm sagen, daß Ihr lebt. Ich kann dafür sorgen. Überlegt gut, wem Ihr trauen könnt, Mat Cauthon. Werden sie Euch sagen, daß gerade jetzt Rand versucht, ihnen zu entkommen und daß diejenige namens Moiraine ihn verfolgt? Werden sie Euch sagen, daß die Schwarzen Ajah in ihrer kostbaren Weißen Burg umgehen? Werden sie Euch überhaupt sagen, auf welche Weise sie Euch benützen wollen?«

»Rand versucht, zu entkommen? Aber …« Vielleicht wußte sie, daß Rand sich zum Wiedergeborenen Drachen ausgerufen hatte, vielleicht wußte sie es auch nicht. Er würde es ihr sicherlich nicht sagen. *Die Schwarzen Ajah! Blut und blutige Asche!* »Wer seid Ihr, Selene? Wenn Ihr keine Aes Sedai seid, was seid Ihr dann?«

Ihr Lächeln ließ Geheimnisse ahnen. »Denkt nur daran, daß Ihr eine Wahl habt. Ihr braucht keine Marionette der Weißen Burg sein und keine Beute für Ba'alzamons Schattenfreunde. Die Welt ist komplizierter, als Ihr glaubt. Tut im Moment das, was die Aes Sedai von Euch wollen, aber denkt auch an die anderen Möglichkeiten. Wollt Ihr das tun?«

»Ich habe wohl kaum eine andere Wahl«, sagte er niedergeschlagen. »Ich denke, ich werde mich daran halten.«

Selene sah ihn scharf an. Die Freundlichkeit fiel von ihrer Stimme ab wie eine abgelegte Schlangenhaut. »Ihr denkt? Ich kam nicht so zu Euch und sprach nicht so zu Euch, nur um zu hören: Ihr denkt, Ihr würdet es so halten, Matrim Cauthon.« Sie streckte eine schmale Hand aus.

Ihre Hand war leer, und sie stand einen halben Raum weit von ihm entfernt, doch er wich vor ihrer Hand zurück, als hielte sie einen Dolch an seine Kehle. Er wußte nicht einmal genau, warum, doch in ihrem Blick lag eine ganz reale Drohung. Seine Haut begann zu jucken und die Kopfschmerzen kehrten zurück.

Mit einem Mal war jedoch sowohl das Jucken wie auch der Kopfschmerz weg, und Selenes Kopf fuhr herum. Es schien, als lausche sie nach etwas jenseits der Wand. Ihr Gesichtsausdruck verfinsterte sich ein wenig und sie ließ die Hand sinken. Dann wirkte sie wieder wie vorher. »Wir werden uns wieder unterhalten, Mat. Ich habe Euch viel zu sagen. Denkt an die Wahl, die Ihr habt. Denkt daran, daß es viele Hände gibt, die Euch meucheln möchten. Ich allein kann Euch das Überleben garantieren und alles, wonach Ihr strebt, wenn Ihr tut, was ich sage.« Sie schlüpfte genauso leise und graziös aus dem Zimmer, wie sie gekommen war.

Mat stieß erleichtert die Luft aus. Schweiß rann ihm über das Gesicht. *Wer im Licht ist sie?* Vielleicht ein Schattenfreund. Aber sie hatte, was Ba'alzamon betraf, genauso verächtlich geklungen wie den Aes Sedai gegenüber. Schattenfreunde sprachen sonst über Ba'alzamon so, wie andere über den Schöpfer. Und sie hatte ihn nicht einmal gebeten, ihren Besuch vor den Aes Sedai geheimzuhalten.

Richtig, dachte er mürrisch. *Verzeihung, Aes Sedai, aber diese Frau kam mich besuchen. Sie war keine Aes Sedai, aber ich glaube, daß sie gerade dabei war, die Eine Macht bei mir anzuwenden, und sie sagte, sie sei kein Schattenfreund, aber sie behauptete, Ihr wolltet mich benützen und daß sich Schwarze Ajah in Eurer Burg befänden. Oh, und sie meinte, ich sei wichtig. Ich weiß nicht, warum. Ihr habt doch nichts dagegen, wenn ich jetzt gehe, oder?*

Einfach wegzugehen erschien ihm von Minute zu Minute besser. Er glitt ungeschickt vom Bett herunter und schlich mühsam zum Kleiderschrank. Dabei hielt er immer noch die Decke um sich geschlossen. Seine Stiefel standen auf dem Schrankboden, und sein Umhang hing an einem Haken unter seinem Gürtel, komplett mit Gürteltasche und dem Messer in der Scheide. Es war ein einfaches Messer mit kräftiger Klinge, aber es würde genauso viel ausrichten wie ein feiner Dolch.

Der Rest seiner Kleider – zwei dicke Wollmäntel, drei Hosen, ein halbes Dutzend Leinenhemden und Unterwäsche – war ausgebürstet und gewaschen worden und lag sauber gefaltet auf den Wäschebrettern in der anderen Schrankhälfte. Er tastete in die Gürteltasche hinein, doch sie war leer. Der Inhalt lag zusammen mit dem Inhalt seiner Taschen auf einem anderen Brett.

Er schob die Feder eines Rotfalken beiseite, dazu einen glatten, gestreiften Stein, dessen Farben ihm gefallen hatten, seine Rasierklinge und sein Taschenmesser mit dem Knochengriff. Dann befreite er seinen waschledernen Geldbeutel von den Schlingen einer Ersatz-Bogensehne. Als er ihn öffnete, merkte er, daß sein Gedächtnis in dieser Hinsicht nur zu gut funktioniert hatte.

»Zwei Silbermark und eine Handvoll Kupfermünzen«, knurrte er. »Damit komme ich nicht weit.« Einst wäre ihm das wie ein kleines Vermögen vorgekommen, aber das war gewesen, bevor er Emondsfeld verlassen hatte.

Er bückte sich und sah noch einmal in den Schrank hinein. *Wo sind sie?* Er fürchtete schon, die Aes Sedai hätten sie weggeworfen, so wie seine Mutter, wenn sie sie jemals gefunden hätte. *Wo ...?* Erleichterung überkam ihn. Ganz hinten, hinter seiner Zunderschachtel und der Fadenrolle für Fangschlingen und ähnlichem, lagen seine beiden ledernen Würfelbecher.

Sie rasselten, als er sie hervorzog, aber trotzdem öffnete er sicherheitshalber die engen Lederdeckel. Alles war so, wie es sein sollte. Fünf Würfel mit eingeschnitzten Symbolen für Kronen und fünf mit den üblichen Punkten darauf. Die waren geeignet für eine ganze Reihe von Spielen, aber noch mehr Männer schienen sich auf das Kronenspiel verlegt zu haben. Jedenfalls würden ihm diese Würfel helfen, aus seinen zwei Mark genug zu machen, um ihn weit weg von Tar Valon zu bringen. *Weg sowohl von den Aes Sedai, wie auch von Selene.*

Auf ein energisches Klopfen hin öffnete sich sofort die Tür. Er fuhr herum. Die Amyrlin und die Behüterin der Chronik traten ein. Er hätte sie auch ohne die breite, gestreifte Stola der Amyrlin und die schmalere, blaue der Behüterin erkannt. Er hatte sie nur ein einziges Mal zuvor gesehen, weit weg von Tar Valon, aber die beiden mächtigsten Frauen unter den Aes Sedai konnte er nicht vergessen.

Die Amyrlin zog die Augenbrauen hoch, als sie ihn so dastehen sah mit der Decke, die von seinen Schultern hing und seinem Geldbeutel sowie den beiden Würfelbechern in der Hand. »Ich glaube nicht, daß Ihr die in der nächsten Zeit schon gebrauchen könnt, mein Sohn«, sagte sie trocken. »Legt sie weg und geht ins Bett zurück, bevor Ihr umfallt.«

Er zögerte und machte ein steifes Kreuz, aber gerade in dem Moment begannen seine Knie nachzugeben, und außerdem blickten ihn die beiden Aes Sedai so an, dunkle Augen und blaue Augen, die jeden rebellischen Gedanken lesen zu können schienen ... Na ja, also tat er, was man ihm gesagt hatte. Mit krampfhaft festgehaltener Decke legte er sich auf das Bett, steif ausgestreckt und unentschlossen, wie er sich verhalten solle.

»Wie fühlt Ihr Euch?« fragte die Amyrlin kurz angebunden, während sie eine Hand auf seine Stirn legte. Er bekam eine Gänsehaut. Hatte sie irgend etwas mit der Einen Macht angefangen oder lag es nur daran, daß er von einer Aes Sedai berührt wurde?

»Mir geht es gut«, berichtete er. »Also, ich bin bereit, meiner Wege zu gehen. Laßt mich nur Egwene und Nynaeve auf Wiedersehen sagen und Ihr habt mich los. Ich meine, ich werde gehen ... äh, Mutter.« Moiraine und Verin hatte seine Sprache nicht viel ausgemacht, aber das hier war doch immerhin der Amyrlin-Sitz.

»Unsinn«, sagte die Amyrlin. Sie zog den Lehnstuhl näher ans Bett heran, setzte sich und sagte zu Leane: »Männer wollen wohl niemals zugeben, daß sie krank sind, bis sie so krank sind, daß sie den Frauen die doppelte Arbeit machen. Und dann behaupten sie viel zu früh, sie seien wieder gesund, natürlich mit dem gleichen Ergebnis.«

Die Behüterin sah Mat an und nickte. »Ja, Mutter, aber der hier kann nicht behaupten, er sei gesund, wenn er kaum aufstehen kann. Wenigstens hat er das Tablett leergegessen.«

»Ich wäre überrascht, wenn er genug Krümel übriggelassen hätte, daß sich ein Fink dafür interessieren könnte. Und er hat immer noch Hunger, wenn mich nicht alles täuscht.«

»Ich könnte ihm noch einen Auflauf bringen lassen, Mutter. Oder etwas Kuchen.«

»Nein, ich glaube, er hat soviel gegessen, wie es gerade möglich war. Wenn er sich erbrechen muß, hilft es ihm nicht.«

Mat blickte finster drein. Es schien ihm, wenn er krank war, sei er für Frauen praktisch unsichtbar, außer, sie redeten ihn direkt an. Und dann taten sie so, als sei er mindestens zehn Jahre jünger. Nynaeve, seine Mutter, seine Schwestern, die Amyrlin, alle verhielten sie sich gleich.

»Ich habe überhaupt keinen Hunger«, verkündete er. »Ich fühle mich gut. Wenn Ihr mich nur anziehen laßt, dann zeige ich Euch schon, wie gut es mir geht. Ich bin draußen, bevor Ihr euch umdrehen könnt.« Nun sahen ihn beide an. Er räusperte sich. »Äh … Mutter.«

Die Amyrlin schnaubte. »Ihr habt ein Mahl für fünf Leute gegessen und Ihr werdet noch tagelang solche Mahlzeiten verdrücken, sonst verhungert Ihr! Ihr seid gerade von einer Verbindung geheilt worden mit einem Verderben, das jeden Mann, jede Frau und jedes Kind in Aridhol getötet hat und das auch nach zweitausend Jahren Warten nicht schwächer geworden ist, bis Ihr es auflesen mußtet. Es war dabei, Euch genauso sicher zu töten, wie es sie getötet hatte. Das ist nicht das gleiche, als hättet Ihr eine Fischgräte im Daumen stecken, Junge. Wir hätten Euch beinahe getötet beim Versuch, Euch zu retten!«

»Ich habe keinen Hunger.« Er bestand darauf. Sein Magen knurrte laut genug, um seine Worte Lügen zu strafen.

»Ich habe Euch schon beim ersten Zusammentreffen richtig eingeschätzt«, sagte die Amyrlin. »Ich wußte auch damals schon, daß Ihr wie ein aufgeschreckter Eisvogel durchgeht, wenn Ihr glaubt, jemand wolle Euch festhalten. Gut, daß ich meine Vorkehrungen getroffen habe.«

Er beäugte sie mißtrauisch. »Vorkehrungen?« Sie sahen ihm würdevoll in die Augen. Er hatte das Gefühl, sie steckten ihn mit ihren Blicken wie mit Nadeln am Bett fest.

»Euer Name und Eure Personenbeschreibung sind auf dem Weg zu den Brückenwächtern«, sagte die Amyrlin, »und zu den Wächtern an den Schiffsanlegestellen. Ich werde Euch nicht in der Burg festhalten, aber Tar Valon verlaßt Ihr nicht eher, als bis Ihr gesund seid. Solltet Ihr versuchen, Euch in der Stadt zu verstecken, wird Euch der Hunger schließlich wieder hierher treiben, und wenn nicht, finden wir Euch schon, bevor Ihr verhungert.«

»Warum wollt Ihr mich unbedingt hierbehalten?« wollte er wissen. Er hörte im Geist Selenes Stimme. *Sie wollen Euch benützen.* »Warum kümmert es Euch, ob ich verhungere oder nicht? Ich kann für mich selbst sorgen.«

Die Amyrlin lachte kurz auf, doch das Lachen klang nicht sehr amüsiert. »Mit zwei Silbermark und ein paar Kupfermünzen, mein Sohn? Ihr müßtet wirklich besonders viel Glück beim Würfeln haben, wenn Ihr damit all das Essen kaufen wolltet, das Ihr in den nächsten Tagen benötigt. Wir heilen nicht die Menschen, damit dann unsere Mühe umsonst war und sie sterben, obwohl sie noch pflegebedürftig sind. Und zudem könnte es sein, daß wir Euch noch weiter behandeln müssen.«

»Noch weiter? Ihr sagtet doch, ich sei geheilt. Warum sollte ich weitere Behandlung benötigen?«

»Mein Sohn, Ihr habt diesen Dolch monatelang getragen. Ich glaube, daß wir alle Spuren davon in Euch gefunden und beseitigt haben, aber sollten wir nur die kleinste übersehen haben, könnte sich das als tödlich erweisen. Und wer weiß, welche Wirkung es haben könnte, daß Ihr ihn so lange in Eurem Besitz hattet? In einem halben Jahr oder in einem Jahr wünscht Ihr euch vielleicht, es wäre eine Aes Sedai da, die Euch wieder heilt.«

»Ihr wollt, daß ich ein Jahr lang hierbleibe?« Er sagte das ungläubig und sehr laut. Leane verlagerte ihr Gewicht auf den anderen Fuß und sah ihn scharf an, doch die Gesichtszüge der Amyrlin blieben ruhig und gelassen.

»Vielleicht nicht ganz so lang, mein Sohn. Aber lang genug jedenfalls, bis wir sicher sein können. Das wollt Ihr doch wohl auch. Würdet Ihr in einem Schiff lossegeln, wenn Ihr nicht einmal wißt, ob es dicht ist oder ob vielleicht Planken angefault sind?«

»Ich habe noch nie was mit Schiffen zu tun gehabt«, brummte Mat. Es mochte ja stimmen. Die Aes Sedai logen nie, aber es enthielt für seinen Geschmack zu viele Ungewißheiten. »Ich bin schon eine lange Zeit von zu Hause weg, Mutter. Mein Pa und meine Mutter glauben vielleicht, ich sei tot.«

»Wenn Ihr ihnen einen Brief schreiben wollt, sorge ich dafür, daß er nach Emondsfeld gebracht wird.«

Mat wartete auf weitere Äußerungen, doch die blieben aus. »Danke, Mutter.« Er brachte ein kurzes Auflachen zustande. »Ich bin ja schon einigermaßen überrascht, daß mein Pa nicht gekommen ist, um mich aufzuspüren. Er ist die Art von Vater, die das tun würde.« Er war sich nicht sicher, glaubte aber, ein ganz kurzes

Zögern in der Stimme der Amyrlin zu vernehmen, bevor sie antwortete: »Er ist gekommen. Leane hat mit ihm gesprochen.«

Die Behüterin fuhr ihrerseits gleich fort: »Wir wußten zu der Zeit nicht, wo Ihr wart, Mat. Ich habe ihm das gesagt, und er reiste noch vor den schwereren Schneefällen wieder ab. Ich gab ihm etwas Gold mit, damit die Heimreise leichter würde.«

»Zweifellos wird er froh sein«, sagte die Amyrlin, »von Euch zu hören. Genau wie Eure Mutter. Gebt mir den Brief, wenn Ihr ihn fertig habt, und ich kümmere mich darum.«

Sie hatten es ihm gesagt, aber er hatte danach fragen müssen. *Und Rands Pa haben sie nicht erwähnt. Vielleicht dachten sie, es sei mir gleich, und vielleicht ... Seng mich, ich weiß es nicht.* »Ich war mit einem Freund unterwegs, Mutter. Rand al'Thor. Erinnert Ihr euch? Wißt Ihr, ob es ihm gutgeht? Ich wette, sein Vater macht sich auch Sorgen.«

»Soweit ich weiß«, sagte die Amyrlin verbindlich, »geht es ihm gut genug, aber wer weiß das schon genau? Ich habe ihn nur einmal gesehen, zur gleichen Zeit wie Euch, in Fal Dara.« Sie wandte sich der Behüterin zu. »Vielleicht könnte er doch noch ein kleines Stück Auflauf vertragen, Leane. Und etwas für seinen Hals, wenn er soviel redet. Sorgt Ihr dafür, daß ihm etwas gebracht wird?«

Die hochgewachsene Aes Sedai ging mit einem gemurmelten: »Wie Ihr wünscht, Mutter.«

Als sich die Amyrlin wieder Mat zuwandte, lächelte sie, doch ihre Augen waren wie blaues Eis. »Es gibt Dinge, die zu gefährlich für Euch sind, um vor anderen, selbst vor Leane, darüber zu sprechen. Eine lose Zunge hat schon mehr Männer umgebracht als plötzliche Gewitterstürme.«

»Gefährlich, Mutter?« Sein Mund war plötzlich wie ausgetrocknet, doch er widerstand dem Drang, sich die

Lippen zu lecken. *Licht, wieviel weiß sie von Rand? Wenn nur Moiraine nicht um alles solche Geheimnisse machte!* »Mutter, ich weiß nichts Gefährliches. Ich kann mich kaum an die Hälfte dessen erinnern, was ich einmal wußte.«

»Erinnert Ihr euch an das Horn?«

»Welches Horn soll das sein, Mutter?«

Sie war so schnell auf den Beinen und ragte plötzlich drohend über ihm auf, daß er gar nicht so schnell schalten konnte. »Wenn Ihr Spielchen mit mir spielt, Junge, werde ich dafür sorgen, daß Ihr Euch nach Eurer Mutter Rockzipfel zurücksehnt. Ich habe keine Zeit für Spiele und Ihr genausowenig. Also, erinnert-Ihr-Euch-jetzt?«

Er hielt sich erschrocken an der Decke fest und schluckte, bevor er zugab: »Ich erinnere mich daran, Mutter.«

Sie schien sich ein wenig zu entspannen, und Mat rollte die Schultern, um die Verkrampfung zu lösen. Er hatte das Gefühl, er habe gerade den Kopf vom Richtklotz des Henkers weggezogen.

»Gut. Das ist gut, Mat.« Sie setzte sich betont langsam wieder hin und musterte ihn. »Wißt Ihr, daß Ihr an das Horn gebunden seid?« Er formte lautlos das Wort ›gebunden‹ mit den Lippen, so überrascht und erschrocken war er. Sie nickte. »Ich glaubte auch nicht, daß Ihr das wußtet. Ihr wart der erste, der das Horn von Valere blies, nachdem es gefunden worden war. Für Euch wird es nun tote Helden aus den Gräbern zurückholen. Für jeden anderen ist es nur ein Horn – solange Ihr am Leben seid.«

Er atmete tief ein. »Solange ich am Leben bin«, sagte er mit tonloser Stimme, und die Amyrlin nickte. »Ihr hättet mich sterben lassen können.« Sie nickte erneut. »Dann hättet Ihr jeden in das Horn stoßen lassen können, der Euch recht ist, und es hätte ihm gedient.« Wieder ein Nicken. »Blut und Asche! Ihr wollt, daß ich es für Euch benütze! Wenn die Letzte Schlacht kommt, dann wollt Ihr, daß ich für Euch die toten Helden aus den Gräbern rufe, um gegen den Dunklen König zu kämpfen. Blut und blutige Asche!«

Sie stützte einen Ellbogen auf die Stuhllehne und ihren Kopf wiederum auf diese Hand. Ihr Blick ruhte die ganze Zeit über auf ihm. »Zieht Ihr die Alternative vor?«

Er runzelte die Stirn, und dann wurde ihm klar, was die Alternative war. Wenn jemand anders das Horn blasen mußte... »Ihr wollt, daß ich das Horn blase? Dann werde ich es tun. Ich habe nie gesagt, daß ich es nicht tue, oder?«

Die Amyrlin seufzte ergeben. »Ihr erinnert mich an meinen Onkel Huan. Keiner konnte ihn jemals irgendwie festnageln. Er spielte auch gern, und er vergnügte sich lieber, als zu arbeiten. Er starb, als er Kinder aus einem brennenden Haus rettete. Er ging immer wieder zurück, solange noch eines darin war. Seid Ihr genauso, Mat? Werdet Ihr da sein, wenn die Flammen hochschlagen?«

Er konnte ihr nicht in die Augen sehen. Er betrachtete seine Finger, die ungeduldig an der Decke zupften. »Ich bin kein Held. Ich tue, was sein muß, aber ein Held bin ich nicht.«

»Die meisten derer, die wir Helden nennen, taten auch nur das, was sein mußte. Ich denke, das muß genügen. Für den Augenblick. Ihr dürft mit niemandem außer mir über das Horn sprechen, mein Sohn. Oder davon, daß Ihr daran gebunden seid.«

Für den Augenblick? dachte er. *Mehr werdet Ihr nie zu hören bekommen, weder jetzt noch später.* »Ich habe nicht vor, jedem verdammten...« Sie zog die Augenbrauen hoch, und er beherrschte sich. »Ich will es ja niemandem erzählen. Ich wünschte, niemand wüßte davon. Warum wollt Ihr es so geheim halten? Traut Ihr euren Aes Sedai nicht?«

Einen sehr langen Augenblick über glaubte er, er sei zu weit gegangen. Ihr Gesicht verhärtete sich, und mit ihrem Blick hätte man Axtstiele schneiden können.

»Wenn ich dafür sorgen könnte, daß nur Ihr und ich davon wissen«, sagte sie kalt, »dann würde ich es tun. Je mehr Leute von einer Sache wissen, desto schneller verbreitet sich die Kunde davon. Das ist sogar bei den Besten so. Der größte Teil der Welt hält das Horn von Valere für eine bloße Legende, und diejenigen, die es besser wissen, glauben, es müsse erst von einem der Jäger gefunden werden. Aber Shayol Ghul weiß, daß es gefunden wurde, und das bedeutet, daß auch zumindest ein paar Schattenfreunde davon wissen. Doch sie wissen nicht, wo es ist, und falls uns das Licht gnädig ist, wissen sie auch nicht, daß Ihr es geblasen habt. Möchtet Ihr wirklich die Schattenfreunde hinter Euch her haben? Halbmenschen oder andere Abkömmlinge des Schattens? Sie wollen das Horn haben. Das müßt Ihr wissen. Es wirkt genauso für den Schatten wie für das Licht. Aber wenn es auf ihrer Seite sein soll, müssen sie Euch finden oder Euch töten. Wollt Ihr das riskieren?«

Mat wünschte sich eine zweite Decke oder vielleicht sogar ein Federbett. Im Raum war es mit einem Mal sehr kalt. »Wollt Ihr damit sagen, daß mich die Schattenfreunde sogar hier jagen könnten? Ich glaubte, in der Weißen Burg gebe es keine Schattenfreunde.« Er dachte daran, was Selene über die Schwarzen Ajah gesagt hatte, und fragte sich, was die Amyrlin wohl antworten werde.

»Ein guter Grund hierzubleiben, ja?« Sie stand auf und strich ihren Rock glatt. »Ruht Euch aus, mein Sohn. Bald fühlt Ihr euch viel besser. Ruht.« Sie schloß die Tür leise hinter sich.

Lange Zeit lag Mat nur da und starrte die Decke an. Er bemerkte kaum, daß eine Dienerin mit seinem Auflauf kam und einem weiteren Krug Milch. Sie nahm das geleerte Tablett wieder mit. Sein Bauch knurrte wieder vernehmlich, als es so gut nach warmen Äpfeln und Gewürzen duftete, aber auch das beachtete er nicht. Die Amyrlin glaubte, sie habe ihn wie ein Schaf im Pferch gefangen. Und Selene ... *Wer zum Licht noch mal ist sie? Was will sie eigentlich?* Selene hatte in mancher Hinsicht recht gehabt. Aber die Amyrlin hatte ihm gegenüber zugegeben, daß sie ihn benützen wolle und auch, wie. Auf gewisse Weise. Es gab in dem, was sie gesagt hatte, zu viele Lücken, durch die etwas Tödliches schlüpfen konnte. Die Amyrlin wollte etwas von ihm, und Selene wollte etwas von ihm. Er war das Tau, an dem sie beide zogen. Er hätte lieber Trollocs gegenübergestanden, als zwischen diesen beiden aufgerieben zu werden.

Es mußte einen Weg aus Tar Valon heraus geben, um beiden zu entkommen. Wenn er einmal auf der anderen Seite des Flusses war, konnte er sich von den Aes Sedai fernhalten und auch von Selene und den Schattenfreunden. Da war er sicher. Es mußte einen Weg geben. Alles, was er zu tun hatte, war eben, die Dinge von allen Seiten zu betrachten.

Der Auflauf auf dem Tisch wurde kalt.

KAPITEL 21

Eine Welt im Traum

Egwene rieb sich die Hände mit einem Handtuch ab, während sie den trüb beleuchteten Korridor hinuntereilte. Sie hatte sie schon zweimal gewaschen, aber sie fühlten sich immer noch schmierig an. Sie hatte nicht geglaubt, daß es auf der ganzen Welt so viele Töpfe gäbe. Und heute war auch noch Backtag gewesen. Also mußten viele Eimer voll Asche aus den Öfen entfernt werden. Und die Öfen wurden natürlich auch geputzt. Und die Tische mußten mit feinem Sand gescheuert werden, bis sie knochenweiß schimmerten. Und die Böden mußte man auf Knien schrubben. Ihr weißes Kleid war mit Asche und Schmutz verschmiert. Ihr Rücken schmerzte, und sie wollte nur ins Bett, doch dann war Verin in die Küche gekommen, angeblich, damit sie sich etwas zu Essen hochholen konnte, doch sie hatte ihr im Vorbeigehen etwas zugeflüstert, und so mußte sie nun zu ihr kommen.

Verin hatte ihre Räume gleich über der Bibliothek. Die Gänge dort wurden nur von ein paar anderen Braunen Schwestern benützt. Staub hing in der Luft der Säle dort. Die Frauen, die dort wohnten, waren zu sehr mit anderen Dingen beschäftigt, um die Diener oft zum Saubermachen zu bestellen. Die Gänge machten seltsame Kurven und Windungen. Manchmal ging es ganz plötzlich ein Stück nach oben und dann wieder hinunter. Es gab nur wenige Wandbehänge. Ihre bunten Bilder wirkten stumpf. Offensichtlich wurden sie genauso selten gesäubert wie alles andere. Viele der Lampen brannten nicht, so daß in den Sälen eine

Art düsterer Dämmerung herrschte. Egwene glaubte schon, ganz allein hier oben zu sein – bis auf ein kurzes weißes Aufblitzen weiter vorn, wo vielleicht eine Novizin oder Dienerin etwas zu erledigen hatte. Ihre Schuhe klapperten auf den kahlen schwarzen und weißen Fußbodenkacheln und warfen Echos. Dieser Ort wirkte nicht gerade beruhigend, wenn man dabei an die Schwarzen Ajah dachte.

Sie fand, was Verin ihr beschrieben hatte: eine schwarzgetäfelte Tür am oberen Ende einer kleinen Rampe. Daneben hing ein verstaubter Wandteppich, der einen König hoch zu Roß zeigte, der die Kapitulation eines anderen Königs entgegennahm. Verin hatte ihr die Namen der beiden gesagt. Sie waren schon Hunderte von Jahren tot, bevor Artur Falkenflügel geboren wurde. Verin schien über solche Sachen immer gut Bescheid zu wissen, aber trotzdem konnte Egwene sich an die Namen nicht mehr erinnern oder auch an die schon lange von der Landkarte verschwundenen Länder, die sie regiert hatten. Es war aber der einzige Wandbehang, der Verins Beschreibung entsprach.

Wenn sie den Klang ihrer eigenen Schritte überhörte, war es hier im Gang noch stiller als zuvor und irgendwie auch bedrohlicher. Sie klopfte an die Tür und trat nach einem abwesenden »Wer ist da? Herein!« sofort ein.

Einen Schritt drinnen im Raum blieb sie stehen und sah sich erstaunt um. An allen Wänden waren Bücherregale angebracht, bis auf eine Tür zu einem der inneren Räume und einige Flecken, wo Landkarten – oftmals mehrere übereinander – und Karten des Nachthimmels hingen. Sie erkannte die Namen einiger Sternbilder: der Pflügende Bauer und der Heuwagen, der Bogenschütze und die Fünf Schwestern, aber andere kannte sie nicht. Auf jeder einigermaßen ebenen Fläche lagen Bücher und Papiere und Schriftrollen, und zwischen den Stapeln und manchmal auch obenauf lag ein ganzes Sortiment anderer Gegenstände. Seltsam geformte Glas- oder Metallstücke, Kugeln und miteinander verbundene Röhren, ineinander verschlungene Metallreifen, Knochen und Schädel in allen möglichen Formen und Größen. Etwas, das wie eine ausgestopfte braune Eule aussah, nicht viel größer als Egwenes Hand, stand auf einem ausgebleichten Eidechsenschädel, doch eigentlich konnte es gar keine Eidechse gewesen sein, denn der Schädel war länger als ihr Arm und hatte schiefe Zähne, größer als ihre Finger! Völlig willkürlich waren Kerzenhalter im Raum verteilt, so daß an einer Stelle die Beleuchtung gut war, während anderswo tiefe Schatten lagen. Die Gefahr bestand überall, daß Papiere sich daran entzündeten. Die Eule blinzelte Egwene an, und sie zuckte zusammen.

»Ah, ja«, sagte Verin. Sie saß hinter einem Tisch, der genauso voll beladen war wie alles in diesem Raum, und hielt vorsichtig ein zerrissenes Blatt in den Händen. »Ihr seid es. Ja.« Sie bemerkte Egwenes Seitenblick auf die Eule und sagte abwesend: »Er sorgt dafür, daß es hier keine Mäuse gibt. Sie fressen sonst das Papier an.« Ihre Geste umfaßte den gesamten Raum, und das erinnerte sie wohl wieder an das Blatt in ihrer Hand. »Das ist vielleicht faszinierend. Rosel von Essam behauptete, mehr als hundert Seiten hätten die Zerstörung der Welt überstanden, und sie hätte es wissen müssen, denn sie schrieb alles kaum zweihundert Jahre danach auf, aber soweit ich weiß, existiert nur noch dieses eine kleine Blatt. Möglicherweise ist das wirklich das einzige. Rosel schrieb, es enthielte Geheimnisse, denen die Welt nicht gewachsen sei, und viel klarer hat sie sich nicht ausgedrückt. Ich habe diese Seite tausendmal gelesen und versucht, herauszufinden, was sie meinte.«

Die winzige Eule blinzelte Egwene wieder an. Sie bemühte sich, in eine andere Richtung zu blicken. »Was steht denn da, Verin Sedai?«

Verin blinzelte. Es sah dem Blinzeln der Eule ganz ähnlich. »Was da drinnen steht? Bedenkt, daß es eine wörtliche Übersetzung ist und sich beinahe anhört wie ein Barde, der im Hochgesang etwas rezitiert. Hört zu: ›Herz der Dunkelheit. Ba'alzamon. Der Name verborgen im Namen und vom Namen verhüllt. Das Geheimnis im Geheimnis, vom Geheimnis umschlossen. Verräter aller Hoffnung. Ishamael verrät alle Hoffnung. Die Wahrheit brennt und sengt. Die Hoffnung versagt im Angesicht der Wahrheit. Eine Lüge ist unser Schild. Wer kann dem Herz der Dunkelheit widerstehen? Wer kann dem Verräter aller Hoffnung gegenübertreten? Seele des Schattens, Seele der Dunkelheit, ist er ...‹« Sie hielt seufzend inne. »Hier endet es. Könnt Ihr etwas damit anfangen?«

»Ich weiß nicht«, sagte Egwene. »Es gefällt mir nicht.«

»Sicher, warum sollte es auch, Kind. Gefallen oder verstehen? Ich habe es beinahe vierzig Jahre lang studiert, und mir geht es genauso.« Verin legte das Blatt vorsichtig in eine ledergebundene und mit Seide umrandete Mappe, die sie anschließend achtlos in einen Stapel Papiere schob. »Aber deshalb seid Ihr nicht gekommen.« Sie kramte auf dem Tisch herum, knurrte etwas in sich hinein und konnte ein paarmal gerade noch einen Stapel Bücher oder Manuskripte davon abhalten, vom Tisch zu fallen. Schließlich fand sie, was sie gesucht hatte: eine Handvoll Blätter, mit dünner, krakeliger Schrift bedeckt und mit einer Kordel zusammengehalten. »Hier, Kind. Alles, was man über Liandrin und die Frauen weiß, die mit ihr gingen. Namen, Alter, Ajahs, wo sie geboren wurden. Alles, was ich in den Unterlagen finden konnte. Sogar, wie sie bei ihren Prüfungen abschnitten. Auch das, was wir über die *Ter'Angreal* wissen, die sie stahlen. Es ist nicht viel. Meistens sind es nur Beschreibungen. Ich weiß nicht, ob das eine Hilfe sein wird. Ich habe darin nichts Brauchbares finden können.«

»Vielleicht bemerkt eine von uns etwas.« Eine plötzliche Welle von Mißtrauen packte Egwene zu ihrer eigenen Überraschung. *Wenn sie nichts ausgelassen hat.* Die Amyrlin schien Verin nur zu trauen, weil ihr nichts anderes übrig blieb. Was, wenn Verin selbst eine Schwarze Ajah war? Sie schüttelte den Gedanken ab. Sie war den ganzen weiten Weg von der Toman-Halbinsel nach Tar Valon mit Verin gereist, und sie weigerte sich einfach, zu glauben, diese mollige Gelehrte könne ein Schattenfreund sein. »Ich vertraue Euch, Verin Sedai.« *Kann ich das wirklich?*

Die Aes Sedai blinzelte sie wieder an und vertrieb mit einem Kopfschütteln den Gedanken, der ihr wohl dabei gekommen war. »Diese Liste, die ich Euch gab, könnte wichtig sein, aber vielleicht ist sie auch nur Papierverschwendung. Jedenfalls ist sie nicht der einzige Grund, daß ich Euch herkommen ließ.« Sie begann, die Sachen auf dem Tisch herumzuschieben und zu einigen äußerst wackligen Haufen aufzustapeln, um etwas Platz freizumachen. »Ich hörte von Anaiya, daß Ihr eines Tages vielleicht zu den Träumern gehören könntet. Die letzte war Corianin Nedeal vor vierhundertdreiundsiebzig Jahren, und nach den Unterlagen zu schließen, verdiente sie die Bezeichnung eigentlich kaum. Es wäre sehr interessant, wenn Ihr euch so entwickelt.«

»Sie hat mich überprüft, Verin Sedai, aber sie war nicht sicher, ob irgendeiner meiner Träume etwas über die Zukunft vorhersagte.«

»Das ist nur ein Teil dessen, was einen Träumer ausmacht, Kind. Vielleicht sogar der unwichtigste Teil. Meiner Meinung nach treibt Anaiya das viel zu langsam voran. Schaut her.« Mit einem Finger zog Verin einige parallel verlaufende Linien in den Staub auf dem Tisch, wo sie die Fläche freigemacht hatte. »Das sollen Welten sein, die existieren könnten, falls manche Entscheidungen anders ausgefallen wären, falls bedeutende Wendepunkte im Muster sich geändert hätten.«

»Die Welten, die man von den Portalsteinen aus erreichen kann«, sagte Egwene, um zu beweisen, daß sie Verins Ausführungen auf dem Weg von der Toman-Halbinsel hierher gelauscht hatte. Was sollte das aber damit zu tun haben, ob sie nun zu den Träumern zählte oder nicht?

»Sehr gut. Aber das Muster ist vielleicht noch viel komplizierter als dies, Kind. Das Rad verwebt unsere Leben und bildet damit das Muster eines Zeitalters, doch die Zeitalter selbst sind wiederum in das Gewebe der Zeitalter, also in das Große Muster, verwebt. Und wer weiß denn schon, ob das überhaupt auch nur der zehnte Teil all dieser Gewebe ist? Im Zeitalter der Legenden glaubten einige, daß es noch weitere Welten gibt, die aber schwerer zu erreichen sind als diejenigen hinter den Portalsteinen – kaum glaubhaft –, und daß sie so liegen.« Sie zog weitere Linien, die die anderen schnitten. Einen Augenblick lang betrachtete sie das Ergebnis. »Kette und Schuß des Gewebes. Vielleicht webt das Rad der Zeit noch ein viel größeres Muster aus ganzen Welten.« Sie richtete sich auf und klopfte sich den Staub von den Händen. »Nun ja, das ist weder hier noch dort. Auf all diesen Welten, gleich wie unterschiedlich sie sein mögen, sind ein paar Dinge die gleichen. Eines davon ist, daß in allen der Dunkle König gefangengehalten wird.«

Unwillkürlich trat Egwene näher heran und sah die von Verin gezogenen Linien genau an. »In allen? Wie kann das sein? Wollt Ihr damit sagen, daß es auf allen Welten einen Vater der Lügen gibt?« Der Gedanke an so viele Dunkle Könige ließ sie schaudern.

»Nein, Kind. Es gibt einen Schöpfer, der auf allen diesen Welten gleichzeitig existiert. Genauso gibt es auch nur einen Dunklen König, der gleichzeitig auf all diesen Welten existiert. Wenn er auf einer Welt aus dem Gefängnis befreit wird, das der Schöpfer für ihn gemacht hat, dann wird er auf allen Welten befreit. Solange er auf einer davon gefangen ist, bleibt er auf allen gefangen.«

»Das scheint mir keinen Sinn zu ergeben«, wandte Egwene ein.

»Paradox, Kind. Der Dunkle König ist die Verkörperung des Paradoxen und des Chaos, der Zerstörer von Vernunft und Logik, der Störer allen Gleichgewichts, der Hinderer aller Ordnung.«

Die Eule flog mit einem Mal lautlos hoch und landete auf einem großen, weißen Schädel, der auf einem Regal hinter der Aes Sedai lag. Sie spähte blinzelnd auf die beiden Frauen herab. Egwene hatte schon bei ihrem Eintreten diesen Schädel bemerkt. Gekrümmte Hörner und eine vorgeschobene Schnauze hatten sie an einen Hammel erinnert, nur wußte sie keine Art, die einen so großen Kopf hatte. Nun fielen ihr auf die abgerundete Form des Schädels auf und die hohe Stirn. Das war kein Hammelschädel. Es war der eines Trollocs.

Sie atmete zittrig ein. »Verin Sedai, was hat das alles mit den Träumern zu tun? Der Dunkle König ist im Shayol Ghul gefangen, und ich will noch nicht einmal daran denken, daß er entkommen könnte.« *Aber die Siegel an seinem Gefängnis werden brüchig. Selbst die Novizinnen wissen das mittlerweile.* »Was es mit den Träumern zu tun hat? Nun ja, eigentlich nichts, Kind. Außer, daß wir uns alle auf die eine oder andere Art dem Dunklen König stellen müssen. Er ist jetzt noch gefangen, aber das Muster hat Rand al'Thor nicht umsonst in die Welt gesetzt. Der Wiedergeborene Drache muß den Herrn des Grabes bekämpfen, soviel ist klar. Falls Rand solange überlebt. Der Dunkle König wird versuchen, das Muster soweit wie möglich zu verzerren. Also, jetzt sind wir aber zu weit vom Thema abgekommen, ja?«

»Vergebt mir, Verin Sedai, aber wenn dies hier« – Egwene deutete auf die Linien im Staub – »nichts mit den Träumern zu tun hat, warum erzählt Ihr mir dann davon?«

Verin sah sie an, als stelle sie sich absichtlich dumm. »Nichts? Natürlich hat es etwas damit zu tun, Kind. Der springende Punkt ist, daß es neben dem Schöpfer und dem Dunklen König noch eine dritte Konstante gibt. Es gibt eine Welt, die innerhalb all dieser anderen liegt, innerhalb aller gleichzeitig! Oder vielleicht umgibt sie die anderen. Schreiber aus dem Zeitalter der Legenden nannten sie *Tel'aran'rhiod,* die ›Unsichtbare Welt‹. Vielleicht wäre ›die Welt der Träume‹ eine bessere Übersetzung. Viele Menschen, auch ganz gewöhnliche, die nicht die Macht lenken können, sehen manchmal *Tel'aran'rhiod* im Traum und können gelegentlich sogar die anderen Welten hindurchschimmern sehen. Denkt an einige der eigenartigen Dinge, die Ihr in Euren Träumen schon gesehen habt. Aber ein Träumer, Kind – ein wirklicher Träumer – kann *Tel'aran'rhiod* betreten!«

Egwene versuchte, zu schlucken, aber sie hatte einen Kloß im Hals. *Sie betreten?* »Ich … ich glaube nicht, daß ich zu den Träumern gehöre, Verin Sedai. Anaiya Sedais Überprüfungen …«

Verin unterbrach sie: »… beweisen nichts, weder das eine noch das andere. Und Anaiya glaubt immer noch, daß Ihr wahrscheinlich dazugehört.«

»Ich nehme an, ich werde es irgendwann einmal herausfinden«, murmelte Egwene. *Licht, ich will doch dazugehören, oder? Ich will lernen! Ich will alles!*

»Ihr habt keine Zeit mehr, um lange zu warten, Kind. Die Amyrlin hat Euch und Nynaeve eine große Aufgabe anvertraut. Ihr müßt jedes Werkzeug benützen, das Ihr nur erreichen könnt.« Verin holte aus dem Durcheinander auf ihrem Tisch einen roten Holzkasten hervor. Er war groß genug, um darin ungefaltet Papiere aufzubewahren, aber als die Aes Sedai den Deckel einen Spalt breit öffnete, zog sie lediglich einen aus Stein gefertigten Ring hervor. Er wies viele Flecken und blaue, braune und rote Streifen auf, und er war zu groß für einen Fingerring. »Hier, Kind.«

Egwene legte die Papiere zur Seite, um ihn entgegenzunehmen, und dann machte sie große Augen vor Überraschung. Der Ring sah nur wie aus Stein gefertigt aus, war aber härter als Stahl und schwerer als Blei. Und der Reif war verdreht. Wenn sie mit einem Finger an einer Kante entlangfuhr, beschrieb ihr Finger zwei volle Umdrehungen, innen wie außen. Der Ring hatte nur eine Kante. Sie probierte es gleich zweimal, um sich davon zu überzeugen.

»Corianin Nedeal«, sagte Verin, »besaß diesen *Ter'Angreal* fast ihr ganzes Leben über. Jetzt bleibt er bei Euch.«

Egwene ließ den Ring beinahe fallen. Ein *Ter'Angreal? Ich soll einen* Ter'Angreal *bekommen?*

Verin schien ihr Erschrecken nicht zu bemerken. »Nach ihren Aussagen erleichtert es den Eintritt in *Tel'aran'rhiod.* Sie behauptete, es funktioniere sowohl bei jenen ohne unser Talent, wie auch bei Aes Sedai, solange Ihr ihn im Schlaf berührt. Es gibt natürlich auch Gefahren. *Tel'aran'rhiod* ist nicht so wie andere Träume. Was dort geschieht, ist Wirklichkeit. Ihr seid wirklich dort, statt diese Welt nur kurz sehen zu können.« Sie schob den Ärmel ihres Kleides zurück und enthüllte eine verblaßte Narbe, so lang wie ihr Unterarm. »Ich habe es selbst vor Jahren einmal ausprobiert. Anaiyas Heilkunst hat nicht ganz erreicht, was ich mir wünschte. Denkt daran.« Die Aes Sedai zog den Ärmel wieder über die Narbe.

»Ich werde vorsichtig sein, Verin Sedai.« *Wirklichkeit? Meine Träume sind schon schlimm genug. Ich brauche keine Träume, die Narben hinterlassen! Ich werde es in einen Sack stecken, in eine dunkle Ecke legen und es dort lassen. Ich werde …* Doch sie wollte es lernen. Sie wollte Aes Sedai werden, und es hatte unter den Aes Sedai seit fast fünfhundert Jahren keine Träumer gegeben. »Ich werde sehr vorsichtig sein.« Sie steckte den Ring in ihre Gürteltasche und zog den Riemen fest zu. Dann nahm sie die von Verin erhaltenen Papiere.

»Denkt daran, ihn zu verstecken, Kind. Keine Novizin, noch nicht einmal eine Aufgenommene, sollte etwas wie den im Besitz haben. Aber er könnte sich als nützlich erweisen. Haltet ihn gut verborgen.«

»Ja, Verin Sedai.« Sie dachte an Verins Narbe und wünschte sich beinahe, eine andere Aes Sedai käme in diesem Augenblick vorbei und nähme ihr das verwünschte Ding wieder ab.

»Gut, Kind. Jetzt fort mit Euch. Es wird spät und Ihr müßt früh aufstehen, um beim Frühstückrichten mitzuhelfen. Schlaft gut.«

Verin saß noch eine Weile nach Egwenes Abgang da und blickte die Tür an. Die Eule schrie leise hinter ihr. Sie zog den roten Kasten zu sich heran, öffnete den Deckel ganz und blickte stirnrunzelnd auf den Inhalt herunter, der ihn beinahe ganz ausfüllte.

Seite auf Seite, mit sauberer Schrift bedeckt, wenn auch die schwarze Tinte nach beinahe fünfhundert Jahren verblaßt war: Corianin Nedeals Notizen, alles, was sie in fünfzig Arbeitsjahren mit dem eigenartigen *Ter'Angreal* gelernt hatte. Eine Frau mit Geheimnissen, diese Corianin. Sie hatte weitaus den größten Teil ihres Wissens vor allen anderen verborgen und nur diesen Seiten anvertraut. Nur durch Zufall und ihre Angewohnheit, in den alten Papieren in der Bibliothek herumzustöbern, war Verin darauf gestoßen. Soweit sie hatte feststellen können, wußte keine Aes Sedai außer ihr von dem *Ter'Angreal.* Corianin hatte es fertiggebracht, die Kunde von seiner Existenz aus allen Unterlagen zu entfernen.

Noch einmal überlegte sie, ob sie das Manuskript verbrennen sollte. Genauso hatte sie sich vorher überlegt, ob sie es Egwene geben solle. Aber Wissen zu vernichten, jede Art von Wissen, war ihr fremd. Und die andere Möglichkeit ... *Nein, es ist weitaus besser, alles so zu belassen, wie es ist. Was geschehen soll, wird geschehen.* Sie klappte entschlossen den Deckel zu. *Wo habe ich nur dieses Blatt hingesteckt?*

Mit gerunzelter Stirn begann sie, die Bücher- und Papierstapel nach der Ledermappe abzusuchen. Sie hatte Egwene bereits vergessen.

KAPITEL 22

Der Ring fordert seinen Preis

Egwene war noch nicht weit von Verins Zimmer entfernt, als sie Sheriam traf. Die Herrin der Novizinnen blickte besorgt drein.

»Falls sich nicht jemand daran erinnert hätte, daß Ihr mit Verin gesprochen habt, hätte ich Euch vielleicht gar nicht gefunden.« Die Aes Sedai klang etwas irritiert. »Kommt mit, Kind. Ihr haltet alles auf! Was sind das für Papiere?«

Egwene nahm sie noch ein wenig fester in die Hand. Sie bemühte sich, möglichst unschuldig und respektvoll zu sprechen: »Verin Sedai meint, ich solle sie studieren, Aes Sedai.« Was würde sie tun, wenn Sheriam verlangte, sie zu sehen? Welche Entschuldigung hätte sie dafür, sich zu weigern, und welche Erklärung für seitenlange Berichte über dreizehn Frauen, die zu den Schwarzen Ajah gehörten und einige *Ter'Angreal* gestohlen hatten?

Aber Sheriam schien die Papiere bereits wieder vergessen zu haben. »Na ja, egal. Ihr werdet gebraucht, und alle warten.« Sie nahm Egwene am Arm und zwang sie, schneller zu gehen.

»Gebraucht, Sheriam Sedai? Worauf warten sie?«

Sheriam schüttelte den Kopf resignierend. »Habt Ihr vergessen, daß Ihr zu einer Aufgenommenen erhoben werden sollt? Wenn Ihr morgen in mein Arbeitszimmer kommt, tragt Ihr den Ring, obwohl ich nicht glaube, er wird Euch den Schmerz leichter ertragen lassen.«

Egwene wollte auf der Stelle stehenbleiben, doch die

Aes Sedai schob sie weiter. Sie gingen eine enge Wendeltreppe hinunter, die sich durch die Bibliothek zog. »Heute abend? Schon? Aber ich schlafe halb, Aes Sedai, und ich bin schmutzig und … Ich dachte, ich hätte noch tagelang Zeit. Um bereit zu sein. Um mich vorzubereiten.«

»Diese besondere Stunde wartet nicht auf eine Frau«, sagte Sheriam. »Das Rad webt, wie das Rad es wünscht und *wann* es will. Außerdem, wie könntet Ihr euch vorbereiten? Ihr wißt bereits alles, was Ihr wissen müßt. Mehr als Eure Freundin Nynaeve damals.« Sie schubste Egwene durch eine winzige Tür am Fuß der Treppe und eilte dann mit ihr durch einen weiteren Korridor zu einer Rampe, die sich immer weiter hinunterschlängelte.

»Ich habe im Unterricht genau aufgepaßt«, protestierte Egwene, »und ich erinnere mich gut daran, aber … kann ich nicht erst einmal schlafen?« Die gewundene Rampe schien kein Ende zu nehmen.

»Die Amyrlin entschied, daß es keinen Sinn habe, damit zu warten.« Sheriam lächelte Egwene von der Seite her an. »Ihre genauen Worte waren: ›Sobald man sich entscheidet, einen Fisch auszunehmen, hat es keinen Sinn mehr, darauf zu warten, daß er verdirbt.‹ Zu dieser Zeit dürfte Elayne bereits die Torbögen durchschritten haben, und die Amyrlin will, daß auch Ihr heute abend noch hindurchschreitet. Nicht, daß ich diese Eile verstünde«, fügte sie hinzu, mehr zu sich selbst gewandt, »aber wenn die Amyrlin befiehlt, gehorchen wir.«

Egwene ließ sich schweigend die Rampe weiter hinunterziehen. Ihr Magen verkrampfte sich dabei. Nynaeve war nicht gerade gesprächig gewesen in bezug auf das, was sie erlebt hatte, als sie zur Aufgenommenen erhoben wurde. Sie hatte überhaupt nichts gesagt, nur eine Grimasse geschnitten und schließlich herausgepreßt: »Ich hasse die Aes Sedai!« Als sie endlich das

Ende der Rampe und damit einen breiten Korridor erreichten, zitterte sie. Sie befanden sich weit unter der Burg im Felsengrund der Insel.

Der Korridor war kahl und schmucklos. Der blasse Fels, durch den er gehauen war, war wohl abgeschliffen worden, aber ansonsten unberührt. Es gab nur ein großes Holztor, genauso hoch und breit wie das äußere Burgtor und genauso schmucklos. Die Balken waren geschliffen und lackiert und fugenlos zusammengefügt. Die mächtigen Torflügel waren so perfekt ausbalanciert, daß Sheriam einen davon mühelos mit einer Hand öffnen konnte. Sie zog Egwene mit sich hinein in einen riesigen Saal mit Kuppeldecke.

»Nicht gerade schnell!« fauchte Elaida. Sie stand auf einer Seite mit ihrer rotgefransten Stola neben einem Tisch mit drei großen Silberschalen darauf.

Lampen auf hohen Ständern beleuchteten den Raum und das, was im Mittelpunkt stand. Drei abgerundete, silberne Torbögen, gerade hoch genug, um darunter hindurchzulaufen, die auf einem dicken Silberring festgemacht waren, wo sich ihre Enden berührten. Vor jedem der Punkte, an denen die Bögen am Ring festgemacht waren, saß eine Aes Sedai auf dem blanken Felsboden. Alle drei trugen ihre Stolen. Die Grüne Schwester war Alanna, aber die Gelbe und die Weiße Schwester kannte sie nicht.

Die drei Aes Sedai waren vom Glühen *Saidars* umgeben und starrten unverwandt auf die Bögen. Innerhalb des silbernen Gebildes flackerte und glühte es wie eine Antwort auf. Dieses Gebilde war ein *Ter'Angreal,* und wofür er im Zeitalter der Legenden auch gebaut worden sein mochte, jetzt schritten Novizinnen hindurch und aus ihnen wurden Aufgenommene. Drinnen würde Egwene mit ihren eigenen Ängsten konfrontiert werden. Dreimal. Das weiße Glühen innerhalb der Bögen flackerte nun nicht mehr, sondern füllte den gesamten Innenraum gleichmäßig und durchscheinend aus.

»Beruhige dich, Elaida«, sagte Sheriam gelassen. »Wir sind bald soweit.« Sie wandte sich Egwene zu. »Man gibt den Novizinnen hier dreimal eine Chance. Ihr konnt Euch zweimal weigern, hineinzugehen, aber bei der dritten Weigerung werdet Ihr für immer aus der Burg gewiesen. So macht man das normalerweise, und Ihr habt ganz sicher das Recht, Euch zu weigern, wenn ich auch glaube, die Amyrlin wäre nicht gerade erfreut darüber.«

»Sie sollte diese Chance nicht erhalten.« Elaidas Stimme klang eisenhart, und ihr Gesicht machte auch nicht gerade einen sanfteren Eindruck. »Es ist mir gleich, welches Potential sie besitzt. Sie müßte von Rechts wegen aus der Burg gewiesen werden. Oder zumindest müßte sie die nächsten zehn Jahre über die Böden schrubben.«

Sheriam warf der Roten Schwester einen scharfen Blick zu. »Bei Elayne wart Ihr nicht so streng. Ihr wolltet daran teilnehmen, Elaida – vielleicht Elaynes wegen –, und Ihr werdet auch für dieses Mädchen Eure Pflicht tun, wie man es von Euch erwartet, oder Ihr verlaßt diesen Raum, und ich suche mir eine andere.«

Die beiden Aes Sedai funkelten sich an, daß Egwene kaum überrascht gewesen wäre, das Glühen der Einen Macht um sie herum zu entdecken. Schließlich schleuderte Elaida mit einer Kopfbewegung ihr Haar zurück und schnaubte laut.

»Wenn es sein muß, dann laßt es uns hinter uns bringen. Gebt diesem erbärmlichen Mädchen hier ihre Möglichkeit, sich zu weigern und macht ein Ende. Es ist schon spät.«

»Ich werde mich nicht weigern.« Egwenes Stimme bebte, doch dann hatte sie sie unter Kontrolle und den Kopf stolz erhoben. »Ich will hineingehen.«

»Gut«, sagte Sheriam. »Gut. Nun werde ich Euch zwei Dinge sagen, die keine Frau zu hören bekommt, bevor sie hier steht, wo Ihr jetzt seid. Wenn Ihr einmal beginnt, müßt Ihr auch bis zum Ende weitermachen. Wenn Ihr an irgendeiner Stelle nicht mehr weitergeht, werdet Ihr genauso aus der Burg gewiesen, als hättet Ihr euch zum drittenmal geweigert. Zweitens: Zu suchen, zu streben, bedeutet auch Gefahr.« Es klang, als habe sie das schon viele Male gesagt. In ihrem Blick lag viel Anteilnahme, doch ihr Gesichtsausdruck war beinahe so ernst wie der Elaidas. Die Zuneigung jagte Egwene mehr Angst ein als die Strenge. »Manche Frauen sind hineingegangen und nie wieder herausgekommen. Wenn der *Ter'Angreal* nicht mehr angeregt wurde, waren-sie-einfach-nicht-mehr-da. Und man hat sie nie wieder gesehen. Wenn Ihr überleben wollt, müßt Ihr standhaft sein. Zögert, versagt, und ...« Sheriams Gesichtsausdruck ließ über das Unausgesprochene keine Zweifel zu. Egwene schauderte. »Das ist Eure letzte Gelegenheit. Weigert Euch jetzt, und es wird nur als das erste Mal angerechnet. Ihr könnt es dann immer noch zweimal probieren. Wenn Ihr aber jetzt beginnt, gibt es kein Zurück mehr. Es ist keine Schande, sich zu weigern. Ich brachte es beim erstenmal auch nicht fertig, hineinzugehen. Wählt!«

Sie kamen nie mehr heraus? Egwene mußte schwer schlucken. *Ich will eine Aes Sedai werden. Und deshalb muß ich zuerst Aufgenommene sein.* »Ich gehe.«

Sheriam nickte. »Dann bereitet Euch vor.«

Egwene blinzelte, und dann erinnerte sie sich: Sie mußte unbekleidet hineingehen. Sie beugte sich hinunter und wollte das Bündel Papiere hinlegen, das ihr Verin gegeben hatte. Dann zögerte sie. Wenn sie das hierließ, könnten Sheriam oder Elaida alles durchstöbern, während sie sich innerhalb des *Ter'Angreal* befand. Sie könnten sogar den kleineren *Ter'Angreal* in ihrer Gürteltasche finden. Wenn sie sich weigerte, hineinzugehen, könnte sie alles verstecken oder vielleicht Nynaeve geben. Ihr stockte der Atem. *Ich kann mich jetzt nicht weigern. Ich habe bereits begonnen.*

»Habt Ihr Euch doch entschlossen, Euch zu weigern, Kind?« fragte Sheriam mit gerunzelter Stirn. »Obwohl Ihr wißt, was das nun für Folgen hätte?«

»Nein, Aes Sedai«, sagte Egwene schnell. Hastig entkleidete sie sich und faltete ihre Kleider sorgfältig. Dann legte sie alles oben auf die Gürteltasche und die Papiere. Das mußte reichen.

Neben dem *Ter'Angreal* sprach Alanna plötzlich: »Es gibt da eine Art von … Rückkoppelung.« Sie nahm den Blick nicht von den Bögen. »Beinahe ein Echo. Ich weiß nicht, aus welcher Richtung.«

»Gibt es ein Problem?« fragte Sheriam in scharfem Ton. Auch sie klang überrascht. »Ich werde keine Frau hineinschicken, wenn es Schwierigkeiten gibt.«

Egwene blickte ihre aufgeschichteten Kleider sehnsuchtsvoll an. *Bitte, ja, Licht, laß ein Problem auftauchen. Etwas, damit ich diese Papiere verstecken kann, ohne mich weigern zu müssen, hineinzugehen.*

»Nein«, sagte Alanna. »Es ist so, als summe ein Beißmich um deinen Kopf, wenn du nachdenken willst, aber es stört nicht wirklich. Ich hätte es gar nicht erwähnt, aber so etwas ist noch nie geschehen, soweit ich weiß.« Sie schüttelte den Kopf. »Jetzt ist es weg.«

»Vielleicht«, sagte Elaida trocken, »hielten andere eine solche Kleinigkeit für nicht erwähnenswert.«

»Laßt uns fortfahren.« Sheriam ließ nun nichts mehr aufkommen. »Kommt.«

Nach einem letzten Blick auf ihre Kleider und die versteckten Papiere folgte ihr Egwene zu den Bögen. Der Steinboden unter ihren bloßen Füßen war kalt wie Eis.

»Wen bringt Ihr mit Euch, Schwester?« begann Elaida zu singen.

Ohne ihren gemessenen Schritt zu unterbrechen, antwortete Sheriam: »Eine, die als Kandidatin kommt, um Aufgenommen zu werden, Schwester.« Die drei Aes Sedai, die um den *Ter'Angreal* saßen, rührten sich nicht.

»Ist sie bereit?«

»Sie ist bereit, hinter sich zu lassen, was sie war, ihre eigenen Ängste zu durchwandern und so Aufgenommen zu werden.«

»Kennt sie ihre Ängste?«

»Sie ist noch nie mit ihnen konfrontiert worden, doch sie ist willens dazu.«

»Dann laßt sie dem gegenübertreten, was sie fürchtet.« Selbst bei diesen Formalitäten schwang in Elaidas Stimme eine gewisse Befriedigung mit.

»Das erste Mal«, sagte Sheriam, »ist für das, was war. Der Weg zurück erscheint nur einmal. Seid standhaft.«

Egwene atmete tief durch und trat vor, durch den Torbogen und in das Glühen hinein. Das Licht verschluckte sie.

»Jaim Dawry ist vorbeigekommen. Der Händler hat eigenartige Sachen aus Baerlon berichtet.«

Egwene hob den Kopf und blickte über die Wiege hinweg, die sie gerade schaukelte, zu Rand, der in der Tür stand. Einen Moment lang wirbelte alles in ihrem Kopf durcheinander. Sie blickte von Rand – *mein Mann* – zu dem Kind in der Wiege – *meine Tochter* – und staunend wieder zurück.

Der Weg zurück erscheint nur einmal. Seid standhaft. Das war nicht ihr eigener Gedanke, sondern eine körperlose Stimme, die sich in ihrem Kopf oder auch außerhalb befinden mochte, männlich oder weiblich und frei von Emotionen – unbekannt. Und doch war sie ihr nicht fremd.

Der Augenblick des Staunens ging vorüber, und dann war das einzige, worüber sie sich wunderte, daß sie das Gefühl gehabt hatte, etwas stimme nicht. Natürlich war Rand ihr Mann – ihr gutaussehender, liebevoller Mann –, und Joiya war ihre Tochter – das hübscheste, süßeste kleine Mädchen der Zwei Flüsse. Tam, Rands Vater, war mit den Schafen draußen, angeblich, damit Rand in der Scheune aufräumen konnte, aber in Wirklichkeit, um ihm mehr Zeit zu geben, mit Joiya zu spielen. Heute nachmittag würden Egwenes Vater und Mutter aus dem Dorf herüberkommen. Und vielleicht auch Nynaeve, um nachzuprüfen, ob Egwenes Rolle als Mutter sie vom Lernen abhielt. Schließlich sollte sie eines Tages Nynaeve als Seherin ablösen.

»Was für Neuigkeiten?« fragte sie. Sie fing wieder an, die Wiege zu schaukeln, und Rand kam herüber. Er grinste das winzige Kind an, das in Windeln darinnen lag. Egwene lachte in sich hinein. Er war die halbe Zeit über so mit seinem Kind beschäftigt, daß er nicht hörte, was man zu ihm sagte. »Rand? Was für Neuigkeiten? Rand?«

»Was?« Sein Grinsen verflog. »Seltsame Sachen. Krieg. Es gibt irgendeinen großen Krieg, der den größten Teil der Welt erfaßt hat, wie Jaim behauptet.« Das waren allerdings seltsame Neuigkeiten. Berichte über Kriege irgendwo erreichten gewöhnlich die Zwei Flüsse erst, wenn der betreffende Krieg längst vorbei war. »Er sagt, jeder kämpft gegen irgendein Volk namens Schakin oder Schanschan oder so ähnlich. Ich habe noch nie von ihnen gehört.«

Egwene kannte sie – glaubte, sie zu kennen – und dann war alles weg.

»Geht es dir gut?« fragte er. »Das ist nichts, was uns hier betrifft, mein Herz. Kriege kommen nie bis zu den Zwei Flüssen. Wir sind zu weit von allem entfernt, und niemand kümmert sich um uns.«

»Ich rege mich deshalb nicht auf. Hat Jaim sonst noch etwas berichtet?«

»Nichts Glaubhaftes. Es klang wie von einem Coplin. Er sagte, der Händler habe ihm berichtet, daß diese Leute in der Schlacht Aes Sedai einsetzen, und dann wieder behauptet er, sie hätten eine Belohnung von tausend Goldmark für jeden ausgesetzt, der ihnen eine Aes Sedai ausliefert. Und sie töten jeden, der eine davon versteckt und ihr hilft. Das ergibt doch keinen Sinn. Na ja, das soll uns nicht kümmern. Das ist alles weit weg von hier.«

Aes Sedai. Egwene faßte sich an den Kopf. *Der Weg zurück erscheint nur einmal. Seid standhaft.* Sie bemerkte, daß auch Rand mit einer Hand nach seinem Kopf faßte. »Wieder Kopfschmerzen?« fragte sie.

Er nickte und verzog sein Gesicht. »Dieses Pulver von Nynaeve hat in den letzten Tagen nichts mehr genützt.«

Sie zögerte. Seine Kopfschmerzen machten ihr große Sorgen. Sie wurden ständig schlimmer. Und das Schlimmste daran war etwas, das sie zunächst gar nicht bemerkt hatte und von dem sie sich nun wünschte, sie hätte es nicht bemerkt. Wenn Rands Kopf schmerzte, geschahen anschließend immer ungewöhnliche Dinge. Ein Blitz aus heiterem Himmel zum Beispiel, der diesen riesigen Eichenstumpf zerschmetterte, an dem er schon zwei Tage gearbeitet hatte, denn er wollte ihn entfernen, damit er mit Tam ein neues Feld anlegen konnte. Gewitterstürme, die Nynaeve nicht vorhergesehen hatte, als sie dem Wind lauschte. Waldbrände. Und je schlimmer die Schmerzen waren, desto schlimmer waren auch die Folgen. Niemand sonst brachte all das mit Rand in Verbindung, nicht einmal Nynaeve, und dafür war Egwene dankbar. Sie wollte nicht darüber nachdenken, was das bedeuten könne.

Das ist doch alles zu dumm, sagte sie sich. *Ich muß wissen, was los ist, wenn ich ihm helfen will.* Denn sie hatte ihr eigenes Geheimnis, das ihr Angst einflößte. Trotzdem versuchte sie, herauszufinden, was es zu bedeuten hatte. Nynaeve brachte ihr den Umgang mit Kräutern bei, lehrte sie, eine gute Seherin zu werden, damit sie sie eines Tages ablösen konnte. Nynaeves Heilmittel wirkten oft auf wunderbare Weise. Wunden heilten fast ohne Narbe, Kranke wurden gesund, die schon am Rande des Grabes gestanden hatten. Doch nun hatte Egwene bereits zum drittenmal jemanden geheilt, den Nynaeve aufgegeben hatte! Dreimal hatte sie sich an ein Krankenbett gesetzt, um in der letzten Stunde des Todkranken seine Hand zu halten, und dreimal war diese Person geheilt aufgestanden. Nynaeve hatte sie eingehend verhört, was sie angestellt habe, welche Kräuter sie benützt habe und in welcher Zusammenstellung. Bisher hatte sie nicht den Mut aufgebracht, ihr zu gestehen, daß sie gar nichts getan hatte. *Ich muß doch aber etwas getan haben. Beim erstenmal kann es Zufall gewesen sein, aber dreimal hintereinander ... Ich muß es herausfinden. Ich muß das lernen.* Das ließ ihren Kopf klingen, als fänden die Worte ein Echo in ihrem Schädel. *Wenn ich etwas für sie tun konnte, kann ich auch meinem Mann helfen.*

»Laß mich mal versuchen, Rand«, sagte sie. Und als sie aufstand, sah sie durch die geöffnete Tür hindurch einen silbernen Bogen vor dem Haus, einen mit weißem Licht gefüllten Torbogen. *Der Weg zurück erscheint nur einmal. Seid standhaft.* Sie tat unwillkürlich zwei Schritte auf die Tür zu, bevor sie stehenblieb.

Sie stand da, blickte auf Joiya zurück, die in ihrer Wiege fröhlich quietschte, und auf Rand, der sich den Kopf hielt und sie anschaute, als frage er sich, wohin sie wohl wolle. »Nein«, sagte sie. »Nein, das ist doch, was ich wollte. Ich will dieses Leben! Warum kann ich es nicht so haben?« Sie verstand ihre eigenen Worte nicht. Sicher, sie wollte dieses Leben führen, und das tat sie ja auch.

»Was willst du denn, Egwene?« fragte Rand. »Wenn ich dir etwas besorgen kann, dann tue ich das doch sofort. Und wenn ich es nicht bekomme, mache ich es selbst.«

Der Weg zurück erscheint nur einmal. Seid standhaft.

Sie trat wieder einen Schritt auf den Ausgang zu. Der silberne Bogen lockte sie an. Etwas wartete auf der anderen Seite. Etwas, das sie mehr als alles andere auf der Welt begehrte. Etwas, das sie tun mußte.

»Egwene, ich …«

Hinter ihr ertönte ein dumpfer Aufschlag. Sie sah sich um und erblickte Rand, der auf den Knien lag und den Kopf in beiden Armen geborgen hatte. Der Schmerz hatte ihn noch nie derart mitgenommen. *Und was kommt danach?*

»Ach, Licht«, keuchte er. »Licht! Es tut so weh! Licht, es ist schlimmer als je zuvor! Egwene?«

Seid standhaft. Es wartete. Etwas, das sie tun mußte. Mußte. Sie trat einen weiteren Schritt vor. Es war schwer, schwieriger als alles, was sie je in ihrem Leben getan hatte. Nach draußen, auf den Torbogen zu. Hinter ihr lachte Joiya.

»Egwene? Egwene, ich kann nicht …« Er brach unter lautem Stöhnen ab.

Standhaft.

Sie versteifte ihren Rücken und ging weiter, doch sie konnte die Tränen nicht aufhalten, die ihr über die Wangen rannen. Rands Stöhnen wurde zum gequälten Aufschrei, der Joiyas Lachen übertönte. Aus dem Augenwinkel sah Egwene, wie Tam, so schnell er nur konnte, heranstürmte. *Er kann ihm nicht helfen,* dachte sie und schluchzte, daß es ihren ganzen Körper durchschüttelte. *Er kann gar nichts tun. Aber ich könnte. Ich könnte.* Sie trat in das Licht und wurde von ihm aufgenommen.

Zitternd und schluchzend trat Egwene aus dem Bogen heraus, dem gleichen, durch den sie zu Anfang geschritten war, und alle ihre Erinnerungen kehrten mit einem Schlag zurück, vor dem Hintergrund von Sheriams Gesicht. Kaltes, klares Wasser wusch ihre Tränen weg, als Elaida langsam eine Silberschale über ihrem Kopf ausleerte. Ihr Weinen hörte nicht auf. Sie glaubte, sie könne niemals mehr damit aufhören.

»Ihr seid reingewaschen«, verkündete Elaida, »von allen Sünden, die Ihr begangen haben mögt und die an

Euch begangen wurden. Ihr seid reingewaschen von jedem Verbrechen, das Ihr begangen haben mögt und von jedem, das an Euch begangen wurde. Ihr kommt reingewaschen und unschuldig in Herz und in Seele zu uns.«

Licht, dachte Egwene, als das Wasser an ihrem Körper herabrann, *laß es so sein. Kann Wasser wegwaschen, was ich tat?* »Sie hieß Joiya«, sagte sie unter Schluchzen zu Sheriam. »Joiya. Nichts kann doch das wert sein, was ich gerade ... was ich ...«

»Es fordert einen Preis, eine Aes Sedai zu werden«, antwortete Sheriam, und da lag wieder dieses Mitgefühl in ihrem Blick, stärker noch als zuvor. »Es fordert immer seinen Preis.«

»War es Wirklichkeit? Habe ich alles nur geträumt?« Die Tränen erstickten, was sie noch hatte sagen wollen. *Habe ich ihn sterbend zurückgelassen? Habe ich mein Kind im Stich gelassen?*

Sheriam legte ihr einen Arm um die Schultern und führte sie um den Bogenkreis herum. »Jede Frau, die ich je hier heraustreten sah, hat diese Frage gestellt. Die Antwort ist, daß niemand es weiß. Man hat darüber nachgedacht, daß vielleicht einige von denen, die nicht zurückkehrten, dort geblieben sind, weil sie ihr Glück dort fanden und ihr Leben dort zu Ende lebten.« Ihre Stimme verhärtete sich. »Wenn es Wirklichkeit ist und sie freiwillig dort blieben, dann hoffe ich, daß sie kein glückliches Leben führen können. Ich habe kein Mitgefühl für Menschen, die vor ihrer Verantwortung davonlaufen.« Wieder wurde ihr Tonfall etwas sanfter. »Was mich betrifft, glaube ich nicht, daß diese Welten real sind. Aber die Gefahren sind es durchaus. Denkt immer daran.« Sie blieb vor dem nächsten lichterfüllten Torbogen stehen. »Seid Ihr bereit?«

Egwene trat von einem Fuß auf den anderen, weil der Boden so kalt war, und nickte. Sheriam nahm ihren Arm weg.

»Das zweite Mal ist für das, was ist. Der Weg zurück erscheint nur einmal. Seid standhaft.«

Egwene zitterte. *Was auch geschieht, schlimmer als das letzte kann es nicht sein. Bestimmt nicht.* Sie trat in das Glühen hinein.

Sie blickte auf ihr Kleid herunter. Es war aus blauer Seide und mit Perlen bestickt. Nun war es ganz staubig und zerrissen. Sie hob den Kopf und erblickte die Ruinen eines großen Palastes, in dessen Mitte sie stand: der Königliche Palast von Andor in Caemlyn. Das wußte sie, und sie hätte gern geschrien.

Der Weg zurück erscheint nur einmal. Seid standhaft. Die Welt war leider nicht so, wie sie sich das wünschte. Gleich, woran sie dachte, immer hätte sie am liebsten geweint. Doch all ihre Tränen waren längst geweint, und die Welt war nicht zu ändern. Was sie zu sehen erwartete, waren Ruinen.

Unbesorgt darüber, daß ihr Kleid noch mehr Risse abbekommen könne, aber leise wie eine kleine Maus erkletterte sie einen Schutthügel und spähte von dort in die Straßenzüge der Innenstadt hinein. Soweit sie in jeder Richtung blicken konnte, sah sie nur Ruinen und Zerstörung, Gebäude, die wie von einem wahnsinnigen Riesen zerfetzt schienen, dicke Qualmwolken, die von den noch immer brennenden Häusern aufstiegen. Auf den Straßen befanden sich Menschen. Banden von Bewaffneten und Plünderern machte die Straßen unsicher. Und Trollocs. Die Menschen mieden die Trollocs, wichen ihnen aus, und die Trollocs fauchten sie an und lachten hart und kehlig. Doch sie kannten sich gegenseitig und arbeiteten zusammen.

Ein Myrddraal kam die Straße herunter. Sein schwarzer Umhang schwankte lediglich ein wenig im Rhythmus seiner Schritte, aber selbst der böige Wind, der Staub und Abfälle mitriß, konnte ihn ansonsten nicht zum Flattern bringen. Menschen wie Trollocs duckten sich unter seinem augenlosen Blick. »Sucht!« Seine Stimme klang, als ob etwas schon lange Totes zerbröckle. »Steht nicht zitternd herum! Findet ihn!«

Egwene glitt genauso leise wie zuvor den Trümmerberg herunter. *Der Weg zurück erscheint nur einmal. Seid standhaft.*

Sie blieb stehen, weil sie einen Moment lang fürchtete, es sei das Flüstern eines Schattenwesens gewesen. Aber auf gewisse Art war ihr klar, daß das nicht sein konnte. Sie blickte hinter sich aus Angst, der Myrddraal könne dort stehen, wo sie sich vorher befunden hatte. Dann eilte sie vorwärts in den zerstörten Palast hinein, kletterte über umgestürzte Balken, zwängte sich zwischen schweren Steinblöcken hindurch, aber sie kam voran. Einmal trat sie auf den Arm einer Frau, der unter einem Berg von Verputz und Klinkersteinen herausragte. Hier war eine Innenwand eingestürzt und vielleicht auch ein Teil des darüberliegenden Fußbodens. Sie bemerkte den Arm genausowenig wie den Ring mit der Großen Schlange an einem der Finger. Sie hatte sich darauf eingestellt, die Toten in diesem Abfallhaufen nicht zu bemerken, den die Trollocs und Schattenfreunde aus Caemlyn gemacht hatten. Sie konnte für die Toten nichts mehr tun.

Sie quetschte sich durch eine enge Lücke, wo ein Teil der Saaldecke eingestürzt war, und fand sich in einem halb von Schutt ausgefüllten Raum wieder. Dort lag Rand. Ein schwerer Balken hatte sich über seiner Hüfte verklemmt, und seine Beine steckten unter Steinblöcken. Sein Gesicht war mit Staub und Schweiß verkrustet. Als sie sich ihm näherte, öffnete er die Augen. »Du bist zurückgekommen.« Er preßte die Worte als heiseres Flüstern aus sich heraus. »Ich hatte gefürchtet… Spielt keine Rolle. Du mußt mir helfen.«

Sie sank erschöpft zu Boden. »Ich könnte diesen Balken mit Hilfe der verdichteten Luft leicht anheben, aber dann stürzt alles über dir zusammen. Über uns beiden. Ich kann nicht alles auf einmal schaffen, Rand.«

Sein Lachen klang bitter und schmerzerfüllt und brach so schnell ab, wie es begonnen hatte. Frischer Schweiß glänzte auf seiner Stirn, und Egwene sah, wie ihm das Sprechen Mühe machte. »Ich könnte den Balken selbst verschieben. Das weißt du. Ich könnte ihn verschieben und auch die Steine darüber – alles auf einmal. Aber um das zu tun, muß ich mich *Saidin* öffnen, und das kann ich nicht. Ich kann nicht darauf vertrauen ...« Er hielt inne und holte ächzend Luft.

»Ich verstehe nicht«, sagte sie langsam. »Wem vertraust du nicht?« *Der Weg zurück erscheint nur einmal. Seid standhaft.* Sie rieb sich heftig die Ohren.

»Der Wahnsinn, Egwene. Ich-halte-ihn-nur-mit-Mühe-zurück.« Sein keuchendes Lachen ließ sie erschauern. »Aber ich brauche alle Kraft dazu, das zu bewerkstelligen. Wenn ich nur ein wenig lockerlasse, auch nur einen Augenblick lang, dann packt mich der Wahnsinn. Dann ist mir alles gleich. Deshalb mußt du mir helfen.«

»Wie denn, Rand? Ich habe alles versucht, was mir eingefallen ist. Sag mir, wie, und ich tue es.«

Er streckte eine schlaffe Hand nach dem Dolch aus, der mit blanker Klinge im Staub lag. »Der Dolch«, flüsterte er. Seine Hand kroch unter Schmerzen auf seine Brust zurück. »Hier hinein. Ins Herz. Töte mich.«

Sie starrte ihn und den Dolch an, als seien beide Giftschlangen. »Nein! Rand, das tue ich nicht! Ich kann nicht! Wie kannst du nur so etwas von mir verlangen?«

Langsam bewegte sich seine Hand wieder auf den Dolch zu. Seine Finger erreichten ihn aber nicht. Er strengte sich an, stöhnte auf und berührte ihn mit einer Fingerspitze. Bevor er es noch mal versuchen konnte, schleuderte sie den Dolch mit einem Fußtritt von ihm weg. Er sackte schluchzend in sich zusammen.

»Sag mir, warum«, verlangte sie. »Warum verlangst du von mir, ich solle dich ... ermorden? Ich werde dich heilen, ich werde alles tun, um dich hier herauszubringen, aber ich kann dich nicht töten. Warum?«

»Sie können mich umdrehen, Egwene.« Sein Atmen klang so gequält, daß sie am liebsten geweint hatte. »Wenn sie mich fangen – die Myrddraal, die Schattenlords –, können sie mich für den Schatten einsetzen. Wenn mich der Wahnsinn in den Klauen hat, kann ich mich nicht dagegen wehren. Ich weiß dann überhaupt nicht, was sie machen, bis es zu spät ist. Wenn auch nur ein Funke Leben in mir ist, schaffen sie das. Bitte, Egwene. Um der Liebe des Lichts willen – töte mich!«

»Ich ... ich kann nicht, Rand. Licht, hilf mir, ich kann nicht!«

Der Weg zurück erscheint nur einmal. Seid standhaft.

Sie blickte hinter sich, und dort stand ein silberner, von weißem Licht erfüllter Torbogen auf all dem Schutt.

»Egwene, hilf mir.«

Seid standhaft. Sie stand auf und trat einen Schritt auf den Bogen zu. Er befand sich geradewegs vor ihr. Noch ein Schritt, und ...

»Bitte, Egwene. Hilf mir. Ich kann ihn nicht erreichen. Um der Liebe des Lichts willen, Egwene, hilf mir!«

»Ich kann dich nicht töten«, flüsterte sie. »Ich kann nicht. Vergib mir.« Sie trat vor.

»HILF MIR, EGWENE!« Das Licht verbrannte sie zu Asche.

Taumelnd trat sie aus dem Bogen heraus. Sie bemerkte die eigene Nacktheit nicht, und es interessierte sie auch nicht. Ein Schaudern durchlief sie und sie schlug beide Hände vor den Mund. »Ich konnte nicht, Rand«, flüsterte sie. »Ich konnte nicht. Bitte vergib mir.« *Licht, hilf mir. Bitte, Licht, hilf Rand!* Kaltes Wasser ergoß sich über ihren Kopf.

»Ihr seid von falschem Stolz reingewaschen«, sang

Elaida. »Ihr seid reingewaschen von falschem Ehrgeiz. Ihr kommt gewaschen und rein in Herz und Seele zu uns.«

Als sich die Rote Schwester abwandte, nahm Sheriam Egwene sanft bei den Schultern und führte sie zum letzten Bogen. »Noch einer, Kind. Noch einer, und es ist geschafft.«

»Er sagte, sie könnten ihn für den Schatten einsetzen«, murmelte Egwene. »Er sagte, die Myrddraal und die Schattenlords könnten ihn dazu zwingen.«

Sheriam wäre beinahe gestolpert und sah sich schnell um. Elaida war beinahe wieder hinten am Tisch. Die Aes Sedai am Bogenring des *Ter'Angreal* sahen nur den und nahmen sonst wohl nichts wahr. »Eine unangenehme Sache, über die Ihr nicht reden solltet, Kind«, sagte Sheriam schließlich, und dann noch leiser: »Kommt. Einmal noch.«

»Können sie das fertigbringen?« fragte Egwene.

»Es ist Sitte«, sagte Sheriam, »nicht über das zu sprechen, was innerhalb des *Ter'Angreals* geschieht. Die Ängste einer Frau gehören ihr selbst.«

»Aber können sie?«

Sheriam seufzte, sah sich wieder nach den anderen Aes Sedai um, senkte die Stimme zum Flüsterton und sprach schnell: »Das wissen nur ganz wenige, Kind, selbst hier in der Burg. Eigentlich solltet Ihr jetzt nicht gerade davon erfahren, am besten überhaupt nicht, aber ich sage es Euch doch. Es gibt eine Schwäche, wenn man die Macht lenken kann. Wir lernen, uns der Wahren Quelle zu öffnen, aber damit öffnen wir uns auch – anderen Dingen.« Egwene schauderte. »Beruhigt Euch, Kind. Das geht nicht so einfach. Es ist, soweit ich weiß, Licht, laß es wahr sein, seit den Trolloc-Kriegen nicht mehr geschehen. Sie brauchten dazu dreizehn Schattenlords – Schattenfreunde, die die Macht benützen können –, die wiederum den Fluß der Macht durch dreizehn Myrddraal lenkten. Seht Ihr?

Das geht wirklich nicht so einfach. Heutzutage gibt es keine Schattenlords mehr. Das ist ein Geheimnis der Burg, Kind. Wenn andere das wüßten, könnten wir sie bestimmt nicht mehr davon überzeugen, daß sie bei uns sicher sind. Nur eine, die die Macht lenken kann, kann auf diese Art umgedreht werden. Die eine Schwäche bei all unserer Stärke. Alle anderen sind so sicher wie eine Festung; nur ihre eigenen Taten oder ihr Wille können sie zum Schatten hinführen.«

»Dreizehn«, sagte Egwene mit ganz kleiner Stimme. »Die gleiche Anzahl hat die Burg verlassen. Liandrin und zwölf andere.«

Sheriams Gesichtszüge verhärteten sich. »Das ist nichts, was Ihr jetzt im Kopf haben solltet. Ihr werdet das wieder vergessen!« Ihre Stimme normalisierte sich. »Das dritte Mal ist für das, was sein wird. Der Weg zurück erscheint nur einmal. Seid standhaft.«

Egwene sah den glühenden Bogen an und blickte hindurch in die Ferne. *Liandrin und zwölf andere. Dreizehn Schattenfreunde, die mit der Macht umgehen können. Licht, hilf uns allen.* Sie trat in das Licht hinein. Es erfüllte sie. Es schien durch sie hindurch. Es verbrannte sie bis auf die Knochen, sengte hinein bis zu ihrer Seele. Brennend flammte sie auf in diesem Licht. *Licht, hilf mir!* Es gab nichts als das Licht. Und den Schmerz.

Egwene blickte in den hohen Standspiegel und war nicht sicher, worüber sie mehr überrascht sei: die alterslose Glätte ihrer Gesichtshaut oder die gestreifte Stola, die um ihren Hals hing. Die Stola der Amyrlin.

Der Weg zurück erscheint nur einmal. Seid standhaft.

Dreizehn.

Sie schwankte, griff hilfesuchend nach dem Spiegel und hätte ihn beinahe noch mitgerissen auf den blau gekachelten Boden ihres Ankleideraums. *Etwas stimmt nicht,* dachte sie. Das hatte aber nichts mit ihrem plötzlichen Schwindelgefühl zu tun, oder zumindest war es nicht das, was sie so beunruhigte. Es war etwas anderes. Doch sie hatte keine Ahnung, was es sein könnte.

An ihrer Seite stand eine Aes Sedai, eine Frau mit Sheriams hohen Backenknochen, aber dunklem Haar und besorgten braunen Augen. Sie trug die handbreite Stola der Behüterin auf den Schultern. Es war aber nicht Sheriam. Egwene hatte sie noch nie zuvor gesehen, doch sie war sicher, sie genausogut zu kennen wie sich selbst. Zögernd verlieh sie der Frau einen Namen: Beldeine.

»Seid Ihr krank, Mutter?«

Ihre Stola ist grün. Das bedeutet, sie wurde aus den Reihen der Grünen Ajah erhoben. Die Behüterin der Chronik kommt immer aus der gleichen Ajah wie die Amyrlin, der sie dient. Das bedeutet: Wenn ich die Amyrlin bin – falls? – dann war ich auch eine Grüne Ajah. Der Gedanke rüttelte sie auf. Nicht, daß sie eine Grüne gewesen war, sondern, daß sie das erst herausfinden mußte. *Licht, mit mir stimmt wirklich etwas nicht.*

Der Weg zurück erscheint nur ... Die Stimme in ihrem Kopf verklang zu einem bloßen Summen.

Dreizehn Schattenfreunde. »Mir geht es gut, Beldeine«, sagte Egwene. Der Name klang eigenartig aus ihrem Mund. Es war, als habe sie ihn schon jahrelang benützt. »Wir dürfen sie nicht warten lassen.« *Wen warten lassen?* Sie wußte es nicht, nur daß sie unendlich traurig darüber war, das Warten zu beenden, unendlich widerwillig.

»Sie werden bestimmt ungeduldig, Mutter.« In Beldeines Stimme lag ein gewisses Zögern, als habe sie die gleichen Hemmungen wie Egwene, aber aus einem anderen Grund. Wenn sich Egwene nicht gewaltig irrte, hatte Beldeine trotz all ihrer äußerlichen Ruhe furchtbare Angst.

»In diesem Fall sollten wir uns beeilen.«

Beldeine nickte und atmete dann tief durch, bevor sie über den Teppich hin zu der Stelle schritt, wo sie ihren Amtsstab mit der schneetropfenförmigen Flamme von Tar Valon neben die Tür gelehnt hatte. »Ich glaube auch, es muß sein, Mutter.« Sie nahm den Stab in die Hand und öffnete die Tür für Egwene. Dann eilte sie voran. Es war wie eine Prozession von zweien. Die Behüterin der Chronik führte die Amyrlin.

Egwene sah nicht viel von den Gängen, die sie durchschritten. Ihre gesamte Aufmerksamkeit war nach innen gerichtet. *Was ist mit mir los? Warum kann ich mich an nichts erinnern? Warum stimmt so vieles an dem nicht, woran ich mich ... beinahe erinnere?* Sie berührte die Stola mit den sieben Streifen auf ihren Schultern. *Wieso bin ich beinahe sicher, noch Novizin zu sein?*

Der Weg zurück erscheint nur ... Diesmal endete es mit einem Schlag.

Dreizehn Schwarze Ajah.

Darüber stolperte sie. Es war an sich schon ein furchteinflößender Gedanke, doch er ließ sie bis ins Mark hinein vor Angst erstarren. Das war mehr. Es war – persönlich. Sie wollte schreien, wegrennen, sich verstecken. Sie hatte das Gefühl, alle seien hinter ihr her. *Unsinn. Die Schwarzen Ajah wurden vernichtet.* Auch das erschien ihr eigenartig. Ein Teil von ihr erinnerte sich an etwas, das man die Große Säuberung nannte. Ein anderer Teil ihrer selbst war sicher, daß es so etwas nie gegeben hatte.

Mit starr nach vorn gerichtetem Blick ging Beldeine voran. Sie hatte ihr Stolpern nicht bemerkt. Egwene machte längere Schritte, um wieder aufzuholen. *Diese Frau ist durch und durch verängstigt. Licht, wohin bringt sie mich?*

Beldeine blieb vor einer großen Doppeltür stehen, die auf jeder Seite im dunklen Holz eingelassen die große, silberne Flamme von Tar Valon aufwies. Sie wischte sich die Hände am Kleid ab, als schwitze sie mit einem Mal, und dann öffnete sie den einen Türflügel und führte Egwene eine gerade Rampe hinauf, die aus dem gleichen silbergeäderten Stein bestand wie die Mauer von Tar Valon. Selbst hier drinnen schien er zu leuchten.

Die Rampe führte hinauf in einen großen, kreisförmigen Saal unter einer mindestens dreißig Schritt hohen Kuppeldecke. An der Außenseite entlang zog sich ein Podest, zu dem Stufen von innen hinaufführten. Die Stufen wurden nur in gleichmäßigem Abstand von drei solchen Rampen unterbrochen. Die Flamme von Tar Valon war im Mittelpunkt im Boden eingelassen und wurde von spiralförmigen Farbstreifen in den Farben der sieben Ajahs umspannt. Gegenüber der Rampe stand ein Stuhl mit hoher Lehne, schwer und mit Ranken und Blättern reich beschnitzt und in den Farben aller Ajahs bemalt.

Beldeine klopfte mit ihrem Stab hart auf den Boden. Ihre Stimme bebte ein wenig. »Sie kommt. Die Hüterin der Siegel. Die Flamme von Tar Valon. Der Amyrlin-Sitz. Sie kommt.«

Unter dem Rascheln der Kleider standen die Frauen auf dem Podest von ihren Stühlen auf. Einundzwanzig Stühle waren es, die in drei Gruppen dort standen, immer drei davon in den gleichen Farben bemalt und gepolstert wie die Farben der Fransen an den Stolen der Frauen, die nun davor standen.

Der Saal des Turmrats, dachte Egwene, als sie den Innenkreis überquerte und sich zu ihrem Stuhl begab. Dem Stuhl der Amyrlin. *Das ist alles. Der Turmrat und die Sitzenden der Ajahs. Ich bin schon Tausende von Malen hier gewesen.* Aber sie konnte sich an nichts erinnern. *Was mache ich im Saal des Rats? Licht, sie werden mir die Haut bei lebendigem Leib abziehen, wenn sie merken, daß ich …* Ihr war nicht klar, was sie merken würden, nur flehte sie das Licht an, daß sie nichts bemerkten.

Der Weg zurück erscheint nur …

Der Weg zurück erscheint …

Der Weg …

Die Schwarzen Ajah warten. Der Gedanke zumindest war vollständig. Er kam von überall her. Warum schien sonst niemand ihn zu hören?

Sie setzte sich auf den Stuhl des Amyrlin-Sitzes – den Stuhl, der selbst der Amyrlin-Sitz war –, und ihr wurde klar, daß sie keine Ahnung hatte, was sie nun tun sollte. Die anderen Aes Sedai hatten sich gleichzeitig mit ihr hingesetzt, bis auf Beldeine, die neben ihrem Stab stand und nervös schluckte. Alle schienen auf sie zu warten.

»Beginnt«, sagte sie schließlich.

Das schien auszureichen. Eine der Sitzenden für die Roten stand auf. Egwene war erschrocken, als sie in ihr Elaida erkannte. Zugleich wußte sie auch, daß Elaida die Anführerin der Roten und ihre erbittertste Feindin war. Der Blick, mit dem Elaida sie über den Saal hinweg ansah, ließ Egwene erzittern. Er war streng und kalt und – triumphierend. Er versprach Dinge, an die sie lieber nicht dachte.

»Bringt ihn herein«, sagte Elaida laut.

Von einer der Rampen her – nicht der, über die Egwene hereingekommen war – ertönte das Knirschen von Stiefeln auf Steinboden: Menschen erschienen dort. Ein Dutzend Aes Sedai umgab drei Männer. Zwei davon waren kräftige Wachsoldaten mit der weißen Träne der Flamme von Tar Valon auf der Brust, und sie zogen an Ketten den dritten Mann stolpernd hinter sich her. Er wirkte wie betäubt.

Egwene riß es auf ihrem Stuhl nach vorn. Der Mann in Ketten war Rand. Mit halb geschlossenen Augen und gesenktem Kopf schien er beinahe zu schlafen. Er bewegte sich nur auf den Druck der Ketten hin.

»Dieser Mann«, verkündete Elaida, »hat sich zum Wiedergeborenen Drachen erklärt.« Ein Murmeln des Abscheus erklang vom Podest her. Nicht, daß die Zuhörerinnen überrascht schienen, aber es war wohl etwas, das sie nicht hören wollten. »Dieser Mann hat die Eine Macht benützt.« Das Gemurmel wurde nun lauter, angeekelt und von Angst gefärbt. »Es gibt dafür nur eine Strafe, die in jedem Land bekannt und anerkannt ist, aber nur hier in Tar Valon verhängt wird, im Saal des Turmrats. Ich stelle den Antrag an den Amyrlin-Sitz, diesen Mann zu verurteilen und ihn einer Dämpfung zu unterziehen.«

Elaidas Augen glitzerten Egwene an. *Rand. Was soll ich tun? Licht, was soll ich nur tun?*

»Warum zögert Ihr?« wollte Elaida wissen. »Das Urteil wird seit dreitausend Jahren vollstreckt. Warum zögert Ihr, Egwene al'Vere?«

Eine der Grünen Sitzenden sprang auf. Der Zorn glühte auf ihrem sonst so ruhigen Gesicht. »Das ist eine Schande, Elaida! Zeigt dem Amyrlin-Sitz gefälligst Respekt. Respekt vor der Mutter!«

»Respekt«, antwortete Elaida kalt, »kann sowohl verloren wie auch gewonnen werden. Also, Egwene? Kann es sein, daß du nun endlich deine Schwäche zeigst, zeigst, daß du unfähig für dieses Amt bist? Kann es sein, daß du diesen Mann nicht verurteilen willst?«

Rand versuchte, den Kopf zu heben, scheiterte aber.

Egwene stand mühsam auf. In ihrem Kopf drehte sich alles. Sie versuchte, sich daran zu erinnern, daß sie die Amyrlin war und die Macht besaß, all diesen Frauen Befehle zu erteilen. Etwas anderes in ihr schrie ihr zu, sie sei eine Novizin, sie gehöre nicht hierher, etwas sei hier auf schreckliche Weise verdreht. »Nein«, sagte sie bebend. »Nein, ich kann nicht! Ich werde ihn nicht ...«

»So verrät sie sich!« Elaidas Schrei übertönte Egwenes Versuch, weiterzusprechen. »Sie verurteilt sich selbst! Nehmt sie gefangen!«

Als Egwene den Mund erneut öffnete, war Beldeine an ihrer Seite. Dann traf der Stab der Behüterin Egwenes Kopf.

Schwärze.

Zuerst war da der Schmerz in ihrem Kopf. Unter ihrem Rücken befand sich etwas Hartes und Kaltes. Dann kamen die Stimmen durch. Gemurmel.

»Ist sie noch bewußtlos?« Es klang rauh wie eine Feile auf Knochen.

»Keine Sorge«, sagte eine Frau von weit, weit her. Sie klang nervös, ängstlich, und bemühte sich, beides nicht zu zeigen. »Sie wird behandelt, bevor sie weiß, was geschieht. Dann gehört sie uns, und wir können mit ihr machen, was wir wollen. Vielleicht übergeben wir sie Euch als Spielzeug.«

»Nachdem Ihr sie für Eure Zwecke benützt habt.«

»Natürlich.«

Die fernen Stimmen wurden schwächer.

Eine Hand berührte ihr Bein, ihre bloße, wabbeligschlaffe Haut. Sie öffnete die Augen ein ganz klein wenig. Sie lag nackt und geschunden auf einem rauhen Holztisch in einem offensichtlich unbenutzten Lagerraum. Splitter stachen in ihren Rücken. Im Mund hatte sie den metallischen Geschmack von Blut.

Eine Gruppe von Aes Sedai stand auf einer Seite des Raums und unterhielt sich leise und eindringlich. Die Kopfschmerzen machten ihr das Denken schwer, aber es erschien ihr wichtig, sie zu zählen. Dreizehn.

Eine Gruppe von schwarzgekleideten Kapuzenmännern kam herbei und schloß sich den Aes Sedai an. Die schienen zwischen Furcht und dem Wunsch, stärker als die Schwarzen zu sein, hin- und hergerissen. Einer der Männer wandte den Kopf und sah sich nach dem Tisch um. Das tote, weiße Gesicht unter der Kapuze hatte keine Augen.

Egwene mußte die Myrddraal nicht erst zählen. Sie kannte ihre Anzahl. Dreizehn Myrddraal und dreizehn Aes Sedai. Ohne nachzudenken, schrie sie vor Angst auf. Doch selbst inmitten dieser markerschütternden Angst griff sie nach der Wahren Quelle und versuchte verzweifelt, *Saidar* zu berühren.

»Sie ist wach!«

»Das kann nicht sein! Noch nicht!«

»Schirmt sie ab! Schnell! Schnell! Schneidet sie von der Quelle ab!«

»Es ist zu spät! Sie ist zu stark!«

»Packt sie! Schnell!«

Hände streckten sich nach ihren Armen und Beinen aus. Leichenblasse Hände, wie Larven unter einem Stein, unter ebenso blassen, augenlosen Gesichtern. Wenn diese Hände ihre Haut berührten, würde sie wahnsinnig werden, das war ihr klar. Die Macht erfüllte sie.

Flammen barsten aus der Haut des Myrddraal und fetzten wie feste, feurige Dolche durch den schwarzen Stoff. Schreiende Halbmenschen färbten sich schwarz und verbrannten wie Ölpapier. Faustgroße Steinbrocken lösten sich aus den Wänden und zischten durch den Raum. Wo sie auf Haut trafen, ertönten Schreie und Stöhnen. Die Luft bewegte sich, drehte sich, heulte als Wirbelsturm durch den Raum.

Langsam und schmerzerfüllt drückte sich Egwene von der Tischfläche hoch. Der Wind peitschte ihre Haare und ließ sie schwanken, doch sie trieb ihn weiter an, während sie zur Tür stolperte. Eine Aes Sedai ragte vor ihr auf, eine verschrammte und blutende Frau, die vom Glühen der Macht umgeben war. Eine Frau, in deren dunklen Augen der Tod geschrieben stand.

Egwenes Verstand fand den Namen der Frau: Gyldan. Elaidas engste Vertraute, die immer mit ihr in Ecken herumstand und flüsterte und die sich mit ihr in der Nacht einschloß. Egwene verzog den Mund. Sie mißachtete Steine und Wind, ballte die Hand zur Faust und schlug sie Gyldan, so hart sie konnte, zwischen die Augen. Die Rote Schwester – die *Schwarze* Schwester – sackte zusammen, als seien ihre Knochen geschmolzen.

Egwene rieb sich den Knöchel und taumelte auf den

Gang hinaus. *Danke, Perrin,* dachte sie, *daß du mir gezeigt hast, wie ich das anstellen muß. Aber du hast mir nicht gesagt, wie weh einem das selber tut.*

Sie schob die Tür gegen den Druck des Windes zu und gebrauchte erneut die Macht. Steine rund um die Tür herum erzitterten, krachten heraus und schichteten sich vor der Tür auf. Das würde sie nicht lange aufhalten, aber alles, was ihr auch nur eine Minute mehr einbrachte, war es wert. Minuten konnten über Leben und Tod entscheiden. Sie raffte sich auf und rannte los. Es war ein unsicheres, schwankendes Rennen, doch immerhin …

Sie entschloß sich, zunächst Kleidung zu suchen. Eine bekleidete Frau besaß mehr Autorität als eine nackte, und sie würde jedes bißchen Autorität brauchen. Sie würden zuerst in ihren Räumen nach ihr suchen, doch sie hatte im Arbeitszimmer ein Kleid für den Notfall hängen und auch ein Paar Schuhe stehen – und eine weitere Stola –, und das war nicht weit entfernt.

Dieses Laufen durch leere Gänge kostete sie Nerven. In der Weißen Burg lebten nicht mehr so viele wie früher, aber trotzdem traf man sonst immer jemanden. Das lauteste Geräusch jetzt war das Klatschen ihrer nackten Fußsohlen auf den Steinplatten.

Sie eilte durch das Vorzimmer zum inneren Arbeitszimmer, und hier fand sie endlich jemanden vor. Beldeine saß auf dem Boden, hatte den Kopf in die Hände gestützt und weinte.

Egwene blieb mißtrauisch stehen, als Beldeine den Kopf hob und ihre rotgeränderten Augen in die ihren blickten. Die Behüterin war nicht vom Glühen *Saidars* umgeben, doch Egwene war lieber vorsichtig. Und selbstbewußt. Sie konnte ihr eigenes Glühen natürlich nicht wahrnehmen, aber die Kraft – die Macht –, die sie durchströmte, reichte aus. Besonders, wenn man ihr Geheimnis hinzuzählte.

Beldeine rieb sich mit einer Hand über die tränenüberströmten Wangen. »Ich mußte. Ihr müßt das verstehen. Ich mußte. Sie … sie …« Sie atmete tief und bebend ein, und dann brach alles aus ihr heraus: »Vor drei Nächten haben sie mich im Schlaf überfallen und einer Dämpfung unterzogen.« Ihre Worte wurden zum Aufschrei: »Sie haben an mir eine Dämpfung vorgenommen! Ich kann die Macht nicht mehr lenken und fühlen!«

»Licht«, hauchte Egwene. Der Strom von *Saidar* dämpfte ihren Schock. »Das Licht helfe dir und tröste dich, Tochter. Warum hast du mir nichts gesagt? Ich hätte dann …« Sie ließ die Worte verklingen, denn sie wußte, sie hätte ihr nicht mehr helfen können.

»Was hättet Ihr denn tun können? Was? Nichts! Ihr könnt nichts tun! Aber sie sagten, Ihr könntet mir die Gabe zurückgeben, mit Hilfe der Macht des … der Macht des Dunklen Königs.« Sie preßte die Augen zusammen, doch aus den Winkeln drangen Tränen. »Sie haben mir weh getan, Mutter, und ich mußte … O Licht, sie haben mir so weh getan! Elaida sagte mir, sie würden mich wieder heilen und wieder fähig machen, die Macht zu lenken, wenn ich nur gehorchte. Deshalb habe ich … Ich mußte!«

»Also ist Elaida tatsächlich eine Schwarze Ajah«, stellte Egwene grimmig fest. An der Wand stand ein schmaler Kleiderschrank, und darin hing ein grünseidenes Kleid, das sie hier aufbewahrte, falls sie einmal keine Zeit fand, in ihre Räume zurückzukehren. Neben dem Kleid hing eine gestreifte Stola. Sie zog sich schnell an. »Was haben sie mit Rand gemacht? Wo haben sie ihn hingebracht? Antworte mir, Beldeine! Wo ist Rand al'Thor?«

Beldeine kauerte da mit zitternden Lippen, den traurigen Blick nach innen gewandt, aber schließlich riß sie sich doch zusammen und sagte: »Im Hof der Verräter, Mutter. Sie haben ihn zum Hof der Verräter gebracht.«

Egwene wurde von einem Anfall des Zitterns erfaßt. Angstzittern. Elaida hatte nicht gewartet, noch nicht einmal eine einzige Stunde. Man benützte den Hof der Verräter nur für drei Zwecke: Hinrichtungen, die Dämpfung einer Aes Sedai oder die eines Mannes, der die Macht lenken konnte. Doch alles konnte nur auf Befehl der Amyrlin geschehen! *Wer trägt dort draußen die Stola?* Ganz bestimmt Elaida. *Aber wie hat sie es angestellt, daß sie so schnell gewählt wurde, ohne daß ich angeklagt oder gar verurteilt wurde? Es kann keine andere Amyrlin geben, solange man mir nicht offiziell Stola und Stab aberkannt hat. Und das wird ihnen nicht leicht fallen. Licht! Rand!* Sie ging zur Tür.

»Was könnt Ihr tun, Mutter?« rief Beldeine. »Was könnt Ihr denn tun?« Es war nicht klar, was sie meinte: für Rand oder für sie selbst.

»Mehr, als jeder glaubt«, sagte Egwene. »Ich habe die Eidesrute nie in Händen gehalten, Beldeine.« Beldeines überraschtes Nach-Luft-Schnappen verfolgte sie aus dem Zimmer.

Egwenes Gedächtnis spielte ihr immer noch Streiche. Sie wußte, daß keine Frau Stola und Ring erringen konnte, ohne die Drei Eide zu schwören und dabei die Eidesrute fest in Händen zu halten, den *Ter'Angreal,* der sie so an die Eide band, als hätte man sie ihr als Kind in die Knochen eingraviert. Keine Frau wurde zur Aes Sedai, ohne an sie gebunden zu sein. Und doch wußte sie, daß gerade bei ihr irgendwie, auf irgendeine Art und Weise, die sie vergessen hatte, die Eide ausgelassen worden waren.

Ihre Schuhe klapperten beim Laufen. Zumindest wußte sie jetzt, warum die Gänge leer waren. Jede Aes Sedai außer denen, die sie in dem Lagerraum zurückgelassen hatte, jede Aufgenommene, jede Novizin, sogar alle Dienerinnen waren jetzt im Hof der Verräter versammelt, wie es der Brauch verlangte, um zuzusehen, wie der Wille Tar Valons geschah.

Und die Behüter würden den Hof umringen, um jede Möglichkeit auszuschließen, daß jemand den Mann vor der Dämpfung befreien konnte. Die Überreste des Heeres von Guaire Amalasan hatten das am Ende dessen versucht, was man den Krieg des Zweiten Drachen nannte, kurz bevor sich Tar Valon über den Aufstieg Artur Falkenflügels Gedanken machen mußte. Auch die Anhänger von Raolin Dunkelbann hatten es lange Jahre früher versucht. Sie konnte sich nicht erinnern, ob Rand irgendwelche Anhänger hatte, aber die Behüter dachten an solche Dinge und bereiteten sich darauf vor.

Falls Elaida oder eine andere tatsächlich die Stola der Amyrlin trug, könnte es sein, daß die Behüter sie nicht auf den Hof der Verräter vorließen. Sie wußte, daß sie sich den Weg erzwingen konnte. Das mußte dann aber schnell geschehen. Es hatte keinen Zweck, noch in aller Ruhe die Behüter durch verfestigte Luft zu lähmen, während Rand bereits der Dämpfung unterzogen wurde. Selbst die Behüter würden wegrennen, wenn sie die Blitze auf sie losließ und die Scheiterhaufen und den Boden unter ihren Füßen zerriß. *Scheiterhaufen?* fragte sie sich. Aber es wäre auch nicht gut, die Macht Tar Valons zu brechen, um Rand zu retten. Sie mußte beides erhalten.

Ein ganzes Stück, bevor sie den Weg zum Hof der Verräter erreichte, wandte sie sich seitwärts und erklomm Treppen und Rampen, die nach oben hin immer enger wurden, bis sie eine Falltür öffnete und auf ein schräges Turmdach hinauskletterte. Die Ziegel waren beinahe weiß gebleicht. Von hier aus konnte sie zwischen anderen Dächern und Türmen hindurch direkt in den weiten offenen Schlund des Hofs der Verräter hinunterblicken.

Der Hof war bis auf einen geräumten Platz in der Mitte mit Menschen angefüllt. Auch an den Fenstern drängten sich die Menschen, auf den Balkonen und sogar auf den Dächern standen welche. Trotzdem konnte sie den einzelnen Mann im Mittelpunkt der freien Fläche gut erkennen. Er sah so klein aus auf diese Entfernung und hing so schlaff in seinen Ketten. Rand. Zwölf Aes Sedai umstanden ihn, und eine weitere – von der Egwene wußte, daß sie eine mit sieben Streifen versehene Stola tragen mußte, auch wenn sie die jetzt nicht ausmachen konnte – stand vor Rand. *Elaida.* Egwene erinnerte sich an die Worte, die sie wohl gerade sprach.

Dieser Mann, vom Licht verlassen, hat Saidin *berührt, die männliche Hälfte der Wahren Quelle. Deshalb halten wir ihn gefangen. In verabscheuungswürdigem Maße hat dieser Mann die Eine Macht gebraucht, wohl wissend, daß* Saidin *vom Dunklen König verdorben wurde, vom Stolz der Männer und von der Sünde der Männer gezeichnet. Deshalb legen wir ihn in Ketten.*

Mit Macht unterdrückte Egwene den Rest in ihren Gedanken. *Dreizehn Aes Sedai. Zwölf Schwestern und die Amyrlin, wie es der Tradition bei einer Dämpfung entspricht. Die gleiche Anzahl wie bei …* Sie schob auch das beiseite. Sie hatte keine Zeit, denn sie mußte etwas unternehmen. Sie hatte nur keine Ahnung, was.

Auf diese Entfernung konnte sie ihn aber wahrscheinlich mit Hilfe verdichteter Luft anheben, ihn direkt aus dem Kreis der Aes Sedai herausholen und zu ihr schweben lassen. Vielleicht. Aber selbst, wenn sie sich zu dieser Gewaltanstrengung aufraffen konnte und ihn nicht auf halbem Weg abstürzen ließ, würde es lange dauern. Inzwischen wäre er eine hilflose Zielscheibe für die Bogenschützen, und das Glühen *Saidars* würde jeder Aes Sedai dort unten zeigen, wo sie sich befand. Auch jedem Myrddraal natürlich.

»Licht«, knurrte sie, »es gibt keinen anderen Weg, wenn ich nicht einen Krieg innerhalb der Weißen Burg anzetteln will. Und das könnte sowieso geschehen.« Sie ließ sich von der Macht erfüllen, splittete kleinere Ströme ab und lenkte sie.

Der Weg zurück erscheint nur einmal. Seid standhaft. Es war schon so lange her, daß sie diese Worte zum letztenmal gehört hatte, und so fuhr sie zusammen, rutschte auf den glatten Ziegeln aus und fing sich gerade noch vor der Dachkante. Der Boden befand sich hundert Schritt unter ihr. Sie blickte sich um.

Dort auf der Turmspitze, ein wenig gekippt, um sich den schräg nach unten verlaufenden Ziegeln anzugleichen, stand ein silberner, mit Licht gefüllter Torbogen. Der Bogen flackerte und verschwamm zwischenzeitlich etwas, und das weiße Licht wurde von zornigem Rot und Gelb durchzuckt.

Der Weg zurück erscheint nur einmal. Seid standhaft. Der Bogen wurde dünn und durchscheinend, und dann verfestigte er sich wieder.

Verzweifelt sah Egwene wieder in den Hof der Verräter hinunter. Sie brauchte Zeit. Es mußte einfach gehen. Alles, was sie brauchte, waren ein paar Minuten, vielleicht zehn, und etwas Glück.

In ihrem Kopf dröhnten Stimmen, nicht die körperlose, unbekannte Stimme, die sie ermahnte, standhaft zu sein, sondern Frauenstimmen, von denen sie beinahe sicher war, daß sie sie kannte.

... kann nicht viel länger halten. Wenn sie jetzt nicht herauskommt ...

Haltet durch! Durchhalten, seng Euch, oder ich nehme Euch aus wie die Fische!

... bricht aus, Mutter! Wir können nicht mehr ...

Die Stimmen wurden schwächer, summten nach und machten dann Schweigen Platz, doch die unbekannte Stimme meldete sich wieder.

Der Weg zurück erscheint nur einmal. Seid standhaft.

Es fordert seinen Preis, Aes Sedai werden zu wollen.

Die Schwarzen Ajah warten.

Mit einem Aufschrei der Wut und des Schmerzes

warf sich Egwene in den Bogen, der wie ein Hitzeschleier schimmerte. Sie wünschte sich beinahe, sie werde ihn verfehlen und zu Tode stürzen.

Licht pflückte sie Faser für Faser auseinander, zerschnitt die Fasern zu Haaren, spaltete die Haare zu dünnen Fäden des Nichts. Alles trieb auf der Oberfläche des Lichts auseinander; war für immer verloren.

KAPITEL 23

Versiegelt

Licht riß sie Faser für Faser auseinander, spaltete die Fasern zu Haaren, die auseinandertrieben und brannten. Dahintreiben und brennen, für immer und ewig. Ewig.

Egwene trat frierend und steif vor Wut aus dem silbernen Torbogen. Sie versuchte, die Eiseskälte ihres Zorns gegen die sengende Hitze ihrer Erinnerungen einzusetzen. Ihr Körper erinnerte sich an das Brennen, doch andere Erinnerungen brannten viel tiefer. Zorn, so kalt wie der Tod.

»Ist das alles, was ich erlebe?« wollte sie wissen. »Ihn wieder und wieder im Stich zu lassen? Ihn zu verraten, zu versagen, und das immer wieder? Ist es das, was mich erwartet?«

Plötzlich wurde ihr klar, das nicht alles so war, wie es sein sollte. Nun war die Amyrlin anwesend, so wie man es Egwene gelehrt hatte, und eine Schwester aus jeder Ajah in vollem Ornat, aber alle blickten sie besorgt an. Jetzt saßen zwei Aes Sedai an jedem der Punkte um den *Ter'Angreal* herum, und ihnen rann der Schweiß über die Gesichter. Der *Ter'Angreal* summte, vibrierte beinahe, und wilde Farbblitze durchzuckten das weiße Licht innerhalb der Bögen.

Ganz kurz hüllte das Glühen von *Saidar* Sheriam ein, als sie Egwene eine Hand auf den Kopf legte. Das ließ Egwene erneut erschauern. »Es geht ihr gut.« Die Herrin der Novizinnen klang erleichtert. »Sie ist unversehrt.« Als habe sie das nicht erwartet.

Die Spannung wich aus den anderen Aes Sedai, die Egwene anblickten. Elaida atmete tief aus und eilte dann davon, um die letzte Schale zu holen. Nur die Aes Sedai um den *Ter'Angreal* herum entspannten sich nicht. Das Summen hatte nachgelassen und dann begann das Licht zu flackern. Das war das Zeichen, daß der *Ter'Angreal* zur Ruhe kam, doch diese Aes Sedai machten den Eindruck, als müßten sie bis zum Ende darum kämpfen.

»Was …? Was ist geschehen?« fragte Egwene.

»Seid still«, sagte Sheriam, aber sehr sanft. »Im Moment solltet Ihr schweigen. Es geht Euch gut – das ist die Hauptsache –, und wir müssen die Zeremonie vollenden.«

Elaida kam fast im Laufschritt heran und gab die silberne Schale der Amyrlin in die Hände.

Egwene zögerte nur einen Moment, dann aber kniete sie nieder. *Was ist geschehen?* Die Amyrlin leerte die Schale langsam über Egwenes Kopf aus. »Ihr seid reingewaschen von Egwene al'Vere aus Emondsfeld. Ihr seid reingewaschen von allen Banden an die Welt. Ihr kommt zu uns, reingewaschen in Herz und Seele. Ihr seid Egwene al'Vere, Aufgenommene der Weißen Burg.« Der letzte Tropfen fiel auf Egwenes Haar. »Ihr seid für uns jetzt versiegelt.«

Diese letzten Worte schienen eine besondere Bedeutung zu haben zwischen Egwene und der Amyrlin. Die Amyrlin gab die Schale einer der anderen Aes Sedai und holte einen goldenen Ring in Form einer Schlange, die sich in den eigenen Schwanz biß, hervor. Unwillkürlich zitterte Egwene, als sie die linke Hand hob, und zitterte wieder, als die Amyrlin ihr den Ring der Großen Schlange an den Ringfinger steckte. Wenn sie einmal eine Aes Sedai war, würde sie den Ring an dem Finger tragen, den sie selbst wählte, oder auch gar nicht, wenn es notwendig war, zu verbergen, wer sie war, doch die Aufgenommenen trugen ihn nur an diesem einen Finger.

Mit ernstem Gesicht zog die Amyrlin sie auf die Beine. »Willkommen, Tochter«, sagte sie und küßte sie auf die Wange. Egwene war überrascht, daß es sie dabei kalt überlief. Nicht mehr ›Kind‹, sondern ›Tochter‹. Zuvor war sie immer als Kind angesprochen worden. Die Amyrlin küßte sie auf die andere Wange. »Willkommen.«

Dann trat sie zurück und betrachtete sie kritisch, worauf sie zu Sheriam sagte: »Trocknet sie ab und kleidet sie und geht sicher, daß sie sich wohl fühlt. Ganz sicher, versteht Ihr?«

»Ich bin mir sicher, Mutter.« Sheriam klang überrascht. »Ihr habt gesehen, wie ich in sie hineinfühlte.«

Die Amyrlin knurrte, und ihr Blick wanderte zu dem *Ter'Angreal* hinüber. »Ich will wissen, was heute abend schiefgegangen ist.« Sie schritt mit zielbewußt schwankendem Rock dort hinüber. Auch die meisten der anderen Aes Sedai schlossen sich ihr an und versammelten sich um den *Ter'Angreal,* der nun nichts mehr war als ein silbernes Gebilde von Bögen auf einem Ring.

»Die Mutter macht sich Sorgen um Euch«, sagte Sheriam und zog Egwene auf die Seite. Dort gab es ein flauschiges Handtuch für ihr Haar und noch eines für ihren Körper.

»Inwieweit hatte sie einen Grund dafür?« fragte Egwene. *Die Amyrlin will nicht, daß ihrer Jagdhündin etwas zustößt, bevor der Hirsch erlegt ist.*

Sheriam antwortete nicht. Sie runzelte nur leicht die Stirn und wartete dann, bis Egwene trocken war. Anschließend reichte sie ihr ein weißes Kleid, das unten mit sieben Ringen gesäumt war.

Sie schlüpfte leicht enttäuscht in das Kleid. Sie gehörte zu den Aufgenommenen, hatte den Ring am Finger und die Streifen an ihrem Kleid. *Warum fühle ich mich nicht anders als zuvor?* Elaida kam herüber mit Egwenes Novizinnenkleid und den Schuhen, der Gürteltasche und den Papieren auf den Armen, die ihr Verin gegeben hatte. Elaida hatte sie in der Hand!

Egwene zwang sich dazu, zu warten, bis die Aes Sedai ihr das Bündel reichte, und es ihr nicht statt dessen aus den Händen zu reißen. »Ich danke Euch, Aes Sedai.« Sie bemühte sich, die Papiere nur flüchtig anzusehen. Sie konnte nicht sagen, ob sie durchgeblättert worden waren. Die Kordel war noch verschnürt. *Wie kann ich wissen, ob sie das alles gelesen hat?* Sie drückte ihre Gürteltasche zurück unter das schützende Novizinnenkleid und fühlte kurz nach dem eigenartigen Ring darin, dem *Ter'Angreal. Der ist wenigstens noch da. Licht, sie hätte ihn wegnehmen können, und ich weiß nicht einmal, ob mir das unrecht gewesen wäre. Doch, wäre es. Ich glaube, es wäre mir nicht recht gewesen.*

Elaidas Gesichtsausdruck war so kalt wie ihre Stimme. »Ich wollte nicht, daß man Euch heute abend hierherbringt. Nicht, weil ich voraussah, was geschehen würde – das konnte niemand wissen. Wohl aber, weil Ihr eine Wilde seid.« Egwene versuchte, zu widersprechen, doch Elaida fuhr so unbeeindruckt wie ein Gletscher fort: »O ja, ich weiß, Ihr habt bei einer Aes Sedai gelernt, die Macht zu lenken, aber Ihr seid immer noch eine Wilde. Eine Wilde im Geist und eine Wilde im Verhalten. Ihr habt ein enormes Potential, sonst hättet Ihr heute abend nicht überlebt, aber das Potential ändert nichts. Ich glaube nicht, daß Ihr jemals ein Teil der Weißen Burg sein werdet, nicht so, wie wir anderen es sind, gleich, an welchem Finger Ihr den Ring tragt. Es wäre besser für Euch gewesen, Ihr hättet lediglich gelernt, zu überleben, und wärt dann wieder in Euer verschlafenes Dorf zurückgekehrt. Viel besser.« Sie wirbelte herum und stolzierte los, aus dem Raum.

Wenn die keine Schwarze Ajah ist, dachte Egwene angeekelt, *dann steht sie ihnen jedenfalls nahe.* Laut sagte sie zu Sheriam: »Ihr hättet etwas sagen können. Ihr hättet mir helfen können.«

»Einer Novizin hätte ich geholfen, Kind«, antwortete Sheriam ruhig, und Egwene zuckte zusammen. Nun war sie wieder bei ›Kind‹ angelangt. »Ich bemühe mich, Novizinnen in Schutz zu nehmen, wenn es nötig ist, da sie sich noch nicht selbst beschützen können. Ihr seid jedoch nun eine Aufgenommene. Es wird Zeit, daß Ihr lernt, Euch selbst zu beschützen.«

Egwene sah Sheriam in die Augen, um festzustellen, ob sie sich die besondere Betonung des letzten Satzes nur eingebildet hatte. Sheriam hatte genauso wie Elaida Gelegenheit gehabt, die Namensliste zu lesen und auf den Gedanken zu kommen, daß Egwene mit den Schwarzen Ajah zu tun hatte. *Licht, jetzt verdächtigst du schon jedermann. Aber besser das, als tot sein oder gefangen von dreizehn Schwarzen und …* Hastig verdrängte sie diesen Gedanken. »Sheriam, was ist heute abend geschehen?« fragte sie statt dessen. »Und vertröstet mich nicht wieder.« Sheriam zog die Augenbrauen fast bis zum Haaransatz hoch, und sie fügte ganz schnell hinzu: »Sheriam Sedai, meine ich natürlich. Vergebt mir, Sheriam Sedai.«

»Denkt daran, daß Ihr noch keine Aes Sedai seid, Kind.« Trotz des Stahls, der in ihrer Stimme mitschwang, lächelte Sheriam ein wenig, doch das Lächeln verschwand sofort wieder, als sie fortfuhr: »Ich weiß nicht, was passiert ist. Aber ich fürchte sehr, daß Ihr heute abend beinahe gestorben wärt.«

»Wer weiß, was mit denen geschieht, die nicht mehr aus einem *Ter'Angreal* herauskommen?« sagte Alanna, die sich zu ihnen gesellte. Die Grüne Schwester war für ihr aufbrausendes Temparament und ihren Humor bekannt. Manche behaupteten, sie könne von dem einen auf das andere innerhalb eines Sekundenbruchteils umschwenken und auch wieder zurückkehren. Der Blick, den sie Egwene jetzt zuwarf, war beinahe mitleidig. »Kind, ich hätte alles aufhalten sollen, als ich die Möglichkeit hatte, als ich zuerst diese … Rückkoppelung bemerkte. Das geschah nämlich dann wieder. Diesmal war es tausendmal stärker. Zehntausendmal! Der *Ter'Angreal* schien sich vor dem Strom von *Saidar* verschließen zu wollen, oder sich direkt durch den Fußboden hindurchzuschmelzen. Nehmt meine Entschuldigung an, obwohl ich weiß, daß Worte hier nicht genügen. Nicht für das, was mit Euch beinahe geschehen wäre. Ich sage das offen, und Ihr wißt, es ist die Wahrheit, beim Ersten Eid. Um meine Gefühle auszudrücken, werde ich die Mutter darum bitten, Eure Arbeit in der Küche mit Euch teilen zu dürfen. Und, ja, auch Euren Besuch bei Sheriam. Hätte ich meine Pflicht erfüllt, wärt Ihr nicht in Lebensgefahr geraten, und das will ich wiedergutmachen.«

Sheriam lachte angewidert. »Das wird sie niemals erlauben, Alanna. Eine Schwester in der Küche, und noch dazu … Das hat es noch nie gegeben! Das ist unmöglich! Ihr habt getan, was Ihr für richtig hieltet. An Euch lag es nicht!«

»Es war nicht Eure Schuld, Alanna Sedai«, sagte Egwene. *Warum tut Alanna das? Oder will sie mich nur davon überzeugen, daß sie nichts mit der Panne zu tun hatte? Damit sie vielleicht künftig ein Auge auf mich haben kann?* Doch dieses Bild – eine stolze Aes Sedai, die dreimal am Tag bis zu den Ellbogen in schmierigen Töpfen steckte, nur um jemanden im Auge zu behalten – überzeugte sie davon, daß ihre Phantasie mit ihr durchgegangen war. Denn es war wirklich undenkbar, daß Alanna so handeln sollte. Und auf jeden Fall hatte die Grüne Schwester keine Gelegenheit gehabt, die Namensliste zu sehen, während sie mit dem *Ter'Angreal* arbeitete. *Aber wenn Nynaeve recht hat, braucht sie diese Liste keineswegs zu sehen, um mich umbringen zu wollen, falls sie eine Schwarze Ajah sein sollte. Hör endlich auf damit!* »Es war wirklich nicht Eure Schuld.«

»Hätte ich meine Pflicht erfüllt«, beharrte Alanna, »wäre es nie dazu gekommen. Das einzige Mal, daß ich so etwas Ähnliches erlebt habe, war vor Jahren, als wir versuchten, einen *Ter'Angreal* zu benützen, der sich im gleichen Raum befand wie ein anderer. Der andere war möglichweise irgendwie mit ihm verbunden. Es ist aber schon äußerst selten, daß man zwei von der gleichen Sorte findet. Beide schmolzen damals, und jede Schwester innerhalb von hundert Schritt Entfernung hatte eine Woche lang derartige Kopfschmerzen, daß sie nicht einen Funken der Macht lenken konnte. Was ist los, Kind?«

Egwenes Hand verkrampfte sich um ihre Gürteltasche, bis sich der verdrehte Steinring durch den dicken Stoff hindurch in ihre Handfläche drückte. War er warm? *Licht, ich bin selbst an allem schuld!* »Nichts, Alanna Sedai. Aes Sedai, Ihr habt nichts Falsches getan. Ihr habt keinen Grund, meine Strafe mit mir zu teilen. Keinen. Überhaupt keinen!«

»Ein wenig zu vehement vorgetragen«, sagte Sheriam, »aber wahr.« Alanna schüttelte nur den Kopf.

»Aes Sedai«, sagte Egwene bedächtig, »was bedeutet es, eine Grüne Ajah zu sein?« Sheriam riß amüsiert die Augen auf, und Alanna grinste ganz offen.

»Hat gerade den Ring am Finger«, sagte die Grüne Schwester, »und schon überlegt sie, welche Ajah sie erwählen soll? Zuerst müßt Ihr Männer lieben. Ich meine nicht, daß Ihr verliebt sein müßt, aber Ihr müßt sie lieben. Nicht wie eine Blaue, die Männer lediglich mag, solange sie mit ihr an einem Strang ziehen und nicht im Weg stehen. Und ganz sicher nicht wie die Roten, die sie verachten, als sei jeder einzelne Mann für die Zerstörung der Welt verantwortlich.« Alviarin, die Weiße Schwester, die mit der Amyrlin gekommen war, warf ihnen einen kühlen Blick zu und ging weiter. »Und nicht wie eine Weiße«, lachte Alanna, »die in ihrem Leben überhaupt keinen Platz für Leidenschaft hat.«

»Das habe ich nicht gemeint, Alanna Sedai. Ich will

wissen, was es *bedeutet*, eine Grüne Schwester zu sein.« Sie war nicht sicher, ob Alanna ihre Frage verstehen würde, denn sie verstand selbst nicht, worauf sie eigentlich hinaus wollte, doch Alanna nickte bedächtig, als habe sie verstanden.

»Die Braunen streben nach Wissen, die Blauen suchen nach Ursachen, und die Weißen unterziehen die Fragen nach der Wahrheit einer unerbittlich logischen Prüfung. Wir machen von jedem etwas, ganz klar. Aber eine Grüne zu sein heißt, sich bereitzuhalten.« In ihrer Stimme schwang ein gewisser Stolz mit. »Während der Trolloc-Kriege nannte man uns oft die Schlachten-Ajah. Alle Aes Sedai halfen, wo und wann sie konnten, aber die Grünen Ajah waren immer bei den kämpfenden Heeren, waren in fast jeder Schlacht dabei. Wir mußten die Schattenlords im Schach halten. Die Schlachten-Ajah. Und nun halten wir uns bereit, denn die Trollocs kommen wieder immer weiter nach Süden. Tarmon Gai'don, die Letzte Schlacht, naht. Wir werden dabeisein. Das bedeutet es, eine Grüne zu sein.«

»Ich danke Euch, Aes Sedai«, sagte Egwene. *Das war ich also? Oder das werde ich sein? Licht, ich wünschte, ich wüßte, ob es Wirklichkeit war und ob es überhaupt irgend etwas mit dem Hier und Jetzt zu tun hat.*

Die Amyrlin kam zu ihnen herüber, und sie knicksten tief vor ihr. »Geht es Euch gut, Tochter?« fragte sie Egwene. Ihr Blick wanderte kurz zu den Papieren, die unter dem Novizinnenkleid in Egwenes Händen hervorlugten, und dann sofort wieder zurück zu ihrem Gesicht. »Ich muß wissen, was heute abend hier geschehen ist, bevor ich gehe.«

Egwenes Wangen liefen rot an. »Mir geht es gut, Mutter.«

Alanna überraschte sie, indem sie die Amyrlin das gleiche fragte, was sie vorher schon angedeutet hatte.

»So etwas habe ich ja noch nie gehört!« fauchte die Amyrlin. »Der Reeder packt doch nicht mit den Matrosen zusammen an, selbst wenn er das Schiff auf eine Schlammbank gesetzt hat!« Sie sah Egwene an und ihre Augen zogen sich besorgt zusammen. Und zornig. »Ich teile Eure Sorge, Alanna. Was dieses Kind auch getan hat, sie hatte das jedenfalls nicht verdient. Also gut, ich werde Eure Gefühle beruhigen. Ihr mögt Sheriam besuchen. Aber es muß streng unter euch bleiben. Ich will nicht, daß sich Aes Sedai lächerlich machen, auch nicht hier in der Burg.«

Egwene öffnete den Mund, um alles zu gestehen und ihnen den Ring zu übergeben – *ich will das blutige Ding wirklich nicht* –, aber Alanna kam ihr zuvor.

»Und das andere, Mutter?«

»Macht Euch nicht selbst lächerlich, Tochter.« Die Amyrlin ärgerte sich, und ihr Zorn steigerte sich mit jedem Wort. »Innerhalb eines Tages wärt Ihr die absolute Lachnummer, außer bei denen, die glaubten, Ihr wärt verrückt geworden. Und glaubt nicht, daß es schnell wieder vorbei wäre. Geschichten wie diese verbreiten sich in Windeseile. Ihr würdet bald feststellen, daß man sich von Tear bis Maradon Geschichten von der Küchenmagd-Aes-Sedai erzählt! Und das würde auf jede Schwester zurückfallen. Wenn Ihr irgendwelche Schuldgefühle loswerden wollt und damit nicht wie eine erwachsene Frau fertigwerdet, na gut. Ich sagte Euch, Ihr solltet Sheriam besuchen. Begleitet sie heute abend, wenn Ihr hier weggeht. Dann habt Ihr den Rest der Nacht Zeit, zu überlegen, ob es hilfreich war. Und morgen könnt Ihr damit beginnen, herauszufinden, was heute abend hier geschehen ist!«

»Ja, Mutter.« Alannas Stimme klang völlig ungerührt.

Der Wunsch, zu gestehen, war mittlerweile in Egwene gestorben. Alanna hatte nur einen kurzen Moment lang Enttäuschung gezeigt, als ihr klar wurde, daß die Amyrlin ihr nicht erlauben würde, Egwene in der Küche zu helfen. *Sie will genausowenig bestraft wer-*

den wie irgendeine andere normale Person. Sie brauchte eine Ausrede, um in meiner Nähe sein zu können. Licht, sie hat doch wohl nicht mit Absicht den Ter'Angreal *beeinflußt, daß er durchdreht? Ich habe das doch verursacht. Könnte sie eine Schwarze Ajah sein?*

In Gedanken versunken, bemerkte Egwene erst das Räuspern gar nicht. Als es sich wiederholte, blickte sie auf. Die Amyrlin blickte geradewegs in sie hinein, und als sie sprach, klang es sehr kurz angebunden.

»Da es scheint, daß Ihr auf den Füßen einschlaft, Kind, schlage ich vor, Ihr geht zu Bett.« Einen Augenblick lang wanderte ihr Blick wieder zu den beinahe versteckten Papieren in Egwenes Hand. »Ihr habt viel zu tun morgen und das noch viele Tage lang!« Ihre Augen hielten Egwene noch einen Moment länger fest und dann schritt sie fort, bevor auch nur eine von ihnen knicksen konnte.

Sheriam ging beinahe auf Alanna los, sobald die Amyrlin außer Hörweite war. Die Grüne Ajah blickte finster drein und ertrug es schweigend. »Ihr seid wirklich verrückt, Alanna! Närrin, und noch mehr Närrin, wenn Ihr glaubt, ich lasse Euch mit einer leichten Strafe davonkommen, nur, weil wir gemeinsam als Novizinnen lernten! Seid Ihr vom Drachen besessen, daß Ihr …« Plötzlich bemerkte Sheriam, daß Egwene noch danebenstand, und so fand ihr Zorn ein neues Opfer. »Habt Ihr nicht gehört, daß die Amyrlin Euch befohlen hat, ins Bett zu gehen, Aufgenommene? Wenn Ihr auch nur ein Wort von dem Gehörten ausplaudert, werdet Ihr wünschen, ich hätte Euch in einem Feld vergraben, um den Boden zu düngen. Und Ihr werdet am Morgen in mein Arbeitszimmer kommen, wenn die Glocke zum erstenmal erklingt und keinen Atemzug später! Jetzt geht!«

Egwene ging. In ihrem Kopf drehte sich alles. *Gibt es denn irgend jemand, dem ich vertrauen kann? Der Amyrlin? Sie hat uns losgeschickt, um dreizehn Schwarze Ajah zu su-*

chen und zu erwähnen vergessen, daß sie genau dreizehn sein müssen, um eine Frau, die mit der Macht umgehen kann, zum Schatten umzudrehen, und das gegen ihren Willen. Wem kann ich trauen? Sie wollte nicht allein sein, konnte den Gedanken daran nicht ertragen, und so eilte sie zu den Quartieren der Aufgenommenen. Sie mußte daran denken, daß sie am nächsten Morgen selbst hier einziehen würde. Dann klopfte sie und stürmte sofort in Nynaeves Zimmer hinein. Ihr konnte sie wenigstens in jeder Hinsicht vertrauen. Ihr und Elayne.

Doch Nynaeve saß auf einem der beiden Stühle und hielt Elaynes Kopf in ihrem Schoß geborgen. Elaynes Körper wurde von Schluchzen erschüttert. Sie weinte leise, so, wie man weint, wenn man kaum noch die Energie dazu aufbringen kann. Auch Nynaeves Wangen waren feucht. Der Ring der Großen Schlange, der an ihrer Hand glänzte, als sie Elayne über das Haar strich, glich dem an Elaynes Hand, mit der sie sich an Nynaeves Rock festklammerte.

Elayne hob ihr rotes, vom Weinen verschwollenes Gesicht aus Nynaeves Schoß, und ihr Schluchzen verklang, als sie zu Egwene sagte: »Ich kann doch nicht so schlimm sein, Egwene. Ich konnte einfach nicht!«

Der Zwischenfall mit dem *Ter'Angreal,* Egwenes Angst, jemand könne die Papiere lesen, die ihr Verin gegeben hatte, ihr Mißtrauen allen in diesem Raum Anwesenden gegenüber, all das war schrecklich gewesen, hatte sie aber auf eine gewisse, ziemlich grobe Art und Weise von dem abgelenkt, was innerhalb des *Ter'Angreal* geschehen war. Diese Einflüsse waren von außen gekommen, das andere hatte sich drinnen abgespielt. Elaynes Worte ließen jedoch alle Erinnerungen zurückkehren, und was dort drinnen geschehen war, traf Egwene so hart, als sei die Decke eingestürzt. Rand ihr Ehemann und Joiya ihr Baby. Rand eingeklemmt und darum bettelnd, ihn zu töten. Rand in Ketten einer Dämpfung unterzogen.

Bevor es ihr bewußt wurde, lag sie auf den Knien neben Elayne, und all die Tränen, die früher hätten fließen sollen, ergossen sich auf einmal aus ihr. »Ich konnte ihm nicht helfen, Nynaeve«, schluchzte sie. »Ich habe ihn einfach dort liegen lassen!«

Nynaeve zuckte zusammen, als habe man sie geschlagen, schloß aber im nächsten Moment Egwene und Elayne in die Arme, drückte sie und schaukelte sie. »Sssssch ...«, machte sie leise. »Es heilt schon mit der Zeit. Es wird ein wenig leichter. Eines Tages müssen sie dafür bezahlen. Ssssch ...«

KAPITEL 24

Wieder unter den Lebenden

Sonnenschein, der durch die Lücken in den Fensterläden auf das Bett schien, weckte Mat auf. Einen Augenblick lang lag er nur mit gerunzelter Stirn da. Bevor der Schlaf ihn übermannt hatte, war er noch auf keinen vernünftigen Fluchtplan gekommen. Aber aufgegeben hatte er auch nicht. Zu viele Erinnerungen waren immer noch wie unter einem dichten Nebel verborgen, doch Aufgeben kam für ihn nicht in Frage.

Zwei Dienerinnen eilten geschäftig herein und brachten heißes Wasser und ein üppig mit Essen beladenes Tablett. Sie lachten und stellten fest, daß er schon soviel besser aussehe und bald wieder auf den Beinen sei, wenn er nur täte, was die Aes Sedai ihm sagten. Er sprach nur kurz mit ihnen und bemühte sich, keine Bitterkeit durchklingen zu lassen. *Laß sie nur glauben, daß ich alles mitmache.* Als ihm der Duft der Speisen in die Nase stieg, knurrte sein Magen.

Nachdem sie gegangen waren, schlug er die Bettdecke zur Seite und sprang aus dem Bett. Er stopfte sich schnell eine halbe Scheibe Schinken in den Mund und goß dann Waschwasser ein. Er wusch und rasierte sich. Als er beim Rasieren in den Spiegel über dem Waschtisch blickte, stellte er selbst fest, daß er besser aussah.

Seine Wangen waren noch eingefallen, aber nicht mehr so schlimm wie vorher. Die dunklen Ringe unter seinen Augen waren verschwunden, und auch die Augen selbst schienen nicht mehr so tief zu liegen. Es war, als habe jeder Bissen, den er gestern abend zu sich genommen hatte, das Fleisch auf seinen Knochen vermehrt. Er fühlte sich auch kräftiger.

»Wenn es so weitergeht«, murmelte er, »bin ich weg, ehe sie sich umsehen.« Und dann war er doch wieder überrascht davon, daß er sich hinsetzen und jeden Krümel Schinken, Kohlrabi und schließlich Birne verdrücken konnte.

Er war sicher, daß man von ihm erwarte, nach dem Essen gleich wieder ins Bett zu steigen, doch statt dessen zog er sich an. Er stampfte mit den Füßen auf, damit sie richtig in den Stiefeln steckten, betrachtete seine Reservekleider und entschloß sich, sie vorläufig liegen zu lassen. *Ich muß erst genau wissen, was ich vorhabe. Und wenn ich sie zurücklassen muß …* Er steckte die Würfelbecher in seine Taschen. Damit konnte er sich alle Kleider verdienen, die er brauchte.

Dann öffnete er die Tür und lugte hinaus. Er sah weitere mit blaßgoldenem Holz getäfelte Türen und dazwischen bunte Wandbehänge. Ein blauer Läufer bedeckte den ansonsten weißgekachelten Boden. Aber es stand niemand dort draußen. Kein Wächter. Er warf sich den Umhang über die Schultern und eilte hinaus. Jetzt aber einen Weg nach draußen finden …

Er mußte ein wenig umherwandern, treppauf und treppab, durch Korridore und über Innenhöfe, bevor er fand, was er gesucht hatte: eine Tür nach draußen. Unterwegs sah er doch noch viele Leute: Dienerinnen, weißgekleidete Novizinnen, die ihren Aufgaben nachgingen, wobei die Novizinnen schneller einherhasteten als die Dienerinnen, und auch eine Handvoll grob gekleideter Diener, die große Truhen und andere schwere Gegenstände trugen, dazu Aufgenommene in ihren mit Farbbändern gesäumten Kleidern und sogar ein paar Aes Sedai.

Die Aes Sedai schienen von ihm keine Notiz zu nehmen, als sie geschäftig entlangschritten, oder sie sahen ihn nur ganz flüchtig an. Er trug Bauernkleidung, wenn auch von gutem Schnitt. Er wirkte nicht wie ein Landstreicher, und an den Dienern sah er auch, daß Männer in diesem Teil der Burg durchaus nichts Ungewöhnliches waren. Er hatte den Verdacht, sie betrachteten ihn ebenfalls als Diener, und das paßte ihm durchaus, solange niemand von ihm verlangte, schwere Sachen zu heben.

Er bedauerte, daß keine der Frauen, die er sah, Egwene oder Nynaeve oder Elayne war. *Das ist eine Hübsche, auch wenn sie die Nase die ganze Zeit ein wenig hoch trägt. Und sie könnte mir sicher sagen, wo ich Egwene und die Seherin finde. Ich kann nicht gehen, ohne ihnen auf Wiedersehen gesagt zu haben. Licht, ich glaube nicht, daß mich eine von ihnen melden würde, nur weil sie selbst Aes Sedai werden wollen, oder? Seng mich, alter Narr. Das würden sie niemals tun. Ich riskiere es auf jeden Fall.*

Aber sobald er draußen unter einem strahlenden Morgenhimmel mit nur wenigen weißen Wölkchen war, dachte er zunächst nicht mehr an die Frauen. Er überblickte einen breiten, mit Steinplatten belegten Hof. In der Mitte stand ein einfacher, gemauerter Brunnen und auf der anderen Seite ein aus grauem Naturstein gebautes Kasernengebäude. Es wirkte beinahe wie ein Felsklotz inmitten der wenigen Bäume, die in ausgesparten Löchern zwischen den Bodenplatten wuchsen. Wachsoldaten in Hemdsärmeln saßen vor dem langen, niedrigen Gebäude und putzten Waffen und Rüstungen. Gerade Wachsoldaten kamen ihm nun recht.

Er schlenderte über den Hof und beobachtete die Soldaten, als habe er nichts Besseres zu tun. Sie unterhielten sich und lachten bei der Arbeit wie Männer nach der Ernte. Von Zeit zu Zeit sah einer von ihnen Mat neugierig an, aber keiner fragte ihn, was er hier zu tun habe. Gelegentlich fragte er einen irgend etwas, und schließlich erhielt er die Antwort, auf die er gewartet hatte.

»Brückenwächter?« fragte ein stämmiger, dunkelhaariger Mann, der kaum fünf Jahre älter als Mat sein mochte. Er sprach mit starkem illianischen Akzent. So jung er auch war, hatte er doch eine schmale, weiße Narbe auf der linken Wange, und die Hände, die sein Schwert ölten, bewegten sich routiniert und sicher. »Ich sein bei Brückenwache und haben Dienst heute abend. Warum du fragen?«

»Ich wollte eigentlich nur wissen, wie die Straßenverhältnisse auf der anderen Seite des Flusses sind.« *Das ist in jedem Fall nützlich zu wissen.* »Gut zu bereisen? Es wird doch hoffentlich nicht schlammig sein, außer Ihr habt mehr Regen gehabt, als mir bewußt war.«

»Welche Seite von Fluß?« fragte der Wachsoldat gelassen. Sein Blick verließ den Öllappen nicht, mit dem er sein Schwert bearbeitete.

»Äh ... Ost. Die Ostseite.«

»Kein Schlamm. Weißmäntel.« Der Mann beugte sich zur Seite, um auszuspucken, doch sein Tonfall änderte sich nicht. »Weißmäntel ihre Nasen in alle Dörfer stecken auf Umkreis zehn Meilen. Sie nicht haben jemand verletzt bisher, aber sie aufregen Leute. Glück stich mich, wenn sie nicht versuchen, zu provozieren uns. Sie aussehen, als ob sie wollen am liebsten angreifen uns. Nicht gut für jemand, der will reisen.«

»Und wie steht es dann im Westen?«

»Das gleiche.« Der Wachsoldat hob den Blick und sah Mat an. »Aber Ihr nicht werdet reisen Ost oder West, Junge. Euer Name sein Matrim Cauthon, oder Glück mich verlassen haben. Letzten Abend eine Schwester persönlich kommen auf Brücke, wo ich stehen Wache. Sie uns Euer Aussehen beibringen, bis jeder können sagen rückwärts. Ein Gast, sie sagen, und ihm nichts tun. Aber nicht erlaubt außerhalb Stadt, und wenn wir Euch müssen festbinden Hand und Fuß, um nicht gehen raus.« Seine Augen zogen sich zusammen.

»Ihr etwas von ihnen stehlen?« fragte er zweifelnd. »Ihr nicht aussehen wie Gast bei den Schwestern.«

»Ich habe nichts gestohlen«, sagte Mat mürrisch. *Seng mich, ich hatte noch nicht einmal die kleinste Chance, einen Ausweg zu finden. Sie kennen mich also wohl alle.* »Ich bin kein Dieb!«

»Nein, ich nicht das sehen in Eurem Gesicht. Keine Diebereien. Aber Ihr aussehen wie Bursche, wer versuchen, mir verkaufen Horn von Valere vor drei Tagen. Er behaupten, das es sein, und es sein verbeult und alt. Ihr haben auch Horn von Valere zu verkaufen? Oder vielleicht es sein Schwert von Drache?«

Mat zuckte bei der Erwähnung des Horns zusammen, brachte es aber fertig, seinen Tonfall nicht zu verändern: »Ich war krank.« Andere Wachsoldaten sahen jetzt zu ihm herüber. *Licht, sie wissen jetzt doch alle, daß ich nicht fort darf.* Er zwang sich zum Lachen. »Die Schwestern haben mich mit ihrer Kraft geheilt.« Ein paar der Soldaten runzelten die Stirn. Vielleicht waren sie der Meinung, daß andere Männer etwas mehr Respekt zeigen und die Aes Sedai nicht einfach nur Schwestern nennen sollten. »Ich glaube, die Aes Sedai wollen nicht, daß ich gehe, bevor ich wieder zu Kräften gekommen bin.« Er bemühte sich, so vertrauenerweckend zu wirken, daß sie ihm alle glaubten. *Nur ein Mann, der mit Hilfe der Macht geheilt wurde. Nicht mehr. Kein Grund, sich weiter Gedanken zu machen.*

Der Illianer nickte. »Ihr wirklich sehen nach Krankheit aus im Gesicht. Vielleicht das sein Grund. Aber nie ich haben gehört von soviel Mühe, damit ein Mann bleiben in Stadt.«

»Das ist der Grund«, beharrte Mat energisch. Sie sahen ihn immer noch alle an. »Na ja, ich muß weiter. Sie sagten, ich solle viel spazierengehen. Lange Spaziergänge. Um wieder zu Kraft zu kommen, wißt Ihr.«

Er fühlte ihre Blick auf sich ruhen, als er weiterging. Seine Miene verfinsterte sich. Er hatte nur auf den

Busch klopfen wollen, ob seine Beschreibung tatsächlich überall herumgegangen war. Falls nur die Offiziere unter den Brückenwächtern Bescheid gewußt hätten, hätte er vielleicht durchschlüpfen können. Es war immer eine seiner Stärken gewesen, ungesehen irgendwo hinein zu kommen und auch wieder heraus. Das war ein Talent, das man entwickelte, wenn die Mutter einen immer in Verdacht hatte, wieder etwas anstellen zu wollen, und wenn man vier Schwestern hatte, die einen verpetzten. *Und jetzt habe ich es geschafft, daß die halbe Kaserne mit Wachsoldaten mich auch wirklich kennt. Blut und blutige Asche!* Ein großer Teil des Geländes der Weißen Burg bestand aus Gärten voller Bäume – Lederblatt und Korkeiche und Ulmen meistens. Bald schlenderte er einen breiten, gewundenen Kiesweg entlang. Er hätte sich mitten auf dem Land befinden können, wenn nicht die Türme der Burg über den Baumwipfeln sichtbar gewesen wären. Und natürlich das mächtige, weiße Hauptgebäude der Burg, das wohl hinter ihm lag, aber dessen Gewicht er irgendwie auf den Schultern spürte, als trüge er es mit sich herum. Falls es unbewachte Ausgänge aus dem Burggelände gab, dann waren sie am ehesten hier zu finden. Falls sie existierten.

Ein Mädchen im weißen Novizinnenkleid erschien vor ihm auf dem Weg und schritt zielbewußt in seine Richtung. Sie war so in Gedanken versunken, daß sie ihn zunächst nicht wahrnahm. Als sie nahe genug war, daß er ihre großen, dunklen Augen sehen konnte und die Zöpfe, die sie trug, grinste er plötzlich. Er kannte dieses Mädchen – die Erinnerungen trieben aus verhüllten Tiefen herauf –, obwohl er niemals erwartet hätte, sie hier zu treffen. Er hatte überhaupt nicht erwartet, sie jemals wieder zu sehen. Er grinste in sich hinein. *Glück und Unglück heben sich auf.* Wie er sich erinnerte, hatte sie sich sehr für Jungs interessiert.

»Else!« rief er ihr zu. »Else Grinwell. Erinnert Ihr

Euch noch an mich? Mat Cauthon. Ein Freund und ich haben den Hof Eures Vaters besucht. Denkt Ihr noch daran? Habt Ihr Euch also entschlossen, Aes Sedai zu werden?«

Sie blieb abrupt stehen und sah ihn an. »Was tut Ihr hier draußen?« fragte sie kalt.

»Ihr wißt also auch Bescheid?« Er trat auf sie zu, doch sie wich vor ihm zurück und wahrte den Abstand. Er blieb stehen. »Es ist nicht ansteckend. Ich bin geheilt worden, Else.« Diese großen, dunklen Augen schienen mehr Wissen zu enthalten als damals, und sie wirkten nicht annähernd so warm, aber er glaubte, das käme eben davon, wenn man bei den Aes Sedai lernte. »Was ist los, Else? Ihr schaut drein, als kennt Ihr mich nicht.«

»Ich kenne Euch«, sagte sie. Ihr ganzes Benehmen entsprach nicht mehr dem, an das er sich erinnerte. Jetzt konnte sie beinahe Elayne noch eine Lektion in Hochnäsigkeit erteilen. »Ich habe … Arbeit zu erledigen. Laßt mich vorbei.«

Er verzog das Gesicht. Der Weg war breit genug, daß sechs nebeneinander einhergehen konnten, ohne sich zu behindern. »Ich sagte Euch doch, daß es nicht ansteckend ist.«

»Laßt mich vorbei!«

Er knurrte nur und trat an den Rand des Kieswegs. Sie ging ganz auf der gegenüberliegenden Seite an ihm vorbei und paßte genau auf, daß er sich ihr nicht näherte. Kaum vorbei, beschleunigte sie ihren Schritt und blickte so lange zu ihm zurück, bis sie hinter der nächsten Kurve außer Sicht war. *Wollte sichergehen, daß ich ihr nicht folge,* dachte er mürrisch. *Zuerst die Wächter und nun Else. Ich habe heute wohl keinen Glückstag.* Er ging wieder los und hörte bald wildes Geklapper von der einen Seite vor ihm, als ob Dutzende von Stöcken aufeinanderschlügen. Neugierig bog er in diese Richtung ab und schritt zwischen die Bäume.

Nach wenigen Schritten erreichte er einen weiten, festgetrampelten, kahlen Platz. Er war mindestens fünfzig Schritt breit und beinahe doppelt so lang. In Abständen sah er unter den Bäumen am Rand des Platzes Gestelle, in denen Bauernspieße und hölzerne Übungsschwerter hingen, einfache Waffen aus zusammengebundenen Latten, und einige wenige richtige Schwerter, Äxte und Speere.

Auf dieser freien Fläche sah er eine Reihe von Männerpaaren, meist mit freiem Oberkörper, die mit Übungsschwertern aufeinander losschlugen. Bei einigen wirkten die Bewegungen so flüssig, als tanzten sie miteinander, glitten aus einer Fechtfigur übergangslos in die andere und hieben und parierten ohne die kleinste Unterbrechung. Es gab außer ihrem offensichtlichen Können keinen sichtbaren Unterschied zwischen ihnen und den anderen, aber Mat war sicher, daß es sich um Behüter handelte.

Diejenigen, die sich nicht so elegant bewegten, waren ohne Ausnahme jünger, wobei ein älterer Mann jeweils eines dieser Paare überwachte. Diese Männer strahlten selbst im Stehen noch etwas Gefährliches aus. *Behüter und Schüler,* dachte Mat.

Er war nicht der einzige Zuschauer. Keine zehn Schritte von ihm entfernt standen ein halbes Dutzend Frauen mit alterslosen Aes-Sedai-Gesichtern und noch einmal genauso viele in den mit Farbbändern gesäumten Kleidern der Aufgenommenen. Sie alle beobachteten ein Paar von Schülern, das mit nackten, schweißüberströmten Oberkörpern unter der Leitung eines Behüters focht. Der Behüter wirkte wie ein Steinklotz. Er hielt eine kurzstielige Pfeife, aus der Tabaksrauch quoll, in der Hand, mit der er seine beiden Schüler dirigierte.

Mat setzte sich mit übergeschlagenen Beinen unter einen Lederblattbaum, grub drei große Kieselsteine aus dem Boden und begann, gelangweilt mit ihnen zu jonglieren. Er fühlte sich nicht unbedingt schwach, aber das Sitzen tat ihm doch gut. Falls es wirklich einen Weg aus dem Burggelände gab, würde der auch nicht weglaufen, während er ein wenig rastete.

Bevor er auch nur fünf Minuten dort war, wußte er, wen die Aes Sedai und die Aufgenommenen beobachteten. Einer der beiden Schüler des klotzigen Behüters war ein hochgewachsener, graziler junger Mann, der sich wie eine Katze bewegte. *Und beinahe so hübsch aussieht wie ein Mädchen,* dachte Mat trocken. Alle Frauen starrten diesen schlanken Burschen mit glänzenden Augen an, sogar die Aes Sedai.

Er ging mit seinem Übungsschwert beinahe so gut um wie die Behüter. Gelegentlich entlockte er seinem Lehrer eine anerkennende Bemerkung. Es war auch nicht so, daß sein Gegner, ein Junge, ungefähr in Mats Alter und mit rotgoldenem Haar, ungeschickt gewesen wäre. Ganz im Gegenteil, soweit Mat es beurteilen konnte. Natürlich hatte Mat nie selbst mit einem Schwert umgehen gelernt. Der goldhaarige Jüngling parierte jeden Blitzangriff und ließ das Schwert seines Gegners abrutschen, bevor es ihn traf. Manchmal brachte er es sogar zu einem Gegenangriff. Aber der gutaussehende Bursche parierte diese dann und griff einen Herzschlag später schon wieder geschmeidig selbst an.

Mat verlegte die Kieselsteine in nur eine Hand, ohne sein Jonglieren zu unterbrechen. Sie wirbelten nach wie vor durch die Luft. Er glaubte nicht, auch nur einem der beiden im Kampf gewachsen zu sein. Ganz bestimmt nicht mit einem Schwert.

»Pause!« Die Stimme des Behüters klang, als schütte man Steine aus einem Eimer. Schwer atmend senkten die beiden ihre Übungsschwerter. Ihr Haar war schweißverklebt. »Ihr könnt euch ausruhen, bis ich meine Pfeife fertiggeraucht habe. Aber erholt euch schnell, ich habe nicht mehr viel Tabak drinnen.«

Jetzt, da sie mit ihrem Herumtanzen aufgehört hatten, konnte Mat den Jungen mit dem rotgoldenen Haar endlich genauer sehen. Er ließ die Kieselsteine überrascht fallen. *Seng mich, aber ich wette alles, was ich im Geldbeutel habe, daß der Elaynes Bruder ist. Und der andere ist Galad, oder ich fresse meine Stiefel.* Auf der Reise von der Toman-Halbinsel hierher hatte Elayne die meiste Zeit über von Gawyns Tugenden und Galads Sünden geplappert. O ja, Gawyn hatte auch ein paar Schwächen, wenn man Elayne glaubte, aber sie waren unbedeutend. Mat klangen sie eher nach solchen Dingen, die bestenfalls in den Augen einer Schwester Schwächen darstellten. Was Galad betraf, hatte er aus ihren Erzählungen geschlossen, daß er wohl der perfekte Sohn sein mußte, den sich jede Mutter wünschte. Mat hatte keine Sehnsucht danach, viel Zeit in Galads Gesellschaft zu verbringen. Egwene wurde immer rot, wenn Galads Name fiel, auch wenn sie zu glauben schien, daß niemand es bemerkte.

Eine Welle schien die zuschauenden Frauen zu durchlaufen, als Galad und Gawyn aufhörten. Sie wären wohl am liebsten alle gleichzeitig vorgetreten, doch Gawyn erblickte Mat, sagte leise etwas zu Galad, und dann gingen die beiden an den Frauen vorbei. Die Aes Sedai und die Aufgenommenen wandten sich um und verfolgten sie mit Blicken. Mat stand auf, als sich die beiden ihm näherten.

»Du bist doch Mat Cauthon, nicht wahr?« sagte Gawyn grinsend. »Ich war sicher, daß ich dich aus Egwenes Beschreibung erkannte. Und aus Elaynes. Ich hörte, du warst krank. Geht es dir jetzt besser?«

»Mir geht's gut«, sagte Mat. Er fragte sich, ob man von ihm erwartete, daß er Gawyn mit Lord anredete oder so ähnlich. Aber er hatte sich geweigert, zu Elayne Lady zu sagen – nicht, daß sie es verlangt hätte –, und er beschloß, ihren Bruder genauso zu behandeln.

»Bist du aufs Übungsgelände gekommen, um mit dem Schwert zu arbeiten?« fragte Galad.

Mat schüttelte den Kopf. »Ich habe nur einen Spaziergang gemacht. Ich weiß nicht viel über Schwerter. Ich glaube, ich vertraue lieber auf einen guten Bogen oder einen guten Bauernspieß. Ich kann mit Schwertern nicht umgehen.«

»Wenn du viel mit Nynaeve zusammen bist«, sagte Galad, »dann brauchst du Bogen, Bauernspieß und Schwert, um dich zu schützen. Und ich weiß nicht, ob das ausreicht.«

Gawyn blickte ihn staunend an. »Galad, du hast ja beinahe einen Witz gerissen.«

»Ich habe doch einen Sinn für Humor, Gawyn«, sagte Galad stirnrunzelnd. »Du glaubst das nur nicht, weil ich mich nicht gern über Leute lustig mache.« Kopfschüttelnd wandte sich Gawyn wieder Mat zu. »Du solltest schon lernen, ein wenig mit dem Schwert umzugehen. Jeder kann diese Kenntnisse heutzutage gebrauchen. Dein Freund – Rand al'Thor – hat ein ganz ungewöhnliches Schwert gehabt. Hast du was von ihm gehört?«

»Ich habe Rand schon lange nicht mehr gesehen«, sagte Mat schnell. Nur einen Moment lang, bei der Erwähnung von Rands Namen, hatte Gawyns Blick an Intensität zugenommen. *Licht, weiß er über Rand Bescheid? Das kann nicht sein. Wenn er es wüßte, dann würde er mich bestimmt als Schattenfreund anklagen, nur weil ich Rands Freund bin. Aber irgend etwas weiß er schon.* »Schwerter sind auch nicht der Weisheit letzter Schluß, oder? Ich glaube, ich könnte mich gegen jeden von euch ganz gut behaupten, wenn ihr ein Schwert habt und ich meinen Bauernspieß.«

Gawyns Hustenanfall sollte offensichtlich sein Lachen verdecken. Viel zu höflich sagte er: »Da mußt du aber sehr gut sein.« Galads Gesichtsausdruck war dagegen ganz eindeutig ungläubig.

Vielleicht geschah es, weil beide glaubten, er gebe gewaltig an. Vielleicht geschah es, weil er die Befragung der Brückenwächter falsch angefangen hatte. Vielleicht geschah es, weil Else, die so gern mit Jungs herummachte, nichts mit ihm zu tun haben wollte und weil all diese Frauen Galad ansahen wie eine Katze eine Schale mit Sahne. Aes Sedai und Aufgenommene oder nicht – Frauen waren sie immer noch. All diese Erklärungen schossen Mat durch den Kopf, doch er drängte sie ärgerlich zurück, besonders die letzte. Er machte es, weil er Spaß daran hatte. Und vielleicht verdiente er sich auf die Art etwas. Er mußte noch nicht einmal sein übliches Glück strapazieren.

»Ich wette«, sagte er, »zwei Silbermark gegen zwei von jedem von euch, daß ich euch beide gemeinsam schlagen kann, wie ich es behauptet habe. Eine bessere Quote kann ich euch nicht bieten. Ihr seid zwei und ich bin nur einer, also ist zwei zu eins eine gute Quote.« Er lachte beinahe, als er ihre konsternierten Mienen sah.

»Mat«, sagte Gawyn, »du mußt doch nicht wetten. Du warst krank. Vielleicht versuchen wir es, wenn du wieder kräftiger bist.«

»Es wäre wirklich keine faire Wette«, sagte Galad. »Ich werde sie nicht annehmen, weder jetzt noch später. Du kommst doch aus dem gleichen Dorf wie Egwene, nicht wahr? Ich … ich will nicht, daß sie wütend auf mich wird.«

»Was hat sie damit zu tun? Trefft mich nur einmal mit einem eurer Schwerter, und ich gebe jedem eine Silbermark. Wenn ich euch treffe, bis ihr aufgebt, gebt ihr mir jeder zwei. Glaubt ihr nicht, daß ihr das schafft?«

»Das ist lächerlich«, sagte Galad. »Du hättest keine Chance gegen einen geübten Schwertkämpfer, geschweige denn gegen zwei. Ich werde so etwas nicht ausnützen.«

»Glaubt ihr das wirklich?« fragte eine rauhe Stimme. Der klotzige Behüter kam herüber. Seine schwarzen

Augenbrauen hatten sich finster zusammengezogen. »Ihr glaubt, zu zweit seid ihr gut genug mit dem Schwert, um einen Jungen mit einem Stock zu schlagen?«

»Es wäre nicht fair, Hammar Gaidin«, sagte Galad.

»Er ist krank gewesen«, fügte Gawyn hinzu. »Das Ganze ist überflüssig.«

»Auf den Platz«, schnarrte Hammar und wies mit einem kurzen Ruck seines Kopfs die Richtung nach hinten. Galad und Gawyn sahen Mat bedauernd an und gehorchten. Der Behüter musterte Mat von oben bis unten und fragte zweifelnd: »Seid Ihr sicher, daß Ihr dem gewachsen seid, Junge? Jetzt, da ich Euch genauer sehe, glaube ich auch, daß Ihr ins Krankenbett gehört.«

»Ich bin gerade draußen«, sagte Mat, »und ich bin dem gewachsen. Ich muß. Ich will meine zwei Mark nicht verlieren.«

Hammars dicke Augenbrauen hoben sich überrascht. »Ihr wollt diese Wette tatsächlich durchziehen, Junge?«

»Ich brauche das Geld.« Mat lachte.

Sein Lachen brach abrupt ab, als er sich dem nächsten Gestell zuwandte, um einen Bauernspieß herauszuheben, und seine Knie beinahe nachgaben. Er richtete sich ganz schnell auf, damit jeder, der es bemerkt hatte, glauben mußte, er sei nur gestolpert. Dann nahm er sich Zeit bei der Auswahl eines Stocks. Er wählte schließlich einen, der fast drei Finger dick war und beinahe einen Fuß höher als er selbst. *Ich muß gewinnen. Ich habe mein dummes Maul aufgerissen, und jetzt muß ich gewinnen. Ich kann mir nicht leisten, die zwei Mark zu verlieren. Ohne die wird es ewig dauern, bis ich das Geld zusammengewinne, das ich brauche.* Als er sich umwandte, den Bauernspieß in beiden Händen vor sich haltend, warteten Galad und Gawyn bereits dort auf ihn, wo sie zuvor geübt hatten. *Ich muß gewinnen.* »Glück«, murmelte er. »Zeit, die Würfel rollen zu lassen.«

Hammar sah ihn eigenartig berührt an. »Ihr sprecht die Alte Sprache, Junge?«

Mat blickte ihn einen Moment lang wortlos an. Ihm war eiskalt. Mit Mühe brachte er seine Füße dazu, ihn auf den Übungsplatz hinauszutragen. »Vergeßt die Wette nicht«, sagte er laut. »Zwei Silbermark von jedem von euch gegen zwei von mir.« Ein Geraune erhob sich unter den Aufgenommenen, als ihnen klar wurde, was da geschah. Die Aes Sedai schauten schweigend zu. Das Schweigen schien Mißbilligung auszudrücken.

Gawyn und Galad bewegten sich voneinander fort, jeder auf einer Seite, und da hielten sie Abstand. Beide hatten ihre Schwerter kaum mehr als halb erhoben. »Kein Einsatz«, sagte Gawyn. »Es gibt keinen Einsatz.«

Zur gleichen Zeit sagte Galad: »Ich werde dir doch nicht dein Geld abnehmen.«

»Aber ich werde euch eures abnehmen«, sagte Mat.

»Gemacht!« brüllte Hammar. »Wenn sie Angst haben, deine Wette anzunehmen, Junge, dann zahle ich den Einsatz eben selbst!«

»Also gut«, sagte Gawyn. »Wenn du darauf bestehst – gemacht!«

Galad zögerte einen Moment, und dann grollte er: »Gemacht. Dann laßt uns dieser Farce ein Ende bereiten.«

Diese kurze Warnung war alles, was Mat benötigte. Als Galad auf ihn zustürmte, glitten seine Hände am Stock entlang, und er wirbelte herum. Das Ende des Stocks knallte dem hochgewachsenen jungen Mann in die Rippen, was ihn zum Aufstöhnen und ins Stolpern brachte. Mat ließ den Stock von Galad abprallen und drehte sich gedankenschnell. Der Stock war herum, gerade, als Gawyn in Reichweite kam. Das Ende senkte sich unter Gawyns Übungsschwert hindurch und riß ihm den Fuß am Knöchel unter dem Leib weg. Als Gawyn stürzte, vervollständigte Mat seine Drehung rechtzeitig, um Galad über den erhobenen Unterarm zu schlagen, so daß es ihm das Übungsschwert nach hinten riß. Doch Galad tauchte geschmeidig ab und kam mit dem Schwert in beiden Händen wieder auf die Beine.

Mat ignorierte ihn für den Augenblick, machte eine halbe Drehung und gab dem Stock mit einer schnellen Drehung aus dem Handgelenk Schwung nach hinten. Gawyn, der sich gerade hochrappeln wollte, bekam den Schlag auf die Schläfe ab. Der dumpfe Aufprall wurde nur teilweise durch das dichte Haar gedämpft. Er brach zusammen.

Mat war sich nur am Rande der Aes Sedai bewußt, die hinrannte, um sich um Elaynes gestürzten Bruder zu kümmern. *Ich hoffe, es geht ihm gut. Es sollte doch. Ich habe schon mehr abbekommen, als ich mal von einem Zaun fiel.* Er hatte immer noch Galad zum Gegner, und seiner Haltung nach zu schließen, wie er auf den Ballen seiner Füße ganz locker dastand und das Schwert korrekt gehoben hatte, nahm er ihn jetzt wohl ernst.

Diesen Augenblick wählten Mats Beine zum Zittern aus. *Licht, ich darf jetzt nicht schwach werden.* Doch er konnte fühlen, wie die Schwäche sich in ihm ausbreitete, das, und der Hunger, als habe er seit Tagen nichts mehr gegessen. *Wenn ich darauf warte, daß er mich angreift, falle ich auf die Nase.* Es war schwierig, die Beine gerade zu halten, doch er trat vor. *Glück, bleib mir treu.*

Vom ersten Schlagabtausch an wußte er, daß sein Glück oder sein Geschick oder was immer ihn soweit gebracht hatte, durchaus noch vorhanden war. Galad schaffte es, seinen Schlag mit einem harten Ruck abzulenken, und dann den nächsten und den nächsten und den nächsten, aber sein Gesicht war von Anstrengung gezeichnet. Dieser geschmeidige Schwertkämpfer, der beinahe so gut wie die Behüter war, brauchte jede Faser seines Könnens, um Mats Stock von sich fernzuhalten.

Er griff nicht an; er konnte sich lediglich verteidigen. Er bewegte sich ständig zur Seite, hielt dagegen, um nicht weiter zurückgedrängt zu werden, und Mat trieb ihn vor sich her. Sein Stock verschwamm beinahe, so schnell zuckte er durch die Luft. Und Galad wich zurück, wich wieder zurück, und seine Holzklinge war nur ein dürftiger Schutz gegen den Bauernspieß.

Hunger nagte an Mat, als habe er ein paar Wiesel verschluckt. Schweiß rann ihm in die Augen, und seine Kraft begann nachzulassen, als verrinne sie mit dem Schweiß. *Noch nicht. Ich kann noch nicht fallen. Ich muß gewinnen. Jetzt.* Aufbrüllend warf er all seine Kraftreserven in einen letzten Gewaltangriff.

Der Bauernspieß huschte an Galads Schwert vorbei und traf in schneller Folge sein Knie, sein Handgelenk, seine Rippen, und schlug schließlich wie ein Speer in Galads Bauch ein. Stöhnend krümmte sich Galad zusammen, versuchte noch, den Sturz zu vermeiden. Der Stock zitterte in Mats Händen. Mat war bereit zu einem endgültigen, krachenden Schlag auf Galads Kehlkopf. Doch Galad sank zu Boden.

Mat ließ den Bauernspieß beinahe fallen, als ihm klar wurde, was er um ein Haar getan hätte. *Gewinnen, nicht umbringen. Licht, woran habe ich da gedacht?* Er entspannte sich und stützte das Ende des Stocks auf den Boden. In dem Moment mußte er sich aber auch schon daran festhalten, um auf den Beinen zu bleiben. Der Hunger bohrte in ihm wie ein Messer, das Mark aus einem Knochen schabt. Mit einem Mal bemerkte er, daß nicht nur die Aufgenommenen und die Aes Sedai zusahen. Alles Üben auf dem ganzen Gelände hatte aufgehört. Sowohl die Behüter wie auch die Schüler standen da und beobachteten ihn.

Hammar ging zu Galad hin, der immer noch stöhnend am Boden lag und versuchte, sich aufzurichten. Der Behüter hob die Stimme und rief: »Wer war der größte Schwertmeister aller Zeiten?«

Aus den Kehlen von Dutzenden von Schülern ertönte laut im Chor: »Jearom, Gaidin!«

»Ja!« schrie Hammar und drehte sich dabei um, damit ihn alle hörten. »Zeit seines Lebens hat Jearom mehr als zehntausend Kämpfe bestehen müssen, in der Schlacht wie in Zweikämpfen. Er wurde nur ein einziges Mal besiegt: Von einem Bauern mit einem Bauernspieß wie diesem! Denkt daran! Erinnert euch später an das, was ihr gerade gesehen habt!« Er blickte auf Galad hinunter und fragte leiser: »Wenn du jetzt nicht hochkommst, Junge, ist der Kampf entschieden.« Er hob eine Hand, und die Aes Sedai und Aufgenommenen stürmten herbei und umringten Galad.

Mat rutschte am Stock auf die Knie herunter. Keine der Aes Sedai schaute sich auch nur nach ihm um. Eine der Aufgenommen sah ihn an, ein molliges Mädchen, das er bestimmt um einen Tanz gebeten hätte, wenn sie nicht gerade Aes Sedai werden wollte. Sie blickte mit finsterer Miene herüber, schnaubte und wandte sich wieder um, weil sie sehen wollte, was die Aes Sedai mit Galad machten.

Gawyn war wieder auf den Beinen, stellte Mat erleichtert fest. Er rappelte sich hoch, als Gawyn zu ihm herüberkam. *Nur nichts zugeben. Ich komme hier niemals heraus, wenn sie sich entschließen, mich von morgens bis abends zu bemuttern.* Blut verkrustete Gawyns Haar über der einen Schläfe, aber einen Schnitt oder eine größere Schramme konnte Mat nicht entdecken.

Er drückte Mat zwei Silbermark in die Hand und sagte trocken: »Ich glaube, nächstesmal werde ich auf dich hören.« Er bemerkte Mats Blick und berührte seine Schläfe. »Sie haben es bereits geheilt, aber es war nicht so schlimm. Elayne hat mich mehr als einmal übler zugerichtet. Du kannst aber mit dem Ding umgehen!«

»Nicht so gut wie mein Pa. Er hat an Bel Tine jedes Jahr den Bauernspieß-Wettkampf gewonnen, solange ich mich zurückerinnern kann, bis auf ein- oder zweimal, wo Rands Pa gewann.« Plötzlich war dieser interessierte Blick wieder in Gawyns Augen, und Mat verwünschte sich, daß er Tam al'Thor erwähnt hatte. Die Aes Sedai und die Aufgenommenen drängten sich immer noch um Galad. »Ich … ich muß ihn ganz schön erwischt haben. Das wollte ich nicht.«

Gawyn blickte hinüber, aber man konnte nichts erkennen außer zwei Ringen von weiblichen Rückenpartien. Die weißen Kleider der Aufgenommenen bildeten den äußeren Ring. Sie drückten sich fast auf die Aes Sedai, so gebannt starrten sie über diese hinweg Galad an. Gawyn lachte. »Du hast ihn nicht umgebracht. Ich habe sein Stöhnen gehört. Er sollte jetzt eigentlich wieder auf den Beinen sein, aber sie lassen natürlich diese Chance nicht verstreichen, wenn sie schon mal die Hände an ihm haben. Licht, vier davon sind Grüne Ajah!« Mat sah ihn verwirrt an – *Grüne Ajah? Was hat das mit ihm zu tun?* –, aber Gawyn schüttelte den Kopf. »Es ist nicht wichtig. Du kannst sicher sein, daß Galads einzige Sorge die ist, sich nicht plötzlich als Behüter bei einer Grünen Aes Sedai wiederzufinden, bevor sein Kopf wieder klar ist.« Er lachte wieder. »Nein, das würden sie nicht tun. Aber ich wette um die zwei Mark von mir in deiner Hand, daß einige von ihnen das am liebsten täten.«

»Nein, nicht das Geld. Das brauche ich.« Mat schob die Münzen in seine Tasche. Die Erklärung gab für ihn nicht viel her. Außer, daß es Galad gutging. Alles, was er über die Verhältnisse zwischen Behütern und Aes Sedai wußte, waren ein paar Dinge, die er von Lan und Moiraine mitbekommen hatte, und da kam nichts von dem vor, was Gawyn andeutete. »Glaubst du, sie hätten etwas dagegen, wenn ich den Einsatz von ihm hole?«

»Wahrscheinlich hätten sie etwas dagegen«, sagte Hammar trocken, der sich ihnen anschloß. »Ihr genießt bei diesen besonderen Aes Sedai im Moment kein sehr hohes Ansehen.« Er schnaubte. »Man sollte denken, daß selbst Grüne Ajah sich nicht mehr so benehmen sollten wie kleine Mädchen, die gerade vom Schürzenzipfel ihrer Mutter losgekommen sind. So gut sieht er auch wieder nicht aus.«

»Stimmt«, sekundierte Mat.

Gawyn grinste sie beide an, bis Hammar ihm einen bösen Blick zuwarf. »Hier«, sagte der Behüter und drückte Mat zwei weitere Silbermünzen in die Hand. »Ich hole sie mir später von Galad zurück. Wo kommst du her, Junge?«

»Manetheren.« Mat erstarrte, als er den Namen aus seinem eigenen Mund hörte. »Ich meine, ich komme von den Zwei Flüssen. Ich habe wohl zu viele alte Geschichten gehört.« Sie blickten ihn nur wortlos an. »Ich… ich glaube, ich gehe jetzt zurück und sehe zu, daß ich etwas zu essen bekomme.« Die Vormittagsglocke hatte noch nicht einmal geläutet, aber sie nickten, als sei das selbstverständlich.

Er behielt den Bauernspieß, denn niemand hatte ihm gesagt, er solle ihn zurückgeben. Dann ging er langsam davon, bis die Bäume den Übungsplatz hinter ihm verdeckten. Anschließend lehnte er sich auf seinen Stock, als sei der das einzige, was ihn noch aufrecht halten könne. Das stimmte wohl auch.

Er glaubte, wenn er seinen Mantel öffnete, müsse ein Loch dort erscheinen, wo sein Magen gewesen war. Das Loch wurde immer größer und drohte auch den Rest von ihm aufzusaugen. Doch er dachte kaum an seinen Hunger. Er hörte immer wieder diese Stimmen in seinem Kopf. *Ihr sprecht die Alte Sprache, Junge? Manetheren.* Das ließ ihn schaudern. *Licht, hilf mir, ich schaufle mir noch mein eigenes Grab. Ich muß hier weg. Aber wie?* Er humpelte zur Burg zurück wie ein alter, alter Mann. *Wie?*

KAPITEL 25

Fragen

Egwene lag auf Nynaeves Bett, stützte ihr Kinn auf eine Hand und beobachtete Nynaeve, die im Zimmer unruhig auf und ab lief. Elayne saß vor dem Kamin, in dem noch die Asche vom Feuer des Vorabends lag. Noch einmal las Elayne die Liste der Namen durch, die Verin zusammengetragen hatte. Geduldig las sie Wort für Wort erneut. Die anderen Seiten mit der Liste der gestohlenen *Ter'Angreal* lagen auf dem Tisch. Nachdem sie sie einmal erschrocken durchgelesen hatten, mieden sie dieses Thema in ihren Gesprächen. Dafür sprachen und stritten sie über alles andere.

Egwene unterdrückte ein Gähnen. Es war erst Vormittag, aber keine von ihnen hatte viel geschlafen. Sie hatten früh aufstehen müssen, um in der Küche zu arbeiten und das Frühstück vorzubereiten. Und um andere Dinge zu erledigen, an die sie nicht zurückdenken wollte. Das bißchen Schlaf, das sie fertiggebracht hatte, war von unangenehmen Träumen erfüllt gewesen. *Vielleicht könnte mir Anaiya helfen, sie zu verstehen, jedenfalls diejenigen, die ich verstehen möchte, aber ... Aber falls sie eine Schwarze Ajah ist ...?* Nachdem sie letzten Abend jede Frau in dem Saal daraufhin gemustert hatte, ob sie möglicherweise eine Schwarze Ajah sei, konnte sie kaum noch jemand anderem trauen, als eben ihren beiden Gefährtinnen. Aber sie hätte schon gern gewußt, was manche ihrer Träume bedeuteten.

Die Alpträume über das, was letzten Abend innerhalb des *Ter'Angreals* geschehen war, waren leicht zu verstehen. Sie war mittendrin tränenüberströmt aufgewacht. Sie hatte auch von den Seanchan geträumt, von Frauen in Kleidern mit auf der Brust aufgenähten Blitzen, die eine lange Reihe von Frauen mit Schlangenringen am Halsband führten und sie zwangen, Blitze auf die Weiße Burg zu schleudern. Das hatte ihr den kalten Schweiß aus den Poren getrieben und sie war wieder aufgewacht. Zum Glück war es nur ein Alptraum gewesen. Wie auch der Traum von den Weißmänteln, die ihrem Vater die Hände fesselten. Sie glaubte, dieser Alptraum entstamme ihrem Heimweh. Aber die anderen …

Sie sah wieder die beiden anderen Frauen an. Elayne las noch. Nynaeve lief nach wie vor auf und ab.

Da war ein Traum von Rand gewesen, der nach einem anscheinend aus Kristall bestehenden Schwert gegriffen hatte und das feine Netz nicht bemerkte, das sich von oben her auf ihn senkte. Und einmal hatte er in einem Zimmer gekniet, wo ein heißer, trockener Wind Staub über den Boden fegte und Geschöpfe, ähnlich dem auf dem Drachenbanner, aber viel kleiner, auf dem Wind herantrieben und sich auf seiner Haut niederließen. Dann hatte sie geträumt, wie er in ein großes Loch in einem schwarzen Berg hineinmarschiert war. Das Loch war von innen her mit dem roten Glühen aus riesigen Feuern darunter erfüllt. Und in einem Traum schließlich stand er den Seanchan gegenüber.

Bei diesem letzten Traum war sie sich nicht sicher, aber sie wußte, daß die übrigen etwas zu bedeuten hatten. Damals, als sie noch sicher war, Anaiya trauen zu können, bevor sie die Burg verlassen hatte, bevor sie erfuhr, daß die Schwarzen Ajah Wirklichkeit waren, hatte sie ja die Aes Sedai ganz vorsichtig ein wenig auszuhorchen versucht. Anaiya hatte das sicher nur für ihre übliche Neugier gehalten. Dabei hatte sie erfahren, daß die Träume von *Ta'veren* bei einem echten Träumer fast immer etwas zu bedeuten hatten, und je stärker *ta'veren* diese Person war, desto sicherer konnte die Bedeutung bestimmt werden.

Aber Mat und Perrin waren ebenfalls *ta'veren,* und sie hatte auch von ihnen geträumt. Seltsame Träume, noch schwieriger zu verstehen als die von Rand. Perrin mit einem Falken auf der Schulter und Perrin mit einem Habicht. Nur, daß der Habicht eine Leine im Schnabel hielt. Egwene war sich irgendwie sicher, daß sowohl Falke wie auch Habicht Weibchen waren. Der Habicht versuchte, Perrin die Leine um den Hals zu legen. Das ließ sie schaudern; sie mochte keine Träume von Leinen und Halsbändern. Und dieser Traum von Perrin – einem bärtigen Perrin! –, der ein riesiges Wolfsrudel anführte, das sich erstreckte, soweit das Auge sehen konnte. Die Träume von Mat waren noch schlimmer gewesen. Mat, der sein eigenes linkes Auge auf eine Waagschale legte. Mat, der an einem Baum aufgehängt war. Es war auch ein Traum von Mat und den Seanchan dabeigewesen, aber den tat sie als wirklichen Alptraum ab. Das mußte einfach ein Alptraum gewesen sein. Genau wie der, in dem Mat die Alte Sprache sprach. Das mußte von dem herrühren, was sie während seiner Heilbehandlung gehört hatte.

Sie seufzte, und aus dem Seufzen wurde wieder ein Gähnen. Sie und die anderen waren nach dem Frühstück in Mats Zimmer gegangen, um nachzusehen, wie es ihm ging, doch er war nicht dagewesen.

Vielleicht geht es ihm schon wieder gut genug zum Tanzen! Licht, jetzt werde ich vermutlich davon träumen, wie er mit Seanchan tanzt. Keine Träume mehr, sagte sie sich entschlossen. *Nicht jetzt. Ich denke wieder darüber nach, wenn ich nicht so müde bin.* Sie dachte an die Küche, an das bevorstehende Mittagessen und dann das Abendessen und morgen wieder das Frühstück, und an Töpfe und nicht enden wollendes Putzen und Schrubben. *Falls ich die Müdigkeit jemals wieder loswerde.* Sie änderte ihre Position auf dem Bett und betrachtete ihre Freundinnen

wieder. Elayne beäugte immer noch die Namensliste. Nynaeves Schritte waren langsamer geworden. *Jeden Augenblick wird Nynaeve wieder damit anfangen. Sie wird es wieder sagen.* Nynaeve blieb direkt vor Elayne stehen und sah auf sie hinab. »Leg das weg. Wir sind die Liste zwanzigmal durchgegangen, und sie enthält kein hilfreiches Wort. Verin hat uns da Quatsch aufgehalst. Die Frage ist nur: War das alles, was sie hatte, oder hat sie uns mit Absicht nur diesen Quatsch gegeben?«

Wie erwartet. In etwa einer halben Stunde wird sie es wieder sagen. Egwene blickte finster auf ihre Hände nieder, froh, daß sie sie nicht klar erkennen konnte. Der Ring der Großen Schlange wirkte ausgesprochen deplaziert an einer Hand mit solch gerunzelter Haut, nachdem sie einfach zuviel in heißem Seifenwasser gesteckt hatte.

»Es hilft schon, ihre Namen zu kennen«, sagte Elayne, die noch immer las. »Und es hilft auch, zu wissen, wie sie aussehen.«

»Du weißt ganz genau, was ich meine«, fauchte Nynaeve.

Egwene seufzte und faltete die Arme vor der Brust. Dann legte sie ihr Kinn darauf. Als sie diesen Morgen aus Sheriams Arbeitszimmer gekommen war – die Sonne hatte sich noch nicht am Horizont gezeigt –, da hatte Nynaeve mit einer Kerze in dem kalten, dunklen Gang auf sie gewartet. Sie hatte es nicht genau erkennen können, aber Nynaeve hatte den Eindruck gemacht, als wolle sie jeden Moment anfangen, die Steine anzufressen. Und als wisse sie, daß auch das in den nächsten Minuten überhaupt nichts ändern würde. Deshalb war sie so geladen. *Sie geht aus lauter Stolz hoch wie ein Mann. Aber das sollte sie nicht an Elayne und mir auslassen. Licht, wenn Elayne es aushalten kann, sollte sie auch. Sie ist nicht mehr die Seherin von früher.*

Elayne schien kaum zu bemerken, daß Nynaeve so geladen war. Sie hatte die Stirn gerunzelt und blickte in die Ferne. »Liandrin war die einzige Rote. Alle anderen Ajahs haben jeweils zwei verloren.«

»Ach, sei doch ruhig, Kind«, sagte Nynaeve.

Elayne spreizte die Finger ihrer linken Hand, damit der Ring der Großen Schlange besser sichtbar war, warf Nynaeve einen bedeutungsschweren Blick zu und fuhr fort: »Keine zwei stammten aus der gleichen Stadt, und nicht mehr als zwei kamen aus dem gleichen Land. Amico Nagoyin war die jüngste, nur vier Jahre älter als Egwene und ich. Joiya Byir könnte unsere Großmutter sein.«

Egwene gefiel es gar nicht, daß eine der Schwarzen Ajah den gleichen Namen trug wie ihr Kind. *Närrin! Menschen tragen nun mal gelegentlich den gleichen Namen, und du hast keine Tochter. Es war nicht wirklich!*

»Und was sagt uns das?« Nynaeves Stimme klang zu ruhig. Sie stand kurz vor einer Explosion wie ein Wagen voller Feuerwerkskörper. »Welche Geheimnisse hast du darin entdeckt, die ich übersehen habe? Ich werde schließlich langsam alt und blind!«

»Es sagt uns, daß alles irgendwie zu gleichmäßig verteilt ist«, sagte Elayne ruhig. »Dreizehn Frauen, die nur ausgewählt wurden, weil sie Schattenfreunde sind, und dann stammen sie so passend aus allen Altersstufen, allen Ländern, allen Ajahs? Sollten es nicht vielleicht drei Rote sein, oder vier, die in Cairhien geboren wurden, oder zwei im gleichen Alter? Das war doch alles kein Zufall. Sie hatten genügend Auswahl an Frauen, sonst hätten sie keine solche Anordnung finden können. Es gibt immer noch Schwarze Ajah in der Burg oder sonstwo. Das ist die Bedeutung.«

Nynaeve riß wild an ihrem Zopf. »Licht! Ich glaube, du hast recht. Du bist wirklich auf etwas gestoßen, das ich übersehen habe. Licht, ich hoffte, sie wären alle mit Liandrin geflohen.«

»Wir wissen noch nicht einmal, ob sie die Anführerin ist«, sagte Elayne. »Sie kann auch den Befehl erhalten haben, uns … zu beseitigen.« Ihr Mund verzog sich. »Ich fürchte, es kann nur einen Grund geben, daß sie sich die Mühe machen, eine solche Anordnung zu treffen, um jedes Muster zu meiden, außer eben dem Fehlen jedes Musters. Ich glaube, es bedeutet, daß es bei den Schwarzen Ajah hier eben doch eine Art von Muster gibt.«

»Wenn es vorhanden ist«, sagte Nynaeve entschlossen, »dann finden wir es. Elayne, wenn du diese Art von logischem Denken dabei gelernt hast, deine Mutter bei der Regierungsarbeit zu beobachten, dann bin ich froh darüber.« Elaynes Lächeln ließ ein Grübchen auf ihrer Wange erscheinen.

Egwene musterte die ältere Nynaeve genau. Es schien, daß sie nun wirklich bereit war, ihre Rolle als Bär mit einem schlimmen Zahn aufzugeben. Sie hob den Kopf. »Vielleicht wollen sie uns auch in dem Glauben lassen, sie hätten ein Muster zu verbergen, damit wir unsere Zeit damit verschwenden, etwas zu suchen, was es gar nicht gibt. Ich will damit nicht sagen, daß es nicht so ist, aber wir wissen es eben noch nicht genau. Laßt uns danach suchen, aber wir müssen auch noch nach anderen Dingen suchen, oder meint ihr nicht auch?«

»Also hast du dich endlich entschlossen, aus deinem Schlummer zu erwachen«, sagte Nynaeve. »Ich dachte wirklich, du seist mittlerweile eingeschlafen.« Aber sie lächelte dabei.

»Sie hat recht«, sagte Elayne mürrisch. »Ich habe uns eine Brücke aus Stroh gebaut. Schlechter noch als Stroh. Wunschdenken. Vielleicht hattest du auch recht, Nynaeve. Was soll dieser … dieser Quatsch?« Sie schnappte sich ein Blatt aus dem Stoß auf ihrem Schoß. »Rianna hat schwarzes Haar mit einer weißen Strähne über dem linken Ohr. Wenn ich nahe genug bin, um das zu erkennen, bin ich schon näher, als mir lieb ist.« Sie griff nach einem weiteren Blatt. »Chesmal Emry ist eine der talentiertesten Heilerinnen seit Jahren. Licht, könnt ihr euch vorstellen, sich von einer Schwarzen Ajah heilen zu lassen?« Ein drittes Blatt. »Marillin Gemalphin mag Katzen und tut alles, um verletzten Tieren zu helfen. Katzen! Pah!« Sie packte alle Blätter auf einmal und zerknullte sie. »Es ist wirklich alles Quatsch.«

Nynaeve kniete sich neben sie und nahm ihr sanft die zerknüllten Papiere aus den Händen. »Vielleicht, und vielleicht auch nicht.« Sie glättete die Blätter sorgfältig an ihrer Brust. »Du hast etwas darin entdeckt, wonach wir zumindest Ausschau halten können. Vielleicht finden wir noch mehr, wenn wir Ausdauer haben. Und dann ist da ja noch die andere Liste.« Sowohl sie wie auch Elayne blickten zu Egwene hinüber. Braune und blaue Augen sahen sie besorgt an.

Egwene vermied es, den Tisch anzusehen, wo die anderen Blätter noch lagen. Sie wollte nicht darüber nachdenken, konnte es aber doch nicht ganz vermeiden. Die Liste der *Ter'Angreal* hatte sich in ihr Gehirn eingebrannt. Eins: eine Kristallrute, glatt und vollkommen durchsichtig, ein Fuß lang und zwei Finger breit im Durchmesser. Gebrauch unbekannt. Die letzte Studie stammt von Corianin Nedeal. Zwei: eine Alabasterskulptur von einer unbekleideten Frau mit einer sehr großen Hand. Gebrauch unbekannt. Die letzte Studie stammt von Corianin Nedeal. Drei: eine Scheibe, offensichtlich aus Eisen gefertigt, doch völlig rostfrei, eine Handbreit im Durchmesser; auf beiden Seiten jeweils eine enge Spirale eingraviert. Gebrauch unbekannt. Die letzte Studie stammt von Corianin Nedeal. Vier: zu viele Dinge und mehr als die Hälfte derer mit unbekannter Verwendung wurden zuletzt von Corianin Nedeal überprüft. Dreizehn waren es insgesamt.

Egwene schauderte. *Es wird immer schlimmer. Ich wage es kaum noch, an diese Zahl zu denken.*

Die mit bekannter Anwendung waren auf dieser Liste selten. Nicht alle davon erschienen ihr wirklich nützlich, aber beruhigend wirkten sie deshalb nicht, fand

Egwene. Ein holzgeschnitzter Igel, nicht größer als das letzte Glied eines Männerdaumens. Eine ganz einfache Sache und sicherlich harmlos. Eine Frau, die damit die Macht zu lenken versuchte, schlief unweigerlich ein. Ein halber Tag tiefen, traumlosen Schlafs. Das ging ihr aber schon wieder so nahe, daß sie eine Gänsehaut bekam. Drei weitere hatten noch in irgendeiner Form mit Schlaf zu tun. Es war beinahe eine Erleichterung, von einer Röhre aus schwarzem Stein zu lesen, einen ganzen Schritt lang, die Baalsfeuer hervorbrachte. Verin hatte so energisch eine Warnung darauf geschrieben – GEFÄHRLICH UND FAST UNMÖGLICH ZU KONTROLLIEREN –, daß das Blatt an zwei Stellen zerrissen war. Egwene hatte keine Ahnung, was Baalsfeuer war, doch obwohl es zweifellos gefährlich klang, hatte es wenigstens nichts mit Corianin Nedeal oder Träumen zu tun.

Nynaeve trug die geglätteten Papiere zum Tisch zurück und legte sie hin. Sie zögerte, und dann breitete sie die anderen aus und fuhr mit dem Finger erst eine Seite entlang und dann die nächste. »Hier ist etwas, das Mat gefallen würde«, sagte sie etwas zu leichthin und heiter. »Ein geschnitzter Satz mit sechs Punktewürfeln, die an den Kanten zusammenhängen. Zusammen weniger als vier Finger breit. Gebrauch unbekannt, außer daß es auf irgendeine Weise den Zufall aufhebt oder verdreht, wenn man damit die Macht lenkt.« Sie begann, laut vorzulesen: »›Geworfene Münzen zeigten jedesmal die gleiche Seite, und in einem Versuch blieben sie hundertmal hintereinander auf der Kante stehen. Bei eintausend Würfen erschienen eintausendmal fünf Kronen.‹« Sie lachte gequält. »Das würde Mat wirklich gefallen.«

Egwene seufzte, stand auf und ging steif zum Kamin hinüber. Elayne erhob sich und sah genauso schweigend zu wie Nynaeve. Egwene schob ihren Ärmel so weit wie möglich hoch und faßte hinauf in den Kamin. Ihre Finger berührten Wolle, und sie zog einen gefütterten, angesengten Strumpf hervor. Wo die Zehen saßen, steckte ein harter Klumpen. Sie wischte sich einen Rußschmierer vom Arm, ging dann mit dem Strumpf zum Tisch und leerte ihn aus. Der verdrehte Ring aus geflecktem, gestreiftem Stein kollerte über die Tischfläche und fiel auf eine Seite der Liste der *Ter'Angreal.* Ein paar Augenblicke lang sahen ihn alle nur an.

»Vielleicht«, meinte Nynaeve schließlich, »hat Verin nur die Tatsache übersehen, daß so viele davon zuletzt von Corianin Nedeal studiert wurden.« Es klang nicht danach, als glaube sie das selbst.

Elayne nickte zweifelnd. »Ich sah einmal, wie sie völlig durchnäßt im Regen einhermarschierte. Ich habe ihr einen Umhang gebracht. Sie war so in Gedanken versunken – ich glaube nicht, daß sie den Regen überhaupt bemerkte, bis ich ihr den Umhang um die Schultern legte. Sie könnte es vielleicht übersehen haben.«

»Vielleicht«, sagte Egwene. »Falls nicht, dann muß sie gewußt haben, daß es mir auffallen wird, sobald ich die Liste gelesen habe. Ich weiß nicht. Manchmal glaube ich, Verin merkt viel mehr, als sie alle wissen läßt. Ich weiß es einfach nicht.«

»Also müssen wir auch Verin verdächtigen«, seufzte Elayne. »Falls sie eine Schwarze Ajah ist, dann wissen sie genau, was wir machen. Und Alanna.« Sie warf Egwene einen unsicheren Seitenblick zu.

Egwene hatte ihnen alles erzählt, außer dem, was während ihrer Prüfung innerhalb des *Ter'Angreals* geschehen war. Sie brachte es nicht fertig, davon zu erzählen, genausowenig wie Nynaeve oder Elayne zuvor. Ansonsten hatte sie alles berichtet: was im Prüfungsraum geschehen war, was Sheriam ihr über die schreckliche Schwäche gesagt hatte, die das Talent, die Macht zu lenken, mit sich brachte, jedes Wort Verins, gleich, ob es ihr wichtig erschien oder nicht. Das einzige, woran sie zweifelten, war das mit Alanna. Aes Sedai machten so etwas einfach nicht. Niemand, die richtig im Kopf war, würde so etwas fertigbringen, und eine Aes Sedai noch weniger.

Egwene funkelte sie an. Sie konnte beinahe hören, wie sie ihr das sagten. »Aes Sedai sollen angeblich auch nicht lügen, aber was Verin und die Mutter uns erzählen, scheint dem doch ziemlich nahe zu kommen. Es soll ja angeblich auch keine Schwarzen Ajah geben.«

»Ich mag Alanna.« Nynaeve zupfte an ihrem Zopf und zuckte die Achseln. »Ach, na ja. Viellei ... also, sie hat sich halt eigenartig benommen.«

»Danke schön«, sagte Egwene, und Nynaeve nickte ihr zu, als habe sie den Sarkasmus gar nicht bemerkt.

»Auf jeden Fall weiß die Amyrlin davon, und sie kann Alanna besser im Auge behalten als wir.«

»Was ist mit Elaida und Sheriam?« fragte Egwene.

»Ich habe Elaida noch nie gemocht«, sagte Elayne, »aber ich kann nicht ernsthaft daran glauben, daß sie eine Schwarze Ajah ist. Und Sheriam? Das ist unmöglich.«

Nynaeve schnaubte. »Es sollte bei allen unmöglich sein. Wenn wir welche finden, sagt uns nichts, daß nur welche dabei sein müssen, die wir nicht mögen. Aber ich will keine Frau so einfach verdächtigen – vor allem nicht, wenn es um einen solchen Verdacht geht. Wir brauchen mehr Informationen, um einen Verdacht zu begründen, als nur den, daß sie etwas gesehen haben mögen, das sie nicht sehen sollten.« Egwene nickte genauso wie Elayne sofort zustimmend, und Nynaeve fuhr fort: »Wir werden das der Amyrlin sagen und nicht mehr Gewicht darauf legen, als es verdient. Falls sie jemals bei uns vorbeikommt, wie sie gesagt hat. Falls du bei uns bist, wenn sie kommt, Elayne, dann denk daran: Du weißt von nichts.«

»Das vergesse ich bestimmt nicht«, sagte Elayne leidenschaftlich. »Aber wir sollten noch einen anderen Weg finden, ihr Informationen zuzuspielen. Meine Mutter hätte das besser geplant.«

»Nicht, wenn sie nicht einmal den eigenen Boten trauen kann«, sagte Nynaeve. »Wir warten. Außer, ihr seid der Meinung, eine von uns sollte mit Verin sprechen? Das würde niemand außergewöhnlich finden.«

Elayne zögerte und dann schüttelte sie leicht den Kopf. Egwene machte das schneller und lebhafter. Geistesabwesend oder nicht: Verin hatte zuviel ausgelassen, um vertrauenswürdig zu sein.

»Gut.« Nynaeve klang mehr als nur zufrieden. »Es ist mir genauso recht, daß wir nicht nach unserem Gutdünken mit der Amyrlin sprechen können. Auf diese Art treffen wir unsere eigenen Entscheidungen, ohne daß sie uns ständig dirigiert.« Ihre Hand fuhr wieder an der Liste der gestohlenen *Ter'Angreal* entlang, als lese sie diese wieder, und dann schloß sie sich um den gestreiften Steinring. »Und bei unserer ersten Entscheidung geht es um den hier. Das ist das erste Mal, daß wir etwas haben, was eine wirkliche Verbindung zu Liandrin und den anderen darstellen könnte.« Sie blickte den Ring finster an und holte tief Luft. »Ich schlafe heute nacht damit.«

Egwene zögerte nicht und nahm Nynaeve den Ring aus der Hand. Sie wollte eigentlich lieber zögern und die Hände davon lassen, aber sie tat es nicht, und das freute sie plötzlich. »Ich bin diejenige, von der man vermutet, sie gehöre zu den Träumern. Ich weiß nicht, ob das ein Vorteil für mich ist, aber Verin meint, es sei gefährlich, das hier zu benützen. Wer von uns ihn auch benützt, sie braucht jeden kleinen Vorteil, der überhaupt möglich ist.«

Nynaeve packte ihren Zopf und öffnete den Mund, als wolle sie protestieren. Als sie dann aber etwas sagte, war es nur: »Bist du sicher, Egwene? Wir wissen noch nicht einmal, ob du wirklich zu den Träumern gehörst, und ich kann mehr Macht beherrschen als du. Ich bin immer noch der Meinung, ich...« Egwene schnitt ihr das Wort ab.

»Du bist nur dann stärker, wenn du wütend bist. Kannst du sicher sein, daß du im Traum wütend wirst? Hast du Zeit genug, um dich in Rage zu steigern, bevor du die Macht benützt? Licht, wir wissen ja noch nicht einmal, ob jemand im Traum die Macht verwenden kann. Wenn eine von uns das tun muß – und falls du recht hast, ist das unsere einzige Verbindung –, sollte ich es sein. Vielleicht gehöre ich wirklich zu den Träumern? Außerdem hat ihn Verin mir gegeben.«

Nynaeve sah sie an, als wolle sie Einspruch erheben, aber schließlich nickte sie unwillig. »Also gut. Aber Elayne und ich sind dabei. Ich weiß nicht, was wir tun können, aber falls etwas schiefgeht, können wir dich vielleicht aufwecken, oder ... Wir werden dabeisein.« Elayne nickte ebenfalls.

Jetzt waren sie sich einig, und Egwene hatte ein mulmiges Gefühl im Magen. *Ich habe sie dazu überredet. Und jetzt würde ich mir das am liebsten wieder ausreden lassen.* Ihr wurde plötzlich bewußt, daß eine Frau in der Tür stand, eine Frau im Weiß der Novizinnen, deren Haar zu langen Zöpfen geflochten war.

»Hat dir niemand beigebracht, anzuklopfen, Else?« fragte Nynaeve.

Egwene schloß die Faust um den Ring, damit sie ihn nicht sehen konnte. Sie hatte das dumme Gefühl, daß Else ihn angestarrt habe.

»Ich habe eine Nachricht für euch«, sagte Else ruhig. Sie betrachtete den Tisch, auf dem die Papiere verstreut lagen und dann die drei Frauen, die ihn umstanden. »Von der Amyrlin.«

Egwene tauschte verblüffte Blicke mit Elayne und Nynaeve.

»Also, was ist?« wollte Nynaeve wissen.

Else zog amüsiert die Augenbrauen hoch. »Die von Liandrin und den anderen zurückgelassenen Besitztümer wurden in dem dritten Lagerraum auf der rechten Seite von der Haupttreppe aus im zweiten Keller unter der Bibliothek untergebracht.« Sie blickte noch einmal zu den Papieren auf dem Tisch hinüber und ging. Sie bewegte sich weder hastig noch langsam.

Egwene raubte es den Atem. *Wir haben Angst, uns irgend jemand anzuvertrauen, und die Amyrlin traut Else Grinwell vor allen Frauen?*

»Diesem närrischen Mädchen kann man zutrauen, jedem alles zu erzählen, der sie danach fragt!« Nynaeve ging zur Tür.

Egwene raffte ihren Rock hoch und schoß an ihr vorbei. Ihre Schuhe glitten auf den Kacheln der Galerie fast aus, aber sie sah gerade noch einen weißen Schimmer von der nächstgelegenen Rampe verschwinden und hetzte hinterher. *Sie rennt bestimmt auch, sonst wäre sie nicht so weit voraus. Warum rennt sie?* Das weiße Aufblitzen zeigte sich bereits wieder ein Stück weiter unten. Egwene folgte ihr.

Eine Frau wandte sich am Fuß der Rampe zu ihr um, und Egwene blieb verwirrt stehen. Wer das auch war, Else war es bestimmt nicht. Ganz in Silber und weißer Seide erregte sie Gefühle in Egwene, die diese nicht von sich kannte. Sie war größer und viel schöner, und unter dem Blick aus ihren schwarzen Augen fühlte sich Egwene ganz klein, schäbig und unsauber. *Sie kann vermutlich viel mehr an Macht beherrschen als ich. Licht, sie ist möglicherweise klüger als wir drei zusammen. Es ist nicht fair, daß eine Frau so …* Plötzlich wurde ihr klar, wohin ihre Gedanken führten. Ihre Wangen liefen rot an, und sie schüttelte sich schnell. Sie hatte sich niemals einer anderen Frau so … unterlegen … gefühlt, und damit sollte sie erst gar nicht anfangen.

»Kühn«, sagte die Frau. »Ihr seid kühn, so allein hier herumzurennen, wo so viele Morde geschehen sind.« Es klang beinahe erfreut.

Egwene richtete sich auf und strich ihr Kleid glatt. Sie hoffte, die andere Frau würde es nicht bemerken, was sie aber doch tat, und sie wünschte, die andere hätte sie nicht wie ein Kind rennen gesehen. *Hör auf damit!* »Verzeiht, aber ich suche eine Novizin, die hier durchkam, wie ich glaube. Sie hat große, dunkle Augen und dunkles Haar. Sie trägt Zöpfe. Sie ist mollig und durchaus hübsch. Habt Ihr gesehen, wohin sie ging?«

Die hochgewachsene Frau musterte sie amüsiert von oben bis unten. Egwene war nicht sicher, aber sie hatte das Gefühl, die Frau habe ganz kurz ihre geballte Faust betrachtet, in der der Steinring noch steckte. »Ich glaube nicht, daß Ihr sie einholen werdet. Ich habe sie gesehen, und sie rannte ziemlich schnell. Ich schätze, mittlerweile ist sie weit weg.«

»Aes Sedai«, begann Egwene, aber sie bekam keine Chance, zu fragen, in welche Richtung Else gelaufen sei. Etwas wie Zorn oder Ärger blitzte aus diesen schwarzen Augen.

»Ich habe mir mit Euch genug Zeit genommen. Ich muß mich um wichtigere Dinge kümmern. Verlaßt mich jetzt.« Sie deutete nach hinten in die Richtung, aus der Egwene gekommen war.

Der Befehlston war so ausgeprägt, daß Egwene sich umwandte und bereits drei Schritte die Rampe hoch war, bevor ihr klar wurde, was sie tat. Aufgebracht drehte sie sich um. *Aes Sedai oder nicht, ich ...*

Die Galerie war leer.

Mit finsterer Miene überlegte sie. Die Türen hier kamen nicht in Frage, denn dort wohnte niemand – höchstens ein paar Mäuse. Sie rannte weiter hinunter, sah sich nach beiden Seiten um. Die ganze Biegung der Galerie herum war niemand zu sehen. Sie spähte über das Geländer hinunter in den kleinen Garten der Aufgenommenen und dann auch hoch zu den anderen Galerien. Sie sah zwei Aufgenommene in ihren gesäumten Kleidern. Die eine war Faolain, und die andere Frau kannte sie vom Sehen her, auch wenn ihr der Name nicht einfiel. Aber nirgends zeigte sich eine Frau in Silber und Weiß.

KAPITEL 26

Verschlossene Türen

Kopfschüttelnd ging Egwene zu den Türen zurück, die sie übergangen hatte. *Sie muß doch irgendwohin gegangen sein!* Im ersten Zimmer waren die wenigen Möbelstücke nur formlose Klumpen unter verstaubten Laken, und die Luft war so schal, als sei die Tür lange Zeit nicht mehr geöffnet worden. Sie verzog das Gesicht. Auf dem Boden waren tatsächlich die Spuren von Mäusen zu sehen. Aber keine anderen. Hinter zwei weiteren hastig geöffneten Türen bot sich das gleiche Bild. Es war nicht überraschend. Es gab noch so viele leere Zimmer an den Galerien der Aufgenommenen.

Als sie gerade den Kopf aus der Tür des dritten Zimmers zog, kamen Nynaeve und Elayne ohne besondere Eile die Rampe herunter.

»Hat sie sich versteckt?« fragte Nynaeve überrascht. »Dort drinnen?«

»Ich habe ihre Spur verloren.« Egwene sah sich noch einmal nach allen Seiten hin um. *Wo ist sie nur abgeblieben?* Sie meinte aber nicht Else.

»Wenn ich geglaubt hätte, Else könne schneller rennen als du«, sagte Elayne lächelnd, »hätte ich sie auch verfolgt, aber meiner Meinung nach war sie immer zu mollig, um schnell rennen zu können.« Doch ihr Lächeln wirkte ein wenig gezwungen.

»Wir müssen sie eben später suchen«, sagte Nynaeve. »Und dann müssen wir sichergehen, daß sie den Mund hält. Wie konnte die Amyrlin diesem Mädchen trauen?«

»Ich glaubte, ich sei gleich hinter ihr«, sagte Egwene

bedächtig, »aber es war jemand anders. Nynaeve, ich habe ihr nur einen Moment lang den Rücken zugewandt, und sie war weg! Nicht Else – ich habe sie noch nicht einmal zu Gesicht bekommen –, sondern die Frau, die ich zuerst für Else hielt. Sie war einfach ... weg, ich weiß nicht, wohin.«

Elayne stockte sichtlich der Atem. »Eine der Seelenlosen?« Sie sah sich schnell um, aber die Galerie war bis auf sie und ihre Freundinnen immer noch leer.

»Sie nicht«, sagte Egwene prompt. »Sie ...« *Ich werde ihnen nicht auf die Nase binden, daß ich mich vor ihr fühlte, als sei ich noch sechs Jahre alt, mit einem zerrissenen Kleid, einem schmutzigen Gesicht und laufender Nase.* »Sie gehörte nicht zu den Grauen Männern. Sie war groß und auffallend, hatte schwarze Augen und schwarzes Haar. Ihr würdet sie unter tausend Leuten sofort erkennen. Ich habe sie nie zuvor gesehen, aber ich glaube, sie ist eine Aes Sedai. Sie muß eine sein.«

Nynaeve wartete darauf, daß sie mehr sagte, und dann sprach sie ungeduldig: »Wenn du sie wiedersiehst, dann zeig sie mir. Falls du es für nötig hältst. Wir haben keine Zeit, hier schwatzend herumzustehen. Ich will sehen, was sich in diesem Lagerraum befindet, bevor Else eine Gelegenheit hat, der falschen Person davon zu erzählen. Vielleicht waren sie leichtsinnig. Wir dürfen ihnen keine Chance geben, ihre Fehler zu korrigieren, falls sie welche begingen.«

Als sie neben Nynaeve weiterging, Elayne an ihrer anderen Seite, kam Egwene zu Bewußtsein, daß sie den Steinring – Corianin Nedeals *Ter'Angreal* – immer noch in der geballten Faust hielt. Zögernd steckte sie ihn in die Tasche und zurrte den Riemen fest. *Solange ich nicht mit dem blutigen Ding schlafen gehe ... Aber das plane ich doch, oder?* Doch das würde erst am Abend geschehen, und jetzt gab es andere Dinge, über die sie sich Gedanken machen mußte. Während sie durch die Burg schritten, hielt sie Ausschau nach der Frau in Silber und Weiß.

Sie war sich nicht darüber im klaren, warum sie Erleichterung fühlte, als sie sie nicht fand. *Ich bin eine erwachsene Frau und durchaus selbst in der Lage, auf mich aufzupassen. Danke schön.* Sie war froh, daß niemand, den sie trafen, auch nur annähernd ähnlich aussah wie diese Frau. Je mehr sie über sie nachdachte, desto sicherer war sie, daß mit ihr etwas nicht stimmte. *Licht, fange ich nun an, schon unter meinem Bett Schwarze Ajah zu sehen? Na ja, vielleicht sind wirklich welche unter meinem Bett.*

Die Bibliothek stand ein wenig abseits von dem hohen, mächtigen Klotz des eigentlichen Burggebäudes. Der blasse Stein des Baus war von vielen blauen Streifen aufgelockert, und so wirkte er wie eine aufschäumende Woge, die auf dem Höhepunkt erstarrt war. Im Schein der Morgensonne schien diese Woge beinahe so hoch aufzuragen wie ein Palast, und Egwene wußte, daß sie gewiß genauso viele Räume enthielt wie ein solcher. Doch alle diese Räume – jedenfalls die unterhalb der eigenartigen Korridore der oberen Stockwerke, wo Verin ihre Zimmer hatte – waren mit Regalen angefüllt, und die Regale wieder mit Büchern, Manuskripten, Papieren, Schriftrollen, Karten und Zeichnungen, die man im Laufe von dreitausend Jahren aus aller Herren Länder zusammengetragen hatte. Nicht einmal die großen Bibliotheken von Tear und Cairhien enthielten so viele.

Die Bibliothekarinnen – alles Braune Schwestern – behüteten diese Regale und genauso auch die Türen, um sicherzugehen, daß kein Fetzen Papier hinauswanderte, ohne daß sie genau wußten, wer ihn mitnahm und warum. Aber Nynaeve führte Egwene und Elayne nicht zu einem dieser bewachten Eingänge.

Unten am Sockel des Bibliotheksgebäudes lagen im Schatten hoher Pecanobäume andere Eingänge, kleine wie große. Arbeiter mußten manchmal in die darunterliegenden Lagerräume gehen, und die Bibliothekarinnen hatten es nicht gern, wenn schwitzende Männer durch ihr Heiligtum schritten. Nynaeve öffnete eine dieser Falltüren, nicht größer als die eines Bauernhauses, und deutete auf eine steile Treppe, die in die Dunkelheit hinabführte. Als sie die Falltür schloß, verschwand aller Lichtschein.

Egwene öffnete sich *Saidar.* Das ging so selbstverständlich, daß es ihr kaum bewußt wurde. Sie zog ein kleines Rinnsal der Macht an sich und lenkte es. Einen Augenblick lang fühlte sie sich überwältigt vom Strom der Macht, der sie erfüllte. Dann erschien eine kleine, blauweiße Lichtkugel, die in der Luft über ihrer Hand schwebte. Sie atmete tief durch und mußte sich erst zwingen, daran zu denken, warum sie so steif einherging. Es war ihr Bindeglied zur normalen Welt. Sie spürte wieder das Reiben des Leinenkleids an ihrer Haut, ihre Wollstrümpfe ... Mit leichtem Bedauern vermied sie es, mehr Macht an sich zu ziehen, sich von *Saidar* überwältigen zu lassen.

Auch Elayne ließ eine glühende Kugel über ihrer Hand erscheinen, und zusammen ergab das mehr Licht als das von zwei Laternen. »Es ist ein so ... wunderbares Gefühl, ja?« murmelte sie.

»Sei vorsichtig«, sagte Egwene.

»Bin ich.« Elayne seufzte. »Es ist halt nur ... Ich bin schon vorsichtig.«

»Hier entlang«, sagte Nynaeve in scharfem Ton zu ihnen, und sie drückte sich an ihnen vorbei und führte sie hinunter. Sie ging aber nicht zu weit voran. Sie war nicht zornig und mußte sich an den Lichtkreis halten, der von den beiden Kugeln ausging.

Der staubige Seitengang, durch den sie hereingekommen waren, mit seinen Holztüren in den grauen Steinwänden, führte nach beinahe hundert Schritten in den viel breiteren Hauptkorridor, der sich der Länge nach unter der Bibliothek entlangzog. Der Lichtschein enthüllte Fußspuren im Staub, die wieder andere Fußspuren überlagerten. Die meisten stammten von großen Stiefeln, wie sie von Männern getragen wurden, und waren fast schon wieder vom Staub verdeckt. Hier war die Decke höher, und einige der Türen waren groß genug für eine Scheune. Am Ende stießen sie auf die Haupttreppe, die halb so breit war wie der ganze Korridor. Über sie wurden große Gegenstände transportiert. Daneben führte eine Treppe weiter hinunter. Nynaeve schritt sie, ohne zu zögern, hinab.

Egwene folgte ihr schnell. Das bläuliche Licht ließ Elaynes Gesicht noch blasser erscheinen, aber Egwene hatte doch das Gefühl, es sei auch so schon bleicher, als es sein sollte. *Und wenn wir uns da unten die Lunge aus dem Leib schreien, hört uns doch niemand.*

Sie fühlte in sich einen Blitz aufsteigen oder zumindest eine entsprechende Entladung sich andeuten, und sie stolperte deshalb beinahe. Sie hatte noch nie zuvor zwei Ströme der Macht gleichzeitig kontrolliert. Es schien überhaupt nicht schwierig zu sein.

Der Hauptkorridor des zweiten Kellerstockwerks sah fast genauso aus wie der weiter droben: breit und verstaubt – nur die Decke lag niedriger. Nynaeve eilte zur dritten Tür auf der rechten Seite und blieb stehen.

Die Tür war nicht groß, aber ihre groben Holzbretter erweckten irgendwie den Eindruck von Dicke. Ein rundes Eisenschloß hing von einer stabilen Kette, die durch zwei dicke Haken verlief, der eine an der Tür selbst angebracht und der andere daneben in die Mauer eingelassen. Schloß und Kette wirkten neu – es lag beinahe gar kein Staub auf ihnen.

»Ein Schloß!« Nynaeve riß daran. Weder Schloß noch Kette gaben im geringsten nach. »Habt ihr an irgendeiner anderen Tür ein Schloß bemerkt?« Sie zog erneut daran, und dann schleuderte sie es so hart gegen die Tür, daß es zurückprallte. Der Aufprall warf ein Echo durch den Korridor. »Ich habe keine einzige andere verschlossene Tür gesehen!« Sie schlug mit der Faust gegen das rauhe Holz. »Nicht eine!«

»Beruhige dich«, sagte Elayne. »Es ist überflüssig, einen Anfall deswegen zu bekommen. Ich könnte das Schloß selbst öffnen, wenn ich wüßte, wie es innen aussieht. Wir kriegen es schon irgendwie auf.«

»Ich will mich nicht beruhigen«, fauchte Nynaeve. »Ich will wütend sein. Ich will …!«

Egwene paßte nicht mehr auf. Sie verbannte alles andere aus ihren Gedanken und berührte die Kette. Seit sie Tar Valon verlassen hatte, hatte sie etwas mehr gelernt, als Blitze zu schleudern. Eines davon war ein Gefühl für Metalle. Das kam von dem Element Erde her, eine der Fünf Mächte, die nur von wenigen Frauen benützt wurde, so wie das Feuer auch, aber sie konnte damit umgehen, und sie konnte die Kette fühlen, in die Kette hineinfühlen, die winzigsten Metallteilchen spüren und die Muster, die sich daraus ergaben. Die Macht in ihr vibrierte im gleichen Rhythmus wie diese Metallteilchen.

»Geh aus dem Weg, Egwene.«

Sie sah sich um und sah, daß Nynaeve in das Glühen von *Saidar* gehüllt war und ein Stemmeisen in der Hand hielt, das der blauweißen Farbe des Lichts ganz nahe kam. Es war deshalb beinahe unsichtbar. Nynaeve runzelte die Stirn, sah die Kette an und murmelte etwas von Hebelwirkung. Das Stemmeisen war auf einmal doppelt so lang.

»Aus dem Weg, Egwene.«

Egwene trat zur Seite.

Nynaeve schob das eine Ende des Stemmeisens unter der Kette durch, spannte sie damit und drückte mit aller Kraft hoch. Die Kette zerriß wie ein dünner Faden. Nynaeve schnappte nach Luft und taumelte überrascht durch den halben Flur hinter ihr. Das Stemmeisen klirrte zu Boden. Nynaeve richtete sich auf und starrte erst auf das Stemmeisen und dann die Kette an. Das Stemmeisen verschwand.

»Ich glaube, ich habe irgendwas mit der Kette gemacht«, sagte Egwene. *Und ich weiß nicht einmal, was.*

»Du hättest ja etwas davon sagen können«, knurrte Nynaeve. Sie zog den Rest der Kette aus den Halterungen und öffnete die Tür. »Also? Wollt ihr den ganzen Tag hier stehenbleiben?«

Der staubige Raum dahinter maß vielleicht zehn Schritt im Quadrat, aber er enthielt lediglich einen Haufen großer Taschen aus schwerem, braunen Stoff, alle vollgestopft, zugeschnürt und mit der Flamme von Tar Valon versiegelt. Egwene mußte nicht erst nachzählen, um zu wissen, daß es dreizehn waren.

Sie ließ ihre Lichtkugel zur Wand hinüberschweben und verankerte sie dort. Es war ihr selbst nicht klar, wie sie das anstellte, aber als sie die Hand wegnahm, blieb das Licht an Ort und Stelle. *Ich lerne ständig neue Sachen, ohne zu wissen, wie ich das mache,* dachte sie nervös.

Elayne blickte sie mit gerunzelter Stirn an, als überlege sie, und dann hängte sie ihr Licht ebenfalls an die Wand. Beim Zuschauen begriff nun auch Egwene, wie sie es gemacht hatte. *Sie hat es von mir gelernt, aber ich habe es gerade von ihr gelernt.* Sie schauderte.

Nynaeve ging geradewegs zu den Taschen hinüber, zog sie auseinander und las die Schilder daran. »Rianna. Joiya Byir. Das ist, was wir gesucht haben.« Sie untersuchte das Siegel an einer Tasche, brach dann das Wachs entzwei und band die Schnur auf.

»Zumindest wissen wir jetzt, daß niemand vor uns hier war.«

Egwene entschied sich für eine Tasche und erbrach das Siegel, ohne den Namen auf dem Schildchen zu lesen. Sie wollte gar nicht wissen, wessen Besitztümer sie durchstöberte. Als sie alles auf den staubigen Boden ausleerte, stellte sich heraus, daß es vor allem alte Kleider und Schuhe waren, und dazu ein paar zerknüllte und halbzerrissene Stücke Papier, wie man sie durchaus unter dem Kleiderschrank einer Frau finden konnte, die nicht viel von Ordnung und Sauberkeit hielt. »Ich kann hier nichts Nützliches finden. Ein Umhang, der nicht einmal mehr als Putzlumpen geeignet wäre. Die abgerissene Hälfte irgendeines Stadtplans. Tear steht in einer Ecke darauf. Drei Strümpfe, die dringend gestopft werden müßten.« Sie steckte ihren Finger durch ein Loch in einem Samthausschuh, dessen Gegenstück fehlte, und wackelte damit herum. »Die hier hat keine Hinweise hinterlassen.«

»Amico hat auch nichts zurückgelassen«, sagte Elayne trübselig. Sie warf mit beiden Händen Kleider zur Seite. »Es könnten genausogut Lumpen sein. Wartet mal, hier ist ein Buch. Wer das alles zusammengetragen hat, muß es sehr eilig gehabt haben, so daß sie auch noch ein Buch hineinwarf. *Gebräuche und Zeremonien am Hof von Tear.* Der Umschlag ist abgerissen, aber die Bibliothekarinnen werden es trotzdem haben wollen.« Das war sicher. Keiner warf Bücher weg, ganz gleich, wie stark sie beschädigt waren.

»Tear«, sagte Nynaeve mit gepreßter Stimme. Sie kniete inmitten des Plunders aus der Tasche, die sie gerade durchsuchte, und nahm einen Fetzen Papier wieder auf, den sie schon weggeworfen hatte. »Eine Liste von Handelsschiffen auf dem Erinin mit den Daten, wann sie in Tar Valon ablegten und wann man sie in Tear erwartete.«

»Es könnte Zufall sein«, sagte Egwene bedächtig.

»Vielleicht«, sagte Nynaeve. Sie faltete das Blatt und steckte es in ihren Ärmel. Dann erbrach sie das Siegel an einer anderen Tasche.

Als sie schließlich fertig waren, jede Tasche zweimal durchsucht und an den Wänden entlang den Plunder aufgehäuft hatten, setzte sich Egwene auf eine leere Tasche. Sie war so versunken, daß sie kaum bemerkte, wie sie dabei ächzte. Sie zog die Knie an und betrachtete die kleine Sammlung, die sie auf dem Boden ausgebreitet hatten.

»Es ist zuviel«, sagte Elayne. »Es ist einfach zuviel.«

»Zuviel«, stimmte Nynaeve ihr zu.

Da lag noch ein zweites Buch, ein zerfledderter, ledergebundener Band mit dem Titel: *Beobachtungen bei einem Besuch in Tear.* Die Hälfte der Seiten fiel schon fast heraus. Eine weitere Liste von Handelsschiffen war am Saum eines stark zerrissenen Umhangs in Chesmal Emrys Tasche hängengeblieben und wahrscheinlich durch einen Riß nach innen gerutscht. Sie nannte nicht mehr als die Namen, aber die befanden sich alle auch auf der anderen Liste. Demnach hatten all diese Schiffe am frühen Morgen nach der Flucht Liandrins und der anderen den Hafen von Tar Valon verlassen. Da lag auch der hastig hingekritzelte Plan eines großen Gebäudes. Ein Raum war mit verblaßter Schrift als ›Herz des Steins‹ bezeichnet worden. Dabei befand sich auch eine Seite mit den Namen von fünf Schenken. Oben auf dem Blatt stand stark verschmiert und gerade noch lesbar das Wort ›Tear‹. Dann lag da …

»Es ist von jeder etwas dabei«, murmelte Egwene. »Jede von ihnen ließ etwas zurück, das auf eine Reise nach Tear schließen läßt. Wie konnte jemand so etwas beim Suchen übersehen? Warum sagte die Amyrlin nichts davon?«

»Die Amyrlin«, sagte Nynaeve bitter, »tut, was sie will, gleich, was mit uns geschieht!« Sie holte tief Luft und nieste wegen all des Staubs, den sie aufgewirbelt hatte. »Was mir Sorgen macht, ist die Tatsache, daß wir einen Köder vor uns haben.«

»Köder?« fragte Egwene. Aber im gleichen Moment wurde ihr das ebenfalls klar.

Nynaeve nickte. »Köder. Eine Falle. Oder vielleicht ein Ablenkungsmanöver. Aber ob Falle oder Ablenkung – es ist so offensichtlich, daß niemand darauf hereinfallen würde.«

»Außer, es war ihnen völlig gleichgültig, ob die Finderin es als Falle ansieht oder nicht.« Elaynes Tonfall war von Unsicherheit geprägt. »Oder vielleicht wollten sie es so offensichtlich machen, daß für jeden, der diese

Hinweise findet, Tear augenblicklich nicht mehr in Frage kommt.«

Egwene wünschte sich, sie könne nicht glauben, daß Schwarze Ajah derart selbstsicher seien, um so zu planen. Ihr wurde bewußt, daß sie schon wieder ihre Tasche in den Fingern hatte und mit dem Daumen die Rundung des darin verborgenen Steinrings nachfuhr. »Vielleicht wollten sie diejenige, die es findet, damit herausfordern«, sagte sie leise. »Möglicherweise glaubten sie, die Finderin würde voller Zorn und verletztem Stolz hinter ihnen herhetzen.« *Wußten sie, daß wir es finden würden? Sehen sie uns so?*

»Seng mich!« grollte Nynaeve. Das war für die anderen wie ein Schock. Nynaeve gebrauchte sonst nie solche Worte.

Eine Weile lang betrachteten sie schweigend die Sammlung.

»Was machen wir nun?« fragte Elayne schließlich.

Egwene drückte den Ring mit aller Kraft. Das Träumen hing sehr eng mit der Vorhersage der Zukunft zusammen, und Ereignisse an anderen Orten konnten in den Träumen eines echten Träumers auftauchen. »Vielleicht wissen wir nach dieser Nacht schon mehr.«

Nynaeve sah sie schweigend und ausdruckslos an. Dann wählte sie einen dunklen Rock aus, der nicht zu viele Löcher und Risse aufwies, und begann, die gefundenen Dinge darin einzuwickeln. »Jetzt«, sagte sie, »werden wir vorläufig mal dies alles in mein Zimmer bringen und verstecken. Ich glaube, dazu reicht die Zeit gerade noch, wenn wir nicht zu spät in der Küche sein wollen.«

Zu spät, dachte Egwene. Je länger sie den Ring durch ihre Gürteltasche hindurch befühlte, desto größer wurde ihr Gefühl von Dringlichkeit. *Wir hinken sowieso einen Schritt hinterher, aber vielleicht kommen wir trotzdem nicht zu spät.*

KAPITEL 27

Tel'aran'rhiod

Das Zimmer, das Egwene an der gleichen Galerie wie Nynaeve und Elayne bekommen hatte, unterschied sich kaum von denen der anderen. Ihr Bett war ein wenig breiter und ihr Tisch ein wenig kleiner. Ihr kleiner Läufer hatte ein Blumenmuster anstatt der Runen bei Nynaeve. Das war alles. Nach den dürftigen Zimmern der Novizinnen erschien ihr das allerdings wie ein Raum in einem Palast. Als die drei dann spät abends zusammensaßen, wünschte sich Egwene doch wieder ins Novizinnenquartier zurück, ohne den Ring an ihrem Finger und die Farbbänder an ihrem Kleid. Die anderen wirkten genauso nervös, wie sie sich fühlte.

Sie hatten zwei weitere Mahlzeiten in der Küche vorbereitet und hinterher die Spuren beseitigt, und dazwischen hatten sie versucht, die Bedeutung der im Lagerraum gefundenen Gegenstände zu enträtseln. War es eine Falle oder ein Ablenkungsmanöver, um ihre Suche zu erschweren? Wußte die Amyrlin von diesen Sachen, und wenn ja, warum hatte sie dann ihnen gegenüber nichts davon erwähnt? Alle Überlegungen führten nicht weiter, und die Amyrlin tauchte nicht auf, so daß sie ihr auch keine Fragen stellen konnten.

Verin war nach dem Mittagessen in die Küche gekommen, zwinkernd und unsicher, als sei ihr selbst nicht ganz klar, warum sie gekommen war. Als sie Egwene und die anderen beiden auf den Knien zwischen Kesseln und Töpfen entdeckte, blickte sie einen Augenblick lang überrascht drein, und dann ging sie zu ihnen hin und fragte so laut, daß es jeder hören konnte: »Habt ihr etwas herausgefunden?«

Elayne, die bis zu den Schultern kopfüber in einem riesigen Suppenkessel steckte, zuckte so zusammen, daß sie sich den Kopf hart am Kesselrand anschlug, als sie ihn herauszuziehen versuchte. Ihre blauen Augen schienen in dem Moment ihr ganzes Gesicht einzunehmen.

»Nichts als fettige Töpfe und Schweiß, Aes Sedai«, sagte Nynaeve. Sie zog an ihrem Zopf und hinterließ dabei einen seifigen Schmierer auf ihrem dunklen Haar. Ärgerlich verzog sie das Gesicht.

Verin nickte, als sei das die Antwort gewesen, die sie hören wollte. »Also, dann schaut mal weiter.« Sie sah sich noch einmal in der Küche um, runzelte die Stirn, als sei sie erstaunt, sich hier wiederzufinden, und ging.

Auch Alanna kam nach dem Essen in die Küche und holte sich eine Schüssel großer, grüner Stachelbeeren und einen Krug Wein. Elaida sah sich ebenfalls nach ihnen um, und nach dem Abendessen schauten erst Sheriam und anschließend Anaiya vorbei.

Alanna hatte Egwene gefragt, ob sie mehr über die Grünen Ajah erfahren wolle und wann sie eigentlich weiter lernen würden. Nur weil die Aufgenommenen sich ihre eigenen Studiengebiete und ihre eigene Zeit zum Lernen auswählen durften, hieß das ja nicht, daß sie überhaupt nichts tun müßten. Die ersten paar Wochen würden natürlich schlimm, aber sie mußten ihre Fächer auswählen, oder man würde die Wahl einfach für sie treffen.

Elaida hatte nur eine Weile lang mit ernstem Gesicht dagestanden und sie angesehen, die Hände in die Hüften gestützt, nun ja, und bei Sheriam war es so in etwa das gleiche gewesen. Auch Anaiya hatte zunächst genauso dagestanden, aber ihr Blick war besorgter gewesen. Bis sie bemerkte, daß die drei auch sie musterten. Dann paßte sich ihr Gesichtsausdruck denen von Elaida und Sheriam an.

Keiner dieser Besuche hatte in Egwenes Augen irgendeine Bedeutung. Die Herrin der Novizinnen hatte ganz sicher Grund genug, nach ihren Schützlingen zu sehen und auch nach den anderen Novizinnen, die in der Küche arbeiteten, nun, und Elaida wollte natürlich ein Auge auf die Tochter-Erbin von Andor haben. Egwene bemühte sich, nicht an das Interesse der Aes Sedai an Rand zu denken. Was Alanna betraf, war sie nicht die einzige Aes Sedai, die lieber ein Tablett mit Speisen in ihr Zimmer mitnahm, anstatt mit allen anderen gemeinsam zu essen. Die Hälfte der Schwestern in der Burg war einfach zu sehr beschäftigt, um unten zu essen oder sich die Zeit zu nehmen, nach einer Dienerin zu suchen, die ihnen das Essen bringen sollte. Und Anaiya? Anaiya war möglicherweise einfach besorgt um ihre ›Träumerin‹. Nicht, daß sie irgend etwas unternahm, um die von der Amyrlin ausgesprochene Strafe zu mildern. Sie kam also wahrscheinlich Egwenes wegen. Das konnte jedenfalls der Grund sein.

Als sie ihr Kleid in den Schrank hängte, sagte sich Egwene noch einmal, daß Verins verbaler Ausrutscher wahrscheinlich völlig normal gewesen sei, denn die Braune Schwester war ja wohl ständig geistesabwesend. *Falls es ein Versehen war.* Sie setzte sich auf die Bettkante, zog ihr Nachthemd über und begann, ihre Strümpfe herunterzurollen. Langsam war ihr die Farbe Weiß fast genauso verhaßt wie Grau.

Nynaeve stand vor dem Kamin, hatte Egwenes Gürteltasche in der einen Hand, und mit der anderen zog sie schon wieder an ihrem Zopf. Elayne saß am Tisch und bemühte sich nervös, eine Unterhaltung in Gang zu bringen.

»Grüne Ajah«, sagte die junge Frau mit dem goldenen Haarschopf wohl zum zwanzigstenmal seit dem Mittagessen. »Ich wähle auch vielleicht die Grünen Ajah, Egwene. Dann kann ich drei oder vier Behüter haben und vielleicht einen davon heiraten. Wer wäre besser als Prinzgemahl von Andor geeignet als ein Behüter? Außer, es ist …« Sie ließ errötend die Worte verklingen.

Egwene fühlte Eifersucht in sich aufsteigen, obwohl sie die längst abgelegt zu haben glaubte. Es mischte sich allerdings auch Sympathie darunter. *Licht, wie kann ich nur eifersüchtig werden, wo ich doch Galad nicht einmal ansehen kann, ohne zu zittern und das Gefühl zu bekommen, ich schmelze, und das zur gleichen Zeit? Rand gehörte zu mir, aber jetzt nicht mehr. Ich wünschte, ich könnte ihn dir geben, Elayne, aber ich fürchte, er gehört keiner von uns. Es mag ja schön und gut für die Tochter-Erbin sein, einen Bürgerlichen zu heiraten, solange er wenigstens aus Andor kommt, aber nicht den Wiedergeborenen Drachen!* Sie ließ die Strümpfe auf den Boden fallen, weil sie sich sagte, daß es heute abend wichtigere Dinge gäbe als Ordnung und Sauberkeit. »Ich bin soweit, Nynaeve.«

Nynaeve gab ihr die Gürteltasche und ein langes, dünnes Lederband. »Vielleicht wirkt er bei mehr als einer Person gleichzeitig? Ich könnte … möglicherweise mit dir gehen.«

Egwene ließ den Steinring auf ihre Handfläche rollen, zog das Lederband durch und band es sich um den Hals. Die Streifen und die blauen, braunen und roten Flecken wirkten vor dem Hintergrund ihres weißen Nachthemds noch lebhafter. »Und soll Elayne dann uns beide bewachen und schützen? Obwohl es sein kann, daß die Schwarzen Ajah uns bereits auf den Fersen sind?«

»Das schaffe ich schon«, meinte Elayne tapfer. »Oder laß mich mit dir gehen, und Nynaeve kann Wache halten. Wenn sie zornig ist, ist sie sowieso die Stärkste von uns, und sollten wir eine Wächterin brauchen, kannst du sicher sein, daß sie rechtzeitig wütend wird.«

Egwene schüttelte den Kopf. »Und was ist, wenn es gar nicht bei zweien auf einmal wirkt? Wenn es zwei von uns versuchen, kann es sein, daß überhaupt nichts mehr geht. Und wir wüßten es nicht einmal, bevor wir wieder wach sind. Dann hätten wir die Nacht vertan. Wenn wir aufholen wollen, dürfen wir keine einzige Nacht verschwenden. Wir liegen so schon zu weit hinter ihnen zurück.« Das waren stichhaltige Gründe, hinter denen sie stand, doch insgeheim hatte sie noch einen anderen Grund, der ihrem Herzen näher lag. »Und dann fühle ich mich auch wohler, wenn ich weiß, daß ihr beide mich behütet, falls …«

Sie wollte es nicht aussprechen. Falls jemand hereinkam, während sie schlief. Die Grauen Männer. Die Schwarzen Ajah. Irgendeine der Gestalten, die aus der Weißen Burg einen Ort gemacht hatten wie ein dunkler Wald, voll von Gruben und Fallen. Wenn etwas hereinkäme, während sie hilflos dalag. An ihren Gesichtern sah sie, daß die beiden sie verstanden.

Als sie sich auf dem Bett ausstreckte und sich ein Federkissen unter den Kopf stopfte, trug Elayne die Stühle heran und stellte jeden auf eine Seite des Bettes. Nynaeve löschte eine Kerze nach der anderen und setzte sich dann im Dunkeln auf den einen Stuhl. Elayne nahm den anderen.

Egwene schloß die Augen und versuchte, einzuschlafen, aber sie war sich dieses Dings auf ihrer Brust einfach zu bewußt. Viel bewußter als der Striemen auf ihrer Hinterpartie, die sie von dem Besuch in Sheriams Arbeitszimmer davongetragen hatte. Der Ring schien ihr jetzt so schwer wie ein Backstein, und immer wieder verflogen alle Gedanken an zu Hause und stille Teiche im Mondlicht durch sein Gewicht auf ihrer Brust. Dabei wartete *Tel'aran'rhiod* auf sie. Die Unsichtbare Welt. Die Welt der Träume. Sie wartete gleich hinter dem Schlaf.

Nynaeve begann, leise zu summen. Egwene erkannte darin eine namenlose, wortlose Melodie, die ihre Mutter ihr vorgesummt hatte, als sie noch klein war. Als sie im Bett lag, in ihrem eigenen Zimmer, auf einem flauschigen Kissen, unter warmen Decken, und von ihrer Mutter ging der vermischte Duft nach Rosenöl und Gebäck aus, und … *Rand, geht es dir gut? Perrin? Wo war er?* Sie schlief ein.

Sie stand inmitten weitgeschwungener Hügel, die mit Blumen übersät waren und in deren Senken und auf deren Kämmen kleine Dickichte aus immergrünen Büschen wuchsen. Schmetterlinge schwebten über den Blüten. Ihre Flügel schimmerten gelb und blau und grün. In der Nähe sangen sich zwei Lerchen gegenseitig etwas vor. Auf einem cremig-blauen Himmel trieben gerade genug Wattebauschwölkchen, und die leichte Brise war weder zu kühl noch zu warm. So etwas erlebte man nur an wenigen auserwählten Frühlingstagen. Dieser Tag war einfach zu vollkommen, um etwas anderes als ein Traum zu sein.

Sie blickte auf ihr Kleid herunter und lachte entzückt. Es war haargenau ihre Lieblingsfarbe – himmelblaue Seide mit weißen Falten am Rock, die sich nach einem leichten Stirnrunzeln grün färbten. Bestickt war es mit Reihen winzigkleiner Perlen an den Ärmeln und am Busen. Sie steckte einen Fuß darunter hervor und sah die Spitze eines Samthausschuhs. Das einzige, was die Harmonie störte, war der verdrehte, vielfarbige Steinring, der an einem Lederband um ihrem Hals hing.

Sie nahm den Ring in die Hand und schnappte nach Luft. Er war plötzlich federleicht! Wenn sie ihn nach oben warf, würde er wie eine Daunenfeder vom Wind fortgetragen. Mit einem Mal hatte sie die Angst davor verloren. Sie steckte ihn in ihr Kleid, um ihn aus dem Weg zu haben.

»Also das ist *Tel'aran'rhiod*«, sagte sie. »Corianin Nedeals Welt der Träume. Sie wirkt nicht gefährlich auf mich.« Aber Verin hatte behauptet, sie sei gefährlich. Schwarze Ajah oder nicht, jedenfalls glaubte Egwene nicht, daß eine Aes Sedai bewußt lügen könne. *Sie irrt sich vielleicht.* Aber daran glaubte sie bei Verin auch nicht.

Nur um festzustellen, ob das klappte, öffnete sie sich der Einen Macht. *Saidar* erfüllte sie. Selbst hier war es gegenwärtig. Sie ergriff den Strom ganz leicht und vorsichtig, lenkte ihn in den Wind, wirbelte Schmetterlinge in flatternden Farbspiralen empor, trieb sie zu ineinander verschlungenen Ringen zusammen.

Plötzlich ließ sie die Macht fahren. Die Schmetterlingen kehrten auf ihre Blüten zurück. Offensichtlich hatte ihnen ihr kurzes Abenteuer nichts ausgemacht. Die Myrddraal und andere Abkömmlinge des Schattens konnten fühlen, wenn jemand die Macht benützte. Wenn sie sich umsah, konnte sie sich wohl solche Wesen an diesem Ort nicht vorstellen, aber ihr Mangel an Vorstellungsvermögen mußte ja nicht bedeuten, daß es hier keine gab. Und die Schwarzen Ajah hatten all diese *Ter'Angreal,* die Corianin Nedeal untersucht hatte. Das erinnerte sie auf unangenehme Weise an den Zweck ihres Hierseins.

»Wenigstens weiß ich nun, daß ich hier die Macht gebrauchen kann«, murmelte sie. »Aber ich erfahre nichts, wenn ich hier herumstehe. Ich sollte mich etwas umschauen …« Sie tat einen Schritt …

… und stand in der schalen Luft eines düsteren Ganges in einer Schenke. Sie war die Tochter eines Schankwirts – deshalb war sie sicher, daß es eine Schenke sein mußte. Es war aber kein Laut zu hören, und alle Türen zum Gang waren geschlossen. Als sie sich gerade fragte, wer wohl hinter der einfachen Holztür vor ihrer Nase hause, öffnete sie sich lautlos.

Das Zimmer dahinter war kahl. Kalter Wind seufzte in den offenen Fenstern und wirbelte die Asche auf dem Herd hoch. Ein großer Hund lag zusammengerollt auf dem Boden, den zerzausten Schwanz über die Schnauze gelegt. Er lag zwischen der Tür und einem dicken, roh behauenen Pfeiler aus schwarzem Stein in der Zimmermitte. Ein hochgewachsener junger Mann mit zerzaustem Haar saß in Unterwäsche vor der Säule und hatte sich daran gelehnt. Sein Kopf hing wie im Schlaf zur Seite. Eine massive, schwarze Kette spannte sich um den Pfeiler und um seine Brust. Er hatte ihre Enden in seinen Fäusten. Ob er nun schlief oder nicht: Seine mächtigen Muskeln waren angespannt, um die Kette straff zu halten und sich selbst an den Pfeiler zu fesseln.

»Perrin?« fragte sie staunend. Sie trat in das Zimmer. »Perrin, was ist denn los mit dir? Perrin!« Der Hund rührte sich und stand auf. Es war kein Hund, sondern ein Wolf, ganz schwarz und grau. Er zog die Lefzen hoch und zeigte schimmernde, weiße Zähne. Gelbe Augen betrachteten sie, als sei sie eine Maus. Eine Maus, die er fressen wollte.

Egwene trat unwillkürlich ganz schnell in den Gang zurück. »Perrin! Wach auf! Ein Wolf ist da!« Verin hatte behauptet, was hier geschehe, sei Wirklichkeit, und sie hatte zum Beweis ihre Narbe gezeigt. Die Zähne des Wolfs sahen so groß wie Messer aus.

»Perrin, wach auf! Sag ihm, daß ich ein Freund bin!« Sie berührte *Saidar.* Der Wolf schlich näher heran.

Perrins Kopf fuhr hoch, und seine Augen öffneten sich schläfrig. Nun wurde sie von zwei gelben Augenpaaren beobachtet. Der Körper des Wolfs straffte sich. »Springer«, rief Perrin, »nein! Egwene!«

Die Tür knallte vor ihrer Nase zu, und sie befand sich in totaler Dunkelheit.

Sie konnte nichts sehen, doch sie fühlte, wie auf ihrer Stirn Schweißtropfen standen. Und die rührten nicht von Hitze her. *Licht, wo bin ich? Mir gefällt es hier nicht. Ich will aufwachen!*

Ein Zirpen erklang, und Egwene fuhr erschrocken zusammen. Dann wurde ihr klar, daß die Ursache eine Grille war. Ein Frosch quakte laut in der Dunkelheit, und ein ganzer Chor antwortete ihm. Als sich ihre Augen langsam eingewöhnt hatten, konnte sie schattenhaft Bäume um sich herum erkennen. Wolken verdeckten die Sterne, und der Mond war nur eine hauchfeine Sichel.

Zu ihrer Rechten konnte sie zwischen den Bäumen ein flackerndes Glühen erkennen – ein Lagerfeuer.

Sie überlegte einen Moment lang, bevor sie sich in Bewegung setzte. Der bloße Wille, aufzuwachen, hatte nicht gereicht, um sie von *Tel'aran'rhiod* wegzuholen, aber etwas Nützliches hatte sie auch noch nicht herausgefunden. Allerdings hatte sie auch noch keinerlei Verletzung erlitten. *Bis jetzt,* dachte sie schaudernd. Aber sie hatte keine Ahnung, wer – oder was – dort am Lagerfeuer saß. *Es könnte ein Myrddraal sein. Außerdem bin ich nicht gerade passend für den Wald angezogen.* Dieser letzte Gedanke gab den Ausschlag. Sie war stolz darauf, daß sie selbst merkte, wenn sie sich dumm anstellte.

Sie atmete tief durch, raffte ihren Rock hoch und schlich näher heran. Sie hatte vielleicht nicht Nynaeves Geschick darin, doch sie war schlau genug, nicht auf herumliegende Äste zu treten. Schließlich spähte sie vorsichtig hinter dem Stamm einer alten Eiche hervor auf das Lagerfeuer.

Dort saß nur ein hochgewachsener junger Mann und starrte in die Flammen. Rand. Diese Flammen wurden nicht von Holz genährt. Es brannte dort überhaupt nichts Sichtbares. Das Feuer tanzte über einem Fleck kahlen Bodens. Sie glaubte nicht, daß es die darunterliegende Erde versengen würde.

Bevor sie sich auch nur rühren konnte, hob Rand den Kopf. Sie war überrascht, zu sehen, daß er Pfeife rauchte. Ein dünner Rauchfaden erhob sich aus dem Pfeifenkopf. Er wirkte müde, sehr müde.

»Wer ist dort?« fragte er laut. »Ihr habt genug mit Blättern geraschelt, um Tote aufzuwecken, also könnt Ihr genausogut herauskommen und Euch zeigen!«

Egwene preßte die Lippen zusammen, aber sie trat aus ihrer Deckung hervor. *Habe ich nicht!* »Ich bin es, Rand. Hab keine Angst. Es ist ein Traum. Ich muß mich in deinen Träumen befinden.«

Er war so plötzlich auf den Beinen, daß sie wie erstarrt stehenblieb. Irgendwie kam er ihr größer vor als in ihrer Erinnerung. Und ein wenig gefährlicher. Vielleicht sogar viel gefährlicher. Seine blaugrauen Augen schienen wie gefrorenes Feuer zu brennen.

»Glaubst du, ich wüßte nicht, daß es ein Traum ist?« höhnte er. »Ich weiß, daß alles dadurch nicht weniger wirklich wird.« Er blickte angestrengt in die Dunkelheit hinaus, als suche er nach jemandem. »Wie lange wirst du es noch versuchen?« schrie er in die Nacht hinein. »Wie viele Gesichter benützt du noch? Meine Mutter, meinen Vater und jetzt sie! Hübsche Mädchen können mich auch mit einem Kuß nicht in Versuchung bringen – noch nicht einmal eine, die ich kenne! Ich verweigere mich Euch, Vater der Lügen! Ich gebe nicht nach!«

»Rand«, sagte sie nervös, »ich bin es doch, Egwene. Ich bin wirklich Egwene.«

Plötzlich, wie aus dem Nichts gekommen, hielt er ein Schwert in der Hand. Die Klinge war aus einer einzigen Flamme geschmiedet, leicht gekrümmt und mit einem Reiher verziert. »Meine Mutter hat mir Honigkuchen gegeben, aber er roch nach Gift. Mein Vater hatte ein Messer in der Hand, das er mir in die Rippen rennen wollte. Sie … sie hat mir Küsse geboten und noch mehr.« Schweiß rann über sein Gesicht. Sein Blick schien zu reichen, um sich daran zu entzünden. »Und was bringst du mir?«

»Du wirst mir zuhören, Rand al'Thor, und wenn ich mich auf dich setzen muß!« Sie berührte *Saidar* und lenkte den Strom, so daß die Luft ihn wie in einem Netz festhielt.

Das Schwert wirbelte in seiner Hand und dröhnte dabei wie das Feuer eines Hochofens.

Sie ächzte und taumelte. Es war, als sei ein zu straff gespanntes Seil plötzlich gerissen.

Rand lachte. »Ich lerne es auch, wie du siehst. Wenn es funktioniert ...« Er verzog das Gesicht und ging auf sie zu. »Ich könnte jedes Gesicht ertragen, aber nicht das. Nicht ihr Gesicht, seng dich!« Das Schwert blitzte auf.

Egwene floh.

Sie war sich nicht sicher, was sie da tat oder wie, aber sie befand sich mit einem Mal wieder zwischen den Hügeln unter einem strahlenden Himmel, und Lerchen sangen und Schmetterlinge tanzten. Sie atmete tief und zittrig ein.

Ich habe erfahren – was? Daß der Dunkle König noch hinter Rand her ist? Das weiß ich auch so. Daß der Dunkle König ihn wahrscheinlich töten will? Das ist etwas anderes. Außer, er ist tatsächlich bereits wahnsinnig und weiß nicht, was er sagt. Licht, warum konnte ich ihm nicht helfen? O Licht, Rand!

Sie atmete noch einmal tief durch, um ruhiger zu werden. »Der einzige Weg, ihm zu helfen, ist, ihn einer Dämpfung zu unterziehen«, murmelte sie. »Aber da kann man ihn ja gleich umbringen.« Ihr Magen verknotete sich bei diesem Gedanken. »Das werde ich niemals machen. Niemals!«

Ein Rotkehlchen ließ sich auf einem Schlehenbusch in der Nähe nieder und hielt den Kopf schräg, um sie zu beobachten. Sie sprach den Vogel an: »Also, ich helfe niemandem damit, wenn ich hier herumstehe und Selbstgespräche führe, oder? Oder wenn ich mit dir rede.«

Das Rotkehlchen flog auf, als sie auf den Busch zutrat. Beim zweiten Schritt war es nur noch ein weghuschender Farbfleck, und beim dritten war es in einem Dickicht verschwunden.

Sie blieb stehen und holte den Steinring an seinem Riemen aus ihrem Kleid hervor. Warum veränderte es sich nicht? Alles hatte sich bisher so schnell verändert, daß sie kaum zum Atemholen gekommen war. Warum nicht jetzt? Gab es hier in der Umgebung eine Antwort auf diese Frage? Sie sah sich unsicher um. Die Blumen neckten sie, und die Lieder der Lerchen verspotteten sie. Dieser Ort schien zu sehr ihrer eigenen Sehnsucht zu entspringen.

Entschlossen festigte sie ihren Griff um den *Ter'Angreal.* »Bring mich dorthin, wo ich hin muß.« Sie schloß die Augen und konzentrierte sich auf den Ring. Er bestand schließlich aus Stein, und so sollte das Element Erde ihr ein Gefühl für ihn verleihen. »Mach schon. Bring mich dorthin, wo ich sein will.« Wieder rief sie *Saidar* herbei und ließ ein Rinnsal der Macht in den Ring hineinsickern. Sie wußte, daß er die Macht eigentlich nicht benötigte, um zu funktionieren, und so versuchte sie auch nicht, etwas Bestimmtes damit zu erreichen. Sie wollte ihm nur mehr Energie zuleiten. »Bring mich dorthin, wo ich eine Antwort finde. Ich muß wissen, was die Schwarzen Ajah vorhaben. Bring mich zu der Antwort.«

»Tatsächlich. Ihr habt also endlich den Weg gefunden, Kind. Hier gibt es alle möglichen Antworten.«

Egwene riß die Augen auf. Sie stand in einem großen Saal. Die riesige Kuppel wurde von einem wahren Wald massiver Sandsteinsäulen gestützt. Mitten in der Luft hing ein Schwert aus Kristall. Es glitzerte und funkelte und drehte sich langsam. Sie war nicht sicher, glaubte aber, es könne das Schwert sein, nach dem Rand in diesem Traum gegriffen hatte. Diesem anderen Traum. Das hier erschien alles so wirklich! Sie mußte sich immer selbst daran erinnern, daß auch dies nur ein Traum war.

Eine alte Frau trat aus dem Schatten einer der Säulen. Sie humpelte gebückt an einem Stock einher. Häßlich war gar kein Ausdruck für sie. Sie hatte ein knochiges, hervorstehendes Kinn, eine noch härtere, spitzere Nase, und es schien, als wüchsen mehr Haare aus ihren Warzen im Gesicht, als sie auf dem Kopf hatte.

»Wer seid Ihr?« fragte Egwene. Die einzigen Menschen, die sie bisher in *Tel'aran'rhiod* angetroffen hatte, kannte sie alle, aber sie glaubte nicht, daß sie diese arme alte Frau jemals vergessen hätte.

»Nur die arme alte Sylvie, Lady«, krächzte die alte Frau. Zur gleichen Zeit brachte sie eine Art von Bückling zustande, der ein Zwischending darstellte zwischen Knicks und unterwürfigem Kriechen. »Ihr kennt doch die arme alte Sylvie, Lady. Hat Euch all die Jahre hindurch treu gedient. Fürchtet Ihr Euch immer noch vor diesem alten Gesicht? Bitte nicht, Lady. Wenn ich es brauche, dient es mir genauso wie ein hübscheres.«

»Natürlich«, sagte Egwene. »Es ist ein starkes Gesicht. Ein gutes Gesicht.« Sie hoffte, die Frau würde das schlucken. Wer auch diese Sylvie war, sie schien jedenfalls zu glauben, sie kenne Egwene. Vielleicht kannte sie auch Antworten. »Sylvie, Ihr habt etwas davon gesagt, daß es hier Antworten gebe.«

»Ach, Ihr seid an den rechten Ort gekommen, wenn Ihr Antworten sucht, Lady. Das Herz des Steins ist voll von Antworten. Und Geheimnissen. Die Hochlords wären nicht gerade erfreut, wenn sie uns hier sähen, Lady. O nein. Nur die Hochlords kommen hier herein. Und Diener natürlich.« Sie lachte schlau und krächzend. »Die Hochlords fegen bestimmt nicht den Boden. Aber wer nimmt schon eine Dienerin wahr?«

»Welche Geheimnisse gibt es denn hier?«

Aber Sylvie humpelte auf das Kristallschwert zu. »Intrigen«, sagte sie mehr in sich selbst hinein. »Alle geben vor, dem Großlord zu dienen, und alle intrigieren und planen, das wiederzugewinnen, was sie verloren haben. Jeder glaubt, daß er oder sie der einzige ist, der hier Intrigen spinnt. Ishamael ist ein Narr!«

»Was?« fragte Egwene scharf. »Was habt Ihr da von Ishamael gesagt?«

Die alte Frau wandte sich um und lächelte schief, aber dankbar für die Ansprache. »Nur etwas, was die armen Leute so sagen, Lady. Es lenkt die Macht der Verlorenen ab, wenn man sie Narren nennt. Da fühlt man sich gut und sicher. Selbst der Schatten kann es nicht ertragen, ein Narr genannt zu werden. Versucht es auch, Lady. Sagt, Ba'alzamon sei ein Narr!«

Egwenes Lippen zuckten im Anflug eines Lächelns. »Ba'alzamon ist ein Narr! Ihr habt recht, Sylvie.« Es war tatsächlich ein gutes Gefühl, wenn man den Dunklen König verspottete. Die alte Frau schmunzelte. Das Schwert drehte sich langsam hinter ihrer Schulter. »Sylvie, was ist das?«

»*Callandor*, Lady. Davon wißt Ihr doch, oder? Das Schwert, Das Man Nicht Berühren Kann.« Plötzlich schwang sie ihren Stock nach hinten auf das Schwert zu. Einen Fuß vom Schwert entfernt schlug der Stock mit einem dumpfen Laut auf etwas Unsichtbares und prallte zurück. Sylvie grinste noch breiter. »Das Schwert, Das Kein Schwert Ist, obwohl verdammt wenige nur wissen, was es tatsächlich ist. Aber niemand außer einem kann es berühren. Diejenigen, die es hierherbrachten, haben dafür gesorgt. Eines Tages wird der Wiedergeborene Drache *Callandor* in der Hand halten und allein schon damit der Welt beweisen, daß er der Drache ist. Jedenfalls wird das der erste Beweis sein. Lews Therin, der zurückgekehrt ist, und alle können es sehen und vor ihm im Staub liegen. Ach, die Hochlords finden es nicht gut, daß es hier ist. Sie haben nicht gern etwas mit der Einen Macht zu tun. Wenn sie könnten, würden sie es gern loswerden. Was würde nicht einer der Verlorenen darum geben, *Callandor* in Händen zu halten!«

Egwene blickte das glitzernde Schwert an. Wenn die Prophezeiungen des Drachen stimmten und wenn Rand wirklich der Drache war, wie Moiraine behauptete, dann würde er es eines Tages benützen. Allerdings – den Prophezeiungen nach zu schließen, konnte das eigentlich gar nicht sein! *Aber wenn es einen Weg gibt, es zu gewinnen, dann kennen ihn die Schwarzen Ajah vielleicht. Und wenn sie es wissen, kann ich es auch herausfinden.*

Vorsichtig tastete sie mit der Macht nach dem, was das Schwert dort festhielt und abschirmte. Ihr Fühler traf auf … irgend etwas … und konnte nicht weiter. Sie konnte feststellen, welche der Fünf Mächte hier eingesetzt worden waren: Luft und Feuer und Geist. Sie fuhr im Geist das komplizierte Muster nach, das mit Hilfe von *Saidar* hier erzeugt worden war. Es war überraschend stark. Es gab Lücken im Gewebe, durch die ihr tastender Energiefinger dringen konnte. Aber als sie es versuchte, war das, als renne sie mit dem Kopf gegen den stärksten Teil des Gewebes überhaupt. Dann wurde ihr klar, was sie da mit Hilfe der Macht zu durchdringen versuchte, und sie gab auf. Die Hälfte dieser Wand war unter Einsatz von *Saidar* gewoben worden, und für die andere Hälfte hatte man *Saidin* verwendet. Diese Hälfte konnte sie weder fühlen noch berühren. So ähnlich mußte es gewesen sein. Doch die Wand war aus einem einzigen Stück gewebt! *Eine Steinmauer hält eine blinde Frau genauso zurück wie eine, die sehen kann.*

In einiger Entfernung erklang das Echo von Schritten. Stiefelschritten.

Egwene konnte nicht sagen, wie viele Personen es waren oder aus welcher Richtung die Schritte ertönten, aber Sylvie fuhr zusammen und blickte zwischen den Säulen hindurch. »Er kommt wieder, um es anzusehen«, murmelte sie. »Im wachen Zustand oder schlafend – immer will er …« Sie schien sich Egwenes Anwesenheit bewußt zu werden und setzte ein besorgtes Lächeln auf. »Ihr müßt nun gehen, Lady. Er darf Euch hier nicht finden und überhaupt nicht wissen, daß Ihr jemals hier wart.«

Egwene zog sich bereits zwischen die Säulen zurück, und Sylvie folgte ihr. Sie spreizte die Hände und wedelte mit ihrem Stock herum. »Ich gehe ja schon, Sylvie. Ich muß mich nur daran erinnern, wie.« Sie fühlte nach dem Steinring. »Bring mich zu den Hügeln zurück.« Nichts geschah. Sie lenkte einen haarfeinen Strang der Macht hinein. »Bring mich zu den Hügeln zurück.« Immer noch umgaben die Sandsteinpfeiler sie. Die Schritte kamen näher, nahe genug, um nicht mehr vom eigenen Echo überlagert zu werden.

»Ihr kennt den Weg hinaus nicht«, sagte Sylvie mit tonloser Stimme. Dann fuhr sie flüsternd fort, wobei ihr Flüstern sowohl unterwürfig, wie auch gleichzeitig spöttisch klang – eine alte Dienerin, die sich etwas herausnehmen konnte: »O Lady, das ist ein gefährlicher Ort, wenn man sich hierherbegibt, ohne zu wissen, wie man wieder herauskommt. Kommt, laßt Euch von der armen alten Sylvie hinausführen. Die arme alte Sylvie wird Euch sicher in Euer Bett stecken, Lady.« Sie nahm Egwene in die Arme und drängte sie noch weiter vom Schwert weg. Nicht, daß Egwene dazu erst gedrängt werden mußte. Die Schritte hatten aufgehört. Er – wer auch immer es sein mochte – stand wahrscheinlich da und blickte *Callandor* an.

»Zeigt mir nur den Weg«, flüsterte Egwene zurück. »Oder sagt ihn mir. Ihr braucht mich nicht drängen.« Irgendwie hatten sich die Finger der alten Frau in der Schnur mit dem Steinring verwickelt. »Faßt das nicht an, Sylvie.«

»Sicher in Euer Bett.«

Der Schmerz löschte die Welt aus.

Mit einem schrillen Schrei fuhr Egwene im Bett hoch. Sie saß in der Dunkelheit, und Schweiß rann über ihr Gesicht. Einen Augenblick lang wußte sie nicht mehr, wo sie sich befand, und es war ihr auch ganz egal. »O Licht«, stöhnte sie, »das tat weh! O Licht, war das schlimm!« Sie tastete ihren Körper ab, sicher, daß ihre Haut angesengt sei oder zumindest Brandblasen aufweisen mußte, doch ihre Hände fanden keine Spur.

»Wir sind ja hier«, erklang Nynaeves Stimme aus der Dunkelheit. »Wir sind hier, Egwene.«

Egwene warf sich in Richtung der Stimme und klammerte sich voller Erleichterung an Nynaeve. »O Licht, ich bin wieder da. Licht, ich bin wirklich zurück!«

»Elayne«, sagte Nynaeve.

Nach wenigen Augenblicken erglühte das Licht einer der Kerzen. Elayne hielt mit der Kerze in der Hand inne. In der anderen Hand hielt sie noch den Fidibus, den sie mit einem Stück Feuerstein und dem kleinen Stahlklotz entzündet hatte. Dann lächelte sie jedoch, und mit einem Schlag flammten alle Kerzen im Zimmer gleichzeitig auf. Sie ging kurz zum Waschtisch und kam mit einem kühlen, feuchten Tuch ans Bett, um Egwenes Gesicht abzuwischen.

»War es so schlimm?« fragte sie besorgt. »Du hast dich vorher überhaupt nicht gerührt und auch nicht im Schlaf gesprochen. Wir wußten nicht, ob wir dich aufwecken sollten oder nicht.«

Hastig zerrte sich Egwene das Lederband über den Kopf und schleuderte es mitsamt dem Steinring durch das Zimmer. »Das nächste Mal«, keuchte sie, »machen wir eine feste Zeit ab, und ihr weckt mich dann auf jeden Fall. Weckt mich, und wenn ihr meinen Kopf in ein Wasserbecken stecken müßt!« Es war ihr nicht klar, daß sie sich bereits entschlossen hatte, es ein zweites Mal zu wagen. *Würdest du deinen Kopf in den Rachen eines Bären stecken, nur um zu beweisen, daß du keine Angst hast? Würdest du es zum zweitenmal tun, weil du es einmal fertiggebracht hast, ohne dabei zu sterben?*

Und doch war es mehr, als nur sich selbst zu beweisen, daß sie keine Angst habe. Sie *hatte* Angst und war sich dessen bewußt. Aber solange die Schwarzen Ajah die gestohlenen *Ter'Angreal* in Händen hielten, die Corianin einst untersucht hatte, mußte sie immer wieder zurück. Sie war sicher, daß die Antwort auf die Frage, warum sie gerade diese *Ter'Angreal* gestohlen hatten, in *Tel'aran'rhiod* zu finden war und nirgends anders. Wenn sie das und mehr über die Schwarzen Ajah dort herausfinden konnte, wenn auch nur die Hälfte von dem stimmte, was man ihr über die Träumer berichtet hatte, dann mußte sie dorthin zurück. »Aber nicht mehr heute nacht«, sagte sie leise. »Noch nicht.«

»Was ist geschehen?« fragte Nynaeve. »Wovon hast du ... geträumt?«

Egwene legte sich auf das Bett zurück und begann zu erzählen. Sie ließ nur das mit Perrin aus, wie er mit dem Wolf gesprochen hatte. Den Wolf erwähnte sie überhaupt nicht. Sie fühlte sich ein wenig schuldig deshalb, denn sie sollte doch nichts vor Nynaeve und Elayne verbergen, aber das war eben Perrins Geheimnis, und nur ihm stand es zu, davon zu erzählen, wann immer er es für richtig befand. Das übrige gab sie ihnen Wort für Wort wieder. Sie beschrieb alles genau. Als sie fertig war, fühlte sie sich ausgebrannt.

»Abgesehen davon«, sagte Elayne, »daß er müde wirkte: Sah es aus, als sei er verletzt? Egwene, ich kann nicht glauben, daß er dir jemals weh täte. Ich kann das einfach nicht glauben.«

»Rand«, meinte Nynaeve trocken, »wird noch eine Weile länger auf sich selbst aufpassen müssen.« Elayne wurde rot. Das sah hübsch aus. Egwene wurde wieder einmal bewußt, daß Elayne immer hübsch wirkte, was sie auch machte, selbst wenn sie weinte oder Töpfe auskratzte. »*Callandor*«, fuhr Nynaeve fort. »Das Herz des Steins. Das war auf dem Plan angestrichen. Ich glaube, wir wissen, wo die Schwarzen Ajah sind.«

Elayne hatte sich wieder gefangen. »Das ändert nichts an der Falle«, sagte sie. »Wenn es kein Ablenkungsmanöver ist, ist es eben eine Falle.«

Nynaeve lächelte grimmig. »Der beste Weg, den Fallensteller zu fangen, ist der, die Falle auszulösen und abzuwarten, wer dann kommt.«

»Heißt das, wir sollen nach Tear gehen?« fragte Egwene und Nynaeve nickte.

»Die Amyrlin hat uns von der Leine gelassen, scheint mir. Wir treffen unsere eigenen Entscheidungen, denkt daran. Wenigstens wissen wir jetzt, daß die Schwarzen Ajah in Tear sind, und wir wissen sogar, wo wir nach ihnen suchen müssen. Hier sitzen wir nur herum, mißtrauen allen und haben Angst, da draußen könne ein weiterer Grauer Mann auf uns warten. Ich bin lieber der Jagdhund als das Kaninchen.«

»Ich muß an meine Mutter schreiben«, sagte Elayne. Als sie die Blicke wahrnahm, die sie trafen, verteidigte sie sich: »Ich bin schon einmal verschwunden, ohne ihr zu sagen, wo ich war. Wenn ich das noch einmal mache … Ihr kennt Mutters Temperament nicht. Es könnte sein, daß sie dann Gareth Bryne mit dem ganzen Heer gegen Tar Valon aussendet. Oder daß sie uns suchen läßt.«

»Du kannst ja hierbleiben«, sagte Egwene.

»Nein. Ich werde euch doch nicht alleine losziehen lassen. Und ich bleibe nicht hier und frage mich die ganze Zeit, ob die Schwester, die mich gerade unterrichtet, nun eine Schwarze ist oder nicht, und ob der nächste Graue Mann zur Abwechslung mich aufs Korn nimmt.« Sie lachte ein wenig verlegen. »Außerdem will ich nicht in der Küche arbeiten, während ihr beiden auf Abenteuer aus seid. Ich muß nur meiner Mutter mitteilen, daß ich mich im Auftrag der Amyrlin außerhalb der Burg befinde, damit sie nicht durchdreht, wenn sie es erst aus Gerüchten erfährt. Ich muß ihr aber nicht mitteilen, wo wir uns befinden und warum.«

»Das solltest du wirklich nicht«, sagte Nynaeve. »Sie würde uns wahrscheinlich hinterherkommen, wenn sie von den Schwarzen Ajah wüßte. Aber natürlich kannst du nicht wissen, durch welche Hände dein Brief gehen wird, bevor er sie erreicht, oder was fremde Augen darin entdecken werden. Am besten schreibst du nichts, von dem du andere nichts wissen lassen willst.«

»Da ist aber noch etwas anderes«, seufzte Elayne. »Die Amyrlin weiß nichts davon, daß ihr mich eingeweiht habt. Ich muß eine Möglichkeit finden, den Brief abzuschicken, ohne daß sie davon erfährt.«

»Da muß ich mir etwas einfallen lassen.« Nynaeve runzelte die Stirn. »Vielleicht schickst du ihn erst ab, wenn wir unterwegs sind. Du könntest ihn auf dem Weg flußabwärts in Aringill abschicken, falls wir genug Zeit haben, dort jemanden aufzuspüren, der nach Caemlyn geht. Wenn wir diese Papiere vorzeigen, die uns die Amyrlin gegeben hat, können wir vielleicht jemanden für diese Aufgabe gewinnen. Wir müssen hoffen, daß die Papiere auch bei den Kapitänen von Flußschiffen wirken, außer, eine von euch hat erheblich mehr Geld als ich.« Elayne schüttelte bedauernd den Kopf.

Egwene dachte noch nicht einmal darüber nach. Alles Geld, das sie besessen hatten, hatte die Reise von der Toman-Halbinsel hierher verschlungen, bis auf ein paar Kupfermünzen vielleicht. »Wann ...« Sie unterbrach und räusperte sich. »Wann brechen wir auf? Heute abend?«

Nynaeve sah sie einen Moment lang nachdenklich an, schüttelte dann aber den Kopf. »Du brauchst Schlaf nach ...« Ihre Geste umfaßte alles, sogar den Steinring, der noch an dem Fleck lag, auf den er von der Wand her zurückgeprallt war. »Wir geben der Amyrlin noch eine Chance, mit uns zu sprechen. Wenn wir nach dem Frühstück fertig sind, packt ihr alles ein, was ihr mitnehmen wollt. Macht eure Bündel aber leicht. Denkt daran: Wir müssen die Burg ungesehen verlassen. Wenn die Amyrlin uns bis Mittag nicht erreicht hat, will ich bereits auf einem Handelsschiff sein. Notfalls stopfe ich dem Kapitän diese Papiere in den Rachen, bevor die Ein-Uhr-Glocke läutet. Wie findet ihr das?«

»Das klingt ausgezeichnet«, sagte Elayne entschlossen, und Egwene stellte fest: »Heute abend oder morgen – je eher, desto besser, wie ich die Dinge sehe.« Sie wünschte, sie klänge genauso selbstsicher wie Elayne.

»Dann sollten wir jetzt noch etwas schlafen.«

»Nynaeve«, sagte Egwene mit ganz kläglicher Stimme, »ich ... ich möchte heute nacht nicht allein sein.« Es tat ihr weh, das zugeben zu müssen.

»Ich auch nicht«, sagte Elayne. »Ich muß immer an die Seelenlosen denken. Ich weiß nicht, warum, aber vor ihnen fürchte ich mich noch mehr als vor den Schwarzen Ajah.«

»Ich glaube«, sagte Nynaeve bedächtig, »ich lege auch keinen Wert darauf, allein zu sein.« Sie beäugte das Bett, auf dem Egwene lag. »Das sieht groß genug aus für drei, wenn jede die Ellbogen einzieht.«

Später, als sie sich herumwälzten und versuchten, trotz der Enge eine gute Lage zum Schlafen zu finden, mußte Nynaeve plötzlich lachen.

»Was ist los?« fragte Egwene. »Du bist doch sonst nicht kitzlig.«

»Ich habe gerade jemanden gefunden, der glücklich wäre, Elaynes Brief überbringen zu dürfen. Und auch glücklich, Tar Valon verlassen zu können. Darauf wette ich!«

KAPITEL 28

Der Weg nach draußen

Mat hatte nur seine Hose an und beendete gerade einen kleinen Nachfrühstücks-Imbiß – etwas Schinken, drei Äpfel, Brot und Butter –, als sich die Tür zu seinem Zimmer öffnete und Nynaeve, Egwene und Elayne eintraten. Sie lächelten ihn strahlend an. Er stand auf, um sich ein Hemd zu holen, setzte sich dann aber doch wieder hin. Sie hätten ja wenigstens anklopfen können. Aber es tat gut, ihre Gesichter zu sehen. Jedenfalls im ersten Augenblick.

»Also, du siehst wirklich besser aus«, sagte Egwene.

»Als hättest du dich einen Monat lang ausgeruht und gut gegessen«, sagte Elayne.

Nynaeve legte ihm eine Hand auf die Stirn. Er zuckte zusammen, bevor er sich sagte, daß sie das gleiche mindestens fünf Jahre lang zu Hause getan hatte. *Damals war sie eben nur unsere Seherin,* dachte er. *Da hat sie diesen Ring nicht getragen.*

Sie hatte sein Zucken bemerkt. Nun lächelte sie ihn bedauernd an. »So wie ich das sehe, bist du wieder fit und könntest weg. Hast du die Nase voll von diesem Eingesperrtsein? Du hast es sonst nie auch nur zwei Tage hintereinander zu Hause ausgehalten.«

Er betrachtete zögernd den letzten Apfelbutzen und ließ ihn dann auf den Teller fallen. Beinahe hätte er sich noch den Saft von den Fingern geleckt, aber alle drei blickten ihn an. Und lächelten nach wie vor. Ihm wurde bewußt, daß er sich bemühte, zu entscheiden, welche von ihnen die hübscheste sei, aber das brachte er nicht fertig. Wären sie jemand anders gewesen, als eben sie selbst, dann hätte er wohl alle drei um einen Tanz gebeten. Mit Egwene hatte er ja oft genug getanzt, damals in Emondsfeld, und sogar auch einmal mit Nynaeve, aber das schien alles so schrecklich lange her.

»›Eine hübsche Frau bedeutet Spaß beim Tanzen. Zwei hübsche Frauen bringen Probleme ins Haus. Drei hübsche Frauen, und man sollte besser wegrennen.‹« Er lächelte Nynaeve noch bedauernder an als sie ihn. »Das hat mein Pa immer gesagt. Du hast etwas vor, Nynaeve. Ihr lächelt alle wie Katzen, die beobachten, wie sich ein Fink im Dornbusch verfangen hat, und ich glaube, diesmal bin ich der Fink.«

Das Lächeln verflog von ihren Gesichtern. Er bemerkte ihre Hände und fragte sich, warum die wirkten, als hätten alle drei immer nur Geschirr abgewaschen. Die Tochter-Erbin von Andor nahm sicher kein Spültuch in die Hand, und er konnte sich das auch bei Nynaeve nur schwer vorstellen, obwohl sie sich ja zu Hause in Emondsfeld selbst versorgt hatte. Alle drei trugen jetzt Ringe mit der Großen Schlange. Das war neu. Und es war keine besonders angenehme Überraschung. *Licht, das mußte ja mal kommen. Es geht mich nichts an, basta. Geht mich nichts an. Nein!*

Egwene schüttelte den Kopf, aber wie es schien, ebenso als Zeichen für die beiden anderen wie für ihn. »Ich habe euch gesagt, wir sollten ihn einfach geradeheraus fragen. Wenn er will, ist er stur wie ein Maulesel und hinterhältig wie eine Katze. Das stimmt, Mat. Das weißt du selbst, also laß das Stirnrunzeln.«

Er setzte schnell sein Grinsen wieder auf.

»Pscht, Egwene«, sagte Nynaeve. »Mat, nur weil wir dich um einen Gefallen bitten wollen, heißt das ja noch nicht, daß wir nicht an deinem Wohlergehen interessiert wären. Wir fühlen mit dir und das weißt du, wenn du nicht gerade noch wollköpfiger bist als sonst. Geht es dir gut? Du siehst bemerkenswert gut aus, verglichen mit dem letzten Mal, als ich dich sah. Es wirkt wirklich eher, als hättest du einen ganzen Monat Erholungszeit gehabt, und nicht nur zwei Tage.«

»Ich bin bereit, zehn Meilen weit zu laufen und dann noch einen Tanz zu wagen.« Sein Magen knurrte und erinnerte ihn daran, daß es noch ziemlich lang bis zum Mittagessen war, doch das ignorierte er, und er hoffte, sie hätten es nicht bemerkt. Er fühlte sich tatsächlich beinahe wie nach einem Monat Ruhe und gutem Essen. Und dabei hatte er am letzten Tag nur eine Mahlzeit bekommen. »Was für einen Gefallen?« fragte er mißtrauisch. Seiner Erinnerung nach bat Nynaeve niemals um einen Gefallen; Nynaeve sagte den Leuten, was sie zu tun hätten, und dann erwartete sie auch die prompte Ausführung.

»Ich hätte gern, daß du einen Brief für mich überbringst«, sagte Elayne, bevor Nynaeve etwas sagen konnte. »Zu meiner Mutter nach Caemlyn.« Sie lächelte, und auf ihrer Wange zeigte sich ein Grübchen. »Ich wäre dir so dankbar, Mat!« Die Morgensonne, die durch die Fenster schien, ließ glitzernde Lichtpunkte in ihrem Haar erscheinen.

Ob sie wohl gerne tanzt? Er verdrängte diesen Gedanken schnell wieder. »Klingt nicht zu schwierig, aber es ist eine lange Reise. Was bekomme ich dafür?« Ihrem Gesichtsausdruck nach zu schließen, hatte dieses Grübchen wohl selten seinen Zweck verfehlt.

Sie richtete sich auf – schlank und stolz. Er konnte sich beinahe einen Thron hinter ihr vorstellen. »Bist du ein loyaler Untertan Andors? Willst du nicht dem Löwenthron dienen und deiner Tochter-Erbin?«

Mat kicherte spöttisch.

»Ich habe dir doch gesagt, das funktioniert nicht«, sagte Egwene. »Nicht bei ihm.«

Elayne hatte ein gewisses Lächeln auf den Lippen. »Ich glaubte, es sei einen Versuch wert. Bei den Wachsoldaten in Caemlyn wirkt das immer. Ihr habt gesagt, wenn ich ihn anlächle ...« Sie brach ab und blickte betont zur Seite.

Was hast du ihr gesagt, Egwene, dachte er wütend. *Daß ich auf jedes Mädchen hereinfalle, das mich anlächelt?* Äußerlich blieb er jedoch ruhig und brachte es sogar fertig, sein Grinsen beizubehalten.

»Ich wünschte, eine Bitte würde ausreichen«, sagte Egwene. »Aber du tust keine Gefallen, Mat, oder? Hast du jemals etwas getan, ohne daß man dich auf Knien betteln oder aber dazu prügeln mußte?«

Er lächelte sie nur an. »Ich tanze gern mit euch beiden, Egwene, aber ich bin kein Laufbursche.« Einen Moment lang glaubte er, sie werde ihm die Zunge herausstrecken.

»Können wir vielleicht jetzt wieder auf das zurückkommen, was wir von Anfang an vorhatten?« fragte Nynaeve mit etwas zu beherrschter Stimme. Die anderen beiden nickten, und sie wandte sich ihm zu. Zum erstenmal seit ihrem Eintreten wirkte sie wie die Seherin von früher. Ihr Blick konnte einen mitten im Schritt erstarren lassen, und man erwartete beinahe, daß ihr Zopf wie der Schwanz einer Katze ausschlagen werde.

»Du bist noch unhöflicher, als ich dich in Erinnerung hatte, Matrim Cauthon. Du warst so lange krank, so daß Elayne, Egwene und ich dich wie ein Baby umsorgen mußten, daß ich deine schlechten Manieren vergessen hatte. Aber selbst dann sollte man denken, daß du ein wenig Dankbarkeit empfindest. Du hast davon gesprochen, etwas von der Welt zu sehen, die großen Städte vor allem. Also, was könnte dann besser sein, als nach Caemlyn zu gehen? Tu, was du sowieso tun wolltest, zeige deine Dankbarkeit und hilf gleichzeitig jemandem.« Sie zog ein zusammengefaltetes Dokument aus der Innentasche ihres Umhangs und legte es auf den Tisch. Es war mit einer Lilie auf dem goldgelben, steinharten Wachs gekennzeichnet. »Mehr kannst du wirklich nicht erwarten.«

Er sah das Dokument bedauernd an. Er konnte sich kaum noch daran erinnern, wie er einmal, mit Rand, durch Caemlyn gekommen war. Es war eine Schande, sie jetzt noch zurückzuhalten, aber er hielt es für das Beste. *Wenn du beim Tanzen deinen Spaß haben willst, mußt du früher oder später die Musikanten bezahlen.* Und wie sich Nynaeve jetzt benahm, war es besser, so schnell wie möglich zu bezahlen. »Nynaeve, ich kann nicht.«

»Was meinst du damit, daß du nicht kannst? Bist du eine Fliege an der Wand oder ein Mann? Eine Chance, der Tochter-Erbin von Andor einen Gefallen zu tun, Caemlyn zu sehen, wahrscheinlich Königin Morgase selbst kennenzulernen, und du kannst nicht? Ich weiß wirklich nicht, was du noch willst. Versuch nicht wieder, wegzuschlüpfen, wie ein Aal über der Pfanne, Matrim Cauthon! Oder hast du deine Meinung geändert und es gefällt dir jetzt, all die hier ständig in deiner Umgebung zu sehen?« Sie wedelte mit der linken Hand vor seiner Nase herum und hätte ihn fast mit dem Schlangenring getroffen.

»Bitte, Mat!« sagte Elayne und Egwene starrte ihn an, als seien ihm Trolloc-Hörner gewachsen.

Er wand sich auf seinem Stuhl. »Es ist nicht so, daß ich nicht will. Ich kann nicht! Die Amyrlin hat es so eingerichtet, daß ich nicht von dieser verd ..., von dieser Insel herunter kann. Wenn ihr das ändern könnt, trage ich deinen Brief auch zwischen den Zähnen, Elayne!«

Die drei Frauen sahen sich an. Er fragte sich manchmal, ob Frauen gegenseitig ihre Gedanken lesen konnten. Auf jeden Fall konnten sie seine Gedanken lesen, wenn er das am wenigsten brauchen konnte. Aber diesmal hatten sie es nicht getan, trotz dieser stummen Beratung untereinander.

»Erkläre uns das«, sagte Nynaeve knapp. »Warum will dich denn die Amyrlin hier behalten?«

Er zuckte die Achseln, sah ihr geradewegs in die Augen und schenkte ihr dabei sein unschuldigstes Lächeln. »Weil ich krank war. Und weil die Krankheit so lange gedauert hat. Sie sagte, sie werde mich nicht gehen lassen, bis sie sicher sei, daß ich nicht irgendwo doch noch daran sterben würde. Natürlich habe ich das nicht vor. Sterben, meine ich.«

Nynaeve runzelte die Stirn und zerrte an ihrem Zopf. Plötzlich nahm sie seinen Kopf in beide Hände. Ein Schauern durchlief ihn. *Licht, die Macht!* Bevor der Gedanke zu Ende war, hatte sie ihn schon losgelassen.

»Was ... was hast du mit mir gemacht, Nynaeve?«

»Nicht den zehnten Teil von dem, was du wahrscheinlich verdienst«, sagte sie. »Du bist so gesund wie ein Stier. Schwächer als du aussiehst, aber gesund.«

»Das habe ich dir doch gesagt«, verkündete er nervös. Er bemühte sich, wieder sein Grinsen aufzusetzen. »Nynaeve, sie hat genauso ausgesehen wie du. Die Amyrlin, meine ich. Hat es fertiggebracht, mich irgendwie zu überragen, obwohl sie einen Fuß zu klein ist dafür, und mich zu zwingen ...« Als sich ihre Augenbrauen kritisch hoben, entschloß er sich, lieber nichts weiter in dieser Richtung zu sagen. Solange er sie davon abhalten konnte, an das Horn zu denken. Er fragte sich, ob sie überhaupt Bescheid wußten. »Na ja. Auf jeden Fall glaube ich, daß sie mich des Dolchs wegen hierbehalten. Ich meine, bis sie herausbekommen, wie er das fertiggebracht hat. Ihr wißt ja, wie Aes Sedai sind.« Er lachte ein wenig. Sie sahen ihn alle nur stumm an. *Das hätte ich vielleicht nicht sagen sollen. Seng mich! Sie wollen ja verdammte Aes Sedai werden. Seng mich, ich schwätze einfach zuviel. Hoffentlich hört Nynaeve bald auf, mich so anzustarren. Also, mach's kurz.* »Die Amyrlin hat es so arrangiert, daß ich keine Brücke überqueren oder an Bord eines Schiffes gehen kann, ohne daß sie es ausdrücklich befiehlt. Klar? Es ist wirklich nicht so, daß ich nicht helfen wollte. Ich kann einfach nicht.«

»Aber wenn wir dich aus Tar Valon herausbekommen, hilfst du uns?« fragte Nynaeve eindringlich.

»Bringt mich aus Tar Valon heraus, und ich trage Elayne auf dem Rücken zu ihrer Mutter.«

Diesmal hoben sich Elaynes Augenbrauen, aber Egwene schüttelte den Kopf und formte mit den Lippen seinen Namen. Dabei blickte sie ihn ganz scharf an. Frauen hatten eben manchmal keinen Sinn für Humor.

Nynaeve bedeutete den beiden anderen, mit ihr zum Fenster hinüberzukommen. Dort drehten sie ihm die Rücken zu und sprachen so leise miteinander, daß er nur ein schwaches Murmeln hören konnte. Er glaubte, Egwene sagen zu hören, daß ihnen eines ja reichen werde, wenn sie zusammenblieben. Als er sie so beobachtete, fragte er sich, ob sie wirklich glaubten, den Befehl der Amyrlin umgehen zu können. *Wenn sie das schaffen, überbringe ich ihren verdammten Brief. Ich werde ihn wirklich zwischen den Zähnen tragen.*

In Gedanken nahm er einen Apfelbutzen und biß das eine Ende ab. Doch schnell spuckte er die bitteren Kerne wieder aus, daß sie auf den Teller klapperten.

Als sie zum Tisch zurückkehrten, reichte ihm Egwene ein dickes, gefaltetes Dokument. Er sah sie mißtrauisch an, bevor er es öffnete. Beim Lesen begann er unbewußt, vor sich hin zu summen.

Was die Trägerin tut, geschieht auf meinen Befehl hin und ich trage dafür die Verantwortung.
Gehorcht und schweigt gemäß meinem Befehl.

Siuan Sanche
Wächterin über die Siegel
Flamme von Tar Valon
Der Amyrlin-Sitz

Das Ganze war unten mit dem Siegel der Flamme von Tar Valon in weißem, steinharten Wachs geschmückt.

Ihm wurde plötzlich klar, daß er ›Eine Tasche voll

Gold‹ summte, und er hörte auf damit. »Ist das echt? Ihr habt doch nicht …? Wie seid ihr daran gekommen?«

»Sie hat es nicht gefälscht, falls du das meinst«, sagte Elayne.

»Kümmere dich nicht darum, wie wir das bekommen haben«, sagte Nynaeve. »Es ist echt. Das ist alles, was dich interessieren muß. Ich würde es an deiner Stelle nicht herumzeigen, oder die Amyrlin holt es sich zurück. Aber es wird dich an den Wachen vorbei und auf ein Schiff bringen. Du hast gesagt, du überbringst den Brief, wenn wir das schaffen.«

»Ihr könnt ihn bereits als überbracht betrachten.« Er hätte am liebsten das Dokument immer wieder gelesen, aber statt dessen faltete er es wieder und legte es auf Elaynes Brief. »Ihr habt nicht zufällig ein bißchen Geld übrig, oder? Ein paar Silbermünzen? Eine Goldmark oder zwei? Ich habe fast genug für eine Passage, aber man sagt, flußabwärts steigen die Preise ständig.«

Nynaeve schüttelte den Kopf. »Hast du kein Geld? Du hast beinahe jede Nacht mit Hurin gespielt, bevor du zu krank warst, um die Würfel zu halten. Warum sollte flußabwärts alles teurer sein?«

»Wir haben nur um Kupfermünzen gespielt, Nynaeve, und nach einer Weile wollte er das auch nicht mehr riskieren. Es ist nicht wichtig. Ich komme schon durch. Hört ihr nicht, was die Leute so sagen? In Cairhien herrscht Bürgerkrieg, und wie ich höre, herrschen auch in Tear schlimme Zustände. Ich habe gehört, daß in Aringill ein Zimmer in einer Schenke mehr kostet als zu Hause ein gutes Pferd.«

»Wir waren zu beschäftigt«, sagte sie in scharfem Ton. Sie tauschte besorgte Blicke mit Egwene und Elayne, die ihm wiederum Kopfzerbrechen bereiteten.

»Es ist nicht wichtig. Ich komme durch.« In den Schenken am Hafen wurde bestimmt gespielt. Ein Abend mit den Würfeln, und am Morgen war er mit gefüllter Börse an Bord eines Schiffs.

»Bringe nur diesen Brief Königin Morgase, Mat«, sagte Nynaeve. »Und laß niemand wissen, daß du ihn hast.«

»Ich bringe ihn ihr. Ich habe es doch versprochen, oder? Als ob ich meine Versprechen nicht hielte.« Die Blicke, die Nynaeve und Egwene ihm zuwarfen, erinnerten ihn an einige, die er nicht gehalten hatte. »Ich mache es schon. Blut und … ich überbringe ihn!«

Sie blieben noch eine Weile und sprachen die meiste Zeit über von zu Hause. Egwene und Elayne setzten sich aufs Bett, und Nynaeve holte sich den Lehnstuhl heran, während er auf dem Hocker sitzenblieb. Das Gerede von Emondsfeld ließ Heimweh in ihm hochsteigen, und es schien Egwene und Nynaeve traurig zu machen, so, als sprächen sie von etwas, das sie nie wiedersehen würden. Ihre Augen erschienen ihm feucht, doch wenn er das Thema wechseln wollte, kamen sie wieder darauf zurück, erzählten von Leuten, die sie kannten, von den Festen wie Bel Tine und Sonnentag, von Erntetänzen und Picknicks nach der Schur.

Elayne erzählte ihm von Caemlyn, was ihn im Königlichen Palast erwartete, mit wem er sprechen mußte und auch ein wenig über die Stadt. Manchmal war ihre Haltung so, daß er sie schon beinahe mit einer Krone auf dem Haupt sah. Der Mann wäre ein Narr, der sich mit einer Frau wie ihr einließe. Als sie sich schließlich erhoben, tat es ihm leid, sie gehen zu lassen.

Er stand auf. Mit einem Mal war er verlegen. »Schaut mal, ihr habt mir hier einen großen Gefallen getan.« Er berührte das Dokument der Amyrlin auf dem Tisch. »Einen sehr großen Gefallen. Ich weiß, daß ihr alle Aes Sedai werdet« – das ging ihm nicht leicht über die Lippen –, »und du wirst eines Tages Königin sein, Elayne. Aber wenn du einmal Hilfe brauchst, wenn ich irgend etwas für dich tun kann, dann komme ich. Darauf kannst du zählen. Habe ich etwas Komisches gesagt?«

Elayne hatte die Hand auf ihren Mund gelegt, und

Egwene kämpfte ganz offen gegen einen Lachanfall an.
»Nein, Mat«, sagte Nynaeve verbindlich, aber ihre Lippen zuckten dabei. »Nur etwas, das mir an Männern aufgefallen ist.«

»Du müßtest eine Frau sein, um das zu verstehen«, sagte Elayne.

»Ich wünsche dir eine gute und sichere Reise, Mat«, sagte Egwene. »Und denk daran, wenn eine Frau einen Helden braucht, braucht sie ihn heute und nicht morgen.« Nun konnte sie ihr Lachen nicht länger zurückhalten.

Er starrte die Tür an, nachdem sie sich hinter ihnen geschlossen hatte. Frauen, dachte er sich zum hundertstenmal, sind eigenartig. Dann fiel sein Blick auf Elaynes Brief und das zusammengefaltete Blatt obenauf. Das nicht-zu-verstehende, aber wie-ein-Feuer-im-Winter-willkommene Dokument der Amyrlin. Er tanzte vor Freude auf dem geblümten Teppich umher. Caemlyn sehen und eine Königin treffen. *Eure eigenen Worte werden mich befreien, Amyrlin. Und mich auch von Selene wegbringen.* »Ihr werdet mich nie erwischen«, lachte er, und damit meinte er beide. »Ihr erwischt Mat Cauthon nie!«

KAPITEL 29

Aufbruchstimmung

In einer Ecke lag der Küchenhund gemütlich ausgestreckt. Nynaeve sah ihn wütend an, wischte sich mit einer Hand den Schweiß von der Stirn und zwang sich zum Weiterarbeiten. *Ich traue ihnen fast zu, daß sie mich in sein Korbrad stecken, um dort pausenlos zu treten und den Spieß zu drehen. Statt dessen muß es diese lichtverlassene Kurbel sein. Aes Sedai! Seng sie doch alle!* Man konnte den Grad ihrer Erregung daran messen, daß sie sich einer solchen Sprache bediente und daß sie es noch dazu nicht einmal selbst bemerkte. Sie konnte nicht glauben, daß es in dem langen, grauen, gemauerten Kamin noch heißer sei als ihr jetzt. Und sie war sicher, daß der gefleckte Hund sie angrinste.

Elayne schöpfte mit einem langen Holzlöffel Fett aus der Pfanne, die auffangbereit unter den Braten stand, während Egwene mit einem gleichen Löffel das Fleisch übergoß. In der Großküche lief alles um sie herum wie jeden Mittag ab. Selbst die Novizinnen hatten sich so an die Aufgenommenen gewöhnt, daß sie die drei Frauen kaum noch beachteten. Nicht, daß die Köchinnen den Novizinnen überhaupt Pausen gegönnt hätten, um sie anzugaffen. Die Aes Sedai sagten immer, die Arbeit forme den Charakter, und die Köchinnen sorgten dafür, daß die Novizinnen sehr starke Charaktere entwickelten. Und auch die drei Aufgenommenen.

Laras, die Herrin der Küche – eigentlich war sie die Chefköchin, aber die andere Bezeichnung war von so vielen so lange schon benützt worden, daß sie beinahe offiziell war –, kam herüber, um die Braten zu begutachten. Und die Frauen, die daneben schwitzten. Sie war mehr als nur fett zu nennen, hatte mindestens ein Dreifachkinn und trug eine fleckenlose, weiße Schürze, aus der man die Kleider für drei Novizinnen hätte nähen können. Sie trug ihren eigenen langen Holzlöffel wie ein Szepter mit sich herum. Dieser Löffel diente nicht zum Umrühren. Er wurde dazu benützt, ihre Untergebenen zu dirigieren und derjenigen eins überzuziehen, die ihr nicht schnell genug ihren Charakter formte. Sie musterte die Braten, schnüffelte verächtlich und wandte sich stirnrunzelnd den drei Aufgenommenen zu.

Nynaeve erwiderte Laras' Blick ohne Scheu und drehte dabei weiter den Spieß. Der Gesichtsausdruck der massigen Frau änderte sich nie. Nynaeve hatte es mit Lächeln probiert, aber das bewirkte überhaupt nichts. Mit Arbeiten aufzuhören und ganz höflich mit ihr zu sprechen hatte katastrophale Auswirkungen gezeigt. Es war schon schlimm genug, sich von den Aes Sedai herumkommandieren und herumschubsen zu lassen. Damit mußte sie fertigwerden, so sehr es sie auch wurmte, wenn sie lernen wollte, ihre Fähigkeiten auszubauen und anzuwenden. Was sie tun mußte, gefiel ihr an sich auch überhaupt nicht. Einerseits waren die Aes Sedai ja noch lange keine Schattenfreunde, bloß weil sie die Macht benutzen konnten, aber andererseits graute ihr schon vor sich selbst, da sie die gleichen Fähigkeiten besaß. Aber sie mußte dazulernen, wenn sie sich eines Tages an Moiraine rächen wollte. Ihr Haß auf Moiraine, weil sie Egwene und die anderen Emondsfelder aus ihren Leben gerissen und für ihre Zwecke mißbraucht hatte, war für sie die Hauptantriebskraft bei alledem. Aber sich von dieser Laras wie ein faules, nicht gerade intelligentes Kind behandeln zu lassen, vor dieser Frau knicksen zu müssen und Laufburschendienste zu leisten, einer Frau, die sie zu Hause mit wenigen wohlüberlegten Worten zurechtgewiesen hätte, das ließ sie schon beinahe genauso mit den Zähnen knirschen wie der Gedanke an Moiraine. *Wenn ich sie vielleicht nicht ansehe … Nein! Seng mich, wenn ich vor dieser … dieser Kuh kusche!*

Laras schniefte lauter und stolzierte weg. Es war wie das Rollen eines Schiffs von einer Seite auf die andere, als sie so über die frischgeputzten grauen Kacheln watschelte.

Elayne stand immer noch gebückt mit dem Löffel und dem Fettnapf in der Hand da und blickte ihr finster hinterher. »Wenn diese Frau mich nur noch einmal schlägt, lasse ich sie von Gareth Bryne festnehmen und …«

»Sei ruhig«, flüsterte Egwene. Sie hörte nicht auf, die Braten zu übergießen, und sie sah Elayne dabei auch nicht an. »Sie hat Ohren wie eine …«

Laras drehte sich um, als hätte sie tatsächlich zugehört. Ihr Stirnrunzeln nahm zu, und ihr Mund öffnete sich zur vollen Breite. Bevor jedoch ein Ton herauskam, betrat die Amyrlin die Küche mit der Kraft eines Wirbelsturms. Selbst die gestreifte Stola über ihren Schultern schien aufgeladen. Ausnahmsweise einmal war Leane nirgends zu sehen.

Endlich, dachte Nynaeve grimmig. *Sie hat es nicht gerade eilig gehabt.* Aber die Amyrlin blickte gar nicht zu ihnen herüber. Die Amyrlin sagte kein Wort, gleich zu wem. Sie wischte mit der Hand über eine knochenweiß geschrubbte Tischfläche, sah ihre Finger an und verzog das Gesicht, als habe sie Schmutz entdeckt. Laras war einen Moment später an ihrer Seite und lächelte über das ganze breite Gesicht, aber der ausdruckslose Blick der Amyrlin ließ das Lächeln sofort wieder verschwinden.

Die Amyrlin wanderte in der Küche herum. Sie sah die Frauen an, die den Maiskuchen schnitten. Sie funkelte die Frauen an, die das Gemüse putzten. Sie blickte spöttisch in die Suppenkessel und dann auf die

Frauen, die darin rührten. Diese Frauen waren mit einem Mal ganz versunken in den Anblick der Suppe. Ihr finsterer Blick ließ die Mädchen beinahe rennen, die Teller und Schüsseln hinaus in den Speisesaal trugen. Unter diesem Blick huschten die Novizinnen einher wie die Mäuse vor der Katze. Als sie die Hälfte des Wegs durch die Küche zurückgelegt hatte, arbeiteten alle Frauen doppelt so schnell wie vorher. Als sie die Runde beendet hatte, war Laras die einzige, die überhaupt noch wagte, sie anzuschauen.

Die Amyrlin blieb vor dem riesigen Bratspieß stehen, stützte die Arme auf die Hüften und sah Laras an. Sie sah sie nur einfach mit ihren ausdruckslosen, kalten und harten blauen Augen an.

Die große Frau schluckte, und ihre Kinne wabbelten. Sie glättete nervös ihre Schürze. Die Amyrlin blinzelte nicht einmal. Laras senkte den Blick und trat schwerfällig von einem Fuß auf den anderen. »Falls die Mutter mich entschuldigt«, sagte sie mit schwacher Stimme. Sie machte etwas, das einem Knicks entfernt ähnlich sah, und eilte davon. Sie vergaß sich sogar so weit, daß sie sich den Frauen an den Suppenkesseln anschloß und mit ihrem eigenen Löffel umzurühren begann.

Nynaeve lächelte, hielt aber den Kopf gesenkt, um es zu verbergen. Auch Egwene und Elayne arbeiteten weiter, blickten aber heimlich zur Amyrlin hinüber, die keine zwei Schritt entfernt stand und ihnen den Rücken zuwandte.

Von ihrem Standpunkt aus konnte die Amyrlin die gesamte Küche überblicken und alle mit ihrem Blick einschüchtern. »Wenn sie sich so leicht einschüchtern lassen«, murmelte sie ganz leise, »dann sind sie vielleicht wirklich zu lange so davongekommen.«

Allerdings leicht eingeschüchtert, dachte Nynaeve. *Diese erbärmlichen Weibsbilder. Sie hat sie schließlich bloß angesehen!* Die Amyrlin blickte sich über eine stolabedeckte Schulter hinweg nach hinten um, und ihre Blicke trafen sich einen Moment lang. Plötzlich wurde Nynaeve klar, daß sie den Spieß schneller drehte. Sie sagte sich, sie müsse eben genauso eingeschüchtert tun wie alle die anderen.

Der Blick der Amyrlin fiel auf Elayne, und plötzlich sprach sie, und zwar beinahe laut genug, daß die Kupferkessel und Pfannen klapperten, die an der Wand hingen: »Es gibt einige Ausdrücke, die ich nicht aus dem Mund einer jungen Frau hören will, Elayne aus dem Hause Trakand. Wenn Ihr sie einlaßt, werde ich sie herauswaschen lassen!« Jede in der Küche fuhr zusammen.

Elayne blickte verwirrt drein, und Egwenes Gesicht nahm langsam einen finsteren Ausdruck an.

Nynaeve schüttelte den Kopf hastig und warnend. *Nein, Mädchen! Halt den Mund! Siehst du nicht, was sie will?*

Doch Egwene öffnete den Mund und sagte in respektvollem, aber energischem Tonfall: »Mutter, sie hat nichts …«

»Ruhe!« Das Brüllen der Amyrlin löste überall weiteres Zusammenzucken aus. »Laras! Könnt Ihr irgendeinen Weg finden, zwei Mädchen beizubringen, nur zu sprechen, wenn sie gefragt sind und nur zu sagen, was man von ihnen erwartet, *Herrin* der Küche? Schafft Ihr das?«

Laras watschelte viel schneller heran, als Nynaeve die Frau sich jemals zuvor bewegen hatte sehen. Sie packte Egwene und Elayne jeweils an einem Ohr und wiederholte derweil unterwürfig: »Ja, Mutter. Sofort, Mutter. Wie Ihr befehlt, Mutter.« Sie zog die beiden jungen Frauen so schnell aus der Küche heraus, als sei sie heilfroh, dem Blick der Amyrlin zu entrinnen.

Die Amyrlin war Nynaeve jetzt so nahe, daß sie sie berühren konnte, sah sich aber immer noch in der Küche um. Eine junge Köchin wandte sich gerade mit einer Teigschüssel in der Hand um. Der Blick der

Amyrlin fiel direkt auf sie, und sie quiekte und rannte weg zu dem Tisch, auf dem der Teig geknetet wurde.

»Ich wollte Egwene nicht darin verwickeln.« Die Amyrlin bewegte kaum die Lippen beim Sprechen. Es wirkte, als knurre sie etwas in sich hinein, und bei ihrem Gesichtsausdruck hatte niemand in der Küche Interesse daran, was sie sagte. Nynaeve konnte sie gerade noch verstehen. »Aber vielleicht lernt sie daraus, erst nachzudenken, bevor sie etwas sagt.«

Nynaeve drehte den Spieß und behielt den Kopf unten. Sie bemühte sich, ebenfalls so zu wirken, als führe sie Selbstgespräche, für den Fall, daß jemand herblickte. »Ich dachte, Ihr wolltet ständig mit uns in Kontakt bleiben, Mutter. Damit wir über unsere Erkenntnisse berichten können.«

»Wenn ich jeden Tag komme und nach euch schaue, Tochter, würden einige mißtrauisch.« Die Amyrlin behielt weiterhin die ganze Küche im Auge. Die meisten Frauen schienen jeden Blick in ihre Richtung zu vermeiden, um nicht ihren Zorn auf sich zu ziehen. »Ich wollte euch an sich nach dem Mittagessen in mein Arbeitszimmer kommen lassen, um euch zu schelten, weil ihr noch keine Studiengebiete ausgewählt habt. Jedenfalls hatte ich das Leane so gesagt. Aber es gibt Neuigkeiten, die nicht warten können. Sheriam hat wieder einen Grauen Mann gefunden. Eine Frau diesmal. Tot wie ein Fisch von der letzten Woche und keine Verletzung zu erkennen. Man hat sie hingelegt, als wolle sie sich nur ausruhen, und zwar ausgerechnet in Sheriams Bett. Nicht sehr angenehm für sie.«

Nynaeve erstarrte, und der Spieß stand einen Moment lang still, bevor sie weiter an der Kurbel drehte. »Sheriam hatte eine Möglichkeit, die Liste zu sehen, die Verin Egwene gab. Elaida übrigens auch. Ich beschuldige niemanden, aber sie hatten jedenfalls die Möglichkeit. Und Egwene sagte, Alanna habe sich auch ... seltsam verhalten.«

»Das hat sie Euch auch erzählt, nicht wahr? Alanna kommt aus Arafel. Dort haben sie eigenartige Vorstellungen in bezug auf Ehre und Schuld.« Sie zuckte die Achseln, sagte aber noch: »Ich denke, ich werde ein Auge auf sie haben. Habt ihr sonst etwas Nützliches erfahren, Kind?«

»Einiges«, murmelte Nynaeve grimmig. *Wie wäre es damit, auch Sheriam im Auge zu behalten? Vielleicht hat sie den Grauen Mann nicht bloß gefunden. Und außerdem könnte die Amyrlin auch Elaida beobachten. Also stimmte das mit Alanna ...* »Ich verstehe nicht, wieso Ihr Else Grinwell vertraut, aber Eure Nachricht war hilfreich.«

In kurzen, hastigen Sätzen berichtete Nynaeve von den Dingen, die sie in dem Vorratsraum unter der Bibliothek gefunden hatten. Sie ließ es so erscheinen, als seien nur sie und Egwene hingegangen, und fügte auch die Schlüsse hinzu, die sie aus dem Vorgefundenen gezogen hatten. Sie erwähnte Egwenes Traum nicht – oder was es gewesen sein mochte. Egwene bestand darauf, ihn als real zu betrachten – real eben in *Tel'aran'rhiod.* Und sie erzählte auch nichts von dem *Ter'Angreal,* den Verin Egwene gegeben hatte. Sie brachte es einfach nicht fertig, der Frau mit der in sieben Farben gestreiften Stola voll und ganz zu vertrauen – sie vertraute keiner Frau ganz, die hier eine Stola tragen durfte –, und es schien ihr besser, ein paar Dinge zurückzuhalten.

Als sie fertig war, schwieg die Amyrlin so lange, daß Nynaeve schon fürchtete, sie habe das alles nicht gehört. Beinahe hätte sie alles etwas lauter wiederholt, doch da äußerte sich die Amyrlin endlich, wieder fast ohne jede Lippenbewegung: »Ich habe Euch keine Botschaft gesandt, Tochter. Die von Liandrin und den anderen zurückgelassenen Sachen wurden gründlich untersucht und verbrannt, nachdem nichts zu finden war. Keine andere hätte die von Schwarzen Ajah zurückgelassenen Sachen benützt. Was Else Grinwell betrifft ...

Ich erinnere mich an das Mädchen. Sie hätte wirklich etwas lernen können, wenn sie sich angestrengt hätte. Aber alles, was sie im Kopf hatte, war, die Männer anzulächeln, die auf dem Übungsgelände der Behüter kämpften. Else Grinwell wurde vor zehn Tagen auf ein Schiff gebracht und zu ihrer Mutter zurückgeschickt.«

Nynaeve versuchte, den Kloß in ihrem Hals herunterzuschlucken. Die Worte der Amyrlin erweckten in ihr die Vorstellung von den Rüpeln, die kleinere Kinder traktierten. Sie verachteten die Kleineren immer derart, waren immer so sicher, daß die Kleinen zu dumm seien, um zu erkennen, was sie taten, daß sie ihre Fallen überhaupt nicht erst zu verschleiern versuchten. Nun schien es ihr, die Schwarzen Ajah zeigten ihr gegenüber die gleiche Verachtung, und das brachte ihr Blut zum Kochen. Daß sie ihnen überhaupt eine solche Falle stellten, drehte ihr fast den Magen herum. *Licht, wenn Else weggeschickt wurde ... Licht, jede, mit der ich mich unterhalte, könnte dann ja auch Liandrin sein oder eine der anderen. Licht!* Der Spieß stand still. Schnell begann sie ihn weiterzudrehen. Aber niemand schien es bemerkt zu haben. Sie bemühten sich immer noch, den Blick der Amyrlin zu meiden.

»Und was wollt ihr in bezug auf diese ... offensichtliche Falle unternehmen?« fragte die Amyrlin leise, wobei sie immer noch von Nynaeve weg in die Küche blickte. »Wollt ihr darauf auch wieder hereinfallen?«

Nynaeve wurde rot. »Ich weiß diesmal, daß es eine Falle ist, Mutter. Und der beste Weg, den zu fangen, der die Falle gestellt hat, ist eben nun mal, sie auszulösen und zu warten, wer dann kommt.« Es klang irgendwie kraftloser als zuvor, wo sie es Egwene und Elayne erklärt hatte. Sie war aber nach wie vor dazu entschlossen.

»Vielleicht, Kind. Vielleicht ist das die richtige Methode, sie zu finden. Falls sie nicht kommen und euch in ihrem Netz gefangen vorfinden.« Sie seufzte frustriert. »Ich werde euch Gold für eure Reise ins Zimmer bringen. Und ich werde ausstreuen lassen, daß ich euch auf einen Bauernhof geschickt habe, um dort Kohl zu ernten. Geht Elayne mit euch?«

Nynaeve vergaß sich so weit, daß sie die Amyrlin verblüfft anstarrte, doch dann senkte sie ganz schnell den Blick wieder auf ihre Hände. Ihre Knöchel an der Kurbel des Bratspießes waren ganz weiß vor Anstrengung. »Ihr alte Ränkeschmie… Warum all das Gerede, wenn Ihr es die ganze Zeit über wußtet? Eure cleveren Intrigen bringen uns fast genauso ins Schwitzen wie die Gegenwart der Schwarzen Ajah. Warum?« Das Gesicht der Amyrlin spannte sich an, so daß sie sich zu einem respektvolleren Ton genötigt sah. »Falls ich fragen darf, Mutter.«

Die Amyrlin schnaubte. »Morgase wieder auf den rechten Pfad zurückzubringen, ob sie nun will oder nicht, wird schon schwierig genug, ohne sie auch noch glauben zu lassen, daß ich ihre Tochter wieder in Gefahr gebracht habe. Auf die Art kann ich wenigstens vor vornherein sagen, es sei nicht meine Schuld. Es mag ja für Elayne ziemlich hart werden, wenn sie schließlich ihrer Mutter wieder gegenübersteht, aber jetzt habe ich drei Jagdhunde statt nur zweier. Ich habe euch ja gesagt, ich könnte hundert gebrauchen, wenn es möglich wäre.« Sie rückte die Stola auf ihren Schultern zurecht. »Das war jetzt lange genug. Wenn ich euch so nahe bleibe, wird es jemandem auffallen. Gibt es sonst noch etwas, was Ihr mir berichten müßt? Oder fragen? Dann macht schnell, Tochter.«

»Was ist *Callandor,* Mutter?« fragte Nynaeve.

Diesmal war es die Amyrlin, die sich vergaß und schon halb Nynaeve zugewandt war, bevor sie zurückzuckte. »Man darf ihnen nicht gestatten, das in die Hände zu bekommen.« Ihr Flüstern war kaum hörbar, als sei es nur für die eigenen Ohren bestimmt. »Sie können es bestimmt nicht bekommen, aber…« Sie atmete tief durch, und ihre Worte waren wieder laut genug, daß Nynaeve sie verstehen konnte, auch wenn sie zwei Schritte weiter nicht mehr hörbar waren. »Nicht mehr als ein Dutzend Frauen in der Burg wissen, was *Callandor* ist, und außerhalb vielleicht noch mal die gleiche Anzahl. Die Hochlords von Tear wissen es, aber sie sprechen nicht darüber, außer, wenn ein neuer Lord zu ihrem Rang erhoben wird und sie ihn einweihen. Das Schwert, Das Man Nicht Berühren Kann, ist ein *Sa'Angreal,* Mädchen. Nur zwei mächtigere wurden jemals angefertigt, und dem Licht sei Dank, daß keiner davon je benützt wurde. Mit *Callandor* in der Hand, Kind, könntet Ihr mit einem Schlag eine ganze Stadt vernichten. Wenn ihr sterben müßt, um das nicht in die Hände der Schwarzen Ajah fallen zu lassen – Ihr und Egwene und Elayne, alle drei –, dann habt ihr der ganzen Welt einen Dienst erwiesen, und der Preis ist noch gering zu nennen.«

»Wie könnten sie es denn in die Hände bekommen?« fragte Nynaeve. »Ich dachte, nur der Wiedergeborene Drache könne *Callandor* berühren?«

Die Amyrlin sah sie von der Seite her so scharf an, daß man damit den Braten am Spieß hätte schneiden können. »Sie sind vielleicht hinter etwas anderem her«, sagte sie nach einem Augenblick des Überlegens. »Hier haben sie die *Ter'Angreal* gestohlen. Im Stein von Tear befinden sich beinahe genauso viele *Ter'Angreal* wie hier in der Burg.«

»Ich glaubte, die Hochlords haßten alles, was mit der Macht zu tun hat«, flüsterte Nynaeve ungläubig.

»O ja, Kind, sie hassen alles. Sie hassen es und fürchten sich davor. Wenn sie ein Mädchen in Tear aufspüren, das die Macht lenken kann, dann verfrachten sie sie am gleichen Tag noch auf ein Schiff nach Tar Valon und geben ihr nicht einmal mehr Zeit, sich von ihrer Familie zu verabschieden.« Im Gemurmel der Amyrlin klang die Bitterkeit über das eigene Schicksal nach. »Und doch besitzen sie einen der mächtigsten Brennpunkte der Macht, die die Welt je gesehen hat, und das innerhalb ihres gehüteten Steins. Ich glaube, sie haben deshalb über die Jahre hinweg so viele *Ter'Angreal* und andere Dinge gesammelt, die mit der Macht zu tun haben, weil sie glauben, so die Macht des Dinges schmälern zu können, das sie nicht loswerden, das sie immer und ewig an ihr eigenes Verderben erinnert, wenn sie das Herz des Steins betreten. Ihre Festung, an der hundert Heere scheiterten, wird als eines der Vorzeichen für die Wiedergeburt des Drachen fallen. Und es wird noch nicht einmal das einzige Vorzeichen sein, sondern eben nur eines von allen. Wie das ihre stolzen Herzen zum Erzittern bringen muß! Ihr Fall wird noch nicht einmal das eine, große Fanal für die Veränderung der Welt darstellen! Und sie können es auch nicht einfach ignorieren, indem sie sich vom Herz des Steins fernhalten. Dort werden die Lords zu Hochlords erhoben, dort müssen sie viermal im Jahr etwas durchführen, was sie den Ritus der Bewachung nennen, denn sie behaupten ja, sie schützten die ganze Welt vor dem Drachen, indem sie *Callandor* bewachen und für ihn unerreichbar machen. Das muß an ihnen nagen wie ein Schwarm Barrakudas, und sie verdienen es!« Sie schüttelte sich leicht, als habe sie mehr gesagt, als ursprünglich vorgesehen. »Ist das alles, Kind?«

»Ja, Mutter«, sagte Nynaeve. *Licht, es kommt immer alles letzten Endes auf Rand an, oder? Immer der Wiedergeborene Drache.* Es kostete sie immer noch Mühe, an ihn als solchen zu denken. »Das ist alles.«

Die Amyrlin rückte noch einmal ihre Stola zurecht und überblickte finster das hastige Gewusel in der Küche. »Ich muß das wiedergutmachen. Ich mußte ohne Verzögerung mit Euch sprechen, aber Laras ist eine gute Frau, und sie verwaltet Küche und Vorratskammern ganz ausgezeichnet.«

Nynaeve schniefte und sprach zu ihren Händen am

Griff der Kurbel. »Laras ist ein saurer Fettkloß und viel zu schnell mit diesem Löffel zur Hand.« Sie glaubte, das nahezu unhörbar geflüstert zu haben, aber dann hörte sie, wie die Amyrlin trocken auflachte.

»Ihr könnt aber Charaktere gut beurteilen, Kind. Ihr müßt für Euer Dorf eine gute Seherin gewesen sein. Es war Laras, die zu Sheriam ging, weil sie wissen wollte, wie lange sie euch noch die schmutzigste und härteste Arbeit zumuten müsse, ohne euch etwas Erleichterung zu gönnen. Sie sagte, sie wolle nicht verantworten, den Lebensmut und die Gesundheit einer Frau zu ruinieren, gleich, was ich befehle. Ihr könnt wirklich gut Charaktere beurteilen, Kind.«

Laras trat in dem Moment wieder in die Küchentür, zögerte aber, ihr eigenes Reich zu betreten. Die Amyrlin ging ihr entgegen, und die finsteren Blicke wichen nun dem Lächeln.

»Es sieht meiner Meinung nach alles bestens aus, Laras.« Die Worte der Amyrlin waren in der gesamten Küche gut zu hören. »Ich fand nichts Ungewöhnliches – alles ist recht. Ich muß Euch loben. Ich glaube, ich werde ›Herrin der Küche‹ zu einem offiziellen Titel machen.«

Der Gesichtsausdruck der fetten Frau wandelte sich von nervös über erschrocken hin zu einem breiten Strahlen. Als die Amyrlin aus der Küche fegte, herrschte eitel Freude. Doch als sie sich dann in der Küche umsah, runzelte sie sogleich die Stirn, und die ganze Küchenbesatzung wandte sich blitzschnell wieder der Arbeit zu. Laras' grimmiger Blick traf Nynaeve.

Die drehte den Spieß wieder und lächelte die massige Frau an.

Laras' Miene verfinsterte sich noch weiter, und sie begann, sich mit dem Löffel auf die Hüfte zu klatschen. Sie hatte wohl vergessen, daß er einmal wenigstens für seinen eigentlichen Zweck benützt worden war. Auf ihrer weißen Schürze blieben Suppenflecken zurück.

Ich lächle sie an, und wenn es mich umbringt, dachte Nynaeve, aber sie mußte dabei mit den Zähnen knirschen.

Egwene und Elayne erschienen wieder, verzogen die Gesichter und wischten sich die Münder mit den Ärmeln ab. Ein Blick von Laras, und sie zischten zum Bratspieß und nahmen ihre Arbeit wieder auf.

»Seife«, knurrte Elayne undeutlich, »schmeckt furchtbar!«

Egwene zitterte, als sie Saft aus der Pfanne über die Braten kippte. »Nynaeve, wenn du uns sagst, die Amyrlin wolle, daß wir hierbleiben, dann schreie ich. Dann laufe ich wirklich weg!«

»Wir gehen, sobald der Abwasch erledigt ist«, sagte sie zu ihnen. »So schnell wir eben unsere Sachen aus den Zimmern holen können.« Sie wünschte, sie könne die Freude teilen, die sich in zwei Augenpaaren zeigte. *Licht, hilf uns, daß wir nicht in eine Falle rennen, aus der wir nicht mehr entkommen können. Licht, hilf!*

KAPITEL 30

Die Würfel rollen

Nachdem Nynaeve und die anderen gegangen waren, verbrachte Mat den größten Teil des Tages in seinem Zimmer, von einem kurzen Ausflug abgesehen. Er plante. Und aß. Er aß fast alles, was ihm die Dienerinnen brachten, und er bat um mehr. Sie waren nur zu froh, seinem Wunsch nachzukommen. Er wollte Brot, Käse und Obst haben, und als er alles hatte, verstaute er die im Winter verschrumpelten Äpfel und Birnen, Käsestücke und Brotlaibe im Kleiderschrank. Die leeren Tabletts ließ er wieder abholen.

Um die Mittagszeit mußte er den Besuch einer Aes Sedai über sich ergehen lassen. Wenn er sich richtig erinnerte, hieß sie Anaiya. Sie nahm seinen Kopf in die Hände, und es überlief ihn kalt dabei. Es war die Eine Macht, das war ihm klar, und nicht einfach die Berührung einer Aes Sedai. Trotz ihrer glatten Wangen und der typischen Würde einer Aes Sedai war sie eine ganz einfache Frau.

»Es scheint Euch schon viel besser zu gehen«, sagte sie ihm lächelnd. Ihr Lächeln erinnerte ihn an seine Mutter. »Noch hungriger, als ich erwartete, wie man mir sagte, aber um so besser. Ich wurde darüber aufgeklärt, daß Ihr Euch bemüht, die Vorratskammern leerzuessen. Glaubt mir, wenn ich Euch versichere: Wir werden dafür sorgen, daß Ihr alle Lebensmittel bekommt, die Ihr benötigt. Ihr müßt keine Angst haben, daß Ihr auch nur eine Mahlzeit verpaßt, bevor Ihr völlig gesund seid.«

Er grinste sie auf die Art an, die er immer bei seiner

Mutter benützt hatte, wenn er wollte, daß sie ihm unbedingt glaubte. »Ich weiß das zu schätzen. Und ich fühle mich auch viel besser. Ich denke, heute nachmittag sehe ich mich ein wenig in der Stadt um. Falls Ihr nichts dagegen habt, natürlich. Vielleicht besuche ich am Abend noch eine Schenke. Es gibt nichts Besseres als die Gespräche im Schankraum, um jemanden aufzumuntern.«

Er glaubte, ihre Lippen zucken zu sehen. Beinahe hätte sie noch breiter gelächelt. »Niemand wird versuchen, Euch aufzuhalten, Mat. Aber versucht nicht, die Stadt zu verlassen. Das wird die Wachen aufregen und Euch nichts weiter einbringen, als von ihnen hierher zurückgebracht zu werden.«

»Das würde ich doch nicht machen, Aes Sedai. Die Amyrlin meinte, ich würde nach wenigen Tagen verhungern, wenn ich die Stadt verließe.«

Sie nickte, als glaube sie ihm kein Wort. »Natürlich.« Als sie sich von ihm abwandte, fiel ihr Blick auf den Bauernspieß, den er vom Übungsgelände mitgebracht und in eine Zimmerecke gestellt hatte. »Ihr müßt Euch nicht vor uns schützen, Mat. Ihr seid hier so sicher, wie es nur geht. Bestimmt sicherer als außerhalb.«

»Ach, das weiß ich doch, Aes Sedai. Das weiß ich.« Nachdem sie gegangen war, sah er die Tür finster an und fragte sich, ob er wirklich überzeugend auf sie gewirkt habe.

Es war schon eher Abend als Nachmittag, da verließ er sein Zimmer zum, wie er hoffte, allerletzten Mal. Der Himmel färbte sich purpurn, und die Wolken im Westen strahlten in allen möglichen Rottönen. Als er seinen Umhang angelegt hatte und die große Ledertasche umhängte, die er bei seinem früheren ›Ausflug‹ gefunden hatte – vollgestopft mit dem Brot, Käse und Obst, die er sich erschwindelt hatte –, sah er in den Spiegel, und da wurde ihm klar, daß er seine Absicht so nicht verbergen konnte. Er schnappte sich eine

Decke vom Bett, rollte seine Kleider hinein und hängte sich das Ganze auch noch über die Schulter. Der Bauernspieß erfüllte auch als Wanderstock seinen Zweck. Er ließ nichts zurück. Seine kleineren Besitztümer steckten in den Manteltaschen, und in der Gürteltasche steckte das Allerwichtigste: das Dokument der Amyrlin. Elaynes Brief. Und seine Würfelbecher.

Er sah einige Aes Sedai, als er aus der Burg hinausmarschierte, und ein paar davon bemerkten ihn ebenfalls, doch sie hoben höchstens erstaunt eine Augenbraue, sprachen ihn aber nicht an. Eine davon war Anaiya. Sie lächelte ihn amüsiert an und schüttelte leicht mißbilligend den Kopf. Er antwortete mit einem Achselzucken und dem schuldbewußtesten Grinsen, das er fertigbrachte. Sie ging schweigend weiter und schüttelte dabei noch mal den Kopf. Die Wachen am Eingang der Burg blickten ihm lediglich nach.

Erst als er den großen Vorplatz überquert hatte und durch die Straßen der Stadt schlenderte, kam in ihm ein Gefühl der Erleichterung auf. Und des Triumphs. *Wenn du nicht verbergen kannst, was du vorhast, dann übertreibe so, daß dich die anderen für einen Narren halten. Dann stehen sie lediglich herum und warten darauf, daß du auf die Schnauze fällst. Diese Aes Sedai warten bestimmt darauf, daß ich von den Wachen zurückgebracht werde. Wenn ich am Morgen noch nicht zurück bin, werden sie zu suchen beginnen. Zuerst aber nicht so schrecklich eifrig, weil sie glauben, ich sei irgendwo in der Stadt untergetaucht. Wenn es ihnen schließlich klar wird, was ich getan habe, bin ich schon weit genug flußabwärts. Dieses Kaninchen wird einen großen Vorsprung vor den Jagdhunden gewinnen.*

Sein Herz war so leicht wie seit Jahren nicht mehr. Jedenfalls schien es ihm so. Er begann, vor sich hin zu summen: ›Wir sind wieder auf der Walz‹, und richtete seine Schritte auf den Hafen, von wo aus Schiffe nach Tear hinuntersegeln würden. Sie liefen natürlich all die vielen Dörfer und Städte dazwischen ebenfalls an. Er würde sicher nicht bis Tear fahren. Aringill, wo er sich für den Rest seiner Reise an Land begeben würde, lag ungefähr auf halbem Weg flußabwärts.

Ich überbringe deinen verdammten Brief. Die hat vielleicht Nerven! Erst glaubt sie, ich werde ihn ganz selbstverständlich hinbringen. Dann wieder nicht. Also, ich bringe das verdammte Ding nach Caemlyn, und wenn es mich umbringt.

Die Dämmerung breitete sich über Tar Valon aus. Der Abendsonnenschein reichte aber gerade noch aus, um die phantastischen Gebäude und die seltsam geformten Türme bewundern zu können. Die Türme waren mehr als hundert Schritt hoch oben durch Brücken miteinander verbunden. Menschen füllten die Straßen. Sie trugen so viele verschiedene Moderichtungen, daß Mat glaubte, es müsse so ziemlich jede Nation hier vertreten sein. An den großen Alleen arbeiteten die Laternenanzünder paarweise. Sie stellten ihre Leitern an die hohen Laternenpfähle und einer kletterte hinauf, um den Docht zu erneuern und anzuzünden. Doch in dem Teil Tar Valons, in den er ging, kam das einzige Licht aus den Fenstern der Häuser.

Die großen Gebäude und Türme Tar Valons waren noch von Ogiern erbaut worden, aber die neueren Viertel stammten von Menschenhand. ›Neuer‹ hieß in manchen Fällen ›erst‹ zweitausend Jahre alt. Drunten in der Nähe des Südhafens hatten die menschlichen Baumeister versucht, die kunstvollen Ogierbauwerke zu kopieren. Schenken, in denen sich die Matrosen herumtrieben, erinnerten schon eher an Paläste. In den Nischen standen kleine Statuen, und auf den Dächern wölbten sich niedrige Kuppeln. Zierleisten und kunstvolle Friese schmückten die Wände der Läden von Kerzengießern und der Häuser von Kaufleuten. Auch hier spannten sich Brücken über die Straßen, doch die waren nur gepflastert und nicht mit den mächtigen Steinplatten ausgelegt, und viele der Brücken waren lediglich aus Holz gebaut und verbanden die zweiten Stockwerke der Häuser miteinander oder höchstens einmal die vierten.

Die unbeleuchteten Straßen waren mindestens genauso belebt wie die übrigen in Tar Valon. Händler von den Schiffen und andere, die ihre mitgebrachten Waren kauften, Menschen, die den Erinin als Reiseweg benutzten, und Menschen, die von ihm lebten – alle füllten sie die Tavernen und die Schankräume der Wirtshäuser. In ihrer Gesellschaft befanden sich auch solche, die hinter ihrem Geld her waren, entweder mit legalen Methoden oder etwas zwielichtigeren. Laute Musik von Zithern und Flöten, Harfen und Hackbrettern erklang durch die Straßen. In der ersten Schenke, die Mat betrat, waren an drei Tischen Spiele im Gang. Männer hockten im Kreis in der Nähe der Wände und schrien und lachten, gewannen und verloren.

Er wollte nur vielleicht eine Stunde mit Spielen verbringen und sich dann ein Schiff suchen, gerade lange genug, um seinem kleinen Vermögen ein paar Münzen hinzuzufügen, aber dann gewann er. Er hatte schon immer häufiger gewonnen als verloren, solange er sich zurückerinnern konnte. Es hatte bei seinen Spielen mit Hurin und in Schienar Glückssträhnen gegeben, wo er sechs- oder achtmal hintereinander gewonnen hatte. Heute abend jedoch gewann er mit jedem Wurf. Mit jedem!

Einige der Männer, mit denen er spielte, blickten ihn so böse an, daß er froh war, nicht seine eigenen Würfel benützt zu haben. Deshalb entschloß er sich auch, weiterzugehen. Überrascht stellte er fest, daß er nun beinahe dreißig Silbermark in der Börse hatte, aber er hatte zum Glück keinem einzelnen Mann soviel abgewonnen. Trotzdem waren sie froh, als er wieder ging.

Nur ein dunkelhäutiger Seemann mit einem Lockenkopf – einer aus dem Meervolk, hatte man ihm gesagt, auch wenn sich Mat fragte, was einer der Atha'an

Miere so weit vom Meer weg wollte – folgte ihm durch die düsteren Straßen und wollte unbedingt eine Gelegenheit, seinen Verlust wieder einzuspielen. An sich wollte er jetzt zum Hafen, denn dreißig Silbermark waren mehr als genug, aber der Seemann bequatschte ihn weiter, und er hatte auch nur eine halbe Stunde gebraucht, also gab er nach und betrat an der Seite des Mannes die nächste Taverne, an der sie vorbeikamen.

Er gewann wieder, und das Spielfieber ergriff ihn. Er gewann mit jedem Wurf. So ging er von einer Taverne zur nächsten, blieb aber niemals lange genug, um die Leute durch die Höhe seiner Gewinne zu verärgern. Und immer weiter gewann er mit jedem Wurf. Bei einem Geldwechsler tauschte er das Silber gegen Gold ein. Er spielte mit Kronen, Fünfern und beim Jungferntod. Er spielte mit fünf Würfeln, mit vier, mit drei und sogar nur mit zweien. Er spielte Spiele, die er noch gar nicht gekannt hatte, bevor er sich dort hinhockte oder einen Platz am Tisch einnahm. Und er gewann. Irgendwann in der Nacht torkelte der dunkle Seemann, der seinen Namen mit Raab angegeben hatte, müde, aber mit voller Geldbörse in die Dunkelheit hinaus. Er hatte auf Mat gewettet und kräftig gewonnen. Mat besuchte wieder einen Geldwechsler, vielleicht auch zwei. Das Spielfieber ließ ihm alles genauso verschwommen erscheinen wie seine Vergangenheit. Weiter ging's zum nächsten Spiel und zum nächsten Gewinn.

Er wußte nicht, wie viele Stunden schon vergangen waren, als er sich schließlich in einer Taverne wiederfand, die mit Tabaksrauch gefüllt war. Er glaubte, den Namen als ›Das Tremalkiner Tau‹ identifiziert zu haben. Er blickte auf fünf Würfel herab, von denen jeder eine tief eingravierte Krone zeigte. Die meisten Gäste hier schienen nur Interesse daran zu haben, soviel wie möglich zu trinken, aber in der entfernten Ecke klapperten ebenfalls Würfel und erschollen die Schreie der Spieler. All die Geräusche jedoch wurden von einer Frau übertönt, die – von einer Zither begleitet – eine fröhliche Tanzmelodie sang.

»Ich tanz mit einem Mädel mit dunklem Aug,
ich bin auch blauen Augen gern nah,
die Farbe der Augen ist mir ganz gleich,
doch deine sind die schönsten, die ich je sah!
Ich küß gern ein Mädchen mit schwarzem Haar,
eine Blonde macht das Herz mir auch warm,
egal welche Farbe die Haare haben,
am liebsten halt ich doch dich im Arm.«

Die Sängerin hatte das Lied angekündigt unter dem Titel: ›Was er mir sagte‹, doch Mat kannte es als ›Tanzt du mit mir?‹ mit einem anderen Text. Aber er konnte jetzt nur an die Würfel denken.

»Wieder ein König«, knurrte einer der Männer, die neben Mat hockten. Es war nun das fünfte Mal hintereinander, daß Mat einen König gewürfelt hatte.

Er hatte den Einsatz von einer Goldmark gewonnen. Diesmal kümmerte es ihn nicht einmal, daß seine andorische Mark mehr wog als die aus Illian, die sein Gegner dagegengesetzt hatte. Er schob die Würfel in den Lederbecher, schüttelte ihn stark und ließ die Würfel erneut über den Fußboden rollen. Fünf Kronen. *Licht, das kann doch nicht wahr sein! Keiner hat je sechsmal nacheinander einen König geworfen. Keiner!*

»Des Dunklen Königs eigenes Glück«, grollte ein anderer Mann. Das war ein breit gebauter Bursche. Das dunkle Haar hatte er im Nacken mit einem schwarzen Band zu einem Pferdeschwanz zusammengebunden. Seine Schultern waren breit, auf dem Gesicht hatte er Narben, und die Nase war wohl mehr als einmal gebrochen worden.

Mat war sich seiner eigenen Bewegungen kaum bewußt, da hatte er diesen Mann schon am Kragen gepackt, auf die Beine gezerrt und gegen die Wand geknallt. »Sag das nicht noch einmal!« fauchte er ihn an. »Sag so was nie wieder!« Der Mann blinzelte völlig verblüfft. Er war einen Kopf größer als Mat.

»Ist doch nur 'ne Redensart«, sagte jemand hinter ihm. »Licht, das sagt man doch bloß so.«

Mat ließ den narbengesichtigen Mann los und trat zurück. »Ich ... ich ... ich mag es nicht, wenn jemand so was über mich sagt. Ich bin doch kein Schattenfreund!« *Seng mich, nicht das Glück des Dunklen Königs. Das nicht! O Licht, was hat denn dieser verfluchte Dolch bloß aus mir gemacht?*

»Keiner hat das behauptet«, knurrte der Mann mit der krummen Nase. Er schien langsam seine Überraschung zu überwinden und zu überlegen, ob er wütend werden sollte oder nicht.

Mat schnappte sich seine Bündel, die er hinter sich auf den Boden gelegt hatte, und ging aus der Taverne hinaus. Er ließ die Münzen liegen. Er hatte keine Angst vor dem Mann. Im Gegenteil, er hatte sowohl Mann wie auch Münzen einfach vergessen. Alles, was er wollte, waren frische Luft und Zeit zum Nachdenken.

Auf der Straße lehnte er sich an eine Wand unweit der Tür der Taverne und atmete die kühle Luft tief ein. Jetzt waren die dunklen Straßen des Südhafenviertels beinahe leer. Aus den Schenken und Tavernen drangen noch immer Musik und Gelächter, aber nur wenige Menschen schritten durch die Nacht. Er hielt den Bauernspieß senkrecht in beiden Händen vor sich, senkte den Kopf auf die Fäuste und versuchte, das Rätsel von allen Seiten her zu sehen.

Er wußte, daß er sich auf sein Glück verlassen konnte. Er hatte schon immer Glück gehabt. Aber irgendwie konnte er sich nicht daran erinnern, zu Hause in Emondsfeld bereits soviel Glück gehabt zu haben, wie seit seiner Abreise. Sicher, er war sehr oft unentdeckt davongekommen, aber andererseits hatte man ihn auch bei so manchem Streich erwischt, den er für todsicher gehalten hatte. Seine Mutter schien immer geahnt zu haben, was er vorhatte, und Nynaeve durchschaute alle Entschuldigungen, die er sich ausdachte. Aber die Glückssträhne hatte nicht damals begonnen, als sie von den Zwei Flüssen wegritten. Nein, es hatte begonnen, als er den Dolch in Shadar Logoth fand. Er erinnerte sich, wie er daheim einmal gewürfelt hatte. Sein Gegner war ein knochiger Mann mit scharfem Blick gewesen, der für einen Tabakhändler aus Baerlon arbeitete. Und er erinnerte sich noch besser, wie ihn sein Vater damals verprügelt hatte, als er erfuhr, daß Mat dem Mann eine Silbermark und vier Pfennig schuldete.

»Aber ich habe den verfluchten Dolch doch endlich los«, murmelte er. »Diese verdammten Aes Sedai haben gesagt, ich sei ihn endgültig los.« Er fragte sich, wieviel er wohl an diesem Abend gewonnen habe.

Als er mit den Händen in seine Manteltaschen faßte, fand er sie angefüllt mit einzelnen Münzen, Kronen und Mark, mit Silber und Gold, das glitzerte und im Lichtschein der nahen Fenster schimmerte. Es schien, daß er jetzt zwei Geldbörsen besaß, und beide waren prall voll. Er band sie auf und fand weitere Goldmünzen. Und noch mehr hatte er in seine Gürteltasche gestopft zwischen und über und neben seine Würfelbecher. Elaynes Brief und das Dokument der Amyrlin waren zerknittert. Er erinnerte sich dunkel daran, einigen Dienerinnen Silbermünzen hingeworfen zu haben, weil sie so nett lächelten oder hübsche Augen oder schöne Beine gehabt hatten und weil Silberpfennige einfach nicht wert waren, daß er sie behielt.

Das Behalten nicht wert? Na ja, vielleicht. Licht, ich bin reich! Ich bin verflucht reich! Vielleicht liegt es an den Aes Sedai und was sie mit mir gemacht haben? Irgendwas bei der Heilbehandlung? Möglicherweise nur ein Zufall. Das könnte sein. Besser das, als die andere Möglichkeit. Das müssen diese verdammten Aes Sedai fertiggebracht haben.

Ein großer Mann kam aus der Taverne heraus. Die Tür schloß sich, bevor er in dem von innen herausdringenden Licht das Gesicht erkennen konnte. Mat drückte sich an die Wand, stopfte die Börsen zurück in seinen Mantel und packte seinen Bauernspieß fester. Wo auch immer sein Glück heute abend herrühren mochte – er wollte nicht riskieren, all sein Gold wieder an einen Räuber zu verlieren.

Der Mann wandte sich ihm zu, starrte ihn mit vorgeschobenem Kopf an und fuhr ein wenig zusammen. »K-kalte Nacht«, stotterte er angetrunken. Er torkelte näher und Mat sah, daß er vor allem fett war. »Ich muß ... ich muß ...« Der fette Mann ging stolpernd an ihm vorbei die Straße hinauf und führte dabei unzusammenhängende Selbstgespräche.

»Narr!« brummte Mat, aber nicht einmal er war sicher, ob er damit den fetten Mann oder sich selbst meinte. »Zeit, ein Schiff zu finden, das mich hier wegbringt.« Er blinzelte in den schwarzen Himmel und versuchte, zu schätzen, wie lange es noch bis zur Morgendämmerung brauchen würde. Zwei, vielleicht auch drei Stunden, dachte er. »Höchste Zeit.« Sein Magen knurrte. Er konnte sich dunkel daran erinnern, in einer der Schenken gegessen zu haben, aber was, das wußte er nicht mehr. Da hatte ihn noch das Spielfieber in den Klauen gehabt. Er schob eine Hand in die Ledertasche, fand aber nur ein paar Krumen. »Wirklich höchste Zeit. Sonst kommt eine von ihnen an, nimmt mich in die Finger und schiebt mich in ihre Tasche.« Er schubste sich von der Wand weg und ging los in Richtung Hafen, wo er sicher ein Schiff finden konnte.

Zuerst glaubte er, die schwachen Geräusche hinter ihm rührten vom Echo seiner eigenen Stiefelschritte auf den Pflastersteinen her. Dann wurde ihm klar, daß ihm jemand folgte. Und sich bemühte, leise aufzutreten. *Na ja, jetzt ist es bestimmt ein Straßenräuber.*

Er hob den Bauernspieß und überlegte kurz, ob er

sich umdrehen und sich ihm stellen solle. Aber es war dunkel, und auf dem Pflaster rutschte man leicht aus. Außerdem hatte er keine Ahnung, ob es nur einer war oder mehrere. *Nur, weil du dich gegen Gawyn und Galad so gut geschlagen hast, bist du noch kein verdammter Held aus irgendeiner Geschichte.*

Er ging eine noch engere und gewundene Seitenstraße hinunter. Er bemühte sich, auf Zehenspitzen zu laufen und auch noch schnell dazu. Hier waren alle Fenster dunkel und die meisten mit Läden verschlossen. Er näherte sich schon dem Ende der Straße, da sah er zwei Männer, die an der nächsten Ecke in eine Seitenstraße hineinspähten. Und hinter sich hörte er langsame Schritte, das leichte Schaben von Stiefelsohlen auf dem Kopfsteinpflaster.

Augenblicklich drückte er sich in eine dunkle Ecke, wo ein Gebäude etwas hervorstand. Das schien im Moment das Beste zu sein. Er packte den Bauernspieß und wartete ab.

Ein Mann erschien von der Seite her, von der auch er gekommen war. Geduckt schlich er langsam, Schritt für Schritt, einher. Dann kam noch ein Mann. Beide hielten Messer in der Hand und bewegten sich lauernd.

Mats Muskeln spannten sich. Wenn sie nur noch ein paar Schritte näher kämen, ohne ihn im tieferen Schatten hinter der Hausecke zu entdecken, könnte er sie überraschen. Er wünschte, sein Magen würde sich endlich beruhigen. Diese Messer waren wohl viel kürzer als die Übungsschwerter, aber sie waren aus Stahl und nicht aus Holz.

Einer der Männer blickte angestrengt zum unteren Ende der engen Straße hin und richtete sich plötzlich auf. Er rief: »Ist er bei Euch auch nicht vorbeigekommen?«

»Ich habe nichts als Schatten gesehen«, kam die Antwort mit einem starken Akzent. »Ich steige aus. Heute nacht treiben sich seltsame Dinge herum.«

Keine vier Schritte von Mat entfernt sahen sich die beiden Männer an, steckten ihre Messer weg und schlenderten zurück, woher sie gekommen waren.

Er atmete langgezogen und erleichtert aus. *Glück. Seng mich, aber es hilft nicht nur beim Würfeln.* Er konnte die Männer am Ende der Straße auch nicht mehr erkennen, aber er wußte, daß sie sich noch irgendwo in der nächsten Straße befinden mußten. Und natürlich auch die beiden anderen hinter ihm.

Eines der Gebäude, dasjenige, hinter dessen Ecke er sich gedrückt hatte, war hier nur ein Stockwerk hoch und das Dach zeigte nur eine geringe Neigung. Und wo sich die beiden Gebäude berührten, war ein senkrechter Fries aus riesigen Weinreben in den Stein gehauen.

Er schob seinen Bauernspieß hoch bis an die Dachkante und gab ihm einen starken Schubs. Klappernd landete er auf den Dachziegeln. Er sah sich nicht um, ob ihn irgend jemand gehört habe, sondern kletterte an dem Fries hoch. Die großen Blätter boten selbst seinen Stiefeln guten Halt. Nach wenigen Sekunden hatte er seinen Stock wieder in der Hand und schlich über das Dach. Er vertraute auf sein Glück, nicht irgendwo den Halt zu verlieren.

Noch dreimal kletterte er, und jedesmal kam er ein Stockwerk höher. Das leicht geneigte ziegelgedeckte Dach erstreckte sich ein Stück weit auf der gleichen Höhe und hier oben wehte ein leichter Wind, der ihm durch seine Kühle die Nackenhaare sträuben ließ. Beinahe hätte er geglaubt, wieder verfolgt zu werden. *Laß das, du Narr! Sie sind längst drei Straßen weiter und schauen sich nach jemand anders mit einer fetten Geldbörse um. Hoffentlich haben sie kein Glück!*

Nun rutschte er doch etwas auf den Dachziegeln aus, und so entschied er, daß es wohl besser sei, daran zu denken, wie er wieder auf die Straße hinunter kam. Vorsichtig schlich er an die Dachkante und blickte nach unten. Die leere Straße befand sich gut vierzig Fuß oder tiefer unter ihm. Aus drei Tavernen und einer Speisegaststätte drangen Licht und Musik auf die Straße. Aber ein Stuck zu seiner Rechten spannte sich eine Steinbrücke vom obersten Stock seines Gebäudes hinüber zu einem Gebäude auf der anderen Seite.

Die Brücke wirkte furchtbar schmal. Sie erstreckte sich durch völlige Dunkelheit, und es drohte ein langer Absturz auf die harten Pflastersteine. So warf er seinen Stock hinauf und zwang sich dazu, ihm zu folgen, ohne noch lange nachzudenken. Seine Stiefel schlugen auf der Brücke auf, und dann rollte er sich auch schon ab wie einst als Junge, wenn er von einem Baum gefallen war. Er prallte beinahe gegen das hüfthohe Geländer.

»Schlechte Angewohnheiten zahlen sich auf die Dauer doch aus«, sagte er sich beim Aufstehen. Dann hob er seinen Stock auf.

Das Fenster am anderen Ende der Brücke war dicht mit einem Laden verschlossen und dunkel. Er glaubte nicht, daß derjenige, der da drinnen wohnte, gern mitten in der Nacht einen Fremden begrüßen würde. Er konnte viele Verzierungen an der Hauswand erkennen, aber falls es in Reichweite von der Brücke aus irgendwelche Vorsprünge gab, an denen man sich festhalten konnte, wurden sie von der Nacht verborgen. *Also, Fremder oder nicht, ich muß hinein!* Er wandte sich vom Geländer ab und entdeckte mit einem Mal einen Mann, der sich mit ihm zusammen auf der Brücke befand. Einen Mann mit einem Dolch in der Hand.

Mat faßte nach der Hand, als das Messer auch schon auf seinen Hals zufuhr. Er packte gerade noch das Handgelenk des Burschen mit seinen Fingern, und dann stolperte er über den Bauernspieß und fiel nach hinten gegen das Geländer. Sein Rücken ragte über das Geländer hinweg, und der Mann wurde mitgezogen und lag plötzlich auf ihm. Er konnte sich gerade so eben dort oben halten. Die gefletschten Zähne des Angreifers erreichten beinahe sein Gesicht. Er war sich des tiefen Absturzes nach hinten genauso bewußt wie der im schwachen Mondschein schimmernden Klinge, die sich auf seinen Hals zubewegte. Sein Griff um das Handgelenk des Mannes begann abzurutschen, und seine andere Hand, die den Bauernspieß hielt, war zwischen ihren Körpern eingeklemmt. Nur Sekunden waren vergangen, seit er den Mann entdeckt hatte, und in wenigen Sekunden würde er mit einem Messer in der Kehle sterben.

»Es ist Zeit, die Würfel rollen zu lassen«, ächzte er. Er glaubte, einen Moment lang Verwirrung auf dem Gesicht des anderen zu entdecken, aber dieser Moment reichte ihm. Mit einem gewaltigen Aufbäumen seiner Beine schleuderte Mat sie beide von der Brücke.

Einen endlosen Augenblick lang schien er gewichtslos. Die Luft pfiff an seinen Ohren vorbei und zerzauste sein Haar. Er glaubte, den anderen Mann schreien zu hören, oder es zumindest zu versuchen. Der Aufschlag trieb ihm die Luft aus der Lunge und ließ schwarzsilberne Flecken vor seinen Augen tanzen.

Als er wieder atmen und sehen konnte, wurde ihm klar, daß er oben auf dem Mann lag, der ihn angegriffen hatte. Sein Sturz war vom Körper des anderen gedämpft worden. »Glück gehabt«, flüsterte er. Langsam stand er auf und verfluchte den schmerzenden Fleck, den sein Bauernspieß in der Rippengegend hinterlassen hatte.

Er erwartete, daß der andere Mann tot sei. Nicht viele würden einen Sturz aus dreißig Fuß Höhe auf Pflastersteine überleben, wenn sie noch dazu das Gewicht eines weiteren Mannes tragen mußten. Was er jedoch nicht erwartet hatte, war die Tatsache, daß der Dolch des Burschen nun bis zum Knauf in dessen eigenem Herz steckte. Ein so gewöhnlich und unauffällig wirkender Mann, und der hatte versucht, ihn zu töten. Mat glaubte nicht, daß er ihn in einem vollen Raum überhaupt bemerkt hätte.

»Du hast eben Pech gehabt, mein Junge«, sagte er leicht bebend zu der Leiche. Plötzlich bestürmten ihn alle Erinnerungen an das, was passiert war. Die Straßenräuber in der gewundenen Gasse, das Geklettere über die Dächer, dieser mörderische Bursche, der Sturz... Er blickte hoch zu der Brücke, und das Zittern überfiel ihn. *Ich muß verrückt gewesen sein. Ein kleines Abenteuer ist ja schön und gut, aber selbst Rogosh Adlerauge würde so was nicht freiwillig unternehmen.* Ihm wurde bewußt, daß er über einen toten Mann gebeugt dastand, der einen Dolch in der Brust stecken hatte. Es mußte nur jemand vorbeikommen und nach den Stadtwachen mit der Flamme von Tar Valon auf der Brust rufen. Das Dokument der Amyrlin mochte ihn ja in die Lage versetzen, sie wieder loszuwerden, aber möglicherweise erfuhr sie zu schnell davon. Dann würde er vielleicht wieder in der Weißen Burg landen, ohne das Dokument, und man erlaubte ihm künftig nicht einmal mehr, das Burggelände zu verlassen.

Er wußte, daß er sich sofort auf den Weg zum Hafen machen und mit dem erstbesten Schiff lossegeln mußte, und wenn es ein verrotteter Kahn voll toter Fische war, doch seine Knie zitterten noch derart, daß er kaum gehen konnte. Er wollte sich wenigstens eine Minute lang irgendwo hinsetzen. Nur eine Minute, damit seine Knie sich beruhigten, und dann war er unterwegs zum Hafen.

Die Tavernen waren näher, aber er ging doch zu dem Speiselokal hinüber. Der Schankraum in einem Gasthaus war ein gemütlicher Ort, an dem sich ein Mann ausruhen konnte, ohne sich Gedanken darüber machen zu müssen, wer sich vielleicht von hinten anschlich. Aus den Fenstern fiel genug Licht, daß er das Schild lesen konnte. Eine Frau mit Zöpfen, die, wie er glaubte, einen Olivenzweig in der Hand hielt, und dazu die Worte: ›Die Frau aus Tanchico‹.

KAPITEL 31

Die Frau aus Tanchico

Der Schankraum war hell erleuchtet und die Tische um diese Zeit nicht einmal mehr zu einem Viertel besetzt. Zwischen den Männern eilten ein paar Dienerinnen mit weißen Schürzen und Krügen voll Bier oder Wein umher. Unter den Klängen einer Harfe unterhielten sich die Gäste leise. Einige der Gäste hatten Pfeifen im Mund, und ein Paar beugte sich über ein Spielbrett. Sie wirkten wie Schiffsoffiziere oder kleinere Kaufleute aus den niedrigeren Adelshäusern. Ihre Kleider waren gut geschnitten und aus feiner Wolle gefertigt, wiesen aber nicht die Gold- oder Silberstickereien der Reichen auf. Und ausnahmsweise einmal war kein Klicken und Rasseln von Würfeln zu hören. In den großem Kaminen an beiden Enden des Raums prasselten die Feuer, aber selbst ohne deren Wärme lag eine gewisse innere Wärme über der Szenerie.

Der Harfner stand auf einem Tisch und rezitierte ›Mara und die drei närrischen Könige‹, wobei er sich selbst auf der Harfe begleitete. Sein mit Gold und Silber eingelegtes Instrument hätte besser in einen Palast gepaßt. Mat kannte ihn. Er hatte Mat schon einmal das Leben gerettet.

Es war ein hagerer Mann, groß, aber mit einer gebückten Haltung, die ihn weniger groß erscheinen ließ, und er humpelte, als er seine Stellung auf der Tischfläche wechselte. Selbst hier drinnen trug er seinen Umhang, der mit losen Flicken in hundert verschiedenen Farben benäht war. Er wünschte, daß jedermann klar sei, daß er ein Gaukler war. Sein langer Schnurrbart und die buschigen Augenbrauen waren genauso weiß wie sein dichtes Haar, und seine blauen Augen blickten beim Rezitieren traurig drein. Dieser Anblick kam genauso unerwartet wie der Mann selbst. Mat hatte Thom Merrilin nie als sorgengebeugten Mann kennengelernt.

Er setzte sich an einen Tisch, legte seine Sachen neben sich auf den Fußboden und bestellte zwei Krüge Wein. Die hübsche, junge Dienerin blinzelte ihn an. »Zwei, junger Herr? Ihr wirkt gar nicht wie ein Trinker.« Ihre Stimme klang neckend.

Er kramte in seiner Tasche herum und holte schließlich zwei Silberpfennige heraus. Der eine war für den Wein bestimmt, aber den anderen steckte er ihr ihrer schönen Augen wegen in die Hand. »Mein Freund wird sich zu mir setzen.«

Er wußte, daß Thom ihn gesehen hatte. Dem alten Gaukler war schier die Spucke weggeblieben, als Mat eintrat. Auch das war neu an ihm. Normalerweise ließ sich Thom nur äußerst selten so überraschen, daß er es zeigte. Sonst hätte höchstens ein Trolloc ihn dazu bringen können, mitten im Wort abzubrechen, meinte Mat. Als das Mädchen ihm die Weinkrüge und das Wechselgeld für den Wein brachte, ließ er ihn zunächst stehen und lauschte dem Ende der Geschichte.

»›Es war so, wie es von uns vorhergesagt wurde‹, sagte König Madel, während er versuchte, seinen langen Bart zu entwirren und den Fisch herauszuholen, der sich darin verfangen hatte.« Thoms Stimme schien beinahe ein Echo zu werfen. Der Schankraum wirkte in diesen Momenten wie der Saal eines Palastes. Seine Harfe spottete der närrischen Bemühungen der drei Könige. »›Es war so, wie wir es vorausgesagt haben‹, verkündete Orander. Und er rutschte im Schlamm aus und schlug platschend lang hin. ›Es war so, wie wir schon vorher wußten‹, erklärte Kadar, der die Arme bis zu den Ellbogen im Fluß hatte, um nach seiner Krone zu suchen. ›Die Frau weiß nicht, wovon sie spricht. Sie ist eine Närrin!‹ Madel und Orander stimmten ihm laut zu. Nun hatte Mara endgültig genug. ›Ich habe ihnen jede Möglichkeit gegeben und noch mehr als das‹, knurrte sie leise. Sie steckte Kadars Krone zu den beiden anderen in ihre Tasche, kletterte wieder auf ihren Karren zurück, schnalzte mit der Zunge, um ihre Stute in Bewegung zu setzen, und fuhr geradewegs zu ihrem Dorf zurück. Und als Mara ihnen allen berichtet hatte, was geschehen war, wollten die Einwohner von Heape überhaupt keinen König mehr haben.« Er zupfte noch einmal das Hauptthema der närrischen Könige und ließ es in einem Crescendo ausklingen, das sich wie Lachen anhörte. Dann verbeugte er sich mit ausgebreiteten Armen und wäre fast vom Tisch gefallen.

Die Männer lachten und stampften mit den Füßen auf, obwohl jeder die Geschichte bestimmt schon viele Male gehört hatte. Sie verlangten nach mehr. Die Geschichte von Mara kam überall gut an; höchstens bei Königen nicht.

Thom stürzte beinahe wieder, als er vom Tisch kletterte, und sein Gang war unsicherer, als das Hinken seines steifen Beins wegen erklären konnte. Er kam zu Mats Tisch herüber, legte ganz selbstverständlich seine Harfe darauf, ließ sich auf den Stuhl vor dem zweiten Weinkrug fallen und sah Mat ausdruckslos an. Er hatte immer die scharfen Augen eines Adlers gehabt, doch nun schien er Schwierigkeiten damit zu haben.

»Gemeinsprache«, knurrte er. Seine Stimme klang noch immer tief, hallte aber nicht mehr so wie früher. »Die Geschichte klingt im Einfachen Gesang hundertmal besser, und tausendmal besser im Hochgesang, aber sie wollen sie in der Gemeinsprache hören.« Ohne eine weitere Äußerung vergrub er sein Gesicht im Weinkrug.

Mat konnte sich nicht daran erinnern, jemals bemerkt zu haben, daß Thom am Ende seiner Vorstellung die Harfe nicht sofort wieder in ihrem festen Lederbehälter verstaut hatte. Er hatte ihn auch nie im geringsten betrunken erlebt. Es war eine Erleichterung, daß sich der Gaukler über sein Publikum beklagte. Thom hatte immer viel höhere Ansprüche gestellt als sie. Zumindest das hatte sich bei ihm nicht geändert.

Die Serviererin war wieder da, aber diesmal blinzelte sie nicht neckisch. »O Thom«, sagte sie leise, und dann wandte sie sich Mat zu. »Wenn ich gewußt hätte, daß er der Freund ist, den Ihr erwartet habt, dann hätte ich ihm nicht einmal für hundert Silberpfennige Wein gebracht.«

»Ich wußte nicht, daß er betrunken war«, protestierte Mat.

Aber ihre Aufmerksamkeit galt schon wieder Thom, und ihre Stimme klang viel sanfter: »Thom, du brauchst jetzt Ruhe. Wenn du es ihnen gestattest, lassen sie dich sonst Tag und Nacht deine Geschichten erzählen.«

Eine weitere Frau tauchte an Thoms anderer Seite auf und zog sich die Schürze über den Kopf hinweg aus. Sie war älter als die erste und nicht weniger hübsch. Die beiden hätten Schwestern sein können. »Ich habe das schon immer für eine sehr schöne Geschichte gehalten, Thom. Und du erzählst sie ganz wunderbar. Komm! Ich habe dir eine Wärmflasche ins Bett gesteckt, und du kannst mir vom Königshof in Caemlyn erzählen.«

Thom spähte in seinen Krug hinein, als sei er überrascht, ihn leer zu finden, pustete seine Schnurrbartenden weg und blickte von einer Frau zur anderen. »Hübsche Mada. Hübsche Saal. Habe ich euch je erzählt, daß mich in meinem Leben bereits zwei hübsche Frauen geliebt haben? Das ist mehr, als die meisten Männer von sich behaupten können.«

»Das hast du uns alles schon erzählt, Thom«, sagte die ältere der beiden Frauen traurig. Die jüngere funkelte Mat an, als sei alles seine Schuld.

»Zwei«, murmelte Thom. »Morgase hatte ihre Launen, aber ich glaubte, das ignorieren zu können, und so endete alles damit, daß sie mich umbringen wollte. Dena habe ich selbst umgebracht. Jedenfalls so gut wie. Kein großer Unterschied. Zwei Chancen habe ich gehabt, mehr als die meisten anderen, und ich habe beide vergeudet.«

»Ich kümmere mich um ihn«, sagte Mat. Nun funkelten ihn sowohl Mada wie auch Saal zornig an. Er lächelte sie strahlend an, aber das wirkte nicht. Sein Magen knurrte vernehmlich. »Riecht es hier nicht nach Brathähnchen? Bringt mir bitte drei oder vier.« Die Frauen rissen die Augen auf und tauschten überraschte Blicke, als er hinzufügte: »Möchtest du auch etwas zu essen, Thom?«

»Ich hätte lieber etwas mehr von diesem guten andorischen Wein.« Der Gaukler hob erwartungsvoll seinen Krug an.

»Heute nacht gibt es keinen Wein mehr für dich, Thom.« Die ältere Frau hätte ihm am liebsten den Krug aus der Hand genommen, hätte er es zugelassen.

Die jüngere Frau fügte noch hinzu, wobei ihre Stimme gleichzeitig fest und doch bittend klang: »Iß doch ein wenig Hähnchen, Thom. Es ist sehr gut.«

Sie blieben beide so lange, bis der Gaukler ihnen versprach, etwas zu essen. Im Weggehen noch warfen sie Mat solche Blicke zu und schnieften dabei vernehmlich, daß er nur den Kopf schütteln konnte. *Seng mich, als wolle ich ihn dazu überreden, noch mehr zu trinken! Frauen! Aber die beiden haben hübsche Augen.*

»Rand sagte mir, daß du noch am Leben bist«, sagte er zu Thom, als sich Mada und Saal außer Hörweite befanden. »Moiraine hatte das ja schon immer behauptet. Aber ich hörte, du seist in Cairhien und wolltest von dort aus nach Tear.«

»Geht es Rand denn gut?« Thoms Blick klärte sich und wirkte beinahe so, wie Mat ihn von früher her kannte. »Das habe ich nicht unbedingt erwartet. Moiraine ist immer noch bei ihm, oder? Eine gutaussehende Frau. Überhaupt eine gute Frau, wenn sie keine Aes Sedai wäre. Wenn man mit so einer herummacht, verbrennt man sich nicht nur die Finger.«

»Warum hast du nicht unbedingt erwartet, daß es Rand gutgeht?« fragte Mat mißtrauisch. »Weißt du von etwas, das ihm schaden könnte?«

»Wissen? Ich weiß gar nichts, Junge. Ich vermute mehr, als gut für mich ist, aber ich weiß nichts.«

Mat gab Ruhe. *Nicht gut, seine Vermutungen auch noch zu bestärken. Und nicht gut, ihn wissen zu lassen, daß ich selbst mehr weiß, als gut für mich ist.*

Die ältere Frau, die Thom Mada nannte, kam mit drei Brathähnchen zurück. Ihre Haut war knusprig braun. Sie sah den weißhaarigen Mann besorgt an und warf Mat einen warnenden Blick zu, bevor sie wieder ging. Mat riß einen Schenkel ab und machte sich darüber her. Thom blickte finster in seinen leeren Krug und würdigte die Vögel keines Blickes.

»Warum bist du hier in Tar Valon, Thom? Das ist der letzte Ort, an dem ich dich vermutet hätte, so, wie du den Aes Sedai gegenüberstehst. Ich hörte, daß du dein Geld in Cairhien verdientest.«

»Cairhien«, murmelte der alte Gaukler. Sein Blick trübte sich wieder. »Es ist so schwer, einen Mann zu töten, selbst wenn er den Tod verdient.« Er machte eine ausschweifende Bewegung mit einer Hand und hielt plötzlich ein Messer darin. Thom trug immer verborgene Messer bei sich. Er war vielleicht betrunken, aber das Messer in seiner Hand zitterte nicht. »Töte einen Mann, der es verdient, und manchmal müssen andere dafür bezahlen. Die Frage ist nur: War es die Tat wert? Es gibt immer einen Ausgleich für alles, weißt du? Gut und böse. Licht und Schatten. Wir wären keine Menschen, wenn sich nicht alles ausgleichen würde.«

»Steck das weg«, grollte Mat mit vollem Mund. »Ich

will nicht von Töten sprechen.« *Licht, dieser Bursche liegt immer noch draußen auf der Straße. Seng mich, ich sollte eigentlich längst auf einem Schiff sein.* »Ich habe doch nur gefragt, warum du in Tar Valon bist. Falls du Cairhien verlassen mußtest, weil du jemanden umgebracht hast, dann will ich das nicht wissen. Blut und Asche, wenn du es nicht schaffst, deinen Verstand aus dem Alkoholnebel zu ziehen und vernünftig mit mir zu sprechen, gehe ich auf der Stelle.«

Mit einem beleidigten Blick ließ Thom das Messer verschwinden. »Warum ich in Tar Valon bin? Ich bin hier, weil das der schlimmste Ort ist, an dem ich mich befinden könnte, außer möglicherweise Caemlyn. Das habe ich verdient, Junge. Einige der Roten Ajah erinnern sich noch an mich. Ich habe neulich Elaida auf der Straße gesehen. Wenn sie wüßte, daß ich hier bin, würde sie mir das Fell in Streifen über die Ohren ziehen und anschließend erst richtig unangenehm werden.«

»Ich habe nicht gewußt, daß du dich selbst so bemitleidest«, sagte Mat angewidert. »Willst du dich im Wein ersäufen?«

»Was weißt du denn davon, Junge?« fauchte Thom. »Werde ein paar Jahre älter, erlebe ein paar Dinge mehr, verliebe dich in ein oder zwei Frauen, und dann bist du weiser. Vielleicht, wenn dein Gehirn dazu ausreicht. Aaaaah! Du willst wissen, warum ich in Tar Valon bin? Warum bist du denn in Tar Valon? Ich erinnere mich daran, wie du vor Angst gezittert hast, als du erfuhrst, daß Moiraine eine Aes Sedai ist. Du hast dir fast in die Hosen gemacht, wenn jemand auch nur die Macht erwähnte. Was tust du denn in Tar Valon, wo überall Aes Sedai herumlaufen?«

»Ich verlasse Tar Valon. Das mache ich hier. Abhauen!« Mat verzog sein Gesicht. Der Gaukler hatte ihm das Leben gerettet und vielleicht noch mehr. Ein Blasser war darin verwickelt gewesen. Deshalb war

Thoms rechtes Bein nun nicht mehr in Ordnung und er hinkte. *Es kann auf einem Schiff nicht soviel Wein geben, daß er die ganze Zeit über betrunken bleibt.* »Ich gehe nach Caemlyn, Thom. Wenn du schon dein närrisches Leben für irgendwas riskieren willst, warum kommst du dann nicht mit?«

»Caemlyn?« fragte Thom nachdenklich.

»Caemlyn, Thom. Elaida wird früher oder später auch dorthin zurückkehren, also mußt du dir auch über sie Gedanken machen. Und meiner Erinnerung nach würdest du dir wünschen, daß Elaida dich gefangen hätte, falls dich Morgase in die Hände bekommt.«

»Caemlyn. Ja, Caemlyn paßt bestens zu meiner Stimmung.« Der Gaukler erblickte erst jetzt den Teller mit den Hähnchenknochen und fuhr zusammen. »Was hast du gemacht, Junge? Hast du sie dir in den Ärmel gestopft?« Von den drei Vögeln waren nur noch Knochen und Gerippe übrig, an denen ein paar verlorene Fetzen Fleisch hingen.

»Manchmal habe ich ziemlichen Hunger«, murmelte Mat. Es kostete ihn Mühe, sich nicht die Finger abzulecken. »Kommst du nun mit oder nicht?«

»Ach, ich komme schon mit, Junge.« Thom stand mühsam auf, aber er schien trotzdem nicht so unsicher auf den Beinen wie vorher. »Warte hier und versuche, nicht auch noch den Tisch anzufressen, während ich meine Sachen hole und auf Wiedersehen sage.« Er hinkte fort, kam aber nicht ein einziges Mal mehr ins Stolpern.

Mat trank ein wenig Wein und säuberte die Hähnchenknochen von dem letzten übriggebliebenen Fleisch. Er fragte sich, ob er noch eines bestellen solle, aber Thom kam bereits zurück. Auf seinem Rücken hingen seine Harfe und Flöte in ihren dunklen Lederbehältern neben einer Deckenrolle. Er trug einen einfachen Wanderstock, der genauso lang war wie Thom selbst. Die beiden Serviererinnen kamen mit, jede an einer Seite. Mat war sicher, daß sie Schwestern waren. Die gleichen braunen Augen blickten mit dem gleichen Blick zu dem Gaukler auf. Thom küßte erst Saal und dann Mada. Er tätschelte ihre Wangen, während er bereits zur Tür unterwegs war und Mat mit einem Kopfrucken bedeutete, ihm zu folgen. Er war schon draußen, als Mat seine eigenen Sachen über der Schulter hatte und seinen Bauernspieß in die Hand nahm.

Die jüngere der beiden Frauen – Saal – hielt Mat an, als er die Tür erreichte. »Was Ihr ihm auch gesagt habt, ich werde Euch das mit dem Wein vergeben, obwohl Ihr ihn mit Euch fortnehmt. Ich habe ihn wochenlang nicht mehr so lebhaft erlebt.« Sie drückte ihm etwas in die Hand, und als er nachschaute, riß er die Augen verwirrt auf. Sie hatte ihm eine Silbermark mit der Prägemarke von Tar Valon gegeben. »Für das, was Ihr ihm gesagt habt. Außerdem, wer immer Euch mit Essen versorgt, kümmert sich nicht genug um Euch. Aber Ihr habt trotzdem hübsche Augen.« Sie lachte über seinen verblüfften Gesichtsausdruck.

Mat mußte unwillkürlich auch lachen, als er auf die Straße trat und mit der Silbermünze in der Hand spielte. *So, hübsche Augen habe ich also?* Sein Lachen verging wie der letzte Tropfen in einem Weinfaß: Thom war da, aber die Leiche nicht. Aus den Fenstern der Tavernen weiter unten an der Straße fiel genug Licht auf die Pflastersteine, um ganz sicherzugehen. Die Stadtwache würde keine Leiche wegtragen, ohne Fragen zu stellen. Sie hätten bestimmt die Gäste der Tavernen und auch der ›Frau aus Tanchico‹ befragt.

»Was guckst du so, Junge?« fragte Thom. »Es sind keine Trollocs hier in diesem Schatten verborgen.«

»Straßenräuber«, murmelte Mat. »Ich dachte an Straßenräuber.«

»In Tar Valon gibt es auch keine Straßenräuber oder Schläger, Junge. Wenn die Wache einen Räuber festnimmt – und es gibt nicht viele, die das hier überhaupt versuchen, denn Gerüchte verbreiten sich schnell –, dann schleift sie ihn zur Burg, und was die Aes Sedai auch mit ihm machen, jedenfalls verläßt er am nächsten Tag Tar Valon wieder mit den unschuldigen Augen einer Jungfrau. Wie ich hörte, behandeln sie eine Frau noch härter, wenn sie beim Klauen erwischt wird. Nein, die einzige Art, hier sein Geld loszuwerden, ist, wenn man poliertes Messing als Gold kauft oder wenn einer gezinkte Würfel verwendet. Straßenräuber gibt es hier nicht.«

Mat drehte sich auf der Stelle um und ging an Thom vorbei in Richtung Hafen los. Sein Bauernspieß knallte auf die Pflastersteine, als könne er sich damit noch abstoßen und schneller laufen. »Wir werden das erste Schiff nehmen, das den Hafen verläßt. Das erste, Thom!«

Thoms Stock klapperte ihm hastig hinterher. »Langsam, Junge. Was hast du es denn so eilig? Es gibt eine Menge Schiffe. Tag und Nacht fahren welche ab. Mach langsam. Es gibt keine Straßenräuber hier.«

»Das erste verfluchte Schiff, Thom! Und wenn es am Sinken ist, wir werden trotzdem drauf sein!« *Wenn das keine Straßenräuber waren, was waren sie dann? Das müssen einfach Diebe gewesen sein. Was denn sonst?*

KAPITEL 32

Das erste Schiff

Das Becken des Südhafens selbst, von den Ogiern angelegt, war riesengroß, rund und von einer hohen Mauer aus dem gleichen mit Silber durchsetzten Stein erbaut wie der Rest Tar Valons. Bis auf eine Lücke zog sich der lange, überdachte Kai ganz um das Hafenbecken herum. Die Lücke ergab sich durch das breite Wassertor, das jetzt offenstand, um den Schiffen die Durchfahrt zum Fluß zu gestatten. Schiffe aller Größen lagen am Kai vertaut, meist mit dem Achterschiff voraus. Trotz der frühen Stunde eilten Schauerleute in groben, ärmellosen Hemden geschäftig umher und luden oder entluden Ballen und Kisten, Truhen und Fässer, entweder mit Hilfe von Tauen und Ladebäumen oder auf dem Rücken. Lampen hingen von den Dachbalken, beleuchteten den Kai und bildeten ein Lichtband, das sich um das schwarze Wasser im Becken herumzog. Kleine offene Boote huschten durch die Dunkelheit. Die viereckigen Laternen an den Heckmasten ließen sie wie Glühwürmchen erscheinen, die über den Hafen flogen. Sie waren allerdings nur dann klein, wenn man sie mit den Schiffen verglich; manche verfügten über bis zu sechs Ruderpaare.

Als Mat den immer noch knurrigen Thom durch ein Sandsteintor zur Treppe hinunter an den Kai führte, machten Besatzungsmitglieder gerade die Taue eines Dreimasters los, der keine zwanzig Schritt entfernt lag. Das Schiff war größer als die meisten anderen in Sichtweite. Es maß vielleicht fünfzehn oder zwanzig Spannen vom scharfen Bug bis zum eckigen Heck. Das ebene Deck mit seinem Geländer darum lag beinahe auf gleicher Höhe wie der Kai. Das Wichtige daran war allerdings, daß es ablegte. *Das erste Schiff, das lossegelt.* Ein grauhaariger Mann kam über den Kai herangeschritten. Auf die Ärmel seines dunklen Mantels waren drei senkrechte Stücke Hanftau aufgenäht. Das wies ihn als Hafenmeister aus. Seine breiten Schultern deuteten an, daß er möglicherweise einst als Schauermann angefangen hatte und die Taue schleppte, die er jetzt am Ärmel trug. Er blickte kurz in Mats Richtung und blieb mit einem Mal stehen. Auf seinem ledrigen Gesicht zeigte sich Überraschung. »An Euren Bündeln sehe ich, was Ihr plant, Junge, doch das vergeßt Ihr besser wieder. Die Schwester zeigte mir eine Zeichnung von Euch. Ihr werdet kein Schiff im Südhafen betreten, Junge. Geht zurück, damit ich keinen Mann von der Wache abziehen muß, um Euch zu überwachen.«

»Was unter dem Licht …?« knurrte Thom.

»Das hat sich geändert«, sagte Mat mit fester Stimme. Die Seeleute lösten gerade das letzte Tau. Die eingerollten dreieckigen Segel hingen wie dicke, blasse Bündel an den langen, geneigten Segelstangen, aber jetzt machten die Männer die Ruder bereit. Er zog das Dokument der Amyrlin aus der Tasche und hielt es dem Hafenmeister vor die Nase. »Wie Ihr seht, bin ich im Auftrag der Amyrlin selbst unterwegs aus der Burg. Und ich muß mit diesem Schiff hier weg.«

Der Hafenmeister las den Text, und dann las er ihn noch mal. »So was habe ich noch nie im Leben gesehen. Warum sagt einem die Burg, Ihr dürftet nicht gehen, und dann gibt man Euch … das?«

»Fragt doch die Amyrlin, wenn Ihr wollt«, riet ihm Mat mit sanfter Stimme, als glaube er nicht, daß irgend jemand so dumm sei, das zu tun, »aber sie zieht mir und Euch das Fell über die Ohren, wenn ich nicht mit diesem Schiff segle.«

»Das schafft Ihr nicht«, sagte der Hafenmeister, aber

er bildete doch mit den Händen einen Schalltrichter am Mund: »Ihr an Bord der *Grauen Möwe* dort! Haltet ein! Licht, seng euch, haltet ein!«

Der Bursche mit nacktem Oberkörper am Ruder blickte zurück und sprach dann mit einem hochgewachsenen Mann in einem dunklen Mantel mit Puffärmeln. Der große Mann blickte unverwandt die Besatzungsmitglieder an, die gerade die Ruder ins Wasser senkten. »Und alle zu-gleich!« rief er. Die Ruderblätter ließen das Wasser aufschäumen.

»Ich schaffe es«, fauchte Mat. *Ich sagte, das erste Schiff, und ich meinte das erste Schiff!* »Komm, los, Thom!«

Er wartete nicht darauf, daß der Gaukler ihm folgte, sondern rannte den Kai hinunter, wobei er um Männer und Karren herumkurven mußte, die mit ihrer Fracht dastanden. Die Lücke zwischen dem Heck der *Grauen Möwe* und dem Kai wurde breiter, als die Ruder fester ins Wasser eintauchten. Mat packte seinen Bauernspieß, schleuderte ihn wie einen Speer auf das Schiff, machte noch einen Schritt, und dann sprang er, so weit er nur konnte.

Das dunkle Wasser unter ihm wirkte eiskalt, aber einen Herzschlag später war er über die Reling des Schiffs und rollte sich auf dem Deck ab. Als er auf die Beine kam, hörte er hinter sich ein Grunzen und einen Fluch.

Thom Merrilin zog sich mit einem weiteren Fluch an der Reling hoch und kletterte an Deck. »Ich habe meinen Stock verloren«, knurrte er. »Ich werde einen neuen brauchen.« Er rieb sich das rechte Bein und blickte hinunter auf den immer breiter werdenden Wasserstreifen hinter dem Schiff. Er schauderte. »Ich habe doch heute schon gebadet.« Der Rudergänger mit nacktem Oberkörper starrte erst Mat und dann ihn entgeistert an und dann wieder zurück. Er packte das Ruder, als glaube er, sich gegen Verrückte zur Wehr setzen zu müssen.

Der hochgewachsene Mann schien beinahe genauso entgeistert. Seine blaßblauen Augen quollen heraus, und sein Mund bewegte sich, ohne einen Ton hervorzubringen. Sein dunkler Spitzbart zitterte vor Wut und sein schmales Gesicht lief purpurrot an. »Beim Stein!« brüllte er schließlich. »Was soll das denn heißen? Ich habe auf diesem Schiff nicht einmal Platz für eine Katze, und selbst wenn, würde ich noch lange keine Vagabunden mitnehmen, die einfach auf mein Deck springen! Sanor! Vasa! Werft dieses Pack über die Reling!« Zwei erschreckend große Männer, barfuß und mit nacktem Oberkörper, richteten sich von den Taurollen auf und kamen zum Achterdeck herüber. Die Männer an den Rudern taten ihre Arbeit wie vorher, bückten sich, um die Ruderblätter anzuheben, machten drei Schritte auf dem Deck nach vorn, richteten sich auf und gingen wieder zurück. So brachten sie das Schiff langsam in Fahrt.

Mat wedelte dem bärtigen Mann mit dem Dokument der Amyrlin vor der Nase herum. Er nahm an, es müsse der Kapitän sein. Mit der anderen Hand fischte er eine Goldkrone aus seiner Manteltasche. Dabei achtete er trotz seiner Hast darauf, daß der Bursche auch das andere Geld sehen konnte. Er warf dem Mann die schwere Münze zu und sprach schnell, wobei er immer noch mit dem Dokument herumfuchtelte: »Wiedergutmachung für unser seltsames Eindringen, Kapitän. Unsere Passage bezahlen wir außerdem. Wir sind im Auftrag der Weißen Burg unterwegs. Auf persönlichen Befehl des Amyrlin-Sitzes. Es ist wichtig, daß wir sofort lossegeln. Nach Aringill in Andor. Größte Eile ist geboten. Der Segen der Weißen Burg gilt allen, die uns behilflich sind, und der Zorn der Burg allen, die uns hindern.«

Als Mat sicher war, daß der Mann die Flamme von Tar Valon gesehen hatte, aber möglichst nicht viel mehr, faltete er das Blatt wieder und steckte es weg. Er beäugte nervös die beiden Kraftprotze, die sich an die

Seite des Kapitäns begaben – *Seng mich, die haben beide Arme wie Perrin!* –, und wünschte sich, er hätte seinen Bauernspieß in der Hand. Er konnte ihn weiter hinten an Deck liegen sehen. So bemühte er sich, selbstsicher und unbeirrbar zu wirken, wie die Sorte von Mann, der man sich besser nicht in den Weg stellt, ein Mann, hinter dem die Macht der Weißen Burg stand. *Ziemlich weit hinter mir, hoffe ich.* Der Kapitän blickte Mat zweifelnd und Thom noch finsterer an, wie der so in seinem Gauklerumhang nicht gerade sicheren Fußes dastand, aber er bedeutete Sanor und Vasa, stehenzubleiben. »Ich möchte es mir mit der Burg nicht verderben. Seng meine Seele, in der ganzen Zeit, wo mich der Flußhandel von Tear heraufführte in dieses Nest von… habe ich mir schon zuviel Ärger eingehandelt…« Er lächelte ein wenig angespannt. »Aber ich habe die Wahrheit gesagt. Beim Stein, es ist wirklich so! Ich habe sechs Passagierkabinen, und alle sind besetzt. Für eine weitere Goldkrone von jedem könnt Ihr an Deck schlafen und mit der Besatzung essen.«

»Das ist ja wohl lächerlich!« fauchte Thom. »Es ist mir gleich, was der Krieg flußabwärts angerichtet hat, aber dieser Preis ist lächerlich!« Die beiden klotzigen Seeleute nahmen eine drohende Haltung ein.

»Das ist der Preis«, sagte der Kapitän mit fester Stimme. »Ich will mich mit niemandem anlegen, aber sonst geht eben nichts hier an Bord meines Schiffes. Ihr zahlt den Preis, oder Ihr geht über Bord, und dann kann die Amyrlin Euch ja persönlich abtrocknen. Und das hier behalte ich für die Schwierigkeiten, die Ihr mir gemacht habt. Danke schön.« Er steckte die Goldkrone, die ihm Mat zugeworfen hatte, in eine Tasche unter den Puffärmeln seines Mantels.

»Wieviel wollt Ihr für eine der Kabinen?« fragte Mat. »Allein für uns. Ihr könnt ja den, der sie an sich einnehmen würde, zu jemand anderem mit hineinstecken.« Er wollte nicht draußen in der kalten Nacht schlafen. *Wenn man einen solchen Burschen nicht einfach übertölpelt, dann stiehlt er einem die Hosen und behauptet noch, er hätte dir einen Gefallen getan.* Sein Magen knurrte wieder vernehmlich. »Und wir essen, was Ihr selbst eßt, und nicht mit der Mannschaft zusammen. Und auch noch reichlich!«

»Mat«, sagte Thom, »ich bin derjenige, der hier betrunken sein sollte.« Er wandte sich dem Kapitän zu, wobei er seinen Flickenumhang genau wie die Instrumentenbehälter deutlich zur Schau stellte. »Wie Ihr schon bemerkt haben dürftet, Kapitän, bin ich ein Gaukler.« Selbst hier draußen an Deck schien seine Stimme plötzlich ein Echo zu werfen. »Als Gegenleistung für unsere Passagen werde ich gern Eure Passagiere und die Besatzung unterhalten …«

»Meine Besatzung ist an Bord, um zu arbeiten, und nicht, um sich unterhalten zu lassen.« Der Kapitän strich sich über seinen Spitzbart. Seine blassen Augen blickten Mat abschätzend an. »Also Ihr hättet gern eine Kabine, wie?« Er lachte laut auf. »Und meine Mahlzeiten? Na ja, Ihr könnt meine eigene Kabine und meine Mahlzeiten dazu haben. Das kostet aber jeden von euch fünf Goldkronen. Andoranisches Gewicht!« Das waren die schwersten. Er begann, so schallend zu lachen, daß er beinahe ins Keuchen kam. Sanor und Vasa an seinen Seiten grinsten breit. »Für zehn Kronen bekommt ihr meine Kabine und mein Essen, und ich ziehe zu den Passagieren und esse mit der Besatzung. Seng meine Seele, das tue ich glatt! Beim Stein, ich schwöre es! Für zehn Goldkronen …« Er konnte vor Lachen nicht mehr weitersprechen.

Er lachte immer noch, schnappte nach Luft und wischte sich Tränen aus den Augen, da zog Mat seine beiden Geldbörsen heraus. Das Lachen hörte auf, als Mat ihm dann fünf Kronen in die Hand abzählte. Der Kapitän blinzelte ungläubig, und die beiden Seeleute wirkten wie vor den Kopf geschlagen.

»Andoranisches Gewicht, habt Ihr gesagt?« fragte Mat. Es war schwer, das ohne eine Waage festzustellen, und so legte er zur Sicherheit sieben weitere Kronen auf den Stapel. Zwei kamen wirklich aus Andor, und er glaubte, daß die anderen insgesamt das richtige Gewicht auf die Waage bringen würden. *Jedenfalls ist das genug für diesen Burschen.* Einen Augenblick später legte er noch mal zwei Tear-Goldkronen obenauf. »Für denjenigen, den Ihr aus der Kabine werfen müßt, obwohl sie wahrscheinlich schon bezahlt wurde.« Er glaubte nicht daran, daß die Passagiere wirklich auch nur eine Kupfermünze davon in die Finger bekämen, aber manchmal zahlte sich Großzügigkeit aus. »Oder wolltet Ihr sowieso mit ihnen teilen? Nein, natürlich nicht. Sie sollten schon eine Entschädigung dafür bekommen, daß sie sich mit den anderen zusammendrängen müssen. Ihr müßt keineswegs mit Eurer Besatzung speisen, Kapitän. Ihr könnt jederzeit mit Thom und mir gemeinsam in Eurer Kabine essen.« Thom sah ihn genauso entgeistert an wie die anderen.

»Seid Ihr …?« Der Bärtige flüsterte nur noch heiser. »Seid Ihr … zufällig vielleicht … ein junger Lord, der inkognito reist?«

»Ich bin kein Lord«, lachte Mat. Er hatte wirklich Grund genug zu lachen. Die *Graue Möwe* befand sich jetzt schon weit draußen, mitten in der Dunkelheit des Hafenbeckens. Das Lichtband des Kais deutete auf die schwarze Lücke, die jetzt nicht mehr weit entfernt war, wo das Wassertor den Weg auf den Fluß wies. Die Ruder trieben das Schiff jetzt schnell darauf zu. Die Männer schwenkten bereits die langen, geneigten Segelbäume herum und bereiteten sich darauf vor, die Segel zu entfalten. Und mit Gold in der Hand schien der Kapitän auch nicht mehr gewillt, irgend jemanden über Bord zu werfen. »Falls Ihr nichts dagegen habt, Kapitän, könnten wir dann jetzt unsere Kabine sehen? Eure Kabine, meine ich. Es ist schon spät, und ich würde gern ein paar Stunden schlafen.« Sein Magen beklagte sich. »Und etwas essen!«

Während das Schiff den Bug in die Schwärze hineinschob, führte der Bärtige sie selbst eine Leiter hinunter in einen kurzen, engen Gang, der zu beiden Seiten in geringen Abständen Türen aufwies. Dann entfernte der Kapitän einige seiner Sachen aus der Kabine. Sie war genauso breit wie das Heck des Schiffes. Das Bett und alle Möbel waren an die Wand angebaut, bis auf zwei Stühle und ein paar Truhen. Mat und Thom richteten sich daraufhin ein. Mat merkte denn auch schnell, daß der Mann keineswegs irgendwelche Passagiere ihretwegen aus ihrem Quartier warf. Er hatte zuviel Respekt vor dem Geld, das sie bezahlt hatten, und vielleicht auch vor ihnen selbst, um das zu tun. So nahm der Kapitän die Kabine seines Ersten Offiziers, und der würde das Bett des Zweiten beziehen. Jeder gab es an den Nächstunteren weiter, bis schließlich der Obermaat zum Schlafen mit zur Besatzung ins Mittelschiff mußte.

Mat hielt das, was er so erfahren konnte, nicht unbedingt für wichtig, aber er lauschte trotzdem aufmerksam allem, was der Mann sagte. Es war immer gut, nicht nur zu wissen, wohin man sich begab, sondern auch, mit wem man es zu tun hatte, sonst konnte es passieren, daß man Stiefel und Mantel loswurde und barfuß durch den Regen nach Hause mußte.

Der Kapitän kam aus Tear und hieß Huan Mallia. Als er Mat und Thom schließlich verdaut hatte, sprach er lang anhaltend auf sie ein. Er sei nicht von adliger Abstammung, sagte er, nein, er nicht, aber er wolle deshalb noch lange nicht, daß man ihn für einen Narren hielt. Ein junger Mann mit mehr Gold in der Tasche, als ein junger Mann eben rechtmäßig besitzen sollte, könnte ja auch ein Dieb sein. Aber andererseits wußte ja jeder, daß Diebe niemals mit ihrer Beute aus Tar Valon entkamen. Ein junger Mann, der wohl wie ein Bauernjunge angezogen war, sich aber mit der Selbstsicherheit eines Lords bewegte, was er jedoch zu sein abstritt… »Beim Stein, ich behaupte ja nicht, Ihr seid einer, wenn Ihr mir das Gegenteil versichert.« Mallia blinzelte und schmunzelte und zupfte sich an der Bartspitze. Ein junger Mann mit einem Dokument, das das Siegel des Amyrlin-Sitzes trug, und der nach Andor unterwegs war. Es war kein Geheimnis, daß Königin Morgase Tar Valon besucht hatte, auch wenn ihre Gründe dafür nicht bekannt waren. Für Mallia stand es fest, daß etwas zwischen Caemlyn und Tar Valon im Gange war. Und Mat und Thom waren Kuriere – für Morgase, wie er Mats Akzent nach glaubte. Alles, was er tun konnte, um bei einer so großen Sache behilflich zu sein, würde er mit Vergnügen tun; nicht, daß er aber seine Nase in Dinge stecken wolle, die ihn nichts angingen.

Mat tauschte überraschte Blicke mit Thom, der seine Instrumentenbehälter gerade unter einem an die Wand angebauten Tisch verstaute. Der Raum wies an beiden Seiten zwei kleine Fenster auf, und ein Lampenpaar auf einem zweiarmigen Leuchter sorgte für Beleuchtung. »Das ist Unsinn«, sagte Mat.

»Natürlich«, bekräftigte Mallia. Er richtete sich auf, nachdem er Kleidungsstücke aus einer Truhe am Fuß des Bettes geholt hatte, und lächelte: »Natürlich.« In einem Hängeschrank schienen sich Flußkarten zu befinden, die er benötigte. »Ich sage ja schon nichts mehr.«

Aber er war schon neugierig, auch wenn er es zu verbergen versuchte, und er plauderte weiter und bohrte dabei ganz schön hartnäckig. Mat hörte zu und beantwortete die Fragen mit einem Grunzen oder Achselzucken oder ein oder zwei Worten, während Thom noch weniger sagte. Der Gaukler schüttelte nur immer wieder den Kopf und verstaute seine Habseligkeiten.

Mallia war sein Leben lang Flußschiffer gewesen, obwohl er immer davon träumte, zur See zu fahren. Er sprach von fast allen Ländern außer Tear recht abwertend; nur Andor kam dabei noch besser weg, aber auch das Lob, das er schließlich herausbrachte, klang unwillig, obwohl er sich alle Mühe gab. »Gute Pferde in Andor, wie ich gehört habe. Nicht schlecht. Nicht so gut wie die in Tear, aber gut genug. Ihr macht guten Stahl und gute Eisenwaren, auch aus Bronze und Kupfer – ich habe das oft genug befördert, auch wenn eure Preise gesalzen sind –, aber ihr habt ja auch diese Bergwerke in den Verschleierten Bergen. Auch Goldminen. Wir in Tear müssen uns unser Gold verdienen.«

Am schlechtesten kam bei ihm Mayene weg. »Noch weniger ein Land zu nennen als Murandy. Eine Stadt und ein paar Meilen Land. Sie unterbieten den Ölpreis unserer guten Oliven, nur weil ihre Schiffer wissen, wie man die Ölfischschwärme aufspürt. Sie haben kein Recht, sich überhaupt eine Nation zu schimpfen.«

Er haßte Illian. »Eines Tages brandschatzen wir Illian und schleifen jede Stadt und jedes Dorf und säen Salz auf ihrem schmutzigen Boden.« Mallias Bart hätte wohl beinahe Funken gesprüht, so wütend war er auf dieses angeblich so schmutzige Land Illian. »Selbst ihre Oliven sind ranzig! Eines Tages legen wir jedes einzelne dieser illianischen Schweine in Ketten! Das sagt der Hochlord Samon auch!«

Mat fragte sich, ob der Mann darüber nachgedacht hatte, was Tear mit all diesen Gefangenen anfangen würde, sollte das einmal Wahrheit werden. Man würde den Illianern zu essen geben müssen, und in Ketten konnten sie nicht einmal arbeiten. Das ergab für ihn keinen Sinn, doch Mallias Augen glänzten, als er davon sprach.

Nur Narren ließen sich von einem König oder einer Königin regieren, also von einem einzigen Mann oder einer einzigen Frau. »Außer im Fall von Königin Morgase natürlich«, warf er hastig ein. »Wie ich gehört habe, ist sie eine gute Frau. Auch noch schön, wie man mir sagte.« Lauter Narren, die sich vor einem Narren verneigten. Die Hochlords regierten Tear gemeinsam, faßten gemeinsam ihre Entschlüsse, und so sollte es auch sein. Die Hochlords wußten schon, was richtig und gut und wahr sei. Besonders Hochlord Samon. Niemand handelte falsch, wenn er den Hochlords gehorchte. Besonders Hochlord Samon.

Doch von Königen und Königinnen und sogar von Illian abgesehen, haßte Mallia etwas noch mehr, auch wenn er das zu verbergen versuchte. Aber er redete soviel, um herauszufinden, was sie vorhätten, und der Klang seiner eigenen Stimme brachte ihn so auf Touren, daß er mehr herausließ, als er eigentlich wollte.

Sie mußten bestimmt viel herumreisen, wenn sie einer großen Königin wie Morgase dienten. Sie mußten auch schon viele Länder gesehen haben. Er träumte von der Seefahrt, denn so konnte er Länder sehen, von denen er vorher nur gehört hatte, und dann konnte er vielleicht die Ölfischschwärme der Mayener finden und das Meervolk und die dreckigen Illianer im Ölhandel ausstechen. Und das Meer war weit von Tar Valon entfernt. Das müßten sie doch verstehen, denn sie kamen doch auch auf ihren Reisen an Orte und zu Leuten, mit denen sie nichts zu tun haben wollten, außer halt auf Befehl von Königin Morgase.

»Es hat mir nie gepaßt, in Tar Valon anlegen zu müssen und nie zu wissen, wer vielleicht die Macht benützt.« Das Wort ›Macht‹ spie er beinahe aus. Aber seit er gehört hatte, was Hochlord Samon sagte ... »Seng meine Seele, ich habe ein Gefühl, als hätte ich Würmer im Bauch, wenn ich nur ihre Weiße Burg sehe und weiß, was sie planen.«

Hochlord Samon hatte gesagt, die Aes Sedai planten, die ganze Welt zu erobern. Sie wollten alle Nationen vernichten und ihren Fuß an den Hals jedes braven Mannes setzen. Samon hatte gesagt, Tear könne nicht einfach nur die Macht vom eigenen Land fernhalten und ansonsten glauben, das reiche. Samon hatte gesagt, der Tag des Ruhms für Tear nähere sich, und Tar Valon stehe zwischen Tear und seinem ihm zustehenden Ruhm.

»Da gibt es keinen anderen Weg. Früher oder später muß jede Aes Sedai, bis hin zur letzten, gejagt und getötet werden. Hochlord Samon meint, die anderen könne man retten – die jungen, die Novizinnen, die Aufgenommenen –, wenn man sie in den Stein bringt, doch die anderen müssen ausgelöscht werden. Das sagt Hochlord Samon. Die Weiße Burg muß zerstört werden.«

Einen Augenblick lang stand Mallia mitten in der Kabine, die Arme voll mit Kleidungsstücken, Büchern und zusammengerollten Karten, sein Haar berührte beinahe die Deckenbalken, und so starrte er mit seinen blaßblauen Augen ins Leere, während die Weiße Burg zusammenstürzte. Dann fuhr er jedoch zusammen, da ihm wohl klar wurde, was er da gesagt hatte. Sein Spitzbart wackelte nervös.

»Das ... das sagt er. Ich ... ich für meinen Teil glaube, das geht vielleicht ein bißchen zu weit. Hochlord Samon ... Er redet so, daß ein Mann manchmal übers Ziel hinausschießt. Wenn Caemlyn ein Bündnis mit der Burg abschließen kann, dann wohl auch Tear.« Er schauderte offensichtlich unbewußt. »Das meine ich jedenfalls.«

»Wie Ihr meint«, sagte Mat, und in ihm brodelte es. Er hätte den Mann am liebsten kräftig auf den Arm genommen. »Ich glaube, Kapitän, Euer Vorschlag trifft den Nagel auf den Kopf. Aber holt Euch nicht nur ein paar Aufgenommene. Bittet ein oder zwei Dutzend Aes Sedai, nach Tear zu kommen. Überlegt doch mal, wie mächtig der Stein von Tear wäre, wenn ihm zwei Dutzend Aes Sedai zur Verfügung stünden!«

Mallia schauderte erneut. »Ich schicke einen Mann nach meiner Geldtruhe«, sagte er steif und stolzierte hinaus.

Mat blickte finster auf die sich schließende Tür. »Ich glaube, das hätte ich nicht sagen sollen.«

»Ich weiß gar nicht, wie du darauf kommst«, meinte Thom trocken. »Als nächstes erzählst du sicher dem kommandierenden Lordhauptmann der Weißmäntel, daß er die Amyrlin heiraten soll.« Seine Augenbrauen sanken wie zwei weiße Raupen herunter. »Hochlord Samon. Ich habe noch nie von einem Hochlord Samon gehört.«

Nun war Mat mit dem gleichen trockenen Sarkasmus an der Reihe. »Na ja, selbst du kannst nicht alles darüber wissen, welche Könige und Königinnen und Adlige es gibt, Thom. Ein oder zwei könnten deiner Aufmerksamkeit entgangen sein.«

»Ich kenne die Namen aller Könige und Königinnen, Junge, und auch die sämtlicher Hochlords von Tear. Ich schätze, sie haben vielleicht einen der kleineren Lords vom Land erhoben, aber andererseits hätte ich davon gehört, wenn ein alter Hochlord gestorben wäre. Wenn du lieber ein paar arme Burschen aus ihrer Kabine geworfen hättest und nicht gerade den Kapitän, hätten wir jeder ein eigenes Bett, wenn auch vielleicht ein wenig eng und hart. Jetzt müssen wir uns Mallias Bett teilen. Ich hoffe, du schnarchst nicht, Junge. Ich kann Schnarchen nicht ausstehen.«

Mat knirschte mit den Zähnen. Wie er sich erinnerte, schnarchte Thom derart, daß es klang wie die Sägearbeit einer Kompanie Schreiner. Das hatte er vergessen.

Es war dann einer der beiden ungeschlachten Männer – entweder Sanor oder Vasa; seinen Namen nannte er nicht –, der kam und die eisenbeschlagene Geldtruhe des Kapitäns unter dem Bett hervorzog. Er sagte kein Wort, verbeugte sich nur knapp, blickte finster zu ihnen herüber, als er glaubte, sie bemerkten es nicht, und ging wieder.

Mat fragte sich langsam, ob das Glück, das ihm die ganze Nacht über hold gewesen war, ihn nun verlassen habe. Er mußte Thoms Schnarchen ertragen, und um die Wahrheit zu sagen, es war vielleicht doch nicht die allerbeste Wahl gewesen, ausgerechnet auf dieses Schiff zu springen und ein Dokument vorzuzeigen, das von der Amyrlin unterschrieben und mit der Flamme von Tar Valon gesiegelt war. Ohne weiteres Nachdenken zog er einen der zylindrischen Würfelbecher heraus, öffnete die Deckelklappe und kippte den Becher über dem Tisch aus.

Es waren Punktwürfel, und fünf einzelne Punkte blickten ihn nun an. Bei einigen Spielen nannte man das die Augen des Dunklen Königs. In denen verlor man mit dieser Konstellation, während man bei anderen Spielen damit gewann. *Aber welches Spiel spiele ich eigentlich?* Er hob die Würfel auf, schüttelte den Becher wieder und ließ sie erneut rollen. Wieder fünf einzelne Punkte. Ein weiterer Wurf, und zum drittenmal blinzelten ihn die Augen des Dunklen Königs an.

»Wenn du diese Würfel dazu benützt hast, all das Gold zu gewinnen«, sagte Thom ruhig, »dann wundert es mich nicht im geringsten, daß du mit dem ersten möglichen Schiff abhauen mußtest.« Er zog das Hemd gerade aus und hatte es halb über dem Kopf, als er das sagte. Seine Knie waren knochig, und seine Beine schienen nur aus Muskeln und Sehnen zu bestehen. Das rechte war ein wenig geschrumpft. »Junge, ein zwölfjähriges Mädchen würde mit dem Messer auf dich losgehen, wenn sie ahnte, daß du solche gezinkten Würfel im Spiel mit ihr verwendest.«

»Es liegt nicht an den Würfeln«, knurrte Mat. »Es ist mein Glück.« *Das Glück der Aes Sedai? Oder das Glück des Dunklen Königs?* Er schob die Würfel in den Becher zurück und schloß ihn.

»Ich glaube«, sagte Thom, der nun ins Bett kletterte, »du wirst mir wohl nicht erzählen, wo du das ganze Gold her hast, oder?«

»Ich habe es gewonnen. Heute nacht. Mit ihren eigenen Würfeln.«

»Oho! Und ich schätze, du wirst mir auch nichts über dieses Papier erzählen, das du überall herumzeigst? Ich habe das Siegel gesehen, Junge! Oder was das ganze Geschwätz von einem Auftrag der Weißen Burg bedeutet und wieso der Hafenmeister eine Beschreibung der Aes Sedai von dir hatte?«

»Ich bringe einen Brief von Elayne zu Morgase, Thom.« Mat sagte das viel geduldiger, als es seiner Laune entsprach. »Nynaeve hat mir das Dokument gegeben. Ich weiß nicht, woher sie es hatte.«

»Also, wenn du mir sonst nichts erzählst, werde ich jetzt schlafen. Blas die Lampen aus, ja?« Thom rollte sich zur Seite und zog sich ein Kissen über den Kopf.

Auch nachdem Mat sich bis auf die Unterwäsche ausgezogen hatte und unter die Decken gekrochen war – die Lampen hatte er zuvor ausgeblasen –, fand er keinen Schlaf. Dabei hatte Mallia immerhin eine gute Federmatratze zurückgelassen. In bezug auf Thoms Schnarchen hatte er recht gehabt, und das Kissen dämpfte die Geräusche nicht. Es klang, als säge Thom Holz gegen die Faser und noch dazu mit einer rostigen Säge. Außerdem konnte er nicht mit dem Grübeln aufhören. Wie hatten Nynaeve und Egwene nur dieses Dokument von der Amyrlin bekommen können? Sie mußten direkt mit ihr zu tun haben, vielleicht in irgendeine dieser Intrigen der Weißen Burg verwickelt sein, aber wenn er es recht bedachte, mußten sie wohl auch selbst vor der Amyrlin Geheimnisse haben.

»›Bitte, Mat, bring meiner Mutter einen Brief‹«, sagte er leise mit hoher, spöttischer Stimme. »Narr! Die Amyrlin hätte doch einen Behüter geschickt, um einen Brief der Tochter-Erbin an die Königin zu überbringen. Blinder Narr! Ich war so darauf versessen, aus der Burg rauszukommen, daß ich das übersehen habe.« Thoms Schnarchen schien Zustimmung auszudrücken.

Aber am meisten grübelte er über das Glück nach und über Straßenräuber.

Als etwas dumpf gegen das Heck prallte, registrierte er das zunächst gar nicht. Er achtete auch nicht auf ein Plumpsen und Herumtapsen auf dem Deck über ihnen und auf die folgenden Stiefelschritte. Es gab auf einem Schiff immer genug Geräusche, und es mußte sich ja wohl jemand an Deck befinden, um das Schiff flußabwärts zu steuern. Aber dann vermischten sich leise Schritte im Gang nahe ihrer Kabinentür mit dem Gedanken an Straßenräuber, und er begann zu lauschen.

Er stieß Thom mit dem Ellbogen in die Rippen. »Wach auf«, sagte er leise. »Es ist jemand draußen im Gang.« Er glitt bereits vom Bett und hoffte, daß der Fußboden – *Deck, Boden oder was auch zum Teufel sonst!* – nicht unter seinem Gewicht knarren werde. Thom grunzte, schmatzte mit den Lippen und fing wieder zu schnarchen an.

Er hatte keine Zeit mehr, sich um Thom zu kümmern. Die Schritte ertönten bereits direkt vor ihrer Tür. Mat nahm seinen Bauernspieß in die Hand, stellte sich vor die Tür und wartete.

Die Tür schwang langsam auf, und er konnte im schwachen Mondschein, der durch die offene Luke von oben hereindrang, zwei vermummte Männer erkennen, einer hinter dem anderen stehend. Der Mondschein schimmerte auf nackten Messerklingen. Beide Männer schnappten überrascht nach Luft, denn sie hatten offensichtlich nicht erwartet, daß jemand auf sie wartete.

Mat stieß mit dem Bauernspieß zu und erwischte den vorderen Mann hart unterhalb des Rippenbogens. Beim Zustoßen hörte er im Innern die Stimme seines Vaters. *Das ist ein Todesstoß, Mat. Benütze ihn nur, wenn dein Leben in Gefahr ist!* Aber diese Messer sprachen eine deutliche Sprache, und in der Kabine war nicht genug Platz, um mit dem Stock auszuholen und ihn zu schwingen.

Im gleichen Moment, als der Mann erstickt gurgelte und zu Boden sank, wo er vergeblich nach Luft rang, trat Mat vor und trieb das Ende des Bauernspießes mit voller Wucht dem zweiten Mann in die Kehle. Es knirschte vernehmlich. Der Bursche ließ das Messer fallen, griff nach seinem Hals und stürzte neben seinem Begleiter zu Boden, wo beide mit den Beinen zuckten. Todesröcheln erklang aus zwei Kehlen.

Mat stand da und blickte auf sie herab. *Zwei Männer. Nein, seng mich, jetzt sind es schon drei! Ich glaube nicht, daß ich vorher schon jemandem ernstlich weh getan habe, und nun habe ich in einer Nacht drei Männer getötet. Licht!* Der dunkle Gang lag wieder still da, aber vom Deck her hörte er das Tapsen von Stiefeln. Die Besatzungsmitglieder liefen alle barfuß herum.

Er bemühte sich, gar nicht erst nachzudenken, sondern zog dem einen toten Mann den Umhang aus und legte ihn sich um die Schultern. Das helle Leinen seiner Unterwäsche war so verborgen. Barfuß schlich er durch den Gang und kletterte die Leiter hoch. Vorsichtig spähte er über den Rand der Luke.

Fahles Mondlicht wurde von den straffen Segeln reflektiert, doch die Schatten der Nacht lagen noch dicht auf dem Deck. Er hörte keinen Laut, abgesehen vom Rauschen des Wassers an den Seiten des Schiffs. Nur ein Mann schien sich an Deck zu befinden. Er stand am Ruder und hatte seine Kapuze der Kühle wegen über den Kopf gezogen. Der Mann wechselte die Stellung, und die Ledersohlen von Stiefeln knirschten leise auf den Planken.

Er hielt den Bauernspieß ganz tief unten und hoffte, der Mann werde ihn nicht bemerken. Dann kletterte Mat hinauf. »Er ist tot«, flüsterte er leise und heiser.

»Ich hoffe, er hat gequiekt, als du ihm die Kehle durchgeschnitten hast.« Mat erinnerte sich an die Stimme mit ihrem starken Akzent. Er hatte sie auf dieser gewundenen Seitenstraße in Tar Valon gehört. »Dieser Junge, er macht uns einfach zu viele Schwierigkeiten. Wartet! Wer seid Ihr?«

Mat schwang den Stock mit aller Kraft. Das schwere Holz krachte auf den Kopf des Mannes nieder. Die Kapuze dämpfte nur teilweise einen Laut, als fiele eine Melone auf den Boden.

Der Mann fiel auf das Ruder und schob es mit seinem Gewicht zur Seite. Das Schiff schwankte, und Mat kam ins Taumeln. Aus den Augenwinkeln sah er, wie sich eine Gestalt im Schatten an der Reling aufrichtete, und das Schimmern einer Klinge. Er wußte, daß er seinen Stock nicht mehr rechtzeitig herumreißen konnte, bevor ihn diese Klinge durchbohrte. Etwas Blinkendes flirrte durch die Nacht und schlug mit einem dumpfen Aufschlag in der schwarzen Gestalt ein. Die Aufwärtsbewegung ging in einen Sturz über, und der Mann lag fast vor Mats Füßen.

Unter Deck erhob sich Stimmengewirr, als das Schiff erneut herumschwang. Das Ruder verschob sich wieder unter dem Gewicht des ersten Mannes.

Thom hinkte in Umhang und Unterwäsche gekleidet von der Luke her und schob die Klappe von der Öffnung einer Schiffslaterne. »Du hast Glück gehabt, Junge. Einer von denen unten hatte diese Laterne dabei. Hätte das ganze Schiff in Brand setzen können, wie sie so dalag.« Im Laternenschein sah Mat, daß in der Brust des Mannes vor ihm ein Messer steckte. Die Augen des Mannes waren weit aufgerissen und blickten starr. Mat hatte ihn nie zuvor gesehen, denn er war sicher, er hätte sich an einen Mann mit so vielen Narben im Gesicht erinnert. Thom stieß einen Dolch von der ausgestreckten Hand des Mannes weg, beugte sich nieder, zog sein eigenes Messer aus der Brust des Mannes und wischte es am Umhang des Toten ab. »Sehr viel Glück, Junge. Wirklich sehr viel Glück.«

An der Reling am Heck war ein Seil angebunden. Thom ging hinüber und leuchtete mit der Laterne am

Heck hinunter. Am anderen Ende des Seils schwankte eines der kleinen Boote aus dem Südhafen. Seine eckige Laterne hatte man gelöscht. Zwei Männer standen neben den eingezogenen Rudern.

»Der Große Lord soll mich holen, das ist er!« keuchte einer davon. Der andere begann hastig, den Knoten des Seils zu lösen.

»Willst du die beiden auch noch töten?« fragte Thom mit hallender Stimme, als trete er gerade in irgendeinem Saal auf.

»Nein, Thom«, sagte Mat ruhig. »Nein.«

Die Männer im Boot mußten wohl die Frage gehört haben, aber nicht die Antwort. Sie ließen das Boot Boot sein und sprangen unter großem Getöse ins Wasser. Mat und Thom hörten sie geräuschvoll über den Fluß davonschwimmen.

»Narren«, knurrte Thom. »Der Fluß wird hinter Tar Valon wohl etwas schmaler, aber er muß hier bestimmt noch eine halbe Meile breit sein oder mehr. Das schaffen sie in der Dunkelheit nie.«

»Beim Stein!« erscholl es von der Luke her. »Was ist hier los? Im Gang liegen tote Männer! Wieso liegt Vasa auf dem Ruder? Er wird uns noch auf eine Schlammbank setzen!« Mallia rannte, nackt bis auf eine leinene Unterhose, hinüber zum Ruder und hievte die lange Ruderstange herum, damit das Schiff wieder auf Kurs lief. Dabei rutschte der tote Mann endgültig herunter. »Das ist nicht Vasa! Seng meine Seele, wer sind all diese toten Männer?« Nun kletterten auch andere an Deck, barfüßige Besatzungsmitglieder und aufgescheuchte Passagiere, die sich in Umhänge oder Decken gehüllt hatten.

Thom schirmte mit seinem Körper die Sicht ab und schnitt mit seinem Messer von unten her das Seil mit einer schnellen Bewegung durch. Das Boot blieb in der Dunkelheit rasch zurück. »Flußpiraten, Kapitän«, sagte er. »Der junge Mat und ich haben Euer Schiff vor

Flußpiraten gerettet. Wenn wir nicht gewesen wären, hätten sie vielleicht allen die Kehlen durchgeschnitten. Vielleicht solltet Ihr euch den Preis für unsere Passagen noch mal durch den Kopf gehen lassen.«

»Piraten!« rief Mallia. »Es gibt viele davon unten in der Gegend von Cairhien, aber ich habe noch nie von welchen so weit hier oben im Norden gehört!« Die eng zusammenstehenden Passagiere begannen, über Piraten und durchgeschnittene Kehlen zu diskutieren.

Mat schritt steif hinüber zur Luke. Hinter sich hörte er, wie Mallia sagte: »Das ist vielleicht ein kaltschnäuziger Bursche. Ich habe noch nie davon gehört, daß Andor Attentäter einsetzt, aber seng meine Seele, er ist wirklich kaltschnäuzig.«

Mat stolperte die Leiter hinunter, stieg über die beiden Leichen im Gang hinweg und knallte die Tür zur Kapitänskajüte hinter sich zu. Er schaffte es beinahe bis zum Bett, bevor ihn das große Zittern überfiel, und dann konnte er nur noch auf die Knie sinken. *Licht, in welches Spiel bin ich da verwickelt worden? Ich muß das Spiel kennen, wenn ich gewinnen will. Licht, welches Spiel ist das?*

Rand blickte in sein Lagerfeuer und spielte leise ›Rose des Morgens‹ auf seiner Flöte. Über dem Feuer schmorte ein Kaninchen an einem Stock. Der Nachtwind ließ die Flammen flackern. Er bemerkte den Duft des Kaninchens kaum, obwohl ihm kurz durch den Kopf ging, daß er sich im nächsten Dorf oder der nächsten Stadt Salz besorgen mußte. ›Rose des Morgens‹ war eine der Melodien, die er bei den Hochzeiten gespielt hatte.

Wie viele Tage ist das nun her? Waren es wirklich so viele, oder bilde ich mir das nur ein? Daß sich jede Frau im Dorf gleichzeitig entschloß, sofort zu heiraten? Wie hieß das Dorf wieder? Bin ich schon dabei, dem Wahn zu verfallen?

Schweiß rann ihm über das Gesicht, aber er spielte

weiter, wenn auch so leise, daß er es gerade noch hören konnte, und er starrte weiter ins Feuer. Moiraine hatte ihm gesagt, er sei *ta'veren*. Alle sagten, er sei *ta'veren*. Vielleicht war er es wirklich. Solche Menschen ... veränderten ... die Dinge in ihrer Umgebung. Ein *Ta'veren* konnte all diese Hochzeiten *verursacht* haben. Aber das war schon zu nahe an einem anderen Gedanken, den er aus seinem Kopf verbannen wollte.

Sie sagen auch, ich sei der Wiedergeborene Drache. Alle behaupten es. Die Lebenden wie die Toten. Deshalb muß es noch nicht stimmen. Ich mußte mich von ihnen zum Wiedergeborenen Drachen ausrufen lassen. Pflicht. Ich hatte keine andere Wahl, aber deshalb muß es doch nicht stimmen.

Er schien einfach nicht aufhören zu können, immer wieder diese eine Melodie zu spielen. Sie erinnerte ihn an Egwene. Einst hatte er geglaubt, er werde Egwene heiraten. Es schien lange Zeit her gewesen zu sein. Das war jetzt sowieso vorbei. Aber sie war in seinen Träumen zu ihm gekommen. *Vielleicht war sie es wirklich. Ihr Gesicht. Es war ihr Gesicht.*

Aber es waren so viele Gesichter gewesen, Gesichter, die er kannte: Tam und seine Mutter und Mat und Perrin. Alle versuchten, ihn zu töten. Natürlich waren es nicht wirklich sie alle gewesen. Nur ihre Gesichter auf Kreaturen des Schattens. Er glaubte jedenfalls, daß sie es nicht gewesen waren. Es schien, daß sogar in seinen Träumen diese Kreaturen des Schattens bereits ihr Unwesen trieben. Waren das nur Träume? Manche Träume waren Wirklichkeit, das wußte er. Und andere wieder waren nur Träume, Alpträume oder Hoffnungen. Doch wie sollte man sie voneinander unterscheiden? In einer Nacht war Min durch seine Träume gegangen und hatte versucht, ihm ein Messer in den Rücken zu jagen. Er war noch immer überrascht davon, wie sehr ihn das getroffen hatte. Er war unvorsichtig gewesen, hatte sie zu nahe an sich herangelassen. Seine Wachsamkeit hatte nachgelassen. Aber bei Min hatte er das

Gefühl, er müsse nicht wachsam und mißtrauisch sein, trotz der Dinge, die sie voraussah, wenn sie ihn lange anblickte. Bei ihr zu sein war Balsam auf seine Wunden gewesen.

Und dann versuchte sie, mich zu töten! Seiner Flöte entwichen einige schrille Mißtöne, doch schnell fand er die rechte Melodie und Sanftheit des Ausdrucks wieder. *Nicht sie. Ein Schattenwesen mit ihrem Gesicht. Von allen würde Min mich am wenigsten verletzen.* Er verstand selbst nicht, wieso er das glaubte, aber er war sicher, daß es stimmte.

So viele Gesichter in seinen Träumen. Auch Selene war gekommen, kühl und geheimnisvoll und so wunderschön, daß sein Mund austrocknete, wenn er nur an sie dachte. Sie bot ihm Ruhm, wie schon einmal vor langer, langer Zeit, aber nun hatte der Ruhm mit einem Schwert zu tun, das er besitzen mußte, wie sie sagte. Und sie werde mit dem Schwert zu ihm kommen. *Callandor.* Das war immer in seinen Träumen. Immer. Und diese verwunschenen Gesichter. Hände, die Egwene und Nynaeve und Elayne in Käfige zwangen, sie mit Netzen fingen, sie verletzten. Warum weinte er mehr um Elayne als um die beiden anderen?

In seinem Kopf drehte sich alles. Der Kopf schmerzte genauso schlimm wie seine Seite, und Schweiß rann ihm über das Gesicht, und er spielte leise ›Rose des Morgens‹ in die Nacht hinein und hatte Angst, einzuschlafen. Er hatte Angst vor den Träumen.

GLOSSAR

VORBEMERKUNG ZUR DATIERUNG

Seit der Zerstörung der Welt waren drei verschiedene Systeme der Zeitrechnung in Gebrauch. Das erste zählte die Jahre Nach der Zerstörung (NZ). Da aber die Jahre der Zerstörung und die darauffolgenden Jahre über fast vollkommenes Chaos herrschte und dieser Kalender erst gut hundert Jahre nach dem Ende der Zerstörung eingeführt wurde, hat man seinen Beginn völlig willkürlich gewählt. Am Ende der Trolloc-Kriege waren so viele Aufzeichnungen vernichtet worden, daß man sich stritt, in welchem Jahr der alten Zeitrechnung man sich überhaupt befand. Deshalb einigte man sich auf einen neuen Kalender, der am Ende dieser Kriege einsetzte und die (scheinbare) Erlösung der Welt von der Bedrohung durch Trollocs feierte. In diesem zweiten Kalender erschien jedes Jahr als sogenanntes Freies Jahr (FJ). Nach weitreichender Zerstörung, Tod und Aufruhr während des Hundertjährigen Krieges entstand ein dritter Kalender. Dieser Kalender zählt die Jahre der Neuen Ära (NÄ) und ist während der geschilderten Ereignisse in Gebrauch.

Aes Sedai (Aies Sehdai): Träger der Einen Macht. Seit der Zeit des Wahnsinns sind alle überlebenden Aes Sedai Frauen. Man mißtraut ihnen und fürchtet, ja haßt sie. Viele geben ihnen die Schuld an der Zerstörung der Welt, und allgemein glaubt man, sie mischten sich in die Angelegenheiten ganzer Staaten ein. Gleichzeitig aber findet man nur wenige Herrscher ohne Aes-Sedai-Berater, selbst in Ländern, wo schon die Existenz einer solchen Verbindung geheimgehalten werden muß. Nach einigen Jahren, in denen sie die Macht gebrauchen, beginnen die Aes Sedai, alterslos zu wirken, so daß auch eine

Aes Sedai, die bereits Großmutter sein könnte, keine Alterserscheinungen zeigt, außer vielleicht ein paar grauen Haaren (*siehe auch:* Ajah; Amyrlin-Sitz).

Aiel (Aiiehl): die Bewohner der Aiel-Wüste. Gelten als wild und zäh. Man nennt sie auch Aielmänner. Vor dem Töten verschleiern sie ihre Gesichter. Das führte zu der Redensart: ›Er benimmt sich wie ein Aiel mit schwarzem Schleier‹, um einen gewalttätigen Menschen zu beschreiben. Sie nehmen kein Schwert in die Hand, sind aber tödliche Krieger, ob mit Waffen oder mit bloßen Händen. Während sie in die Schlacht ziehen, spielen ihre Spielleute Tanzmelodien auf. Die Aielmänner benützen für die Schlacht das Wort ›der Tanz‹ und ›der Tanz der Speere‹ (*siehe auch:* Aiel-Kriegergemeinschaften; Aiel-Wüste).

Aielkrieg (976–78 NÄ): Als König Laman von Cairhien den Avendoraldera fällte, überquerten mehrere Clans der Aiel das Rückgrat der Welt. Sie eroberten und brandschatzten die Hauptstadt Cairhien und viele andere kleine und große Städte im Land. Der Konflikt weitete sich schnell nach Andor und Tear aus. Im allgemeinen glaubt man, die Aiel seien in der Schlacht an der Leuchtenden Mauer vor Tar Valon endgültig besiegt worden, aber in Wirklichkeit fiel König Laman in dieser Schlacht, und die Aiel, die damit ihr Ziel erreicht hatten, kehrten über das Rückgrat der Welt in ihre Heimat zurück (*siehe auch: Avendoraldera,* Cairhien).

Aiel-Kriegergemeinschaften: Alle Aiel-Krieger sind Mitglieder einer der Kriegergemeinschaften. Es gibt z. B. die Steinsoldaten, die Roten Schilde oder die Töchter des Speers. Jede Gemeinschaft hat eigene Gebräuche und manchmal auch ganz bestimmte Pflichten. Zum Beispiel fungieren die Roten Schilde als Polizei. Steinsoldaten schwören oftmals, sich nicht zurückzuziehen, wenn einmal eine Schlacht begonnen hat. Um diesen Eid zu erfüllen, sterben sie, wenn nötig, bis auf den letzten Mann. Die Clans der Aiel bekämpfen sich auch gelegentlich untereinander, aber Mitglieder der gleichen Gemeinschaft kämpfen nicht gegeneinander, selbst wenn ihre Clans im Krieg miteinander liegen. So gibt es jederzeit, sogar während einer offenen kriegerischen Auseinandersetzung, Kontakt zwischen den Clans (*siehe auch:* Aiel-Wüste, *Far Dareis Mai*).

Aiel-Wüste: das rauhe, zerrissene und fast wasserlose Gebiet östlich des Rückgrats der Welt. Nur wenige Außenseiter wagen sich dorthin, nicht nur, weil es für jemanden, der nicht dort geboren wurde, fast unmöglich ist, Wasser zu finden, sondern auch, weil die Aiel sich im ständigen Kriegszustand mit allen anderen Völkern befinden und keine Fremden mögen. Nur fahrende Händler, Gaukler und die Tuatha'an dürfen sich in die Wüste begeben, und sogar ihnen gegenüber sind die Kontakte eingeschränkt. Es sind keine Landkarten der Wüste bekannt.

Ajah: Gesellschaftsgruppen unter den Aes Sedai. Jede Aes Sedai gehört einer solchen Gruppe an. Sie unterscheiden sich durch ihre Farben: Blaue Ajah, Rote Ajah, Weiße Ajah, Grüne Ajah, Braune Ajah, Gelbe Ajah und Graue Ajah. Jede Gruppe folgt ihrer eigenen Auslegung in bezug auf die Anwendung der Einen Macht und die Existenz der Aes Sedai. Zum Beispiel setzen die Roten Ajah all ihre Kraft dazu ein, Männer zu finden und zu beeinflussen, die versuchen, die Macht auszuüben. Eine Braune Ajah andererseits leugnet alle Verbindung zur Außenwelt und verschreibt sich ganz der Suche nach Wissen. Die Weißen Ajah meiden soweit wie möglich die Welt und das weltliche Wissen und widmen sich Fragen der Philosophie und Wahrheitsfindung. Die Grünen Ajah (die man während der Trolloc-Kriege auch Kampf-Ajah nannte) stehen bereit, jeden neuen Schattenlord zu bekämpfen, wenn Tarmon Gai'don naht. Es gibt Gerüchte über eine Schwarze Ajah, die dem Dunklen König dient.

Alanna Mosvani: eine Aes Sedai der Grünen Ajah.

al'Meara, Nynaeve (Almehra, Nainiev): Eine Frau aus Emondsfeld im Distrikt der Zwei Flüsse in Andor. Sie gehört jetzt zu den Aufgenommenen.

Alte Sprache, die: Die vorherrschende Sprache während des Zeitalters der Legenden. Man erwartet im allgemeinen von Adligen und anderen gebildeten Menschen, daß sie diese Sprache erlernt haben. Die meisten aber kennen nur ein paar Worte.

al'Thor, Rand: Ein junger Mann aus Emondsfeld, der einst Schäfer war und nun zum Wiedergeborenen Drachen ausgerufen wurde.

al'Vere, Egwene (Alwier, Egwain): eine junge Frau aus Emondsfeld, die in der Ausbildung zur Aes Sedai steht.

Amalasan, Guaire (Amalasin, Gwär): *siehe* Krieg des Zweiten Drachen.

Amyrlin-Sitz, der: (1.) Titel der Führerin der Aes Sedai. Auf Lebenszeit vom Turmrat, dem höchsten Gremium der Aes Sedai, gewählt; dieser besteht aus je drei Abgeordneten (Sitzende genannt, wie z. B. in ›Sitzende der Grünen‹ ...) der sieben Ajahs. Der Amyrlin-Sitz hat, jedenfalls theoretisch, unter den Aes Sedai beinahe uneingeschränkte Macht. Er hat in etwa den Rang einer Königin. Etwas weniger formell ist die Bezeichnung: die Amyrlin. (2.) Thron der Führerin der Aes Sedai.

Anaiya: eine Aes Sedai der Blauen Ajah.

Angreal: ein sehr seltenes Objekt. Es erlaubt einer Person, die die Eine Macht lenken kann, einen stärkeren Energiefluß zu meistern, als das sonst ohne Hilfe und ohne Lebensgefahr möglich ist. Sie sind Relikte des Zeitalters der Legenden. Es ist heute nicht mehr bekannt, wie sie angefertigt wurden. Es existieren nur noch sehr wenige (*siehe auch: Sa'Angreal, Ter'Angreal*).

Atha'an Miere: *siehe* Meervolk, Meerleute.

Aufgenommenen, die: Junge Frauen in der Ausbildung zur Aes Sedai, die eine bestimmte Stufe erreicht und einige Prüfungen bestanden haben. Normalerweise braucht man ca. fünf bis zehn Jahre, um von der Novizin zur Aufgenommenen erhoben zu werden. Die Aufgenommenen sind in ihrer Bewegungsfreiheit weniger eingeschränkt als die Novizinnen, und es ist ihnen innerhalb bestimmter Grenzen sogar erlaubt, eigene Studiengebiete zu wählen. Eine Aufgenommene hat das Recht, einen Großen Schlangenring zu tragen, aber nur am dritten Finger ihrer linken Hand. Wenn eine Aufgenommene zur Aes Sedai erhoben wird, wählt sie ihre Ajah, erhält sie das Recht, deren Stola zu tragen, und darf den

Ring an jedem Finger oder auch gar nicht tragen, je nachdem, was die Umstände von ihr verlangen.

Avendesora: in der alten Sprache der Baum des Lebens. Wird in vielen Geschichten und Legenden erwähnt.

Avendoraldera: ein in Cairhien aus einem *Avendesora*-Keim gezogener Baum. Der Keimling war ein Geschenk der Aiel im Jahre 566 NÄ. Es gibt aber keinen zuverlässigen Bericht über eine Verbindung zwischen den Aiel und *Avendesora* (*siehe auch:* Aielkrieg).

Aviendha (Awi-enda): eine Frau aus dem Bitteres-Wasser-Clan der Taardad Aiel; eine *Far Dareis Mai* – also eine Tochter des Speers.

Aybara, Perrin: ein junger Mann aus Emondsfeld, der früher Gehilfe eines Hufschmieds war.

Ba'alzamon: in der Trolloc-Sprache ›Herz der Dunkelheit‹. Es wird angenommen, dies sei der Trolloc-Name für den Dunklen König (*siehe auch:* Dunkler König; Trollocs).

Baschere, Zarin: eine junge Frau aus Saldaea, die zu den Jägern des Horns gehört. Sie möchte Faiel (fa-iel) genannt werden, was in der Alten Sprache soviel wie ›Falke‹ bedeutet.

Baummörder: Aiel-Bezeichnung für Bewohner Cairhiens, die immer im Tonfall der Entrüstung und des Schrekkens verwendet wird.

Baumsänger: ein Ogier, der die Fähigkeit besitzt, zu den Bäumen zu singen (›Baumlied‹ genannt) und sie damit heilt oder ihnen hilft, zu wachsen und zu blühen, oder der Gegenstände aus ihrem Holz anzufertigen hilft, durch die der Baum nicht beschädigt wird. Auf diese Art hergestellte Objekte werden als ›besungenes Holz‹ bezeichnet und sind sehr gesucht. Es existieren nicht mehr viele Ogier, die Baumsänger sind; das Talent scheint auszusterben.

Behüter: ein Krieger, der einer Aes Sedai zugeschworen ist. Das geschieht mit Hilfe der Einen Macht, und er gewinnt dadurch Fähigkeiten wie schnelles Heilen von Wunden, er kann lange Zeiträume ohne Wasser, Nahrung und Schlaf auskommen und den Einfluß des Dunklen Königs auf größere Entfernung spüren. Solange er am Leben ist, weiß die mit ihm verbundene Aes Sedai, daß er lebt, auch wenn er noch so weit entfernt ist, und sollte er sterben, dann weiß sie den genauen Zeitpunkt und auch den Grund seines Todes. Allerdings weiß sie nicht, wie weit von ihr entfernt er sich befindet oder in welcher Richtung. Die meisten Ajahs gestatten einer Aes Sedai den Bund mit nur einem Behüter. Die Roten Ajah allerdings lehnen die Behüter für sich selbst ganz ab, während die Grünen Ajah eine Verbindung mit so vielen Behütern gestatten, wie die Aes Sedai es wünscht. An sich muß der Behüter der Verbindung freiwillig zur Verfügung stehen, es gab jedoch auch Fälle, in denen der Krieger dazu gezwungen wurde. Welche Vorteile die Aes Sedai aus der Verbindung ziehen, wird von ihnen als streng behütetes Geheimnis behandelt (*siehe auch*: Aes Sedai).

Be'lal: einer der Verlorenen.

Bel Tine (Behltein): Frühlingsfest im Gebiet der Zwei Flüsse, bei dem das Ende des Winters, die erste aufgehende Saat und die Geburt der ersten Lämmer gefeiert werden.

besungenes Holz: *siehe* Baumsänger.

Bittern: ein Musikinstrument mit wahlweise sechs, neun oder zwölf Saiten. Es wird auf die Knie gelegt und gezupft oder mit einem Plektrum angeschlagen.

blocken: der Akt – durchgeführt von einer Aes Sedai –, in dem eine Frau, die sie lenken kann, von der Einen Macht abgenabelt wird. Eine Frau, die geblockt wurde, kann die Wahre Quelle noch fühlen, sie aber nicht mehr berühren. Es ist so selten gewesen, daß man von den Novizinnen verlangt, die Namen und Verbrechen aller Frauen auswendig zu lernen, die jemals geblockt wurden.

Bornhald, Dain: ein Offizier der Kinder des Lichts, der Sohn des Lordhauptmanns Geofram Bornhald, der in Falme auf der Toman-Halbinsel starb.

Byar, Jaret: ein Offizier der Kinder des Lichts.

Caemlyn: die Hauptstadt von Andor.

Cairhien: sowohl eine Nation am Rückgrat der Welt wie auch die Hauptstadt dieser Nation. Die Stadt wurde im Aielkrieg (976–978 NÄ) wie so viele andere Städte und Dörfer niedergebrannt und geplündert. Als Folge wurde sehr viel Agrarland in der Nähe des Rückgrats der Welt aufgegeben, so daß seither große Mengen Getreide importiert werden müssen. Auf den Mord an König Galldrian (998 NÄ) folgten ein Bürgerkrieg unter den Adelshäusern um die Nachfolge auf dem Sonnenthron, die Unterbrechung der Lebensmittellieferungen und eine Hungersnot. Im Wappen führt Cairhien eine goldene Sonne mit vielen Strahlen, die sich vom unteren Rand eines himmelblauen Feldes erhebt.

Callandor: ›Das Schwert, das kein Schwert ist‹ oder ›Das unberührbare Schwert‹. Ein Kristallschwert, das im Stein von Tear aufbewahrt wird in einem Raum, der den Namen ›Herz des Steins‹ trägt. Keine Hand kann es berühren, außer der des Wiedergeborenen Drachen. Den Prophezeiungen des Drachen nach ist eines der wichtigsten Zeichen für die erfolgte Wiedergeburt des Drachen und das Nahen von Tarmon Gai'don, daß der Drache *Callandor* in Besitz nimmt.

Cauthon, Matrim (Mat): ein junger Mann von den Zwei Flüssen.

Chronik, Behüter der: Unter den Aes Sedai ist dies die Stellvertreterin des Amyrlin-Sitzes. Sie fungiert auch als deren Sekretärin. Sie wird von der Vollversammlung auf Lebenszeit gewählt und kommt gewöhnlich aus der gleichen Ajah wie die Amyrlin (*siehe auch:* Amyrlin-Sitz; Ajah).

Cuendillar: auch als Herzstein bekannt. *Siehe:* Herzstein.

dämpfen, Dämpfung: Wenn ein Mann die Anlage zeigt, die Eine Macht zu beherrschen, müssen die Aes Sedai seine Kräfte ›dämpfen‹, also komplett unterdrücken, da er sonst wahnsinnig wird, vom Verderben der *Saidin* getroffen, und möglicherweise schreckliches Unheil mit seinen Kräften anrichten wird. Ein Mann, der einer Dämpfung unterzogen wurde, kann die Eine Macht immer noch spüren, sie aber nicht mehr benützen. Wenn vor der Dämpfung der beginnende Wahnsinn eingesetzt hat, kann er durch den Akt der Dämpfung aufgehalten, jedoch nicht geheilt werden. Hat die Dämpfung früh genug stattgefunden, kann das Leben des Mannes gerettet werden.

Daes Dae'mar: das Große Spiel, auch bekannt als das Spiel der Häuser. Dieser Name wurde den Plänen, Intrigen und Manipulationen der großen Adelshäuser untereinander verliehen. Man legt großen Wert darauf, verdeckt zu arbeiten, auf ein Ziel hinzuarbeiten, während man ein ganz anderes vortäuscht, und ein Ziel mit geringstmöglicher Anstrengung zu erreichen.

Damodred, Lord Galadedrid: der einzige Sohn von Taringail Damodred und Tigraine; Halbbruder zu Elayne und Gawyn. Im Wappen führt er ein geflügeltes, silbernes Schwert, das nach unten zeigt.

Drache, der: Ehrenbezeichnung für Lews Therin Telamon während des Schattenkriegs. Als der Wahnsinn alle männlichen Aes Sedai befiel, tötete Lews Therin alle Personen, die etwas von seinem Blut in sich trugen und jede Person, die er liebte. So bezeichnete man ihn anschließend als Brudermörder (*siehe auch*: Wiedergeborener Drache; Drache; Prophezeiungen des Drachen).

Drache, falscher: Manchmal behaupten Männer, der Wiedergeborene Drache zu sein, und manch einer davon gewinnt so viele Anhänger, daß eine Armee notwendig ist, um ihn zu besiegen. Einige davon haben schon Kriege begonnen, in die viele Nationen verwickelt wurden. In den letzten Jahrhunderten waren die meisten falschen Drachen nicht in der Lage, die Eine Macht richtig anzuwenden, aber es gab doch ein paar, die das konnten. Alle jedoch verschwanden entweder, oder wurden gefangen oder getötet, ohne eine der Prophezeiungen erfüllen zu können, die sich um die Wiedergeburt des Drachen ranken. Diese Männer nennt man falsche Drachen. Unter jenen, die die Eine Macht lenken konnten, waren Raolin Dunkelbann (335–36 NZ), Yurian Steinbogen (ca. 1300–1308 NZ), Davian (FJ 351), Guaire Amalasan (FJ 939–43) und Logain (997 NÄ) (*siehe auch:* Wiedergeborener Drache).

Drachen, Prophezeiungen des: ein im *Karaethon-Zyklus* enthaltener, wenig bekannter und selten erwähnter Text, der voraussagt, daß der Dunkle König wieder befreit wird und die Welt berührt. Lews Therin Telamon, der Drache, Zerstörer der Welt, wird wiedergeboren, um

Tarmon Gai'don, die Letzte Schlacht, gegen den Schatten zu schlagen (*siehe auch:* Drache).

Dunkler König: Gebräuchlichste Bezeichnung, in allen Ländern verwendet, für Shai'tan: die Quelle des Bösen, Antithese des Schöpfers. Im Augenblick der Schöpfung wurde er vom Schöpfer in ein Verlies am Shayol Ghul gesperrt. Ein Versuch, ihn aus diesem Kerker zu befreien, führte zum Schattenkrieg, dem Verderben der *Saidin,* der Zerstörung der Welt und dem Ende des Zeitalters der Legenden.

Dunklen König nennen, den: Wenn man den wirklichen Namen des Dunklen Königs erwähnt (Shai'tan), zieht man seine Aufmerksamkeit auf sich, was unweigerlich dazu führt, daß man Pech hat oder schlimmstenfalls eine Katastrophe erlebt. Aus diesem Grund werden viele Euphemismen verwendet, wie z. B. der Dunkle König, der Vater der Lügen, der Sichtblender, der Herr der Gräber, der Schäfer der Nacht, Herzensbann, Herzfang, Grasbrenner und Blattverderber. Jemand, der das Pech anzuziehen scheint, ›nennt den Dunklen König‹.

Eide, Drei: Die Eide, die eine Aufgenommene ablegen muß, um zur Aes Sedai erhoben zu werden. Sie werden gesprochen, während die Aufgenommene eine Eidesrute in der Hand hält. Das ist ein *Ter'Angreal,* der sie an die Eide bindet. Sie muß schwören, daß sie (1) kein unwahres Wort ausspricht, (2) keine Waffe herstellt, mit der Menschen andere Menschen töten können, und (3) daß sie niemals die Eine Macht als Waffe verwendet, außer gegen Abkömmlinge des Schattens oder um ihr Leben oder das ihres Behüters oder einer anderen Aes Sedai in höchster Not zu verteidigen. Diese Eide waren früher nicht zwingend vorgeschrieben, doch nach verschiedenen Geschehnissen vor und nach der Zerstörung hielt man sie für notwendig. Der zweite Eid war ursprünglich der erste und kam als Reaktion auf den Krieg um die Macht. Der erste Eid wird wörtlich eingehalten, aber oft geschickt umgangen, indem man eben nur einen Teil der Wahrheit ausspricht. Man glaubt allgemein, daß der zweite und dritte nicht zu umgehen sind.

Eine Macht, die: Die Kraft aus der Wahren Quelle. Die große Mehrheit der Menschen ist absolut unfähig, zu lernen, wie man die Eine Macht anwendet. Eine sehr geringe Anzahl von Menschen kann die Anwendung erlernen, und noch weniger besitzen diese Fähigkeit von Geburt an. Diese wenigen müssen ihren Gebrauch nicht lernen, denn sie werden die Wahre Quelle berühren und die Eine Macht benützen, ob sie wollen oder nicht, vielleicht sogar, ohne zu bemerken, was sie tun. Diese angeborene Fähigkeit taucht meist zuerst während der Pubertät auf. Wenn man dann nicht die Kontrolle darüber erlernt – durch Lehrer oder auch ganz allein (äußerst schwierig, die Erfolgsquote liegt bei eins zu vier) –, ist die Folge der sichere Tod. Seit der Zeit des Wahns hat kein Mann es gelernt, die Eine Macht kontrolliert anzuwenden, ohne dabei auf die Dauer auf schreckliche Art dem Wahnsinn zu verfallen. Selbst wenn er in gewissem Maß die Kontrolle erlangt hat, stirbt er an einer Verfallskrankheit, bei der er lebendigen Leibs verfault. Auch diese Krankheit wird, genau wie der Wahnsinn, von dem Verderben hervorgerufen, das der Dunkle König über die *Saidin* brachte. Bei Frauen ist der Tod mangels Kontrolle der Einen Macht etwas erträglicher, aber sterben müssen auch sie. Die Aes Sedai suchen nach Mädchen mit diesen angeborenen Fähigkeiten, zum einen, um ihre Leben zu retten, und zum anderen, um die Anzahl der Aes Sedai zu vergrößern. Sie suchen nach Männern mit dieser Fähigkeit, um zu verhindern, daß sie Schreckliches damit anrichten, wenn sie dem Wahn verfallen (*siehe auch:* Zeit des Wahns; Wahre Quelle).

Elaida: eine Aes Sedai-Ratgeberin der Königin Morgase von Andor. Sie kann manchmal die Zukunft vorhersagen.

Elayne: Königin Morgases Tochter, die Tochter-Erbin des Throns von Andor. Sie befindet sich in der Ausbildung zur Aes Sedai. Sie führt im Wappen eine goldene Lilie.

Erster Prinz des Schwertes: Titel – normalerweise – des ältesten Bruders der Königin von Andor, der seit seiner Kindheit darauf vorbereitet wurde, im Krieg die Armee der Königin zu kommandieren und im Frieden als ihr Ratgeber zu fungieren. Falls die Königin keinen überlebenden Bruder hat, bestimmt sie jemanden für diese Position.

Fäule, die: *siehe* Große Fäule.

Falkenflügel, Artur: ein legendärer König, der alle Länder westlich des Rückgrats der Welt und einige von jenseits der Aiel-Wüste einte. Er sandte sogar eine Armee über das Aryth-Meer, doch verlor man bei seinem Tod, der den Hundertjährigen Krieg auslöste, jeden Kontakt mit diesen Soldaten. Er führte einen fliegenden goldenen Falken im Wappen (*siehe auch:* Hundertjähriger Krieg).

Far Dareis Mai: wörtlich ›Töchter des Speers‹. Eine von mehreren Kriegergemeinschaften der Aiel. Anders als bei den übrigen werden ausschließlich Frauen aufgenommen. Sollte sie heiraten, darf eine Frau nicht Mitglied bleiben. Während einer Schwangerschaft darf ein Mitglied nicht kämpfen. Jedes Kind eines Mitglieds wird von einer anderen Frau aufgezogen, so daß niemand mehr weiß, wer die wirkliche Mutter war. (›Du darfst keinem Manne angehören, und kein Mann oder Kind darf dir angehören. Der Speer ist dein Liebhaber, dein Kind und dein Leben.‹) Diese Kinder sind hoch angesehen, denn es wurde prophezeit, daß ein Kind einer Tochter des Speers die Clans vereinen und zu der Bedeutung zurückführen wird, die sie im Zeitalter der Legenden besaßen (*siehe auch:* Aiel-Kriegergemeinschaften).

Festung des Lichts, die: die große Festung der Kinder des Lichts in Amador, der Hauptstadt von Amadicia. Es gibt in Amadicia einen König, doch die wirklichen Herrscher sind die Kinder des Lichts (*siehe auch:* Kinder des Lichts).

Feuerwerker, Gilde der: eine Gesellschaft, die das Geheimnis der Anfertigung von Feuerwerkskörpern wahrt. Sie schrecken selbst vor Mord nicht zurück, um dieses Geheimnis zu wahren. Die Gilde genießt einen hohen Bekanntheitsgrad wegen der grandiosen Feuerwerke, die sie für Herrscher und hohe Adlige veranstaltet. Kleinere Feuerwerkskörper werden auch an andere verkauft, jedoch unter strengsten Warnungen, es könne zu

Katastrophen führen, wenn man versuche, sie zu öffnen und ihr Geheimnis zu erfahren. Das Gildehaus steht in Tanchico, der Hauptstadt von Tarabon. Die Gilde errichtete ein weiteres Gildehaus in Cairhien, doch das wird nicht mehr benützt.

Flamme von Tar Valon: das Symbol für Tar Valon und die Aes Sedai. Die stilisierte Darstellung einer Flamme; eine weiße, nach oben gerichtete Träne.

Fünf Mächte, die: Das sind die Stränge der Einen Macht, und jede Person, die die Eine Macht anwenden kann, wird einige dieser Stränge besser als die anderen handhaben können. Diese Stränge nennt man nach den Dingen, die man durch ihre Anwendung beeinflussen kann: Erde, Luft, Feuer, Wasser, Geist – die Fünf Mächte. Wer die Eine Macht anwenden kann, beherrscht gewöhnlich einen oder zwei dieser Stränge besonders gut und hat Schwächen in der Anwendung der übrigen. Einige wenige beherrschen auch drei davon, aber seit dem Zeitalter der Legenden gab es niemand mehr, der alle fünf in gleichem Maße beherrschte. Und auch dann war das eine große Seltenheit. Das Maß, in dem diese Stränge beherrscht werden und Anwendung finden, ist individuell verschieden; einzelne dieser Personen sind sehr viel stärker als die anderen. Wenn man bestimmte Handlungen mit Hilfe der Einen Macht vollbringen will, muß man einen oder mehrere bestimmte Stränge beherrschen. Wenn man beispielsweise ein Feuer entzünden oder beeinflussen will, braucht man den Feuer-Strang; will man das Wetter ändern, muß man die Bereiche Luft und Wasser beherrschen, während man für Heilungen Wasser und Geist benutzen muß. Während Männer und Frauen in gleichem Maße den Geist beherrschten, war das Talent in bezug auf Erde und/oder Feuer besonders oft bei Männern ausgeprägt und das für Wasser und/oder Luft bei Frauen. Es gab Ausnahmen, aber trotzdem betrachtete man Erde und Feuer als die männlichen Mächte, Luft und Wasser als die weiblichen. Im allgemeinen werden die Fähigkeiten als gleichwertig betrachtet, doch unter den Aes Sedai gibt es ein Sprichwort: »Es gibt keinen Felsen, der so fest ist, daß Wind und Wasser ihn nicht abtragen könnten, und kein Feuer, das nicht von Wasser oder Wind gelöscht werden kann.« Es soll nicht unerwähnt bleiben, daß dieses Sprichwort erst lange nach dem Tod des letzten männlichen Aes Sedai aufkam. Irgendein mögliches Äquivalent bei den männlichen Aes Sedai ist nicht mehr bekannt.

Gaidin: wörtlich ›Bruder der Schlacht‹. Ein Titel, den die Aes Sedai den Behütern verleihen (*siehe auch:* Behüter).

Galad: *siehe* Damodred, Lord Galadedrid.

Gaukler: fahrende Märchenerzähler, Musikanten, Jongleure, Akrobaten und Alleinunterhalter. Ihr Abzeichen ist die aus bunten Flicken zusammengesetzte Kleidung. Sie besuchen vor allem Dörfer und Kleinstädte, da in den größeren Städten schon zuviel andere Unterhaltung geboten wird.

Gaul: ein Aiel aus dem Imran-Clan der Shaarad; ein *Shae'en M'taal,* also ein Steinsoldat.

Gawyn: Sohn der Königin Morgase, Bruder von Elayne, der bei Elaynes Thronbesteigung Erster Prinz des Schwertes wird. Er führt einen weißen Keiler im Wappen.

Gewichtseinheiten: 10 Unzen = 1 Pfund; 10 Pfund = 1 Stein; 10 Steine = 1 Zentner; 10 Zentner = 1 Tonne.

Grauer Mann, ein: jemand, der freiwillig seine oder ihre Seele dem Schatten geopfert hat und ihm nun als Attentäter dient. Graue Männer sehen so unauffällig aus, daß man sie sehen kann, ohne sie wahrzunehmen. Die große Mehrheit der Grauen Männer sind tatsächlich Männer, aber es gibt darunter auch einige Frauen.

Grenzlande, die: die an die Große Fäule angrenzenden Nationen: Saldaea, Arafel, Kandor und Schienar.

Grimme, der alte: *siehe* Dunkler König, Wilde Jagd.

Große Fäule, die: eine Region im hohen Norden, die durch den Dunklen König vollständig verdorben wurde. Sie stellt eine Zuflucht für Trollocs, Myrddraal und andere Kreaturen des Dunklen Königs dar.

Großer Herr der Dunkelheit: Diese Bezeichnung verwenden die Schattenfreunde für den Dunklen König. Sie behaupten, es sei Blasphemie, seinen wirklichen Namen zu benützen.

Große Jagd nach dem Horn, die: ein Zyklus von Erzählungen über die legendäre Suche nach dem Horn von Valere in den Jahren zwischen dem Ende der Trolloc-Kriege und dem Beginn des Hundertjährigen Kriegs. Um sie vollständig zu erzählen, benötigt man viele Tage (*siehe auch:* Horn von Valere).

Großes Muster: Das Rad der Zeit verwebt die Muster der einzelnen Zeitalter zum Großen Muster, in dem die gesamte Existenz und Realität, Vergangenheit, Gegenwart und Zukunft festgelegt sind. Auch als Gewebe der Zeiten oder Zeitengewebe bekannt (*siehe auch:* Muster eines Zeitalters; Rad der Zeit).

Große Schlange: ein Symbol für die Zeit und die Ewigkeit, das schon uralt war, bevor das Zeitalter der Legenden begann. Es zeigt eine Schlange, die ihren eigenen Schwanz verschlingt. Man verleiht einen Ring in der Form der Großen Schlange an Frauen, die unter den Aes Sedai zu Aufgenommenen erhoben werden.

Große Spiel, das: *siehe Daes Dae'mar.*

Haid: Flächenmaß zur Vermessung von Land; etwa 100 x 100 Schritte.

Halbmensch: *siehe* Myrddraal.

Herz des Steins: *siehe Callandor.*

Herzstein: eine unzerstörbare Substanz, die während des Zeitalters der Legenden erschaffen wurde. Jede bekannte Kraft, die dazu benützt wird, den Herzstein zu zerstören, wird von ihm absorbiert und stärkt die Kraft des Herzsteins. Anderer Name für *Cuendillar.*

Hochlords von Tear, die: Die Hochlords von Tear regieren als Rat diesen Staat, der weder König noch Königin aufweist. Ihre Anzahl steht nicht fest. Im Laufe der Jahre hat es Zeiten gegeben, wo nur sechs Hochlords regierten, aber auch zwanzig kamen bereits vor. Man darf sie nicht mit den Landherren verwechseln, niedrigeren Adligen in den ländlichen Bezirken Tears.

Horn von Valere, das: das legendäre Ziel der Wilden Jagd nach dem Horn. Man nimmt an, das Horn könne tote Helden zum Leben erwecken, damit sie gegen den Schatten kämpfen.

Hundert Gefährten, die: hundert männliche Aes Sedai,

ausgewählt aus den mächtigsten des Zeitalters der Legenden, die – von Lews Therin Telamon geführt – den letzten Angriff durchführten und den Schattenkrieg beendeten, indem sie den Dunklen König erneut in seinen Kerker sperrten und diesen versiegelten. Der Gegenangriff verdarb die *Saidin;* die Hundert Gefährten verfielen dem Wahnsinn und begannen die Zerstörung der Welt (*siehe auch:* Zeit des Wahns; Zerstörung der Welt; Wahre Quelle; Eine Macht).

Hundertjähriger Krieg: Eine Reihe sich überschneidender Kriege, geprägt von sich ständig verändernden Bündnissen, ausgelöst durch den Tod von Artur Falkenflügel und die darauf folgenden Auseinandersetzungen um seine Nachfolge. Er dauerte von 994 FJ bis 1117 FJ. Der Krieg entvölkerte weite Landstriche zwischen dem Aryth-Meer und der Aiel-Wüste, zwischen dem Meer der Stürme und der Großen Fäule. Die Zerstörungen waren so schwerwiegend, daß über diese Zeit nur noch fragmentarische Berichte vorliegen. Das Reich Artur Falkenflügels zerfiel und die heutigen Staaten bildeten sich heraus (*siehe auch:* Falkenflügel, Artur).

Illian: ein großer Hafen am Meer der Stürme, Hauptstadt der gleichnamigen Nation. Im Wappen von Illian findet man neun goldene Bienen auf dunkelgrünem Feld.

Ishamael (Ischamajel): in der Alten Sprache ›Verräter aller Hoffnung‹. Einer der Verlorenen. Er war der Anführer der Aes Sedai und lief während des Schattenkriegs zum Dunklen König über. Man sagt, selbst er habe seinen ursprünglichen Namen vergessen (*siehe auch:* Verlorene).

Karaethon-Zyklus, der: *siehe* Drachen, Prophezeiungen des.

Kesselflicker: *siehe* Tuatha'an.

Kinder des Lichts: eine Gemeinschaft von Asketen, die sich den Sieg über den Dunklen König und die Vernichtung aller Schattenfreunde zum Ziel gesetzt hat. Die Gemeinschaft wurde während des Hundertjährigen Kriegs von Lothair Mantelar gegründet, um gegen die ansteigende Zahl der Schattenfreunde als Prediger anzugehen. Während des Kriegs entwickelte sich daraus eine vollständige militärische Organisation, extrem streng ideologisch ausgerichtet und fest im Glauben, nur sie dienten der absoluten Wahrheit und dem Recht. Sie hassen die Aes Sedai und halten sie, sowie alle, die sie unterstützen oder sich mit ihnen befreunden, für Schattenfreunde. Sie werden geringschätzig Weißmäntel genannt. Im Wappen führen sie eine goldene Sonne mit Strahlen auf weißem Feld.

Krieg des Zweiten Drachen: der Krieg der Jahre 939–943 FJ gegen den falschen Drachen Guaire Amalasan. Während dieses Kriegs erlangte ein junger König namens Artur Tanreall Paendrag, später als Artur Falkenflügel bekannt, großen Ruhm.

Krieg um die Macht: *siehe* Schattenkrieg.

Längenmaße: 10 Finger = 3 Hände = 1 Fuß; 3 Fuß = 1 Schritt; 2 Schritte = 1 Spanne; 1000 Spannen = 1 Meile.

Laman (Leimahn): ein König von Cairhien aus dem Hause Damodred, der seinen Thron während des Aielkriegs verlor (*siehe auch:* Aielkrieg; *Avendoraldera*).

Lan, al'Lan Mandragoran: ein Behüter, der Moiraine zugeschworen wurde. Ungekrönter König von Malkier, Dai Shan, und der letzte Überlebende Lord von Malkier (*siehe auch:* Behüter; Moiraine; Malkier).

Lanfear: in der Alten Sprache ›Tochter der Nacht‹. Eine der Verlorenen, vielleicht sogar die mächtigste neben Ishamael. Im Gegensatz zu den anderen Verlorenen wählte sie ihren Namen selbst. Man sagt von ihr, sie habe Lews Therin Telamon geliebt und seine Frau Ilyena gehaßt (*siehe auch:* Verlorene; Drache).

Leane: eine Aes Sedai der Blauen Ajah und Behüterin der Chronik (*siehe auch:* Chronik, Behüter der).

Lews Therin Telamon; Lews Therin Brudermörder: *siehe:* Drache.

Liandrin: eine Aes Sedai der Roten Ajah aus Tarabon. Mittlerweile wurde bekannt, daß sie in Wirklichkeit eine Schwarze Ajah ist.

Loial, Sohn des Arent, Sohn des Halan: ein Ogier aus dem *Stedding* Schangtai.

Malkier: eine Nation, einst eins der Grenzlande, mittlerweile Teil der Großen Fäule. Im Wappen führte Malkier einen fliegenden goldenen Kranich.

Manetheren: eine der Zehn Nationen, die den Zweiten Pakt schlossen; Hauptstadt des gleichnamigen Staates. Sowohl die Stadt wie auch die Nation wurden in den Trolloc-Kriegen vollständig zerstört.

Masema: ein Soldat aus Schienar, der die Aiel haßt.

Mayene (Mai-jehn): Stadtstaat am Meer der Stürme, der seinen Reichtum und seine Unabhängigkeit der Kenntnis verdankt, die Ölfischschwärme aufspüren zu können. Ihre wirtschaftliche Bedeutung kommt der der Olivenplantagen von Tear, Illian und Tarabon gleich. Ölfisch und Oliven liefern nahezu alles Öl für Lampen. Der augenblickliche Herrscher von Mayene ist Berelain. Sein Titel lautet: Der Erste von Mayene. Die Herrscher von Mayene führen ihre Abstammung auf Artur Falkenflügel zurück. Das Wappen von Mayene zeigt einen fliegenden goldenen Falken.

Meerleute, Meervolk: Bewohner der Inseln im Aryth-Meer und im Meer der Stürme. Sie verbringen wenig Zeit auf diesen Inseln und leben statt dessen meist auf ihren Schiffen. Sie beherrschen den Seehandel fast vollständig.

Meile: *siehe* Längenmaße

Merrilin, Thom: ein Gaukler, einst Geliebter von Königin Morgase.

Min: eine junge Frau mit der Fähigkeit, die Aura der sie umgebenden Menschen erkennen und auf ihre Zukunft schließen zu können.

Moiraine (Moarän): eine Aes Sedai der Blauen Ajah. Sie stammt aus dem Hause Damodred, aber nicht aus der direkten Linie der Thronfolger. Sie wuchs im Königlichen Palast von Cairhien auf.

Mordeth: Ratsherr, der die Stadt Aridhol dazu brachte, Methoden der Schattenfreunde gegen die Schattenfreunde selbst anzuwenden. Dadurch führte er die Zerstörung der Stadt herbei und ihre Umbenennung in Shadar Logoth (›Wo der Schatten wartet‹). Nur eines überlebt in Shadar Logoth außer dem Haß, der die Stadt abtötete, nämlich Mordeth selbst, der seit zweitausend Jahren in den Ruinen gefangen ist und auf jemanden wartet, dessen Seele er verschlingen kann, um so einen neuen Körper zu gewinnen.

Morgase (Morgeis): Von der Gnade des Lichts, Königin von Andor, Verteidigerin des Lichts, Beschützerin des Volkes, Hochsitz des Hauses Trakand. Im Wappen führt sie drei goldene Schlüssel. Das Wappen des Hauses Trakand zeigt einen silbernen Grundpfeiler.

Muster eines Zeitalters: Das Rad der Zeit verwebt die Stränge menschlichen Lebens zum Muster eines Zeitalters, das die Substanz der Realität dieser Zeit bildet; auch als Zeitengewebe bekannt (*siehe auch: Ta'veren*).

Myrddraal: Kreaturen des Dunklen Königs, Kommandanten der Trolloc-Heere. Nachkommen von Trollocs, bei denen das Erbe der menschlichen Vorfahren wieder stärker hervortritt, die man benutzt hat, um die Trollocs zu erschaffen. Trotzdem deutlich vom Bösen dieser Rasse gezeichnet. Sie sehen äußerlich wie Menschen aus, haben aber keine Augen. Sie können jedoch im Hellen wie im Dunklen wie Adler sehen. Sie haben gewisse, vom Dunklen König herstammende Kräfte, darunter die Fähigkeit, mit einem Blick ihr Opfer vor Angst zu lähmen. Wo Schatten sind, können sie hineinschlüpfen und sind nahezu unsichtbar. Eine ihrer wenigen bekannten Schwächen besteht darin, daß sie Schwierigkeiten haben, fließendes Wasser zu überqueren. Man kennt sie unter vielen Namen in den verschiedenen Ländern, z. B. als Halbmenschen, die Augenlosen, Schattenmänner, Lurk und die Blassen.

Nedeal, Corianin: *siehe* Talente.

Niall, Pedron: Lordhauptmann und Kommandeur der Kinder des Lichts (*siehe auch:* Kinder des Lichts).

Ogier: (1) eine nichtmenschliche Rasse. Typisch für Ogier sind ihre Größe (männliche Ogier werden im Durchschnitt zehn Fuß groß), ihre breiten, rüsselartigen Nasen und die langen, mit Haarbüscheln bewachsenen Ohren. Sie wohnen in Gebieten, die sie *Stedding* nennen. Nach der Zerstörung der Welt (von den Ogiern das Exil genannt) waren sie aus diesen *Stedding* vertrieben, und das führte zu einer als ›das Sehnen‹ bezeichneten Erscheinung: Ein Ogier, der sich zu lange außerhalb seines *Stedding* aufhält, erkrankt und stirbt schließlich. Sie sind weithin bekannt als außerordentlich gute Steinbaumeister, die fast alle großen Städte der Menschen nach der Zerstörung erbauten. Sie selbst betrachten diese Kunst allerdings nur als etwas, das sie während des Exils erlernten und das nicht so wichtig ist wie das Pflegen der Bäume in einem *Stedding,* besonders der hochaufragenden Großen Bäume. Außer zu ihrer Arbeit als Steinbaumeister verlassen sie ihr *Stedding* nur selten und wollen wenig mit der Menschheit zu tun haben. Man weiß unter den Menschen nur sehr wenig über sie, und viele halten die Ogier sogar für bloße Legenden. Obwohl sie als Pazifisten gelten und nur sehr schwer aufzuregen sind, heißt es in einigen alten Berichten, sie hätten während der Trolloc-Kriege Seite an Seite mit den Menschen gekämpft. Dort werden sie als mörderische Feinde bezeichnet. Im großen und ganzen sind sie ungemein wissensdurstig, und ihre Bücher und Berichte enthalten oftmals Informationen, die bei den Menschen längst verlorengegangen sind. Die normale Lebenserwartung eines Ogiers ist etwa drei- oder viermal so hoch wie bei Menschen. (2) Jedes Individuum dieser nichtmenschlichen Rasse (*siehe auch:* Zerstörung der Welt; *Stedding;* Baumsänger).

Ordeith (Or-dies): in der Alten Sprache ›Wurmholz‹. Dieser Name wurde von einem Mann angenommen, der den kommandierenden Lordhauptmann der Kinder des Lichts berät.

Rad der Zeit, das: Die Zeit stellt man sich als ein Rad mit sieben Speichen vor – jede Speiche steht für ein Zeitalter. Wie sich das Rad dreht, so folgt Zeitalter auf Zeitalter. Jedes hinterläßt Erinnerungen, die zu Legenden verblassen, zu bloßen Mythen werden und schließlich vergessen sind, wenn dieses Zeitalter wiederkehrt. Das Muster eines Zeitalters wird bei jeder Wiederkehr leicht verändert, doch auch wenn die Änderungen einschneidender Natur sein sollten, bleibt es doch das gleiche Zeitalter.

Rat der Neun: ein Rat von Neun Lords aus Illian, die an sich dem König zur Seite stehen sollen, jedoch gewöhnlich gegen ihn um die Macht kämpfen. Sowohl der König wie auch die Neun müssen sich häufig mit der Versammlung auseinandersetzen.

Reisen des Jaim Fernstreicher, die: ein sehr populäres Buch mit Reiseerzählungen und Beobachtungen von einem bekannten Schriftsteller und Weltreisenden aus Malkier. Das Buch wurde im Jahre 968 NÄ erstmals aufgelegt und ist seither immer wieder nachgedruckt worden. Jaim Fernstreicher verschwand kurz nach dem Aielkrieg, und man hält ihn allgemein für tot.

Rhuarc: ein Aiel, der Häuptling des Taardad Clans.

Rogosch Adlerauge: ein legendärer Held, der in vielen alten Berichten erwähnt wird.

Rote Schilde: *siehe* Aiel-Kriegergemeinschaften.

Rückgrat der Welt: eine hohe Bergkette, über die nur wenige Pässe führen. Sie trennt die Aiel-Wüste von den westlichen Ländern.

Sa'Angreal: ein extrem seltenes Objekt, das es einem Menschen erlaubt, die Eine Macht in viel stärkerem Maße als sonst möglich zu benützen. Ein *Sa'Angreal* ist ähnlich, doch ungleich stärker als ein Angreal. Die Menge an Energie, die mit Hilfe eines *Sa'Angreals* eingesetzt werden kann, verhält sich zu der eines *Angreals* wie die mit dessen Hilfe einsetzbare Energie zu der, die man ganz ohne irgendwelche Hilfe beherrschen kann. Relikte des Zeitalters der Legenden. Es ist nicht mehr bekannt, wie sie angefertigt wurden. Es gibt nur noch eine Handvoll davon, weit weniger sogar als *Angreale.*

Sanche, Siuan (Santschei, Swahn): eine Aes Sedai, die früher der Blauen Ajah angehörte. Im Jahre 985 NÄ zum Amyrlin-Sitz erhoben. Sie war die Tochter eines Fischers aus Tairen und wurde vor dem zweiten Sonnenuntergang, nachdem man entdeckt hatte, daß sie die Fähigkeit besaß, per Schiff nach Tar Valon geschickt. So verlangt es das Gesetz von Tairen.

Saidar, Saidin: *siehe* Wahre Quelle.

Schattenfreunde: die Anhänger des Dunklen Königs. Sie glauben, große Macht und andere Belohnungen zu empfangen, wenn er aus seinem Kerker befreit wird.

Schattenhunde: *siehe* Wilde Jagd.

Schattenkrieg: auch als der Krieg um die Macht bekannt; mit ihm endet das Zeitalter der Legenden. Er begann kurz nach dem Versuch, den Dunklen König zu befreien, und erfaßte bald schon die ganze Welt. In einer Welt, die selbst die Erinnerung an den Krieg vergessen hatte, wurde nun der Krieg in all seinen Formen wiederentdeckt. Er war besonders schrecklich, wo die Macht des Dunklen Königs die Welt berührte, und auch die Eine Macht wurde als Waffe verwendet. Der Krieg wurde beendet, als der Dunkle König wieder in seinen Kerker verbannt werden konnte (*siehe auch:* Hundert Gefährten, Drache).

Schattenlords: diejenigen Männer und Frauen, die der Einen Macht dienten, aber während der Trolloc-Kriege zum Schatten überliefen und dann die Trolloc-Heere kommandierten. Weniger Gebildete verwechseln sie mit den Verlorenen.

Seanchan (Schantschan): (1.) Nachkommen der Armeemitglieder, die Artur Falkenflügel über das Aryth-Meer sandte und die zurückgekehrt sind, um das Land ihrer Vorfahren wieder in Besitz zu nehmen. (2.) das Land, aus dem die Seanchaner kommen.

Seherin: eine Frau, die in den Frauenzirkel ihres Dorfs berufen wird, weil sie die Fähigkeit des Heilens besitzt, das Wetter vorhersagen kann und auch sonst als kluge Frau anerkannt wird. Ihre Position fordert großes Verantwortungsbewußtsein und verleiht ihr viel Autorität. Allgemein wird sie dem Bürgermeister gleichgestellt, in manchen Dörfern steht sie sogar über ihm. Im Gegensatz zum Bürgermeister wird sie auf Lebenszeit erwählt. Es ist äußerst selten, daß eine Seherin vor ihrem Tod aus ihrem Amt entfernt wird. Ihre Auseinandersetzungen mit dem Bürgermeister sind auch zur Tradition geworden. Je nach dem Land wird sie auch als Führerin, Heilerin, Weise Frau, Sucherin oder einfach als Weise bezeichnet.

Seelenlose, der: *siehe* Grauer Mann.

Selene: ein Name, den die Verlorene Lanfear benützt.

Shadar Logoth: in der Alten Sprache ›der Ort, an dem der Schatten wartet‹. Eine seit den Trolloc-Kriegen verlassene und gemiedene Stadt. Sie steht auf verfluchtem Land, und kein Steinchen dort ist harmlos (*siehe auch:* Mordeth).

Shai'tan: *siehe* Dunkler König.

Shayol Ghul: ein Berg im Versengten Land; dort befindet sich der Kerker, in dem der Dunkle König gefangengehalten wird.

Sheriam: eine Aes Sedai von den Blauen Ajah – die Herrin der Novizinnen in der Weißen Burg.

Spanne: *siehe* Längenmaße.

Sonnentag: ein Festtag im Mittsommer, der in vielen Gegenden der Welt gefeiert wird.

Spiel der Häuser, das: *siehe Daes Dae'mar.*

Springer: ein Wolf.

Stechmich: eine fast unsichtbar kleine Moskitoart.

Stedding: eine Ogier-Enklave. Viele *Stedding* sind seit der Zerstörung der Welt verlassen worden. In Erzählungen und Legenden werden sie als Zufluchtsstätte bezeichnet, und das aus gutem Grund. Auf eine heute nicht mehr bekannte Weise wurden sie abgeschirmt, so daß in ihrem Bereich kein Aes Sedai die Eine Macht anwenden kann und nicht einmal eine Spur der Wahren Quelle wahrnimmt. Versuche, von außerhalb eines *Stedding* mit Hilfe der Einen Macht im Inneren einzugreifen, bleiben erfolglos. Kein Trolloc wird ohne Not ein *Stedding* betreten, und selbst ein Myrddraal betritt es nur, wenn er dazu gezwungen ist, und auch dann nur zögernd und mit größter Abscheu. Sogar echte Schattenfreunde fühlen sich in einem *Stedding* nicht wohl.

Steinsoldaten: *siehe* Aiel-Kriegergemeinschaften.

Stein von Tear: die mächtige Festung über der Stadt Tear. Man sagt, sie sei die erste Festung gewesen, die nach der Zeit des Wahns gebaut wurde. Manche behaupten sogar, sie sei *während* der Zeit des Wahns erbaut worden und mit Hilfe der Einen Macht. Sie wurde unzählige Male angegriffen und belagert, ist aber niemals gefallen. Der Stein wird zweimal in den Prophezeiungen des Drachen erwähnt. Zum einen steht darin, daß die Festung nur dann fallen werde, wenn das Heer des Drachen kommt. An einer anderen Stelle steht, die Festung werde erst dann fallen, wenn die Hand des Drachen das Unberührbare Schwert *Callandor* führt. Manche glauben, daß darauf auch die Abneigung der Hochlords der Einen Macht gegenüber herrührt und auch das Gesetz der Tairen, das den Gebrauch der Macht verbietet. Trotz dieser Antipathie enthält der Stein eine Sammlung von *Angreal* und *Ter'Angreal,* die beinahe der in der Weißen Burg gleichkommt. Es gibt Leute, die behaupten, die Sammlung sei nur deshalb angelegt worden, um den überragenden Glanz von *Callandor* zu mindern.

Talente: Fähigkeiten, die Eine Macht auf ganz spezifische Weise zu gebrauchen. Das naturgemäß populärste Talent ist das des Heilens. Manche sind verlorengegangen, wie z. B. das Reisen, eine Fähigkeit, sich von einem Ort zu einem anderen zu bewegen, ohne den Zwischenraum durchqueren zu müssen. Andere, wie z. B. das Vorhersagen (die Fähigkeit, zukünftige Ereignisse zumindest auf allgemeinere Art und Weise vorhersehen zu können), sind mittlerweile selten oder beinahe verschwunden. Ein weiteres Talent, das man seit langem für verloren hielt, ist das Träumen. Unter anderem lassen sich hier die Träume des Träumers so deuten, daß sie eine genauere Vorhersage der Zukunft erlauben. Manche Träumer hatten die Fähigkeit, *Tel'aran'rhiod,* die Welt der Träume, zu erreichen und sogar in die Träume anderer Menschen einzudringen. Die letzte bekannte Träumerin war Corianin Nedeal, die im Jahre 526 NÄ starb.

Ta'maral'ailen: in der Alten Sprache ›Schicksalsgewebe‹. Eine einschneidende Änderung im Muster eines Zeitalters, die von einer oder mehreren Personen ausgeht. Sie sind *ta'veren* (siehe auch: Muster eines Zeitalters; *ta'veren*).

Tanreall, Artur Paendrag: *siehe* Falkenflügel, Artur

Tarmon Gai'don: die Letzte Schlacht (*siehe auch:* Drachen, Prophezeiungen des; Horn von Valere).

Tar Valon: eine Stadt auf einer Insel im Fluß Erinin. Mittelpunkt der Macht der Aes Sedai. Von hier aus regiert der Amyrlin-Sitz.

Ta'veren: eine Person im Zentrum des Gewebes von Lebenssträngen aus ihrer Umgebung, möglicherweise sogar *aller* Lebensstränge, die vom Rad der Zeit zu einem Schicksalsgewebe zusammengefügt wurden (*siehe auch:* Muster eines Zeitalters).

Tear: Ein großer Hafen und ein Staat am Meer der Stürme. Das Wappen von Tear zeigt drei weiße Halbmonde auf rot- und goldgemustertem Feld (*siehe auch:* Stein von Tear).

Telamon, Lews Therin: *siehe auch:* Drache, der.

Tel'aran'rhiod: in der Alten Sprache ›die unsichtbare Welt‹, oder ›die Welt der Träume‹. Eine Welt, die man in Träumen manchmal sehen kann. Nach den Angaben der Alten durchdringt und umgibt sie alle möglichen Welten. Im Gegensatz zu anderen Träumen ist das in ihr real, was dort mit lebendigen Dingen geschieht. Wenn man also dort eine Wunde empfängt, ist diese beim Erwachen immer noch vorhanden, und einer, der dort stirbt, erwacht nie mehr.

Ter'Angreal: jedes einer Anzahl von Überbleibseln aus dem Zeitalter der Legenden, die die Eine Macht verwenden. Im Gegensatz zu *Angreal* und *Sa'Angreal* wurde jeder *Ter'Angreal* zu einem ganz bestimmten Zweck hergestellt. Z. B. macht einer jeden Eid, der in ihm geschworen wird, zu etwas endgültig Bindendem. Einige werden von den Aes Sedai benützt, aber über ihre ursprüngliche Anwendung ist kaum etwas bekannt. Einige töten sogar oder zerstören die Fähigkeit einer Frau, die sie benützt, die Eine Macht zu lenken (*siehe auch: Angreal; Sa'Angreal*).

Tigraine (Tigrän): als Tochter-Erbin von Andor heiratete sie Taringail Damodred und gebar seinen Sohn Galadedrid. Ihr Verschwinden im Jahr 972 NÄ, kurz nachdem ihr Bruder Luc in der Fäule verschwand, löste einen Kampf um ihre Nachfolge in Andor aus und verursachte die Geschehnisse in Cairhien, die schließlich zum Aiel-Krieg führten. Sie zeigte im Wappen eine Frauenhand, die den Stiel einer Rose mit weißer Blüte umfaßte.

Tochter-Erbin: Titel der Erbin des Throns von Andor. Die älteste Tochter der Königin folgt ihrer Mutter auf den Thron. Sollte keine Tochter geboren oder am Leben sein, geht der Thron an die nächste Blutsverwandte der Königin.

Tochter der Nacht: *siehe* Lanfear

Träumer: *siehe* Talente

Trolloc-Kriege: eine Reihe von Kriegen, die etwa gegen 1000 NZ begannen und sich über mehr als 300 Jahre hinzogen. Trolloc-Heere verwüsteten die Welt. Schließlich aber wurden die Trollocs entweder getötet oder in die Große Fäule zurückgetrieben. Mehrere Staaten wurden im Rahmen dieser Kriege ausgelöscht oder entvölkert. Alle Aufzeichnungen aus dieser Zeit sind fragmentarisch.

Trollocs: Kreaturen des Dunklen Königs, die er während des Schattenkriegs erschuf. Sie sind körperlich sehr groß und extrem bösartig. Sie stellen eine hybride Kreuzung zwischen Tier und Mensch dar und töten aus purer Mordlust. Nur diejenigen, die selbst von den Trollocs gefürchtet werden, können diesen trauen. Trollocs sind schlau, hinterhältig und verräterisch. Sie essen alles, auch jede Art von Fleisch, das von Menschen und anderen Trollocs eingeschlossen. Da sie zum Teil von Menschen abstammen, sind sie zum Geschlechtsverkehr mit Menschen imstande, doch die meisten einer solchen Verbindung entspringenden Kinder werden entweder tot geboren oder sind kaum lebensfähig. Die Trollocs leben in stammesähnlichen Horden. Die wichtigsten davon heißen: Ahf'frait, Al'ghol, Bhan'sheen, Dha'vol, Dhai'mon, Dhjin'nen, Ghar'ghael, Ghob'hlin, Gho'hlem, Ghraem'lan, Ko'bal und Kno'mon.

Tuatha'an: ein Nomadenvolk, auch als die Kesselflicker oder das Fahrende Volk bekannt. Sie wohnen in buntbemalten Wagen und folgen einer pazifistischen Weltanschauung, die sie den Weg des Blattes nennen. Die von den Kesselflickern reparierten Gegenstände sind häufig besser als vorher. Sie gehören zu den wenigen, die unbehelligt durch die Aiel-Wüste ziehen können, denn die Aiel meiden jeden Kontakt mit ihnen.

Verin Mathwin: eine Aes Sedai der Braunen Ajah.

Verlorenen, die: Name für die dreizehn der mächtigsten Aes Sedai, die es jemals gab, die während des Schattenkriegs zum Dunklen König überliefen, weil er ihnen dafür die Unsterblichkeit versprach. Sowohl Legenden wie auch fragmentarische Berichte stimmen darin überein, daß sie zusammen mit dem Dunklen König eingekerkert wurden, als dessen Gefängnis wiederversiegelt wurde. Ihre Namen werden heute noch benützt, um Kinder zu erschrecken.

Verräter aller Hoffnung: *siehe* Ishamael

Versammlung, die: eine Körperschaft in Illian, die von und aus dem Kreis der Händler und Reeder gewählt wird. Sie soll theoretisch sowohl den König wie auch den Rat der Neun beraten, hat sich aber in der Vergangenheit meist auf Machtkämpfe mit beiden eingelassen.

Versengte Land, das: verwüsteter Landstrich in der Umgebung des Shayol Ghul, jenseits der Großen Fäule.

Wahre Quelle, die: die treibende Kraft des Universums, die das Rad der Zeit antreibt. Sie teilt sich in eine männliche (*Saidin*) und eine weibliche Hälfte (*Saidar*), die gleichzeitig miteinander und gegeneinander arbeiten. Nur ein Mann kann von *Saidin* Energie beziehen und nur eine Frau von *Saidar*. Seit dem Beginn der Zeit des Wahns ist *Saidin* von der Hand des Dunklen Königs gezeichnet (*siehe auch:* Eine Macht).

Weiße Burg: der Palast des Amyrlin-Sitzes in Tar Valon und der Ort, an dem die Aes Sedai ausgebildet werden.

Weißmäntel: *siehe* Kinder des Lichts

Wiedergeborener Drache: Nach der Prophezeiung und der Legende wird der Drache dann wiedergeboren werden, wenn die Menschheit in größter Not ist und er die Welt retten muß. Das ist nichts, worauf sich die Menschen freuen, denn die Prophezeiung sagt, daß die Wiedergeburt des Drachen zu einer neuen Zerstörung der Welt führen wird, und außerdem erschrecken die Menschen beim Gedanken an Lews Therin Brudermörder, den Drachen, auch wenn er schon mehr als dreitausend Jahre tot ist (*siehe auch:* Drache; Drache, falscher).

Wilde, eine: eine Frau, die allein gelernt hat, die Eine Macht zu lenken, und die ihre Krise überlebte, was nur etwa einer von vieren gelingt. Solche Frauen wehren sich gewöhnlich gegen die Erkenntnis, daß sie die Macht tatsächlich benützen, doch durchbricht man diese Sperre, dann gehören die Wilden später oft zu den mächtigsten Aes Sedai. Die Bezeichnung ›Wilde‹ wird häufig abwertend verwendet.

Wilde Jagd, die: Viele glauben, daß in der Nacht der Dunkle König (oft auch der alte Grimme genannt, so wie in Tear, Illian, Murandy, Altara und Ghealdan) mit seinen ›schwarzen Hunden‹ oder Schattenhunden ausreitet und Seelen jagt. Das ist die Wilde Jagd. Regen kann die Schattenhunde abhalten, aber wenn sie einmal eine Spur aufgenommen haben, muß man sich ihnen stellen und sie besiegen, sonst ist der Tod ihres Opfers unvermeidbar. Man glaubt sogar, daß der bloße Anblick der Wilden Jagd bedeutet, der eigene Tod oder der eines geliebten Menschen stehe bevor.

Zeit des Wahns: die Jahre, nachdem der Gegenschlag des Dunklen Königs die männliche Hälfte der Wahren Quelle verdarb und die männlichen Aes Sedai dem Wahnsinn verfielen und die Welt zerstörten. Die genaue Dauer dieser Periode ist unbekannt, aber es wird angenommen, sie habe beinahe hundert Jahre gedauert. Sie war erst vollständig beendet, als der letzte männliche Aes Sedai starb (*siehe auch:* Hundert Gefährten; Wahre Quelle; Eine Macht; Zerstörung der Welt).

Zeitalter der Legenden: das Zeitalter, welches von dem Krieg des Schattens und der Zerstörung der Welt beendet wurde. Eine Zeit, in der die Aes Sedai Wunder vollbringen konnten, von denen man heute nur träumen kann (*siehe auch:* Rad der Zeit; Zerstörung der Welt; Schattenkrieg).

Zerstörung der Welt, die: Als Lews Therin Telamon und die Hundert Gefährten das Gefängnis des Dunklen Königs wieder versiegelten, fiel durch den Gegenangriff ein Schatten auf die *Saidin.* Schließlich verfiel jeder männliche Aes Sedai auf schreckliche Art dem Wahnsinn. In ihrem Wahn veränderten diese Männer, die die Eine Macht in einem heute unvorstellbaren Maße beherrschten, die Oberfläche der Erde. Sie riefen furchtbare Erdbeben hervor, Gebirgszüge wurden eingeebnet, neue Berge erhoben sich, wo sich Meere befunden hatten, entstand Festland, und an anderen Stellen drang der Ozean in bewohnte Länder ein. Viele Teile der Welt wurden vollständig entvölkert und die Überlebenden wie Staub vom Wind verstreut. Diese Zerstörung wird in Geschichten, Legenden und Geschichtsbüchern als die Zerstörung der Welt bezeichnet (*siehe auch:* Zeit des Wahns).

Zweifler, die: ein Orden innerhalb der Gemeinschaft der Kinder des Lichts. Sie sehen ihre Aufgabe darin, die Wahrheit im Wortstreit zu erkennen und Schattenfreunde zu erkennen. Ihre Suche nach der Wahrheit und dem Licht, so wie sie die Dinge sehen, wird noch eifriger betrieben, als das bei den Kindern des Lichts allgemein üblich ist. Ihre normale Befragungsmethode ist die Folter, wobei sie der Auffassung sind, daß sie selbst die Wahrheit bereits kennen und ihre Opfer nur dazu bringen müssen, sie zu gestehen. Die Zweifler bezeichnen sich als die Hand des Lichts und verhalten sich gelegentlich so, als seien sie völlig unabhängig von den Kindern und dem Rat der Gesalbten, der die Gemeinschaft leitet. Das Oberhaupt der Zweifler ist der Hochinquisitor, der einen Sitz im Rat der Gesalbten hat. Ihr Wappen ist ein blutroter Hirtenstab.

Von Robert Jordans »Das Rad der Zeit« liegen bei Piper vor:

1. Roman: Drohende Schatten
2. Roman: Das Auge der Welt
3. Roman: Die Große Jagd
4. Roman: Das Horn von Valere
5. Roman: Der Wiedergeborene Drache
6. Roman: Die Straße des Speers
7. Roman: Schattensaat
8. Roman: Die Heimkehr
9. Roman: Der Sturm bricht los
10. Roman: Zwielicht
11. Roman: Scheinangriff
12. Roman: Der Drache schlägt zurück
13. Roman: Die Fühler des Chaos
14. Roman: Stadt des Verderbens
15. Roman: Die Amyrlin
16. Roman: Die Hexenschlacht
17. Roman: Die zerbrochene Krone
18. Roman: Wolken über Ebou Dar
19. Roman: Der Dolchstoß
20. Roman: Die Schale der Winde
21. Roman: Der Pfad der Dolche
22. Roman: Neue Bündnisse
23. Roman: Kriegswirren
24. Roman: Das Herz des Winters
25. Roman: Die Herrschaft der Seanchaner
26. Roman: Flucht der Sklaven
27. Roman: Pfade ins Zwielicht
28. Roman: Die Weiße Burg
29. Roman: Der neue Frühling
30. Roman: Die Klinge der Träume
31. Roman: Der Untergang der Shaido

Das Rad der Zeit 1. Das Original. Die Suche nach dem Auge der Welt
Das Rad der Zeit 2. Das Original. Die Jagd beginnt
Das Rad der Zeit 3. Das Original. Die Rückkehr des Drachen
Das Rad der Zeit 4. Das Original. Der Schatten erhebt sich

Robert Jordans Rad der Zeit. Das illustrierte Handbuch

Robert Jordan

Der neue Frühling

Das Rad der Zeit 29.
Aus dem Amerikanischen von Andreas Decker. 429 Seiten.
Serie Piper

Was geschah vor der Rückkehr Rand al'Thors, des legendären Wiedergeborenen Drachen? Welche Ereignisse führten zu Rands Flucht aus seiner Heimat? Das langerwartete Prequel über die Vorgeschichte und die Hintergründe zum Welterfolg »Das Rad der Zeit« ist eine faszinierende Reise in die Vergangenheit, eine Zeit voll düsterer Schlachten und mystischer Magie. Endlich lüftet Robert Jordan eines der bestgehüteten Geheimnisse seiner Welt – unverzichtbar für Robert Jordan-Fans und alle, die es werden wollen!

»Jeder Roman dieses Zyklus ist wie der Satz einer Sinfonie!«
Interzone

05/1784/01/L

Markus Heitz

Trügerischer Friede

Ulldart – Zeit des Neuen 1.
448 Seiten. Serie Piper

Nach der großen, verheerenden Schlacht ist auf dem Kontinent Ulldart wieder Frieden eingekehrt. Doch die Ruhe trügt: Während Lodrik sich immer weiter zurückzieht, plant seine erste Frau Aljascha, die Herrschaft über Tarpol zu erlangen. Und im fernen Norden ist jemand erschienen, den alle für tot gehalten haben. Die ehemaligen Kampfgefährten müssen erneut zusammentreffen, um die Katastrophe zu verhindern …

Mit dem Zyklus »Zeit des Neuen« kehrt der Bestsellerautor auf den Kontinent Ulldart zurück – ein idealer Einstieg für Neuleser und zugleich ein Wiedersehen mit den beliebtesten Helden und größten Schurken.

05/1869/01/R